《라이프 애프터 라이프》에 보낸 해외 언론과 명사들의 찬사

- 전시의 영국을 배경으로 숙명, 가족 그리고 재생의 주제에 대한 뛰어난 탐구.
- 아찔할 정도로 기발하고 선명한 상상력을 보여주는 충격적인 소설. 이 책을 읽는 즐거움의 하나는 앳킨슨이 반복되는 주인공의 삶에서 끌어내는 생생한 분위기와 페이소스에 있다.
- 같은 사건의 거의 동일하지만 미묘하게 다른 묘사는 가슴을 저미게 하면서도 전율을 불러일으킨다. 앳킨슨은 이야기를 다시 전달할 때 무엇을 놔두고 무엇을 바꾸고 무엇을 빼야 하는지 흠잡을 데 없는 재능을 보여준다. 무엇보다도 엄청난 숫자의 빌드업은 점점 빨라지는 돌림노래 동요처럼 신명난다. 《가디언The Guardian》

- 케이트 앳킨슨의 신간은 흥미롭다. "인생을 제대로 살 때까지 계속해서 다시 살 수 있는 기회가 주어지면 어떨까?" 이 말은 기발한 판타지에 어울리는 것처럼 보인다. 그러나 실제 이 책은 기존의 여느 판타지보다 더 어둡고 훨씬 철학적이며 보다 더 추상적이다. 《선데이 타임스The Sunday Times》

- 케이트 앳킨슨은 맨부커 상을 두 번 수상한 힐러리 맨틀, 최연소로 맨부커 상을 받은 엘리너 캐턴과 함께 문단의 여풍을 일으키는 주역이다. 《데일리 메일Daily Mail》

- 케이트 앳킨슨은 문학적 소설과 스릴러 소설을 쓰는 작가로 알려져 있다. 하지만 그녀에게 있어 이 두 가지 성격의 경계는 불필요하다. 앳킨슨은 다양한 형식을 실험하는 문학적인 작가이며, 그녀의 책은 광범위한 독자들을 사로잡는다는 것이 결론이다. 그러나 여전히 구별을 원하는 사람들에게 《라이프 애프터 라이프》는 '문학적'인 작품이라고 이야기할 수 있겠다. 《인디펜던트The Independent》

• 앳킨슨의 주제는 두 번째, 세 번째, 네 번째… 무수한 기회다. 그녀는 주인공인 어슐라 토드를 삶과 죽음의 가느다란 경계선 사이에 위치시킨다. 어슐라가 미끄러질 때마다, 아니면 떠밀리거나 심지어 스스로 무無의 세계로 가는 선을 넘기로 할 때마다 앳킨슨은 그녀를 다시 뒤로 잡아당긴 뒤 사태를 변화시켜서 주인공이 삶을 계속 살아갈 수 있게 해준다. 앳킨슨이 독자가 무슨 일이 일어났는지 어리둥절하지 않게 납득시키는 방식은 흥미롭다. 그러나 《라이프 애프터 라이프》의 혁신적인 내러티브 구조가 강조하는 것은 인간 존재에게 희망이 있다는 사실이다. 《타임스The Times》

• 잭슨 브로디 탐정 시리즈에서 잠시 벗어난 앳킨슨은 새 소설로 가장 인간적인 레벨에서 역사를 선명하게 재조명하는 가족 연대기라는 초기 작품 세계로 돌아왔다. 아찔하고 현란한 걸작이다. 《메일 온라인Mail Online》

• 이 소설은 자신의 삶, 그리고 꿈과 기시감의 진실과 시간 자체의 심오한 섭리에 대해 깊이 성찰하게 한다. 《익스프레스The Express》

• 케이트 앳킨슨의 신작은 즐거움을 가득 선사한다. 독창적인 구성에 끊임없는 즐거움으로 첫 장부터 독자의 상상력을 장악하고 그 고삐를 늦추지 않는다. 만약 감동과 놀라움을 느끼고 싶다면 이 책을 읽어라. 그러면 당신은 친구들에게 이 매혹적인 책을 선사하고 싶어질 것이다.
힐러리 맨틀Hilary Mantel(맨부커 상 2회 수상 작가)

• 케이트 앳킨슨은 경이로운 작가다. 매혹적이고, 재치 있고, 감동적이고, 재미있고, 애절하고, 심오하고, 극히 독창적이고, 마음을 뒤흔들고, 유머러스하고, 인간적이며, 아무튼 《라이프 애프터 라이프》에 맞는 경탄스러운 형용사가 부족할 지경이다. 한마디로 말해 이번 세기에 들어 내가 읽은 최고의 소설 중 하나다. 길리언 플린Gillian Flynn(《나를 찾아줘》의 작가)

(뒷면지에 계속)

라이프 애프터 라이프

LIFE AFTER LIFE

by Kate Atkinson

* 이 책은 허구이며, 역사적인 사실의 경우를 제외하고 살아 있거나 사망한 실존인물들과의
  그 어떤 유사점도 순전히 우연의 소산이라는 점을 밝혀둡니다.

라이프 애프터 라이프

1판 1쇄 | 2014년 11월 21일
1판 2쇄 | 2014년 12월 22일

지은이 케이트 앳킨슨 | 옮긴이 임정희 | 펴낸이 임홍빈
펴낸곳 (주)문학사상 | 주소 서울특별시 송파구 중대로38길 17 (138-858)
등록 1973년 3월 21일 제1-137호
전화 02) 3401-8540 | 팩스 02) 3401-8741
홈페이지 www.munsa.co.kr | 이메일 munsa@munsa.co.kr

ISBN 978-89-7012-902-0 03840

이 도서의 국립중앙도서관 출판예정도서목록(CIP)은 서지정보유통지원시스템 홈페이지
(http://seoji.nl.go.kr)와 국가자료공동목록시스템(http://www.nl.go.kr/ kolisnet)에서 이용하
실 수 있습니다. (CIP제어번호 : CIP2014033067)

* 잘못 만들어진 책은 구입하신 서점에서 바꾸어 드립니다.
* 책값은 표지 뒷면에 표시되어 있습니다.
* 이 책은 환경보호를 위해 재생종이를 사용하여 제작했으며,
  한국간행물윤리위원회가 인증하는 녹색 출판 마크를 사용했습니다.

재생종이로 만든 책

반복적 죽음 뒤에는 어떠한 끝이 기다리고 있을까?
완벽한 이상향을 향해 펼쳐지는 끝없는 회귀

LIFE
AFTER
LIFE

라이프 애프터 라이프

케이트 앳킨슨 장편소설 | 임정희 옮김

문
학
사
상

어느 날 네가 가장 처절한 고독을 느끼고 있을 때
악마가 파고들어와 이렇게 말한다면 어떨까.
"네가 지금까지 살아왔고, 지금도 살아가는 이 인생을 다시 한 번,
그리고 무수히 많이 살아내야 한다."
그럼 벌렁 드러누워 이를 갈면서 그 악마에게 욕을 퍼붓겠는가?
아니면 이렇게 대답하는 엄청난 순간을 경험하겠는가?
"너는 신이며 나는 이보다 더 신성한 이야기를 들어본 적이 없다."
—니체, 《즐거운 학문》

πάντα χωρεῖ καὶ οὐδὲν μένει
모든 건 변하기 마련이며 그대로 남는 건 아무것도 없다.
—플라톤, 《크라틸로스》

인생을 몇 번이고 다시 살 수 있는 기회가 있다면 어떨까?
마침내 제대로 살아낼 때까지. 그럼 얼마나 멋질까?
—에드워드 베리스퍼드 토드

차례

용
사
가

되
라

1930년 11월

여자가 카페로 들어서자 자욱한 담배 연기와 눅눅한 공기가 훅 끼쳐왔다. 여자는 비를 맞고 온 길이었고, 카페 안 몇몇 여자 손님의 모피 코트에 맺혀 있는 빗방울도 가녀린 이슬처럼 여전히 흔들거렸다. 흰 앞치마를 두른 종업원들은 한가로이 커피, 케이크, 잡담을 즐기는 뮌셰너(뮌헨 사람들)를 접대하느라 분주히 움직였다.

남자는 카페 저 안쪽 테이블에 평소처럼 지지자와 아첨꾼들에 둘러싸여 있었다. 처음 보는 여자도 함께 자리하고 있었는데, 짙은 화장과 연한 금발에 파마를 한 모습이 꼭 여배우 같았다. 금발 머리 여자는 외설적인 몸짓으로 담배에 불을 붙였다. 남자가 얌전하고 조신한 여자를 좋아한다는 건 다들 아는 사실이었다. 특히 남자는 바이에른 여자를 좋아했다. 그런데 허리를 꽉 조인 풍성한 치마에 무릎까지 올라오는 양말이라니, 맙소사.

테이블에는 비넨슈티히, 구겔호프, 케제쿠헨이 가득 놓여 있었다. 남자는 키르슈토르테모두 다 독일의 케이크 이름 한 조각을 먹고 있었다. 남자가 좋아하는 초콜릿 케이크였다. 그러니 몹시 창백해 보이는 것도 당연했고, 당뇨병이 없다는 게 여자는 놀라울 따름이었다. 옷 속에 감춰진 조금은 역겨운 몸(여자는 밀가루 반죽을 상상했다)을 남자는 남들에게 드러낸 적이 없었다. 남성적인 남자는 아니었다. 여자를 발견한 남자는 미소를 지었고 반쯤 몸을 일으키며 말했다.

"구텐 타크, 그네디게스 프로일라인."(안녕하시오, 아가씨.)

그러고는 옆에 있는 의자를 가리켰다. 방금까지 열심히 아첨 떨던 한 남자가 벌떡 일어서더니 자리를 비켜주었다.

"운저레 엥글리셰 프로인딘."(영국에서 온 친구예요.)

남자가 금발 머리 여자에게 인사시키자 그녀는 담배 연기를 천천히 내뿜더니 시답잖다는 듯 여자를 쳐다보며 한마디 했다.

"구텐 타크."(안녕하세요.)

베를린 억양이었다.

여자는 묵직한 핸드백을 의자 옆에 내려놓고 쇼콜라데를 주문했다. 남자는 플라우멘 슈트로이젤유럽식 곰보빵을 먹어보라고 권했다.

"'에스 레그네트.' 비가 와요."

여자는 이렇게 대화를 시작했다.

"네, 비가 오는군요." 남자는 악센트가 심한 영어로 말했다.

그는 영어로 말하는 게 좋은지 웃었다. 테이블에 있던 사람들도 모두 웃었다.

"브라보. 제어 구테스 엥글리셰."(영어를 아주 잘하시는군요.) 누군가 말했다.

유쾌해진 남자는 마치 음악이라도 들리는 것처럼 미소 띤 입술을 검지로 톡톡 두드렸다.

슈트로이젤은 맛있었다.

"엔트슐디궁."(실례할게요.)

여자는 중얼거리며 핸드백으로 손을 뻗어 손수건을 찾았다. 가장자리에 레이스가 달리고 여자 이름의 이니셜인 'UBT'가 새겨진 손수건이었다. 패미가 준 생일 선물이었다. 여자는 입가에 묻은 슈트로이젤 부스러기를 얌전하게 닦은 뒤 다시 몸을 굽혀 손수건을 핸드백에 넣고는 묵직한 물건을 꺼냈다. 여자의 아버지가 1차 세계대전 때 사용한 낡은 웨블리 마크5 권총이었다.

수백 번 연습한 동작이었다. 한 번의 발사. 찰나적일 만큼 재빨랐지만 여자가 권총을 꺼내 남자의 가슴에 겨누자 모든 게 멈춘 듯 공백의 순간이 있었다.

"퓌러."(총통.) 여자가 마법을 깨뜨리며 말했다. "퓌어 지."(당신 거야.)

테이블 주변으로 권총을 뽑아든 남자들이 일제히 여자를 겨누었다. 한 번의 호흡. 한 번의 발사.

어슐라는 방아쇠를 잡아당겼다.

어둠이 내려앉았다.

눈

1910년 2월 11일

이제 막 세상에 노출된 살갗에 닿는 차가운 공기와 살을 에는 바람. 여자는 아무런 예고 없이 안에서 밖으로 나왔고, 축축하고 따뜻하며 익숙한 세상은 갑자기 증발해버렸다. 비바람에 노출되었다. 껍질이 벗겨진 새우나 껍데기가 벗겨진 견과처럼.

호흡이 없다. 세상 모든 것이 결국 이 한 가지에 집중된다. 단 한 번의 호흡에.

낯선 대기에서는 날아오르지 못하는 잠자리의 날개처럼 작은 허파. 옥죄는 목구멍으로는 공기가 들어오지 못한다. 조그맣게 말린 귀에 들려오는 수천 마리 벌들의 윙윙거리는 소리.

공포. 물에 빠지는 여자아이, 떨어지는 새.

❋

"닥터 펠로스가 있어야 하는데." 실비는 투덜거렸다. "왜 여태 안 와? 도대체 어디 있는 거야?"

실비의 온몸에 수많은 땀방울이 맺혔고, 이제 힘든 고비도 막바지로 치닫는 중이었다. 침실 벽난로에 선박 용광로처럼 계속 불을 지펴댔다. 두꺼운 양단 커튼은 원수 같은 밤이 들어오지 못하게 빈틈없이 쳐져 있었다. 검은 박쥐.

"의사 선생님께서 눈 속에 갇혔을 거예요, 마님. 밖에 눈보라가 얼마나 사납게 몰아치는지. 아마 도로가 막힐 거예요."

이 힘든 상황에 실비와 브리짓 둘뿐이었다. 시중드는 하녀인 앨리스는 어머니 병문안을 갔다. 휴는 물론 파리에서 여동생 이저벨을 부질없이 뒤쫓는 중이었다. 다락방에서 돼지처럼 코를 고는 글로버 부인을 끌어들일 생각은 없었다. 글로버 부인이 연병장 주임상사처럼 진두지휘하는 모습이 그려졌다. 아기는 예정일보다 일찍 나왔다. 실비는 다른 아이들처럼 이 아이도 예정일보다 늦을 줄 알았다. 계획만큼은 완벽했는데.

"오, 마님!" 브리짓이 갑자기 소리쳤다. "아기가 온통 파래요."

"딸이야?"

"탯줄이 목에 감겼어요. 오, 성모마리아님. 아기가 질식하겠어요. 조그만 게 가엾기도 하지."

"호흡이 없어? 내가 한번 볼게. 무슨 수든 써야 해. 어떻게 하지?"

"오, 토드 부인. 아기가 숨을 거뒀어요. 한번 살아보지도 못하고 죽다니. 정말, 정말 안됐어요. 이제 틀림없이 천국에서 아기 천사가 되겠죠. 토드 씨가 집에 계시면 얼마나 좋을까요. 정말 안됐어요. 가서 글로버 부인을 깨울까요?"

조그마한 심장. 무력한 작은 심장이 사납게 뛰더니 하늘에서 떨어진 새처럼 갑자기 멎었다. 단 한 번에.

어둠이 내려앉았다.

눈

1910년 2월 11일

"맙소사, 애야. 정신없이 설쳐대지 말고 뜨거운 물과 수건 좀 가져와. 그렇게 모르겠어? 들판에서 자랐나?"

"죄송합니다."

닥터 펠로스가 귀족이라도 되는 양 브리짓은 깊이 몸을 숙여 사죄의 뜻을 전했다.

"딸이죠, 닥터 펠로스? 한번 봐도 될까요?"

"네, 토드 부인. 어여쁘고 어엿한 여자아이예요."

닥터 펠로스는 두운을 맞추느라 쓸데없이 사족을 달았다. 그는 기분 좋을 때에도 다정한 사람은 아니었다. 환자들의 건강, 특히 환자들이 들고나는 게 그는 성가신 모양이었다.

"목에 탯줄이 감겨 죽을 뻔했어요. 내가 폭스 코너에 때맞춰 도착했으니 망정이지, 정말로."

닥터 펠로스가 실비에게 보라는 듯 수술용 가위를 들어올렸다. 수술용 가위는 작고 깔끔했으며 예리한 날은 끝이 위로 휘어졌다.

"싹둑싹둑." 의사가 말했다.

실비는 현재 처한 상황과 피로감에도 불구하고 막연하게나마, 유사한 비상사태에 대비해서(믿기 어렵지만 사실이었다.) 저런 가위를 하나 사두기로 마음먹었다. 아니면 칼이나. 《눈의 여왕》에 나오는 강도 소녀처럼 언제나 휴대할 수 있는 예리한 칼도 괜찮았다.

"내가 때맞춰 왔으니 부인께서 운이 좋은 거죠. 폭설에 도로가 막히기 전에 말입니다. 산파인 해덕 부인을 불렀는데 챌폰트 세인트 피터 외곽 어디쯤에 갇힌 모양이에요." 닥터 펠로스가 말했다.

"해덕 부인?" 실비가 얼굴을 찌푸리며 말했다.

브리짓은 크게 웃음을 터뜨렸다가 얼른 중얼거렸다.

"죄송합니다. 죄송해요, 선생님."

실비가 보기에 자신과 브리짓 둘 다 히스테리를 일으키기 직전이었다. 놀랄 일도 아니다.

"아일랜드 것들이란." 닥터 펠로스가 중얼거렸다.

"브리짓은 설거지나 하는 하녀예요. 아직 어린애죠. 브리짓에게 얼마나 고마운지 몰라요. 아주 순식간에 일이 벌어졌거든요."

실비는 혼자 있길 간절히 원했지만 그래본 적은 한 번도 없었다.

"아침까지 여기 계셔야 할 것 같아요, 선생님." 실비가 마지못해 말했다.

"아, 네. 그래야 할 것 같군요." 의사 역시 마지못해 말했다.

실비는 한숨을 내쉬며 의사에게 부엌에 가서 브랜디나 한잔하라고 권했다. 햄과 피클도 곁들여서.

"브리짓이 시중을 들 거예요."

실비는 의사를 내쫓고 싶었다. 닥터 펠로스가 자신의 세 아이(셋이라니!)를 모두 받아주었지만 눈곱만큼도 그를 좋아하지 않았다. 오직 남편만이 볼 수 있는 걸 그는 보았다. 자신의 가장 연약하고 은밀한 부위를 그는 기구로 찌르고 긁어댔다. (그럼 해덕 부인이라는 산파에게 아이를 받게 하는 편이 낫지 않을까?) 여자를 진료하는 의사들은 모두 여자여야 한다. 그런 경우는 드물지만.

닥터 펠로스는 미적미적 콧노래를 부르고 헛기침을 하면서 브리짓이 벌게진 얼굴로 신생아를 씻기고 포대기로 싸는 걸 지켜보았다. 일곱 남매 중 맏이인 브리짓은 갓난아기를 포대기로 싸는 법을 잘 알았다. 열네 살인 브리짓은 실비보다 열 살이 어렸다. 실비가 열네 살 때에는 짧은 치마를 입었고, 조랑말 티핀에게 빠져 지냈다. 아기가 어디서 나오는지 전혀 몰랐고, 결혼 첫날밤조차 아무것도 모른 채 보냈다. 어머니인 로티가 귀띔 정도는 해주었지만 해부학적으로 정밀하지는 못했다. 남편과 아내의 부부 관계는 신비롭게도 새벽에 높이 날아오르는 종달새와 관련 있는 듯했다. 로티는 내성적인 여자였다. 발작성 수면증 환자라고 하는 사람도 있었다. 로티의 남편이자 실비의 아버지인 루엘린 베리스퍼드는 유명한 상류사회 화가였지만 보헤미안은 전혀 아니었다. 집에서 나체로 있지 않았을뿐더러 사회적으로 용납되지 않는 행동도 하지 않았다. 아버지는 알렉산드라 비妃가 공주였던 당시의 초상화를 그리기도 했다. 알렉산드라 공주는 무척 상냥했다고 아버지는 말했다.

가족은 메이페어의 훌륭한 저택에서 살았고, 티핀은 하이드파크 근처 초원의 마구간에서 지냈다. 우울할 때면 실비는 행복했던 과거로 돌아가는 버릇이 있었다. 티핀의 널찍한 등에 올려놓은 여성용 곁안장에 얌전히 앉아서 나무에 꽃이 활짝 핀 쾌청한 봄날 아침, 로튼 거리를 지나는 모습을 상상하는 것이었다.

"따뜻한 차와 버터 바른 토스트 어때요, 토드 부인?" 브리짓이 물었다.

"그거 좋겠구나, 브리짓."

파라오 미라처럼 포대기에 싸인 아기가 마침내 실비에게 건네졌다. 실비는 복숭앗빛 뺨을 어루만지며 말했다.

"안녕, 아가야."

닥터 펠로스는 지나치게 감상적인 이런 달달한 장면을 목격하고 싶지 않아 고개를 돌렸다. 그는 권한만 있다면 모든 아이들을 스파르타 식으로 키웠을 것이다.

"간단한 야식 정도는 나쁘지 않겠군요. 혹시 글로버 부인이 만든 맛 있는 피칼릴리가 있나요?" 닥터 펠로스가 말했다.

일 년은 사계절로 이루어진다

1910년 2월 11일

실비는 반짝이는 은검처럼 커튼을 뚫고 들어오는 눈부신 햇살에 잠을 깼다. 레이스가 달린 캐시미어 옷차림으로 나른하게 누워 있는데 글로버 부인이 큼지막한 아침식사 쟁반을 들고 자랑스럽게 들어왔다. 글로버 부인은 중요한 일이 있을 때만 은신처에서 나와 이렇게 멀리까지 납시는 모양이었다. 쟁반에 놓인 작은 꽃병에는 반쯤 얼어붙은 스노드롭 한 송이가 꽂혀 있었다.

"오, 스노드롭이네!" 실비가 말했다. "땅 위로 그 가녀린 고개를 가장 먼저 내미는 꽃이야. 얼마나 씩씩한지!"

꽃이 씩씩할 수 있다거나, 아니면 칭찬할 만하든 아니든 어떤 성격적 특성이 있다는 걸 믿지 않는 글로버 부인은 폭스 코너에 온 지 몇 주 되지 않은 미망인이었다. 그녀가 오기 전에는 메리라는 여자가 있었는데, 자세가 구부정했고 늘 고기를 태우기 일쑤였다. 글로버 부인은 오히려 음식을 설익히는 경향이 있었다. 실비의 유복했던 어린 시절, 요리사는 '요리사'로 불렸지만 글로버 부인은 '글로버 부인'이라는 호칭을 더 좋아했다. 이런 호칭이 그녀를 대체할 수 없는 존재로 만들어주었다. 실비는 여전히 고집스럽게 그녀를 요리사로 생각했지만.

"고마워, 요리사."

글로버 부인은 도마뱀처럼 천천히 눈을 깜박거렸다.

"아니, 글로버 부인." 실비 스스로 고쳐 불렀다.

글로버 부인은 침대에 쟁반을 내려놓고 커튼을 젖혔다. 빛은 강렬했고, 검은 박쥐는 힘을 잃었다.

"아, 눈부셔." 실비가 눈을 가리며 말했다.

"눈이 아주 많이 왔거든요."

글로버 부인은 놀라서인지, 아니면 너무 싫어서인지 애매하게 고개를 저었다. 글로버 부인의 의중을 아는 건 늘 쉽지 않았다.

"닥터 펠로스는 어디 있지?" 실비가 물었다.

"위급 상황이 있었어요. 농부가 황소한테 짓밟혔대요."

"저런, 끔찍해라."

"마을 남자들 몇 명이 의사의 자동차를 눈 속에서 끌어내려 했지만 결국 우리 조지가 와서 의사를 태워주었죠."

"아."

실비의 궁금증이 갑자기 풀린 듯했다.

"이걸 마력이라고 부르죠. 새로 유행하는 기계에 의존하면 그렇게 되는 거예요."

글로버 부인은 황소처럼 코웃음을 쳤다.

"음."

실비는 강경한 의견에 맞서 언쟁하기를 주저했다. 닥터 펠로스가 산모와 아기를 살펴보지 않고 떠난 게 놀라웠다.

"의사 선생님이 잠깐 들여다보셨어요. 마님은 주무시고 계셨죠." 글로버 부인이 말했다.

때로 글로버 부인이 독심술사는 아닌지 실비는 의심스러웠다. 얼마나 끔찍한 생각인지.

"선생님은 아침부터 드셨어요." 글로버 부인은 뿌듯함과 못마땅함을 동시에 드러내며 말했다. "식욕이 있었던 것만큼은 확실해요."

"말이라도 먹어치울 만큼 배고파." 실비가 웃으며 말했다.

물론 말을 먹어치울 순 없었다. 티핀이 잠깐 떠올랐다. 실비는 무기만큼이나 무거운 은포크를 집어들고 글로버 부인이 만든 데블드 키드니매콤한 새끼양 콩팥 요리를 해치울 준비를 했다.

"맛있네." 실비가 말했다. (맛있었나?)

글로버 부인은 이미 요람에 누워 있는 아기를 살펴보느라 바빴다. ("젖먹이 돼지처럼 토실토실하네.") 실비는 해덕 부인이 아직도 챌폰트 세인트 피터 외곽 어딘가에 갇혀 있는지 괜히 궁금해졌다.

"아기가 죽을 뻔했다고 들었어요." 글로버 부인이 말했다.

"글쎄……" 실비가 말했다.

삶과 죽음 사이에는 얼마나 가느다란 끈이 있는가. 상류사회 초상화가였던 실비 아버지는 어느 날 밤, 고급 코냑을 마신 뒤 이 층 층계참에 놓인 이스파한 양탄자 위에서 미끄러졌다. 다음 날 아침 아버지는 계단 아래에서 죽은 채로 발견되었다. 아버지가 떨어지거나 비명 지르는 소리를 아무도 듣지 못했다. 아버지는 밸푸어 백작 초상화를 막 시작했지만 끝내지 못했다. 분명히.

아버지는 사망 이후, 어머니와 딸이 알던 것보다 훨씬 더 돈을 펑펑 쓰고 다녔음이 드러났다. 비밀스러운 도박꾼으로 온 동네에서 차용증이 날아들었다. 아버지는 갑작스러운 죽음에 전혀 대비하지 못했고, 얼마 안 있어 메이페어의 멋진 저택으로 채권자들이 몰려왔다. 알고 보니 모든 게 거품이었다. 티핀도 떠나보내야 했다. 실비의 가슴은 찢어졌고, 애통함은 아버지가 죽었을 때보다 훨씬 컸다.

"네 아버지의 유일한 악행은 여자 문제인 줄 알았어." 실비 어머니는 피에타의 모델이 된 양 이삿짐 위에 잠시 앉아서 말했다.

이들은 위태로이 고상함과 품위를 지켜갔지만 가난은 어쩔 수 없이 생활 곳곳에 스며들었다. 실비 어머니는 파리해지며 활기를 잃어갔고, 폐결핵으로 쇠약해졌다. 더 이상 종달새는 어머니를 위해 날아오르지 않았다. 열일곱 살인 실비는 우체국 계산대에서 만난 남자의 그림 모델이 되면서 구원되었다. 휴였다. 전도유망한 은행계의 떠오르는 스타. 존경할 만한 부르주아의 전형. 아름답지만 땡전 한 푼 없는 여자로서 이보다 더 바랄 게 있을까?

로티는 생각보다 덜 호들갑스럽게 죽었고, 휴와 실비는 실비의 열여덟 살 생일에 조용히 결혼했다. ("자, 이제 결혼기념일을 절대 잊지 못할 거야." 휴가 말했다.) 이들은 프랑스로 신혼여행을 갔다. 도빌에서 유쾌한 '캥젠'(15일)을 보낸 뒤 비콘스필드 부근의 루티엔스_{영국 건축가} 스타일을 애매하게 흉내 낸 주택에서 반쯤 전원적인 행복에 적응해갔다. 바라는 건 모두 갖춰져 있었다. 널찍한 부엌, 정원이 내다보이는 프랑스식 창문이 달린 거실, 예쁜 모닝룸과 아이들로 채워지길 기다리는 몇 개의 침실. 집 뒤편에는 작은 방까지 있어 휴가 서재로 사용하기 좋았다.

"아, 나의 은신처군." 휴가 웃으며 말했다.

집 주변에는 비슷한 주택들이 적당한 거리를 두고 둘러싸여 있었다. 초원과 잡목림, 블루벨 숲이 있고, 그 뒤에는 숲을 가로질러 냇물이 흘렀다. 정거장이나 다름없는 기차역은 한 시간도 안 돼 휴를 은행 사무실로 데려다줄 것이다.

"슬리퍼할로_{시골 분위기 나는 마을을 지칭함} 분위기가 나네."

휴는 웃으면서 씩씩하게 실비를 안고 문지방을 넘었다. 비교적 수수한 동네지만(메이페어와는 전혀 다른) 이들의 수입을 약간 넘어서는 곳이었다. 이런 재정적인 무모함에 두 사람은 놀라기도 했다.

"집에 이름을 붙여야 해. 월계수, 소나무, 느릅나무 집." 휴가 말했다.

"우리 정원엔 그런 나무가 없잖아요." 실비가 지적했다.

이들은 새로 장만한 집의 프랑스식 창문 앞에 서서 무성하게 자란 잔디를 바라보았다.

"정원사를 고용해야겠어." 휴가 말했다.

집은 아무것도 없이 텅텅 비어 있었다. 보이지 양탄자와 모리스 직물, 그리고 20세기 주택에 어울리는 아름다운 물건들로 꾸미기 전이었다. 실비는 아직 이름을 붙여야 하는 신혼집보다는 리버티 백화점에서 살면 더 행복할 것 같았다.

"그린에이커스, 페어뷰, 서니미드는?" 휴가 신부를 포옹하며 물었다.

"별로."

아직 이름이 없는 이 집의 전 주인은 집을 팔고 이탈리아로 떠났다.

"상상해봐요." 실비가 꿈꾸듯 말했다.

어렸을 때 이탈리아에 가본 적이 있었는데, 어머니가 폐 치료를 위해 이스트본에 가 있는 동안 아버지와 일주 여행을 했다.

"사방에 이탈리아 사람들이라니." 휴가 경멸조로 말했다.

"그럼요. 그게 매력이죠." 실비는 휴에게서 몸을 빼내며 말했다.

"게이블스, 홈스테드는 어때?"

"그만해요." 실비가 말했다.

여우 한 마리가 덤불 속에서 나와 잔디밭을 가로질렀다.

"오, 저것 봐요. 말귀를 알아듣게 생겼어요. 빈집에 익숙한 모양이에요."

"마을 사냥꾼이나 뒤쫓지 않길 바라야지. 가죽만 남았어."

"암여우예요. 지금 수유 중이고요. 젖꼭지를 보면 알아요."

휴는 갓 결혼한 순결한 신부(그렇다고 추정했다. 그렇길 바랐다.) 입에서 쏟아져나오는 민망한 용어에 눈만 깜박였다.

"저것 봐요." 실비가 속삭였다.

새끼 여우 두 마리가 잔디밭으로 달려나와 서로 뒤엉켜 놀았다.

"아, 정말 귀여운 여우들이에요!"

"해를 입히는 동물이라고 보는 사람도 있어."

"이 동물들은 '우리'가 해를 입힌다고 보겠죠. 폭스 코너, 이 집을 이렇게 불러요. 집에 이런 이름을 붙이는 사람이 없으니 된 거 아니에요?" 실비가 말했다.

"그런가?" 휴는 미심쩍다는 듯 덧붙였다. "기발한 이름이긴 해, 그렇지? 동화 제목 같아. '폭스 코너에 있는 집'."

"기발한 것도 나쁘지 않아요."

"그래도 엄밀히 말해서 코너가 집이 될 수 있나? 코너에 있는 집이라고 해야 하는 거 아냐?" 휴가 말했다.

이런 게 결혼이구나, 실비는 생각했다.

두 아이가 문가에 서서 조심스럽게 들여다보았다.

"어서 와. 모리스, 패멀라. 이리 와서 새 여동생에게 인사해야지." 실비가 웃으면서 말했다.

아이들은 요람 속에 뭐가 들었는지 모른다는 듯 조심스럽게 다가왔다. 실비는 정교한 오크와 황동으로 만든 관(로열아카데미 동료 회원들이 기꺼이 비용을 지불했다.) 속에 누운 아버지의 시신을 보았을 때 비슷한 느낌을 받은 기억이 났다. 아니면 아이들이 꺼리는 게 글로버 부인인지도 모르겠다.

"또 여자아이야." 모리스가 침울하게 말했다.

모리스는 다섯 살로, 패멀라보다는 두 살 많았다. 휴가 집을 비울 때는 모리스가 가장이었다.

"출장 갔어요."

실비가 사람들에게 이렇게 말했지만, 사실 휴는 서로 눈이 맞아 파리로 도망친 유부남의 손아귀에서 어리석은 막내 여동생을 구해내기 위해 급하게 영국해협을 건너간 것이었다.

모리스가 아기 얼굴을 손가락으로 찌르자 놀라 잠에서 깬 아기가 울었다. 글로버 부인이 모리스의 귀를 잡아 비틀었다. 실비가 움찔했지만 모리스는 아픈 걸 태연하게 참았다. 실비는 몸을 추스르고 나면 정말 글로버 부인과 얘기 좀 해야겠다고 생각했다.

"아기 이름은 뭐라고 지을 거죠?" 글로버 부인이 물었다.

"어술라. 어슐라라고 부를 거야. '작은 암곰'이라는 의미도 조금 있어." 실비가 말했다.

글로버 부인은 어정쩡하게 고개를 끄덕였다. 중산층은 제멋대로였다. 글로버 부인의 건장한 아들은 간단하게 조지라고 불렀다.

"땅의 경작자라는 뜻이죠. 그리스 어원으로." 그에게 세례를 준 교구 목사가 이렇게 말했다.

이름이 마치 운명을 결정짓기라도 한 것처럼 실제로 조지는 근처 에트링햄 홀 농장에서 농부로 일했다. 글로버 부인은 운명을 믿는 사람이 아니었다. 그리스어도 마찬가지고.

"잘 자랄 거예요. 점심은 맛있는 스테이크 파이로 준비했어요. 후식은 이집트식 푸딩이고요." 글로버 부인이 말했다.

실비는 이집트식 푸딩이 뭔지 몰랐다. 피라미드를 상상했다.

"다들 기력을 회복해야 해요." 글로버 부인이 말했다.

"그래, 맞아. 그런 의미로 어슐라에게 다시 젖을 먹여야겠어!" 실비가 말했다.

실비는 자신의 말에 느낌표가 느껴져서 짜증이 났다. 이유는 알 수 없지만 글로버 부인과 이야기할 때는 과도하게 쾌활한 목소리가 되고 마는 자신을 종종 발견했다. 마치 세상의 비위와 자연스러운 균형 같은 걸 맞추려는 듯이.

실비의 풍성한 레이스 실내복에서 비어져나온, 푸른 정맥이 도드라진 창백한 가슴을 보자 글로버 부인은 살짝 몸서리를 쳤다. 그래서 아이들을 쫓아내듯 얼른 데리고 방을 나왔다.

"오트밀 줄게." 글로버 부인이 엄한 말투로 말했다.

"하느님은 이 아기를 다시 데려가고 싶었던 모양이에요." 브리짓이 말했다.

그날 아침, 브리짓은 느지막이 김이 나는 곰국을 들고 들어왔다.

"우린 시험에 들었고, 우리가 부족하지 않다는 걸 아셨지." 실비가 말했다.

"이번에는요." 브리짓이 말했다.

1910년 5월

"전보 왔어."

어슐라에게 젖을 먹이다 깜빡 달콤한 잠에 빠진 실비는 휴가 아기방으로 불쑥 들어오는 바람에 깨어났다. 그녀는 얼른 옷매무새를 가다듬으며 물었다.

"전보요? 누가 죽었어요?"

휴의 표정을 보니 안 좋은 일임이 분명했다.

"비스바덴에서 온 거야."

"아, 그럼 이지가 애를 낳았군요." 실비가 말했다.

"그 망나니 자식이 유부남만 아니었어도. 내 여동생을 흠 없는 여자로 만들어줄 수 있었을 텐데." 휴가 말했다.

"흠 없는 여자?" 실비는 골똘히 생각에 잠겼다. "그런 게 있나?" (실비가 이 말을 크게 소리 내어 했던가?) "어쨌거나 이지는 결혼하기에는 너무 '어려요.'"

휴가 얼굴을 찌푸렸다. 이런 표정은 휴를 더 멋져 보이게 했다.

"당신이 나와 결혼했을 때보다 두 살 어릴 뿐이야." 휴가 말했다.

"근데 왜 나이 차가 많게 느껴지지. 아무튼 다 괜찮대요? 아기도 괜찮고요?" 실비가 중얼거렸다.

이지가 휴에게 붙들려 파리에서 돌아오는 연락열차에 몸을 실었을 때는 이미 배가 상당히 '앙성트'(불렀다고) 했다. 이지 어머니인 애들레이드는 딸이 방탕한 놈의 품 안에 정열적으로 안기느니 차라리 백인 노예 매매상에게 납치되는 편이 낫겠다고 했다. 실비는 백인 노예 매매라는 말에 약간 솔깃했다. 아라비아 말을 탄 사막 족장한테 끌려가 실크와 베일 차림으로 푹신한 긴 의자에 누워 졸졸 흐르는 실개천과 분수 소리를 들으며 과자와 셔벗을 먹는 상상을 했다. (정말 그럴 거라고는 기대하지 않았다.) 여자들의 하렘일부다처은 실비가 보기에 대단히 멋진 생각 같았다. 아내로서의 의무 부담도 함께 질 수 있고.

골수 빅토리아 시대적 기질이 다분한 애들레이드는 배가 불러오기 시작하는 막내딸을 보자 말 그대로 문을 걸어 잠그고는, 망신살이 풀릴 때까지 외국에 피해 있으라며 딸의 등을 떠밀어 영국해협을 건너게 했다. 아기는 가능한 한 신속하게 입양될 예정이었다.

"아기를 갖지 못하는 점잖은 독일 부부가 좋겠어." 애들레이드가 말했다.

실비는 아기를 건네주는 모습을 애써 상상해보았다. ("그럼 다시는 아기 소식을 못 듣는 거예요?" 실비는 궁금했다. "그러길 바라야지." 애들레이드가 말했다.) 이제 이지는 스위스의 한 예비신부학교로 보내질 예정이었다. 여러 가지 면에서 이미 예비 신부라고 보기에는 무리가 있지만.

"아들이야." 휴는 전보를 깃발처럼 흔들며 말했다. "건강하대."

어슐라의 첫 번째 봄이 펼쳐졌다. 유모차를 탄 어슐라는 산들바람에 너도밤나무 나뭇가지가 흔들리면서 연하고 푸른 잎사귀 사이로 반짝이는 햇살이 만들어내는 모양을 바라보았다. 나뭇가지는 팔, 잎사귀는 손 같았다. 나무는 어슐라를 위해 춤을 추었다.

"나무 꼭대기 위 우리 아가야, 잘 자라." 실비가 자장가를 불러주었다.

"내겐 은색 육두구와 금색 배만 열리는 개암나무가 있었네." 혀짤배기 패멀라도 자장가를 불렀다.

유모차 덮개에 매달린 작은 토끼 인형이 빙빙 돌았고, 태양은 은빛 햇살을 쏟아냈다. 작은 바구니 속에 꼿꼿이 앉아 있는 토끼는 한때 갓난아기였던 실비의 딸랑이 윗부분에 달려 있던 장식품이었다. 실비의 어린 시절처럼 딸랑이 역시 오래전에 사라지고 없었다.

마른 나뭇가지, 싹, 잎사귀— 어슐라가 알고 있는 세상이 눈앞에서 왔다가 가버렸다. 계절이 바뀌는 걸 처음 지켜보았다. 이미 뼛속으로는 겨울과 함께 태어났지만 봄은 어김없이 왔다. 통통하게 살이 오른 싹, 나른한 여름 더위, 가을 곰팡이와 버섯도. 유모차의 한정된 공간

안에서 어슐라는 이 모든 걸 보았다. 계절과 함께 무작위로 오는 풍경은 말할 것도 없고. 태양, 구름, 새, 머리 위로 조용히 날아드는 주인 잃은 크리켓 공, 한두 번 본 무지개, 원했던 것보다 더 자주 내리는 비. (때로 어슐라는 비바람 속에 한참 방치되곤 했다.)

한번은 별과 떠오르는 달을 보기도 했는데 놀랍기도 하면서 동시에 무서웠다. 어느 가을 저녁, 어슐라는 사람들한테 잊힌 채 정원에 혼자 있었다. 브리짓은 크게 꾸지람을 들었다. 날씨에 상관없이 유모차는 늘 밖에 나왔다. 실비가 어머니 로티한테서 신선한 공기에 집착하는 습성을 물려받은 탓이었다. 로티는 어렸을 때 스위스 요양원에서 얼마간 지냈는데, 담요를 둘둘 감고 야외 테라스에 앉아 눈 덮인 알프스 정상을 가만히 바라보며 하루하루를 보냈다.

너도밤나무에서 잎이 떨어지면서 어슐라 머리 위로 얇은 구릿빛 조각들이 하늘을 가득 메웠다. 바람이 몹시 불던 십일월의 어느 날, 위협적인 인물이 나타나 아기 유모차를 들여다보았다. 모리스는 어슐라를 보자 인상을 쓰고 구구거리며 막대기로 담요를 찔러댔다.

"멍청한 아기."

모리스는 이렇게 말하더니 어슐라 위에 부드러운 나뭇잎을 잔뜩 올려 더미를 만들었다. 어슐라는 새로운 잎사귀 이불 아래서 다시 잠이 들었지만 손 하나가 나타나 느닷없이 모리스의 머리를 내려치는 바람에 그는 "아야!" 하고 소리 지르며 사라졌다. 은색 토끼는 계속해서 빙빙 돌았고, 커다란 두 손이 어슐라를 유모차에서 들어올렸다.

"여기 있었네." 휴가 말했다. 어디 잃어버리기라도 한 것처럼. "겨울잠을 자는 고슴도치 같아." 휴가 실비에게 말했다.

"저런, 가엾은 우리 아기." 실비가 웃었다.

다시 겨울이 왔다. 어슐라는 이를 바로 알아차렸다.

1914년 6월

어슐라는 별다른 사고 없이 다섯 번째 여름을 맞이했다. 실비는 아기가 순탄치 않은 출발에도(아니면 오히려 그것 때문에) 자신의 확실한 보살핌 덕분에(아니면 그것에도 불구하고) 안정되어 보이는 아이로 자란 것에 안도했다. 어슐라는 가끔 패멀라가 그러듯 너무 많이 생각하지도 않았고, 또 모리스처럼 너무 생각이 없지도 않았다.

꼬마 병정이야, 실비는 모리스와 패멀라를 뒤따라 해변을 걸어가는 어슐라를 바라보며 생각했다. 다들 얼마나 작아 보이는지. 물론 아이들이 작다는 건 실비도 알았다. 그러나 가끔 아이들에 대한 감정의 넓이에 압도당할 때가 있었다. 아이들 중에서 가장 작고 어린 에드워드는 고리버들 바구니에 눕혀져 실비 옆, 모래밭에 놓여 있었다. 아직 때를 쓸 줄도 몰랐다.

이들은 한 달간 콘월에 집을 빌렸다. 휴는 첫 주만 함께 보냈고 브리짓은 내내 함께 지냈다. 브리짓과 실비 둘이서 요리를 담당했다. (다소 형편없었다.) 글로버 부인이 디프테리아로 아들을 잃은 여동생과 함께 지내기 위해 한 달간 휴가를 갔기 때문이었다. 실비는 기차역 승강장에 서서 글로버 부인의 널찍한 등이 열차 안으로 사라지는 걸 보자 안도의 한숨을 내쉬었다.

"글로버 부인을 배웅까지 할 필요는 없잖아." 휴가 말했다.

"떠나는 모습을 즐기려고요." 실비가 말했다.

뜨거운 태양과 활기찬 바닷바람, 딱딱하고 낯선 침대에서 실비는 밤새 푹 잤다. 미트파이와 감자튀김, 애플파이를 사서 모래밭에 담요를 깔고 바위에 기대 앉아 먹었다. 남들 보는 데서 젖을 물려야 하는 곤란한 문제는 해변 오두막을 빌리자 해결되었다. 브리짓과 실비는 가끔 신발을 벗고 용감하게 바닷물에 발가락을 담갔고, 때로는 모래밭에 앉아 커다란 차양 아래서 책을 읽었다. 실비가 조셉 콘래드 작품을 읽는 동안 브리짓은 실비가 준 《제인 에어》를 읽었다. 브리짓은 평소에 읽던 스릴 넘치는 고딕소설을 가져올 생각을 하지 못했다. 브리짓은 책을 요란하게도 읽었다. 무서워서 숨을 몰아쉬고 혐오감으로 진저리를 치다가도 결국에는 즐거워했다. 《비밀 요원》을 읽다 보니 《제인 에어》가 아주 밋밋하게 느껴졌다.

육지 태생인 브리짓은 조수가 들어오는지 나가는지 가슴을 졸이며 보내는 시간이 많았다. 조수가 예측 가능하다는 걸 전혀 이해하지 못하는 듯했다.

"매일 조금씩 달라져." 실비가 참을성 있게 설명해주었다.

"도대체 왜 그런 거죠?" 어리둥절해진 브리짓이 물었다.

"글쎄……" 실비도 전혀 아는 게 없었다. "왜? 그럼 안 돼?" 실비가 활기찬 목소리로 결론을 내렸다.

해변 저 끝에 놓인 바위 웅덩이에서 그물로 고기를 잡던 아이들이 돌아오고 있었다. 패멀라와 어슐라는 도중에 물가에서 첨벙대고 놀기 시작했지만 모리스는 걸음을 재촉하여 모래밭에 발이 빠지기 전에 얼른 실비 쪽으로 내달렸다. 모리스의 손에 작은 게가 들려 있었고 이를 본 브리짓이 놀라서 비명을 질렀다.

"미트파이 남았어?" 모리스가 물었다.

"예의를 갖춰, 모리스." 실비가 꾸짖었다.

여름이 끝나면 모리스는 기숙학교에 가기로 했다. 실비는 다소 안심했다.

"자, 가서 파도타기 하자." 패멀라가 말했다.

패멀라는 좋은 의미에서 대장 기질이 있었다. 어슐라는 패멀라의 계획에 찬성할 때는 한없이 행복했지만 찬성하지 않을 때에도 늘 동참해서 어울렸다.

모래 위로 굴렁쇠 하나가 마치 바람에 실려가듯 이들 옆으로 굴러갔다. 어슐라는 쫓아가서 굴렁쇠를 주인에게 찾아주고 싶었지만 패멀라가 말했다.

"안 돼. 자, 물장구나 치자."

두 아이는 모래밭에 그물을 내려놓고 파도 속으로 걸어들어갔다. 태양이 뜨겁게 내리쬐어도 바닷물이 늘 차가운 건 수수께끼였다. 아이들은 손을 맞잡고 평소처럼 꺅 소리를 질러가며 파도가 오기만을 기다렸다. 파도가 밀려왔지만 실망스러울 만큼 낮았다. 레이스 주름만큼이나 낮은 잔물결이었다. 그래서 아이들은 더 깊이 들어갔다.

이제 파도는 전혀 파도가 아니었다. 폭풍과 거센 너울이 아이들의 몸을 들어올리며 지나갔다. 어슐라는 너울이 올 때마다 패멀라의 손을 꽉 붙잡았다. 바닷물은 이미 어슐라의 허리까지 차올랐다. 패멀라는 밀려오는 파도를 헤치며 바닷속으로 더 깊이 들어갔다. 이제 바닷물이

겨드랑이까지 차오르자 어슐라는 울음을 터뜨리며 패멀라가 더 들어가지 못하게 손을 잡아당겼다. 패멀라가 뒤돌아보며 말했다.

"조심해. 안 그러면 우리 둘 다 넘어져."

그러느라 뒤에서 맹렬히 다가오는 거대한 파도를 미처 보지 못했다. 눈 깜짝할 사이에 파도가 두 아이를 덮치더니 나뭇잎을 들어올리듯 사뿐히 내팽개쳤다.

어슐라는 점점 깊이 가라앉는 느낌이 들었다. 해변 가까운 곳이 아니라 먼바다에라도 들어간 것처럼. 어슐라의 작은 다리가 발을 디딜 모랫바닥을 찾아서 버둥거렸다. 일어서서 파도와 싸울 수만 있어도 좋았겠지만 발을 디딜 모래밭은 어디에도 없었고, 두려움으로 허우적거리다가 물을 먹기 시작했다. 틀림없이 누군가 와주겠지? 브리짓이나 실비가 와서 구해줄 것이다. 아니면 패멀라가. 패멀라는 어디 있는 걸까?

아무도 오지 않았다. 바닷물뿐이었다. 바닷물과 또 바닷물. 어슐라의 작고 여린 심장이 사납게 뛰었다. 가슴속에 갇힌 새 한 마리. 조그맣게 말린 귀에 들려오는 수천 마리 벌들의 윙윙거리는 소리. 호흡이 없다. 물에 빠진 여자아이, 하늘에서 떨어진 새.

어둠이 내려앉았다.

눈

1910년 2월 11일

브리짓이 아침식사 쟁반을 치우자 실비가 말했다.

"오, 그 작은 스노드롭은 치우지 마. 침대 옆 탁자에 놔둬."

실비는 아기도 곁에 두었다. 벽난로는 여전히 타올랐고, 흰 눈이 내뿜는 눈부신 빛이 창문으로 들어와 유쾌하면서도 이상하게 불길한 기운을 전해주었다. 바람에 휘날린 눈이 벽에 부딪히더니 그대로 들러붙어 벽을 덮어버렸다. 완전히 눈으로 휩싸였다. 실비는 휴가 늠름하게 눈밭을 헤치며 집에 오는 모습을 그려보았다. 여동생 이저벨을 찾아다니느라 오늘로 삼 일째 출타 중이었다. 어제(얼마나 오래전처럼 느껴지는지) 파리에서 전보가 날아들었는데 이런 내용이었다.

'사냥감이 숨었음 마침표 쫓는 중 마침표'

사실 휴는 사냥꾼도 아니었다. 실비도 전보에 답해야 했다. 뭐라고 적을까? 아리송한 문장이 좋겠다. 휴는 수수께끼를 좋아하니까.

'우린 넷이야 마침표 당신이 없는데도 넷이야 마침표'

(실비는 브리짓과 글로버 부인은 포함시키지 않았다.) 아니면 좀 더 평범한 문장으로 할까. '아기가 태어났어 마침표 모두 잘 있어 마침표'. 사실일까? 모두 잘 있는 걸까? 아기는 죽을 뻔했다. 숨을 쉬지 못했다. 아기가 괜찮지 않았으면 어떻게 됐을까? 아기를 낳던 날 밤 이들은 죽음을 이겨냈다. 실비는 죽음이 언제 복수할 기회를 노릴지 궁금했다.

마침내 잠이 든 실비는 새집으로 이사한 꿈을 꾸었다. 낯선 방들을 돌아다니며 아이들 이름을 불러보았지만 아이들은 영원히 사라져서 다시는 찾을 수 없었다. 실비는 깜짝 놀라 잠에서 깨어났다. 다행히 아기만큼은 커다랗고 하얀 이불 속에서 그대로 곁을 지키고 있었다. 아기. 어슐라. 실비가 미리 지어둔 이름이었다. 아들이면 에드워드로 부를 생각이었다. 아기 이름을 짓는 건 실비 몫이었다. 휴는 아이들 이름에는 무관심한 것 같았고, 이름 짓는 능력도 부족해 보였다. 셰에라자드 같은 이름을 지었을지도 모를 일이다. 아니면 귀네비어나.

뿌연 눈을 뜬 어슐라는 시들해진 스노드롭을 쳐다보는 듯했다. 자장자장, 실비가 자장가를 불렀다. 얼마나 고요한 집인가. 얼마나 매혹적인가. 눈 깜짝할 사이, 발만 헛디뎌도 모든 것을 잃을 수 있다.

"어떻게 해서든 암울한 생각은 피해야 해." 실비는 어슐라에게 말했다.

전쟁

1914년 6월

윈턴 씨—아치볼드—는 모래밭에 이젤을 세워놓고 파랑과 초록 계열의—감청색과 암청색, 청록색과 녹회색—수채 물감으로 바다 풍경을 그리고 있었다. 아래쪽 바다와 거의 구별도 되지 않는 하늘에 어딘지 애매해 보이는 갈매기 한 쌍을 그려넣었다. 윈턴 씨는 집으로 돌아가는 길에 그림을 보여주며 이렇게 말하는 모습을 상상했다.

"인상주의 화풍이죠."

독신인 윈턴 씨는 버밍엄의 핀 제조 공장에서 상급 사무원으로 일했지만 천성은 낭만주의자였다. 사이클링 클럽 회원으로 일요일마다 버밍엄의 매연에서 가능한 한 멀리 벗어나려고 자전거를 탔다. 연례휴가 때는 바닷가에서 상쾌한 공기를 마시며 일주일 동안 화가연하면서 보냈다.

윈턴 씨는 그림에 형체를 담아보려 했다. 그러면 야간학교 선생님이(그는 미술 수업을 받았다) 그림에 표현해보라고 격려했던 약간의 생기와 '운동감'이 더해질 것이다. 저 아래 바닷가에 있는 두 여자아이가 좋은 대상이었다. 아이들이 모자를 쓴 덕분에 얼굴을 그리려고 애쓸 필요는 없었다. 아직 얼굴 그리는 법은 배우지 못했다.

"자, 가서 파도타기 하자." 패멀라가 말했다.

"아."

어슐라는 뒤에서 머뭇거렸다. 패멀라가 어슐라의 손을 잡더니 물속으로 끌어당겼다.

"바보처럼 굴지 마."

바닷물이 닿을수록 어슐라는 점점 겁이 났고, 결국 두려움에 휩싸였다. 하지만 패멀라가 웃으면서 바닷속으로 첨벙거리고 들어가자 어슐라도 따라갈 수밖에 없었다. 어슐라는 다시 해변으로 돌아갈 핑곗거리를 애써 찾아보았다. 보물 지도나 강아지 같은 거. 하지만 너무 늦어버렸다. 거대한 파도가 두 아이의 머리 위에서 크게 원을 그리며 덮쳤고, 아이들을 물속 깊은 곳으로 보내버렸다.

실비는 깜짝 놀라 책에서 눈을 떼고 고개를 들어 남자를 바라보았다. 낯선 남자는 실비의 딸들이 거위나 닭인 것처럼 양팔에 하나씩 나눠 낀 채 그녀 쪽으로 모래밭을 걸어왔다. 홀딱 젖은 아이들은 울먹였다.

"바닷물을 좀 많이 마셨지만 괜찮을 겁니다." 남자가 말했다.

실비는 바다가 내려다보이는 호텔에서 아이들의 생명의 은인인 사무원('상급') 윈턴 씨에게 차와 케이크를 대접했다.

"이것밖에 해드릴 게 없네요. 신발이 엉망이 됐어요." 실비가 말했다.

"괜찮습니다. 대단한 일을 한 것도 아닌걸요." 윈턴 씨가 겸손하게 말했다.

"오, 아니에요. 분명 대단한 일이죠." 실비가 말했다.

"돌아오니 좋아?"

휴가 역 승강장에서 식구들을 맞이하며 활짝 웃었다.

"우리가 돌아와서 좋아요?" 실비는 약간 호전적으로 말했다.

"집에 깜짝 놀랄 일이 기다리고 있어." 휴가 말했다.

실비는 깜짝 놀랄 일을 좋아하지 않았고, 그건 식구들 모두 알았다.

"맞혀봐." 휴가 말했다.

가족이 추측한 건 새 강아지였지만, 이와는 전혀 거리가 먼 피터 엔진이 지하실에 설치되어 있었다. 가파른 돌계단을 내려간 가족은 죽 달려 있는 유리 축전지들과 웅웅 소리를 내는 번지르르한 기계를 바라보았다.

"빛이 있으라." 휴가 말했다.

당시는 전등 스위치 하나도 터져버릴까 벌벌 떨며 켜던 시절이었다. 이 기계로는 물론 조명만 밝힐 수 있었다. 브리짓은 카펫 청소기를 대체할 진공청소기를 갖고 싶었지만 전압이 충분하지 않았다.

"고마워라!" 실비가 말했다.

1914년 7월

열린 프랑스식 창문을 통해 실비는 모리스가 간이 테니스 네트를 세우는 걸 지켜보았다. 눈에 보이는 건 모조리 나무망치로 내려치는 듯했다. 실비에게 남자아이들은 미스터리였다. 몇 시간씩 막대기나 돌을 던지고 놀면서 만족감을 얻는 일, 무생물을 강박적으로 수집하는 일, 자신을 둘러싼 나약한 세상을 잔인하게 파괴하는 일 모두 장차 이들이 되려는 남자 모습과는 거리가 먼 것 같았다.

복도에서 들리는 시끄러운 수다 소리는 유쾌한 마거릿과 릴리의 도착을 말해주었다. 한때 학교 친구였지만 지금은 어쩌다 한 번씩 만나는 이 친구들은 새로 태어난 에드워드를 위해 화사하게 리본이 장식된 선물을 들고 왔다.

화가인 마거릿은 씩씩한 독신이지만 누군가의 정부일 것만 같은 인물이었고, 실비는 이런 추문 가능성을 남편 휴에게는 알리지 않았다. 릴리는 페이비언협회영국의 점진적 사회주의사상 단체 회원으로 자신의 신념을 위해서는 두려울 게 없는 여성참정권 운동가였다. 실비는 결박된 채 튜브가 목으로 쑤셔박히는 여자들을 상상했다가 자신의 아름다운 목을 만지며 안심했다.

한번은 티 댄스에서 릴리의 남편 캐번디시(호텔에나 어울리는 이름이지, 사람 이름은 아니다.)가 담배 냄새 풍기는 음탕한 몸으로 실비를 기둥에다 밀어붙이며 얼마나 충격적인 말을 했던지, 지금도 그 생각만 하면 실비는 당혹감으로 얼굴이 화끈거렸다.

"아, 신선한 공기!" 실비가 두 사람을 정원으로 안내하자 릴리가 소리쳤다. "여긴 정말 '시골' 같아."

두 사람은 유모차를 들여다보며 산비둘기—아니면 크기가 좀 더 작은 집비둘기—같이 구구 소리를 냈다. 그러고는 실비의 날씬한 몸매를 칭찬할 때만큼이나 갖은 찬사를 아기에게 늘어놓았다.

"차 내오라고 할게." 벌써 피곤해진 실비가 말했다.

실비 가족은 개를 키우고 있었다. 얼룩무늬에 몸집이 큰 프랑스 마스티프로, 이름은 보우선이었다.

"바이런의 개 이름이야." 실비가 말했다.

어슐라는 바이런이 누군지 몰랐지만 자기 개를 돌려달라고 하지 않아 다행이었다. 보우선의 살갗은 부드럽고 느슨한 털로 덮여 어슐라가 손가락으로 쓰다듬으면 출렁거렸고, 보우선의 입김에서는 글로버 부인이 개를 위해 억지로 끓인 양의 목덜미 고기 냄새가 났다. 휴에 따르면 보우선은 훌륭한 개였다. 화재가 난 집에서 사람들을 끌어내고 물에 빠진 사람들을 구해내는 책임감 있는 개라고 했다.

패멀라는 보우선이 자기 아기인 양 낡은 보닛과 숄을 입히길 좋아했다. 이제 진짜 아기가 생겼는데도 말이다. 남자아이, 에드워드. 모두 아기를 테디라고 불렀다. 어머니는 새로 태어난 아기가 당황스러운 모양이었다.

"어디에서 나왔는지 모르겠어." 실비가 딸꾹질 같은 웃음소리를 내며 말했다.

그녀는 새로 태어난 아기를 보러 온 '런던 시절'의 학교 친구 두 명과 잔디밭에서 차를 마셨다. 셋 다 얇고 예쁜 드레스에 커다란 밀짚모자를 쓴 채 고리버들 의자에 앉아 글로버 부인이 만든 셰리 케이크와 차를 마셨다. 어슐라와 보우선은 적당한 거리를 두고 잔디밭에 앉아 부스러기라도 떨어지길 기다렸다.

테니스 네트를 세우자 모리스는 패멀라에게 건성으로 테니스를 가르쳤다. 어슐라는 보우선에게 줄 조그마한 데이지 화환을 만드느라 정신이 없었다. 어슐라의 손가락은 뭉툭하고 둔했다. 실비는 화가나 피아니스트처럼 길고 날랜 손가락을 지녔다. 실비는 거실에서 피아노(쇼팽)를 연주했다. 종종 차를 마신 뒤에 함께 노래를 불렀지만 어슐라는 자기 파트를 제대로 부른 적이 없었다. ("진짜 멍청해." 모리스가 말했다. "연습하면 완벽해져." 실비가 말했다.) 피아노 뚜껑을 열면 낡은 트렁크에서 나는 것과 똑같은 냄새가 났다. 어슐라는 이 냄새를 맡으면 검은 옷차림으로 마데이라 와인을 마시며 시간을 보내던 애들레이드

할머니 생각이 났다.

새로 태어난 아기는 커다란 너도밤나무 아래 놓인 널찍한 유모차에 누워 있었다. 아이들은 전부 한때 이 멋진 유모차를 탔지만 아무도 기억하지 못했다. 작은 은토끼가 덮개에 매달려 있고 아기는 '수녀들이 수를 놓은' 침대보 아래서 편안했다. 이들 수녀가 누구인지, 왜 조그마한 노란 오리를 수놓으며 시간을 보냈는지는 아무도 설명해주지 않았지만.

"에드워드, 테디라고 불러?" 실비의 친구 중 하나가 물었다.

"어슐라와 테디야. 내 어린 두 곰이지." 두 이름 다 곰과 연관이 있다 실비가 말하며 딸꾹질 같은 웃음을 터뜨렸다.

어슐라는 곰이 된다는 게 뭔지 몰랐다. 차라리 개가 되었으면 했다. 어슐라는 등을 대고 누워서 하늘을 쳐다보았다. 보우선이 크게 그르렁거리며 어슐라 옆으로 몸을 뻗었다. 제비들이 푸른 하늘을 저돌적으로 갈랐다. 어슐라는 찻잔이 받침에 놓이는 섬세한 쨍그랑 소리, 옆집 콜씨네 정원에서 올드 톰이 미는 잔디 깎는 기계의 삐걱거리고 덜컥거리는 소리를 들었다. 패랭이꽃의 매큼하고 달콤한 향내와 새로 깎은 잔디의 톡 쏘는 풀 냄새가 났다.

"아." 실비의 런던 친구 중 하나가 다리를 뻗더니 흰 스타킹을 신은 우아한 발목을 드러내며 말했다. "길고도 더운 여름이야. 아주 기분 좋지 않아?"

진저리가 난 모리스가 테니스 라켓을 잔디밭에 집어던지자 쿵 소리와 함께 깩 소리가 나면서 평화가 깨졌다.

"도저히 못 가르치겠어. 여자아이들이란!"

모리스가 소리치며 덤불로 가더니 막대기로 덤불을 내려치기 시작했다. 물론 상상 속에서는 정글에서 칼을 휘두르는 것이었지만. 모리스는 여름이 끝나면 기숙학교에 가기로 했다. 휴가 다녔고, 휴 전에는 휴의 아버지가 다녔던 학교였다. ("그렇게 하다 보면 노르만정복 시대까지 거슬러 올라갈걸." 실비가 말했다.) 휴는 학교가 모리스를 '사람으로 만들어줄' 거라고 했지만 어슐라가 보기에 모리스는 이미 사람이 된 것 같았다. 휴는 처음 학교에 갔을 때 밤마다 울다가 잠들었다고 말하면서도 모리스에게 똑같은 고문을 안겨주는 게 무척 즐거워 보였다. 모리스는 가슴을 쫙 펴면서 '자신'은 울지 않을 거라고 선언했다.

("우리는요? 우리도 집을 떠나 학교에 다녀야 해요?" 걱정이 된 패멀라가 물었다.

"네가 아주 버릇없이 굴면." 휴가 웃으면서 말했다.)

얼굴이 발개진 패멀라가 주먹 쥔 두 손을 엉덩이에 올린 채, 멀어져가는 냉정한 모리스의 등에다 대고 소리쳤다.

"돼지 같은 자식!"

패멀라의 '돼지'는 실제보다 훨씬 더 나쁘게 들렸다. 돼지는 아주 좋은 동물인데 말이다.

"패미. 막돼먹은 여자처럼 말하는구나." 실비가 온화하게 말했다.

어슐라가 케이크 접시 쪽으로 슬금슬금 다가왔다.

"오, 이리 오렴. 어디 한번 보자." 실비의 친구가 어슐라에게 말했다.

어슐라는 꽁무니를 빼려 했지만 곧장 실비한테 붙들렸다.

"아주 예쁘게 생겼네? 널 닮았어, 실비." 실비 친구가 말했다.

"막 돼지를 먹어요?"

어슐라의 말에 실비 친구들이 웃었다. 기분 좋은 유쾌한 웃음이었다.

"정말 재미있는 아이구나." 한 친구가 말했다.

"응, 진짜 재미있는 애야." 실비가 말했다.

"응, 진짜 재미있는 애야." 실비가 말했다.

"아이들이란 참 이상하지, 안 그래?" 마거릿이 말했다.

실비는 아이들이 참 이상한 것 이상이라고 생각했지만 아이가 없는 사람에게 어떻게 위대한 모성애를 설명하겠는가? 실비는 결혼으로 단축된 짧은 소녀 시절의 친구들과 함께 있자니 아줌마가 된 게 긍정적으로 느껴졌다.

브리짓이 쟁반을 들고 나와 찻잔들을 치우기 시작했다. 브리짓은 오전에 집안일을 할 때는 줄무늬 원피스를 입지만 오후에는 흰색 커프스와 깃이 달린 검은 원피스를 입고 여기에 어울리는 하얀 앞치마와 모자를 썼다. 그녀는 어느덧 승진을 하여 부엌데기에서 벗어났다. 앨리스가 결혼 때문에 떠나자 실비는 마을에서 마저리라는 열세 살짜리 사팔뜨기 여자아이를 데려와 허드렛일을 거들게 했다. ("두 사람으로는 어떻게 안 돼? 브리짓과 글로버 부인만으론? 대저택도 아닌데." 휴가 조심스럽게 물었다.

"안 돼요." 실비는 이렇게 이 문제에 종지부를 찍었다.)

브리짓에게 너무 큰 하얀 모자는 계속해서 흘러내려 눈가리개처럼 되었다. 브리짓은 잔디밭을 가로질러 돌아오던 길에 모자가 내려와 갑자기 눈을 가리자 발을 헛디뎠다. 다행히 우스꽝스럽게 넘어지는 것만큼은 피했지만, 은으로 된 설탕 그릇과 설탕 집게가 공중으로 날아오르면서 각설탕이 푸른 잔디밭 위로 주사위처럼 흩어졌다. 브리짓의 사고를 본 모리스가 과장스럽게 웃어대자 실비가 말했다.

"모리스, 바보처럼 굴지 마."

보우선과 어슐라는 땅에 떨어진 각설탕을 줍느라 바빴다. 보우선은 커다란 분홍색 혓바닥으로, 망측스럽게도 어슐라 역시 능숙한 혓바닥으로. 보우선은 설탕을 씹지도 않고 꿀꺽 삼켰다. 어슐라는 하나씩 천천히 빨아먹었다. 실비는 어슐라가 혼자 겉도는 운명을 타고난 건 아닌지 걱정되었다. 외동아이처럼. 실비는 자식들 사이의 복잡 미묘한 남매 관계가 종종 이해되지 않았다.

"런던에 오지 않을래? 며칠간 우리 집에서 지내면 아주 재미있을 텐데." 마거릿이 느닷없는 말을 꺼냈다.

"아이들은 어떡하고. 갓난아기도 있잖아. 아이들을 두고 갈 수는 없어." 실비가 말했다.

"왜 안 돼? 유모가 며칠 동안 봐주면 되지, 안 그래?" 릴리가 말했다.

"우리 집엔 유모가 없어." 실비가 말했다.

릴리는 수국 사이에 숨어 있는 유모를 찾기라도 하는지 정원을 죽 둘러보았다.

"나도 원하지 않고." 실비가 덧붙였다. (사실일까?)

어머니 역할은 실비의 책임이자 운명이었다. 그녀의 인생에는 그것 말고는 아무것도 없었다. (달리 무엇이 있을 수 있겠는가?) 영국의 미래가 실비의 가슴에 달려 있었다. 실비의 부재가 현존보다 더 많은 걸 의미하기라도 하듯 실비를 대체하기란 쉽지 않았다.

"게다가 모유 수유를 하거든." 실비가 말했다.

두 여자 모두 놀란 것 같았다. 릴리는 무의식적으로 자신의 가슴을 한 손으로 움켜잡았다. 공격에서 가슴을 보호하기라도 하듯.

"하느님이 그렇게 만드셨잖아."

실비는 티핀을 잃은 후부터 하느님을 믿지 않으면서도 이렇게 말했다. 그때 용건이 있는 사람처럼 잔디밭을 성큼성큼 질러오는 휴 덕분에 실비는 위기를 모면했다.

"뭐 하고 있었어?"

휴가 웃으며 어슐라를 들어올려 가볍게 공중으로 던졌고, 각설탕 때문에 어슐라가 캑캑거리자 그제야 그만두었다. 휴는 실비를 보고 성긋 웃었다.

"당신 친구들이군."

마치 그들이 누구인지 실비가 잊어버리기라도 한 듯이.

"금요일 저녁, 노동자도 노동을 끝내고 태양도 공식적으로는 넘어
간 듯한데, 아름다우신 숙녀분들께서는 차보다 더 강한 걸로 바꿀 의
향이 없으십니까? 진 슬링 같은 거?" 휴가 어슐라를 다시 잔디밭에 내
려놓으며 말했다.

휴는 여동생이 넷이나 있어서 여자들과 편하게 잘 어울렸다. 그런
점이 여자들에게는 충분히 매력적이었다. 실비는 여자들에게 환심을
사려는 게 아니라 보호하려는 것이 휴의 본성임을 알았다. 하지만 가
끔씩 휴가 얼마나 인기 있는지, 그 인기의 결말이 어떨지 궁금하기도
했다. 이미 결말이 났는지도 모르지만.

모리스와 패멀라의 관계가 완화되었다. 실비는 작지만 쓰임새가 많
은 테라스에서 아이들이 차를 마실 수 있게 브리짓을 시켜 탁자를 끌
어다 놓았다. 토스트에 올린 분홍색 청어알을 보자 실비는 약간 메스
꺼워졌다.

"아이들 음식이야." 휴는 아이들이 먹는 모습을 뿌듯하게 지켜보며
말했다.

"오스트리아가 세르비아에 전쟁을 선포했어요." 휴가 대화를 시작
하자 마거릿이 말했다. "정말 어리석은 짓이에요. 작년에 비엔나에서
아주 멋진 주말을 보냈어요. 임페리얼 호텔에서. 그 호텔 알아요?"

"잘 몰라요." 휴가 말했다.

실비는 알았지만 말하지 않았다.

저녁이 무르익어갔다. 알코올 기운으로 약간 건들거리던 실비는 갑

자기 코냑 때문에 죽은 아버지를 기억해내고는 성가신 작은 파리를 잡
듯이 손뼉을 치며 말했다.

"자러 갈 시간이야, 애들아."

그러고는 브리짓이 잔디밭 위로 무거운 유모차를 힘겹게 밀고 오는
모습을 지켜보았다. 실비는 한숨을 지었고, 휴는 의자에서 일어서는
실비를 부축하며 뺨에 입을 맞추었다.

실비는 답답한 아기방의 작은 천창을 열어젖혔다. 이 방을 '아기방'
이라고 불렀지만 처마 모퉁이 안으로 쑥 들어간 상자 같은 공간에 불
과했다. 여름에는 바람이 통하지 않고 겨울에는 얼음장 같아서 연약한
갓난아이가 지내기에는 부적합한 방이었다. 휴와 마찬가지로 실비도
어릴 때 아이를 강하게 키워야 나중에 시련을 더 잘 견뎌낼 거라고 생
각했다. (메이페어의 멋진 집, 사랑하는 조랑말, 전지전능한 하느님에 대한
신앙을 잃은 것.) 실비는 벨벳 수유 의자에 앉아 에드워드에게 젖을 먹
였다.

"테디."

젖을 빨던 에드워드가 배가 부른지 스르르 잠이 들자 실비가 사랑
스러운 눈길로 바라보며 속삭였다. 실비는 자식들이 아기일 때가 가장
예쁘다고 생각했다. 새끼 고양이의 분홍 발바닥처럼 아직 뽀송뽀송하
고 눈부실 때. 실비는 에드워드의 솜털 머리에 입을 맞추었다.

부드러운 공기 중에 휴가 하는 말이 맴돌았다.

"좋은 건 모두 끝이 있기 마련이죠." 휴는 저녁을 먹으러 릴리와 마
거릿을 대동하고 집 안으로 들어서며 말했다. "시적 재능이 있는 글로
버 부인이 상상의 나래를 펴서 요리했을 겁니다. 근데 일단은 새로 산
피터 엔진부터 구경하는 게 어때요?"

두 여자는 여전히 철없는 여학생처럼 재잘거렸다.

흥분된 외침과 박수 소리에 어슐라는 잠에서 깼다.
"전기야!" 실비의 친구 중 하나가 이렇게 외쳤다. "정말 멋지다!"
어슐라는 패멀라와 다락방을 함께 썼다. 천으로 엮은 깔개에 잘 어울리는 작은 침대 둘, 그 사이에는 옷장이 놓여 있었다. 패멀라는 머리 위로 팔을 올린 채 잤고 종종 핀에 찔린 듯이 비명을 질렀다. (모리스가 좋아하는 끔찍한 장난이다.) 침실 한쪽 벽면에서는 글로버 부인이 기차 화통을 삶아먹은 듯 코를 골았고, 다른 쪽 벽면에서는 브리짓이 밤새 잠꼬대를 했다. 방문 앞에서는 보우선이 잤는데, 잠자는 동안에도 늘 보초를 섰다. 보우선은 가끔씩 나지막이 낑낑거렸는데, 좋아서인지 아파서인지는 알 수 없었다. 다락층은 늘 북적이고 시끄러운 곳이었다.
나중에 손님들이 떠날 때 어슐라는 다시 잠에서 깼다. ("저 아이는 이상하게 잠귀가 밝아요." 글로버 부인은 마치 고쳐야 할 성격적 결함인 양 말했다.) 어슐라는 침대에서 내려와 창가 쪽으로 다가갔다. 분명 해서는 안 되는 행동이었지만 의자 위에 올라가 밖을 내다보면 엄마와 친구들이 으스름해지는 황혼 속에서 나방처럼 드레스 자락을 펄럭이며 아래쪽 잔디밭에 서 있는 모습이 잘 보일 것이다. 휴는 뒷문에 서서 이들을 역까지 바래다주려고 기다렸다.
종종 브리짓은 아이들을 기차역으로 데려가 퇴근길 기차에서 내리는 아버지를 마중하게 했다. 모리스는 나중에 크면 기관사가 되고 싶다고 했다. 아니면 대탐험을 준비하는 어니스트 섀클턴처럼 남극 탐험가도 되고 싶어했다. 그것도 아니면 아버지처럼 그냥 은행가가 되거나.
휴는 런던에서 일했다. 런던은 이들이 어쩌다 햄프스테드의 할머니

집 거실에서 어색한 오후를 보내다 오는 곳이었다. 걸핏하면 싸우는 모리스와 패멀라 때문에 신경이 '너덜너덜해진' 실비는 집으로 돌아오는 기차 속에서 늘 기분이 안 좋았다.

친구들은 떠났고, 목소리가 멀어지자 실비는 잔디밭을 가로질러 집으로 들어왔다. 검은 박쥐가 날개를 펼치자 어두운 그림자가 드리워졌다. 여우 한 마리가 실비 몰래 뒤따라오더니 방향을 틀어 덤불 속으로 사라졌다.

"무슨 소리 못 들었어요? 아기 소리 같은 거?" 실비가 물었다.

실비는 베개 위에 팔꿈치를 괸 채 포스터의 초기 작품을 읽고 있었다.

휴는 한쪽으로 고개를 갸우뚱했다. 그 모습이 잠깐 보우선을 떠올리게 했다.

"아니." 휴가 대답했다.

아기는 보통 밤새 한 번도 깨지 않고 잤다. 아기 천사였다. 하지만 천국에 있지는 않았다. 다행히도.

"아직까지는 제일 얌전한 아기야." 휴가 말했다.

"네, 이 정도면 키울 수 있겠어요."

"날 안 닮았어." 휴가 말했다.

"안 닮았어요. 당신과는 전혀 달라요." 실비가 기분 좋게 맞장구쳤다.

휴는 웃었고 다정하게 실비에게 키스하며 말했다.

"잘 자, 내 쪽 램프는 끌게."

"난 좀 더 읽다가 잘게요."

며칠 지난 어느 더운 오후, 가족은 수확하는 걸 보러 갔다.

실비와 브리짓은 여자아이들을 데리고 들판을 건너갔다. 실비는 브리짓이 숄을 잘라서 만든 띠를 상체에 묶어 아기를 맸다.

"아일랜드 농부 같군." 휴가 놀리듯 말했다.

토요일이라 우울한 은행 업무의 족쇄에서 벗어난 휴는 집 뒤쪽 테라스에서 고리버들로 짠 기다란 의자에 누워 크리켓 연감을 찬송가처럼 읊조리고 있었다.

모리스는 아침식사 후에 자취를 감추었다. 아홉 살 난 모리스는 어디든, 누구하고든 마음 내키는 대로 돌아다녔다. 주로 또래 남자아이들과 어울리길 좋아했지만. 이 아이들이 뭘 하고 노는지 하루해가 저물 때쯤이면 모리스는 머리부터 발끝까지 먼지를 뒤집어쓴 채 돌아왔다. 개구리나 지렁이가 든 병, 죽은 새, 작은 동물의 백골 등 역겨운 전리품을 들고서.

태양이 떠오른 지 한참 지나서야 이들은 출발했다. 아기, 피크닉 바구니, 선 보닛, 파라솔 들로 거추장스러웠다. 보우선은 작은 조랑말처럼 이들 옆을 터벅터벅 따라갔다.

"맙소사, 꼭 피난민처럼 짐이 이게 뭐니. 이스라엘을 탈출하는 유대인 같네."

"유대인요?" 브리짓은 불쾌한 기색이 역력한 얼굴로 말했다.

간이 포대기에 싸인 테디는 가는 내내 잠을 잤다. 디딤 계단을 오르고 햇빛에 딱딱하게 굳은 진흙 바퀴 자국에 걸려 넘어질 때도. 브리짓의 드레스가 못에 걸려 찢어졌고 발에는 물집도 생겼다. 실비는 코르셋을 벗어 길가에 버리고 싶었다. 지나가던 사람이 코르셋을 보고 의아해하는 모습을 상상해보았다. 소 목장에서 어질어질할 정도의 햇볕을 쬐자 난데없는 기억 하나가 떠올랐다. 신혼여행 중에 도빌의 한 호텔에서 휴가 실비의 코르셋을 풀던 기억이었다. 열린 창문으로 끼익 울며 날갯짓하던 갈매기, 거칠고 빠른 프랑스어로 싸우던 남녀 목소리. 셰르부르에서 배를 타고 집으로 돌아오던 실비는 몸속에 훗날 모리스가 될 작은 생명체를 품고 있었지만 다행히 당시에는 이 사실을 전혀 몰랐다.

"마님? 토드 부인? 저건 '소'가 아닌데요." 브리짓이 말했다.

그 말에 실비의 상념이 깨졌다.

이들은 발길을 멈추고 조지 글로버의 말들에 감탄했다. 샘슨과 넬슨이라고 불리는 쟁기 끄는 커다란 말들은 사람들을 보자 힝힝거리며 머리를 흔들었다. 그 모습에 어슐라가 무서워하자 실비는 말들에게 사과를 주었다. 말들은 분홍색 벨벳 같은 커다란 입술로 실비 손바닥에서 조심스럽게 사과를 물었다. 회색에 검은 얼룩이 박힌 모습이 사람보다 훨씬 예쁘다는 실비의 말에 패멀라가 되물었다.

"아이들보다 더?"

실비가 웃으며 대꾸했다.

"그래, 특히나 아이들보다 더."

수확을 돕고 있는 조지가 보였다. 일행을 본 조지는 들판을 가로질러 성큼성큼 다가와 이들을 맞이했다.

"마님." 조지가 인사했다.

조지는 모자를 벗어 빨강과 하양 점무늬가 커다랗게 찍힌 손수건으로 이마의 땀을 닦았다. 작은 왕겨 조각들이 그의 팔에 들러붙어 있었다. 팔에 난 털도 왕겨처럼 햇빛에 금빛으로 반짝였다.

"덥군요." 조지가 쓸데없는 말을 했다.

그는 잘생긴 푸른 눈을 늘 덮고 있는 긴 머리카락 사이로 실비를 바라보았다. 실비의 얼굴이 붉어졌다.

점심으로 싸온 훈제청어 샌드위치, 레몬 커드 샌드위치, 진저비어와 캐러웨이씨가 박힌 케이크 외에도 글로버 부인이 조지에게 전해달라고 어제 만들어 보낸 돼지고기파이도 있었다. 글로버 부인의 그 유명한 피칼릴리도 작은 병에 담겨 함께 왔다. 캐러웨이씨가 박힌 케이크는 이미 신선도가 떨어진 상태였다. 브리짓이 케이크용 깡통에다 집어넣는 걸 깜빡 잊는 바람에 밤새 후텁지근한 부엌에 그대로 노출되었던 탓이다.

"개미가 그 안에 알을 깠을지도 모르지." 글로버 부인이 말했다.

어슐라는 케이크를 먹으면서 혹시 개미알일지도 몰라 그 많은 씨앗을 하나하나 골라냈다.

들판의 일꾼들도 일손을 놓고 각자가 싸온 도시락을 먹었다. 주로 빵과 치즈, 맥주였다. 브리짓은 조지에게 돼지고기파이를 건네면서 얼굴을 붉히며 살그머니 웃었다. 패멀라는 어슐라에게 브리짓이 조지를 좋아한다는 말을 모리스한테서 들었다고 일러주었다. 패멀라와 어슐라가 보기에는 모리스가 연애 문제의 정보통일 리가 없었지만. 가족은 그루터기 가장자리에서 도시락을 먹었고, 조지는 아무 데나 편하게 앉아 돼지고기파이를 크게 한입 베어물었다. 브리짓은 조지가 그리스 신이라도 되는 양 감탄하는 눈길로 바라보았고, 실비는 아기 때문에 정신이 없었다.

실비는 테디에게 젖을 먹일 한적한 장소를 찾아 터벅터벅 걸었다. 메이페어의 좋은 저택에서 자란 여자들은 산울타리 뒤에 웅크리고 앉아 젖을 물리는 법이 절대 없었다. 아일랜드 농부라면 모를까. 실비는 하릴없이 콘월의 해변 오두막을 생각했다. 산울타리 그늘에 적당히 은밀한 장소를 발견했을 때 테디는 세상의 부당함에 맞서기라도 하듯 그 작은 주먹을 꽉 쥐며 앙 울음을 터뜨렸다. 테디에게 젖을 막 물리며 고개를 쳐들자 들판 저 건너 숲에서 나오는 조지 글로버가 보였다. 조지

는 걸음을 뚝 멈추더니 놀란 사슴처럼 실비를 응시했다. 한순간 조지
는 얼어붙은 듯 꿈쩍 않다가 곧 모자를 벗어들며 말했다.

"여전히 덥군요, 마님."

"그러게." 실비는 씩씩하게 대답했다.

그러고는 조지가 허겁지겁 달려가 산울타리의 빗장 걸린 문을 날랜
사냥꾼처럼 훌쩍 뛰어넘는 모습을 지켜보았다.

실비의 가족은 거대한 수확기가 요란하게 밀을 먹어치우는 걸 멀찌
감치 떨어져서 구경했다.

"최면을 거는 것 같아요, 그렇죠?"

브리짓이 최근에 배운 단어였다. 실비는 패멀라가 특히 탐내는 시
곗줄이 달린 자그맣고 예쁜 금시계를 꺼내며 말했다.

"어머나 세상에, 지금이 몇 시야." 아무도 시간을 보지 않았지만 실
비는 덧붙였다. "이제 그만 돌아가야 해."

일행이 막 떠나려는데 조지 글로버가 들판을 가로질러 달려오며 외
쳤다.

"잠깐만!"

조지의 모자에 뭔가 담겨 있었다. 새끼 토끼 두 마리였다.

"아."

패멀라는 흥분으로 눈물까지 글썽였다.

"토끼란다. 들판 한가운데 웅크리고 있더라고. 어미는 없어. 자, 한
마리씩 가지렴." 조지 글로버가 말했다.

집으로 돌아오는 길, 패멀라는 새끼 토끼 두 마리를 점퍼스커트에
담아 티 쟁반을 든 브리짓처럼 보란 듯이 치마를 앞으로 치켜들었다.

"당신 좀 봐. 햇볕에 그을어서 금빛이 됐군. 진짜 시골 아낙네처럼."
일행이 정원 문을 터벅터벅 걸어들어오자 휴가 말했다.

"금빛이 아니라 붉은빛이겠죠." 실비가 슬픈 듯이 말했다.

정원사는 작업 중이었다. '올드 톰'이라고 불리는 정원사였다. ("고
양이 이름 같네. 예전에는 '영 톰'이라고 불렸을까?" 실비가 말했다.) 정원사
는 일주일에 엿새 일했는데, 시간을 쪼개 근처의 다른 집 정원도 맡고
있었다. 이웃인 콜 가족은 정원사를 '리질리 씨'라고 불렀다. 정원사는
어떤 이름이 더 좋은지 별다른 말이 없었다. 콜네 집도 토드네 저택과
거의 흡사했고, 콜 씨 역시 휴처럼 은행가였다.

"유대인이야." 실비는 '가톨릭'이라고 할 때와 똑같은 목소리로 말했
다— 이국적인 것에 흥미를 보이면서도 동요하는.

"저 사람들은 유대교 생활을 매일 하는 것 같진 같아." 휴가 말했다.

무슨 연습_{원서의} 'practise'에는 '연습'과 '종교생활하다'의 뜻이 있음을 말하는 걸까?
어슐라는 궁금했다. 패멀라는 매일 저녁식사 전에 피아노 연습을 해야
했다. 딩동거리는 피아노 소리는 듣기에 썩 유쾌하지 않았다.

콜 씨의 장남 사이먼에 따르면 콜 씨는 완전히 딴 이름으로 태어났
다고 했다. 영국인이 발음하기 아주 힘든 이름으로. 둘째 아들 대니얼
은 모리스와 친구였고, 어른들과는 달리 아이들은 서로 친하게 지냈다.
'공부벌레'(모리스의 표현이었다.)인 사이먼은 매주 월요일 저녁 모리스
의 수학 공부를 도왔다. 전형적인 유대인 같은 태도에 당황한 실비는
귀찮은 일을 해주는 사이먼에게 어떻게 보답해야 할지 몰랐다.

"유대인이 기분 나빠 할 만한 걸 주게 되면 어쩌지? 돈을 주면 유대
인은 돈을 밝힌다는 유명한 평판 때문이라고 생각하겠지. 사탕은 유대
인 음식 규정에 걸릴지도 모르고." 실비가 추측했다.

"저들은 유대교인이 아니야. 교리를 지키지 않아." 휴는 반복해 말

했다.

"벤저민은 아주 관찰력이 뛰어나요. 원서의 'observant'에는 '교리를 지키다'와 '관찰력이 있다'의 뜻이 있음 어제는 찌르레기 둥지를 찾아낸걸요." 패멀라는 이렇게 말하며 모리스를 쳐다보았다.

반점 있는 갈색에 푸르스름한 예쁜 알을 보며 감탄하던 중에 우연히 모리스를 만났다. 모리스는 알을 집어들더니 돌에 던져 깨뜨려버렸다. 모리스에게는 아주 재미있는 장난이었다. 그러자 패멀라가 작은 바위를 모리스 머리에 던졌다.

"자, '네' 머리도 깨져보니 기분이 어때?"

모리스의 관자놀이가 심하게 찢어지고 멍도 들었다.

"넘어졌어요." 무슨 상처냐는 실비의 물음에 모리스가 짤막하게 대답했다.

모리스의 천성으로 보면 패멀라를 고자질해야 정상이었지만 그랬다간 먼저 저지른 죄가 드러나고, 새알을 깨뜨린 것 때문에 실비한테 따끔하게 혼날 게 뻔했다. 실비는 이전에도 모리스가 새알을 훔치는 걸 보고 뺨을 때린 적이 있었다. 실비는 자연을 파괴하는 게 아니라 '숭배'해야 한다고 했다. 하지만 불행하게도 모리스의 본성에는 애초부터 숭배란 게 없었다.

"사이먼은 바이올린을 배우지?" 실비가 물었다. "일반적으로 유대인은 아주 음악성이 풍부해, 안 그래? 사이먼에게 악보 주는 것도 괜찮겠네."

유대주의를 모욕할 수 있는 위험에 관한 토론은 아침 식탁에서 이루어졌다. 휴는 아이들이 자신과 같은 식탁에 앉아 있는 걸 보면 늘 약간 놀라는 눈치였다. 휴 자신은 열두 살이 될 때까지 부모와 같은 식탁에서 밥을 먹지 못했다. 아기방을 벗어나도 될 만큼 건강하다고 여겨지기 전까지는. 휴는 건강한 상태에서 햄프스테드 가정 안의 또 다른 가정이라 할 수 있는 유능한 유모 품에서 벗어났다. 반면 어린 실비는 부모님의 대화를 들으면서 쿠션 위에 위태롭게 걸터앉아 저녁으로 느지막이 '카나르 아 라 프레세' 구운 오리 요리를 먹으며 펄럭이는 촛불과 번쩍거리는 은식기들에게서 위안을 얻었다. 그러나 지금 실비가 추측하듯 누구나 어린 시절이 그랬던 건 아니었다.

올드 톰은 도랑을 이중으로 팠다. 새 아스파라거스 화단을 만드는 중이라고 했다. 휴는 일찌감치 크리켓 연감을 내려놓고 라즈베리를 따서 커다란 흰색 에나멜 그릇에 가득 채웠다. 패멀라와 어슐라는 최근까지도 모리스가 이 그릇에 올챙이를 키웠다는 걸 알았지만 둘 다 입을 꾹 다물고 말하지 않았다. 휴가 맥주를 한 잔 따르며 말했다.

"갈증 나는 일이야, 이 농사일이란 건."

그 말에 모두들 웃었다. 올드 톰만 제외하고.

글로버 부인은 올드 톰에게 자신의 쇠고기 요리에 곁들일 감자를 좀 캐오라고 부탁했다. 토끼들을 본 글로버 부인이 씩씩거리며 말했다.

"국 끓일 양도 안 되네."

그 말에 패멀라가 비명을 질렀고, 휴의 맥주를 한 모금 마시게 하자 겨우 진정했다.

패멀라와 어슐라는 정원의 빈 모퉁이에 토끼장을 만들었다. 풀과 탈지면을 이용해서 우리를 만들고 떨어진 장미 꽃잎으로 장식한 뒤 새끼 토끼들을 조심스럽게 들여놓았다. 패멀라는 토끼들에게 예쁜 목소리로 자장가를 불러주었지만, 새끼 토끼들은 조지 글로버가 건네줄 때부터 줄곧 자고 있었다.

"쟤들은 너무 작은 것 같아." 실비가 말했다.

무슨 용도에 너무 작다는 뜻일까? 어슐라는 궁금했지만 실비는 가르쳐주지 않았다.

일행은 잔디밭에 앉아 크림과 설탕을 얹은 라즈베리를 먹고 있었다. 휴가 파란 하늘을 올려다보며 말했다.

"천둥소리 들려? 어마어마한 폭풍이 몰려오겠는데. 난 폭풍이 오는 게 느껴져. 안 그런가, 올드 톰?"

휴는 저 멀리 떨어진 채소밭에서 일하는 올드 톰이 들을 수 있게 목청을 높였다. 정원사로서 올드 톰은 날씨를 잘 알아야 한다는 게 휴의 생각이었다. 올드 톰은 말없이 계속 땅을 파기만 했다.

"귀가 먹었군." 휴가 말했다.

"귀 안 먹었어요." 실비는 로즈 매더분홍색을 띤 안료를 만들기 위해 핏빛의 아름다운 라즈베리를 두툼한 크림에 으깨넣으며 말했다.

실비는 느닷없이 조지 글로버를 떠올렸다. 대지의 아들. 넓적하고 힘센 그의 손, 커다란 흔들 목마 같은 그의 얼룩덜룩한 멋진 회색 말들, 그리고 풀로 덮인 언덕에 아무렇게나 기대앉아 점심을 먹던 모습. 시스티나성당의 미켈란젤로가 그린 아담 같은 자세였지만 그의 손이 뻗은 곳은 창조주의 손이 아니라 돼지고기파이 조각이었다. (아버지 루엘린을 따라 이탈리아에 간 실비는 예술 작품으로 감상하는 수많은 남자 몸에 놀라고 말았다.) 실비는 자신의 손으로 조지 글로버에게 사과를 먹이는 모습을 상상하며 웃었다.

"왜 웃지?"

휴가 묻자 실비가 대답했다.

"조지 글로버가 참 잘생겼더라고요."

"그럼 입양된 게 틀림없어." 휴가 말했다.

그날 밤 실비는 좀 덜 지적인 일을 위해 포스터 작품 읽기를 포기했다. 지나치게 뜨거워진 두 몸뚱이는 부부 침대에서 서로 뒤엉켰고, 날아오르는 종달새보다는 헐떡거리는 수사슴에 가까웠다. 실비의 생각은 자신도 모르게 부드럽고 강단 있는 휴의 몸이 아니라 조지 글로버의 광택 나는 커다란 켄타우로스 몸뚱이에 가 있었다.

"당신 아주……" 기진맥진한 휴가 침실 천장에 눈길을 주며 적절한 말을 찾았다. "활기 넘치는군." 마침내 휴가 뒷말을 이었다.

"다 신선한 공기 탓이에요." 실비가 말했다.

편안하게 잠에 빠져들던 실비는 햇볕에 그을어 금빛이 되었다는 말을 생각하다가 느닷없이 셰익스피어의 글을 떠올렸다. '황금처럼 눈부신 젊은이도 아가씨도 모두, / 굴뚝 청소부와 마찬가지로, 흙으로 돌아간다.'(심벨린) 중 실비는 갑자기 두려움을 느꼈다.

"드디어 폭풍이 몰려오고 있어. 이제 그만 불을 끌까?" 휴가 말했다.

일요일 아침, 실비와 휴는 울부짖는 패멀라 때문에 늦잠에서 깼다. 신이 난 패멀라와 어슐러는 아침 일찍 일어나 밖으로 뛰쳐나갔다가 토끼들이 사라진 걸 알았다. 동글동글한 하얀 솜털이 붉은 피로 얼룩진 채 작은 꼬리만 남아 있었다.

"여우 짓이야. 내 그럴 줄 알았지." 글로버 부인이 거 보란 듯이 말했다.

1915년 1월

"최근 뉴스 들었어요?" 브리짓이 물었다.

실비가 한숨을 지으며 휴의 편지를 내려놓자 편지지에서 낙엽처럼 바스락 소리가 났다. 휴가 전선으로 떠난 지 몇 달 되지 않았지만 실비는 휴가 남편이라는 사실조차 잊어버릴 지경이었다. 휴는 옥스퍼드셔와 버킹엄셔 보병대 대위였다. 지난여름만 해도 은행가였는데. 생각할수록 어처구니가 없었다.

휴의 편지들은 쾌활하면서도 조심스러웠다. ('남자들은 멋져. 아주 개성 있어.') 휴는 이 남자들을 이름으로('버트', '앨프리드', '윌프레드') 부르다가 이프르 전투 이후에는 그냥 '남자들'이라고 지칭했는데, 실비는 혹시 버트와 앨프리드와 윌프레드가 죽은 건 아닐까 생각했다. 휴는 죽음이니, 죽어간다느니 하는 말은 절대 하지 않았고, 마치 짧은 여행이나 소풍이라도 떠난 것처럼 썼다. ('이번 주에는 비가 엄청나게 와. 사방이 진흙이야. 당신이 있는 곳은 이곳보다 날씨가 더 좋기를!')

"전쟁에요? 당신이 전쟁에 나간다고요?"

휴가 입대한다고 했을 때 실비는 소리를 지르고 말았다. 휴에게 소리를 지른 적이 없었다는 사실이 퍼뜩 머리를 스쳐갔지만 그러나 실비로서는 어쩔 수가 없었다.

휴는 이렇게 설명했다. 훗날 다른 사람들이 조국의 명예를 위해 전쟁에서 싸울 때 자신은 그러지 못했음을 자책하고 싶지 않다고 말이다.

"내게 주어진 유일한 모험이 될 거야." 휴가 말했다.

"모험이라고요?" 실비는 못 믿겠다는 듯 되물었다. "당신 자식은 어쩌고요? 당신 '아내'는 또 어쩌고요?"

"다 당신을 위한 일이야."

휴는 고상하게 화난 표정으로 말했다. 이해받지 못하는 테세우스처럼. 실비는 그 순간 휴를 몹시 증오했다.

"단란한 가정을 보호하기 위해서야. 우리가 믿는 것들을 지키기 위해서라고." 휴가 주장했다.

"'모험'이라면서요?" 실비는 휴에게서 등을 돌리며 말했다.

그러면서도 실비는 물론 휴를 배웅하기 위해 런던까지 갔다. 그들은 이미 대승리를 거두기라도 한 것처럼 국기를 흔들어대며 환호하는 거대한 인파에 떠밀렸다. 실비는 기차역에 온 여자들의 광적인 애국주의에 놀라고 말았다. 전쟁이 여자들을 반전주의자로 만들어야 하는 거 아닐까?

휴는 사귄 지 얼마 안 되는 연인인 양 실비와 꼭 붙어 있다가 마지막 순간에 기차에 올라탔다. 그리고 곧 군복 입은 남자들 무리에 휩싸여 자취를 감추었다.

'남편의 연대구나.'

실비는 생각했다. 참 이상했다. 휴도 군중처럼 엄청나게, 어리석을 정도로 쾌활해 보였다.

기차가 천천히 역을 빠져나가기 시작하자 흥분한 군중은 미친 듯이 국기를 흔들고 모자를 공중으로 던지며 응원을 보냈다. 실비는 지나가는 객차 창문만 하염없이 응시했다. 처음에는 천천히 가던 기차가 점점 속도를 냈고 나중에는 흐릿한 형체로만 남았다. 실비는 휴의 자취를 찾을 수 없었고, 휴 역시 실비를 볼 수 없게 되었다.

실비는 모두들 자리를 뜨고 난 뒤에도 승강장에 남아 기차가 사라진 지평선의 한 지점을 뚫어지게 바라보았다.

실비는 편지를 내려놓고 대신 뜨개질바늘을 집어들었다.

"뉴스 들었느냐고요?" 브리짓이 끈질기게 물었다.

브리짓은 식탁에 나이프와 포크를 놓던 중이었다. 실비는 뜨개질바늘에 걸린 뜨개질감을 쳐다보며 인상을 찌푸렸다. 브리짓은 자기가 전해주는 뉴스를 들으라는 걸까. 실비는 모리스를 위해 뜨고 있는 튼튼한 회색 스웨터의 래글런 소매에 코를 감치며 뜨개질을 끝냈다. 요즘은 모든 주부가 지나치게 많은 시간을 뜨개질하며 보냈다. 머플러, 벙어리장갑, 장갑, 양말, 모자, 조끼, 스웨터— 다들 남편을 따뜻하게 입히기 위해서였다.

글로버 부인은 저녁 무렵이면 부엌 난로 옆에 앉아 커다란 장갑을 떴다. 조지의 쟁기 끄는 말의 발굽에도 들어갈 만큼 큰 장갑이었다. 하지만 물론 샘슨과 넬슨이 쓸 장갑이 아니라 조지를 위한 장갑이었다. 조지가 가장 먼저 자원입대했다고 글로버 부인이 기회 있을 때마다 자랑스럽게 떠드는 바람에 실비는 아주 짜증이 났다. 부엌 심부름을 하는 마저리도 점심 후에는 뜨개질 유행에 동참했는데 그녀는 행주처럼 보이는 뭔가를 뜨는 중이었다. '뜨개질'이라고 부르기도 좀 과분하긴 했다.

"실보다 구멍이 더 많구나." 글로버 부인은 이런 말과 함께 따귀를 때리며 얼른 일하러 가라고 야단쳤다.

브리짓은 새 애인에게 줄 양말의 뒤꿈치 부분을 제대로 뜨지 못해 찌그러진 양말을 만들곤 했다. 그녀는 샘 웰링턴이라는 에트링햄 홀 농장의 마부에게 '마음이 가 있었다'.

"맞아요. 그 사람은 '낡은 웰링턴 부츠'예요."

브리짓은 이런 농담을 하며 머리를 흔들고 웃었는데, 마치 처음 하는 얘기인 양 하루에도 몇 번씩 반복했다. 거실의 셔닐로 덮인 탁자에 앉아 브리짓은 울고 있는 여자들 위로 천사가 서성이는 감성적인 엽서를 샘 웰링턴에게 보냈다. 실비는 전쟁에 나간 남자에게는 좀 더 유쾌한 편지를 보내야 한다고 넌지시 일러주었다.

브리짓은 샘 웰링턴이 사진관에서 찍은 초상 사진을 초라한 화장대에 올려두었다. 그 사진은 낡은 에나멜 브러시와 빗 세트 옆에 자랑스럽게 놓였다. 브러시는 실비가 생일 때 휴에게서 은으로 된 화장용품 세트를 선물로 받자 브리짓에게 준 것이었다.

이와 비슷한 조지 사진도 글로버 부인의 침대 옆 탁자를 장식했다. 군복 차림의 조지는 아말피 해안을 연상시키는 사진관 배경 앞에 어색하게 서 있었다. 이제는 시스티나성당의 아담처럼 보이지 않았다. 실비는 이미 같은 의식을 치른 입대한 남자들을 생각했다. 어머니와 연인을 위한 기념품이었고, 그중 일부는 유일하게 찍은 사진이었다.

"죽을 수도 있잖아요. 그가 어떻게 생겼는지 잊어버리면 안 되니까요." 브리짓은 연인에 대해 이렇게 말했다.

실비는 휴의 사진을 많이 가지고 있었다. 휴는 훌륭히 기록된 인생을 살고 있는 셈이었다.

패멀라를 제외하고 아이들 모두 위층에 있었다. 테디는 아기 침대에서 자고 있는지, 아니면 깨어 있는지 모르겠지만 아무튼 칭얼대지 않았다. 모리스와 어슐라는 실비가 모르는 짓거리를 하고 있었고 실비도 관심 없었다. 한 번씩 천장에서 울리는 의심스러운 쿵 소리, 그리고 전쟁 때문인지, 아니면 마저리의 무능력함 때문인지, 아니면 그 둘 다 때문인지 아무튼 기분이 좋지 않은 글로버 부인이 부엌에서 내는 무거운 팬의 요란한 금속 소리만 제외하면 모닝룸에는 평온함이 감돌았다.

전쟁이 시작되고부터 모닝룸에서 식사를 해왔다. 궁핍한 전시 상황을 고려하면 지나치게 사치스러운 '리전시 리바이벌' 조지 황태자 섭정 시대에 유행했던 양식을 모방한 스타일 식탁을 포기하고 대신 작은 거실 탁자를 쓰기로 했다. ("식당을 이용하지 않는다고 전쟁에서 이기는 것도 아닌데." 글로버 부인이 말했다.)

실비가 패멀라에게 손짓하자 패멀라는 어머니의 소리 없는 명령에 따라 브리짓을 쫓아다니며 탁자 위의 포크와 나이프를 올바르게 고쳐 놓았다. 브리짓은 왼쪽과 오른쪽, 위쪽과 아래쪽을 구분하지 못했다.

패멀라는 파견군을 위한 지원의 일환으로 비실용적일 만큼 엄청나게 긴 회갈색 목도리를 대량으로 뜨개질했다. 실비는 한 가지 일을 진득하게 하는 장녀에게 유쾌한 충격을 받았다. 앞으로 다가올 딸의 인생에 큰 도움이 되리라. 바늘땀을 잃어버린 실비가 욕설을 중얼거리자 패멀라와 브리짓이 깜짝 놀랐다.

"무슨 뉴스 말이야?" 실비가 머뭇거리며 마침내 물었다.

"노픽에 폭탄이 떨어졌대요." 브리짓은 자신의 정보에 우쭐해하며 말했다.

"폭탄? 노픽에?" 실비가 뜨개질에서 눈을 떼며 말했다.

"체펠린 공격이에요. 독일군 짓이죠. 누가 죽든 전혀 상관 안 해요. 얼마나 못된 놈들인지. 벨기에 아기들을 잡아먹는대요." 브리짓이 위압적으로 말했다.

"글쎄…… 그건 약간 과장 같은데." 실비가 잃어버린 바늘땀을 찾아 바늘에 걸며 말했다.

패멀라는 글로버 부인의 두툼한 푸딩에 공격을 감행할 것처럼 한 손에 디저트용 포크, 다른 한 손에는 스푼을 든 채 머뭇거렸다.

"먹는다고? 아기를?" 패멀라가 겁을 내며 되물었다.

"아니야. 바보 같은 소리 하지 마." 실비가 짜증스럽게 말했다.

글로버 부인이 부엌 안쪽에서 브리짓을 소리쳐 부르자 그녀는 얼른 명령에 따랐다. 잠시 후 계단을 오르며 아이들을 차례차례 소리쳐 부르는 브리짓의 목소리가 들렸다.

"식사 준비됐어!"

패멀라는 이미 살 만큼 산 사람처럼 한숨을 내쉬며 식탁에 앉았다. 그러고는 식탁보를 멍하니 내려다보며 말했다.

"아빠 보고 싶어."

"나도 보고 싶어, 아가야. 엄마도 그래. 이제 그만 바보같이 굴고, 다들 손 씻고 밥 먹으라고 해." 실비가 말했다.

크리스마스가 되자 실비는 휴에게 줄 커다란 선물 상자를 꾸렸다. 필수품인 양말과 장갑, 패멀라가 짠 목도리(파견군을 위한 수많은 것 중 하나), 그리고 이를 무마하는 차원에서 실비는 직접 짠 이중 캐시미어 담요에 자신이 애용하는 '라 로즈 자크미노' 향수를 뿌려 휴가 집을 그리워하도록 했다. 전쟁터에서 맨살에 담요를 두른 휴의 모습을 상상했다. 여인의 향기를 자랑스럽게 풍기며 용감하게 싸우는 기사. 기사도 정신에 관한 이런 몽상은 그 자체가 위안이었고, 더 어두운 뭔가를 접하는 것보다는 훨씬 나았다. 그들은 브로드스테어스에서 겨울 주말을 보냈다. 각반, 보디스, 방한모를 뒤집어쓰고 바다 너머의 포성을 들었다.

크리스마스 선물 상자에는 글로버 부인이 구운 자두 케이크, 패멀라가 만든 페퍼민트 크림이 담긴 약간 모양이 찌그러진 깡통, 담배, 고급 맥아 위스키 한 병, 시집 한 권―영국 시선집으로 대부분 전원풍이어서 읽기 너무 부담스럽지 않은―모리스가 직접 만든 작은 선물들(발사 나무로 만든 비행기), 어슐라가 그린 파란 하늘과 푸른 잔디밭, 그리고 비뚤비뚤한 작은 개 그림. 실비는 친절하게 그림 위에 '보우선'이라고 써주었다. 하지만 실비로서는 휴가 상자를 잘 받았는지 알 길이 없었다.

크리스마스는 따분했다. 이지가 와서 쓸데없는 일(아니면 자기 자신)에 대해 실컷 떠들더니 구급간호봉사대에 들어가겠다며, 크리스마스가 지나자마자 프랑스로 떠날 예정이라고 선언했다.

"하지만 이지. 간호도, 요리도, 타이프도, 아무튼 제대로 할 줄 아는 게 없잖아." 실비가 말했다.

의도보다 말이 더 심하게 나왔지만 정말 이지는 제정신이 아니었다. (글로버 부인은 '까불이'라고 평가했다.)

"그렇다면 우린 사순절쯤에는 전쟁에 지겠는데요?" 이지가 봉사대에 들어간다는 소리에 브리짓이 말했다.

이지는 아기 이야기는 결코 꺼내지 않았다. 아기가 독일에 입양되었으니 독일 시민일 것이라고 실비는 추측했다. 어슐라보다 조금 어린 그 아기가 공식적으로 적이라니 정말 이상했다.

새해가 되자 아이들이 한 명씩 수두에 걸렸다. 패멀라의 얼굴에 첫 번째 반점이 올라오자마자 이지는 런던행 열차에 올랐다. 아주 플로렌스 나이팅게일 나셨군, 실비는 짜증스럽게 브리짓에게 말했다.

뭉툭하고 서툰 손가락을 가진 어슐라도 이제 집안 뜨개질 열풍에 동참했다. 크리스마스에 어슐라는 '라 렌느 솔랑주'라고 불리는 나무로 만든 프랑스 뜨개 인형을 선물로 받았다. 실비는 이 말이 '솔랑주 여왕'이란 뜻이라고 설명했다. 역사적으로 정말 솔랑주 여왕이 있었는지는 실비도 잘 몰랐다. 솔랑주 여왕은 위풍당당한 색으로 칠해졌고, 머리에는 정교한 노란 왕관을 썼는데 어슐라는 뾰족한 왕관 끝에다 털실을 걸었다. 어슐라는 성실한 아이여서 남아도는 시간을 구불구불하고 긴 뭔가를 뜨며 보냈다. 그래봐야 매트와 한쪽이 기운 찻주전자 덮개 같은 거였지만. ("주둥이와 손잡이 구멍은 어디 있니?" 브리짓이 물었다.)

"예쁘구나, 아가." 실비는 긴 잠에서 깨어나듯 어슐라의 손에서 천천히 만들어지는 작은 매트 하나를 들여다보며 말했다. "연습하면 완벽해져, 잊지 마."

"식사 준비됐어!"

어슐라는 이 소리를 무시했다. 침대에 앉은 어슐라는 집중하느라 웅크린 채 솔랑주 여왕의 왕관에 털실을 걸었다. 낡은 황갈색 털실이었지만 "필요하면 하기 싫어도 해야 하는 법"이라고 실비가 말했다.

모리스는 학교로 돌아가야 했지만 아이들 중에서 수두가 가장 심했고, 얼굴은 새한테 쪼인 것처럼 여전히 작은 흉터들로 뒤덮여 있었다.

"며칠 더 집에 있으렴." 닥터 펠로스가 말했지만 어슐라의 눈에는 모리스가 너무 멀쩡해 보였다.

모리스는 우리에 갇힌 사자처럼 따분해하며 안절부절못하고 방 안을 돌아다녔다. 침대 밑에 놓인 패멀라의 슬리퍼 한 짝을 발견하자 축구공인 양 걷어찼다. 그러더니 사기로 만든 장식품을 집어들었다. 풍성한 크리놀린 치마를 입은 귀부인 인형으로 패멀라가 아끼는 물건이었다. 모리스가 인형을 얼마나 높이 위로 던졌던지 전등 유리 갓에 '쨍' 소리를 내며 부딪쳤다. 그 바람에 어슐라는 털실을 놓쳤고, 깜짝 놀라 얼른 두 손으로 입을 막았다. 크리놀린 귀부인이 패멀라의 새틴 솜털 이불의 폭신한 퀼트 위로 사뿐히 내려앉자, 대신 모리스는 바닥에 떨어진 뜨개 인형을 낚아채더니 비행기처럼 들고 뛰기 시작했다.

어슐라는 가련한 솔랑주 여왕이 방 안을 날아다니는 모습을 지켜보았다. 안에서 튀어나온 털실 끝자락을 얇은 현수막처럼 뒤에 매단 채.

그때 모리스는 정말 사악한 짓을 하고 말았다. 다락방 창문을 열어 반갑지 않은 찬 공기가 훅 들어오게 하더니 무시무시한 밤 속으로 작은 나무 인형을 던져버렸다.

어슐라는 얼른 창문 쪽으로 의자를 끌고 가서 의자 위에 올라가 밖을 내다보았다. 창문에서 쏟아져나온 불빛에 솔랑주 여왕이 보였다. 두 다락방 지붕 사이의 움푹 팬 슬레이트 위에 있었다.

이제 인디언으로 변신한 모리스가 함성을 내지르며 이 침대에서 저 침대로 뛰어다녔다.

"식사 준비됐어!" 브리짓이 계단 언저리에서 더 다급하게 소리쳤다.

어슐라는 두 사람의 말을 모두 무시했다. 창밖으로 기어나가는 동안 용감한 어슐라의 심장이 큰 소리로 요동쳤다. 쉬운 일은 아니었지만 자신의 여왕을 구조하기로 결심했다. 슬레이트는 얼음이 있어 미끄러웠고 어슐라가 창문 아래쪽 경사면에 슬리퍼를 신은 작은 발을 올려놓기가 무섭게 슬리퍼가 벗겨져나갔다. 어슐라는 작게 비명을 질렀고 뜨개 여왕 인형 쪽으로 손을 뻗는 순간 그녀는 인형을 지나 미끄러져 내려갔다. 발부터, 썰매도 없는데 썰매를 타듯. 어슐라의 하강을 완화시켜줄 난간도 없었다. 밤의 검은 날개 속으로 곤두박질치는 어슐라를 아무것도 막아주지 못했다. 돌진하듯 무서울 정도로 어슐라는 바닥도 없는 공중으로 떨어졌고, 그러고는 아무것도 없었다.

어둠이 내려앉았다.

눈

1910년 2월 11일

피칼릴리는 역겨운 황달색이었다. 닥터 펠로스는 짜증스러울 만큼 연기가 심한 기름 램프의 불빛을 받으며 부엌 식탁에서 식사를 했다. 그는 버터 바른 빵에 피칼릴리를 덧바른 뒤 두툼한 햄 조각을 그 위에 올렸다. 자신의 집 식품 저장실에 서늘하게 보관된 베이컨 생각이 났다. 펠로스는 농부에게 가서 직접 돼지를 골랐다. 살아 있는 돼지가 아니라 해부학 수업으로 생각하면서. 허리 고기, 족발, 볼살, 삼겹살 그리고 삶아서 햄을 만들 커다란 다릿살의 조합. 살덩어리. 펠로스는 자신의 수술용 가위로 싹둑 잘라 죽음의 손아귀에서 구해낸 아기를 떠올렸다.

"생명의 기적이야." 펠로스가 거친 아일랜드 하녀에게 냉정하게 말했다. ("브리짓입니다, 선생님.") "오늘 밤은 여기서 지내야겠어. 폭설 때문에."

닥터 펠로스는 폭스 코너에는 있고 싶지 않았다. 왜 이런 이름을 붙였을까? 사나운 짐승을 거주지 이름으로 붙이고 싶었을까? 닥터 펠로스는 젊었을 때 사냥을 좋아했었다. 펠로스는 아침에 하녀가 차와 토스트가 담긴 쟁반을 들고 자신의 방에 들어올지 궁금했다. 하녀가 주전자에 든 뜨거운 물을 세면대에 붓고 침실 난로 앞에서 자신의 몸에 비누칠을 해주는 모습을 상상했다. 오래전에 어머니가 해주었던 것처럼. 닥터 펠로스는 아내에게 철저히 정조를 지켰지만 생각만큼은 자유로울 수 있다고 믿었다.

　손에 초를 든 브리짓이 펠로스를 이 층으로 안내했다. 펠로스가 하녀의 비쩍 마른 엉덩이 뒤를 따라 추운 손님방으로 올라가는 동안 촛불은 심하게 흔들렸다. 브리짓은 장롱 위에다 촛불을 켜준 뒤 급하게 "안녕히 주무세요"라는 말과 함께 복도의 시커먼 어둠 속으로 사라졌다.

　닥터 펠로스는 피칼릴리의 기분 나쁜 뒷맛을 느끼며 차가운 침대에 누웠다. 집에 가고 싶었다. 아내의 느긋하고 따뜻한 몸이 그리웠다. 천성적으로 우아하지 못하고 늘 양파 튀긴 냄새를 희미하게 풍기는 아내가. 그렇다고 그것이 꼭 불쾌하지만은 않았다.

전쟁

1915년 1월 20일

"어서 오지 못해?" 브리짓이 뿌루퉁하게 말했다.

테디를 안은 브리짓이 문가에 안달복달하며 서 있었다.

"식사 준비되었다고 도대체 몇 번을 말했니?"

브리짓의 품속에서 테디가 꿈틀거렸다. 모리스는 인디언의 전승 기념 춤을 추는 데 심취해서 전혀 주의를 기울이지 않았다.

"얼른 그 창문에서 내려와, 어슐라. 세상에, 창문은 왜 열어놨어? 얼어 죽겠다."

어슐라는 솔랑주 여왕을 쫓아 창밖으로 막 몸을 던지려던 참이었다. 황량한 지붕에서 여왕을 구해낼 생각이었지만 그때 뭔가가 어슐라를 주저하게 만들었다. 약간의 의심, 비틀거리는 발, 지붕이 너무 높고 밤이 너무 깊었다는 생각. 그때 패멀라가 나타나 말했다.

"엄마가 손 씻고 밥 먹으래."

그 말이 끝나기가 무섭게 브리짓의 "식사 준비됐어!"라는 단호한 후렴구와 함께 계단을 쿵쾅거리며 올라오는 소리가 이어졌다. 그 바람에 여왕의 구출 희망은 사라져버렸다.

"그리고 너, 모리스. 넌 야만인보다 더하구나." 브리짓이 말했다.

"난 야만인이야. 아파치거든." 모리스가 말했다.

"호텐토트족의 왕을 하든 말든 멋대로 하셔. 근데 식사가 준비됐다고."

모리스는 마지막으로 반항적인 함성을 내지르며 요란하게 계단을 내려왔고, 패멀라는 솔랑주 여왕을 구하기 위해 낡은 라크로스 네트를 지팡이에 묶어 차가운 지붕을 샅샅이 훑어주었다.

식사는 삶은 닭이었다. 테디에게는 부드럽게 삶은 달걀이 나왔다. 실비는 한숨을 쉬었다. 가족이 직접 키우는 닭들은 이런저런 요리가 되어 식탁에 올라왔다. 전쟁 전에는 아스파라거스밭이었던 곳에 철조망을 둘러 닭장을 만들었다. 올드 톰은 이제 이 집을 떠났지만 '리질리 씨'는 여전히 이웃인 콜 씨 집에서 일했다. '올드 톰'이라고 불리는 게 싫었는지도 모르겠다.

"우리가 키우던 닭은 아니죠?" 어슐라가 물었다.

"아냐, 아가. 아니란다." 실비가 대답했다.

닭은 질기고 힘줄이 많았다. 글로버 부인의 요리는 조지가 가스 공격으로 다친 이후로 예전 같지 않았다. 조지는 아직도 프랑스의 야전 병원에 있었는데 실비가 얼마나 다쳤느냐고 묻자 글로버 부인은 모른다고 대답했다.

"정말 끔찍하군." 실비가 말했다.

실비는 만약 자신의 아들이 부상당해 먼 곳에 있다면 아들을 찾으러 나설 것 같았다. 불쌍한 아들을 간호하고 치료할 것이다. 그게 모리스라면 어떨지 모르겠지만 테디의 경우라면 분명히 그럴 것이다. 테디가 다쳐서 꼼짝없이 누워 있다는 생각만으로도 실비의 눈이 따끔거렸다.

"괜찮아요, 엄마?" 패멀라가 물었다.

"그럼."

실비가 닭고기에서 위시본 닭고기의 목과 가슴 사이에 있는 브이 자형 뼈의 양끝을 잡아당겨 긴 쪽을 갖는 사람의 소원이 이뤄진다고 해서 붙은 이름을 골라내어 어슐라에게 건네자, 어슐라는 소원을 어떻게 빌어야 하는지 모른다고 말했다.

"음, 일반적으로 말하면 우리 꿈이 이뤄지게 해달라고 빌지." 실비가 말했다.

"내 꿈이 아니고요?" 어슐라는 얼굴 가득 불안한 표정으로 이렇게 물었다.

"내 꿈이 아니고요?" 어슐라는 밤새 자신의 뒤를 쫓아다닌 거대한 잔디 깎는 기계와 자신을 말뚝에 묶고 활과 화살을 든 채 에워싼 인디언 부족을 떠올리며 이렇게 물었다.

"우리가 키우던 닭 맞죠?" 모리스가 말했다.

어슐라는 닭을 좋아했고, 닭장의 따뜻한 지푸라기와 깃털도 좋아했다. 또 단단하고 따뜻한 닭 아래로 손을 집어넣어 닭보다 더 따뜻한 달걀을 찾는 일도 좋아했다.

"이건 헨리에타야, 맞죠? 늙은 닭이에요. 이제 냄비에 들어갈 때가 됐다고 글로버 부인이 말했어요." 모리스가 우겼다.

어슐라는 자신의 접시를 살펴보았다. 어슐라는 헨리에타를 특히 좋아했다. 질긴 하얀 고기 조각에는 아무런 단서도 없었다.

"헨리에타라고?" 패멀라가 놀라서 소리를 질렀다.

"엄마가 헨리에타를 죽였어요? 피가 많이 났어요?" 모리스가 실비에게 신이 나서 물었다.

가족은 이미 여러 마리의 닭을 여우에게 빼앗긴 터였다. 실비가 닭들의 어리석음에 놀랐다고 하자, 글로버 부인은 사람만큼 어리석진 않다고 맞받아쳤다. 여우들은 지난여름에 패멀라의 새끼 토끼도 먹어치웠다. 조지 글로버가 토끼 두 마리를 주자, 패멀라는 바깥 정원에 토끼장을 만들겠다고 고집을 피웠고, 어슐라는 이에 맞서며 자신의 새끼 토끼를 집 안으로 들여와 인형의 집에 넣었다. 토끼는 인형의 집 안을 엉망으로 만들어놓으며 조그마한 감초 사탕 같은 똥을 쌌다. 이를 본 브리짓이 토끼를 야외 우리로 치워놓았고, 그 뒤 다시는 볼 수 없었다.

디저트로는 잼이 든 롤리폴리와 커스터드가 나왔는데, 여름 라즈베리로 만든 잼이었다. 여름은 이제 꿈이라고 실비가 말했다.

"죽은 아기." 모리스는 기숙학교에서나 배웠을 법한, 퉁명스러운 말투로 이렇게 내뱉었다. 모리스는 디저트를 입안으로 넣으며 덧붙였다. "학교에서는 잼 롤리폴리를 그렇게 부르죠."

"예의를 지켜, 모리스. 그리고 그렇게 불쾌한 행동 하지 마." 실비가 경고했다.

"죽은 아기라고?"

어슐라는 스푼을 내려놓고 앞에 놓인 접시를 두려운 눈길로 바라보았다.

"독일인들이 먹는대." 패멀라가 침울하게 말했다.

"디저트를?"

어슐라는 어리둥절했다. 모두들 디저트를 먹는다. 적들도 물론 먹지 않을까?

"아니, 아기들을. 하지만 벨기에 아기만 먹어." 패멀라가 말했다.

실비는 롤리폴리를 쳐다보았다. 피처럼 빨간 잼의 동그란 경계선이 소름 끼쳤다. 그날 아침 실비는 글로버 부인이 가련한 늙은 헨리에타의 목을 빗자루에 대고 꺾는 걸 보았다. 사형집행인이 무심하게 골라온 닭이었다. 필요하면 싫어도 해야 하는 법이지, 실비는 생각했다.

"우린 지금 전쟁 중이야. 비위를 생각할 때가 아니라고." 글로버 부인이 말했다.

패멀라가 이 문제를 그냥 넘어갈 리가 없었다.

"정말이에요, 엄마? 헨리에타예요?" 패멀라가 조용히 따졌다.

"아냐, 아가. 내 명예를 걸고 말하는데, 정말 헨리에타가 아니야." 실비가 말했다.

뒷문을 다급하게 두드리는 소리에 논쟁이 중단되었다. 다들 범죄를 저지르다 들킨 사람처럼 서로 쳐다보며 가만히 앉아 있었다. 어슐라는 무슨 영문인지 도통 알 수가 없었다.

"나쁜 소식이 아니어야 할 텐데." 실비가 말했다.

나쁜 소식이었다. 잠시 후 부엌에서 끔찍한 비명이 들려왔다. 샘 웰링턴, '낡은 웰링턴 부츠'가 죽었다.

"정말 끔찍한 전쟁이야." 실비가 중얼거렸다.

패멀라가 황갈색 사중 양털실 뭉치를 주자, 어슐라는 솔랑주 여왕을 구해줘서 고맙다며 패멀라의 물 잔에 받칠 작은 매트를 만들어주겠다고 약속했다.

그날 밤 잠자리에 들면서 패멀라와 어슐라는 크리놀린 귀부인과 솔랑주 여왕을 침대 옆 옷장 위에 나란히 놓았다. 적에게서 용맹하게 살아남은 생존자들을.

휴
전

1918년 6월

테디의 생일이었다. 게자리. 수수께끼 같은 별자리라고 실비가 말했다. 별자리에 대해 떠드는 걸 '헛소리'라고 생각하면서도.

"널 위한 네 살이야." 브리짓이 농담처럼 말했다.

실비와 글로버 부인은 조촐한 '깜짝' 티 파티를 준비 중이었다. 실비는 자식들을 다 사랑했는데, 모리스는 그다지 좋아하지 않았을지 모르지만 테디한테는 완전히 푹 빠져 있었다.

테디는 자기 생일인 줄도 몰랐다. 다들 며칠 동안 입 다물고 있으라는 엄격한 지시가 있었기 때문이다. 어슐라는 비밀을 지키는 게 이렇게 힘든지 몰랐다. 실비는 능숙했다. 파티 준비를 하는 동안 아이들에게 '생일 주인공'을 밖으로 데리고 나가라고 일렀다. 패멀라가 '자신'을 위한 깜짝 파티는 여태 없었다고 투덜거리자 실비가 말했다.

"물론 너도 했어. 기억을 못할 뿐이지."

사실일까? 패멀라는 확인할 길이 없어 얼굴을 찌푸렸다. 어슐라는 자신을 위해서도 깜짝 파티가 있었는지, 아니면 깜짝은 아니더라도 파티를 열었는지조차 기억할 수가 없었다. 지난 일은 어슐라 마음속에서 뒤죽박죽이었고, 패멀라의 경우처럼 똑바른 직선이 아니었다.

브리짓이 말했다.

"자, 모두 산책하러 가자."

그러자 실비가 말했다.

"그래, 도즈 부인에게 잼 좀 갖다 드려."

실비는 어제 하루 종일 소매를 걷어붙이고 머리에는 스카프를 두른 채 글로버 부인을 도와 잼을 만들었다. 정원에서 딴 라즈베리와 배급품에서 비축해둔 설탕을 구리 팬에 넣고 끓였다.

"꼭 군수공장에서 일하는 것 같아." 실비는 끓는 잼을 유리병에 하나씩 차례대로 담으며 말했다.

"그건 아니죠." 글로버 부인이 혼잣말처럼 중얼거렸다.

정원은 풍작이었다. 실비는 과일 재배 관련 서적을 읽으며 이제는 정원사가 다 되었노라 선언했다. 글로버 부인은 딸기는 쉬운 편이니 콜리플라워를 한번 키워보라고 퉁명스럽게 말했다. 힘든 작업은 클래런스 도즈를 고용해 해결했다. 클래런스는 한때 '낡은 웰링턴 부츠'였던 샘 웰링턴의 친구였다. 전쟁 전에 홀 농장에서 보조 정원사로 일했던 그는 의병제대하고 나서는 식료품 가게에서 일하고 싶어했다. 지금 클래런스는 얼굴을 절반 정도 덮는 주석 가면을 써야 할 처지가 되었다. 어슐라가 당근밭을 일구는 클래런스를 보았고, 고개를 돌린 그의 옆얼굴을 처음 보는 순간 어슐라는 무례하게도 소리를 지르고 말았다. 가면에는 진짜 눈과 잘 어울리게 활짝 뜬 푸른색 눈이 그려져 있었다.

"이만하면 말들을 겁주기에 충분하지?" 클래런스는 이렇게 말하며 미소를 지었다.

입은 가면에 가려지지 않았기 때문에 어슐라는 클래런스가 미소 짓지 않기를 바랐다. 입술은 일그러졌고, 태어나고 나서야 대충 꿰매 붙인 것처럼 이상했다.

"운이 좋았지. 포병 사격이 얼마나 무시무시한데." 클래런스가 어슐라에게 말했다.

하지만 어슐라의 눈에는 그다지 운이 좋아 보이지 않았다.

당근의 솜털 같은 머리 부분이 겨우 땅 위로 모습을 드러내자, 브리 짓은 클래런스와 데이트를 시작했다. 실비가 첫 킹에드워드 감자를 캐 낼 무렵, 브리짓과 클래런스는 약혼을 했다. 하지만 클래런스에게 반 지를 마련할 능력이 없자, 실비는 '아주 오래' 갖고 있었지만 한 번도 낀 적이 없다며 브리짓에게 집시 반지를 주었다.

"그냥 싸구려 장신구야. 별로 가치도 없는 거라고."

실비가 말은 이렇게 했지만 패멀라가 태어난 뒤 남편 휴가 뉴본드 스트리트에서 실비를 위해 돈을 아끼지 않고 지불한 반지였다.

샘 웰링턴의 사진은 헛간에 있는 낡은 나무 상자 속으로 추방되었다.

"가지고 있을 수도 없고 그렇다고 버릴 수도 없고. 이제 그만 버려도 될까요?" 브리짓이 안달하며 글로버 부인에게 말했다.

"파묻어버려." 글로버 부인의 해결책에 브리짓은 몸서리를 쳤다. "흑 마술처럼."

일행은 잼을 들고 도즈 부인의 집을 향해 출발했다. 실비가 몹시 자 랑스럽게 키운 멋진 적갈색 스위트피 꽃다발도 함께 챙겼다.

"품종은 '세나터'야. 도즈 부인이 혹시 관심을 보일지 모르니까." 실 비가 브리짓에게 말했다.

"관심 없을걸요." 브리짓이 대꾸했다.

모리스는 물론 이들과 함께 가지 않았다. 아침을 먹고 나자, 배낭에 소풍 도시락을 챙겨서 친구들과 자전거를 타고 나가 하루 종일 보이지 않았다. 어슐라와 패멀라는 모리스의 생활에 전혀 관심이 없었고, 모 리스 역시 동생들의 생활에 무관심했다. 모리스와는 상당히 다른 테디 는 강아지처럼 정겹고 착해서 귀여움을 독차지했다.

실비에 따르면 클래런스의 어머니는 홀 농장에 아직도 '반봉건적

지위'로 고용되어 있다고 했다. 농장 안에 있는 오두막은 좁고 낡았으며 썩은 물과 오래된 회반죽 냄새로 진동했다. 눅눅한 천장은 디스템퍼_{수성도료}가 축 처진 피부처럼 부풀어올랐다. 보우선은 지난해에 디스템퍼_{개홍역}로 죽어 부르봉 장미 아래 묻혔는데 실비는 무덤을 표시해두라고 특별히 지시했다.

"장미 품종은 '루이스 오디에'야. 혹시 궁금해할까 봐 말해두는 거야." 실비가 말했다.

지금은 다른 개를 키웠고, 꼬물꼬물하는 까만 새끼 잡종 사냥개는 이름이 트릭시지만 '트러블'로 불리기도 했다. 실비가 늘 웃으며 "오오, 여기도 트러블이네"라고 말했기 때문이다. 패멀라는 글로버 부인이 그 커다란 부츠발로 트릭시를 제대로 걷어차는 걸 보았고, 실비는 '한 소리' 할 수밖에 없었다. 브리짓은 트릭시를 도즈 부인 집에 데려가지 않았다. 도즈 부인이 개는 데려오지 말라고 귀가 따갑도록 말했다는 것이다.

"도즈 부인은 개를 믿지 않아요." 브리짓이 말했다.

"개는 신앙의 대상이 아니니까." 실비가 말했다.

클래런스가 홀 농장의 입구에서 이들을 기다렸다. 몇 마일 떨어진 홀 농장은 느릅나무가 길게 늘어선 길의 끝자락에 있었다. 돈트 가족은 이곳에서 오랫동안 살았는데, 가끔씩 불쑥 나타나 파티와 바자회를 열거나 마을 회관에서 열리는 연례 크리스마스 파티에 잠깐 참석해 자리를 빛냈다. 그들은 집에 자체 예배당이 있어 교회에 오는 일이 없었다. 게다가 세 아들을 차례로 전쟁에서 잃는 바람에 지금은 세상과 동떨어져 지내며 어디에서도 모습을 드러내지 않았다.

클래런스의 주석('아연도금 주석'이라고 클래런스가 정정했다.) 얼굴은 눈길을 끌기에 충분했다. 사람들은 그가 가면을 벗을까 봐 두려워했다. 늦은 밤 잠자리에 들 때는 가면을 벗을까? 브리짓이 그와 결혼하면 가면 아래 숨겨진 그 끔찍한 얼굴을 보게 될까?

"그렇게 심한 건 아니에요."

어슐라는 브리짓이 글로버 부인에게 이렇게 말하는 소리를 들었다.

도즈 부인은('올드 마더 도즈'라고 브리짓이 불렀다. 동요에 나오는 이름처럼.) 어른들에게 차를 대접했고, 나중에 브리짓은 이를 두고 '양의물처럼 순한 맛'이라고 표현했다. 브리짓은 '티스푼을 세울 수 있을 만큼 강한' 차를 좋아했다. 패멀라와 어슐라는 양의 물이 뭔지 몰랐지만 그래도 그럴싸하게 들렸다. 아이들에게는 커다란 에나멜 주전자에 든 크림이 풍부한 우유를 따라주었는데 홀 낙농장에서 바로 온 까닭에 따뜻했다. 우유를 마시자 어슐라는 속이 메스꺼웠다.

"인심도 넉넉하시지." 잼과 스위트피를 건네받은 도즈 부인이 클래런스에게 속삭이자 클래런스는 나무라듯 "어머니" 하고 말했다.

도즈 부인에게서 꽃을 건네받은 브리짓이 신부처럼 스위트피를 마냥 들고 서 있다가 부인한테 한 소리를 듣고 말았다.

"어서 꽃병에 꽂아. 바보 같긴."

"케이크 먹을래?" 클래런스의 어머니는 오두막만큼이나 눅눅해 보이는 얇은 생강 케이크 조각을 나눠주며 물었다.

"아이들을 보니 참 좋구나."

도즈 부인은 마치 희귀한 동물을 보듯 테디를 쳐다보았다. 테디는 씩씩한 아이여서 우유와 케이크를 마다하지 않았다. 테디 입가에 우유가 콧수염처럼 묻자 패멀라가 손수건으로 닦아주었다. 어슐라는 아이들을 보니 좋다는 도즈 부인의 말을 진심이 아닐 거라고 의심했다. 어린아이에 관해서라면 도즈 부인과 글로버 부인은 의견 일치를 볼 것이다. 물론 테디는 제외하고. 테디는 모두가 좋아했다. 모리스까지도. 가끔은.

도즈 부인은 위시본을 잡아당기듯 브리짓의 손가락을 잡아당겨 새로 예쁘게 손을 장식한 집시 반지를 살펴보았다.

"루비와 다이아몬드네. 아주 예쁘구나." 도즈 부인이 말했다.

"작은 돌이에요. 그냥 싸구려 장신구예요." 브리짓이 방어적으로 말했다.

여자아이들은 테디를 도즈 부인에게 맡긴 뒤 브리짓을 도와 찻잔을 씻었다. 설거지는 부엌의 수도꼭지가 아니라 펌프가 달린 커다란 돌로 만든 싱크대에서 했다. 브리짓은 어린 시절 '킬케니 주'에 살면서 물을 길으러 우물까지 걸어가야 했다고 말했다. 브리짓은 낡은 던디 마멀레이드병에 스위트피를 예쁘게 꽂아 나무로 된 식기 건조대에 올려놓았다. 얇고 다 해진 행주로(물론 눅눅한) 그릇을 닦고 나자 클래런스가 담이 쳐진 정원을 보러 홀 농장에 가겠느냐고 물었다.

"아들아, 이제 거기는 그만 가렴. 네 속만 상할 텐데." 도즈 부인이 아들에게 말했다.

일행은 담벼락에 달린 낡은 나무 문으로 들어갔다. 문이 뻑뻑해서 클래런스가 어깨로 문을 밀자 브리짓은 나지막이 비명을 질렀다. 어슐라는 뭔가 굉장한 걸 기대했다. 반짝거리는 분수와 테라스, 동상, 오솔길, 정자, 시선이 닿는 곳까지 펼쳐진 꽃밭들. 그러나 실제로는 풀들이 제멋대로 웃자란 들판과 사방으로 뻗은 엉겅퀴와 검은딸기나무뿐이었다.

"아, 정글이 됐네." 클래런스가 말했다. "예전에는 텃밭이었는데. 전쟁 전에는 홀 농장에서 일하는 정원사가 열두 명이었지."

담을 타고 올라간 장미만 여전히 풍성했고, 과수원의 과실나무에는 과일이 주렁주렁 열려 있었다. 자두는 나뭇가지에서 썩어가고 있었다. 신이 난 말벌들만 사방으로 날아다녔다.

"올해는 수확을 못했군. 홀 농장의 세 아들이 이 빌어먹을 전쟁에서 모두 죽었거든. 그러니 어디 자두파이가 먹고 싶겠어?"

"쯧, 말본새하고는." 브리짓이 핀잔을 주었다.

유리온실이 있었지만 유리는 거의 남아 있지 않았고 온실 안에는 다 시든 복숭아와 살구나무들이 보였다.

"더럽게 쪽팔리네."

클래런스의 말에 브리짓은 이번에도 쯧쯧거리며 경고했다.

"아이들 앞에서 말조심해."

마치 실비처럼.

"모든 게 다 황폐해졌어. 눈물이 날 지경이야." 클래런스는 브리짓을 무시하며 말했다.

"홀 농장에서 다시 일하면 되잖아. 주인도 좋아할 게 틀림없어. 그렇게 되었다고 일을 못하는 건 아니니까……"

브리짓은 머뭇거리며 클래런스의 얼굴을 향해 모호하게 손짓했다.

"예전 일을 다시 떠맡고 싶지는 않아. 부유한 귀족의 하인으로 일하던 시절은 끝났어. 그리운 건 정원이지 그 생활이 아냐. 정원은 아름다움 그 자체야." 클래런스가 무뚝뚝하게 말했다.

"우리만의 작은 정원을 가지면 돼. 아니면 농장이나." 브리짓이 말했다.

브리짓은 클래런스의 기운을 북돋아주려고 애를 쓰는 것 같았다. 어슐라는 결혼 생활을 위한 예행연습을 하는 모양이라고 생각했다.

"그래, 뭐 안 될 것도 없지." 클래런스가 단호한 목소리로 대꾸했다.

그러고는 시기보다 일찍 떨어진 작고 신 사과를 집어 크리켓 선수처럼 팔을 위로 올려 세게 던졌다. 유리온실 위로 떨어진 사과는 몇 개

남지 않은 판유리 중 하나를 산산조각 냈다.

"빌어먹을."

클래런스의 말에 브리짓이 손사래를 치며 작은 소리로 경고했다.

"아이들이 있잖아."

("아름다움 그 자체야." 그날 밤 잠자리에 들기 전, 패멀라는 두꺼운 석탄산 비누로 얼굴을 문지르며 음미하듯 말했다. "클래런스는 시인이야.")

집으로 돌아오는 길, 어슐러는 도즈 부인의 부엌에 남겨놓고 온 스위트피 향기가 여전히 나는 듯했다. 좋아할 사람도 없는 그곳에 꽃을 그대로 두고 오자니 괜한 낭비처럼 느껴졌다. 그때까지 어슐러는 생일 파티에 대해서는 새까맣게 잊고 있었고, 집으로 돌아와 국기와 깃발들로 장식된 복도와, 틀림없이 장난감 비행기가 들어 있을 예쁘게 포장된 선물을 들고 함박웃음을 짓는 실비를 보자 테디만큼이나 어슐러도 놀라고 말았다.

"깜짝이야." 어슐러가 말했다.

1918년 11월 11일

"일 년 중 가장 우울한 때야." 실비가 특별히 누구에게랄 것도 없이 말했다.

낙엽은 여전히 잔디밭에 두껍게 쌓여 있었다. 여름은 다시 꿈이 되었다. 어슐라에게는 해마다 여름이 꿈처럼 느껴졌다. 마지막 남은 잎사귀들이 떨어졌고, 커다란 너도밤나무는 골격만 남아 앙상했다. 실비는 전쟁보다 휴전에 더 낙담한 듯했다. ("불쌍한 남자들, 영원히 떠났어. 평화도 그들을 다시 데려오지는 못해.")

대승을 축하하며 학교가 휴교하자 아이들은 밖으로 나가 아침 이슬비를 맞으며 놀았다. 이들에게 새 이웃이 생겼다. 쇼크로스 소령 부부였다. 아이들은 이슬비가 촉촉하게 내린 아침나절 내내 쇼크로스 소령의 딸들을 한번 보겠다고 호랑가시나무 울타리 틈새를 들여다보았다. 이웃에 또래 여자아이는 쇼크로스 소령의 딸들밖에 없었다. 콜 씨네는 남자아이들만 있었다. 콜 씨네 아이들은 모리스처럼 거칠지 않았고 예의가 바른 데다 어슐라와 패멀라를 못살게 굴지 않았다.

"숨바꼭질하나 봐." 패멀라가 쇼크로스네 정문에서 돌아와 보고했다.

어슐라는 울타리 틈새로 엿보려 애썼지만 뾰족뾰족한 호랑가시나무에 얼굴만 긁힐 뿐이었다.

"우리하고 동갑 같아." 패멀라가 말했다. "네 친구가 될 만한 어린애도 있어, 테디."

테디는 눈썹을 치켜세우며 "오" 하고 말했다. 테디는 여자아이들을 좋아했다. 여자아이들도 테디를 좋아했다.

"오, 기다려봐. 한 명 더 있어. 계속 늘어나고 있어." 패멀라가 말했다.

"더 큰 애, 아니면 작은 애?" 어슐라가 물었다.

"더 작은 애야. 또 여잔데. 그냥 아기야. 언니한테 안겨 있어."

어슐라는 여자아이들이 그렇게 많다는 사실에 혼란스러워졌다.

"다섯이야!" 패멀라는 최종 숫자를 확신하자 숨죽이며 말했다. "여자아이가 다섯이야."

바로 그때 트릭시가 울타리 아래쪽을 꼼지락거리며 빠져나갔고, 울타리 건너편에서 모습을 드러내자 흥분한 꺅 소리가 뒤를 이었다.

"내가 말할게." 패멀라가 목소리를 높이며 덧붙였다. "우리 개 좀 돌려줄래?"

점심은 반죽에 넣어 구운 소시지와 퀸 오브 푸딩이었다.

"어디 갔다 왔니? 어슐라, 머리에 나뭇가지가 묻었네. 꼴이 이교도인처럼 그게 뭐니." 실비가 말했다.

"호랑가시나무예요. 옆집에 다녀왔어요. 쇼크로스네 딸들을 만났는데 모두 다섯 명이나 돼요." 패멀라가 말했다.

"알아. 위니, 거티, 밀리, 낸시 그리고……" 실비는 손가락을 꼽아가며 말했다.

"비어트리스." 패멀라가 알려주었다.

"초대받고 간 거니?" 예의범절에 엄격한 글로버 부인이 물었다.

"울타리에 구멍이 있더라고요." 패멀라가 말했다.

"빌어먹을 여우들이 그 구멍으로 들어오는구나. 잡목림에서 들어오는 거야." 글로버 부인이 툴툴거렸다.

실비는 글로버 부인의 말투에 인상을 썼지만 공식적인 축하 분위기 탓에 아무 말도 하지 않았다. 실비, 브리짓, 글로버 부인은 셰리 잔을 들고 '평화를 위해 건배'했다. 그러나 실비나 글로버 부인 모두 축하할 기분이 아닌 듯했다. 휴와 이지 모두 아직 멀리 전선에 나가 있고, 실비는 휴가 문으로 걸어들어오기 전까지는 무사하다는 걸 믿지 못한다고 했다. 이지는 전쟁 내내 구급차를 몰았지만 누구도 상상하기 어려운 모습이었다. 조지 글로버는 코츠월드 어딘가에 있는 집에서 '재활' 중이었다. 글로버 부인이 병문안을 다녀왔지만 조지가 이제 예전의 조지가 아니라는 말 외에는 더 말하길 꺼렸다.

"예전과 같은 사람이 어디 있겠어." 실비가 말했다.

어슐라는 예전의 자신과 다른 자신을 상상해보려 애썼지만 결국 포기했다.

농업지원부인회에서 나온 여자 둘이 조지가 하던 농장 일을 떠맡았다. 두 여자 모두 노샘프턴셔 출신으로 말에 관심이 많았다. 실비는 샘슨, 넬슨과 일할 사람을 구하는 줄 알았더라면 자신도 지원했을 거라며 아쉬워했다. 두 여자가 몇 번 차를 마시러 왔었는데 진흙투성이 각반 차림으로 부엌에 앉아 있다가 글로버 부인을 질색하게 했다.

브리짓이 모자를 쓰고 외출 준비를 끝내자, 뒷문으로 수줍게 나타난 클래런스는 실비와 글로버 부인에게 나지막이 인사말을 웅얼거렸다. 글로버 부인이 축하하는 기색 없이 담담하게 '행복한 커플'이라고 일컬은 브리짓과 클래런스는 전승 기념 축제에 참가하기 위해 런던행 기차를 타기로 했다. 브리짓은 흥분 상태였다.

"정말 우리하고 같이 안 갈래요, 글로버 부인? 틀림없이 한바탕 신나게 놀 텐데."

글로버 부인은 불만에 찬 소처럼 눈알을 굴렸다. 부인은 독감 전염병 때문에 '군중을 피하는' 중이었다. 부인의 조카가 길거리에서 급사한 일이 있었다. 아침때까지만 해도 아주 멀쩡했는데 '점심때 죽은' 사람이 된 것이다. 하지만 실비는 독감을 무서워할 필요가 없다고 했다.

"삶은 계속되거든." 실비가 말했다.

브리짓과 클래런스가 역으로 떠난 후, 글로버 부인과 실비는 부엌 식탁에 앉아 셰리를 한 잔 더 마셨다.

"진짜 한바탕 신 나게 노네요." 글로버 부인이 말했다.

테디가 들어오자 트릭시는 열심히 꼬리를 흔들어댔고 테디는 배가

고파 죽겠다면서 점심 먹는 걸 잊은 게 아니냐고 물었다. 퀸 오브 푸딩 위에 얹혀 있던 머랭은 푹 꺼진 채 모두 타버렸다. 전쟁의 마지막 사상자다.

아이들은 브리짓이 돌아올 때까지 안 자고 기다리려 했지만 결국 잠자리에서 책을 읽다가 곯아떨어졌다. 패멀라는 《북풍의 등에서》라는 책에 푹 빠졌고, 어슐라는 《버드나무에 부는 바람》을 열심히 읽었다. 그녀는 특히 모울을 좋아했다. 어슐라는 이상하게도 읽고 쓰는 게 느렸고("연습하면 완벽하게 돼.") 패멀라가 큰 소리로 책을 읽어주는 게 제일 좋았다. 둘 다 동화를 좋아했고, 앤드루 랭의 열두 색깔로 이루어진 작품들을 모두 소장했다. 아버지 휴가 생일이나 크리스마스 때마다 사다 준 덕분이었다.

"아름다움 그 자체야." 패멀라가 말했다.

브리짓이 집으로 돌아오며 시끄러운 소리를 내는 바람에 어슐라가 잠을 깼고, 어슐라의 기척에 패멀라도 눈을 떴다. 두 사람은 발끝으로 살금살금 계단을 내려갔다. 기분이 좋아진 브리짓과 어느 때보다 더 진지한 클래런스가 축제 이야기, '구름처럼 몰려든 사람들' 이야기, 그리고 버킹엄 궁전 발코니에 왕이 나타날 때까지 목이 쉬도록 왕을 연호하던 흥겨운 군중("왕 나와라! 왕 나와라!" 브리짓이 열정적으로 시범을 보여주었다.) 이야기를 들려주어 이들을 즐겁게 해주었다.

"그리고 종소리, 난 그런 소리는 처음 들어봤어. 런던의 모든 종이 평화를 위해 울렸다니까." 클래런스가 말했다.

"아름다움 그 자체야." 패멀라가 말했다.

브리짓은 인파 한가운데서 모자와 모자 고정용 핀 몇 개, 그리고 블라우스의 맨 위 단추를 잃어버렸다.

"군중에 떠밀려 넘어졌거든." 브리짓이 유쾌하게 말했다.

"세상에, 뭐가 이렇게 시끄러워." 실비가 부엌에 모습을 드러내며 말했다.

레이스 가운을 입은 실비는 잠에서 덜 깬 모습이었지만 아름다웠고, 다 해진 커다란 끈으로 묶은 머리는 등 뒤로 흘러내렸다. 클래런스는 얼굴을 붉히며 바닥만 내려다보았다. 실비가 모두에게 코코아를 대접했고, 다들 한밤중에 깨어 있는 이 새로운 경험조차 내려오는 눈꺼풀을 막지 못할 때까지 브리짓 말에 기꺼이 귀를 기울였다.

"내일은 일상으로 돌아가야지."

클래런스는 브리짓의 뺨에 대담하게 입을 맞춘 뒤 어머니가 있는 집으로 돌아갔다. 여느 날과는 다른 특별한 하루였다.

"글로버 부인이 자긴 안 깨웠다고 화낼까?" 계단을 올라가며 실비가 패멀라에게 나지막이 물었다.

"펄펄 뛰겠죠."

패멀라의 대답에 둘은 공모자처럼, 여자들처럼 웃었다.

다시 잠이 든 어슐라는 클래런스와 브리짓 꿈을 꾸었다. 두 사람은 브리짓의 모자를 찾아 풀이 웃자란 정원으로 걸어들어갔다. 클래런스는 울고 있었는데 멀쩡한 얼굴 쪽에는 진짜 눈물이 흘렀고, 가면이 있는 쪽에는 창유리에 그린 인공 빗방울처럼 눈물이 그려져 있었다.

다음 날 아침, 자리에서 일어난 어슐라는 온몸이 불덩이처럼 뜨겁고 여기저기가 쑤셨다.

"펄펄 끓는군요. 새빨개져서." 실비가 의견을 구하려고 불러들인 글로버 부인이 말했다.

브리짓 역시 침대에 꼼짝 못하고 누워 있었다.

"놀랄 일도 아니지." 글로버 부인은 풍만하긴 하지만 별로 매력이 없는 가슴 아래로 못마땅하다는 듯 팔짱을 끼며 말했다.

어슐라는 글로버 부인한테 간호받는 일은 절대 없기를 바랐다.

어슐라의 호흡은 거칠고 탁했으며 숨이 가슴에 턱턱 걸렸다. 세상은 커다란 조개껍데기에 들어 있는 바다처럼 웅웅거리며 멀어져갔다. 모든 것이 오히려 기분 좋게 몽롱했다. 트릭시는 침대 위 어슐라 발치에 누워 있었고, 패멀라가 《빨간 요정 이야기》를 읽어주었지만 말들은 의미 없이 흩어졌다. 패멀라의 얼굴이 또렷해졌다 흐려졌다 했다. 실비가 와서 곰국을 좀 먹여보려 했지만 음식물이 목구멍으로 안 넘어가는지 침대 시트 위에 모두 뱉어버렸다.

자갈길 위로 타이어 구르는 소리가 들리자 실비가 패멀라에게 말했다.

"닥터 펠로스일 거야." 실비는 얼른 몸을 일으키며 덧붙였다. "어슐라 옆에 있어, 패미. 테디는 방 안에 들이지 마, 알겠지?"

집은 평소보다 더 조용했다. 실비가 돌아오지 않자 패멀라가 말했다. "가서 엄마 찾아볼게. 오래 걸리지 않을 거야."

집 안 어딘가에서 중얼거림과 울음소리가 맴돌았지만 어슐라는 그 의미를 알지 못했다.

어슐라가 이상하게 제대로 잠들지 못하고 잠을 설치고 있을 때 닥터 펠로스가 느닷없이 침대 옆에 나타났다. 침대 맞은편에 앉아 있던 실비가 어슐라의 손을 잡고 이렇게 말했다.

"피부가 연보라색이에요. 브리짓처럼."

연보라색 피부라는 말이 약간 멋지게 들렸다. 《연보라 동화 이야기》처럼. 실비의 목소리는 전보 배달부가 집 쪽으로 올라오는 걸 보았을 때처럼 이상하게 목이 메고 두려움에 떨리는 듯했다. 그 전보는 알고 보니 이지가 테디에게 보낸 생일 축하 메시지였다. ("아무 생각이 없어." 실비가 말했다.)

어슐라는 숨을 쉬기 힘들었지만 어머니의 향수 냄새는 맡을 수 있었고, 귓가에 다정하게 속삭이는 어머니의 목소리는 여름날 윙윙거리는 벌들처럼 들렸다. 어슐라는 너무 지쳐서 눈을 뜰 수가 없었다. 실비가 침대를 떠나면서 낸 바스락거리는 치맛자락 소리와, 뒤이어 창문 열리는 소리가 들렸다.

"공기를 좀 마셔봐."

다시 어슐라 곁으로 돌아온 실비는 그녀를 꼭 안아주었다. 그러자 무명천 블라우스가 어슐라 살갗에 닿으면서 마음을 편안하게 해주는 세탁용 풀과 장미 향기가 났다. 나무 향내를 품은 모닥불 연기가 창문을 통해 작은 다락방으로 밀려왔다. 말굽이 딸가닥거리는 소리가 들리더니 곧 석탄 배달부가 달가닥거리며 창고에 석탄 자루를 쏟아내는 소리가 이어졌다. 삶은 계속되고 있었다. 아름다움 그 자체로.

한 번의 호흡, 어슐라에게 필요한 건 이것뿐이었지만 이루어지지 않았다.

어둠이 재빨리 내려앉았다. 처음에는 적이었다가 나중에는 친구처럼.

눈

1910년 2월 11일

화부의 팔뚝을 지닌 커다란 여자가 침대 옆 탁자에 찻잔을 달가닥 내려놓더니 밖이 아직 어두운데도 커튼을 활짝 열어젖혔다. 잠을 자던 닥터 펠로스는 그 바람에 눈을 떴다. 자신이 폭스 코너의 얼음장같이 추운 손님방에 누워 있으며, 찻잔을 든 다소 위압적인 이 여자가 토드네 요리사라는 사실을 기억해내기까지 잠시 시간이 걸렸다. 닥터 펠로스는 몇 시간 전만 해도 쉽게 떠올렸던 이름을 찾아 머릿속의 먼지투성이 자료 보관소를 뒤졌다.

"전 글로버 부인입니다." 여자는 의사의 마음을 읽기라도 한 듯 말했다.

"그렇군요. 훌륭한 피클을 만드시는 분이죠."

펠로스는 머릿속이 뒤죽박죽된 기분이었다. 소박한 이불 속에 있는 자신의 몸에 아래위가 붙은 잠옷만 걸쳐져 있는 걸 알고는 거북해졌다. 침실 난로는 텅 비어 싸늘했다.

"오시랍니다. 사고가 났거든요." 글로버 부인이 말했다.

"사고요? 아기한테 무슨 일이 있나요?" 닥터 펠로스가 물었다.

"농부가 황소한테 짓밟혔대요."

휴전

1918년 11월 12일

어슐라는 깜짝 놀라서 잠을 깼다. 침실은 어두웠지만 아래층 어딘가에서 시끄러운 소리가 들려왔다. 문이 닫히는 소리, 깔깔대는 웃음소리, 발을 질질 끄는 소리. 브리짓의 웃음소리가 틀림없는 카랑카랑한 깔깔거림과 웅웅대는 저음의 남자 목소리도 들렸다. 런던에서 돌아온 브리짓과 클래런스였다.

어슐라의 본능은 침대에서 내려가 패멀라를 흔들어 깨운 뒤 함께 아래층에 가서 브리짓으로부터 신 나게 놀다 온 이야기를 들으라고 시켰지만 뭔가가 그녀를 막았다. 어슐라가 어둠 속에서 귀를 기울이며 누워 있는 동안 끔찍한 무엇이 온몸을 휘감았다. 금방이라도 아주 위험한 일이 생길 것 같은 큰 두려움이. 어슐라는 이와 똑같은 기분을 전쟁 전, 콘월에서 휴가를 보내면서 패멀라를 따라 바다로 들어갔을 때 느꼈었다. 당시 그녀는 낯선 사람에게 구조되었다. 그 후 실비는 아이들을 모두 마을 수영장에 보내 수영을 배우게 했다. 보어전쟁 때 전직 소령이었던 수영 강사는 아이들이 물에 가라앉지 않을 때까지 무섭게 윽박질렀다. 실비는 아주 재미있는 모험인 양 그 이야기를 종종 되풀이했다. ("그 영웅적인 윈턴 씨!") 어슐라는 아직도 당시의 공포를 뚜렷이 기억하는데도 말이다.

패멀라가 잠꼬대를 하자 어슐라는 "쉿" 하며 조용히 시켰다. 패멀라가 깨면 안 된다. 아래층으로 내려가면 안 된다. 브리짓을 만나면 안 된다. 어슐라는 이 엄청난 두려움이 무슨 이유로, 어디서 오는지 몰랐지만 그게 뭐가 됐든 자신을 숨기기 위해 머리까지 이불을 뒤집어썼다. 그 뭔가가 어슐라 내부가 아니라 외부에 있기만을 바라면서. 어슐라는 잠이 든 척하려다가 진짜 이내 잠들고 말았다.

아침식사는 다들 부엌에서 먹어야만 했다. 브리짓이 몸이 아파 침대에 누워 있었기 때문이다.

"놀랄 일도 아니지." 글로버 부인은 오트밀을 퍼주며 냉정하게 말했다. "몇 시에 비틀거리며 들어왔는지 생각도 하기 싫다."

실비는 손도 대지 않은 쟁반을 들고 아래층으로 내려왔다.

"브리짓이 괜찮을지 모르겠어, 글로버 부인." 실비가 말했다.

"술을 너무 많이 마셔서 그래요."

글로버 부인은 달걀에게 벌을 주기라도 하듯 세게 깨뜨리며 비웃었다. 어슐라가 기침하자 실비가 예리하게 어슐라를 살폈다.

"닥터 펠로스를 불러야 할 것 같은데." 실비가 글로버 부인에게 말했다.

"브리짓 때문에요? 그 아이는 말만큼이나 건강해요. 술 냄새가 나는 걸 알면 의사도 대수롭지 않게 여길 거예요." 글로버 부인이 말했다.

"글로버 부인." 실비는 아주 중요한 뭔가를 다짐해두려는 듯한 톤으로 말했다. ("진흙 발자국을 집 안에 남기지 마. 다른 아이들이 아무리 자극해도 절대 무례하면 안 돼.") "내 생각에는 브리짓이 정말 아픈 것 같아."

글로버 부인은 갑자기 이해한 것 같았다.

"아이들 좀 봐줄래? 난 닥터 펠로스에게 전화부터 한 다음 브리짓을 돌봐야겠어." 실비가 말했다.

"아이들은 학교에 안 가나요?" 글로버 부인이 물었다.

"음, 물론 가야지. 안 갈 수도 있겠지만. 아냐, 음, 가야지. 꼭 가야 하겠지?"

실비가 조바심치며 부엌문가에서 머뭇거리는 동안 글로버 부인은 그녀가 결론 내릴 때까지 놀라울 정도로 침착하게 기다렸다.

"오늘은 아이들이 집에 있는 게 좋겠어. 교실도 붐빌 테니까." 마침내 실비가 결정을 내렸다. 실비는 심호흡한 뒤 천장을 올려다보았다. "하지만 아이들이 아래층에서 지내게 해줘. 지금처럼."

패멀라는 어슐라를 보며 눈썹을 치켜세웠다. 어슐라는 영문도 모르면서 덩달아 눈썹을 치켜세웠다. 글로버 부인의 보호 속에 놓인다는 두려움 때문일 거라고 추측했다.

아이들은 글로버 부인이 '감시할 수' 있도록 부엌 식탁에 앉아 있어야 했고, 격렬하게 저항했지만, 별수 없이 교과서를 꺼내서 공부를 해야 했다. 패멀라는 더하기를, 테디는 글자 공부, 어슐라는 '형편없는' 글씨체를 연습해야 했다. 뭉툭한 손으로 장 보기 목록(쇠기름, 흑미, 양 갈비, 디너포드의 마그네시아) 외에는 글을 쓸 일도 없는 사람이 어슐라의 글씨를 평가한다는 건 너무 부당했다.

그러는 사이 글로버 부인은 송아지 혓바닥을 두드려 연골과 뼈를 제거한 뒤, 혓바닥 압착기로 짜기 전에 돌돌 말아놓느라 여념이 없었다. 글씨 연습보다 훨씬 더 재미있는 구경거리였다.

"난 저 여자가 선생으로 있는 학교에는 절대 가고 싶지 않아." 패멀라가 방정식과 씨름하며 투덜거렸다.

정육점 소년이 자전거 벨을 시끄럽게 울리며 도착을 알리자 다들 거기에 마음을 빼앗겼다. 열네 살인 이 소년의 이름은 프레드 스미스로, 패멀라와 어슐라 그리고 모리스까지 열렬히 감탄했다. 여자아이들은 '프레디'라고 부르며 열정을 나타낸 반면, 모리스는 동지의 느낌으로 '스미시'라고 불렸다. 한번은 패멀라가 말하기를 모리스가 프레드를 좋아한다고 했는데, 이 말을 우연히 들은 글로버 부인이 거품기로 패멀라의 정강이 뒤쪽을 때렸다. 간담이 서늘해진 패멀라는 도대체 왜 혼이 났는지도 몰랐다. 프레드 스미스 본인은 여자아이들의 이름에 공손하게 '양'을 붙였고, 모리스는 '토드 도련님'이라고 불렀지만 이들에게는 전혀 관심이 없었다. 프레드는 글로버 부인에게는 '젊은 프레드'였고, 실비에게는 '정육점 소년'이었는데, 예전에 정육점에서 일했던 레너드 애시와 구별하기 위해 종종 '착한 정육점 소년'이라고도 불렸다. 글로버 부인에 따르면 '교활한 놈'인 레너드 애시가 닭장에서 달걀을 훔치는 걸 잡았다고 했다. 레너드 애시가 나이를 속여 입대한 뒤 솜 전투에서 사망하자 글로버 부인은 응당한 대가를 치렀다고 말했는데, 정의치고는 좀 냉혹해 보였다.

프레드는 글로버 부인에게 하얀 종이 꾸러미를 건네며 "주문하신 내장입니다"라고 말한 뒤, 나무로 된 식기 건조대 위에 부드럽고 기다란 토끼 몸뚱이를 올려놓았다.

"닷새나 걸려 있었어요. 물건이 좋아요, 글로버 부인."

가장 좋은 상황에서도 칭찬을 아끼는 글로버 부인조차 케이크 통을 열어 프레드에게 가장 큰 록 케이크를 고르게 함으로써 토끼의 우수한 품질을 인정했다.

이제 혓바닥이 안전하게 압축기에 들어가자 글로버 부인은 토끼 가죽 벗기는 일에 착수했다. 지켜보기에 고통스럽지만 눈을 뗄 수 없는 작업이었다. 가련한 토끼의 털이 벗겨지고 맨살이 드러나 반짝일 때에야 테디가 없어진 걸 알아차렸다.

"가서 테디를 찾아와." 글로버 부인이 어슐라에게 말했다. "그럼 우유 한 잔과 록 케이크를 다 먹게 해줄게. 넌 그럴 만한 일을 한 게 없지만 말이다."

테디는 숨바꼭질을 좋아했다. 하지만 아무리 불러도 대답이 없자 어슐라는 테디가 숨을 만한 곳을 찾아보았다. 거실 커튼 뒤나 식탁 밑 같은 곳에도 테디의 흔적은 없었다. 어슐라는 이 층 침실로 올라갔다.

어슐라 뒤로 현관문 종이 세차게 땡그랑거리는 소리가 이 층까지 울려퍼졌다. 마침 나선형 계단을 돌고 있던 어슐라는 복도로 나온 실비가 닥터 펠로스에게 현관문을 열어주는 걸 보았다. 어머니가 마술처럼 갑자기 나타난 게 아니라 뒤쪽 계단으로 내려온 게 틀림없었다. 닥터 펠로스와 실비는 속닥속닥 이야기를 나누느라 정신이 없었다. 브리짓에 관한 이야기 같았지만 어슐라는 한마디도 엿듣지 못했다.

실비의 방에는 테디가 없었다. (가족은 오래전부터 이 방을 부모 방이라고 여기지 않았다.) 모리스의 방에도 없었다. 인생의 절반 이상을 학교에서 지내는 사람에게는 과분하게 큰 방이었다. 손님방에도, 또 다른 여분의 손님방에도, 또 기차 세트가 온 방 안을 다 차지하는 테디의 작은 뒷방에도 없었다. 욕실에도, 이불장에도 없었다. 침대 밑에도, 옷장 속에도, 찬장 속에도 테디의 흔적은 없었고, 또 테디가 가장 좋아하는 놀이인 실비의 커다란 솜털 이불 속에 가만히 누워 있는 시체놀이도 하지 않았다.

"아래층에 케이크 있어, 테디." 어슐라는 빈방에 대고 말했다.

케이크가 있다고 하면, 그 말이 사실이든 아니든, 보통은 숨은 곳에서 테디를 튀어나오게 하기 충분했다.

어슐라는 다락방으로 향하는 어둡고 좁은 나무 계단을 터벅터벅 올라갔고, 첫 번째 계단에 발을 내딛는 순간, 갑자기 두려움이 배 속을 콕콕 찌르는 느낌이 들었다. 이런 통증은 어디에서, 왜 오는지 알 길이 없었다.

"테디! 테디, 어디 있니?" 어슐라는 목소리를 높여보려 했지만 말은 속삭임처럼 나왔다.

어슐라가 패멀라와 함께 쓰는 방에도, 글로버 부인의 낡은 방에도 테디는 없었다. 한때 아기방이었다가 지금은 상자와 트렁크, 낡은 옷가지와 장난감들을 보관하는 골방에도 없었다. 남은 곳은 이제 브리짓 방뿐이었다.

방문은 살짝 열려 있었고 어슐라는 방으로 들어가기 위해 억지로 발을 떼야 했다. 열린 문 뒤로 뭔가 끔찍한 게 있었다. 어슐라는 보고 싶지 않았지만 봐야 한다는 걸 알았다.

"테디!"

테디를 보자 안도감이 몰려왔다. 테디는 브리짓 침대에 앉아 있었고, 무릎 위에는 생일 선물로 받은 비행기가 놓여 있었다.

"널 얼마나 찾아다녔는데." 어슐라가 말했다.

침대 옆 바닥에 누워 있던 트릭시는 어슐라를 보자 좋아서 펄쩍 뛰었다.

"이걸 보면 브리짓이 좀 나을 것 같았어." 테디가 비행기를 어루만지며 말했다.

테디는 장난감 기차와 비행기에 치료의 힘이 있다고 굳게 믿었다. (나중에 크면 조종사가 되겠다고 장담했다.)

"브리짓이 자는 것 같은데 눈은 뜨고 있어." 테디가 말했다.

정말 눈을 뜨고 있었다. 활짝 뜬 채 멍하니 천장을 응시하고 있었다. 불안한 두 눈에는 흐릿한 푸른 막이 있었고, 피부는 이상한 연보랏빛을 띠었다. 어슐라가 갖고 있는 '윈저 앤 뉴턴' 수채화 세트 중 코발트 바이올렛색이었다. 입 밖으로 비어져나온 브리짓의 혀끝을 보자 송아지의 혓바닥을 압축기에 넣는 글로버 부인의 모습이 잠깐 스쳐갔다.

어슐라는 시체를 본 적이 없었지만 브리짓이 지금 시체가 되었다는 건 의심의 여지가 없었다.

"침대에서 내려와, 테디." 어슐라는 동생이 갑자기 달아나려는 야생 동물인 양 조심스럽게 말했다.

어슐라는 온몸이 떨려오기 시작했다. 브리짓이 죽어서만은 아니었다. 그것만으로도 충분히 좋지 않은 상황이지만 여기에는 아주 위험한 뭔가가 더 있었다. 아무 장식이 없는 벽, 철제 침대 위에 깔린 얇은 자카드 침대보, 화장대에 놓인 에나멜 브러시와 빗 세트, 바닥에 깔린 낡은 양탄자, 이 모두가 갑자기 엄청나게 위협적으로 변해갔다. 마치 보이는 것과는 전혀 다른 물건인 것처럼. 실비와 닥터 펠로스가 계단을 올라오는 소리가 들렸다. 실비의 목소리는 다급했고, 닥터 펠로스의 목소리는 다소 무심하게 들렸다.

방에 들어선 실비는 아이들을 보자 "오, 맙소사" 하며 말을 잇지 못했다. 실비가 침대에서 테디를 낚아채며 어슐라의 팔을 끌고 나오자 흥분한 트릭시는 꼬리를 흔들며 졸졸 쫓아나왔다.

"네 방으로 가." 실비가 말했다. "아니, 테디 방으로 가. 아냐, 내 방에 가 있어. 지금 당장."

실비는 제정신이 아닌 것 같았다. 아이들이 알고 있던 그녀가 아니었다. 실비는 브리짓 방으로 다시 들어가 단호하게 문을 닫았다. 실비와 닥터 펠로스가 주고받는 소곤거리는 소리만 들리자 어슐라는 테디의 손을 잡으며 말했다.

"가자."

테디는 어슐라가 이끄는 대로 얌전하게 계단을 내려가 엄마의 침실로 갔다.

"케이크 있다고 했지?" 테디가 물었다.

"테디의 피부색이 브리짓과 똑같아요." 실비가 말했다.

두려움이 실비의 속을 후벼팠다. 자신이 보고 있는 게 뭔지 알았다. 어슐라의 경우 비록 감긴 눈꺼풀이 거뭇거뭇하고 피부에는 병약한 기색이 감돌긴 했지만 그냥 창백한 것뿐이었다.

"청색증입니다." 테디의 맥박을 짚으며 닥터 펠로스가 말했다. "뺨에 이 적갈색 반점 보이시죠? 이게 더 치명적인 유형입니다."

"그만하세요, 제발. 의대생에게 하듯 날 가르치려 들지 말아요. 난 이 아이들의 '엄마'예요." 실비가 거칠게 숨을 몰아쉬며 말했다. 그 순간 실비가 닥터 펠로스를 얼마나 증오했는지. 브리짓은 위층 침대에 누워 있었다. 아직 몸은 따뜻했지만 묘지의 대리석처럼 죽은 상태였다.

"유행성 독감입니다." 닥터 펠로스는 가차없이 말을 계속했다. "부인의 하녀는 어제 런던에서 군중 속에 있었어요. 전염병이 돌기에 최적의 조건이죠. 눈 깜짝할 새에 걸릴 수 있어요."

"하지만 이 아이는 아니겠죠." 실비가 테디의 손을 붙들며 사납게 말했다. "내 아이는 안 돼요. 내 아이들은 안 된다고요."

실비는 말을 정정하며 몸을 뻗어 어슐라의 불덩이 같은 이마를 어루만졌다.

패멀라가 문가에서 서성거리자 실비는 얼른 쫓아버렸다. 패멀라는 울음을 터뜨렸지만 실비는 울 시간이 없었다. 지금은 아니었다. 죽음을 앞둔 지금은.

"내가 할 수 있는 게 뭐라도 있겠죠." 실비는 닥터 펠로스에게 말했다.

"기도하시면 돼요."

"기도요?"

실비는 하느님을 믿지 않았다. 성서에 나오는 하느님은 불합리하고 복수심에 불탔고(티펀의 경우를 봐도 그렇고), 제우스나 위대한 목신보다도 사실감이 없었다. 그러나 실비는 일요일마다 의무적으로 교회에 갔고 자신의 이단 사상이 휴를 불안하게 하지 않도록 조심했다. 꼭 필요하면 하기 싫어도 해야 하니까. 이제 실비는 믿음은 없지만 절실한 신념으로 기도했고, 어쨌거나 별 차이가 없다고 생각했다.

흐릿한 피 같은 거품이 거품벌레처럼 테디 콧구멍에서 방울져 나오자, 실비는 상처 입은 동물이 낼 것 같은 소리를 뱉었다. 문 뒤에서 이 소리를 들은 글로버 부인과 패멀라는 드물게 공감하며 서로 손을 꽉 잡았다. 실비는 테디를 침대에서 들어올려 꼭 끌어안으며 고통으로 울부짖었다.

세상에, 이 여인은 야만인처럼 비통해하는구나, 닥터 펠로스가 생각했다.

그들은 실비의 리넨 이불에 함께 뒤엉켜 땀을 흠뻑 흘렸다. 테디는 팔다리를 벌린 채 베개 위에 널브러져 있었다. 어슐라는 테디를 꽉 붙들고 싶었지만 테디 몸이 너무 뜨거워 발목만 붙잡았다. 마치 도망가지 못하게 막으려는 듯이. 어슐라의 허파는 커스터드로 꽉 찬 느낌이었다. 어슐라는 걸쭉하고 노랗고 달콤한 커스터드를 상상했다.

테디는 해질녘에 숨을 거두었다. 어슐라는 테디가 숨을 거둔 순간 그것을 알았고 마음속에서 느꼈다. 실비가 내는 비참한 신음, 그리고 누군가 테디를 침대에서 들어올렸다. 테디는 어린아이였지만 곁에서 뭔가 묵직한 것이 빠져버린 듯했고, 어슐라는 혼자 침대에 남았다. 실비의 숨 막히는 흐느낌이 이어졌다. 마치 사지를 잡아 뜯기는 듯 끔찍한 소리였다.

호흡할 때마다 어슐라의 허파 속에 있는 커스터드를 쥐어짜는 느낌이 들었다. 세상이 희미해져가면서 어슐라는 크리스마스나 생일 때처럼 설레는 기대감을 갖기 시작했다. 그때 검은 박쥐인 밤이 다가와 어슐라를 날개로 감쌌다. 한 번의 마지막 호흡, 그러고는 호흡이 없었다. 어슐라는 테디에게 손을 뻗었다. 테디가 이제 거기 없다는 걸 잊은 채.

어둠이 내려앉았다.

눈

1910년 2월 11일

실비는 초를 켰다. 어두운 겨울 새벽 다섯 시, 침실 맨틀피스 위의 조그마한 금색 휴대용 시계 옆에 초를 놓았다. 이 영국제("프랑스제보다 더 좋단다." 실비 어머니가 말했다.) 시계는 부모님이 준 결혼 선물 중 하나였다. 상류사회 초상화가인 아버지의 사망 이후 미망인이 된 어머니는 빚쟁이들이 와서 소리 지르자 이 시계를 치마 밑에 숨겼다. 치마를 부풀리는 크리놀린의 유행이 지난 걸 안타까워하면서. 로티가 몸 뒤쪽에서 정시 십오 분 전을 알리는 시계 소리를 울리며 나타나자 빚쟁이들은 당황했다. 다행히 시계가 정시를 알릴 때 빚쟁이들은 집 안에 없었다.

갓 태어난 아기는 아기 침대에서 잠들었다. 콜리지영국의 시인이자 평론가가 쓴 문장이 갑자기 실비의 마음속에 떠올랐다.

'귀여운 아기야, 내 곁 요람에서 잠들어 있구나.'

어떤 시의 한 구절이었지?

난로 속 불길은 석탄 위로 펄럭거리는 작은 불꽃만 남겨놓은 채 잦아들었다. 아기가 가냘픈 소리로 울기 시작하자 실비는 조심스럽게 침대에서 내려왔다. 출산은 몹시 고통스러운 경험이었다. 만약 자신이 인류를 설계하는 일을 맡았다면 아주 다르게 만들었을 텐데. (귓속으로 금색 빛줄기를 쏘면 임신이 되고 아홉 달 후에는 쉽게 빠져나갈 수 있게 몸 어딘가에 딱 맞는 해치를 만들어놓는 식으로.) 실비는 따뜻한 온기가 남은 침대에서 어슐라를 안아올렸다. 그때 폭설이 잠재운 침묵을 깨며 느닷없이 부드러운 말 울음소리가 들린 것 같았고, 이 비현실적인 소리에 실비의 영혼은 나지막이 윙윙대는 희열을 느꼈다. 실비는 어슐라를 안고 창가로 다가가 밖이 잘 보이도록 묵직한 커튼을 걷었다. 하얀 눈이 익숙한 것들을 모두 지워버려 바깥세상은 온통 새하얀 눈뿐이었다. 저 아래로 조지 글로버가 멋진 샤이어(실비가 제대로 보았다면 넬슨이었다.) 말에 안장도 없이 올라타 겨울 길을 내달리는 근사한 모습이 보였다. 조지는 옛날 영웅처럼 멋져 보였다. 실비는 다시 커튼을 내리며 어젯밤의 시련 때문에 머리가 어떻게 되어 환각을 일으킨 모양이라고 결론 내렸다.

실비가 어슐라를 다시 침대로 데려오자, 아기는 이리저리 젖을 찾았다. 실비는 자식들에게 모유 수유를 고집했다. 유리병과 고무젖꼭지는 어딘지 부자연스러워 보였지만, 그렇다고 자신이 젖을 짜내는 암소가 된 기분이 들지 않는다는 뜻은 아니었다. 아기는 느렸고, 새로운 것들에 어리둥절해서 버둥거렸다. 아침식사 전까지 얼마나 남았을까, 실비는 궁금했다.

휴
전

1918년 11월 11일

'브리짓에게, 내가 문을 걸어 잠갔어. 강도 떼가 들이닥쳤거든'—'ㄸ' 뒤에는 'ㅔ'가 와야 하는 건가? 어슐라는 연필 끝이 갈라질 때까지 잘 근잘근 씹었다. 확신이 서지 않자 '떼'를 '무리'로 바꿔 썼다.

'마을에 강도 무리가 들이닥쳤거든. 클래런스 어머니와 함께 지내는 게 어떨까?'

추가로 '그리고 난 두통이 있으니 노크하지 마'라고 썼다. 어슐라는 '토드 부인'이라고 서명했다. 어슐라는 부엌에 아무도 없을 때를 기다렸다가 밖으로 나가 뒷문에 편지를 꽂아놓았다.

"어슐라, 여기서 뭐 해?" 어슐라가 다시 안으로 들어서자 글로버 부인이 물었다.

어슐라는 화들짝 놀랐다. 글로버 부인은 고양이처럼 소리 없이 움직이는 게 가능했다.

"아무것도 아니에요. 브리짓이 오는지 봤어요." 어슐라가 말했다.

"세상에, 브리짓은 막차를 타고 올 거야. 아직 시간이 안 됐지. 어서 서둘러. 잘 시간이 훨씬 지났어. 여기는 리버티 홀20세기 아일랜드 운수노동조합과 민병대의 본거지이야." 글로버 부인이 말했다.

어슐라는 리버티 홀이 무슨 뜻인지 몰랐지만 살기 좋은 곳처럼 들렸다.

다음 날 아침, 집 안 어디에도 브리짓은 보이지 않았다. 그런데 이상한 건 패멀라의 흔적도 없는 것이었다. 어슐라는 전날 밤 브리짓에게 편지를 쓰게 한 두려움만큼이나 설명하기 어려운 안도감이 몰려오는 걸 느꼈다.

"어젯밤에 바보 같은 편지가 문에 붙어 있었어. 장난 편지가." 실비가 말했다. "브리짓을 못 들어오게 하려고. 네 글씨체 같던데, 어슐라. 무슨 일인지 설명해보겠니?" 실비가 물었다.

"아뇨, 못해요." 어슐라가 완강하게 말했다.

"브리짓을 데려오라고 패멀라를 도즈 부인한테 보냈어." 실비가 말했다.

"'패멀라'를 보냈다고요?" 어슐라는 두려움으로 되물었다.

"그래, 패멀라를."

"그럼 패멀라가 '브리짓'과 함께 있어요?"

"그래, 브리짓하고 있지. 도대체 왜 그러니?" 실비가 물었다.

어슐라는 집 밖으로 뛰쳐나갔다. 실비가 뒤에서 불렀지만 걸음을 멈추지 않았다. 어슐라는 여덟 살이 되는 동안 이렇게 빨리 달린 적이 없었다. 모리스가 꼬집으려고 쫓아올 때조차도. 어슐라는 도즈 부인의 오두막을 향해 진흙탕을 철벅거리며 달려갔는데, 때문에 저 앞으로 패멀라와 브리짓이 보일 때쯤에는 머리부터 발끝까지 온통 지저분했다.

"왜 그래? 아빠한테 무슨 일 있어?" 패멀라가 불안해하며 물었다.

브리짓은 십자성호를 그었다. 어슐라는 패멀라를 끌어안으며 울음을 터뜨렸다.

"도대체 왜 그래? 어서 말해봐." 이제 두려움에 사로잡힌 패멀라가 말했다.

"몰라. 언니가 너무 걱정돼서." 어슐라가 흐느끼며 말했다.

"바보같이." 패멀라는 어슐라를 껴안으며 다정하게 말했다.
"난 조금 머리가 아파. 어서 집으로 가자." 브리짓이 말했다.

이내 어둠이 다시 내려앉았다.

눈

1910년 2월 11일

"기적이라고 펠로스 의사가 그랬어요." 아침에 차를 마시면서 브리 짓은 아기가 태어난 걸 축하하며 글로버 부인에게 말했다.

글로버 부인이 알기로 기적이란 출산의 아수라장 한가운데가 아닌 성서에나 나오는 것이었다.

"셋만 낳고 이제 끝낼지도 모르겠군." 글로버 부인이 말했다.

"저렇게 예쁘고 건강한 아이들이 있고, 원하는 대로 할 수 있을 만큼 돈도 충분한데 왜 저 난리죠?"

글로버 부인은 그 말을 못 들은 듯 식탁에서 일어서며 말했다.

"난 토드 부인의 아침을 준비해야 해."

글로버 부인은 식품 저장실에서 우유에 담긴 콩팥을 가져와 태아의 양막처럼 기름기 많은 흰 막을 제거하기 시작했다. 브리짓은 빨갛게 마블링이 된 흰 우유를 보자 평소답지 않게 비위가 상했다.

닥터 펠로스는 벌써 베이컨, 블랙 푸딩, 프라이드 빵과 달걀로 아 침을 끝내고 집을 떠났다. 마을에서 온 남자들이 의사의 차를 눈 속에 서 꺼내려 애썼지만 결국 실패하자 누군가 조지를 부르러 갔고, 커다 란 샤이어 말을 타고 달려온 조지가 구조에 나섰다. 글로버 부인의 마 음속에 조지 성인이 잠깐 떠올랐지만 지나치게 상상의 나래를 펴는 것 같아 얼른 떨쳐버렸다. 닥터 펠로스는 상당히 힘겹게 글로버 부인의 아들 뒤로 올라탔고, 둘은 흙바람 대신 눈바람을 일으키며 말을 타고 달려갔다.

농부는 황소한테 짓밟혔지만 아직 살아 있었다. 낙농업자인 글로버 부인의 아버지는 암소한테 밟혀 죽었다. 젊고 용감했으며, 아직 남편을 사귀기 전이었던 글로버 부인은 젖을 짜는 창고에서 죽은 아버지를 발견했다. 볏짚에는 피가 그대로 묻어 있었고, 아버지가 가장 아끼던 암소 메이지의 얼굴에도 놀란 표정이 역력했다.

브리짓은 찻주전자에 손을 갖다 대 따뜻하게 덥혔다.

"난 콩팥을 살펴봐야겠어. 토드 부인 아침 쟁반에 놓을 꽃 좀 찾아줘." 글로버 부인이 말했다.

"꽃이요? 이런 날씨에?"

브리짓은 창문 너머 눈밭을 바라보며 어리둥절해했다.

휴
전

1918년 11월 11일

"오, 클래런스." 뒷문을 열며 실비가 말했다. "브리짓에게 약간 사고 가 있었어. 발을 헛디뎌 계단에서 굴러떨어졌지 뭐야. 그냥 발목을 삔 것 같긴 한데 런던까지 축제를 보러 갈 수 있을지 모르겠어."

브리짓은 난로 옆, 글로버 부인의 등받이가 높은 커다란 윈저 의자 에 앉아 브랜디를 마시고 있었다. 발목은 스툴에 기대놓은 채 드라마 같았던 사고 이야기를 들려주었다.

"그때 난 부엌문으로 들어오고 있었어요. 다시 비가 내리기 시작했 기 때문에 빨래를 널다가 왜 이 짓을 하고 있나 생각했죠. 바로 그 순 간 내 등을 떠미는 손길이 느껴졌어요. 난 곧 바닥 위에 대자로 뻗어버 렸죠. 얼마나 아팠던지. 작은 손이었어요. 어린 귀신 손처럼 말이죠."

"오, 세상에. 우리 집에는 귀신이 없어. 아이 귀신이든 아니든. 넌 아 무것도 못 봤니, 어슐라? 넌 정원에 있었잖니, 안 그래?" 실비가 말했다.

"아, 저 바보 같은 아이는 그냥 넘어진 거예요. 얼마나 재빠르지 못 한지 잘 아시잖아요. 자, 어쨌든 네 런던 여행 계획은 망치고 말았구 나." 글로버 부인이 말했다.

"그건 아니죠. 망친 건 아무것도 없어요. 자, 클래런스. 팔 좀 빌려 줘. 절뚝거릴 순 있으니까."

어둠, 등등.

눈

1910년 2월 11일

"'어슐라'야, 물어보기 전에 먼저 말해주마." 글로버 부인이 말했다.

그러면서 그녀는 부엌의 커다란 나무 식탁에 앉아 있는 모리스와 패멀라 앞에 놓인 사발에 오트밀을 듬뿍 퍼주었다.

"어슐라." 브리짓이 음미하듯 말했다. "예쁜 이름이네요. 마님이 스노드롭을 좋아해요?"

휴
전

1918년 11월 11일

모든 것이 어딘지 낯익었다.

"'데자뷔'라는 거야. 마음이 일으키는 속임수지. 마음은 속을 알 수 없이 신비하거든." 실비가 말했다.

어슐라는 나무 아래 유모차 속에 누워 있던 기억이 분명히 났다.

"아냐, 그렇게 어릴 때 일은 기억날 수가 없어." 실비의 말이었다.

하지만 어슐라는 큰 손처럼 생긴 푸른 나뭇잎들이 산들바람에 흔들리고 유모차 덮개에 매달린 은색 토끼가 눈앞에서 빙빙 돌던 모습이 기억났다. 실비는 한숨을 쉬었다.

"넌 정말 상상력이 풍부하구나, 어슐라."

어슐라는 이 말이 칭찬인지 아닌지 몰랐지만, 종종 실재와 상상 사이에서 혼동을 느끼는 게 사실이었다. 그리고 끔찍한 두려움—두려운 공포—을 늘 마음속에 품고 다녔다. 마음속 암울한 풍경.

"그런 일에 마음 쓰지 마. 밝은 생각만 해." 어슐라가 애써 설명하려 들자 실비는 딱 잘라 말했다.

게다가 어슐라는 종종 누가 입을 열기도 전에 무슨 말을 할지 알았고, 일상적인 사고 정도는 일어나기 전에 미리 알았다. 접시가 떨어진다거나 유리온실에 사과가 날아든다거나 하는 일. 마치 이런 일들이 예전에 수차례 일어나기라도 한 것처럼. 단어와 문장들은 저절로 울려대고, 낯선 사람들은 오랜 지인처럼 느껴졌다.

"누구나 가끔 기이한 느낌이 들 때가 있어. 밝은 생각만 하는 거 잊지 마, 아가야." 실비가 말했다.

팔랑귀인 브리짓은 어슐라에게는 '신통력이 있다'고 단정했다. 이 세상과 저세상 사이에는 문이 있는데 어떤 특정한 사람들만 이 문을 통과할 수 있다고 했다. 어슐라는 이런 부류에 끼고 싶지 않았다.

지난해 크리스마스 아침, 실비가 내용물이 보이지 않게 멋지게 포장하고 리본 장식까지 한 상자를 어슐라에게 건네며 "메리 크리스마스"라고 하자 어슐라는 말했다.

"아, 좋아라. 인형 집에 둘 식탁 세트네."

어슐라는 그 자리에서 선물을 미리 훔쳐봤다고 혼이 났다.

"아냐, 절대 훔쳐보지 않았어."

어슐라는 나중에 부엌에서 발이 잘린 크리스마스 거위의 다리에 작은 흰 종이 왕관을 붙이고 있던 브리짓에게 고집스럽게 주장했다. (이 거위를 보자 어슐라는 마을의 한 남자가 떠올랐다. 남자라기보다는 아직 소년이었던 그는 캉브레 전투지에서 두 다리를 잃었다.)

"난 보지 않았어. 그냥 '안' 거야."

"그랬겠지. 네겐 육감이 있으니까." 브리짓이 말했다.

자두 푸딩을 만드느라 씨름하던 글로버 부인이 못마땅하게 코웃음을 쳤다. 글로버 부인은 이미 오감만으로도 넘친다고 생각했다. 거기에 하나를 더하는 건 말할 것도 없고.

정원에서 꼼짝없이 아침을 보냈다.

"전승 축제치고는 너무한 것 같아." 이슬비를 피해 너도밤나무 아래로 몸을 숨기면서 패멀라가 말했다.

트릭시만이 즐거운 시간을 보냈다. 트릭시는 정원을 아주 좋아했는데, 토끼 무리가 가장 큰 이유였다. 토끼들은 눈독 들이는 여우도 개의 치 않고 채소밭이 주는 온갖 혜택을 즐겼다. 전쟁이 나기 전, 조지 글로버가 어슐라와 패멀라에게 새끼 토끼 두 마리를 주었다. 어슐라는 집 안에서 토끼를 키워야 한다고 패멀라를 설득해서 침실 장롱 속에 숨겨두고는 약장에서 찾아낸 점안기로 먹이를 주며 키웠다. 어느 날 토끼들이 뛰쳐나와 브리짓을 기겁시키기 전까지는.

"이미 '예정된 일'이야." 토끼를 선물로 받았을 때 실비가 말했다. "집 안에서 토끼를 키울 수는 없어. 올드 톰에게 토끼장을 만들어달라고 부탁해."

물론 토끼들은 일찌감치 도망쳐서 행복하게 그 수를 늘려나갔다. 올드 톰이 독약과 덫을 놓았지만 별 소용이 없었다. ("세상에. 여긴 오스트레일리아 같구나." 어느 날 아침, 잔디밭에서 느긋하게 아침을 먹는 토끼들을 내다보며 실비가 말했다.) 학교에서 운영하는 주니어 항공훈련부대에서 사격을 배우고 있던 모리스는 휴가 쓰던 낡은 웨슬리 리처드 사냥총으로 자기 방 창문을 통해 토끼들을 무차별 사격하며 긴 여름방학을 보냈다. 모리스한테 몹시 화가 난 패멀라는 모리스가 사둔 '가려움 분말'(모리스는 장난감 가게에서 살다시피 했다.)을 그의 침대 위에 뿌려두었다. 당장 어슐라한테 불호령이 떨어졌고, 어슐라는 대신 혼날 마음이 있었지만 패멀라는 자백했다. 패멀라의 성격이 그랬다. 늘 공정함을 중시했다.

옆집 정원에서 목소리가 들렸다. 아직은 만나보지 못한 쇼크로스 가족이 새 이웃으로 왔다. 패멀라가 말했다.

"자, 한번 가서 얼굴이라도 보자. 이름이 뭔지 궁금해."

위니, 거티, 밀리, 낸시 그리고 아기 비어트리스. 어슐라는 생각했지만 입 밖에 꺼내지는 않았다. 실비만큼이나 비밀을 유지하는 데 능해졌다.

브리짓이 모자 핀을 입에 문 채 팔을 올려 모자를 고쳐 썼다. 특별히 전승 기념으로 종이 제비꽃 한 다발을 모자에 새로 꿰매 붙였다. 계단 위에서 '케이-케이-케이티' 노래를 불렀다. 클래런스를 생각하면서. 브리짓은 결혼하면("봄에." 클래런스가 말했다. 얼마 전까지만 해도 "크리스마스 전에"라고 했는데.) 폭스 코너를 떠날 예정이었다. 자신만의 소박한 가정, 자신만의 아기들을 가질 생각이었다.

실비의 말에 따르면 계단은 아주 위험한 곳이었다. 계단에서는 사람들이 죽기도 한다. 실비는 늘 아이들에게 계단 위에서 놀지 말라고 일러두었다.

어슐라는 복도에 깔린 양탄자를 따라 살금살금 걸어갔다. 조용히 숨을 들이마신 뒤 마치 열차를 멈춰 세우기라도 하듯 두 손을 앞으로 죽 뻗어 브리짓의 잘록한 허리를 뒤에서 밀었다. 브리짓이 고개를 홱 돌렸고, 어슐라를 보고는 눈과 입을 떡 벌리며 경악했다. 브리짓의 몸이 붕 뜨면서 팔다리를 크게 휘저으며 계단 아래로 굴러떨어졌다. 브리짓을 따라 떨어질 뻔하다 어슐라는 멈춰 섰다.

연습은 완벽하게 만든다.

"팔이 부러졌어요. 계단을 아주 제대로 굴렀구먼." 닥터 펠로스가 말했다.

"저 아이는 늘 재빠르지 못해요." 글로버 부인이 말했다.

"'누군가' 날 밀었다고요." 브리짓이 말했다.

이마에는 커다란 멍이 들었고, 모자를 움켜쥐느라 제비꽃이 다 망

가졌다.

"누군가?" 실비가 되물었다. "누가? 누가 널 계단에서 밀었다는 거야, 브리짓?" 실비는 부엌에 있는 사람들을 둘러보며 다그쳤다. "테디가 그랬니?"

테디는 입 밖으로 말이 새나가지 못하게 하려는 듯 손으로 입을 가렸다. 실비는 패멀라 쪽으로 몸을 돌렸다.

"패멀라?"

"저요?"

패멀라는 순교자처럼 가슴 위로 두 손을 경건하게 들어올렸다. 실비가 브리짓을 쳐다보자 브리짓이 어슐라 쪽으로 고개를 약간 까닥거렸다.

"어슐라?"

실비는 얼굴을 찌푸렸다. 어슐라는 멍하니 앞만 쳐다보았다. 총살당하기 직전의 양심수처럼.

"어슐라, 이 일에 대해 뭐 아는 거 없어?" 실비가 엄하게 물었다.

어슐라는 사악한 짓을 했다. 브리짓을 계단 아래로 밀었다. 브리짓이 죽을 수도 있었고, 그럼 어슐라는 살인자가 될 수도 있었다. 어슐라가 아는 거라고는 그렇게 '해야만' 했다는 사실이다. 엄청난 두려움이 어슐라를 엄습했고 어슐라는 그렇게 할 수밖에 없었다.

어슐라는 부엌에서 뛰쳐나와 테디의 비밀 은신처인 계단 아래 벽장에 몸을 숨겼다. 잠시 후, 문이 열리더니 테디가 기어들어와 어슐라 옆에 앉았다.

"난 누나가 브리짓을 밀었다고 생각하지 않아." 테디가 말하며 그 작고 따뜻한 손을 어슐라의 손 안에 밀어넣었다.

"고마워. 근데 내가 밀었어."

"그래도 난 누나를 사랑해."

어슐라는 절대 그 벽장에서 나오고 싶지 않았지만 현관문 종이 땡그랑 울리면서 복도가 갑자기 시끄러워졌다. 테디가 무슨 일인지 보려고 문을 열었다가 다시 몸을 숙이고 들어와 보고했다.

"엄마가 어떤 남자한테 키스하고 있어. 엄마가 울어. 남자도 울고."

어슐라는 이 장면을 직접 확인하려고 벽장 밖으로 고개를 내밀었다. 깜짝 놀란 어슐라가 테디 쪽으로 몸을 돌렸다.

"아빠 같은데." 어슐라가 말했다.

평화

1947년 2월

어슐라는 조심스럽게 도로를 건넜다. 도로 표면은 얼음 때문에 울퉁불퉁 주름이 져서 위험했다. 인도는 더 위험했는데, 지저분하고 딱딱하게 얼어붙은 얼음덩어리인데다가 휴교로 노는 것 말고는 달리 할일 없던 이웃집 아이들이 썰매를 타느라 더 반질반질해져서 상황을 악화시켰다. 오, 맙소사, 내가 정말 옹졸해졌구나, 어슐라는 생각했다. 빌어먹을 전쟁, 빌어먹을 평화.

현관 자물쇠에 열쇠를 꽂을 무렵, 어슐라는 피곤으로 쓰러질 것 같았다. 쇼핑이 이렇게 힘들게 느껴진 적은 없었다. 최악의 영국 대공습 시절에도 이 정도는 아니었다. 얼굴은 칼바람에 그대로 노출되었고, 발가락은 추위로 감각이 없었다. 기온은 몇 주 동안 영상으로 올라가지 못했고, 1941년 겨울보다 더 추웠다. 어슐라는 먼 훗날 지금의 혹한을 떠올리려 애써보아도 결코 기억해내지 못하리라고 생각했다. 추위는 아주 '물리적'이어서 뼈들이 산산이 부서지고 피부가 갈라질 것같았다. 어제 어슐라는 두 남자가 화염방사기로 보이는 물건으로 도로의 맨홀을 열려고 애쓰는 걸 보았다. 해빙과 따뜻한 미래는 이제 없을지도 모르고, 어쩌면 새 빙하기의 시작인지도 모르겠다. 처음에는 불이, 그다음에는 얼음이.

전쟁은 어슐라의 패션에 대한 관심마저 빼앗아갔다. 속옷부터 겉옷까지 순서대로 옷을 입었다. 반소매 속옷, 긴소매 속옷, 긴소매 풀오버, 카디건, 그 위에는 다 해진 허름한 겨울 코트를 걸쳤다. 전쟁이 나기 이 년 전에 피터 로빈슨 백화점에서 새로 산 코트였다. 물론 평소에 입는 칙칙한 속옷, 두꺼운 트위드 스커트, 회색 울 스타킹, 장갑과 벙어리장갑, 스카프, 모자, 어머니가 물려준 털 안감이 달린 낡은 부츠는 말할 것도 없었다. 갑자기 어슐라에게 반하게 될 남자가 불쌍할 정도였다.

"그럴 가능성은 거의 없잖아."

비서 중 한 명인 에니드 바커가 따뜻한 차 탕관 옆에서 말했다. 에니드는 1940년경부터 씩씩하고 젊은 런던 여성 역할을 죽 맡아오고 있었다. 어슐라는 에니드에 대해 나쁜 생각을 하는 자신을 책망했다. 에니드는 좋은 사람이었다. 도표를 타이핑하는 기술이 아주 뛰어났는데, 어슐라가 비서학교에 다닐 때는 전혀 할 줄 몰랐던 능력이었다. 어슐라는 지금으로부터 몇 년 전에—전쟁 전의 일들은 모두 고대 역사처럼(어슐라 자신의) 느껴졌다—타이핑과 속기 과정을 이수했다. 어슐라는 놀랄 정도로 실력이 출중했다. 비서학교를 운영하던 카버 씨는 어슐라의 속기 실력이 올드 베일리에서 법원 서기 훈련을 받아도 좋을 만큼 훌륭하다고 제안했다. 그건 아주 다른 생활, 어쩌면 더 좋은 생활이 될 수도 있었다. 물론 그럴지 어떨지 알 방법은 없었다. 어슐라는 불도 켜지 않은 계단을 터벅터벅 올라가 집으로 갔다. 지금은 혼자 살았다. 밀리는 미 공군 장교와 결혼해서 뉴욕 주로 이사했다. ("내가 전쟁 신부가 될 줄이야! 누가 생각이나 했겠어?") 얇은 그을음과 기름 얼룩이 계단 벽을 뒤덮고 있었다. 소호에 있는 낡은 건물이었다. (꼭 필요하면 싫어도 해야 하는 법이야, 이렇게 말하는 어머니의 목소리가 들렸다.) 위층에 사는 여자에게는 신사 방문객이 많았는데 어슐라는 천장에서 들려오는 삐걱거리는 침대 스프링 소리와 이상한 소리들에 점점 익숙해졌다. 그래도 어슐라는 유쾌했고, 언제라도 쾌활한 인사를 나눌 준비가 되어 있었으며 계단 청소 당번을 빼먹은 적도 없었다.

건물은 애초에 디킨스 소설에 나올 법한 우중충한 스타일로 지어진 데다가, 지금은 더 방치되고 관리되지 않았다. 하지만 당시는 런던 전체가 비참하게 보였다. 지저분하고 암울했다. 어슐라는 '가련하고 늙은 런던'이 다시는 깨끗해질 것 같지 않다고 한 울프 양의 말을 기억했다. ("모든 것이 너무나 '추레'해요.") 울프 양의 말이 옳은지도 모르겠다.

"우리가 전쟁에서 '이겼다'고 생각하지는 않겠지." 지미가 말했다.

미국 옷을 말끔하게 차려입고, 밝은 장래 때문에 환히 빛나는 모습이었다. 어슐라는 남동생의 '신세계 기백'을 기꺼이 용서했다. 힘든 전쟁을 치른 남동생이니까. 다들 마찬가지 아닐까? '길고 힘든 전쟁'이 될 거라고 처칠이 말했다. 그 말이 얼마나 적중했던지.

임시 숙소였다. 어슐라는 더 좋은 곳으로 옮길 돈이 있었지만 실은 별로 개의치 않았다. 방 하나짜리 집으로 싱크대 위로 창문이 있고 온수기가 있으며 복도 아래쪽에는 공동 화장실이 있었다. 어슐라는 밀리와 함께 썼던 켄징턴의 오래된 아파트가 여전히 그리웠다. 1941년 오월에 있은 대공습에서 폭격을 당했다. 어슐라는 〈굴 없는 여우처럼〉을 부르는 베시 스미스를 떠올렸다. 사실 어슐라는 그 집으로 다시 돌아가 몇 주간을 지붕 없이 지냈다. 춥긴 했지만 어슐라는 훌륭한 야영족이었다. 독일소녀연맹에서 배운 덕분이었다. 이런 암울한 시절에 꺼낼 이야기는 아니지만.

집에서는 깜짝 놀랄 좋은 일이 어슐라를 기다리고 있었다. 패미가 보낸 선물이었다. 나무 상자에는 감자, 리크, 양파, 엄청난 양의 진녹색 사보이 양배추(아름다움 그 자체)로 가득했고, 그 위에는 달걀 여섯 개가 탈지면에 곱게 싸여 휴의 낡은 중절모 안에 들어 있었다. 갈색에 반점이 있는 사랑스러운 달걀은 무광택 보석만큼이나 소중했고, 여기저기에 작은 깃털들이 붙어 있었다. '폭스 코너에서, 사랑을 담아'란 글귀가 적힌 라벨이 상자에 붙어 있었다. 마치 적십자 구호 상자를 받는 기분이었다. 도대체 어떻게 배달되었을까? 운행 중인 기차도 없었고 패멀라도 틀림없이 눈 속에 갇혀 지낼 텐데. 더 아리송한 건 '땅이 강철처럼 딱딱할 텐데' 언니는 어떻게 이 겨울 수확물을 캐낼 수 있었을까.

방문을 열자 바닥에 종이쪽지가 보였다. 쪽지를 읽으려면 안경을 써야 했다. 비어트리스 쇼크로스가 보낸 쪽지였다. '방문했는데 네가 없구나. 다시 들를게. 비어 xxx.' 어슐라는 비어트리스를 만나지 못한 게 아쉬웠다. 정신없는 웨스트엔드를 돌아다니는 것보다는 더 멋지게 토요일 오후를 보낼 수 있었을 텐데. 그때 양배추가—이런 순간이면 늘 습관처럼 느닷없이—아가일 로드 지하실에서의 원치 않는 작은 상자의 기억을 송두리째 뽑아버렸고, 어슐라는 다시 우울해졌다. 요즘 어슐라는 감정의 부침이 상당히 심했다. 솔직히 어슐라 스스로 책망하고 또 스스로 기운을 내는 것이지만.

아파트 안이 더 추운 것 같았다. 어슐라는 동상에 걸렸고, 정말 고통스러웠다. 귀까지 시렸다. 귀마개나 방한모 같은 게 필요했다. 테디와 지미가 학교 갈 때 쓰곤 했던 회색 털모자 같은 거. 〈성 아그네스의 전야〉존 키츠의 시에 나오는 시구가 있는데, 그게 뭐였더라? '싸늘한 모자와 갑옷을 입은' 교회 석상에 관한 내용이었다. 이 시를 낭송할 때마다 어슐라는 추위를 느꼈다. 학교에서 시 전체를 다 배웠지만 이제 어슐라에게는 탁월한 기억력이 없고, 한 구절도 완벽하게 기억하지 못한다고 해서 문제될 게 있을까? 어슐라는 갑작스레 실비의 모피 코트가 간절해졌다. 방치된 밍크는 이제 패멀라의 소유였다. 실비는 유럽

전승 기념일에 죽음을 택했다. 다른 여자들이 티 파티에 쓸 음식을 만들고 영국 거리에서 춤을 추는 동안 실비는 테디가 어릴 때 쓰던 침대에서 수면제 한 통을 삼켜버렸다. 유언은 없었지만 죽음의 동기와 의도는 남은 가족에게 아주 명료했다. 폭스 코너에서 실비의 장례식 티 모임이 있었다. 패멀라는 비겁한 도망이라고 했지만 어슐라는 확신할 수 없었다. 오히려 존경스러울 만큼 뚜렷이 목적을 드러냈다고 생각했다. 실비는 전쟁의 또 다른 사상자, 또 다른 통계였다.

"엄마는 과학이 이 세상을 더 나쁘게 만들고, 인간을 죽이는 새로운 기술을 발명하는 사람들이 문제라고 말했어. 그 때문에 종종 나와 말다툼을 했지. 근데 지금은 잘 모르겠어." 패멀라가 말했다.

물론 그때는 히로시마 핵폭발 전이었다.

어슐라는 가스난로를 켰다. 19세기 말에 만든 난로처럼 생긴, 약간 초라한 작은 래디언트 난로였다. 페니와 실링이 고갈되어간다는 소문이 돌았다. 왜 무기를 녹여 동전을 만들지 못하는지 어슐라는 궁금했다. 권총으로 쟁기 날도 만들면 좋을 텐데.

패미가 보낸 상자에서 꺼낸 내용물을 작은 나무 식기 건조대에 늘어놓자 가난한 이의 정물화처럼 보였다. 채소가 지저분했지만 수도관이 얼어서 흙을 깨끗이 털어낼 엄두조차 내지 못했다. 작은 온수기도 마찬가지였다. 물론 가스 압력이 너무 낮아서 물이 있어도 덥히지도 못하지만. '돌처럼 언 물.' 상자 맨 밑에서 위스키 반병이 나왔다. 마음씨 좋은 패미. 배려심이 많은 사람.

어슐라는 달걀을 하나 삶을 요량으로 도로의 급수탑에서 양동이에 받아놓은 물을 약간 떠서 가스 위에 올려놓았다. 가스의 푸른 불꽃이 얼마나 매가리가 없던지 물을 끓이려면 한 세월 걸릴 것 같았다. 가스 압력을 조심하라는 경고가 있었다 — 표시등이 꺼졌는데 가스가 다시 들어올 경우를 대비해서.

가스를 마시면 그렇게 안 좋을까? 어슐라는 궁금했다. '가스를 마시면.' 어슐라는 아우슈비츠를 떠올렸다. 트레블링카. 지미는 특공대였는데, 전쟁이 끝날 무렵 베르겐-벨젠을 해방시킨 대전차 연대에 배속되었다. 본인의 말에 따르면 약간 우연하게 이루어졌다고 했다. (지미와 관련된 일에는 늘 약간 우연이 개입했지만.) 어슐라는 그곳에서 본 걸 말해달라고 졸랐다. 지미는 주저하다 입을 열었다. 물론 최악의 일들은 생략했겠지만 그거라도 알 필요가 있었다. 증언해야 한다. (울프 양의 목소리가 귓가에 울렸다. "우리가 장차 안전해지면 이 사람들을 기억해야 합니다.")

사망자 수 집계는 전쟁 동안 어슐라의 업무였다. 공습과 폭격을 당한 사람들의 숫자들이 어슐라 책상 위에서 끝없이 수집되고 기록되었다. 이런 압도적인 숫자들—사망자 육백만, 사망자 오천만, 셀 수 없이 수많은 영혼—은 이해의 영역을 넘어섰다.

어슐라는 어제 물을 떠왔다. 그들—'그들'이 누구인가? 육 년간의 전쟁 끝에 모두가 '그들'의 명령에 따르는 데 익숙해졌다. 영국인은 얼마나 복종적인 사람들인가—은 가까운 도로에 급수탑을 세웠고, 어슐라는 주전자와 양동이에 물을 받았다. 앞에 선 여자가 바닥까지 끌리는 탐스러운 은회색 흑담비 모피를 입고 있었는데 이루 말할 수 없이 멋졌다. 하지만 그래봤자 살을 에는 추위 속에서 양동이를 들고 인내하며 기다릴 뿐이었다. 소호에 사는 여자 같지는 않아 보였지만 누가 그 인생을 알겠는가?

우물가의 여자들. 어슐라는 예수가 우물가의 여자와 특별히 논쟁이 될 만한 대화를 나누었다는 이야기가 기억났다. 사마리아 여자, 물론 이름은 나오지 않는다. 어슐라가 기억하기로 이 여자는 남편이 다섯이나 되었지만 남편이 아닌 남자와 살고 있었다. 그러나 킹제임스 성서에는 다섯 남편이 어떻게 되었는지는 나오지 않았다. 어쩌면 여자가 우물에 독을 넣었는지도 모르겠다.

어슐라는 브리짓이 어렸을 때 아일랜드에서 매일 물을 길으러 우물까지 걸어갔다고 한 이야기가 기억났다. 이 얼마나 대단한 발전인가. 문명화가 얼마나 빠르게 추한 모습으로 변질될 수 있는지. 독일인을 보라. 가장 문명화되고 훌륭한 태도를 지닌 사람들이지만…… 아우슈비츠, 트레블링카, 베르겐-벨젠. 동일한 환경이 주어졌더라면 영국인도 마찬가지일지 모르겠지만, 말할 수 없는 뭔가가 더 있었다. 울프 양 생각으로는……

"저기요." 흑담비 모피를 입은 여자가 어슐라의 생각을 방해하며 물었다. "우리 집 수도는 꽁꽁 얼었는데 이 물은 왜 얼지 않았는지 혹시 아세요?"

여자의 말에서 상류층 악센트가 묻어났다.

"난 몰라요. 아무것도 몰라요." 어슐라가 말했다.

여자도 웃으며 말했다.

"오, 나도 마찬가지예요."

어슐라가 이 여자와 친구를 해도 괜찮겠다는 생각을 하는데, 뒤에 있던 여자가 말했다.

"앞으로 좀 가세요."

흑담비 모피를 입은 여자가 시골 아낙네처럼 씩씩하게 양동이를 들며 말했다.

"그만 가봐야겠어요. 잘 가요."

어슐라는 라디오를 틀었다. 제3방송 프로의 전파가 한동안 중단되었다. 날씨와의 전쟁이다. 집이나 전등이 있으면 운이 좋은 축에 들었다. 걸핏하면 단전이 되었기 때문이다. 어슐라는 소음, 익숙한 생활의 소리가 필요했다. 지미는 떠나기 전에 낡은 축음기를 주고 갔다. 어슐라의 축음기는 켄징턴에서 안타깝게도 다른 레코드판들과 함께 잃어버렸다. 기적적으로 깨지지 않은 레코드판을 겨우 두 개 건졌는데, 그중 하나를 턴테이블에 올려놓았다. 제목은 《차라리 죽어서 내 무덤에 묻히고 싶어라》.

어슐라는 웃음을 터뜨렸다.

"그럼 좋을까?" 어슐라가 크게 소리 내어 말했다.

낡은 레코드판이 긁히는 소리와 쉭쉭하는 소리가 났다. 어슐라의 기분이 딱 이랬을까?

어슐라는 시계를 쳐다보았다. 실비의 작은 금색 휴대용 시계. 장례식이 끝나자 이 시계를 집에 가져왔다. 이제 겨우 네 시였다. 맙소사! 세월이 얼마나 느리게 가는지. 삐 소리가 나자 어슐라는 뉴스를 꺼버렸다. 무슨 중요한 뉴스가 있다고.

어슐라는 무엇인가 할 일을 찾아—실은 수도승의 단칸방 같은 집에서 벗어나기 위해—옥스퍼드 스트리트와 리젠트 스트리트를 훑으며 오후를 보냈다. 상점들은 모두 어둑하고 음울했다. 스완 앤 애드거 상점의 등유 램프, 셀프리지 백화점의 양초— 고야의 그림에 나올 법한 핼쑥하고 그늘진 사람들의 얼굴. 살 것도, 딱히 원하는 것도 없었지만, 털이 달리고 편해 보이는 예쁜 부티처럼 갖고 싶은 건 터무니없이 비쌌다(15기니!). 얼마나 우울하던지.

"전쟁 때보다 상황이 더 안 좋아." 직장 동료인 포셋 양이 말했다.

포셋 양은 결혼을 위해 직장을 그만두었다. 결혼 선물로 다소 밋밋한 꽃병을 사기 위해 모두 돈을 걸었다. 하지만 어슐라는 좀 더 개인적이고 특별한 선물을 주고 싶었다. 그러나 좋은 생각이 나지 않았고 웨스트엔드 백화점에서 적당한 물건을 발견하길 기대했다. 하지만 찾지 못했다.

어슐라는 리옹에 들어가 연한 차를 마셨다. 브리짓이라면 '양의 물' 같다고 했겠지. 야박한 티 케이크, 어슐라가 세어보니 딱딱한 건포도 두 개에 마가린 부스러기가 전부였다. 아주 맛있는 걸 먹고 있다고 애써 상상했다. 감미로운 크레메슈니테커스터드 크림을 얇은 페이스트리로 덮은 케이크나 도보스토르테다섯 겹 이상의 층으로 이뤄진 초콜릿 케이크 조각 같은 것을. 지금 독일인들은 페이스트리를 풍족하게 먹을 것 같았다.

어슐라가 실수로 "슈바르츠발더 키르슈토르테"(정말 멋진 이름에, 정말 맛있는 케이크였다.)라고 큰 소리로 중얼거린 바람에 의도치 않게 옆 테이블 손님의 주목을 끌었다. 여자는 아이싱을 입힌 커다란 빵을 태연히 먹던 중이었다.

"피난민이에요?" 여자가 물었고, 어슐라는 그 동정 섞인 말투에 놀랐다.

"비슷해요." 어슐라가 말했다.

달걀이 삶아지길 기다리는 동안—물은 여전히 미지근했다—어슐라는 책들을 뒤졌다. 켄징턴 이후 포장을 풀지 않은 책들을. 이지가 준 단테를 찾아냈다. 멋진 붉은 가죽의 장정이었지만 책장은 모두 누렇게 변색되어 있었다. 존 던(어슐라가 가장 좋아하는 작가)의 시집, T. S. 엘리엇의 《황무지》(이지한테서 슬쩍한 희귀 초간본), 《셰익스피어 작품집》, 어슐라가 사랑한 형이상학적 시들, 그리고 마지막으로 상자 맨 아래에서는 너덜너덜해진 키츠의 교과서가 나왔다. 책에는 '어슐라 토드에게, 참 잘했어요'라는 글이 적혀 있었다. 묘비명으로도 좋겠다고 어슐라는 생각했다. 그동안 방치했던 책장을 휙휙 넘기다가 〈성 아그네스의 전야〉를 발견했다.

아, 얼마나 살을 에는 추위인가!
올빼미는 깃털이 있어도 춥다
토끼는 달달 떨며 얼어붙은 풀밭을 절뚝거렸다
털북숭이 우리 안의 무리는 고요하다

어슐라가 크게 소리 내어 읽자, 시구에 몸이 떨려왔다. 좀 따뜻하게 해주는 시를 읽어야 했다. 키츠와 벌들— '여름이 끈적끈적한 벌집들을 넘치게 했기에.'존 키츠의 시 〈가을에게〉 중에서 키츠는 영국 땅에서 죽었어야 했다. 여름 오후에 영국 정원에서 잠들었어야 했다. 휴처럼.
어슐라는 달걀을 먹으면서 우편물 담당 부서의 호브스 씨가 다 읽은 뒤 건네준 어제판《타임스》를 읽었다. 두 사람 사이에 생긴 작은 일과였다. 새로 발행된 축소판 신문은 어딘지 우스워 보였다. 마치 뉴스 자체가 덜 중요한 것처럼. 정말 그럴 수도 있지 않을까?

창밖으로 회색 재 같은 눈송이들이 날렸다. 어슐라는 폴란드에 있는 콜네 친척들을 생각했다. 아우슈비츠 위로 화산 구름처럼 솟은 회색 재는 땅 위를 맴돌다가 태양을 가렸다. 사람들이 수용소에 대해 다 알게 된 이후에도 반유대주의는 여전했다. '유대놈.' 어슐라는 어제 누군가가 이렇게 불리는 소리를 들었고, 앤드루스 양이 포셋 양의 결혼 선물 비용을 추렴할 때 슬쩍 빠지자 에니드 바커가 농담처럼 말했다.
"유대인같이."
가벼운 모욕인 것처럼.

사무실은 요즘 따분하고, 조금 짜증도 났다. 맛있고 영양가 있는 음식의 결핍과 추위가 불러온 피로 때문인지도 모르겠다. 기록실에서 통계들을 끝없이 편집하고 순서대로 정리하는 일은 지루했다. 장차 역사학자들이 자세히 살펴볼 내용들이었다. 모리스의 표현을 빌리면 그들은 여전히 '어질러져 있는 것을 치우고 집 안을 정리하는' 단계였다. 그건 마치 전쟁 사상자들을 요란하게 치운 다음 잊어버리는 것과도 같았다. 민방위과는 철수한 지 일 년 반이 넘었지만 어슐라는 여전히 소소한 관료주의를 떨쳐내지 못했다. 하느님(또는 정부)의 천벌은 지극히 미미하고 느렸다.

달걀은 맛있었다. 아침에 갓 낳은 달걀 같았다. 어슐라는 브라이턴 파빌리온 사진(크라이턴과 함께 간 당일 여행에서 구입했다.)이 담긴 낡은 엽서를 찾아냈다. 아직 사용하지 않은 이 엽서에 패미에게 감사의 인사말을 썼다. ('멋져! 적십자 구호 상자처럼.') 그러고는 맨틀피스 위, 실비의 시계 옆에 세워두었다. 테디의 사진 옆이기도 했다. 테디와 그의 핼리팩스 사병들이 따사로운 오후에 찍은 사진이었다. 모두 낡은 의자에 느긋하게 앉아 있었다. 영원히 젊은 모습으로. 강아지 럭키는 테디의 무릎 위에 작은 동상처럼 자랑스럽게 서 있었다. 아직도 럭키가 있다면 얼마나 위안이 될까. 테디의 공군수훈십자훈장도 사진 액자 유리에 기대놓았다. 메달도 있었지만 어슐라에게는 아무 의미가 없었다.

어슐라는 이 엽서를 내일 오후 우편물로 보낼 생각이었다. 폭스 코너까지 가는 데 또 얼마나 걸리려는지.

다섯 시. 어슐라는 접시를 들고 설거지감이 쌓인 싱크대로 가져갔다. 눈보라는 이제 어두운 하늘에서 회색 재처럼 날렸고, 어슐라는 이 모습이 보이지 않게 얇은 면 커튼을 치려고 했다. 그런데 커튼이 철사에 걸렸는지 꼼짝도 않자, 무너져내리기 전에 잡아당기는 걸 그만두었다. 창문은 낡고 아귀가 맞지 않아 차가운 외풍이 그대로 들어왔다.

전기가 나가자 맨틀피스 위의 양초를 더듬거리며 찾았다. 이보다 상황이 더 나빠질 수 있을까? 어슐라는 양초와 위스키병을 들고 침대로 가서 외투를 입은 채 이불 속으로 기어들어갔다. 피곤했다.

작은 난로에 피워둔 불길이 무섭게 흔들렸다. 상황이 그렇게 안 좋은 걸까? '이제야 나는 숨결 거두니, 고통 없이 한밤중에.' 존 키츠의 시 〈나이팅게일에게 부치는 송시〉 중 더 안 좋은 상황도 있었다. 아우슈비츠, 트레블링카, 화염에 휩싸여 추락하는 테디의 핼리팩스. 눈물을 멈추게 하려면 위스키를 계속 마시는 수밖에 없었다. 착한 패미. 난로 불꽃이 펄럭이다가 잦아들었다. 표시등도 꺼졌다. 가스가 언제 다시 들어올지 궁금했다. 가스 냄새에 잠이 깬다면, 일어나서 다시 불을 붙인다면. 어슐라는 굴속에서 얼어 죽는 여우처럼 죽고 싶지는 않았다. 패미가 엽서를 보면 자신에게 얼마나 고마워하는지 알 것이다. 어슐라는 눈을 감았다. 백 년 이상을 깨어 있는 듯한 기분이었다. 어슐라는 정말이지 아주, 몹시 피곤했다.

어둠이 내려앉기 시작했다.

눈

1910년 2월 11일

따뜻하고 신선한 우유 같은 냄새가 고양이 퀴니를 꾀었다. 퀴니는 엄밀히 말하면 글로버 부인의 소유였지만 자신이 누구에게 속한다는 사실 따위에는 무관심했다. 커다란 얼룩 고양이인 퀴니는 여행용 가방에 담겨 글로버 부인과 함께 문 앞에 도착했다. 글로버 부인의 윈저 의자와 똑같지만 크기만 작은 윈저 의자를 숙소로 삼아 커다란 부엌 화덕 옆에서 지냈다. 자기만의 의자가 있다고 해서 집 안의 다른 의자에 퀴니의 털이 묻지 않는 건 아니었다. 고양이를 별로 좋아하지 않는 휴는 '지저분한 짐승'이 어떻게 자신의 양복에 털을 묻혀놓았는지 그 수수께끼 같은 방법에 끊임없이 불평했다.

보통 고양이들에 비해 성깔 있는 퀴니는 누군가 가까이 다가오면 마치 싸우는 토끼처럼 한 대 때리는 버릇이 있었다. 고양이를 싫어하는 브리짓은 그 고양이가 악마에 씌었다고 선언했다.

이 달콤하고 신선한 냄새는 어디에서 오는 걸까? 퀴니는 계단을 올라가 커다란 침실로 들어갔다. 침실은 난롯불로 따뜻했다. 멋진 방이었다. 침대에 깔린 두툼하면서도 폭신한 이불, 그리고 잠자는 사람의 부드러운 움직임. 그리고 그곳에— 고양이 크기의 완벽한 작은 침대가 역시 고양이 크기의 완벽한 작은 쿠션으로 따뜻하게 덮혀져 있었다. 퀴니는 갑자기 어린 시절로 돌아가 그 부드러운 살에 자신의 발을 치댔다. 그리고는 더 편안하게 자리를 잡고 누워 행복에 겨운 가르릉 소리를 나지막이 냈다.

예리한 바늘이 부드러운 살갗을 콕콕 찌르는 바람에 의식이 들었다. 새로운, 달갑지 않은 고통이었다. 그때 갑자기 뭔가 입을 틀어막는 바람에 숨이 막히고 아무 소리도 내지 못했다. 숨을 쉬려고 애쓸수록 호흡은 더 힘들어졌다. 꼼짝없이 붙들린 채, 숨을 쉴 수 없었다. 떨어지고 떨어지는, 총에 맞은 새.

기분 좋은 잠에 취해 가르릉거리던 퀴니는 비명 소리에 잠을 깼고, 이내 누군가에게 붙들려 방 밖으로 내던져졌다. 자기가 질 싸움인 걸 감지한 퀴니는 으르렁거리고 침을 흘리며 문밖으로 물러났다.

호흡이 없었다. 힘없이 조용하게, 조그마한 흉곽은 움직이지 않았다. 실비의 심장만이 안에 주먹이 들어 있어서, 나가는 문을 두드려대기라도 하듯 쿵쾅쿵쾅 울렸다. 이렇게 위험할 데가! 끔찍한 전율이 실비의 몸을 훑어내렸다.

실비는 본능적으로 아기 얼굴 위로 고개를 숙여 아기의 작은 입과 코를 자신의 입으로 덮었다. 그러고는 부드럽게 입김을 불어넣었다. 다시. 또다시.

그러자 아기는 다시 소생했다. 이렇게 간단하다니. ("우연의 일치가 분명해요." 이 의학적 기적에 대해 들은 닥터 펠로스가 말했다. "그런 방법으로 누군가 살릴 수 있다는 건 아주 가능성이 없어 보입니다만.")

이 층으로 곰국을 가져다주고 온 브리짓이 부엌에서 글로버 부인에게 낱낱이 보고했다.

"토드 부인이 요리사한테―글로버 부인, 당신이잖아요―고양이를 치우라고 말하래요. 고양이를 죽이면 더 좋겠다고요."

"죽이라고?" 글로버 부인이 격분해서 말했다.

이제 난로 옆 자신의 숙소로 돌아온 고양이는 고개를 들어 불길하게 브리짓을 쳐다보았다.

"난 그대로 전하는 것뿐이에요."

"내 눈에 흙이 들어가기 전까지는 절대 안 돼." 글로버 부인이 말했다.

해덕 부인은 귀부인처럼 보이길 바라며 따뜻한 럼주 한 잔을 홀짝거렸다. 석 잔째였고 부인은 속에서부터 불이 나기 시작했다. 해덕 부인은 출산을 도우러 가다가 폭설을 만나 챌폰트 세인트 피터 외곽의 블루라이언 선술집으로 몸을 피했다. 부득이한 경우를 제외하면 결코 들어가지 않았음 직한 곳이었다. 하지만 선술집에는 활활 타오르는 난로가 있고 사람들은 놀랄 만큼 유쾌했다. 놋쇠 장식과 구리 단지들이 번쩍거리고 빛이 났다. 카운터 맞은편, 부인이 앉은 방에서 잘 보이는 곳에 일반석이 있었고, 이곳에서는 음주가 특히 자유롭게 이루어지는 것 같았다. 전체적으로 더 소란스러운 장소였다. 이제 다들 함께 노래를 불렀고 해덕 부인은 발로 리듬을 맞추는 자신을 발견하고는 깜짝 놀랐다.

"눈 내리는 거 한번 보시오." 반짝반짝 광택이 나는 거대한 놋쇠 카운터 위로 선술집 주인이 몸을 숙이며 말했다. "며칠 동안 갇혀 있게 될지도 모르오."

"며칠씩이나?"

"럼주나 한 잔 더 마시구려. 오늘 밤에는 급히 갈 데도 없을 테니."

굴
속
의

여
우
처
럼

1923년 9월

"그럼 이제는 닥터 켈렛한테 진료를 안 받아?" 이지는 에나멜 담배 케이스를 열어 나란히 진열된 블랙 러시안 담배들을 내보이며 물었다. "궐련?" 이지가 담배 케이스를 내밀며 물었다.

이지는 모든 사람이 동갑인 양 말하는 재주가 있었다. 고혹적이면서도 여유로웠다.

"난 열세 살이에요." 어슐라가 말했다. 두 질문에 한꺼번에 대답이 된 것 같았다.

"요즘엔 열세 살이면 어른이나 다름없지. 인생이란 아주 짧을 수도 있거든." 이지는 희고 검은 기다란 담뱃대를 꺼내며 말했다.

불을 붙여줄 종업원이 있는지 레스토랑 안을 애매하게 둘러보았다.

"네가 잠깐씩 런던을 방문하던 때가 그리워. 할리 스트리트_{런던 중심부}의 개인 병원 밀집 거리에 데려다준 뒤에 사보이 호텔에 가서 홍차도 마셨지. 너도 좋고 나한테도 좋은 일이었어."

"닥터 켈렛한테 가지 않은 지 일 년 넘었어요. 다 완치되었나 봐요." 어슐라가 말했다.

"그거 잘됐구나. 나는 반대로 '라 파미유'(가족)한테 완치 불능이라고 취급받는데. 물론 넌 '쳉 피유 비엥 엘르베'(행실 바른 소녀)여서 모든 이의 죄를 위한 희생양이 되는 게 어떤지 절대 모를 거야."

"아, 모르겠어요. 근데 알 것 같아요."

토요일 점심시간이었고, 심슨 레스토랑에 와 있었다.

"한가로운 숙녀들이야."

뼈에서 발라낸 피 묻은 커다란 소고기 조각을 앞에 둔 이지가 말했다. 밀리 어머니인 쇼크로스 부인은 채식주의자였는데, 어슐라는 커다란 고깃덩어리를 보고 경악하는 부인을 상상했다. 휴는 쇼크로스 부인(로버타)을 '보헤미안'이라 불렀고, 글로버 부인은 미친 여자라고 했다.

이지는 담뱃불을 붙이려고 종종걸음으로 다가온 젊은 종업원 쪽으로 몸을 기울였다.

"고마워, 자기."

이지가 종업원의 눈을 똑바로 바라보며 속삭이자 남자 얼굴이 갑자기 이지 접시에 놓인 로스트비프만큼이나 빨개졌다.

"르 로스비프."(로스트비프.)

이지는 어슐라에게 말하고는 무심하게 손을 흔들어 종업원을 보내버렸다. 이지는 말할 때 늘 양념으로 프랑스 단어를 섞었다. ("어릴 때 한동안 파리에서 지냈어. 물론 전쟁이……")

"프랑스어 할 줄 아니?"

"학교에서 배우고 있어요. 그렇다고 할 줄 안다는 건 아니고요." 어슐라가 대답했다.

"너 아주 재미있는 애구나?"

이지는 담뱃대를 깊숙이 빨아들이더니 (놀라울 만큼) 빨간 큐피드의 활 같은 입술을 뾰족하게 오므렸다. 마치 담배 연기를 내뿜기 전에 트럼펫이라도 연주할 것처럼. 주변의 일부 남자들이 홀린 듯 이지 쪽으로 고개를 돌렸다. 이지는 어슐라에게 눈을 찡긋해 보였다.

"네가 맨 먼저 배운 프랑스 말은 틀림없이 '데자뷔'일 거야. 가련해라. 넌 아기였을 때 떨어져서 머리를 부딪혔을지도 몰라. 난 그랬던 것 같아. 자, 먹자. 배고파 죽겠어, 넌 안 그래? 다이어트해야 하는데, 정말 먹을 게 너무 많아 탈이야." 이지는 열심히 스테이크를 자르며 말했다.

메릴르번 역 승강장에서 어슐라를 만났을 때 이지는 얼굴이 푸르죽죽해 보였고, 저민 스트리트의 한 클럽에서 '광란의' 밤을 보낸 뒤라 굴과 럼주("결코 좋은 조합이 아니야.") 때문에 '약간 메스껍다'고 했었다. 지금 먹는 걸 보니 상당히 좋아졌다. 늘 그렇듯 '몸매에 신경 써야' 한다면서도 굶주린 사람처럼 먹어대는 것으로 봐서 이제 굴은 잊은 게 분명했다. 이지는 '빈털터리'가 되었다고 했지만 돈 문제에서도 과장이 심했다.

"즐기지 못하면 인생이 무슨 의미가 있겠니?" 이지가 말했다. ("이지의 인생은 즐기는 것 말고는 아무것도 없어." 휴가 툴툴거렸다.)

이제 자신이 '노동자계급에 합류'하게 되었고 생활비를 벌기 위해 꾸준히 타자기를 '두드려야' 한다는 사실을 잊으려면 즐거움—그리고 이에 수반되는 대접—이 필요하다고 주장했다.

"세상에, 누가 들으면 이지가 석탄이라도 캐는 줄 알겠다." 폭스 코너에서는 드문, 약간 분위기 험악한 가족 오찬이 끝나자 실비가 뿌루퉁하게 말했다.

이지가 자리에서 일어선 뒤, 브리짓을 도와 함께 설거지를 하던 실비가 우스터 과일 접시를 탁 내려놓으며 말했다.

"말을 배운 후로 하는 일이라곤 그저 쓸데없는 말을 지껄이는 것뿐이지."

"가보로 내려오는 그릇이야." 휴가 우스터 접시를 구하며 중얼거렸다.

이지는 신문에 주간 칼럼을 쓰는 일자리를 용케 구했다. ("어떻게 구했는지 알게 뭐람." 휴가 말했다.) 칼럼 제목은 '현대 독신녀의 모험'으로,

'독신자'를 주제로 다뤘다.

"이젠 주변에 남자가 많지 않다는 건 누구나 아는 사실이야." 이지는 폭스 코너의 리전시 리바이벌 양식의 식탁에서 롤빵을 찢으며 말했다. ("'너'는 남자 찾는 데 어려움이 없어 보이는데." 휴가 중얼거렸다.)

"가련하게도 남자들이 다 죽었어."

이지는 휴의 말을 무시하며 계속 이어나갔다. 버터는 암소의 노고에 대한 배려 없이 롤빵에 발라졌다.

"그건 어쩔 수 없는 일이었잖아. 우린 남자들 없이도 최선을 다해 살아나가야 해. 우리는 집안의 따뜻한 도움을 기대하지 말고 자립해야 해. 현대 여성은 정서적, 경제적으로, 그리고 가장 중요한 거지만, 정신적으로 독립하는 걸 배워야 해. ("헛소리는." 휴가 다시 말했다.) 남자들만 1차 세계대전에서 자신을 희생해야 했던 게 아니야."

("남자들은 죽었고, 넌 안 죽었잖아. 그게 다른 점이지." 실비의 말이었다. 쌀쌀맞게.)

"물론, 하층계급의 여자들은 노동이 어떤 건지 늘 잘 알았어."

이지는 바로 옆에서 브라운 윈저 수프 그릇을 들고 있는 글로버 부인을 유념하며 말했다. 글로버 부인은 이지에게 심술궂은 눈초리를 보내며 수프 국자를 더 세게 잡았다. ("브라운 윈저 수프가 정말 맛있어요, 글로버 부인. 뭘 넣어서 이렇게 맛있죠? 정말? 아주 '흥미롭네요.'")

"물론 우린 계급 없는 사회로 가고 있어."

휴를 겨냥한 말이었지만 진정되지 않은 글로버 부인의 조롱 어린 코웃음만 샀다.

"그럼 넌 이번 주에는 볼셰비키인 거야?" 휴가 물었다.

"이젠 우리 모두 볼셰비키야." 이지는 쾌활하게 대답했다.

"내 식탁에서 그런 말을 하다니!" 휴가 웃으며 말했다.

"이지는 진짜 바보예요." 마침내 이지가 역으로 떠나자 실비가 말했다. "화장은 또 얼마나 짙은지! 무대에 선 줄 알겠어요. 물론 머릿속으로는 늘 무대에 서 있겠지만. 이지 '자신'이 극장이고."

"머리 꼴은 또 어떻고." 휴가 못마땅해하며 말했다.

이지는 남들보다 먼저 머리를 단발로 잘랐다. 휴는 집안 내 여자들이 머리를 짧게 자르는 걸 분명히 금지했다. 이런 가부장적인 포고령이 떨어지기가 무섭게 평소 반항심이 없던 패멀라가 위니 쇼크로스와 함께 마을로 가서 둘 다 머리를 치올려 깎고 왔다. ("놀기 더 편해서요." 패멀라의 합리적인 설명이었다.) 패멀라는 묵직하게 땋은 머리를 버리지 않고 가져왔는데 유물인지 전리품인지는 알 수 없었다.

"반항인가?" 휴가 말했다.

두 사람 다 따지기 좋아하는 타입이 아니어서 대화는 이것으로 끝났다. 땋은 머리는 이제 패멀라의 속옷 서랍 뒤쪽에 놓여 있었다.

"혹시 쓸데가 있을지 어떻게 알아."

패멀라가 말했다. 어디 쓸데가 있을지는 가족 중 누구도 상상이 가지 않았다.

이지에 대한 실비의 감정은 머리나 화장에 비할 게 아니었다. 실비는 이지가 아이에게 한 짓을 절대 용서할 수 없었다. 지금쯤 열세 살이 되었을 것이다. 어슐라와 동갑이었다.

"프리츠나 한스라고 불리겠죠. 우리 아이들의 피가 그 아이의 혈관 속에도 흐르고 있어요. 물론 이지의 유일한 관심사는 자기 자신뿐이지만."

"그래도 이지가 그렇게 얄팍하지만은 않을 거야. 전쟁에서 끔찍한 경험도 했다고 봐." 휴가 마치 자신은 그런 경험을 하지 않은 것처럼 말했다.

실비는 머리를 흔들었다. 아름다운 머리카락 주변에 각다귀들이라도 몰려 있었던 모양이었다. 실비는 이지의 전쟁이 부러웠다. 끔찍함마저도.

"그래도 이지는 바보예요."

실비의 말에 휴가 웃으며 대꾸했다.

"그래, 바보야."

이지의 칼럼은 대부분 자신의 분주한 개인사에다 특이한 사회적 논평을 끼워넣은 일기에 불과했다. 지난주 칼럼은 '어디까지 올라갈 것인가?'라는 제목으로 '해방된 여성의 스커트 길이의 상승'이 주제였지만, 맵시 있는 발목을 만들기 위한 이지의 충고가 내용의 대부분을 차지했다. '계단 맨 아래 칸에 뒤돌아 발끝으로 선 채 계단 가장자리 위로 발뒤꿈치를 내려놓는다.' 패멀라는 다락방 계단에서 일주일 내내 연습했지만 전혀 효과가 없다고 단언했다.

의지와는 달리 휴는 금요일마다 이지의 칼럼이 실린 신문을 구입하여 집으로 돌아오는 열차 안에서 읽어야겠다고 생각했다.

"이지가 뭐라고 쓰는지 그냥 지켜보는 거야."

(그러고는 그 불쾌한 물건을 복도 테이블에 버리면 패멀라가 구조해왔다.) 휴는 이지가 '휴'에 대해 쓸까 봐 특히 공포에 떨었고, 이지가 '델핀 폭스'라는 가명으로 글을 쓰는 게 그나마 유일한 위안이었다. 이는 실비가 여태껏 들은 것 중에 '가장 우스꽝스러운 이름'이었다.

"델핀은 이지의 중간 이름인데 대모 이름에서 따왔어. 토드는 폭스의 옛말이야. 그러니까 어느 정도 일리 있는 이름이야. 이지를 두둔하려는 건 아니고." 휴가 말했다.

"그건 내 '이름'이야. 내 출생증명서에 적힌 이름이라고." 식전에 술을 마신다고 공격당하자 이지가 마음 상한 듯 말했다. "그리고 델핀은

델피, 그러니까 신탁에서 따온 거야. 그러니까 잘 어울린다고 봐야지."

("그럼 이제 이지는 신탁을 전하는 사제야? 그렇다면 나는 투탕카멘의 최고 사제야." 실비가 말했다.)

이지가 델핀이라는 이름으로 이미 '두 조카'("둘 다 아주 귀여운 악동들이죠!")를 언급한 적은 있었지만 이름은 밝히지 않았다.

"아직까지는." 휴가 암울하게 말했다.

이지는 허구가 분명한 이 조카들에 대해 몇 가지 '재미있는 일화'를 만들어냈다. 모리스는 열여덟 살로(이지의 '씩씩한 조카들'은 아홉 살과 열한 살이었다.) 여전히 기숙학교를 다니는데 수년 동안 이지와 어울린 건 채 십 분도 되지 않았다. 테디의 경우를 보자면, 일화로 엮일 만한 상황은 피하는 경향이 있었다.

"이 아이들은 누구야?" 실비는 글로버 부인의 놀라우리만큼 기복이 심한 솔 베로니크서대깃살과 청포도에 크림소스를 얹어 오븐에 구운 요리 요리 실력에 의아해했다. 신문을 접어 탁자에 올려놓고는 이지의 칼럼에 병균이라도 묻은 것처럼 검지로 톡톡 치며 덧붙였다. "모리스와 테디를 모델로 쓴 건가?"

"지미는요? 지미에 대해서는 왜 안 써요?" 테디가 이지에게 물었다.

하늘색의 뜨개질한 스웨터 차림의 활달한 지미는 으깬 감자를 입에 떠넣는 중이었고, 대단한 작품도 아닌 칼럼에 모델이 되든 말든 개의치 않아 보였다. 지미는 평화의 아이였고, 모든 전쟁을 종식시키기 위한 전쟁이 결국 지미를 위해 치러졌다. 다시 한 번 실비는 놀랍게도 가족에 새로 한 명을 추가했다. ("넷이 완전한 세트 같아서.") 한때 실비는 아이들을 어떻게 낳는지 몰랐지만 이제는 어떻게 하면 아이를 그만 낳을지 잘 모르는 듯했다. ("지미는 어쩌다 생각나서 낳은 거예요." 실비가 말했다. "난 별로 '생각'하지 않았는데." 휴의 말에 둘 다 웃었고, 실비가 말했다.

"당신은, 정말.")

지미가 태어나자 어슐라는 가족의 중심에서 더 멀리 밀려난 듯한 느낌을 받았다. 잡동사니로 가득한 탁자 가장자리에 놓인 물건처럼. 뻐꾸기, 어슐라는 실비가 휴에게 하는 말을 엿들었다. "어슐라는 약간 어색한 뻐꾸기 같아요." 하지만 자신의 둥지에서 어떻게 뻐꾸기가 될 수 있겠는가?

"엄마는 진짜 내 엄마죠, 맞죠?"

어슐라가 실비에게 묻자 실비는 웃으며 대답했다.

"두말하면 잔소리지, 아가."

"혼자만 겉돌아요." 닥터 켈렛에게는 이렇게 말했다.

"그런 아이는 늘 있게 마련이죠." 닥터 켈렛이 말했다.

"우리 아이들에 대해서는 쓰지 마, 이저벨." 실비가 진심으로 이지에게 말했다.

"다 지어낸 이야기예요, 실비."

"상상으로라도 우리 아이들 이야기는 쓰지 마." 실비는 탁자보를 들어올려 바닥을 내려다보았다. "지금 발로 뭐하는 거야?" 실비는 맞은편에 앉은 패멀라에게 짜증스럽게 말했다.

"발목으로 원을 그리는 중이에요."

패멀라는 실비의 짜증에도 개의치 않았다. 패멀라는 요즘 상당히 뻔뻔하면서도 다소 합리적이었는데, 이런 조합은 실비를 화나게 하려고 계획된 듯했다. ("넌 네 아빠를 꼭 닮았구나." 이날 아침만 해도 실비는 사소한 의견 차이를 놓고 패멀라에게 말했다. "그게 뭐 나쁜 건가요?" 패멀라가 말했다.) 패멀라는 지미의 발그스레한 뺨에 묻은 끈적끈적한 감자를 닦아내며 말했다.

"시계 방향, 그다음에는 시계 반대 방향. 이지 고모가 이렇게 하면 발목이 날씬해진대요."

"지각 있는 사람이라면 이지의 충고를 따르지 않아. ("뭐라고요?" 이지가 말했다.) 게다가 넌 날씬한 발목을 만들기에는 아직 너무 어려."

"글쎄요, 엄마가 아빠와 결혼했을 때도 거의 내 나이 또래였잖아요." 패멀라가 말했다.

"오, 멋진걸." 휴는 리 앵페라트리스_{라이스 푸딩의 하나}를 들고 멋지게 입장하려고 문가에서 기다리는 글로버 부인을 보자 안도하며 말했다. "에스코피에_{근대 프랑스 요리사} 유령이 오늘은 당신 뒤에 있군, 글로버 부인."

글로버 부인은 뒤돌아보지 않을 수가 없었다.

"오, 멋지다." 이지가 말했다. "찐 푸딩이네. 아기 음식은 심슨 레스토랑이 정말 잘해. 우리 집에는 아기방이 있었어. 꼭대기 층을 하나 다 차지했지."

"햄프스테드에요? 할머니 집에요?"

"둘 다 같은 데야. 난 아기였지. 지미처럼." 이지는 오랫동안 잊고 있던 슬픈 일을 기억하듯 약간 풀이 죽었다. 이지 모자에 달린 타조 털이 함께 동정하듯 떨렸다. 그녀는 커스터드가 담긴 은으로 만든 소스 그릇을 보자 생기를 되찾았다. "그럼 이제는 그런 이상한 느낌이 없는 거지? 데자뷔 같은 거?"

"저 말이에요?" 어슐라가 말했다. "없어요. 가끔 있긴 한데 심하진 않아요. 예전 일이에요. 지금은 없어졌어요. 그럴걸요."

정말 그런가? 어슐라는 확신할 수 없었다. 어슐라의 기억은 메아리의 폭포 같았다. 메아리가 폭포처럼 쏟아질 수 있을까? 없을지도 모르겠다. 어슐라는 닥터 켈렛의 지도하에 언어를 정확히 구사하는 법을 배우려고 애썼다. (대개는 실패했지만.) 목요일 오후의 그 편안한 시간이('테타테트', 닥터 켈렛은 이렇게 불렀다. 프랑스어로) 그리웠다. 열 살 때 어슐라는 처음 닥터 켈렛에게 진료를 받으러 갔는데, 폭스 코너를 벗어나는 것도, 오로지 자신에게만 주의를 기울이는 사람과 함께 있는 것도 즐거웠다. 가끔은 실비가, 대개는 브리짓이 어슐라를 기차에 태워 보내면 목적지 역에서는 이지가 마중을 나왔다. 물론 실비와 휴는 어린아이를 맡길 만큼 이지가 믿음직스러운지 의심했다. ("편의주의가 보통 도덕을 뛰어넘지. 내가 보니 그렇더라고. 내게 열 살짜리 아이가 있다면 혼자 여행하도록 내버려두고 마음이 편할 것 같진 않은데." 이지가 휴에게 말했다. "네게 열 살짜리 아이가 '있잖아.'" 휴가 꼬집어 말했다. 어린 프리츠. "우리가 그 아이 찾아보면 안 될까요?" 실비가 물었다. "건초 더미에서 바늘 찾기야." 휴가 말했다. "독일 사람이 얼마나 많은데.")

"네가 보고 싶어서 하루 다녀갈 수 있는지 물은 거야. 솔직히 실비가 허락해서 놀랐어. 네 엄마와 나 사이에는 늘 어떤, 말하자면, '프루아되르'(차가움) 같은 게 있었거든. 물론 날 미치고, 나쁘고, 위험한 사람 취급을 해. 어쨌든 난 널 무리에서 골라내야 한다고 생각했어. 넌 약간 날 닮았거든." (이건 좋은 일일까? 어슐라는 궁금했다.) "우린 특별한 친구가 될 수 있어. 네 생각은 어때? 패멀라는 약간 따분해." 이지는 말을 계속 이었다. "테니스와 자전거만 타고. 그러니 발목이 그렇게 굵지. '트레 스포르티브',(매우 활동적이야) 그렇긴 해도. 과학은 또 어떻고! 재미라고는 전혀 없지. 그리고 남자아이들은, 그러니까…… 그냥 남자들이야. 근데 넌 흥미로워, 어슐라. 네 머릿속에는 미래를 아는 재미있는 뭔가가 있어. 신통력이 있지. 널 잠시 포장마차에 태워 수정 구슬과 타로 카드를 집어줘야 하는 거 아냐? '익사한 페니키아 선원' 타로 카드 같은 거. 넌 내 미래는 전혀 안 보이니?"

"네."

"환생이라는 말, 들어봤니?" 닥터 켈렛이 어슐라에게 물었다.

열 살 된 어슐라는 고개를 저었다. 별로 들어본 말이 많지 않았다. 닥터 켈렛은 할리 스트리트에 멋진 방들을 갖고 있었다. 어슐라가 안내받은 방은 벽의 절반이 그윽한 오크 패널에, 바닥에는 빨강과 파랑 무늬의 두꺼운 양탄자가 깔려 있고, 석탄이 활활 타는 난로 양옆에는 커다란 가죽 안락의자 두 개가 하나씩 놓여 있었다. 닥터 켈렛은 해리스 트위드 양복을 조끼까지 갖춰 입었고 옷에는 커다란 금색 줄이 달린 시계가 달려 있었다. 정향과 파이프 담배 냄새를 풍기는 켈렛은 마치 머핀을 굽거나 아주 재미있는 이야기를 읽어주려는 사람처럼 행복한 표정이었다. 그 대신 어슐라에게 활짝 웃어 보이며 말했다.

"그러니까, 네가 하녀를 죽이려 했다면서?" (아, 그것 때문에 내가 여기 왔구나, 어슐라가 생각했다.)

닥터 켈렛은 방 한구석에 있는 사모바르라는 러시아 주전자에 끓인 차를 어슐라에게 권했다.

"난 러시아 사람은 아냐. 그것과는 거리가 멀지. 난 메이드스톤 출신이야. 혁명 전에 상트페테르부르크에 다녀왔지."

켈렛은 상대방을 어른으로 취급한다는, 적어도 그렇게 보인다는 점에서 이지와 닮았지만 닮은 점은 그것뿐이었다. 차는 진하고 써서 설탕 한 무더기와 두 사람 사이에 놓인 작은 탁자 위의 '헌틀리 앤 파머스 마리 비스킷'과 함께 먹어야만 마실 만했다.

켈렛은 비엔나에서("아니면 어디겠는가?") 교육을 받았지만 자신만의 독자적인 길을 개척했다고 했다. 그는 모든 스승의 가르침을 받았지만 누구의 제자도 아니라고 했다.

"앞으로 전진해야 해. 생각의 혼돈 속에서 길을 헤쳐나가야 해. 분리된 자아를 통합해야 해." 닥터 켈렛이 말했다.

어슐라는 무슨 말을 하는지 전혀 알아듣지 못했다.

"하녀를, 계단 아래로 밀었어?"

전진하느니, 헤쳐나가느니 하는 사람치고는 아주 직설적인 질문 같았다.

"그건 사고였어요."

어슐라는 브리짓을 '하녀'로 생각하지 않았다. '브리짓'으로만 생각했다. 그리고 그건 아주 오래전의 일이었다.

"네 엄마가 널 무척 걱정하셔."

"난 네가 행복해지길 바랄 뿐이란다, 아가." 닥터 켈렛에게 진료를 예약한 뒤 실비가 말했다.

"내가 행복하지 않아요?" 어슐라는 어리둥절해하며 물었다.

"네 생각은 어떠니?"

어슐라는 알 수 없었다. 행복이나 불행을 잴 수 있는 척도가 있는지도 확실치 않았다. 어슐라는 기뻐하거나 어둠 속으로 떨어지는 흐릿한 기억이 있었지만 이런 기억은 그림자와 꿈의 세계에 속할 뿐이었다. 항상 존재하지만 정확히 꼬집어내기 거의 불가능한.

"마치 또 다른 세상이 있는 것처럼?" 닥터 켈렛이 물었다.

"네. 하지만 이번 세상도 마찬가지예요."

("어슐라가 이상한 소리 한다는 거 알아. 그래도 '정신과 의사'라니?" 휴가 실비에게 말했다. 휴는 얼굴을 찌푸렸다. "그냥 어려서 그래. '문제가 있는' 건 아니라고.")

"물론 아니죠. 그냥 치료만 좀 받으면 돼요.")

"그래서 짠, 완치됐구나! 정말 잘됐다." 이지가 말했다. "그 남자 좀 이상했어. 그 정신과 의사 말이야, 안 그래? 치즈 모둠 한번 먹어볼까? 스틸턴 치즈가 얼마나 잘 숙성됐던지 자진해서 걸어나갈 것 같다니까. 아니면 그만 일어나서 우리 집으로 갈까?"

"배가 불러요." 어슐라가 말했다.

"나도 그래. 그럼 천천히 일어나자. 내가 계산해?"

"난 돈이 없어요. 열세 살인걸요."

어슐라가 이지에게 상기시켰다.

두 사람은 레스토랑을 나왔다. 이지가 스트랜드가를 느긋하게 걸어가더니 콜 홀런던의 유서 깊은 펍 밖에 아무렇게나 주차해놓은 번쩍거리는 무개차 운전석에 올라타자 어슐라는 놀랐다.

"차가 있었네요!" 어슐라가 소리쳤다.

"멋지지? '꼭' 돈을 내고 산 건 아냐. 올라 타. 스포츠 모델, 선빔이야. 구급차보다 더 빨리 달릴걸. 이런 날씨에는 최고지. 경치 좋은 곳으로 드라이브나 할까? 템스 강둑길을 따라서?"

"네, 좋아요."

"아, 템스 강이다." 강이 시야에 들어오자 이지가 말했다. "님프들이 모두 떠났어, 슬프게도."

아름다운 구월 하순의 오후였다. 사과처럼 아삭아삭한.

"런던은 정말 멋진 곳이야, 안 그래?" 이지가 말했다.

이지는 브룩랜즈 서킷영국 서리에 있는 서킷으로, 1907년 세계 최초로 완성된 자동차 경기장에 온 듯이 차를 몰았다. 무섭지만 아주 신 나기도 했다. 이지가 전쟁 동안 별 탈 없이 차를 몰았으니 빅토리아 템스 강둑길도 사고 없이 달릴 거라고 어슬라는 기대했다.

웨스트민스터 브리지가 가까워지자 실업자들의 대규모 침묵시위에 막혀 오도 가도 못하는 군중 때문에 속도를 줄여야 했다. '나는 해외파병에서 돌아온 군인이다.' 높이 걸린 플래카드 하나에는 이런 항의 글이 적혀 있었다. 또 다른 플래카드에는 '배고프다. 일자리를 달라'라고 적혀 있었다.

"정말 온순한 사람들이야. 이 나라에서는 절대 혁명이 안 일어날 거야. 어쨌든 다시는 말이야. 옛날에 왕의 목을 베고는 얼마나 죄책감에 시달렸던지 그 후로 줄곧 만회하려고 애쓰고 있지."

추레하게 보이는 남자가 자동차를 따라오며 뭐라고 소리쳤는데, 말은 못 알아들었지만 그 뜻만은 명확했다.

"킬 망제 드 라 브리오슈."(빵이 없다면 케이크를 먹으라고 해요.) 이지가 중얼거렸다. "그 여자가 절대 그렇게 말하지 않았다는 거 알지? 마리 앙투아네트 말이야. 역사에서 악역을 담당했지. 사람들이 다른 사람에 대해 하는 말을 절대 믿으면 안 돼. 일반적으로 대부분 거짓말이고 잘해봐야 절반만 진실이지."

이지가 왕정주의자인지 공화주의자인지는 알기 어려웠다.

"이쪽이든 저쪽이든 너무 가까이 붙지 않는 게 최고야." 이지가 말했다.

선빔이 인파를 헤치며 길을 내는 동안 빅벤은 장엄하게 세 시를 알렸다.

"'길고 긴 망자의 행렬이 이어졌는데, 죽음이 이렇게 많은 영혼을 파멸시킬 수 있으리라고는 미처 알지 못했다.' 단테 읽어봤니? 꼭 읽어봐. 아주 훌륭해."

이지는 어떻게 그렇게 많이 알고 있을까?

"오." 이지는 대수롭지 않다는 듯 말했다. "예비신부학교 덕분이야. 전쟁이 끝나고 한동안 이탈리아에서 지냈거든. 물론 애인이 있었어. 가난한 백작이었지. 이탈리아에서는 '드 리괴르'(관습상 필요한)라고 할 수 있지. 놀랐니?"

"아뇨."

어슐라는 놀랐다. 어머니와 이지 사이에 '프루아되르'가 있다는 건 놀랍지 않았다.

"환생은 불교 철학의 핵심이야." 닥터 켈렛은 해포석 담배 파이프를 빨며 말했다.

닥터 켈렛과의 모든 대화에는 파이프가 끼어들었다. 몸짓으로―파이프의 흡입구와 터번 모양의 담배통(그 자체로 매혹적인)으로 이것저것 마구 가리켜가며―아니면 파이프를 비우고, 채우고, 눌러 담고, 불을 붙이는 등등의 필요한 의식을 해가며.

"불교에 대해 들어봤니?"

어슐라는 들어본 적이 없었다.

"몇 살이지?"

"열 살이요."

"아직 꽤 어리구나. 그럼 다른 생을 기억하는지도 모르겠구나. 물론 부처의 제자들은 '동일한' 환경에서 '동일한' 사람으로 계속 환생한다고는 보지 않아. 네가 느끼는 것처럼 말이야. 불교에서는 계속 이동해. 위로 아래로, 때로는 옆으로. 열반이 목표야. 이를테면 비존재가 되는 거지."

열 살 난 어슐라가 보기에는 '존재'가 목표여야 할 것만 같았다.

"대부분의 고대 종교들은 고리 모양의 순환적 원형 개념을 믿고 있어. 입안에 자기 꼬리를 물고 있는 뱀 같은 거 말이야." 닥터 켈렛은 말을 계속 이어나갔다.

"난 견진성사를 받았어요. 영국국교회에서요." 어슐라는 도움이 될까 싶어 말했다.

실비가 닥터 켈렛을 알게 된 건 이웃 쇼크로스 소령을 통해 쇼크로스 부인이 추천해준 덕분이었다. 소령에 따르면 켈렛은 전쟁에서 돌아온 '도움이 필요한' 남자들에게 좋은 일을 많이 했다고 한다. (소령 자신이 '도움이 필요했다'는 걸 시사했다.) 어슐라는 종종 다른 환자들과 마주쳤다. 한번은 실의에 빠진 젊은이가 대기실에서 조용히 혼잣말을 하며 양탄자를 뚫어져라 쳐다보고 있었고, 또 다른 남자는 자신에게만 들리는 어떤 소리에 맞춰 끊임없이 발을 두드렸다. 병원의 접수 담당자인 덕워스 부인은 전쟁 당시 간호사로 일했던 전쟁미망인으로 어슐라에게 박하사탕을 권하거나 가족 안부를 묻는 등 늘 아주 친절했다. 하루는 어떤 남자가 대기실로 어슬렁거리며 들어왔다. 아래층 현관 벨이 울리지도 않았는데 말이다. 남자는 혼란스럽고 약간 거칠어 보였지만 대기실 한가운데 꼼짝도 않고 서더니 마치 어린이를 처음 보는 듯 어슐라를 빤히 쳐다보았다. 그러자 덕워스 부인이 남자를 의자에 데려가 앉힌 뒤 옆에 따라 앉으며 안아주었다.

"자, 자, 빌리. 무슨 일이니?"

자애로운 어머니처럼 말하자 빌리는 덕워스 부인의 품에 안겨 흐느껴 울기 시작했다.

테디가 어렸을 때 울기라도 하면 어슐라는 견딜 수가 없었다. 마음속에 골이 패는 것 같았다. 깊숙하고, 끔찍하고, 슬픔으로 가득 찬 골이. 어슐라는 테디가 다시는 울고 싶지 않게끔 하고 싶었다. 닥터 켈렛의 대기실에 있는 남자도 어슐라에게 똑같은 기분이 들게 했다. ("어머니란 존재는 매일 그런 기분이란다." 실비가 말했다.)

바로 그때 사무실에서 나온 닥터 켈렛이 말했다.

"이리 와, 어슐라. 빌리는 나중에 보마."

그러나 어슐라의 진료가 끝났을 때 빌리는 대기실에 없었다.

"가련한 젊은이." 덕워스 부인이 슬프게 말했다.

닥터 켈렛이 어슐라에 말하기를, 전쟁은 수많은 사람들에게 새로운 곳에서 의미를 찾게 해주었다고 한다.

"신지학, 장미십자회의 신비 사상, 인지학, 강신론. 다들 자신의 상실을 이해할 필요를 느꼈지."

닥터 켈렛의 경우, 아들을 희생했다. 로열 웨스트 서리에서 대위였던 아들을 아라스에서 잃었다.

"희생정신은 고수되어야 한단다, 어슐라. 고상한 소명일 수 있기 때문이지."

닥터는 어슐라에게 사진을 보여주었다. 군복이 아니라 흰색 크리켓 복장을 한 소년이 크리켓 배트 뒤에 자랑스럽게 서 있는 스냅사진이었다.

"주 대표로 경기를 뛸 수도 있었는데." 닥터 켈렛이 슬프게 말했다. "난 무엇보다 아들 생각을 하고 있으면 행복해. 천국에서 끝없이 시합하는 모습 말이야. 모든 게 완벽한 유월의 오후, 티타임 휴식을 하기 직전의 모습 그대로."

모든 젊은이가 이제는 다시 차를 마실 수 없게 된 건 유감스러운 일 같았다. 보우선은 천국에 있었다. '낡은 웰링턴 부츠' 샘 웰링턴과 함께, 그리고 휴전 다음 날 스페인 독감에 걸려 충격적인 속도로 사망한 클래런스 도즈와 함께. 그들이 크리켓을 하는 모습은 상상이 되지 않았다.

"물론 난 하느님을 믿지 않아." 닥터 켈렛이 말했다. "하지만 천국은 믿지. 그건 믿어야 해."

켈렛은 다소 쓸쓸하게 덧붙였다. 어슐라는 이런 말들이 어떻게 자신을 치료한다는 건지 의아했다.

"좀 더 과학적으로 살펴보면, 기억을 담당하는 네 뇌의 일부에 약간 결함이 있어. 같은 경험을 반복한다고 생각하게 하는 신경 문제야. 뭔가 갇혀 있는 것처럼 말이지."

닥터 켈렛은 어슐라가 진짜 죽고 새로 태어나는 게 아니라고 했다. 그냥 그렇게 '생각'한다고 했다. 어슐라는 차이점을 이해할 수 없었다. 내가 '갇힌' 것일까? 만약 그렇다면, 어디에?

"그렇다고 그 결과로 네가 그 가련한 하녀를 죽이려 했다는 건 아니야."

"하지만 그건 아주 오래전 일이에요. 그때 이후로는 누굴 죽이려고 한 적이 없어요." 어슐라가 말했다.

"의기소침해서 축 처져 있었어요." 실비가 닥터 켈렛을 처음 만나는 자리에서 말했다.

실비가 할리 스트리트 진료실에 어슐라와 함께 들어간 건 이때가 유일했다. 물론 실비는 어슐라가 '없는 데서' 미리 켈렛과 이야기를 나눈 뒤였다. 어슐라는 자신에 대해 뭐라고 말했을지 무척 궁금했다.

"그리고 이 아이는 항상 좀 쓸쓸해 보여요. 어른이 그런 기분을 느끼는 건 이해할 수 있지만……" 실비가 말을 이었다.

"이해할 수 있다고요?" 닥터 켈렛은 앞으로 몸을 숙이며 말했다. 흥미롭다는 듯 해포석 담배 파이프를 흔들어가며. "이해할 수 있어요?"

"문제가 있는 건 내가 아니잖아요." 실비는 아주 우아한 미소를 지으며 말했다.

내가 문제죠, 어슐라가 생각했을까? 어쨌든 어슐라는 브리짓을 '죽이려' 한 게 아니라 '살리려' 했다. 만약 브리짓을 살리려던 게 아니라면 희생시키려 한 건지도 모른다. 닥터 켈렛 스스로 희생이 고상한 소명이라고 하지 않았던가?

"내가 너라면 전통적인 도덕 원칙들을 지키겠어. 운명은 네 손에 있지 않아. 그건 어린아이한테 아주 무거운 짐이 될 수도 있어."

닥터 켈렛은 의자에서 일어서더니 난로에 석탄을 한 삽 더 퍼넣었다.

"어떤 불교 철학자들은(선종이라는 불교의 한 종파지.) 나쁜 일이 일어나는 건 이보다 더 나쁜 일을 액땜하려는 거라고 주장해. 물론 더 나쁜 일을 상상할 수 없는 그런 상황들이 있긴 하지만."

닥터 켈렛은 차와 오이 샌드위치를 영원히 못 먹게 된 '아라스에서 잃은' 아들 생각을 하는 듯했다.

"이거 어때?" 이지는 어슐라 쪽으로 향수 분무기를 뿌리며 말했다. "샤넬 넘버파이브. 요즘 유행이야. '그녀의 낯선 인공 향기'."

이지는 재미있는 농담을 한 듯 웃으며 욕실 주변으로 한 번 더 뿌렸다. 실비가 바르는 꽃향기와는 향이 사뭇 달랐다.

마침내 바질 스트리트의 이지 아파트에 도착했다. ("다소 칙칙한 '앙드루아[장소]'지만 해러즈 백화점은 가기가 편해.") 욕실은 분홍과 검정 대리석이었고("내가 직접 디자인했어. 예쁘지?") 온통 뾰족한 선과 딱딱한 모서리로 이루어져 있었다. 어슐라는 이곳에서 미끄러져 넘어지기라도 하면 어떻게 될지 생각도 하기 싫었다.

아파트의 모든 것이 새것에다 반짝반짝 빛이 나는 듯했다. 폭스 코너와는 전혀 딴판이었다. 폭스 코너의 복도 홀에는 느리게 가는 듯한 대형 괘종시계의 째깍 소리가 시간을 알려주고, 쪽모이 세공 마루는 고색으로 빛이 났다. 손가락이 떨어지고 발가락이 잘린 마이센 자기 인형, 실수로 귀가 떨어져나간 스태퍼드셔 개 인형들은 이지의 방에 있는 베이클라이트플라스틱의 하나 책 버팀대와 오닉스 재떨이와는 전혀 닮은 데가 없었다. 바질 스트리트에는 모든 게 새것처럼 보여 상점에 온 듯했다. 책마저 새것이어서 소설, 수필, 시집 들은 어슐라가 한 번도 들어보지 못한 작가들의 작품이었다.

"시대에 발맞춰야 하거든."

이지가 말했다.

어슐라는 욕실 거울에 비친 자신을 바라보았다. 어슐라 뒤로 이지가 서서 메피스토펠레스가 파우스트에게 하듯 말했다.

"세상에, 너 가만 보니까 상당히 예쁘구나."

그러고는 어슐라의 머리를 다른 스타일로 바꿔보았다.

"머리를 잘라야겠어. 내 '쿠아푀르'(미용사)한테 가자. 얼마나 솜씨가 좋은데. 젖 짜는 여자처럼 보이면 안 되지."

이지는 〈동생 케이트처럼 나도 시미 라틴댄스 용어. 어깨와 엉덩이를 흔들며 춤추는 것을 말한다를 출 수 있다면〉이라는 노래를 부르며 침실에서 춤을 췄다.

"너 시미 출 수 있니? 봐, 쉬워."

어깨와 엉덩이를 흔드는 춤은 쉽지 않았고, 둘 다 웃음이 터져서 침대의 새틴 이불 위로 쓰러졌다.

"정말 재미있지?" 이지는 런던내기 악센트를 엉터리로 흉내 내며 말했다.

침실은 완전히 난장판이었다. 사방에 옷가지가 흩어져 있고, 새틴 페티코트, 실크 크레이프 잠옷, 실크 스타킹, 짝이 맞지 않는 구두가 양탄자 위에 아무렇게나 굴러다녔고, 코티 파우더 가루는 사방에 묻어 있었다.

"원하면 입어봐." 이지가 아무렇지도 않게 말했다. "나보다는 네가 좀 작긴 하지. '졸리 에 프티'(예쁘고 아담해)."

어슐라는 마법이라도 걸릴까 봐 거절했다. 다른 사람으로 변신시켜 줄 만한 옷들이었다.

"이제 뭐하지?" 이지는 갑자기 따분해하며 말했다. "카드놀이할까? 베지크 어때?"

이지는 거실까지 춤을 추었고, 번쩍이는 커다란 크롬 물체 쪽으로 가다가 발이 걸려 넘어졌다. 원양 여객선의 함교에나 있음 직한 이 물체는 알고 보니 칵테일 캐비닛이었다.

"한 잔 마실래?"

이지는 미심쩍은 눈으로 어슐라를 바라보았다.

"안 돼. 이제 열세 살이라고 말하지 마."

이지는 한숨을 내쉬며 담뱃불을 붙이더니 시계를 바라보았다.

"낮 공연을 보기에는 너무 늦었고, 저녁 공연은 아직 일러. '듀크 오 브 요크' 극장에서 〈런던 콜링!〉을 공연해. 아주 재미있대. 같이 가자. 집에는 더 늦은 기차를 타고 가면 돼."

어슐라는 창가 책상에 놓인 로열 타자기를 어루만졌다.

"내 밑천이지. 이번 주 칼럼에 널 등장시켜야겠는걸." 이지가 말했다.

"정말요? 뭐라고 쓸 건데요?"

"몰라, 뭐든 지어내야지 뭐. 작가가 하는 일이 그거니까."

이지는 축음기 캐비닛에서 레코드를 하나 꺼내 턴테이블에 올렸다.

"이 음악 들어봐. 이런 건 처음 들어볼걸." 이지가 말했다.

정말이었다. 처음 듣는 음악이었다. 음악은 피아노로 시작했지만 실비가 아주 멋지게 (또한 패멀라가 아주 밋밋하게) 연주하던 쇼팽과 리스트와는 전혀 달랐다.

"홍키통키라고 할걸." 이지가 말했다.

한 여자가 노래를 부르기 시작했다. 노골적이고 미국적이었다. 마치 평생을 감옥에서 보낸 사람처럼 노래를 불렀다.

"아이다 콕스 1920년대 유명했던 클래식 블루스 가수야. 흑인 여자지. 정말 굉장하지 않니?"

사실이었다.

"여자로 산다는 게 얼마나 비참한지 노래하고 있어."

이지는 다시 담배에 불을 붙여 세게 빨아들이며 말했다.

"정말 돈 많은 남자를 만나 결혼할 수만 있다면. '큰 재산이야말로 내가 아는 최고의 행복 레시피야.' 이 말을 누가 했는지 아니? 몰라? 그 정도는 알아야지."

이지는 갑자기 짜증을 냈다. 그녀는 아직 길들여진 가축이 아니었다. 전화벨이 울리자 이지가 말했다.

"전화 때문에 산 줄 알아."

그러고는 어슐라한테는 들리지도, 보이지도 않는 상대방과 활달하게 대화를 나누었다. 이지는 이런 말로 전화를 끊었다.

"아주 좋아요, 달링. 삼십 분 후에 만나요."

그러고는 어슐라에게 말했다.

"널 역까지 태워주고 싶지만 난 클래리지스에 가야 해. 거긴 메릴르번 역에서 엄청 멀어. 그런 다음 론디스 스퀘어에서 열리는 파티에 가야 해서 역까지 배웅해줄 수가 없어. 메릴르번까지 지하철 타고 갈 수 있지? 어떻게 가는지 알아? 피커딜리 노선을 타서 피커딜리 서커스까지 간 다음, 메릴르번으로 가는 베이컬루 노선으로 갈아타면 돼. 자, 같이 나가자."

거리로 나오자 이지는 강제 구금에서 벗어난 것처럼 심호흡을 했다.

"아, 황혼이네. 보랏빛 시간이야. 아름답지?" 이지는 어슐라의 뺨에 입을 맞추며 덧붙였다. "널 만나서 아주 좋았어. 또 만나자. 여기서부터 찾아갈 수 있겠어? 슬론 스트리트까지 '투 드루아'(쭉 가), 그다음에 왼쪽으로 돌면 나이츠브리지 지하철역이야. 식은 죽 먹기지. 그럼, 잘 가."

"'아모르파티'Amor fati. 운명에 대한 사랑이라는 뜻으로 니체의 운명관을 나타냄라는 말 들어봤어?" 닥터 켈렛이 물었다.

'어 모어 패티(A more fatty)'라는 줄 알았다. 어슐라는 어리둥절했다. 어슐라와 닥터 켈렛 모두 비스듬히 기댄 채였다. 니체("철학자야.")는 여기에 매료당했다고 닥터가 말했다.

"우리에게 다가오는 걸 그냥 받아들이는 거지. 좋다고도, 나쁘다고도 여기지 않고."

"'베르데, 데어 두 비스트', 니체가 말했지."

닥터 켈렛이 말을 계속하며 파이프의 담뱃재를 난로에 톡톡 털자, 누군가 이 난로를 청소하겠구나, 어슐라는 생각했다.

"그 말뜻을 아니?"

닥터 켈렛이 이전에 열 살짜리 여자아이를 얼마나 많이 만나보았을까 어슐라는 궁금했다.

"그 말은 '너 자신이 되라'는 뜻이야." 켈렛은 해포석 파이프에 담뱃잎을 더 많이 집어넣으며 말했다. (비존재 이전의 존재, 어슐라는 생각했다.)

"니체는 이 아이디어를 핀다로스에게서 얻었어. γένοι οἶος ἐσσὶ μαθών. 그리스어 아니?"

닥터 켈렛은 이제 어슐라를 거의 잊고 있었다.

"먼저 너 자신이 누군지 알아내서, 그런 사람이 되라는 뜻이야."

어슐라는 '핀다로스'를 '피너에게서'로 알아들었다. 피너는 휴의 늙은 유모가 은퇴한 뒤 시내 중심가에 위치한 낡은 건물의 상점 위층에서 여동생과 함께 사는 곳이었다. 어느 일요일 오후, 휴는 자신의 멋진 벤틀리에 어슐라와 테디를 태우고 이곳에 다녀온 적이 있었다. 유모 밀스는 다소 위협적으로(보아하니 휴에게는 그렇지 않았지만) 한참을 어슐라의 태도에 대해 질문하고 테디의 귀가 깨끗한지 검사했다. 유모의 여동생은 유모보다는 친절해서 아이들에게 엘더플라워 코디얼엘더베리 꽃을 담가 만든 알코올 음료이 든 잔과 블랙베리 젤리를 바른 밀크 퍼지 조각을 권했다.

"이저벨은 어때요?" 유모 밀스가 말린 자두 같은 입으로 물었다.

"이지는 이지죠."

휴가 말했는데, 나중에 테디가 따라한 것처럼 이 말을 아주 빨리 반복해보면 말벌들이 윙윙거리는 소리처럼 들렸다. 이지는 이미 오래전에 자기 자신이 되었던 모양이었다.

그러고 보니 니체가 피너에게서 뭘 배운 것 같지는 않았다. 특히나 그의 신념은.

"이지와 즐겁게 보냈어?" 역으로 어슐라를 마중 나온 휴가 물었다.

회색 홈부르크 모자를 쓰고 감색의 긴 모직 외투를 입은 휴의 모습에는 사람을 안심시키는 뭔가가 있었다. 휴는 어슐라에게 눈에 띄는 변화가 있는지 자세히 살폈다. 어슐라는 혼자 지하철을 탔다는 말은 안 하는 게 좋겠다고 생각했다. 숲 속의 어두운 밤처럼 무서운 모험이었다. 하지만 착한 영웅처럼 어슐라는 살아남았다. 어슐라는 어깨를 으쓱해 보였다.

"심슨 레스토랑에서 점심을 먹었어요."

"흠."

휴는 이 말이 주는 의미를 해독하려는 듯 이런 소리를 냈다.

"흑인 여자가 부르는 노래도 들었고요."

"심슨에서?"

휴는 어리둥절했다.

"이지 고모의 축음기로요."

"흠."

이번에도. 휴가 차문을 열어주자 어슐라는 벤틀리의 멋진 가죽 좌석에 자리를 잡았다. 거의 휴만큼이나 사람을 안심시키는 벤틀리였다. 실비는 이 차를 '감당이 안 될 정도로' 낭비라고 여겼다. 벤틀리는 놀랄 만큼 비쌌다. 전쟁은 실비를 인색하게 만들었다. 쓰고 남은 비누 조각을 모아 빨래 삶을 때 넣고, 시트는 옆 부분이 중앙으로 오게끔 돌려 쓰고, 모자는 수선해서 썼다.

"엄마가 하자는 대로 하면 우린 달걀과 닭만 먹고 살아야 해." 휴가 웃으며 말했다. 실비와는 달리 휴는 전쟁 이후 덜 검소해졌다.

"그건 은행가가 갖춰야 할 최선의 덕목이 아닐걸요." 실비가 말했다.

"카르페 디엠." '이날을 붙잡아라'라는 뜻으로 현재를 즐기라는 의미

휴의 말에 실비가 다시 대꾸했다.

"붙잡아본 적도 없잖아요."

그리고 어슐라가 일렀다.

"이지 고모한테 차가 있어요."

"그래? 이 녀석만큼 멋지진 않을 거야." 휴는 벤틀리의 대시보드를 사랑스럽게 두드리며 말했다.

역을 빠져나오자 휴가 조용히 말했다.

"믿을 게 못 돼."

"누구요?" (엄마? 차?)

"이지 말이야."

"네, 아빠 말이 맞는 것 같아요." 어슐라가 맞장구쳤다.

"이지를 어떻게 생각하니?"

"오, 아시잖아요. 구제 불능이죠. 어쨌든 이지는 이지니까요."

집에 돌아와보니 테디와 지미는 모닝룸 탁자에서 말끔하게 도미노 게임을 하는 중이었고, 패멀라는 옆집의 거티 쇼크로스에게 가 있었다. 위니는 패멀라보다 약간 나이가 많았고, 거티는 약간 적었기 때문에 패멀라는 두 사람 사이에 공평하게 시간을 할애해 놓았지만 셋이서 동시에 노는 경우는 드물었다. 밀리에게 집중하는 어슐라가 보기에는 이상한 조합이었다. 테디는 쇼크로스 딸들을 모두 좋아했지만 마음은 낸시의 작은 손에 가 있었다.

실비는 어디 있는지 흔적도 없었다.

"나도 몰라요." 휴가 실비의 행방을 묻자 브리짓이 약간 쌀쌀맞게 대답했다.

글로버 부인은 식구들을 위해 실속 있는 양고기 스튜를 만들어 화덕에 따뜻하게 보관해두었다. 그녀는 이제 폭스 코너에서 함께 지내지 않았다. 폭스 코너 사람들은 물론, 조지도 함께 돌보기 위해 마을에 작은 집을 빌려 살았다. 조지는 그 집을 거의 떠나지 않았다. 브리짓은 조지를 '가련한 영혼'이라고 일컬었고, 이 표현에 동의하지 않기란 쉽지 않았다. 날씨가 좋을 때면(날씨가 특별히 좋지 않을 때에도) 조지는 현관에 나와 바퀴 달린 환자용 의자에 앉아 세상을 구경했다. 조지의 멋진 머리("한때는 사자 같았지." 실비가 애석해하며 말했다.)는 가슴까지 내려왔고, 입에는 기다란 침이 매달려 있었다.

"불쌍한 자식. 차라리 죽었더라면." 휴가 말했다.

낮 동안에 실비가—아니면 더 주저하는 브리짓이—조지를 방문할 때 가끔씩 아이들이 한두 명씩 따라붙었다. 조지의 어머니가 아이들을 보살피느라 폭스 코너에 머물고 있는데 이들이 조지를 보러 그의 집에 간다는 게 좀 이상했다. 실비는 법석을 떨며 조지 다리 위에 담요를 덮어주고 맥주를 한 잔 가져다준 뒤 지미에게 하듯 조지의 입을 닦아주었다.

이웃에는 또 다른 참전 용사들이 있었는데 사지가 없거나 다리를 절고 다녀 금방 눈에 띄었다. 주인을 잃은 팔다리들은 플랑드르 들판에서 분실되었다. 어슐라는 이 사지들이 진흙 속에 뿌리를 내려 하늘을 향해 싹이 나면서 또다시 남자로 자라나는 모습을 상상했다. 복수를 위해 다시 돌아가는 군인들. ("어슐라는 소름 끼치는 생각들을 해요." 실비가 휴에게 이렇게 말하는 걸 어슐라는 들었다. 어슐라는 아주 잘 엿들었다. 사람들이 정말 무슨 생각을 하는지 알아내는 유일한 방법이었다. 브리짓이 몹시 화가 나서 뛰어들어오는 바람에 어슐라는 휴의 대답을 듣지 못했다. 고양이가—퀴니의 새끼로 엄마 퀴니와 성격이 똑같은 해티—이들이 점심으로 먹으려던 졸인 연어를 훔쳐 먹었기 때문이었다.)

닥터 켈릿의 대기실에서 본 남자들처럼 부상이 눈에 잘 안 띄는 사람들도 있었다. 마을의 찰스 촐리라는 전직 군인은 버프스에서 복무했는데 전쟁 동안 상처 하나 입지 않았다. 그러다가 1921년 어느 봄날, 침대에 자고 있던 아내와 세 자녀를 칼로 찌른 뒤, 바포메에서 독일 군인을 죽이고 빼앗은 모제르총으로 자신의 머리를 쏘았다. ("끔찍한 광경이었어요." 닥터 펠로스가 들려주었다. "나중에 현장을 치우는 사람들 생각도 좀 해야지 말이야.")

클래런스를 잃은 브리짓도 물론 '지고 갈 자신의 십자가'가 있었다. 이지처럼 브리짓도 독신을 받아들였지만 그 방식은 좀 더 차분했다. 모두들 클래런스의 장례식에 참석했다. 휴도. 도즈 부인은 평소처럼 차분했고 실비가 위로의 손을 뻗자 부인은 움찔했다. 입을 떡 벌린 무덤에서(아름다움 그 자체는 아니었다, 전혀.) 멀어질 때 도즈 부인이 어슐라에게 말했다.

"클래런스의 일부는 전쟁 때 이미 죽었어. 이건 남은 걸 그러모은 것뿐이야."

그러고는 손가락을 눈가로 가져가 물기의 흔적을 톡톡 두드렸다. 눈물이라고 보기에는 좀 부족했다. 어슐라는 왜 자신에게 이런 비밀을 털어놓는지 이유를 몰랐다. 그저 부인 옆에 가장 가까이 있어서 그랬는지도 모른다. 대답을 기대한 건 분명 아니었다.

"역설적이긴 하죠. 클래런스로서는 전쟁에서 살아남았는데 병으로 죽었으니까요."("너희 중 누가 유행성감기에 걸리면 난 어떡해야 할까?" 실비는 종종 이렇게 말했다.)

어슐라와 패멀라는 클래런스가 마스크를 한 채, 아니면 마스크를 벗은 채 묻혔을까를 두고 상당히 오랫동안 토론했다. (만약 벗은 채 묻혔다면 그 마스크는 지금 어디 있을까?) 브리짓에게 물어보기는 좀 그랬다. 브리짓은 '올드 미세즈 도즈'가 마침내 아들을 갖게 되었고, 다른 여자가 자신에게서 아들을 빼앗아가지 못하게 지킬 수 있게 되었다고 씁쓸하게 말했다. ("좀 힘들 거야." 휴가 중얼거렸다.) 클래런스의 사진은 이제 오두막의 샘 웰링턴 사진 옆에 나란히 놓였다. 브리짓과 사귀기 전, 운명을 향해 행진하기 전에 어머니를 위해 찍어둔 사진이었다.

"끝도 없이 사망자들이 생기네요. 사람들도 이제 그만 잊고 싶어하고." 실비가 화가 난 듯 말했다.

"나도 정말 잊고 싶어." 휴가 말했다.

실비는 글로버 부인의 애플 샬럿 사과와 스펀지케이크가 켜켜이 쌓인 케이크 시간에 맞춰 돌아왔다. 직접 키운 사과로 만들었는데, 전쟁이 끝날 때쯤 실비가 마련한 작은 과수원에 과일이 열리기 시작했다. 어디 다녀왔느냐는 휴의 물음에 실비는 제럴드 크로스 어쩌고 하며 얼버무렸다. 실비가 식탁에 앉더니 말했다.

"난 별로 배가 안 고파."

휴는 실비의 눈을 바라보며 어슐라 쪽으로 고개를 까닥했다.

"이지."

아주 짤막한 대화였다.

어슐라는 꼬치꼬치 캐물을 거라고 기대했지만 실비는 이렇게만 말했다.

"세상에, 네가 런던에 간 걸 까맣게 잊고 있었네. 무사히 돌아와서 아주 기뻐."

"멀쩡하게 돌아왔죠. 근데 누가 이 말을 했는지 아세요? '큰 재산이야말로 내가 아는 최고의 행복 레시피다.'" 어슐라가 쾌활하게 말했다.

실비의 지식수준은 이지처럼 마구잡이식이었지만 광범위했다.

"지식을 교육이 아닌 소설에서 얻었다는 표시지." 실비에 따르면 그랬다. "오스틴이야." 실비는 즉각 대답했다. "《맨스필드 파크》에 나오는 구절이야. 작가는 메리 크로퍼드 입을 통해 이 말을 하지. 물론 오스틴은 메리 크로퍼드에 대한 경멸감을 나타내지만 난 존경하는 제인 오스틴이 오히려 이 말을 믿었길 바라. 근데 그건 왜 물어?"

어슐라는 어깨를 으쓱해 보였다.

"아무것도 아니에요."

"'난 맨스필드에 오기 전까지는 관목 숲이나 그 비슷한 걸 갈망하는 교구 목사를 상상하지 못했다.' 정말 멋진 문장이야. 난 늘 관목 숲이란 단어가 특정한 부류의 사람을 나타낸다고 생각해."

"우리도 관목 숲이 있잖아."

휴의 말을 무시하며 실비는 계속 말을 이어나갔다.

"제인 오스틴 꼭 읽어봐. 이제 딱 읽을 나이야."

실비는 아주 유쾌해 보였고, 여전히 식탁 위의 칙칙한 갈색 냄비 안에서 표면에 하얗게 응고된 지방이 작은 연못을 이룬 양고기와는 어딘지 분위기가 어울리지 않았다.

"정말이지, 어디나 수준이 형편없이 떨어지고 있어요. 자기 집에서조차 말이죠." 실비는 날씨만큼이나 갑작스레 돌변하며 날카롭게 말했다.

휴는 눈살을 찌푸렸고, 실비가 브리짓을 부를 틈도 주지 않고 얼른 식탁에서 일어나 스튜 냄비를 직접 부엌에 갖다 놓았다. 이제는 어리지 않은 잡역부 마저리는 최근에 이 집을 떠났고, 브리짓과 글로버 부인은 남아 이들을 보살피는 부담을 지게 되었다. ("우리는 까다로운 편이 아니야." 전쟁이 끝난 후로는 월급 인상이 없었다는 브리짓의 말에 실비가 뿌루퉁하게 말했다. "고마운 줄 알아야지.")

그날 밤, 침대에서—어슐라와 패멀라는 여전히 비좁은 다락방 침실을 함께 썼다(테디의 표현에 따르면 '감옥에 갇힌 죄수들처럼')—패멀라가 말했다.

"고모는 왜 나도 같이 초대하지 않았을까? 아니면 너 대신 나를?"

패멀라의 성격상 악의라기보다는 순수한 호기심에서 한 말이었다.

"내가 흥미롭나 봐."

어슐라의 말에 패멀라가 웃으며 대꾸했다.

"고모는 글로버 부인의 브라운 윈저 수프도 '흥미롭다'고 생각하는 사람이야."

"알아. 잘난 척하는 거 아니야."

"네가 예쁘고 똑똑해서일 거야. 난 그냥 똑똑하기만 하잖아." 패멀라가 말했다.

"사실이 아닌 거 언니도 알면서." 어슐라가 열심히 패멀라를 두둔하며 말했다.

"상관없어."

"고모가 다음 주 신문에 내 이야길 쓰겠다고 했지만 그럴 것 같지가 않아."

어슐라는 그날 런던에서 있었던 모험들을 패멀라에게 들려주면서 한 가지 목격한 장면은 빼놓았다. 이지는 콜 홀 바깥 도로 한가운데서 차를 돌리느라 정신이 팔려 이 장면을 보지 못했다. 밍크코트를 입은 한 여성이 제법 점잖아 보이는 남자의 팔짱을 끼고 사보이 호텔에서 나왔다. 여자는 남자가 방금 한 말에 태평하게 웃더니 팔짱을 낀 손을 풀어 핸드백을 뒤졌다. 인도에 앉아 있는 전직 군인의 깡통에 동전 한 움큼을 넣기 위해서였다. 다리가 없는 남자는 간이 목제 손수레 같은 곳에 걸터앉아 있었다. 어슐라는 메릴르번 역 밖에서 비슷한 장비 위에 앉아 있던 다리 없는 남자를 본 적이 있었다. 사실 런던 거리를 잘 살펴보면 사지가 절단된 사람들이 많이 보였다.

사보이 호텔 도어맨이 뛰어나와 다리 없는 남자 쪽으로 달려가자, 남자는 손을 노 삼아 인도를 짚어가며 서둘러 도망쳤다. 돈을 준 여자가 도어맨에게 항의했다. 여자의 아름답지만 짜증 어린 얼굴이 어슐라에게 제대로 보였다. 그때 점잖아 보이는 남자가 여자의 팔꿈치를 살며시 잡더니 스트랜드가 쪽으로 데리고 갔다. 이 장면에서 주목할 것은 내용이 아니라 등장인물이었다. 점잖아 보이는 그 남자는 어슐라가 본 적이 없는 사람이었지만, 짜증 난 여자는—티없이 명백하게—실비였다. 어슐라가 실비는 잘못 볼 수도 있었지만 밍크는 틀림없었다. 열 번째 결혼기념일에 휴가 실비에게 선물한 코트였다. 실비는 제럴드 크로스에서 멀리 떨어진 곳에 있었던 모양이었다.

"아주 까다로운 운전이었어!" 차가 마침내 올바른 길로 들어서자 이지가 말했다.

다음 주가 되었지만 이지 칼럼에 어슐라의 이야기는 없었다. 허구의 형태로도. 대신 이지는 독신 여자가 '소형차'를 소유함으로써 얻을 수 있는 자유에 대해 썼다.

'탁 트인 도로를 달리는 즐거움은 지저분한 버스에 갇혀 있거나 어두운 거리를 낯선 사람에게 쫓기는 일보다 훨씬 크다. 선빔을 운전하면서는 불안하게 힐끔힐끔 뒤돌아볼 필요가 없다.'

"암울한데. 정말 고모가 그랬을까? 낯선 사람에게 쫓겼을까?" 패멀라가 말했다.

"많이 그랬을 것 같은데."

어슐라는 다시 이지의 '특별 친구'로 부름받지 못했다. 이지는 누구에게도 소식이 없다가 크리스마스이브에(초대는 했지만 올 거라고 기대하지는 않았다.) 현관에 모습을 드러냈다. 이지는 '약간 곤경에 처했다'며 휴와 조용한 데서 둘이서만 얘기하고 싶다더니 한 시간 뒤에 야단을 맞아 주눅이 든 표정으로 나타났다. 선물도 전혀 준비해오지 않았고 크리스마스 만찬 내내 담배를 피우며 기운 없이 음식을 깨지락거렸다.

"일 년에 20파운드를 벌었는데 20파운드 6펜스를 지출한 사람에게 남는 건 고통뿐이야." 브리짓이 브랜디에 재운 푸딩을 식탁에 내놓았을 때 휴가 말했다.

"오, 그만해." 이지는 이렇게 대답하고는 테디가 푸딩에 성냥불을 붙이기도 전에 보란 듯이 나가버렸다.

"찰스 디킨스야." 실비가 어슐라에게 설명했다.

"제테 욍 푀 데랑제."(내가 좀 몸이 안 좋았어.) 다음 날 아침, 이지는 약간 뉘우치듯 어슐라에게 해명했다. "내가 어리석었어, 정말. 약간 혼란스러웠어."

새해가 되자 선빔은 사라졌고, 바질 스트리트 주소는 스위스 코티지에 있는 좀 더 살기 불편한 곳(심지어 더 칙칙한 '앙드루아')로 바뀌었지만 그래도 이지는 부인할 길 없이 이지로 남았다.

1923년 12월

지미가 감기에 걸리자 패미는 지미와 함께 집에서 은색 우유병 뚜껑으로 장식품을 만들겠다고 했다. 그동안 어슐라와 테디는 호랑가시나무를 찾아 터벅터벅 걸었다. 호랑가시나무는 잡목림에 많았지만 잡목림까지는 멀었고 날씨가 너무 안 좋아서 바깥에 오래 머물고 싶지 않았다. 글로버 부인, 브리짓, 실비는 오후 내내 부엌에서 크리스마스 요리를 만드느라 여념이 없었다.

"열매가 달리지 않은 가지는 꺾지 마." 어슐라와 테디가 집을 나설 때 패멀라가 일렀다. "겨우살이도 좀 있는지 잊지 말고 살펴봐."

두 아이는 전지가위와 실비의 가죽 원예 장갑도 챙겨갔다. 지난해 크리스마스 수렵 탐험에서 뼈아프게 배운 바였다. 정원의 작은 호랑가시나무 울타리는 건드리지 못하게 해서 길의 저 끝 쪽 들판에 있는 커다란 호랑가시나무에 시선을 고정했다. 전쟁이 끝난 뒤에 이 울타리는 더 온화한 쥐똥나무로 교체되었다. 이웃 전체는 재미가 없고 좀 평범했다. 실비에 따르면 마을이 이렇게 커져서 집으로 둘러싸이게 된 것도 오래되지 않았다고 했다.

"사람들이 어딘가에서는 살아야 하니까." 휴가 이성적으로 말했다.

"하지만 여기는 아니죠." 실비가 말했다.

바람이 심술궂게 불면서 간간이 비도 흩뿌렸다. 어슐라는 온 집 안에 진동하는 글로버 부인의 민스파이 냄새가 주는 축제 분위기를 즐기며 모닝룸의 난로 옆에 있고 싶었다. 늘 한 가닥 희망을 찾아내는 테디조차 날씨 때문에 몸을 움츠리며 절망적으로 걸었다. 뜨개질한 회색 방한모를 쓴 모습이 작고 씩씩한 템플 기사단원 같았다.

"끔찍해." 테디가 말했다.

트릭시만 외출을 반가워하며 보물찾기 임무라도 수여받은 것처럼 산울타리를 헤치고 도랑을 뒤졌다. 트릭시는 원체 잘 짖어댔기 때문에 앞서 가던 트릭시가 심하게 짖기 시작할 때도 두 아이는 별 주의를 기울이지 않았다.

트릭시가 조용해졌을 때에야 이들은 트릭시를 따라잡았다. 트릭시가 보초를 서듯 전리품을 지키는 걸 본 테디가 말했다.

"뭔가 죽었나 보네."

트릭시는 반쯤 부패한 새들이나 몸집이 큰 포유류의 말라버린 시체를 냄새로 찾아내는 능력이 뛰어났다.

"쥐나 들쥐 같은 거겠지." 테디가 덧붙였다. 그러다가 도랑에 놓인 전리품의 정체를 확인한 순간 '아' 하는 생생한 소리가 터져나왔다.

"내가 여기 있을게. 얼른 집에 가서 누구 좀 불러와."

어슐라는 테디에게 일렀지만 호젓한 길을 달려가는 테디의 연약하고 작은 형체 주변으로 일찍 찾아오는 겨울 어둠을 보자 어슐라는 기다리라고 소리쳤다. 어떤 공포가 기다리고 있을지 누가 알겠는가? 테디에게, 두 사람에게.

크리스마스 휴가 동안 이 시체를 어떻게 할지 혼란이 있었다. 그러나 곧 크리스마스 축제가 끝날 때까지 에트링햄 홀 농장의 얼음 창고에 두기로 결정을 내렸다.

경찰과 함께 도착한 닥터 펠로스는 아이가 부자연스러운 원인으로 사망했다고 했다. 여덟이나 아홉 살쯤 된 여자아이는 앞니 영구치가 자라긴 했지만 죽기 전에 부러져서 없었다. 실종 신고가 들어온 여자아이는 없다고 경찰이 말했다. 이 근방 지역에는 확실히 없다고 했다. 사람들은 여자아이가 집시일 거라고 짐작했지만, 어슐라는 집시들이 아이들을 두고 나가는 법이 없이 항상 '데리고' 다닌다는 걸 알았다.

새해가 다 되어서야 망설이던 레이디 돈트도 이 아이를 단념하기로 했다. 얼음 창고에서 여자아이를 꺼내보니 아이는 유물처럼 꾸며져 있었다. 아이의 몸 위에 꽃과 작은 기념품들이 놓여 있었고, 피부는 깨끗하게 닦여 있고 머리는 말끔하게 리본으로 묶여 있었다. 1차 세계대전 때 희생된 세 아들 말고도 돈트 부부에게는 한때 딸이 있었지만 아기였을 때 죽었다. 몸집이 작은 시체를 보관하고 있자니 레이디 돈트는 오래전 슬픔이 되살아나서 한동안 제정신이 아니었다. 레이디 돈트는 여자아이를 홀 농장에 묻길 원했지만 교회 묘지에 묻어야 한다고 주장하는 마을 사람들은 못마땅해하며 불만들을 쏟아냈다.

"레이디 돈트의 애완동물인 양 숨겨놓으면 안 되지." 누군가 말했다.

이상한 애완동물이네, 어슐라는 생각했다.

여자아이의 정체는 물론, 살인자도 끝내 밝혀지지 않았다. 경찰은 이웃 사람들을 모두 심문하고 다녔다. 어느 날 밤 경찰이 폭스 코너에도 왔고, 패멀라와 어슐라는 그들이 무슨 말을 하는지 엿들으려고 거의 난간에 매달리다시피 했다. 이렇게 해서 엿들은 바로는 마을 사람 중에는 용의자가 없으며 '끔찍한 것'이 아이를 해쳤다고 했다.

결국 여자아이는 그해의 마지막 날, 교구 목사한테 세례명을 받고 나서 묻혔다. 여자아이의 신원은 아직 미상이지만 이름도 없이 묻혀서는 안 된다는 게 일반적인 여론이었다. 어떻게 '앤절라'라는 이름이 붙여졌는지는 아무도 몰랐지만 적절해 보였다. 마을 사람들 대부분이 장례식에 참석했고, 많은 이들이 자신의 피붙이보다 앤절라를 위해 더 진심으로 울어주었다. 두려움보다는 슬픔이 컸고, 패멀라와 어슐라는 왜 이웃 사람들이 모두 무죄인지를 두고 종종 토론을 벌였다.

살인 사건 때문에 이상한 영향을 받은 사람은 레이디 돈트만이 아니었다. 실비도 몹시 혼란스러워했는데 슬픔보다는 분노 때문에 더 그런 것 같았다.

"그 아이가 살해당해서가 아니야. 물론 그것도 충분히 끔찍한 일이지만, '실종 신고를 낸 사람이 아무도 없다'는 게 화가 나."

테디는 그 후 몇 주 동안 악몽을 꾸었고 종종 한밤중에 어슐라 옆으로 기어들어왔다. 두 아이는 여자아이를 발견한 사람으로 영원히 남을 것이다. 신발도, 양말도 신지 않은 그 작은 발을 본 사람들로. 죽은 느릅나무 가지에서 비어져나온, 멍이 들고 지저분한 여자아이의 몸은 차가운 낙엽 이불로 덮여 있었다.

1926년 2월 11일

"어여쁜 열여섯 살이 되었구나." 휴가 사랑스럽게 어슐라에게 입을 맞추며 말했다. "생일 축하해, 우리 예쁜이. 네 앞으로 미래가 펼쳐져 있단다."

어슐라는 미래의 일부가 앞이 아닌 뒤에 펼쳐져 있다는 느낌이 여전했지만 그런 말을 입 밖에 꺼내서는 안 된다는 걸 알았다. 가족은 버클리 호텔에서 애프터눈티를 마시기 위해 런던으로 갈 계획이었지만 (짧은 방학이었다.) 패멀라가 최근에 하키 시합을 하다 발목을 삐었고, 가슴막염 때문에 시골 병원에서 하룻밤 입원한 실비는 회복 중이었다. ("난 우리 엄마의 폐를 가졌나 봐." 테디는 실비의 이 말을 떠올릴 때마다 재미있어했다.) 지미도 잘 걸리던 편도염을 한바탕 앓고 난 후였다.

"파리처럼 픽픽 쓰러지는구나. 다음에는 누구 차례일까?" 글로버 부인은 케이크를 만들려고 설탕에 버터를 으깨넣으며 말했다.

"어쨌거나 우아한 차를 마시러 호텔에 갈 사람이 있을까요? 여기도 좋은데." 브리짓이 말했다.

"여기보다 낫지." 글로버 부인이 대꾸했다.

물론 브리짓이나 글로버 부인은 버클리 호텔에 초대받지 못했고, 사실 브리짓은 런던 호텔이든 어디든 들어가본 적이 없었다. '옛날 옛적에' 잉글랜드로 오기 위해 아일랜드의 던 레러에서 연락선을 타야 했는데, 그 전에 잠깐 셸번 호텔 안에 들어가 감탄하며 로비를 구경하던 일만 제외하면 말이다. 반면에 글로버 부인은 조카가 '한 번 이상' 자신과 여동생을 저녁식사에 초대했던 맨체스터의 미들랜드 호텔이 '상당히 익숙하다'고 공언했다.

우연하게도 모리스 역시 주말 동안 몸져누웠다. 물론 어슐라의 생일이란 것도 잊고 있었지만. ("언제 안 적이 있었나." 패멀라가 말했다.) 모리스는 베일럴 대학 졸업반으로 법률을 전공했는데, 패멀라에 따르면 '어느 때보다 더 도덕군자' 연했다. 그의 부모조차 그닥 모리스를 좋아하는 것 같지는 않았다.

"모리스가 '내' 아이 맞지?"

어슐라는 휴가 실비에게 이렇게 말하는 소리를 들었다.

"도빌에서 핼리팩스 출신의 그 따분한 녀석과 놀아난 거 아니지? 방앗간을 소유했던 그 남자 말이야."

"도대체 무슨 기억이 그래요?" 실비가 웃었다.

패멀라는 공부하다 말고 예쁜 카드를 만들었다. 브리짓의 잡지에서 오려낸 꽃들로 데쿠파주를 만들고 유명한(어쨌든 폭스 코너에서는) '피카니니' 비스킷을 잔뜩 구웠다. 패멀라는 거튼 대학 입시를 준비 중이었다.

"거튼 여대생이라니, 상상해봐." 패멀라가 눈을 빛내며 말했다.

패멀라와 어슐라는 함께 학교를 다녔는데, 패멀라가 대학 준비 과정을 마칠 무렵이 되자 이번에는 어슐라가 이 과정에 들어갈 차례였다. 어슐라는 고전어에 능했다. 실비는 라틴어와 그리스어를 배울 필요성을 모르겠다고 했다. (이 둘을 배운 적이 없어서 아쉬운 모양이었다.) 반면 어슐라는 이제는 고대제국의 묘지에서 나오는 속삭임일 뿐인 말들에 매력을 느꼈다. ("'죽었다'고 말하고 싶으면 그냥 '죽었다'고 해." 글로버 부인이 짜증 내며 말했다.)

밀리 쇼크로스도 식사에 초대를 받고 일찍 왔다. 그녀는 평소처럼 쾌활했으며, 마을의 바느질용품 가게에 가서 자기 돈으로 구입한 예쁜 벨벳 머리 리본들을 선물로 가져왔다. ("이제는 절대 머리를 못 자르겠군." 휴가 약간 만족해하며 어슐라에게 말했다.)

모리스는 주말에 함께 지낼 친구를 두 명 데려왔다. 길버트와 미국인 하워드("하위라고 불러, 다들 그렇게 부르니까.")가 손님방 침대를 함께 쓰기로 하자 실비는 불안한 모양이었다.

"한 사람은 거꾸로 누워서 자." 실비가 씩씩하게 말했다. "아니면 한 사람은 '그레이트 웨스턴 레일웨이'하고 같이 아기 침대에서 자든가."

글로버 부인의 낡은 다락방을 온통 차지하는 테디의 혼비 장난감 기차를 식구들은 이렇게 불렀다. 지미도 이 장난감을 함께 갖고 놀았다.

"네 졸개지, 안 그래?"

하위가 테디에게 말하면서 지미의 머리를 어찌나 세게 헝클어뜨렸던지 지미는 균형을 잃고 넘어졌다. 하위가 미국인이라는 사실이 지미에게는 특별한 매력으로 다가왔다. 음울하고, 약간 이국적이고, 영화배우 같은 외모를 지닌 건 오히려 길버트인데도 말이다. 그의 이름—길버트 암스트롱—과 아버지(고등법원 판사)와 학벌(스토 고교)은 그가 나무랄 데 없는 영국인임을 말해주었지만 그의 어머니는 오래된 스페인 귀족 가문의 자손이었다. ("집시야." 글로버 부인이 단정 지었는데 부인은 모든 외국인을 집시라고 보는 경향이 강했다.)

"맙소사." 밀리가 어슐라에게 속삭였다. "신들이 우리를 향해 걸어오고 있어."

밀리는 가슴 앞으로 두 손을 교차하더니 날개처럼 퍼덕거렸다.

"모리스는 아니야. 다른 신들을 짜증 나게 해서 올림퍼스에서 쫓겨났을 거야." 어슐라가 말했다.

"'신들의 자만', 소설 제목으로 아주 근사한데." 밀리가 말했다.

두말할 필요 없이 밀리는 작가가 꿈이었다. 아니면 화가나 가수, 아니면 댄서나 여배우. 관심의 중심만 될 수 있다면 뭐든 좋았다.

"꼬마 아가씨들은 무슨 수다를 그렇게 떠시나?" 모리스가 말했다.

모리스는 비판에 아주 민감했다. 지나치게 민감하다고 할 수 있었다.

"오빠 얘기 했어." 어슐라가 말했다.

여자들이 모리스를 매력적으로 본다는 사실에 식구들은 늘 놀라워했다. 모리스는 파마한 것처럼 보이는 금발 머리에, 조정을 해서 체격은 건장하지만 한눈에 봐도 매력은 없었다. 그런데 길버트는 지금 실비의 손에 입맞춤까지 하고 있었다. ("오, 저보다 더 완벽할 수 있을까?" 밀리가 말했다.) 모리스가 실비를 '늙은 우리 엄마'라고 소개하자 길버트가 말했다.

"누군가의 어머니라고 보기에는 아주 젊으세요."

"나도 알아." 실비가 말했다.

("좀 두고 봐야 할 녀석이군." 휴의 의견이었다. "바람둥이야." 글로버 부인이 말했다.)

세 젊은이가 폭스 코너를 꽉 채우는 바람에 집은 갑자기 줄어든 것 같았고, 모리스가 '정원 구경'을 위해 밖에 나가겠다고 하자 휴와 실비모두 안도했다.

"좋은 생각이야. 남아도는 에너지를 좀 해소해야지."

세 젊은이는 올림피아 스타일로(성스럽다기보다는 명랑하게) 정원으로 달려나갔고, 모리스가 현관 찬장에서 찾아낸 공으로 혈기왕성한 공놀이를 시작했다. ("실은 내 공인데." 테디가 누구에게랄 것도 없이 손으로 가리켰다.)

"저 녀석들이 잔디를 망치고 있어."

세 젊은이가 진흙투성이 구두로 잔디를 뭉개면서 훌리건처럼 울부짖는 모습을 지켜보며 휴가 말했다.

"오." 집에 도착한 이지가 창밖으로 탄탄한 세 청년이 보이자 이렇게 말했다. "아주 멋진데. 내가 한 명 가져도 될까?"

머리에서 발끝까지 여우 털로 휘감은 이지가 말했다.

"선물 가져왔어."

'내가 가장 좋아하는 조카'를 위해 고급 포장지로 포장한 온갖 모양의 상자들을 잔뜩 들고 있어서 굳이 설명할 필요도 없었지만. 어슐라는 패멀라를 보며 미안한 듯 어깨를 으쓱했고, 패멀라는 눈알을 굴렸다. 폭스 코너의 풍성한 늦여름 정원에서 딴 채소를 차에 잔뜩 실어 휴와 함께 스위스 코티지를 잠깐 방문한 이후 몇 달 만에 이지를 만난 거였다. ("호박이야?" 이지는 상자 내용물을 살피며 말했다. "도대체 나더러 이걸 어쩌라고?")

이보다 앞서 이지가 긴 주말 연휴 동안 방문했지만 테디를 제외하면 다들 무시하다시피 했고, 이지는 테디를 데리고 산책을 나가 끈질기게 질문을 해댔다.

"이지 고모가 테디로 고른 것 같아." 어슐라가 패멀라에게 말했다.

"왜? 테디를 먹어치우려고?" 패멀라가 물었다.

누가 물어보면(주로 실비가), 자신이 특별히 관심을 받는 이유를 테디도 잘 대답하지 못했다.

"고모는 내게 뭘 했는지, 학교는 어떤지, 취미는 뭔지, 또 내가 뭘 잘 먹는지 물었어요. 내 친구들, 뭐 그런 것들요."

"이지가 테디를 입양하고 싶은 모양이야." 휴가 실비에게 말했다. "아니면 테디를 팔려고 그러던가. 테디 정도면 값을 톡톡히 받을 게 틀림없어."

그 말에 실비가 펄쩍 뛰었다.

"그 따위 말은 하지도 말아요. 농담으로라도."

하지만 그 순간 이지가 테디를 데려갈 때만큼이나 잽싸게 다시 데려오는 바람에 이런 대화도 끝이 났다.

가장 먼저 풀어본 어슐라의 생일 선물은 베시 스미스의 레코드였다. 늘 엘가 음악이나 휴가 가장 좋아하는 〈미카도〉가 놓인 축음기에다 이지는 얼른 베시 음반부터 틀었다.

"〈세인트루이스 블루스〉야." 이지가 가르치듯 말했다. "코넷을 들어봐! 어슐라는 이 음악을 좋아해."

("그래?" 휴가 어슐라에게 물었다. "몰랐는데.") 그다음 선물은 멋진 무늬가 새겨진 붉은 가죽 장정의 단테 번역본이었다. 다음으로는 리버티 백화점에서 구입한 새틴과 레이스 침실 가운이 나왔다.

"알다시피 네 엄마가 무척 좋아하는 상점이지."

실비는 이 가운을 '너무 어른스럽다'고 평했다.

"어슐라는 면플란넬을 입어."

다음 선물은 샬리마 향수로("겔랑 신제품인데, 최고야.") 실비로부터 아까와 비슷한 의견을 들었다.

"어린 신부였던 사람이 할 소리는 아니죠." 이지가 말했다.

"그때 난 열여덟 살이었어, 열여섯 살이 아니라." 입을 꼭 다물고 있던 실비가 말했다. "열여섯 살이 되기도 전에 무슨 짓을 했는지 언제 한번 얘기 좀 해봐, 이저벨."

"무슨 짓을 했는데요?" 패멀라가 애타게 물었다.

"일 나부아 파 텡포르탕스."(중요한 일은 아니야.) 이지가 거들먹거리며 말했다.

보물 상자에서 마지막으로 나온 선물은 샴페인이었다. ("정말 저런 선물을 주기에는 너무 어리잖아!")

"얼음에 재워두면 더 좋아." 이지가 브리짓에게 샴페인을 건네며 말했다.

당황한 휴가 이지를 쳐다보았다.

"이거 다 훔친 거야?" 휴가 물었다.

"헤이, 깜둥이 음악이네."

밖에 나갔다 돌아온 세 젊은이 중 하위의 말이었다. 거실로 몰려온 그들에게서 모닥불 비슷한, 설명하기 어려운 냄새가 살짝 났다. ("수사슴 진액이야." 이지가 공중에 대고 코를 킁킁거리며 중얼거렸다.) 베시 스미스의 음반은 벌써 세 번째 돌아가고 있었다. 휴가 말했다.

"조금 있으면 마음에 들 거야."

하위는 음악에 맞춰 원시인처럼 요상한 댄스 같은 걸 추더니 길버트의 귀에 뭐라고 속삭였다. 그러자 길버트는 비록 외국인이지만 귀족 혈통치고는 다소 방정맞게 웃었고, 실비는 손뼉을 치며 말했다.

"얘들아, 삶은 새우 어때?"

실비가 젊은이들을 데리고 식당으로 갔다가 그제야, 너무 늦게, 집안이 온통 더러운 발자국투성이인 걸 알아차렸다.

"전쟁에 안 나가본 애들이잖아." 진흙투성이 발자국을 변호해주기라도 하듯 휴가 말했다.

"좋은 거예요. 별로 마뜩잖은 아이들이긴 하지만요." 실비가 단호하게 말했다.

"자, 마지막 선물이 하나 더 있는데……" 케이크를 잘라 나눠줄 때 이지가 말했다.

"맙소사, 이지." 휴는 더는 화를 참을 수가 없어서 끼어들었다. "이거 누가 다 계산한 거야? 넌 돈이 없잖아. 빚이 산더미면서. 절약하겠다고 약속했잖아."

"제발요." 실비가 말했다.

손님들 앞에서 하는 돈에 대한 이야기는(이지의 경우라도) 실비에게 가만히 공포감을 안겨주었다. 실비의 마음속에 갑자기 먹구름이 끼었다. 티핀이 생각나서였다.

"내가 계산했지." 이지가 아주 당당하게 말했다. "그리고 이건 어슐라 선물이 아냐. 테디 거야."

"나?" 자신에게 이목이 집중되자 당황한 테디가 말했다.

테디는 케이크가 얼마나 맛있을지, 과연 한 조각을 더 먹을 수 있을지 궁금해하던 차였다. 그래서 사람들의 관심이 자신에게 쏠리는 게 영 달갑지 않았다.

"그래, 너 말이야. 아가." 이지가 말했다.

이지는 테디 앞으로 탁자에 선물을 내려놓았다. 테디는 대뜸 선물과 이지한테서 몸을 뺐다.

"자, 열어봐. 터지지 않으니까." (하지만 터질 것이다.) 이지가 다독이며 말했다.

테디는 고급 포장지를 조심스럽게 뜯었다. 포장지를 뜯고 보니 선물은 포장 상태와 정확히 모양이 일치했다. 책이었다. 맞은편에 앉은 어슐라는 거꾸로 뒤집힌 책 제목을 읽으려 애썼다. '……의 모험.'

"《아우구스투스의 모험》." 테디가 큰 소리로 읽었다. "델파이 폭스 지음." ("델파이?" 휴가 물었다.)

"아가씨는 왜 늘 모든 게 '모험'이지?" 실비가 짜증을 내며 이지에게 말했다.

"인생이 물론 모험이니까요."

"난 인생이 인내의 경기라고 생각해. 아니면 장애물 코스나." 실비가 말했다.

"오, 여보. 설마 그렇게 나쁜 건 아니지?" 휴가 갑자기 걱정스럽게 물었다.

"자, 다시 테디 선물로 돌아가봐요." 이지가 말했다.

두꺼운 녹색 표지에, 글자와 선은 금색이었다. 학생 모자를 쓴, 테디 또래로 보이는 소년 그림이었다. 소년은 새총과 꾀죄죄한 작은 강아지 웨스트 하이랜드 테리어를 데리고 있었다. 옷차림은 단정치 못했고 표정은 사나웠다.

"얘가 아우구스투스야. 어때? 널 모델로 썼는데." 이지가 테디에게 말했다.

"나요? 난 저렇게 안 생겼어요. 개도 다르고요." 충격을 받은 테디가 말했다.

놀라운 일이 있었다.

"누구 시내까지 태워다 줄까?" 이지가 아무렇지도 않게 물었다.

"또 차를 바꾼 거야?" 휴가 투덜거렸다.

"진입로 끝자락에 주차해뒀어. 오빠 화나게 안 하려고." 이지가 다정하게 말했다.

식구들 모두 차를 보러 진입로로 몰려갔다. 아직도 목발을 짚고 다니는 패멀라가 맨 뒤에서 느릿느릿 절뚝거렸다.

"가난뱅이, 불구, 절름발이, 맹인." 패멀라가 밀리에게 말했다.

"넌 과학자이면서도 성서를 아는구나." 밀리가 웃으며 말했다.

"적을 알아야 하니까." 패멀라가 말했다.

날은 추웠고 아무도 코트를 걸칠 생각을 하지 못했다.

"그래도 이맘때치고는 상당히 포근한 편이야. 네가 태어났을 때는 어땠는데. 세상에, 그렇게 많은 눈은 처음 봤어." 실비가 말했다.

"알아요." 어슐라가 말했다.

어슐라가 태어나던 날 내린 눈은 가족 사이에서 전설이 되었다. 어슐라가 그 이야기를 얼마나 자주 들었던지 그때를 기억한다고 착각할 정도였다.

"그냥 오스틴이야. 오픈로드 자동차─물론 문은 네 개지만. 벤틀리만큼 비싼 차가 또 있을까. '오빠'의 사치에 비하면 이건 아무리 좋게 봐도 일반인이 타는 차일 뿐이야." 이지가 말했다.

"외상으로 샀겠지, 틀림없이." 휴가 말했다.

"무슨 소리. 다 지불했어, 그것도 현금으로. 내겐 '출판사'가 있어, '돈'도 있고. 이제 내 걱정 안 해도 돼, 오빠."

다들 선홍색 차량에 감탄하고 있는데(휴와 실비만 제외하고) 밀리가 말했다.

"이제 가야겠어요. 오늘 밤에 댄스 발표회가 있거든요. 식사 맛있게 잘 했어요, 토드 부인."

"가자, 내가 바래다줄게." 어슐라가 말했다.

집으로 돌아가던 어슐라는 정원 아래쪽의, 사람들이 많이 지나다니는 지름길을 가다가 예기치 않은 걸 만났다—놀라운 건 오스틴 자동차가 아니라 이거였다—덤불 한가운데 엎드려서 뭔가 찾고 있는 하위에 걸려 어슐라는 넘어질 뻔했다.

"공을 찾는 중이야. 네 남동생 공. 잃어버린 데가 여기 어디……" 하위가 변명하며 말했다.

하위는 쪼그린 채 속수무책으로 매자나무와 부들레이아 사이를 뒤졌다.

"관목 숲 말이구나." 어슐라가 뒷말을 이었다. "꼭 찾아야 해."

"어?"

하위가 벌떡 일어나자 갑자기 어슐라보다 몸집이 더 커졌다. 하위는 권투라도 한 것 같았다. 진짜로 눈 밑에 멍이 있었다. 한때 정육점 소년이었지만 지금은 철도역에서 일하는 프레드 스미스는 권투 선수였다. 모리스는 이스트엔드에서 벌어진 아마추어 시합에서 프레드를 응원하러 친구 몇 명을 데려가기도 했다. 듣자 하니 술판 폭동으로 변질된 모양이었다. 하위한테서 베이럼 냄새가 났고—휴의 향기—방금 찍어낸 동전처럼 그에게는 반짝이고 새로운 뭔가가 있었다.

"찾았어? 공?"

어슐라의 귀에는 자신의 말이 꽥꽥대는 소리로 들렸다. 둘 중에서는 길버트가 더 잘생겼다고 생각했지만 하위의 미끈한 팔다리와 큰 짐승 같은 힘을 마주하고 보니 자신이 어리석게 느껴졌다.

"너 몇 살이니?" 하위가 물었다.

"열여섯 살. 오늘이 내 생일이야. 케이크 먹었잖아." 어슐라가 말했다.

어슐라가 어리석기만 한 건 분명히 아니었다.

"와우." 하위가 말했다.

열여섯 살이 된 게 대단한 일이라는 듯 놀라움을 나타낸 듯했지만 그래도 모호한 소리였다. (하위라는 이름과 밀접한 관계가 있는 게 분명했다.)

"너 떨고 있어." 하위가 말했다.

"여긴 너무 추워."

"내가 따뜻하게 해줄게."

하위는 이 말과 함께—놀라운 일—어슐라의 어깨를 자기 쪽으로 끌어당겨—몸을 많이 숙여야 했다—그 큰 입술을 어슐라의 입술에 갖다 댔다. '키스'란 표현은 하위의 행동을 나타내기에는 너무 정중했다. 하위는 소의 혀처럼 큼지막한 자신의 혀를 꽉 다문 어슐라의 이에 대고 쿡쿡 찔러댔다. 하위가 혀를 밀어넣게 입을 벌려주길 바라는 걸 알아차린 어슐라는 깜짝 놀랐다. 어슐라는 정말 숨이 막힐 것 같았다. 느닷없이 부엌에 있는 글로버 부인의 혓바닥 압축기가 생각났다.

어슐라는 어떻게 해야 할지 골똘히 생각했다. 베이럼과 산소 부족으로 어지러움을 느끼는 순간, 아주 가까이에서 모리스의 외침이 들렸다.

"하위! 우리 먼저 갈게, 친구!"

어슐라의 입은 풀려났고, 하위는 어슐라에게는 한마디 말도 없이 소리쳤다.

"나도 가!"

그 소리가 어찌나 컸던지 어슐라는 귀청이 찢어지는 줄 알았다. 하위는 어슐라의 몸을 풀어주더니 헐떡거리는 어슐라만 남겨둔 채 덤불 사이를 헤치며 사라졌다.

어슐라는 어리둥절한 상태로 집에 돌아왔다. 몇 시간이 흐른 것 같았지만 모두들 아직 진입로에 있는 걸 보니 실은 얼마 안 지난 모양이었다. 재미있는 동화가 늘 그렇듯. 식당에서는 고양이 해티가 남은 케이크를 맛있게 핥고 있었다. 탁자에 놓인 《아우구스투스의 모험》에 케이크 아이싱이 묻어 있었다. 어슐라의 심장은 하위 때문에 받은 충격으로 여전히 두근거렸다. 열여섯 살 생일에, 이런 예기치 않은 방식으로 키스당하는 건 상당한 성과였다. 어슐라는 분명 여자로 향하는 개선문 아래를 지나고 있었다. 상대가 벤저민 콜이었다면 완벽했을 텐데!

몹시 짜증이 난 테디가 들어오며 말했다.

"내 공을 잃어버렸대."

"알아." 어슐라가 말했다.

테디가 표지를 넘기자 이지가 현란한 글씨로 '내 조카 테디에게. 나의 사랑스러운 아우구스투스'라고 쓴 글이 보였다.

"시시하게." 테디가 얼굴을 찡그리며 말했다.

어슐라는 빨간 립스틱 자국이 묻은, 반쯤 남은 샴페인 잔에서 절반 정도 플라스틱 잔으로 옮겨 부어 테디에게 건넸다.

"건배."

어슐라의 말에 둘은 잔을 부딪치고는 남은 샴페인을 죽 들이켰다.

"생일 축하해." 테디가 말했다.

1926년 5월

오월이 시작되면서 목발을 벗어던지고 다시 테니스를 치게 된 패멀라는 케임브리지 대학 입시에 떨어진 걸 알게 되었다.

"정말 충격이야. 모르는 문제들이 나와서 당황했거든. 더 열심히 공부했던가 아니면 마음을 차분하게 가라앉히고 잘 풀었더라면 좋은 결과가 있었을 텐데." 패멀라가 말했다.

"그렇게 공부가 하고 싶다면 다른 대학들도 있잖아." 실비가 말했다.

드러내놓고 말하지는 않지만 실비는 평소 여자에게는 대학이 별 의미가 없다고 생각하는 편이었다.

"어쨌든 여성의 가장 고귀한 소명은 어머니와 아내가 되는 거야."

"엄마는 내가 분젠버너보다 뜨거운 스토브 앞에서 쩔쩔매는 게 더 좋아요?"

"과학이 세상을 위해 한 게 뭐니? 사람을 죽이는 방법을 개발한 것 말고." 실비가 물었다.

"음, 그건 케임브리지에 대한 심한 모욕이야. 모리스는 일등은 하지만 아주 얼간이잖아." 휴가 말했다.

실망한 패멀라를 위로하기 위해 휴가 롤리에서 나온 루프 프레임 로드스터를 사주자, 테디는 자기가 시험에 떨어지면 뭘 사줄 건지 물었다. 휴가 웃으며 말했다.

"조심해, 그건 아우구스투스 말버릇이구나."

"아, 제발, 그러지 마요." 책을 언급하자 몹시 당황한 테디가 말했다. 《아우구스투스의 모험》은 유감스럽게도, 특히 테디에게는 원통하게도 큰 성공을 거두었다. 이지에 따르면 이 책은 '날개 돋친 듯 팔려나갔고', 벌써 3쇄에 들어갔다고 했다. 이지는 벌써 '두툼한 로열티 수표'를 벌었고, 오빙턴 스퀘어에 있는 아파트로 이사했다. 또 신문 인터뷰를 통해 소설의 '원형'이자 '귀여운 악당 조카'를 언급했다.

"하지만 내 '이름'은 절대 말하면 안 돼요." 테디가 희망을 버리지 못하고 말했다.

이지는 새 강아지 선물이라는 형식으로 테디를 위로했다. 트릭시는 몇 주 전에 죽었고, 테디는 그 후 내내 슬픔에 잠겨 있었다. 새 강아지는 아우구스투스의 개와 똑같은 웨스티였는데, 가족이 결코 선택하지 않았을 법한 품종이었다. 개는 이지가 이미 작이라고 이름을 지어놓았다. 이름은 물론 값비싼 목줄 이름표에 새겨져 있었다.

실비는 개 이름을 파일럿으로 바꾸자고 제안했다. ("샬럿 브론테의 개 이름이야." 실비가 어슐라에게 말했다. "언젠가 우리 엄마와의 대화는 과거의 위대한 작가들 이름으로만 채워질 거야." 그 말에 패멀라가 대답했다. "벌써 그렇게 된 것 같은데.")

작은 개는 벌써 작이라는 이름에 반응했고, 개를 헷갈리게 하면 안 될 것 같아서 그냥 작으로 부르기로 했다. 이제는 아이들도 다 컸기 때문에 작이 누구의 선물이든 간에 여지껏 키운 개들 중에 가장 많이 사랑해주었다.

토요일 아침에 나타난 모리스는 이번에는 길버트 없이 하위만 달고 왔다. 길버트는 '무분별한 행동' 때문에 퇴학을 당했다. "무분별한 행동이 뭐예요?"라고 패멀라가 묻자, 실비는 나중에 밝힐 수 없는 행동이라고 정의를 내렸다.

어슐라는 지난번 만남 이후로 자주 하위를 떠올렸다. 하위의 외모—폭이 넓은 바지, 부드러운 칼라가 달린 셔츠, 기름 바른 머리—때문이 아니라 잃어버린 테디의 공을 찾으려고 애쓰던 배려심 때문이었다. 친절함은 하위의 특별하고도 우려스러운 '이질감'을 상쇄해주었다. 그 이질감이란 세 가지로—몸집이 크고, 남자이며, 미국인이라는 사실이었다. 이런 양면적인 감정에도 불구하고 하위가 폭스 코너의 정문 밖에 주차해둔 자신의 무개차에서 가볍게 뛰어내리는 걸 보자 어슐라는 가벼운 전율을 느끼고 말았다.

"어이."

어슐라를 본 하위는 이렇게 불렀다. 그녀는 상상 속 남자친구가 자신의 이름조차 모른다는 걸 깨달았다.

실비와 브리짓은 커피와 스콘 준비를 급히 서둘렀다.

"우린 나갈 거예요."

모리스의 말에 실비가 대꾸했다.

"다행이구나. 장정 둘을 먹일 만한 게 충분치 않았는데."

"파업 지지하러 런던에 갈 거예요."

모리스의 말에 휴는 놀라움을 나타냈다. 모리스의 정치 성향이 노동자 편인 걸 몰랐다고 하자, 모리스는 이번 일을 그런 식으로 생각하는 아버지에게 놀라움을 표했다. 이들은 버스와 기차를 몰 생각이었고, '나라가 제대로 돌아가도록 하기 위해서' 그 어떤 것도 할 생각이었다.

"형이 기차를 몰 수 있는지 몰랐어." 갑자기 형이 흥미로워진 테디가 말했다.

"화수가 그렇게 어려운 일은 아닐 거야." 모리스가 짜증을 내며 말했다.

"화수가 아니야. 화부라고 불러. 그리고 아주 숙련이 필요한 직업이야. 오빠 친구 스미시에게 물어봐."

패멀라의 말에 모리스는 무슨 이유에서인지 얼굴이 더 빨개졌다.

"넌 최후의 발악을 하는 문명사회를 지탱하려고 하는구나. 그럴 필요 없는데." 휴는 날씨 이야기를 하듯 아무렇지도 않게 말했다.

이런 이야기가 오가자 어슐라는 방을 나갔다. 어슐라에게 정치보다 더 지루한 게 있다면 그건 바로 정치에 대해 '이야기'하는 거였다.

그때였다. 놀라운 일. 또다시. 어슐라가 뭔가, 사소한 어떤 것을—책이나 손수건, 나중에 기억도 나지 않을 만큼 사소한—가지러 다락방 침실을 향해 뒷계단을 폴짝폴짝 뛰어올라가다가 계단을 내려오는 하위에 부딪혀 넘어질 뻔했다.

"화장실을 찾는 중이야." 하위가 말했다.

"우리 집엔 화장실이 하나뿐이야. 그리고 화장실은 여기 위가……"

어슐라는 말을 채 끝맺기도 전에 뒷계단의 버려진 꽃무늬 벽지에 어색하게 밀쳐졌다. 이 집이 세워질 때부터 있던 벽지였다.

"너, 예쁜데." 하위가 말했다.

하위의 숨결에서 민트 향이 났다. 어슐라는 몸집이 큰 하위한테 다시 밀쳐졌다. 그런데 이번에는 어슐라의 입안으로 쑤시고 들어오려는 하위의 혀가 아닌, 이보다 더 친밀한 뭔가가 느껴졌다.

어슐라는 뭐라고 말하려 했지만 하위의 손이 어슐라의 입, 실은 얼굴 절반을 덮었다. 그러고는 활짝 웃으며 말했다.

"쉿."

게임에서 공모자인 양. 하위는 나머지 손으로 어슐라의 옷을 더듬었고, 어슐라는 저항하느라 끼익 소리를 냈다. 그러자 하위는 로어 필드에서 거세한 수송아지들이 문에 고개를 처박듯이 어슐라를 치받았다. 어슐라는 몸부림을 쳐보았지만 하위의 몸집이 두세 배는 커서 고양이 해티의 입안에 든 생쥐와 마찬가지 신세였다.

어슐라는 하위가 무슨 짓을 하려는지 보려 했지만 단단하게 밀착해오는 바람에 그의 커다란 사각턱과 멀리서는 잘 눈에 띄지 않던 까칠한 수염만 약간 보일 뿐이었다. 어슐라는 남자 형제들의 벗은 몸을 본 적이 있어서 다리 사이에 뭐가 있는지—주름진 새조개, 작은 주둥이—알았지만, 지금 자신의 몸속을 전쟁 무기처럼 쑤셔대는 이 고통스러운 피스톤 움직임과는 별 관계가 없어 보였다. 어슐라의 몸에 구멍이 뚫렸다. 여자로 향하는 문은 이제 더는 승리에 차지 않았으며 잔혹하고 철저히 무심했다.

그때 하위가 큰 소리를 지르더니 몸을 뒤로 홱 빼며 어슐라에게 활짝 웃어 보였다.

"영국 여자란."

하위는 고개를 흔들며 웃었다. 하위는 방금 일어난 역겨운 일이 마치 어슐라가 꾸미기라도 한 듯 못마땅하게 어슐라에게 손가락을 흔들어 보이며 말했다.

"너 정말 물건이구나!"

하위는 다시 한 번 웃더니, 이상야릇한 자신들의 밀회가 자기와는 아무 상관 없다는 듯이 한 번에 세 칸씩 계단을 뛰어내려갔다.

혼자 남겨진 어슐라는 꽃무늬 벽지를 바라보았다. 이제야 꽃무늬가 등나무인 걸, 뒷베란다 위쪽 아치에서 자라는 것과 똑같은 꽃인 걸 알아차렸다. 문학에서 '꽃봉오리가 꺾이다'는 표현이 이 일을 두고 하는 말임을 깨달았다. 늘 약간 예쁜 표현이라고 생각했는데.

반 시간 후, 여느 토요일 오전보다 더 격렬한 생각과 감정으로 휩싸인 삼십 분이 지나 아래층으로 돌아와보니 실비와 휴는 멀어져가는 하위 차의 뒤꽁무니를 향해 예의 바르게 손을 흔들며 현관에 서 있었다.

"다행히 갔네. 모리스의 허세는 봐주기가 힘들어." 실비가 말했다.

"얼간이들." 휴가 유쾌하게 말했다. "괜찮니?" 복도에 서 있는 어슐라를 보자 휴가 물었다.

"네." 어슐라가 대답했다.

다른 대답을 하자니 너무 끔찍할 것 같았다.

어슐라는 이 일에 대해 입 다물고 있기가 생각보다 쉬웠다. 어쨌든 실비의 말에 따르면 무분별한 행동이란 나중에 밝힐 수 없는 행동이 아닌가? 어슐라는 마음속에 찬장 하나를 떠올렸다. 한구석에 놓인, 간단하게 소나무로 만든 찬장. 하위와 뒷계단 사건을 높은 선반에 올려두고 단단하게 자물쇠를 잠갔다.

여자라면 그런 뒷계단—아니면 관목 숲—에서 붙들릴 만큼 어리석지 않아야 한다. 브리짓이 좋아하는 고딕소설에 나오는 여주인공처럼. 하지만 실제는 그렇게 추악하고 피비린내 나는지 누가 생각이나 했겠는가? 하위는 어슐라 안에서 뭔가 감지했을 것이다. 어슐라 자신조차 몰랐던 정숙하지 못한 뭔가를. 이 사건을 자물쇠로 잠가놓기 전, 어슐라는 이 일을 계속해서 생각하면서 자신의 잘못을 찾아내려 애썼다. 어슐라의 살갗에, 얼굴에 뭔가 적혀 있음이 틀림없었다. 어떤 이들은 읽을 수 있고, 또 어떤 이들은 읽을 수 없는. 이지는 읽어냈다. 이런 식으로 오는 사악한 어떤 것을. 그리고 그 어떤 것은 그녀 자신이었다.

여름이 흘러갔다. 패멀라는 리즈 대학에서 화학을 전공하게 되었고, 지방 사람들은 '좀 더 솔직하며' 고상한 척하지 않을 거라며 좋아했다. 패멀라는 거티와 테니스를 많이 쳤고 대니얼 콜과 그의 형 사이먼과 함께 혼합복식경기도 했다. 종종 어슐라에게 자신의 자전거를 빌려주어 밀리와 멀리 자전거를 타고 나가게 해주면 두 아이는 페달에서 발을 뗀 채 언덕을 내려가며 소리를 질렀다. 때로 어슐라가 테디와 지미를 데리고 어슬렁어슬렁 산책을 하면 작은 강아지는 그 주변을 빙빙 돌았다. 테디나 지미는 모리스처럼 자신들의 생활을 누나들한테 비밀로 할 생각이 없어 보였다.

패멀라와 어슐라는 테디와 지미를 데리고 당일치기로 런던에 다녀왔다. 자연사박물관, 대영박물관, 큐에 갔지만 런던에 왔다고 이지에게 알리지 않았다. 이지는 홀랜드 파크에 있는 대저택("약간 예술적인 앙드루아")로 다시 집을 옮겼다. 하루는 피커딜리를 따라 걷다가 서점 진열장에 《아우구스투스의 모험》이 잔뜩 쌓여 있고 그 옆에는 '사진작가 세실 비턴이 찍은 저자 델파이 폭스의 사진'이 걸려 있었다. 사진 속 이지는 영화배우나 사교계의 꽃처럼 보였다.

"오, 하느님 맙소사."

테디가 말했고, 여행에서 부모 역할을 대신하는 패멀라도 불경스러운 테디의 말버릇을 바로잡지 않았다.

에트링햄 홀 농장에서 다시 파티가 열렸다. 돈트 가족은 오랫동안 살았던 집을 떠났고, 레이디 돈트는 살해된 어린 앤절라에게서 완전히 회복하지 못했다. 이제 홀은 약간 불가사의한 램버트 씨의 소유가 되었는데, 이 남자를 두고 벨기에인이라는 둥, 스코틀랜드인이라는 둥 말이 많았지만 출신을 알아낼 만큼 긴 대화를 나눈 이가 없었다. 남자가 전쟁 동안 큰돈을 벌었다는 소문이 있었지만 모두들 그를 수줍어하고 말 걸기 어려운 사람으로 평했다. 금요일 밤마다 마을 홀에서 댄스파티가 열렸는데, 한번은 프레드 스미스가 평소의 검댕을 말끔하게 걷어내고 댄스파티에 나타나서는 패멀라, 어슐라 그리고 쇼크로스의 세 딸들에게 차례로 춤을 청했다. 밴드가 아닌 축음기에서 음악이 흘러나왔고, 찰스턴이나 블랙 바텀 같은 춤이 아닌, 구식 댄스만 추었다. 실력이 뛰어난 프레드 스미스에 이끌려 홀 안을 편안하게 누비며 왈츠를 추는 일은 유쾌했다. 어슐라는 프레드 같은 남자를 남자친구로 둔다면 멋질 거라고 생각했다. 물론 실비가 결코 허락하지 않겠지만 말이다. ("철도원을?")

이런 식으로 프레드를 생각하고 있는데 갑자기 찬장 문이 확 열리면서 뒷계단에서 벌어진 끔찍한 장면이 툭 튀어나왔다.

"조심해요! 안색이 안 좋아요, 토드 양."

프레드 스미스가 말했다. 어슐라는 더위 탓으로 돌리면서 혼자 신선한 공기를 좀 쐬어야겠다고 둘러댔다. 실은 최근에 메스꺼움을 많이 느꼈다. 실비는 여름 감기라고 했다.

모리스는 기대했던 일등을 해냈고("어떻게?" 패멀라는 의아해했다.) 집에 와서 몇 주 빈둥거리더니 링컨 인에서 자리를 하나 얻어 바리스타 교육을 받았다. 하위는 듣자 하니 롱아일랜드 사운드에 있는 여름 저택으로 '가족'과 합류하러 돌아간 모양이었다. 모리스는 그 집에 초대받지 못해서 약간 짜증이 난 듯했다.

"무슨 일 있어?"

어느 오후, 잔디밭 접의자에 쭉 뻗고 누워 《펀치》를 읽으면서 글로버 부인이 만든 마멀레이드 케이크 한 조각을 한입에 쑤셔넣으며 모리스가 물었다.

"무슨 일이 있냐니, 무슨 뜻이야?"

"어린 암소가 되어 있잖아."

"어린 암소?"

사실 여름 드레스 차림의 어슐라의 몸은 약간 놀랄 정도로 부풀어 올랐고, 심지어 손과 발까지 오동통해진 듯했다.

"젖살이야, 나도 그랬지. 케이크를 줄이고 테니스를 더 해. 그게 치료법이야." 실비가 말했다.

"너 아주 꼴이 말이 아냐. 무슨 일 있어?" 패멀라도 어슐라에게 물었다.

"나도 몰라." 어슐라가 대답했다.

그때 정말 끔찍한 생각 하나가 떠올랐다. 너무 끔찍하고, 너무 수치스럽고, 결코 '돌이킬 수 없어서' 어슐라는 그 생각만으로도 속에서 불이 나는 것 같았다. 어슐라는 비어트리스 웹이 쓴 《청소년을 위한 생식 교육법》을 찾으러 다녔다. 실비는 자신의 침실 서랍 속에 이 책을 잘 보관해두었지만 결코 잠그지는 않았다. 오래전에 서랍 열쇠를 잃어버렸기 때문이다. 저자는 가장 피해야 할 것으로 생식을 염두에 둔 모양이었다. 저자는 '소녀들에게 홈메이드 빵, 케이크, 오트밀, 푸딩을 잔뜩 주고 주요 부위에 정기적으로 찬물을 끼얹게 해서 주의를 딴 데로 돌리게 하라'고 충고했다. 전혀 도움이 안 되는 책이었다. 어슐라는 하위의 '주요 부위'가 떠오르고 자신의 주요 부위와 몹시 불쾌하게 하나로 합쳐지던 기억이 나서 몸을 떨었다. 실비와 휴도 이렇게 하는 걸까? 어슐라는 어머니가 이런 일을 받아들이는 게 상상이 가지 않았다.

어슐라는 쇼크로스 부인의 의학 백과사전을 훔쳐보았다. 쇼크로스 가족이 노퍽으로 휴가를 떠났을 때, 어슐라가 뒷문으로 가서 좀 찾아볼 책이 있다고 하자 그 집 하녀는 선뜻 문을 열어주었다.

백과사전에서는 이 기법을 '성행위'라고 설명했는데, 손수건이나 책을 가지러 가다가 뒷계단에서 행해지는 게 아니라 '부부 침실에서 사랑하는 부부 사이에서만' 이루어지는 일 같았다. 백과사전은 또 손수건과 책을 가져오지 못한 데에 따른 결과도 상세히 설명했다. 달거리를 건너뛰고, 구역질을 하고, 몸무게가 느는 등. 아홉 달이 걸린다고 했다. 이제 벌써 칠월로 접어들었다. 머지않아 어슐라는 짙은 감색 교복에 몸을 끼워넣고 밀리와 함께 매일 아침 버스를 타고 학교에 가야 할 것이다.

어슐라는 혼자 오래 산책을 했다. 비밀을 털어놓을 밀리도 없었다. (있다면 과연 털어놓을 수 있을까?) 패멀라는 걸가이드 단원들과 함께 데번으로 떠났다. 어슐라는 걸가이드에 들지 않았지만 지금은 약간 후회가 되었다. 하위와의 사건에 대처할 수 있는 진취력을 키워줬을지도 모르니까. 걸가이드 단원이라면 방해받지 않고 손수건과 책을 가져올 수 있었을 텐데 말이다.

"무슨 일이 있니, 얘야?" 함께 스타킹을 꿰매고 있을 때 실비가 물었다.

실비는 자녀들과 단둘이 있을 때만 관심을 보였다. 자녀들은 다 함께 있을 때는 거추장스러운 존재지만, 개별적으로 보면 각자 개성이 있었다.

어슐라는 어떤 말을 할 수 있을지 상상해보았다. '모리스 오빠 친구 하위 기억하죠? 내가 하위 아이의 엄마가 된 것 같아요.' 어슐라는 테디 양말의 구멍 난 발가락 부분에다 작은 모직 조각을 대서 차분하게 꿰매는 실비를 쳐다보았다. 실비는 주요 부위가 파괴된 여자처럼 보이지 않았다. (쇼크로스 부인의 백과사전에 따르면 '질'이라고 부르는 모양이다. 토드 가정에서는 한 번도 언급된 적이 없는 단어였다.)

"아뇨, 아무 일도 없어요. 난 괜찮아요. 아주 좋아요." 어슐라가 말했다.

그날 오후, 어슐라는 역으로 가서 승강장 벤치에 앉아 있다가 돌진해 들어오는 급행열차에 몸을 던질까 생각해보았다. 그러나 다음 열차가 런던행 기차여서 씩씩거리며 천천히 속도를 줄여 멈춰 서자, 익숙한 그 장면에 어슐라는 울고 싶어졌다. 기관실에서 내리는 프레드 스미스가 보였다. 온몸에 기름이 묻어 있고 얼굴은 석탄가루로 지저분했다. 어슐라를 발견한 프레드가 다가와 말했다.

"이런 우연이 있나. 이 기차 타려고요?"

"기차표가 없어요." 어슐라가 말했다.

"괜찮아요. 내 친구라고 검표원에게 고갯짓하며 윙크 한 번 하면 돼요."

내가 프레드 스미스 친구였나? 그렇게 생각하니 마음이 편안했다. 물론 어슐라의 상태를 안다면 친구를 안 하려 들 테지만. 누가 친구해 주겠는가.

"네, 알았어요. 고마워요." 어슐라가 말했다.

기차표가 없다는 게 아무 문제도 아니라니.

프레드가 자신의 기차 기관실에 다시 올라타는 게 보였다. 역장이 승강장을 따라 으스대며 객차 문을 어찌나 세게 닫았던지 두 번 다시 열릴 것 같지 않았다. 굴뚝에서 증기가 치솟았고, 프레드 스미스가 기관실 밖으로 고개를 내밀며 소리쳤다.

"서둘러요, 토드 양. 안 그러면 기차 놓쳐요."

그 말에 어슐라는 순순히 기차에 올라탔다.

역장의 호루라기가 시끄럽게 울렸다. 처음에는 짧게, 그다음에 좀 더 길게 불자, 기차는 역을 빠져나갔다. 어슐라는 포근한 열차 좌석에 앉아 미래를 생각했다. 런던 거리에서 비통하게 울며 쓰러진 다른 여자들 틈에서 길을 잃을지도 모른다. 공원 벤치에 밤새 웅크리고 있다가 얼어 죽을 수도 있겠지만 지금은 한여름이니 얼어 죽을 일은 없어 보였다. 아니면 템스 강에 몸을 던져 부드럽게 조류에 몸을 맡기면 와핑, 로더히스, 그리니치를 지나 틸버리까지 간 다음 바다로 나간다. 깊은 바다에서 익사한 자신의 시체를 건져올리면 가족이 얼마나 얼떨떨하겠는가. 바느질을 하다가 눈살을 찌푸리며 이런 생각을 하는 실비를 상상했다. '하지만 그 애는 산책만 하고 온다고, 길가의 야생 라즈베리를 따온다고 했는데.' 어슐라는 돌아오는 길에 챙겨오려고 산울타리에 내버려두고 온 하얀 도자기 푸딩 그릇을 떠올리며 죄책감을 느꼈다. 그릇에는 작고 신 딸기들이 반쯤 담겨 있었고, 어슐라의 손가락에는 아직도 빨간 물이 들어 있었다.

어슐라는 런던의 큰 공원들을 돌아다니며 오후 시간을 보냈다. 세인트제임스 파크와 그린파크, 궁전을 거쳐 하이드파크를 지나 켄징턴 가든스까지 갔다. 런던에서는 길을 건너거나 인도로 나오지 않고도 아주 멀리까지 갈 수 있다니 굉장했다. 어슐라는 돈이 한 푼도 없었다. 물론 터무니없는 실수였다. 그래서 켄징턴에서 차도 한 잔 마실 수 없었다. 어슐라에게 '괜찮다'고 말해주는 프레드 스미스도 없었다. 덥고 피곤한 데다 먼지까지 뒤집어써서 하이드파크의 풀처럼 바싹 말라버린 기분이었다.

서펀타인 호수 물은 마셔도 되는 걸까? 셜리의 첫 번째 아내가 이곳에 빠져 죽었는데 그날도 지금처럼 햇살을 즐기는 사람들로 북적였을 것 같았다. 또 다른 윈턴 씨가 물에 뛰어들어 어슐라를 구해낼 게 뻔해 보였다.

어슐라는 어디로 가야 할지 물론 알았다. 어쨌거나 어쩔 수 없었다.

"맙소사, 무슨 일이야?" 이지는 관심 있는 누군가를 기다렸다는 듯 극적으로 현관문을 열며 말했다. "겁에 질린 것 같은데."

"오후 내내 걸어다녔어요. 돈도 없이." 어슐라가 말했다. 그리고 곧 이렇게 덧붙였다. "아기가 생긴 것 같아요."

"어서 들어와." 이지가 말했다.

이제 어슐라는 벨그레이비어의 대저택에서 한때 식당으로 쓰였을 법한 방의 불편한 의자에 앉아 있었다. 기다리는 것 말고는 아무 목적 없는, 특징 없는 방이었다. 벽난로 위에 놓인 네덜란드 정물화와 접이 탁자 위에 놓인, 먼지가 쌓인 듯 보이는 국화 꽃병은 이 집의 다른 곳에서 벌어지는 일을 전혀 암시하지 못했다. 이곳과 뒷계단에서 있었던 하위와의 혐오스러운 만남을 연결 짓기 어려웠다. 한 생에서 또 다른 생으로 옮겨가는 게 이렇게 쉬우리라고 누가 생각이나 했겠는가. 어슐라는 닥터 켈렛이 곤경에 처한 자신을 어떻게 하려는 건지 의아했다.

예상치 않게 멜버리 로드에 모습을 드러낸 이후, 이지는 어슐라를 손님방 침대에 눕혔고, 눈부신 새틴 이불 아래서 흐느껴 울던 어슐라는 복도에서 들려오는 이지의 믿기 어려운 거짓 통화 내용을 듣지 않으려 애썼다.

"알아! 그냥 집에 왔더라고, 불쌍한 것…… 내가 보고 싶었대…… 박물관이나 극장 같은 데 가보려고, '리스케'(위험)할 건 없어…… 고집 좀 그만 피워, 휴 오빠……"

이지가 실비와 통화하는 건 아닌 게 분명했다. 실비라면 대수롭지 않게 여겼을 것이다. 결과적으로 어슐라는 박물관 등등을 위해 며칠 동안 머물러도 좋다는 허락을 받았다.

통화가 끝나자 이지가 쟁반을 들고 침실로 들어왔다.

"브랜디야. 버터 바른 토스트하고. 갑자기 만들 수 있는 건 이것뿐이야. 너 정말 어리석구나." 이지가 한숨을 지으며 덧붙였다. "방법은 여러 가지야. 치료보다는 예방이 낫지."

어슐라는 이지가 하는 말을 알아듣지 못했다.

"없애야 해. 우린 의견 일치 본 거다, 알았지?" 이지가 덧붙였다.

어슐라로부터 진심 어린 '네' 대답을 이끌어낸 질문이었다.

간호복을 입은 여자가 벨그레이비어 대기실 문을 열고 들여다보았다. 옷에 얼마나 빳빳하게 풀을 먹였던지 사람이 빠져나와도 그대로 꼿꼿이 서 있을 것만 같았다.

"이쪽이야." 여자는 어슐라의 이름을 부르지도 않은 채 딱딱하게 말했다.

어슐라는 도살장에 끌려가는 양처럼 순순히 따라갔다.

동정보다는 효율적인 측면을 고려해서 이지는 '나중에' 돌아오겠다는 약속과 함께 어슐라를 차에서 내려주었다. ("행운을 빌어.") 어슐라는 이지의 '행운을 빌어'와 '나중에'라는 말 사이에 무슨 일이 벌어질지 전혀 몰랐지만 불쾌한 일일 것 같았다. 불쾌한 맛이 나는 시럽이나 커다란 알약을 한가득 먹어야 하는지도. 또 어슐라의 정조 관념과 성격을 두고 이러니저러니 잔소리도 할 게 분명했다. 결국 시간을 되돌릴 수 있으니, 어슐라는 개의치 않았다. 아기는 얼마나 클까? 어슐라는 궁금했다. 쇼크로스네 백과사전에도 단서는 별로 없었다. 아기는 상당히 힘겹게 태어나 솔에 싸여 요람에 눕혀진 뒤, 조심스럽게 보살핌을 받을 것이다. 어슐라가 아이를 원치 않는 것만큼이나 아이를 원하는 착한 부부에게 보내질 준비가 될 때까지. 그러고 나면 어슐라는 집으로 가는 기차를 타고, 처치 레인을 따라 걸어가 라즈베리를 담아둔 하얀 도자기 그릇을 다시 찾아서 '박물관 방문 등등' 말고는 아무 일도 없었다는 듯 폭스 코너로 돌아갈 수 있을 것이다.

여느 방들과 다를 게 없는 방이었다. 장식용 천이 드리우고 술 달린 커튼이 높다란 창문에 걸려 있었다. 커튼은 이 집에 원래부터 있던 물건처럼 보였는데, 지금은 가스 불이 들어오는 대리석 벽난로와 맨틀피스 위에 놓인 커다란 숫자판의 평범한 시계 역시 마찬가지였다. 발

밑에 깔린 녹색 리놀륨과 방 한가운데 놓인 수술대 역시 어울리지 않았다. 방에서는 학교의 과학 실험실 같은 냄새가 났다. 카트의 리넨 천 위에 반짝이는 금속 도구들이 무시무시하게 놓인 걸 보자 어슐라는 의아했다. 아기보다는 도축과 더 관계있어 보이는 물건이었다. 어디에도 요람이 대기 중인 흔적이 없었다. 어슐라의 심장이 떨리기 시작했다.

길고 하얀 의사 가운을 입은, 휴보다 나이가 많은 남자가 어딘가 가던 중인 것처럼 급하게 방에 들어오더니 어슐라에게 수술대에 올라가 '등자'에 발을 올리라고 지시했다.

"등자요?" 어슐라가 되물었다.

말들과 관련된 일은 틀림없이 아니었다. 어리둥절해하는 어슐라를 빳빳하게 풀 먹인 옷을 입은 간호사가 눕히며 발을 고정시켰다.

"수술하는 거예요? 난 아픈 데가 없어요."

어슐라는 저항했다. 간호사가 얼굴에 마스크를 씌웠다.

"열부터 하나까지 거꾸로 세." 간호사가 말했다.

"왜요?" 하고 어슐라는 묻고 싶었지만 말이 머릿속에서 빙빙 돌기만 하더니 이윽고 방과 방 안의 모든 것이 눈앞에서 사라졌다.

눈을 떠보니 이지의 오스틴 차 조수석이었고, 어슐라는 앞 유리를 멍하니 바라보았다.

"곧 좋아질 거야. 걱정 마, 진통제를 잔뜩 놓았으니까. 잠시 이상한 기분이 들 거야." 이지가 말했다.

이지는 어떻게 이런 끔찍한 과정을 잘 아는 걸까?

멜버리 로드로 돌아오자, 어슐라는 이지의 도움을 받아 손님방 침대에 누워 눈부신 새틴 이불 아래 깊이 잠들었다. 이지가 쟁반을 들고 들어왔을 때는 밖이 어두웠다.

"쇠꼬리 곰탕이야. 통조림에 든 거." 이지가 유쾌하게 말했다.

이지는 달콤하면서도 역한 알코올 냄새를 풍겼고, 화장도 하고 쾌활하게 굴었지만 피곤은 숨기지 못했다. 어슐라가 이지에게 무거운 짐을 지운 게 틀림없었다. 어슐라는 힘겹게 일어나 앉았다. 알코올과 쇠꼬리 냄새가 너무 강해서 어슐라는 눈부신 새틴 이불 위에 구토를 해버렸다.

"오, 맙소사. 난 이런 일엔 정말 소질이 없는데." 이지는 손으로 입을 가린 채 말했다.

"아기는 어떻게 됐어요?" 어슐라가 물었다.

"뭐라고?"

"아기는 어떻게 됐어요?" 어슐라가 반복해 말했다. "착한 사람에게 보냈나요?"

어슐라는 한밤중에 일어나 다시 토했지만 오물을 치우지도, 이지를 부르지도 않고 다시 잠들었다. 아침에 일어나보니 너무 더웠다. 더워도 너무 더웠다. 심장이 방망이질했고, 호흡도 힘들었다. 침대를 내려가려 했지만 머리가 어질어질하고, 다리도 후들거렸다. 그다음은 모든 게 흐릿했다. 어슐라의 축축한 이마에 차가운 손길이 느껴지는 걸 보니 이지가 휴를 부른 모양이었다. 어슐라가 눈을 뜨자 휴가 안심시키듯 웃어 보였다. 휴는 코트를 입은 채로 침대에 앉아 있었다. 어슐라는 온몸이 아팠다.

"병원에 가자. 약간 감염이 됐어." 휴는 오물에도 아랑곳 않고 말했다.

그 뒤로 어딘가에서 이지가 거세게 항의하는 소리가 들렸다.

"나 고발당할지도 몰라."

씩씩거리는 이지의 말에 휴가 대꾸했다.

"잘됐네. 널 감옥에 가둬놓고 열쇠는 어디 갖다 버렸음 좋겠군." 휴는 어슐라를 안으며 덧붙였다. "벤틀리가 더 빠를 거야."

어슐라는 둥둥 떠다니는 것처럼 무중력을 느꼈다. 다시 정신을 차리고 보니 휑뎅그렁한 병실이었고 실비도 와 있었다. 경직되고 초췌한 얼굴로.

"어떻게 왔어요?" 어슐라가 말했다.

저녁이 되어 실비가 휴와 교대하자 어슐라는 안도했다.

검은 박쥐가 왔을 때 어슐라와 함께 있어준 건 휴였다. 밤의 손길이 어슐라를 향하자 어슐라는 이를 잡으려고 몸을 일으켰다. 어슐라는 안심했고, 기쁘기까지 했다. 어슐라를 부르는 소리 너머 반짝이고 빛나는 세상이 느껴졌다. 모든 미스터리가 풀리는 곳이었다. 어둠이 어슐라를 에워쌌다. 벨벳 같은 친구가. 하늘에서 눈이 내렸다. 분가루처럼 곱고 아기 살갗에 닿는 동풍처럼 차가운 눈이. 하지만 그때 어슐라는 다시 병실 침대에 쓰러졌다. 손을 거둔 채.

병원의 흐릿한 녹색 이불 위로 밝은 빛이 비스듬히 비쳐들었다. 잠이 든 휴의 얼굴은 축 늘어지고 지쳐 보였다. 침대 옆 의자에 불편한 자세로 앉아 있었다. 바지 한쪽이 약간 올라가 있어서 어슐라는 아버지의 주름진 회색 양말과 부드러운 정강이를 보았다. 한때는 테디 같았겠지, 어슐라는 생각했다. 언젠가 테디도 아버지처럼 될 것이다. 남자 안의 소년, 소년 안의 남자. 그 생각을 하자 어슐라는 울고 싶어졌다.

눈을 뜬 휴가 어슐라를 보더니 힘없이 웃으며 말했다.

"안녕, 우리 아가 곰. 다시 의식이 돌아온 거 환영한다."

1926년 8월

'펜은 단단히 '잡아야' 한다. 그래야 속기 문자를 쉽게 적을 수 있다. 손목을 공책이나 책상에 올려놓아서는 안 된다.'

남은 여름은 비참했다. 어슐라는 과수원 사과나무 아래 앉아서 피트먼의 속기 교본을 읽었다. 어슐라는 학교로 돌아가는 대신 타자와 속기 코스를 밟기로 결정했다.

"학교로 돌아갈 수 없어요. 못하겠어요." 어슐라가 말했다.

실비는 방에 들어왔다가 어슐라가 보이면 냉랭해졌다. 브리짓과 글로버 부인은 런던에서 고모와 지내는 동안 '중병'에 걸렸던 딸에게 거리감을 두는 실비를 이해하지 못했다. 오히려 그 반대여야 하지 않을까. 이지는 물론 영원히 제지되었다. '영원히 환영받지 못하는 사람.' 이야기의 전말을 어슐라로부터 조금씩 야금야금 캐낸 패멀라를 제외하면 아무도 진실을 알지 못했다.

"하지만 그 자식이 '강제로' 밀어붙인 거잖아. 그게 어떻게 네 잘못이야?" 패멀라는 분노했다.

"하지만 결과적으로……" 어슐라가 웅얼거렸다.

실비는 물론 전적으로 어슐라 탓으로 돌렸다.

"넌 네 인격과 덕목, 좋은 평판을 모두 내던졌어."

"하지만 아무도 모르잖아요."

"'나'는 알지."

"당신은 마치 브리짓이 읽는 소설에 나오는 사람처럼 말하는군." 휴가 실비에게 말했다.

휴가 브리짓의 소설을 읽었단 말인가? 그럴 것 같지 않았다.

"실은 우리 어머니처럼 말한다는 편이 맞겠군."

("상황이 아주 안 좋은 것 같지만 이것도 지나갈 거야." 패멀라가 말했다.)

밀리조차 어슐라의 거짓말에 속아넘어갔다.

"패혈증이라니! 정말 극적인데. 병원은 끔찍했어? 낸시가 테디한테 듣기로는 네가 거의 죽을 뻔했다던데. 나한테는 그런 흥미진진한 일이 절대 일어나지 않을 거야."

죽는 것과 죽을 뻔한 것 사이에는 얼마나 큰 차이가 있는가. 사실 한 사람의 인생만큼이나 큰 차이였다. 어슐라는 가까스로 목숨을 건진 인생이 필요 없게 느껴졌다.

"다시 닥터 켈렛을 만나고 싶어요." 어슐라가 실비에게 말했다.

"은퇴했을 거야." 실비가 무심하게 말했다.

어슐라는 아직 머리를 길렀는데 대개는 휴를 기쁘게 해주기 위해서였다. 그런데 어느 날 밀리와 함께 비콘스필드에 가서 머리를 짧게 잘랐다. 어슐라에게 순교자나 수녀가 된 기분을 느끼게 해준 참회의 행동이었다. 어슐라는 그러면 남은 인생을 살아낼 수 있을 것 같았다. 순교자와 수녀 그 사이 어디쯤인가에서.

휴는 슬퍼하기보다는 놀란 듯했다. 머리를 자른 건 벨그레이비어와 비교하면 아무것도 아니었다.

"맙소사." 휴가 말했다.

어슐라가 맛없어 보이는 송아지 커틀릿 알 라 뤼스가 차려진 저녁 식탁에 앉았을 때였다. ("개밥같이 생겼어." 지미가 말했다. 식욕이 왕성한 지미는 작의 밥도 아주 맛있게 먹었을 테지만.)

"너 아주 딴사람 같구나." 휴가 말했다.

"그건 좋은 거잖아요, 안 그래요?" 어슐라가 말했다.

"난 옛날 어슐라가 좋아." 테디가 말했다.

"너만 그런 것 같은데." 어슐라가 중얼거렸다.

실비는 말소리도 아닌 이상한 소리를 냈고, 휴가 어슐라에게 말했다.

"자, 내 생각에 너는……"

하지만 어슐라는 휴의 생각을 결코 알아내지 못했다. 현관문의 고리쇠를 시끄럽게 두드리는 소리가 나더니 다소 불안해하는 쇼크로스 소령이 나타나 낸시가 이 집에 있는지 물었다.

"저녁식사를 방해해서 죄송합니다." 소령이 식당 문가에 서성이며 말했다.

"여기 없는데요." 낸시가 없는 게 확연한데도 휴가 말했다.

쇼크로스 소령은 접시에 놓인 커틀릿을 보자 얼굴을 찌푸렸다.

"낸시는 길가의 잎사귀를 수집하러 갔어. 스크랩북을 만든다고. 낸시가 어떤 아이인지 알지."

낸시의 쌍둥이 같은 단짝 테디에게 한 말이었다. 낸시는 자연을 사랑했고 나뭇가지, 솔방울, 조개껍데기, 돌과 뼈 등 고대 종교의 토템 같은 것들을 끊임없이 수집했다. '자연의 아이', 쇼크로스 부인은 낸시를 이렇게 불렀다. ("그게 뭐 좋은 거라고." 실비가 말했다.)

"낸시는 오크 나뭇잎을 원했는데 우리 집 마당에는 오크가 없거든요." 쇼크로스 소령이 말했다.

영국 오크가 사라져간다고 짧게 말을 주고받았다가 잠시 생각에 잠긴 듯 침묵이 뒤따랐다. 쇼크로스 소령이 목청을 가다듬었다.

"로버타에 따르면 낸시는 한 시간 전쯤에 나갔대요. 낸시를 부르면서 그 길을 따라 끝까지 갔다가 돌아오는 길이에요. 낸시가 어디 있는지 전혀 감도 못 잡겠어요. 위니와 밀리도 함께 찾으러 나갔고요."

쇼크로스 소령은 안색이 안 좋아지기 시작했다. 실비가 물을 한 잔 따라 소령에게 건네며 말했다.

"앉으세요."

소령은 앉지 않았다. 소령은 당연히 앤절라를 생각하고 있을 거야, 어슐라가 생각했다.

"뭐 재미있는 거라도 발견했나 보죠. 새 둥지나 농장의 새끼 고양이들 같은 거 말입니다. 낸시가 어떤 아이인지 잘 아시잖아요." 휴가 말했다.

낸시가 어떤 아이인지 안다는 데에는 다들 의견이 일치했다.

소령이 식탁에서 스푼을 집어들더니 멍하니 바라보았다.

"낸시는 저녁도 먹지 않았어요."

"저도 가서 낸시를 찾아볼게요." 테디가 의자에서 벌떡 일어서며 말했다.

테디도 낸시가 어떤 아이인지 알았다. 절대 저녁을 거를 아이가 아니라는 것도.

"저도 갈게요."

휴도 쇼크로스 소령의 등을 툭툭 치며 격려했다. 송아지 커틀릿은 내버려둔 채.

"저도 갈까요?" 어슐라가 물었다.

"아니, 지미도 안 돼. 그냥 집에 있어. 우린 정원에서 찾아보자." 실비가 말했다.

이번에는 얼음 창고가 아니었다. 낸시는 병원 영안실에 있었다. 사람들이 발견했을 당시, 텅 빈 낡은 쇠여물통에 처박힌 낸시의 몸은 여전히 따뜻하고 말랑말랑했다.

"성폭행을 당했어."

휴가 실비에게 하는 말을 어슐라는 모닝룸 문 뒤로 스파이처럼 숨어서 들었다.

"삼 년 동안 어린 여자애가 둘이나 당했어. 우연의 일치일 리가 없어, 안 그래? 예전의 앤절라처럼 목이 졸렸다고." 휴가 말했다.

"우리 중에 괴물이 살고 있는 거예요." 실비가 말했다.

낸시를 발견한 건 쇼크로스 소령이었다.

"다행히 이번에는 가련한 테드가 아니었어. 이번에도 테디였으면 견뎌내지 못했을 거야." 휴가 말했다.

어쨌든 테디는 견뎌내지 못했다. 몇 주 동안 거의 말을 하지 못했다. 마침내 말을 하게 되었을 때, 테디는 자신의 영혼이 잘려나갔다고 표현했다.

"상처는 치유돼. 아무리 최악의 상처라도." 실비가 말했다.

"정말 그럴까요?"

어슐라가 등나무 벽지와 벨그레이비어의 대기실을 떠올리며 묻자 실비가 대답했다.

"음, 늘 그렇다는 건 아니지만."

실비는 거짓말하는 수고도 마다했다.

그날 밤 내내 쇼크로스 부인의 절규가 들렸다. 그 이후로 부인의 얼굴은 정상적으로 보인 적이 없었는데, 닥터 펠로스는 부인에게 '가벼운 뇌졸중'이 왔다고 했다.

"정말 가련한 여자야." 휴가 말했다.

"저 여자는 딸들이 어디 있는지 신경도 안 썼어요. 그냥 멋대로 돌아다니게 내버려뒀죠. 이제 그 부주의함의 대가를 치르는 거예요." 실비가 말했다.

"오, 실비. 당신은 심장도 없어?" 휴가 안타깝게 말했다.

패멀라는 리즈로 떠났다. 휴가 벤틀리로 패멀라를 데려다 주었다. 패멀라의 짐 가방이 너무 커서 차 트렁크에 들어가지 않아 기차로 보냈다.

"사람을 숨겨도 될 만큼 큰 가방이야." 패멀라가 말했다.

패멀라는 여자 기숙사에서 지내게 되었고, 매클즈필드 출신의 바바라라는 여자와 작은 방을 함께 쓰게 되었다는 소식을 미리 전해 들었다.

"집에서 지내는 것과 똑같을 거야. 어슐라 대신 다른 사람이라는 것만 빼면." 테디가 격려하며 말했다.

"음, 바로 그 점 때문에 '전혀' 집과 다를걸." 패멀라가 말했다.

패멀라는 약간 거칠게 어슐라에게 안겼다가 차에 올라타 휴 옆자리에 앉았다.

"빨리 갔으면 좋겠어." 마지막 날 밤, 패멀라가 침대에서 말했다. "하지만 널 두고 가자니 마음이 안 좋아."

어슐라는 가을 학기에 학교로 돌아가지 않았지만 아무도 그녀의 결정을 묻지 않았다. 밀리는 낸시의 죽음으로 큰 슬픔에 빠져서 다른 건 신경 쓰지 못했다.

어슐라는 매일 아침 하이위컴으로 기차를 타고 사립비서양성대학에 다녔다. 시내 중심가의 청과물 가게 위에 자리한 학교는 교실 두 개, 추운 주방, 이보다 더 추운 화장실로 이루어져서 '대학'이라고 부르기가 민망할 정도였다. 대학은 카버라는 남자가 운영했는데 평생 에스페란토와 피트먼의 속기에 열정을 바쳐왔다. 속기가 에스페란토보

다는 더 쓸모가 있었다. 어슐라는 속기가 상당히 마음에 들었다. 속기
는 암호와 유사하지만 완전히 새로운 어휘를 갖추었고—생략형, 고리
와 갈고리 모양의 기호, 자음군, 특수 축약형, 획의 길이를 반으로 줄
이거나 두 배로 늘이기—죽은 언어도, 살아 있는 언어도 아니지만 이
상하게 비활성화된 언어였다. 카버 씨가 단어 목록들을 단조로운 억양
으로 불러주는 소리를 듣고 있자면 어딘지 위로가 되었다—이터레이
트, 이터레이션, 리에터레이션, 리에터레이티드, 리에터레이팅, 프린
스, 프린슬리, 프린시스, 프린세스, 프린세시스……

　다른 학생들도 모두 아주 쾌활하고 친절했다. 자신감 넘치는 연습
벌레들로, 속기 공책과 자를 잊는 법이 없었고, 가방 속에는 적어도 두
가지 색상 이상의 잉크가 늘 들어 있었다.

　날씨가 나쁠 때는 실내에서 점심 도시락을 나눠 먹거나 죽 늘어선
타자기들 사이에서 스타킹을 꿰맸다. 학생들은 하이킹, 수영, 캠핑을
하며 여름을 보냈고, 외모만 보아도 어슐라가 얼마나 다른 여름을 보
냈는지 확연히 구분이 갔다. '벨그레이비어'는 일어난 일을 단적으로
말해주는 속기 같은 단어였다. ("낙태." 패멀라가 말했다. "불법 낙태." 패
멀라는 직설적인 어휘를 삼가는 타입이 아니었다. 어슐라는 자신도 그러기를
얼마나 바랐던지.) 어슐라는 평범한 그들의 삶이 부러웠다. (이지라면 이
런 생각을 얼마나 경멸할까.) 어슐라 자신이 평범하게 살 기회는 영원히
사라진 듯 보였다.

　어슐라가 급행열차 아래 몸을 던졌다면, 아니면 벨그레이비어 이후
죽었다면 어땠을까? 아니면 침실 창문을 열고 그냥 거꾸로 떨어졌다
면 어땠을까? 어슐라는 정말 돌아와서 다시 시작할 수 있는 걸까? 아
니면 모두가 어슐라에게 말하듯, 그리고 스스로 믿어야 하듯 모든 게
그냥 머릿속 상상일까? 만약 그렇다면 어떨까— 머릿속에 있는 모든

것이 실제가 아니라면? 입증할 수 있는 실재가 없다면 어떨까? 마음 저편에 아무것도 없다면 어떨까? 철학자들이 오래전에 이 문제와 '씨름'했다고 닥터 켈렛은 다소 지친 표정으로 어슐라에게 말했다. 철학자들이 다룬 아주 최초의 질문들 중 하나이기 때문에 어슐라가 이 문제로 안달할 필요가 없다고 했다. 하지만 바로 그런 본질 때문에 다들 이런 딜레마와 매번 씨름하는 게 아닐까?

('타자 따위는 잊어버려. 넌 대학에 가서 철학을 공부해야 해. 너는 제대로 철학자의 정신을 갖추었어.' 패멀라가 리즈에서 편지를 보내왔다.)

결국 어슐라는 닥터 켈렛을 찾아갔다. 뻣뻣한 머리털에 금속 테 안경을 쓴 여자가 켈렛의 방을 차지하고서는 닥터 켈렛이 은퇴했으니 자신에게 진료를 받을 건지 물었다. 어슐라는 싫다고 대답했다. 진료 약속을 잡지 않았다. 벨그레이비어 이후 런던에 간 건 이번이 처음이었는데, 할리 스트리트에서 돌아오는 길에 베이컬루 노선 지하철에서 공황 발작이 일어나 메릴르번 역에서 거칠게 숨을 쉬며 뛰쳐나와야 했다. 신문팔이가 "괜찮아요, 아가씨?" 하고 물었고, 어슐라는 "네, 네, 정말 괜찮아요, 고마워요" 하고 말했다.

카버 씨는 여학생들('나의 소녀들')의 어깨를 가볍게 만지면서 볼레로 카디건의 앙고라나 스웨터의 램스울을 어루만지길 좋아했다. 마치 여학생들이 자기가 좋아하는 동물들인 양.

오전에 커다란 언더우드 타자기로 타자 기술을 연습했다. 종종 카버 씨는 학생들에게 눈가리개를 씌운 채 타자 연습을 시켰는데, 자판을 보지 않고도 빠르게 타자를 치는 유일한 방법이라고 했다. 어슐라는 눈가리개를 쓰자 탈영해서 총살을 당하는 군인처럼 느껴졌다. 눈가리개를 쓰고 연습할 때면 종종 카버 씨가 이상한 소리를 냈다. 나지막한 쌕쌕 소리와 끙끙거리는 소리였지만 어슐라는 카버 씨가 무슨 짓을 하는지 살짝 엿볼 생각이 조금도 없었다.

오후에는 속기를 했다. 모든 종류의 비즈니스 편지를 망라하는 지루한 받아쓰기 연습이었다. '친애하는 ○○ 씨, 귀하의 편지를 어제 이사회 회의에 제출한 결과, 얼마간의 토론이 있은 뒤, 이 안건의 재심의를 다음 이사회 회의 때까지 연기하기로 결정했습니다. 다음 이사회 회의는 마지막 화요일에 열릴 예정입니다……' 편지들은 몹시 지루했고, 내용을 받아 적느라 기를 쓰며 메모지 위로 갈겨대는 펜과 묘한 대조를 이루었다.

어느 오후, 카버 씨가 '협정에 반대하는 사람들에게는 성공을 장담할 수 없음을 알립니다'라고 받아쓰게 할 때였다. 카버 씨는 어슐라 뒤로 지나가다가 이제는 긴 머리로 가려지지 않는 어슐라의 뒷덜미를 부드럽게 어루만졌다. 어슐라의 온몸에 소름이 끼쳤다. 어슐라는 앞에 놓인 언더우드 타자기의 자판을 뚫어져라 쳐다보았다. 그녀 안에 무언가가 있어 이런 주목을 끄는 걸까? 그녀는 좋은 사람이 아닌 걸까?

1932년 6월

패멀라는 자신을 위해서는 하얀 양단을, 신부 들러리를 위해서는 노란 새틴을 골랐다. 강렬한 노란색이어서 신부 들러리들이 다들 약간 얼굴이 떠 보였다. 신부 들러리는 모두 넷이었다— 어슐라, 위니 쇼크로스(거티를 제치고), 헤럴드의 두 여동생. 헤럴드는 실비가 '열등'하다고 여기는 올드켄트 로드의 소란스러운 대가족 안에서 자랐다. 헤럴드가 의사라는 사실도 그가 자라난 환경을 만회하지 못하는 듯했다. (실비는 이상하게도 의료 종사자에게 반감을 보였다.)

"당신 가족은 약간 '몰락한' 사람들 아닌가?" 휴가 실비에게 말했다.

휴는 예비 사위가 마음에 들었고, '유쾌한' 사람으로 보았다. 휴는 헤럴드의 어머니 올리브도 좋아했다.

"겉과 속이 같은 사람이야. 안 그런 사람도 많은데." 휴가 말했다.

"패턴 북에서는 멋져 보였는데."

패멀라가 하필이면 니스던의 의상실 응접실에서 못마땅하게 말했다. 어슐라의 세 번째이자 마지막 가봉 때였다. 사선으로 재단된 드레스는 어슐라의 몸에 딱 붙었다.

"지난번 가봉 때보다 살이 더 쪘어요." 재봉사가 말했다.

"그래요?"

"그래." 패멀라가 말했다.

어슐라는 마지막으로 살이 쪘던 때를 떠올렸다. 벨그레이비어. 이번에는 그때와 같은 이유가 아닌 게 확실했다. 어슐라는 의자 위에 올라섰고, 재봉사는 손목에 바늘꽂이를 찬 채 어슐라 주변을 돌았다.

"그래도 아직 예뻐." 패멀라가 덧붙였다.

"난 직장에서 하루 종일 앉아 있어." 어슐라가 말했다. "좀 많이 걸어야 하는데."

게으르기는 얼마나 쉬운가. 어슐라는 혼자 살았지만 아무도 이 사실을 몰랐다. 베이스워터의 꼭대기층 아파트를 함께 쓰기로 했던 힐다는 이사를 나갔다. 고맙게도 집세를 다 낸 다음에 말이다. 힐다는 일링의 '평범하고 작은 쾌락의 궁전'에서 어니스트라는 유부남과 살았다. 남자의 아내가 이혼해주지 않아서 힐다는 부모님게 아직도 베이스워터에서 고결한 미혼 여성의 인생을 살고 있는 척해야 했다. 힐다 부모가 느닷없이 현관에 나타나고, 딸이 이곳에 없다고 어슐라가 거짓말을 둘러대는 것도 시간문제일 뿐이었다. 휴와 실비는 어슐라가 런던에서 혼자 지내는 줄 알면 충격을 받을 것이다.

"베이스워터?" 어슐라가 폭스 코너에서 나가 살겠다고 선언했을 때 실비가 미심쩍게 말했다. "꼭 그럴 필요가 있어?"

휴와 실비는 아파트와 힐다를 꼼꼼히 살폈는데 힐다는 실비의 심문을 잘 견뎌냈다. 그런데도 실비는 아파트와 힐다 모두 어딘지 부족하다고 보았다.

어슐라가 늘 '일링에서 온 어니스트'라고 부른 남자가 집세를 지불했는데("첩이지." 힐다가 웃으며 말했다.) 힐다가 직접 이 주에 한 번씩 들러 우편물을 챙기고 집세를 치렀다.

"함께 방을 쓸 사람을 다시 알아볼게."

어슐라는 썩 내키지 않았지만 이렇게 제안했다.

"어떻게 될지 좀 기다려보자. 동거의 좋은 점이 그거잖아. 언제라도 떠날 수 있다는 거." 힐다가 말했다.

"그건 (일링에서 온) 어니스트도 마찬가지야."

"난 스물한 살이고, 그 사람은 마흔두 살이야. 그 사람은 떠나지 않아, 날 믿어."

힐다가 이사를 가자 마음은 편했다. 머리에 롤러를 만 채 저녁 내내 잠옷 가운을 입고 돌아다니며 오렌지와 초콜릿을 먹고 라디오를 들을 수 있었다. 그런다고 힐다가 싫어할 리는 없고, 오히려 좋아할 수도 있었지만 실비가 어릴 때부터 다른 사람 앞에서 점잖게 굴라고 세뇌를

시켜놓았기 때문에 이런 생각을 떨쳐버리기는 힘들었다.

어슐라는 몇 주 혼자 지내고 보니 친구가 별로 없고, 몇 안 되는 친구들조차 신경 써서 연락하는 일이 없음을 문득 깨달았다. 배우가 된 밀리는 순회 극단 동료들과 공연을 다니는 경우가 대부분이었다. 밀리는 공연이 아니면 결코 갈 일이 없을 법한 스태퍼드, 게이츠헤드, 그랜샘 같은 곳에서 특이한 엽서를 보내면서 여러 배역을 맡은 자신을 유쾌한 만화로 그려 보냈다. ("줄리엣 역을 맡은 나. 아주 웃기지!") 이들의 우정도 실은 낸시의 죽음을 뛰어넘지는 못했다. 쇼크로스 가족은 슬픔 때문에 안으로 파고들었고, 마침내 다시 자신의 인생을 살기 시작한 밀리는 어슐라가 인생을 포기한 걸 깨달았다. 어슐라는 밀리에게 벨그레이비어를 설명하고 싶었지만 언제 깨질지 모르는 남은 우정마저 위태롭게 하고 싶진 않았다.

어슐라는 규모 있는 수입 회사에서 일했고, 가끔씩 사무실 여직원들이 누구를 만나 뭘 하는지 잡담하는 걸 들으면 도대체 다들 어떻게 고든, 찰리, 딕, 밀드레드, 에일린, 베라 등등을 만나는지 놀라웠다. 유쾌하고 들뜬 무리와 함께 어울려서 여러 궁전과 영화관을 다니고, 스케이트를 타러 가고, 해수욕장과 수영장에서 수영하고, 에핑 포레스트와 이스트본으로 드라이브를 하고 다니는 것. 어슐라는 이런 일을 해본 적이 없었다.

어슐라는 고독을 갈망하면서도 외로움을 증오했다. 어슐라로서는 풀려고 시도조차 할 수 없는 어려운 문제였다. 직장에서는 다들 어슐라를 별개로 취급했고 실제로는 아닌데도 모든 면에서 연장자 대우를 해주었다. 사무실의 소모임 한두 곳에서 종종 어슐라에게 제안했다.

"퇴근하고 우리하고 놀래요?"

친절하지만 자선을 베푸는 듯 들렸고, 아마 사실일지도 몰랐다. 어슐라는 이들의 제안을 받아들인 적이 없었다. 어슐라는 이들이 자신을 두고 뒷말을 한다는 걸 의심, 아니 알고 있었다. 악의적인 건 없었고, 그냥 호기심에서였다. 동료들은 어슐라에게 뭔가 있다고 상상했다. '다크호스'니, '잔잔한 물이 깊다'느니 하면서. 하지만 '아무것'도 없으며, 상투적인 문구조차 어슐라의 인생보다는 흥미롭다는 걸 알면 무척 실망할 것이다. 깊이도 어둠도 없었다. (과거에는 있었을지 모르지만 현재는 아니었다.) 음주 습관만 빼면. 동료들도 아마 알 거라고 그녀는 짐작했다.

업무는 따분했다. 끝도 없는 선적 청구서, 세관 심사 서류, 대차대조표. 럼, 코코아, 설탕 같은 상품과 이 상품들이 생산된 이국적인 나라들은 일상적인 따분한 사무실 업무와 어울리지 않아 보였다. 어슐라 스스로 기업이라는 큰 바퀴의 작은 톱니바퀴 같았다.

"톱니바퀴가 된다고 나쁜 건 아니야." 이제 내무성에서 큰 바퀴가 된 모리스가 말했다. "세상은 톱니바퀴를 필요로 하니까."

어슐라는 톱니바퀴로 만족하고 싶지 않았지만 벨그레이비어가 자신을 더 멋진 뭔가가 되지 못하게 망친 것 같았다.

어슐라는 음주가 어떻게 시작되었는지 잘 알았다. 극적인 건 없었다. 그저 몇 달 전, 패멀라가 주말을 함께 지내려고 왔을 때 패멀라를 위해 준비한 뵈프 부르기뇽처럼 사소하고 익숙한 일이었다. 패멀라는 여전히 글래스고의 실험실에서 일했고, 결혼식 때문에 쇼핑을 좀 하길 원했다. 헤럴드도 아직 이사하지 않았다. 헤럴드는 몇 주 뒤에 로열 런던 병원에서 근무하기로 되어 있었다.

"멋진 주말을 보내자, 우리 둘이서만."

패멀라가 말했다.

"힐다는 집에 없어." 어슐라는 거짓말이 쉽게 나왔다. "주말을 어머니하고 보낸다고 헤이스팅스에 갔어."

힐다의 일을 패멀라에게 감출 이유는 없었다. 패멀라는 늘 솔직히 털어놓을 수 있는 유일한 사람이었지만 어쩐지 꺼려졌다.

"정말 잘됐다. 힐다의 매트리스를 네 방에 갖다 놓자. 옛날처럼 같이 지내는 거야." 패멀라가 말했다.

"결혼이 기대돼?" 둘이 침대에 눕자 어슐라가 물었다.

전혀 옛날 같지 않았다.

"물론이지, 안 그러면 왜 결혼하겠어? 난 결혼이라는 개념이 맘에 들어. 결혼에는 뭔가 매끄럽고 둥글고 견고한 게 있어."

"조약돌처럼 말이야?" 어슐라가 물었다.

"교향악처럼. 음, 듀엣이라는 편이 낫겠다."

"언니는 감상적인 게 어울리지 않아."

"난 우리 부모님처럼 살고 싶어." 패멀라가 짧게 말했다.

"그래?"

패멀라가 휴와 실비와 함께 지내지 않은 지도 꽤 시간이 흘렀다. 부모님이 요즘 어떻게 지내는지 패멀라가 모를 수도 있다. 하모니가 아니라 불협화음을 이루는지도.

"누구 만나는 사람 있어?" 패멀라가 조심스럽게 물었다.

"아니, 없어."

"아직은 없구나." 패멀라가 아주 낙관적인 태도로 말했다.

뵈프 부르기뇽에는 당연히 부르고뉴가 필요했고, 어슐라는 점심시간을 이용해 매일 출근길에 지나는 런던의 와인 상점에 들렀다. 오래된 상점으로 목제 인테리어는 긴 세월 와인에 찌든 듯 보였고, 아름다운 라벨이 붙은 짙은 와인병들은 내용물을 뛰어넘는 뭔가를 약속해주는 듯했다. 와인가게 주인은 어슐라에게 와인을 한 병 골라주면서 요리에 싸구려 와인을 쓰는 사람들이 있는데 싸구려 와인은 식초를 만들 때나 써야 한다고 했다. 주인은 신랄하면서 다소 위압적이었다. 주인이 와인병을 아기 다루듯 조심스럽게 티슈페이퍼로 곱게 싸서 건네자 어슐라도 조심스럽게 장바구니에 담았다. 직원들이 어슐라를 은밀한 술꾼이라고 오해할까 봐 그날 오후 내내 와인병은 바구니에 잘 감춰놓았다.

부르고뉴를 산 뒤 소고기도 산 어슐라는 그날 저녁 와인을 따서 한 잔 마셔볼 생각이었다. 가게 주인이 침이 마르도록 칭찬할 만한지 확인하고 싶었다. 물론 어슐라는 그 전에 술을 마셨고, 어쨌든 술을 못 마시는 사람은 아니었다. 하지만 혼자 마신 적은 없었다. 값비싼 부르고뉴를 따서 혼자 잔에 따르는 것도 처음이었다(잠옷 가운, 롤러, 편안한 가스난로). 추운 밤, 따뜻한 욕조에 들어가는 기분이었다. 깊고 그윽한 와인은 갑자기 큰 위안을 주었다. 이것이 바로 키츠가 말한 '따스한 남국의 정취 서린 한 잔 술'존 키츠의 시 〈나이팅게일에게 부치는 송시〉 중에서이 아닐까? 어슐라 특유의 의기소침함이 약간 사라진 듯했고, 어슐라는 또 한 잔을 마셨다. 몸을 일으키자 현기증이 심하게 나서 스스로에게 웃었다.

"좀 취했네."

어슐라는 혼잣말을 하다가 개를 한 마리 키우면 어떨까 생각했다. 말할 상대가 될 텐데. 작 같은 개라면 매일 유쾌하고 기분 좋게 그녀를 반겨줄 것이고, 그런 기분이 어느 정도 어슐라의 우울함을 달래줄지도 모른다. 하지만 이제 작은 가고 없었다. 심장마비라고 수의사가 말했다.

"그 녀석, 아주 강한 심장을 지녔었는데." 테디 역시 비통해져서 말했다.

작이 가고 대신 슬픈 눈의 휘펫이 왔지만 거칠고 어수선한 개의 인생을 살기에는 너무 연약해 보였다.

어슐라는 잔을 씻고, 내일 소고기 요리에 쓸 만큼 남겨둔 와인병에 다시 코르크 마개를 끼운 뒤 비틀거리며 침대로 갔다.

어슐라는 곧장 잠이 들었고 자명종 소리를 듣고서야 잠을 깼는데, 평소 제대로 잠들지 못하던 것에 비하면 큰 변화였다. '내 그를 마시고 이 세상 남몰래 떠나' 존 키츠의 시 〈나이팅게일에게 부치는 송시〉 중에서 잠을 깨고 보니 개를 돌볼 형편이 아니라는 걸 깨달았다.

다음 날 직장에서 원장을 기입하며 따분한 오후를 보내다가 부엌에 앉아 반쯤 남은 와인을 마실 생각을 하자 기분이 한결 유쾌해졌다. 소고기에 쓸 와인은 다시 사면 그만이었다.

"맛이 좋죠?" 어슐라가 이틀 뒤에 다시 나타나자 와인가게 주인이 말했다.

"아뇨, 아뇨. 요리는 아직 안 했어요. 식사 때 곁들일 좋은 와인이 있어야 할 것 같아서요."

어슐라는 이곳, 멋진 와인가게에 다시 올 수 없다는 걸 깨달았다. 뵈프 부르기뇽을 요리하는 데도 한계가 있기 때문이다.

어슐라는 패멀라를 위해 커스터드 소스를 얹은 구운 사과와 소박한 코티지 파이 으깬 감자 안에 다진 고기를 넣어 만든 파이를 만들었다.

"스코틀랜드에서 선물 가져왔어."

패멀라는 이렇게 말하며 맥아 위스키 한 병을 꺼냈다.

어슐라는 맥아 위스키를 다 비우자 또 다른 와인 상점을 발견했는데, 이곳 주인은 자신의 상품을 그다지 숭배하지 않았다.

"뵈프 부르기뇽을 요리할 거예요."

주인은 와인 구매의 목적에 관심이 없었지만 어슐라는 굳이 밝혔다.

"두 병 주세요. 사람들이 많이 오거든요."

모퉁이 술집에서는 기네스를 두어 병 샀다.

"남동생이 마실 거예요. 느닷없이 집에 놀러와서요."

아직 열여덟 살도 안 된 테디가 벌써 술을 마시는지는 어슐라도 확신이 없었다. 며칠 뒤에 또 와인 상점에 갔다.

"남동생이 또 들렀나, 아가씨?"

술집 주인이 말하며 윙크를 해 보이자 어슐라는 얼굴이 빨개졌다.

어슐라가 기분 좋게 '우연히 들른' 소호의 한 이탈리아 레스토랑에서는 아무것도 묻지 않고 키안티 몇 병을 팔았다. '숲에서 온 셰리'— 어슐라가 막다른 길에 있는 소비조합으로 주전자를 가져가자 큰 통에서 셰리를 가득 따라주었다. ("우리 어머니 드릴 거예요.") 아파트에서 멀리 떨어진 술집에서는 럼주를 샀다. ("우리 아버지 드릴 거예요.") 어슐라는 과학자처럼 여러 형태의 술을 실험해보았고, 어떤 술이 가장 좋은지 알아냈다. 처음 마셔본 피처럼 붉은 와인, 불그레한 히포크레네 와인이 가장 좋았다. 어슐라는 이 와인 한 상자를 어떻게 배달시킬지 곰곰이 생각해보았다. ("가족 잔치가 있어서요.")

어슐라는 비밀스러운 술꾼이 되어갔다. 혼자서 은밀하게 마셨다. 술 생각만 해도 어슐라의 심장은 두려움과 기대감으로 쿵쿵 뛰었다. 안타깝게도 어슐라는 베이스워터에 사는 젊은 여성으로서 제한을 두는 주류 판매법과 창피함을 무릅쓰고 끊임없이 알코올을 공급하는 데 상당한 어려움을 느꼈다. 부자에게는 더 쉬웠다. 이지는 어딘가 해러즈 백화점 같은 곳에 지정 거래처가 있어서 집까지 그냥 배달해주었다.

어슐라는 처음에는 망각의 강물에 발끝을 담갔지만 그다음 그녀가 안 것은 자신이 물에 빠지고 있다는 것이었고, 몇 주 만에 맨 정신에서 술고래가 되어갔다. 그것은 수치스러우면서도 수치를 망각하게 하는 길이기도 했다. 매일 아침 어슐라는 잠에서 깨면서 오늘 밤은 안 된다고, 오늘 밤에는 마시지 않겠다고 다짐했다. 하지만 오후가 되어 퇴근 후 아파트로 들어가서 망각에게 환영받는 모습을 상상하면 갈망이 일었다. 어슐라는 라임하우스의 아편굴에 관한 선정적인 기사를 읽고는 진짜일지 궁금해졌다. 존재의 고통을 잊게 해주는 것으로는 부르고뉴보다 아편이 훨씬 더 그럴듯하게 들렸다. 이지라면 중국인의 아편굴 위치를 알려줄지도 모른다. 이지는 '마리화나를 피웠고', 유쾌하게 이 사실을 밝히긴 했지만 그렇다고 어슐라가 정말 이런 질문을 할 수 있는 건 아니었다. 아편이 열반으로 이끌지는 못하겠지만(어슐라가 닥터 켈렛의 총명한 제자임이 증명되었다.), 새로운 벨그레이비어로 이끌어주긴 할 것 같았다.

이지는 가족 모임에 합류하는 게 가끔 허락되었다. ("결혼식과 장례식 때만이야. 세례식은 안 돼." 실비가 말했다.) 이지는 패멀라의 결혼식에 초대받았지만 양해를 구해오자 실비는 무척 안도했다.

"주말에 베를린에 가야 하거든요." 이지가 말했다.

이지의 지인 중에 비행기를 소유한(멋지다.) 사람이 있어 이지를 태워다 주기로 했다. 어슐라는 종종 이지를 방문했다. 두 사람은 벨그레이비어의 공포를 서로 공유했고, 결코 입 밖에 꺼내지는 않았지만 두 사람을 영원히 하나로 묶어줄 기억인 것만은 틀림없었다.

이지 대신 결혼 선물이 도착했다. 은으로 된 케이크 포크 상자에 패멀라는 재미있어했다.

"실속 있는 선물이네. 이지 고모는 놀라게 하는 데 뭐 있다니까."

"거의 다 됐어요."

니스던 재봉사가 입안 가득 핀을 문 채 말했다.

"자꾸 살이 찌는 것 같아."

어슐라는 자신의 올챙이배를 겨우 가리는 노란 새틴 드레스를 거울에 비춰보며 말했다.

"'여성건강연합회'에 가입해야 할까 봐."

어슐라는 완전히 멀쩡한 정신으로 퇴근하는 길이었다. 패멀라의 결혼식이 끝나고 몇 달 지난 우울한 십일월 저녁이었다. 비가 오고 어두워서 보도블록이 나무뿌리 부근에서 약간 들려 있는 걸 보지 못했다. 두 손에는 짐이 잔뜩 들려 있었고—도서관 대출 서적과 식료품 장바구니로 모두 점심시간에 급하게 마련한 것들이었다—어슐라는 본능적으로 자신보다는 식료품과 책에 먼저 신경이 갔다. 그 결과 얼굴이 바닥에 세게 부딪히는 바람에 코에 강한 힘이 가해졌다.

엄청난 통증에 어슐라는 깜짝 놀랐다. 이런 경험은 처음이었다. 어슐라는 바닥에 무릎을 꿇고 앉아 두 팔로 자신의 몸을 감쌌다. 책과 장바구니는 젖은 보도에 내버려둔 채였다. 자신도 모르게 신음이—비통하게—나면서 소리를 멈출 수가 없었다.

"오, 세상에." 어떤 남자의 목소리가 들렸다. "가엾어라. 내가 도와줄게요. 그 예쁜 복숭아색 스카프에 온통 피가 묻었어요. 복숭아색이 맞나요, 아니면 연어색인가요?"

"복숭아색이요."

어슐라는 통증에도 불구하고 친절하게 중얼거렸다. 목에 두른 모헤어 머플러에 관심을 둔 적이 없었다. 피가 많이 묻은 모양이었다. 얼굴 전체가 부어오른 게 느껴졌고, 걸쭉하고 녹슨 피 냄새도 났지만 통증은 조금 잦아들었다.

남자는 약간 미남형이었다. 키가 아주 크지는 않았지만 옅은 갈색 머리에 파란 눈, 잘 발달한 광대뼈를 덮은 피부는 깨끗하고 윤이 나 보였다. 남자가 어슐라를 부축해 일으켜 세웠다. 어슐라의 손을 잡은 남자의 손은 단단하고 건조했다.

"내 이름은 데릭입니다. 데릭 올리펀트." 남자가 말했다.

"엘리펀트요?"

"올리펀트요."

석 달 뒤에 두 사람은 결혼했다.

데릭은 바넷 출신으로, 실비에게는 헤럴드만큼이나 평범한 출신이었다. 물론 데릭이 어슐라에게 어필한 가장 중요한 이유이기도 했다. 데릭은 블랙우드의 작은 공립 남학교에서("출세를 꿈꾸는 장사꾼들의 자식들이지." 실비가 경멸적으로 말했다.) 역사를 가르쳤다. 데릭은 위그모어홀의 콘서트에 어슐라를 데려가고 프림로즈 힐에 산책도 다녔다. 멀리 자전거를 타고 나가 교외의 유쾌한 선술집에서 데릭은 마일드 맥주반 파인트를, 어슐라는 레모네이드를 마셨다.

나중에 보니 어슐라의 코가 부러졌다. ('오, 가엾어라.' 패멀라가 편지에 이렇게 썼다. '네 코가 얼마나 예쁜데.') 데릭은 어슐라를 병원으로 데려가기 전, 일단 근처 술집에 데리고 가서 좀 씻겨주었다.

"브랜디 한잔 사드릴게요."

어슐라가 자리에 앉자 남자가 제안했고, 어슐라는 거절했다.

"아뇨, 아뇨, 괜찮아요. 물 한 잔이면 돼요. 난 술을 잘 안 마시거든요."

전날 저녁, 이지 집에서 훔쳐온 진 한 병을 비운 뒤 베이스워터의 침실 바닥에 정신을 잃고 쓰러졌으면서 말이다. 어슐라는 이지에게서 거리낌 없이 물건을 훔쳤다. 이지가 어슐라에게서 뺏어간 게 너무 많았기 때문이었다. 벨그레이비어 등등.

어슐라는 거의 술을 시작할 때만큼이나 갑자기 술을 끊었다. 그녀는 벨그레이비어에서 도려낸 구멍이 몸속에 남아 있다고 생각했다. 그래서 술로 그 구멍을 채우려 했지만 이제는 데릭에 대한 감정으로 그 구멍이 채워지고 있었다. 어떤 감정이었을까? 대개는 누군가 자신을 돌보고 싶어한다는 데 대한 안도감이었다. 자신의 수치스러운 과거를 전혀 모르는 누군가가.

'난 사랑에 빠졌어.'

어슐라가 패멀라에게 다소 열정적으로 써 보냈다.

'만세.'

패멀라도 답장을 보내왔다.

"때로는 고마움을 사랑으로 착각할 수도 있어." 실비의 말이었다.

데릭의 어머니는 여전히 바넷에서 살았고, 아버지는 돌아가셨다. 데릭의 여동생도 세상을 떠나고 없었다.

"끔찍한 사고였어. 여동생이 네 살 때 난로 위로 넘어졌거든." 데릭이 말했다.

실비는 난로 앞에 늘 까다롭게 철망을 쳤다. 데릭 자신도 어릴 때 익사할 뻔했다고 말한 것은 어슐라가 콘월에서의 사고를 들려준 후였다. 이 사고는 어슐라가 거의 잘못한 게 없다고 느낀, 인생의 몇 안 되는 모험 중 하나였다. 그렇다면 데릭은? 거친 조수, 뒤집힌 보트, 해안을 향한 영웅적인 수영. 윈턴 씨는 필요 없었다.

"내가 날 구조했지." 데릭이 말했다.

"그렇다면 그 남자는 '완전히' 평범한 건 아니야." 힐다가 어슐라에게 담배를 권하며 말했다.

어슐라는 머뭇거리다가 거절했다. 또 다른 중독에 빠질 준비가 되어 있지 않았다. 어슐라는 한창 물건과 소지품들을 싸던 중이었다. 베이스워터를 얼른 떠나고 싶어 안달이 났다. 데릭은 홀번에서 셋방에 살았지만 두 사람이 살 주택의 구입을 마무리 지었다.

"그건 그렇고, 내가 집주인에게 편지를 보냈어. 우리 둘 다 나간다고 말이야. 어니의 아내가 이혼해주기로 했어, 내가 말했었나?" 힐다가 하품을 하며 덧붙였다. "어니가 청혼했어. 내가 받아들일 줄 안 거지. 너나 나나 좋은 아내가 될 거야. 내가 한번 들를게, 어디라고 했지?"

"윌스톤."

데릭의 희망에 따라 등기소에서 이루어진 결혼 파티는 데릭의 어머니와 휴와 실비로 한정되었다. 패멀라는 초대받지 못해 당황했다.

"우린 기다릴 수 없었어. 게다가 데릭은 법석 떠는 걸 원치 않았거든." 어슐라가 말했다.

"'너'는 법석 떠는 걸 원했고? 결혼이란 게 원래 그런 거 아냐?" 패멀라가 물었다.

아니었다, 어슐라도 법석 떠는 걸 원치 않았다. 어슐라는 누군가에게 속하게 되었다, 마침내 안전하게. 중요한 건 그것뿐이었다. 신부가된다는 건 아무것도 아니었고, 아내가 된다는 게 중요했다.

"우린 소박하게 하길 원했어." 어슐라가 단호하게 말했다. ("그리고 저렴하게, 보니까 그렇던데." 이지가 말했다. 이지는 은으로 된 밋밋한 케이크 포크 한 상자를 또 보냈다.)

"아주 유쾌한 친구 같더구나."

등기소 근처 레스토랑에서 축하연회 겸 점심으로 코스 요리를 먹으며 휴가 말했다.

"맞아요, 아주 유쾌해요." 어슐라가 동의했다.

"그래도 좀 이상한 파티구나, 아가. 패미의 결혼식 같지는 않아. 올드켄트 로드의 주민 절반이 결혼식에 참석했었는데. 가련한 테드는 오늘 초대받지 못해 실망이 이만저만이 아냐." 휴가 말했다. 그리고 이렇게 덧붙이며 격려했다. "그래도 네가 행복하면 그만이다."

어슐라는 결혼식에 보랏빛을 띤 회색 정장을 입었다. 실비는 꽃집에서 산 온실 장미로 만든 코르사주를 사람들에게 제공했다. "애석하게도 제가 키운 장미는 아니랍니다." 실비가 올리펀트 부인에게 말했다. "글루와르 데 무소(gloire des mousseux)예요. 관심이 있으신지 모르겠지만."

"아주 예쁘네요, 확실히." 올리펀트 부인이 말했지만 그다지 칭찬처럼 들리지 않았다.

"급하게 결혼하면, 한가할 때 후회하는 법이야." 실비는 특별히 누구에게랄 것도 없이 혼잣말을 하며 신랑 신부와 차분히 셰리를 건배했다.

"당신은 그런 모양이지?" 휴가 온화하게 물었다. "후회했소?"

실비는 못 들은 척했다. 별로 기분이 좋지 않은 상태였다.

"인생의 전환기(갱년기)인 것 같아." 당황한 휴가 어슐라에게 속삭였다.

"그건 나도 그래요." 어슐라도 속삭이며 대꾸했다.

휴는 어슐라의 손을 꽉 잡으며 말했다.

"내 딸답군."

"데릭은 네가 온전하지 않다는 걸 아니?"

여자 화장실에서 어슐라와 단둘이 있게 되자 실비가 물었다. 두 사람은 푹신한 작은 스툴에 앉아 거울을 보며 립스틱을 고쳐 발랐다. 올리펀트 부인은 립스틱을 가져오지 않아서 그냥 테이블에 남아 있었다.

"온전하지 않다뇨?"

어슐라가 거울 속 실비를 응시하며 되물었다. 그 말은 무슨 뜻일까? 나에게 흠이 있다는 말일까? 아니면 부서지기라도 했다는 말일까?

"처녀성 말이야." 실비가 말했다. "꽃봉오리가 꺾였지." 어슐라의 멍한 표정을 본 실비가 성급하게 덧붙였다. "순결함과 거리가 먼 사람치고는 상당히 순진해 보이는구나."

엄마는 날 사랑했었어, 어슐라가 생각했다. 그런데 지금은 아니었다.

"온전이라고요." 어슐라는 다시 그 말을 반복했다. 그녀는 이 문제를 고려해본 적조차 없었다. "데릭이 뭐라고 할까요?"

"피 말이야, 물론." 실비가 다소 성급하게 말했다.

어슐라는 등나무 벽지를 떠올렸다. 꽃봉오리가 꺾였다. 그런 관계가 있는 줄 몰랐다. 어슐라는 피가 개선문의 파괴가 아니라 상처라고 생각했다.

"데릭이 못 알아차릴 수도 있어. 장담컨대 첫날밤에 기만당하는 남편이 데릭이 처음은 아닐 게다." 실비가 한숨을 지으며 말했다.

"화장 고쳤어?" 일행이 테이블로 돌아오자 휴가 느긋하게 물었다.

테드는 휴의 미소를 물려받았다. 데릭과 올리펀트 부인은 찡그리는 모습이 똑같았다. 어슐라는 올리펀트 씨가 어떤 사람이었을지 궁금했다. 올리펀트 씨는 거의 언급되지 않았다.

"허영이 있는 자여, 그대 이름은 여자이니라." 데릭이 억지로 꾸며낸 듯한 유쾌함으로 말했다.

어슐라는 데릭이 처음 생각한 만큼 사회성이 좋은 사람이 아니라는 걸 알아차렸다. 어슐라는 새로운 유대감을 느끼며 데릭에게 웃어 보였다. 낯선 사람과 결혼한다는 걸 깨달았다. ("누구나 낯선 사람과 결혼하는 거야." 휴가 말했다.)

"사실은 '약한 자여'야. '약한 자여, 그대 이름은 여자이니라.' 햄릿이야. 많은 사람들이 여러 가지 이유에서 이 말을 잘못 인용하지." 실비가 유쾌하게 말했다.

데릭의 얼굴에 그늘이 드리워졌지만 곧 웃어넘겼다.

"우월한 지식을 인정합니다, 토드 부인."

윌스톤의 새집은 데릭이 가르치는 학교와 비교적 가깝다는 이유로 선택되었다. 데릭은 거의 언급한 적이 없는 아버지 투자 사업에서 '아주 소액'의 상속을 받은 게 있었다. 집은 메이슨스 애버뉴에 있는 '견고한' 테라스하우스로, 튜더양식의 목재 골조에 납틀 창문이 달려 있고, 바다와 멀리 떨어진 곳인데도 현관에는 전속력으로 달리는 갤리언선 그림의 스테인드글라스 패널이 있었다. 상점 등 현대적인 편의시설들이 가까웠다. 병원, 치과, 아이들이 놀 수 있는 공원 등 사실 젊은 아내(그리고 데릭에 따르면 '머지않아 곧' 될 엄마)가 원하는 모든 것이 갖춰져 있었다.

어슐라는 아침마다 데릭과 함께 아침을 먹는 자신의 모습을 그려보았다. 출근하는 데릭에게 손을 흔들어 보이고, 처음에는 아이들을 태운 유모차, 그다음에는 그네를 밀어주고, 저녁에는 아이들을 씻긴 뒤 예쁜 아이 방에서 잠자리 동화책을 읽어주는 모습을. 어슐라와 데릭은 저녁마다 거실에 조용히 앉아 라디오를 들을 것이다. 데릭은 교과서 집필에 열중할 것이다. '플랜태저넷왕조에서 튜더왕조까지'("어이쿠, 아주 스릴 있게 들리는걸." 힐다가 말했다.) 윌스톤은 벨그레이비어에서 아주 멀었다. 다행히도.

결혼 생활을 꾸려갈 집은 신혼여행이 끝날 때까지 어슐라의 상상 속에만 있었다. 데릭이 이 집을 구입한 뒤 어슐라에게 한 번도 보여주지 않고 가구를 비치했기 때문이다.

　"좀 이상하지 않아?" 패멀라가 물었다.

　"전혀. 일종의 깜짝 선물인 거지. 데릭이 내게 주는 결혼 선물이랄까." 어슐라가 말했다.

　드디어 데릭이 어슐라를 안아들고 윌스톤 문지방을 어색하게 넘었을 때(실비도, 윌리엄 모리스영국의 시인이자 공예가도 인정하지 않았을 법한 빨간 타일을 붙인 현관이었다.) 어슐라는 실망감이 찌르르 몰려오는 걸 어쩌지 못했다. 집은 어슐라의 상상보다 훨씬 더 초라한 구석이었고, 장식은 여자 손길이 닿지 않은 것처럼 칙칙했다. 그래서 데릭이 이렇게 말했을 때 어슐라는 놀라고 말았다.

　"우리 어머니가 도와주셨어."

　그러고 보니 우중충함이 몸에 밴 미망인 올리펀트 부인의 바넷 집 역시 크게 다르지 않았다.

　실비는 도빌에서 신혼여행을 보냈고, 패멀라는 스위스에서 도보 여행을 하며 신혼여행을 즐겼지만 어슐라는 워딩에서 다소 비가 오는 일주일을 지낸 뒤 결혼 생활을 시작했다.

　어슐라는 한 남자("아주 유쾌한 친구")와 결혼했지만 눈을 떠보니 다른 남자로 변해 있었다. 실비의 작은 휴대용 시계만큼이나 태엽이 단단히 감긴 깐깐한 남자와.

　데릭은 신혼여행 자체가 과도기인 양 결혼과 거의 동시에 변했다. 그에게 결혼은 세심히 배려하는 구혼자에서 환상이 깨진 배우자가 되는 예상된 통과의례였다. 어슐라는 형편없는 날씨를 탓했다. 이들이 묵었던 민박집 여주인은 아침식사를 끝낸 뒤 저녁 여섯 시 식사시간 전까지는 집을 비워주길 바랐다. 그래서 하루 종일 카페, 미술관, 박물관을 어슬렁거리거나 부두에서 바람을 맞으며 시간을 보냈다. 저녁에는 다른(좀 더 기력이 있는) 숙박객들과 휘스트 카드놀이를 하다가 추운 침실로 돌아갔다. 데릭은 어떤 형태의 게임이든 카드놀이에는 서툴러서 거의 모든 판에서 졌다. 어슐라가 자신에게 들어온 패를 알려주려 애썼지만 데릭은 일부러 잘못 읽는 것 같았다.

"왜 카드놀이에서 두목을 했어?"

나중에 방으로 돌아와 점잖게 옷을 벗으면서—정말 궁금해서—어슐라가 물었다.

"그 허튼수작이 중요하다고 생각해?"

데릭이 어찌나 깊은 경멸감을 나타내며 말했던지 어슐라는 앞으로 데릭과는 어떤 종류의 게임이라도 피하는 게 상책이라고 생각했다.

첫날밤은 피가 났는지 아닌지 거의 알아차리지 못하고 지나가서 어슐라는 안도했다.

"내가 경험이 없지 않다는 걸 당신도 알아야 해." 처음 함께 침대로 오르면서 데릭이 다소 젠체하며 말했다. "난 세상을 아는 게 남편의 의무라고 믿어. 안 그러면 어떻게 아내의 순결을 지켜줄 수 있겠어?"

그럴듯한 논쟁거리 같았지만 어슐라는 논쟁할 입장이 전혀 아니었다.

아침마다 데릭은 일찍 일어나서 끊임없이 팔굽혀펴기를 했다. 신혼여행에 온 게 아니라 군대 막사에라도 온 사람처럼.

"멘스 사나 인 코르포라 사나." '건전한 신체에 건전한 정신을'이란 뜻으로 원래는 '멘스 사나 인 코르포레 사노' 데릭이 말했다.

어슐라는 정정하지 않기로 했다. 데릭은 수박 겉핥기식 고대 그리스어와 라틴어 실력을 자부했다. 데릭의 어머니는 아들에게 좋은 교육을 시키기 위해 허리띠를 졸라매고 절약하며 살았다.

"음식을 남기는 법이 없었지."

어슐라는 라틴어와 그리스어도 실력이 제법이었지만 말하지 않기로 했다. 물론 그건 또 다른 어슐라였다. 벨그레이비어의 흔적이 없는 또 다른 어슐라.

데릭이 부부관계를 갖는 방법은 운동하는 방법과 아주 비슷했다. 심지어 데릭의 얼굴에 어리는 고통과 노력의 표정까지도. 어슐라는 데릭이 좋아하는 듯 보이는 매트리스의 일부일지도 모르겠다. 하지만 무슨 근거로 그렇다는 걸까? 하위와 비교해서? 어슐라는 일링의 '쾌락의 궁전'에서는 어떤지 힐다에게 물어보고 싶은 마음이 간절했다. 이지의 활달한 추파와 패멀라와 헤럴드 간의 따뜻한 애정도 떠올렸다. 이런 것이 완전한 행복까지는 아니더라도 기분 전환은 될 것 같았다.

"재미도 못 보면 인생이 무슨 소용이야?" 이지는 자주 이렇게 말했다.

어슐라는 윌스톤에서는 재미가 없을 거라는 걸 감지했다.

결혼 생활은 어슐라의 직업만큼이나 따분했다. 허구한 날 해야 하는 힘들고 따분한 집안일과 견줄 만한 건 없었다. 계속해서 씻고, 문지르고, 먼지를 털고, 광을 내고, 닦아야 했다. 다림질을 하고, 개키고, 널고, 펴는 건 말할 것도 없고. '적응'이 필요했다. 데릭은 각을 맞추고 선이 반듯해야 하는 사람이었다. 수건, 행주, 커튼, 깔개 등 모든 것을 끊임없이 정돈하고 재정돈해야 했다. (어슐라는 그대로 했다.) 하지만 이는 그녀의 일이자, 삶 자체의 정비와 재정비가 아니겠는가? 물론 어슐라 스스로 일종의 영구 수습사원이 된 듯한 기분을 극복할 수는 없었지만 말이다.

가정의 질서에 대한 데릭의 무조건적인 신념에 맞서 싸우기보다는 복종하는 편이 더 수월했다. ("모든 것에는 자기 자리가 있어.") 그릇은 얼룩 없이 깨끗이 닦아야 하고, 날붙이는 광을 내서 서랍에 똑바로 정돈해야 했다. 나이프들은 행군하는 군인들처럼 맞춰놓아야 하고, 스푼들은 서로 말끔히 포개놓아야 했다. 주부는 가정의 수호신들을 모신 제단에서 가장 복종적인 숭배자가 되어야 한다고 데릭은 말했다. 어슐라는 '제단'이 아니라 '벽난로'로 고쳐 말해야 한다고 생각했다. 난로 받침쇠를 닦아내고 아궁이에서 단단한 석탄재를 긁어내느라 대부분의 시간을 보내는 곳이 벽난로였으니까.

데릭은 정리 정돈에 까다롭게 굴었다. 물건이 제자리에 없거나 삐뚜름히 놓인 건 생각도 할 수 없다고 했다.

"깔끔한 집에 깔끔한 정신." 데릭이 말했다.

데릭이 격언을 좋아한다는 걸 어슐라는 차차 알아갔다. 어슐라가 방에 들어가기만 해도 뒤죽박죽이 되는 상태에서 데릭은 '플랜태저넷왕조에서 튜더왕조까지'에 관해 쓸 수 없는 게 분명했다. 이들에게는—데릭의 첫 작품인—교과서에서 나오는 수입이 필요했다. 윌리엄 콜린스에서 출간하기로 한 이 책 때문에 데릭은 집 뒤쪽의 비좁은 식당(식탁, 찬장 등 모두)을 치워 자신의 '서재'로 만들었고, 글을 쓰기 위해 어슐라가 옆에 오지 못하게 하는 저녁이 거의 대부분이었다. 둘이서 한 사람 몫의 적은 비용으로 생활해야 했지만 어슐라의 경제 개념 부족으로 생활비를 다 충당할 수 없자, 부수입을 벌 수 있게 최소한 자신에게 평화를 주어야 한다는 게 데릭의 주장이었다. 게다가 어슐라가 원고를 타이핑해주겠다는 제안에 데릭은 고맙지만 사양하겠다고 했다.

어슐라의 오래된 가사 습관은 이제 자신의 눈에도 형편없이 지저분해 보였다. 베이스워터에 살 때는 자주 침대 정리를 하지 않았고, 설거지도 하지 않았다. 빵과 버터는 훌륭한 아침이었고, 식사로 삶은 달걀을 먹는 건 어슐라의 눈에는 전혀 잘못된 게 없었다. 그러나 결혼 생활은 훨씬 더 까다로웠다. 아침식사는 제대로 요리되어야 했고, 아침마다 정확한 시간에 식탁이 차려져야 했다. 데릭은 절대 학교에 지각할 수 없었고, 오트밀, 달걀, 토스트로 이루어진 장황한 아침을 엄숙한 (그리고 혼자만의) 영성체로 간주했다. 달걀은 주중에는 스크램블 하고, 굽고, 삶고, 데치는 식으로 매일 바꿔가며 했고, 금요일에는 훈제 청어로 특별식을 준비해야 했다. 주말에는 베이컨, 소시지, 블랙 푸딩을 달걀과 함께 먹는 걸 좋아했다. 달걀은 근처 가게가 아니라 3마일 떨어진 소규모 농지에서 직접 구입한 것으로 어슐라는 매주 농지까지 걸어가야 했다. 윌스톤으로 이사 오면서 데릭이 '돈을 마련하기 위해' 자전거를 팔았기 때문이다.

어슐라는 내내 새 요리를 생각해내야 했고, 그래서 식사는 또 다른 종류의 악몽이었다. 인생은 갈빗살, 스테이크, 파이, 스튜, 구이의 끝없는 반복이었다. 날마다, 그것도 아주 다양하게 준비되어야 하는 푸딩은 말할 것도 없었다. '나는 요리책의 노예예요!' 어슐라는 즐거운 척하며 실비에게 편지를 보냈다. 즐거움이란 감정은 매일 까다로운 요리책을 열심히 들여다보며 느끼는 기분과는 정반대이긴 했지만. 어슐라는 글로버 부인을 새로이 존경하게 되었다. 물론 글로버 부인에게는 널찍한 부엌, 상당한 예산과 '바트리 드 퀴진'(요리 도구)이라는 혜택이 주어진 반면, 윌스톤 부엌은 약간 초라한 데다 어슐라의 가사 예산도 일주일을 버티는 법이 없어서 끊임없이 과지출로 야단을 맞았다.

베이스워터에서 어슐라는 돈에 쪼들린 적이 별로 없었다. 돈이 부족하다 싶으면 덜 먹고 지하철 대신 걸어다녔다. 여윳돈이 꼭 필요할 때면 늘 휴나 이지에게 도움을 받을 수 있었다. 하지만 남편도 있는 지금, 돈을 얻으러 그들에게 달려갈 수는 없었다. 데릭은 자신의 남성성을 건드리는 이런 치욕에 몹시 굴욕감을 느낄 것이다.

끝없는 허드렛일에 매달려 몇 달을 보내고 나자 어슐라는 긴긴 하루에 숨통이 트일 취미 같은 게 없으면 곧 미쳐버릴 것 같았다. 매일 장을 보러 가는 길에 테니스 클럽을 지나갔다. 보이는 거라고는 목제 울타리 너머 높이 솟은 테니스 네트와 자갈 섞은 하얀 시멘트 벽에 달린 녹색 문이 전부였지만 '툭', '탁' 하는 익숙한 유혹적인 여름 소리는 들을 수 있었다. 어느 날, 어슐라는 자신도 모르게 녹색 문을 두드리며 클럽에 가입할 수 있는지 물었다.

"마을 테니스 클럽에 가입했어요." 그날 저녁 퇴근한 데릭에게 어슐라가 말했다.

"나한테 묻지도 않았잖아." 데릭이 말했다.

"당신이 테니스 치는 줄 몰랐어요."

"못 쳐. 내 말은, 당신이 가입해도 되는지 왜 나한테 안 물었느냐고." 데릭이 말했다.

"물어봐야 하는 건지 몰랐어요."

데릭의 얼굴에 뭔가 스쳐갔다. 결혼식 날, 실비가 데릭의 햄릿 인용구를 정정했을 때 그의 얼굴에 잠깐 스쳐간 것과 동일한 먹구름이었다. 이번에는 좀 더 오래 머물렀고, 마치 데릭의 일부가 안으로 쪼그라들기라도 한 듯 설명하기 어려운 방식으로 데릭을 바꿔놓은 것 같았다.

"그럼, 해도 돼요?"

어슐라는 온순하게 굴어 평화를 유지하는 게 더 낫다고 생각해서 물었다. 패미라면 헤럴드에게 이런 걸 물을까? 헤럴드는 이런 질문을 기대한 적이 있을까? 어슐라는 확신할 수 없었다. 어슐라는 자신이 결혼 생활에 대해 아무것도 모른다는 걸 깨달았다. 물론 실비와 휴의 동맹은 여전히 수수께끼로 남아 있었다.

어슐라는 데릭이 어떤 논리로 테니스를 반대할지 궁금했다. 데릭도 똑같은 고민을 하는 듯하더니 결국 마지못해 말했다.

"해도 돼. 그래도 집안일을 다할 시간이 남아 있다면 말이지."

식사가 반쯤 진행되었을 때―뭉근히 끓인 양고기 갈빗살과 으깬 감자―데릭이 갑자기 벌떡 일어서며 접시를 집어던지더니 한마디 말도 없이 집을 나갔다. 어슐라가 잠잘 채비를 할 때에야 데릭은 돌아왔다. 데릭은 나갈 때와 똑같은 괴팍한 표정을 띤 채 거의 목멘 소리로 짤막하게 '굿나잇' 인사를 했고, 두 사람은 잠자리에 들었다.

한밤중에 데릭이 몸 위로 올라타더니 말없이 몸속으로 파고드는 바람에 어슐라는 잠이 깼다. 등나무 벽지가 떠올랐다.

괴팍한 얼굴이(어슐라는 이를 두고 '그 표정'이라고 불렀다.) 이제는 일상적인 표정이 되었고, 어슐라는 이런 얼굴을 달래주려 애쓰는 자신에게 놀랐다. 하지만 가망이 없었다. 데릭이 이런 기분일 때는 어슐라가 무슨 말을 어떻게 해도 그의 심기를 건드릴 뿐이었다. 실상은 데릭을 달래보려는 어슐라의 행동이 상황을 더욱 악화시키는 모양새였다.

바넷으로 올리펀트 부인을 방문하기로 했다. 결혼 후 처음이었다. 어슐라와 데릭이 약혼을 알리러 잠깐 들른 적이 있었지만―차와 오래된 스콘을 먹었다―그 이후에는 간 적이 없었다.

이번에 올리펀트 부인은 흐물흐물한 햄 샐러드와 짤막한 대화를 준비했다. 부인은 데릭을 위해 몇 가지 특별한 일을 '남겨두었고', 데릭은 집안일은 여자들에게 맡기고 도구를 챙겨들고 사라졌다. 설거지를 끝내자 어슐라가 말했다.

"차 좀 만들까요?"

그러자 올리펀트 부인은 "좋을 대로" 하고 미지근하게 대답했다.

두 사람은 거실에 어색하게 앉아 차를 마셨다. 벽에는 사진 액자가 걸려 있었는데 올리펀트 부인이 새 남편과 재혼하면서 사진관에서 찍은 결혼사진이었다. 19세기 말 결혼 의상을 입은 모습이 아주 깍듯하게 예의범절을 차린 듯했다.

"아주 멋져요. 데릭 어렸을 때 사진 있어요? 아니면 여동생 사진이라도."

어슐라가 이렇게 덧붙인 건 죽었다고 해서 여동생을 가족 역사에서 제외시키는 건 옳지 않아 보여서였다.

"여동생? 어떤 여동생?" 올리펀트 부인이 인상을 쓰며 물었다.

"데릭의 죽은 여동생 말이에요." 어슐라가 말했다.

"죽었다고?" 올리펀트 부인은 놀란 표정이었다.

"따님 말이에요." 어슐라가 말했다. "난로에 넘어졌잖아요."

어슐라는 바보가 된 기분이 들었다. 쉽게 잊을 만한 일은 아닐 텐데. 어슐라는 올리펀트 부인이 약간 모자란 사람은 아닌지 의구심이 들었다. 부인 자신도 혼란스러워 보였다. 마치 잊어버린 딸을 기억해내려고 애쓰는 것처럼.

"내겐 데릭밖에 없어." 부인이 확실하게 결론을 내렸다.

"음, 그건 그렇고요." 어슐라는 가볍게 지나칠 수 있는 사소한 문제인 양 이렇게 말했다. "언제 한번 월스톤으로 놀러오세요. 이제 우리도 자리를 잡았으니까요. 아버님이 남겨주신 돈은 정말 감사했어요."

"남겨줬다고? 아버지가 돈을 남겨줬다고?"

"유언으로 재산을 좀 남겨주셨다고 들었어요." 어슐라가 말했다.

올리펀트 부인은 공증에 관여하지 않았을지도 모르니까.

"유언이라고? 그 양반은 떠나면서 빚 말고는 남긴 게 전혀 없어. 죽지도 않았고." 올리펀트 부인은 이제 약간 모자란 사람이 어슐라인 양 덧붙였다. "마게이트에 살고 있지."

거짓말을 빼고서 남은 진실이 혹 있기는 한 걸까, 어슐라는 궁금했다. 어릴 때 데릭은 정말 익사할 뻔했을까?

"익사라고?"

"보트가 뒤집혀 해안까지 헤엄쳐오지 않았어요?"

"도대체 왜 그런 생각을 하지?"

"자." 느닷없이 데릭이 현관에 나타나는 바람에 두 사람 모두 깜짝 놀랐다. "무슨 이야기를 그렇게 하시나?"

"너, 살 빠졌어." 패멀라가 말했다.

"응, 그랬을 거야. 테니스를 치거든."

이렇게 말하니 어슐라의 인생이 얼마나 평범하게 들리는지. 어슐라는 악착같이 테니스 클럽에 나갔다. 메이슨스 애버뉴의 폐쇄적인 생활에서 벗어나는 유일한 안식이었다. 그 때문에 비록 끊임없이 심문을 당해야 했지만. 매일 저녁 퇴근한 데릭은 오늘도 테니스를 쳤느냐고 물었다. 일주일에 두 번 오후에만 치는데도 말이다. 어슐라의 테니스 파트너인 치과 의사 부인 필리스에 관해 늘 추궁당했다. 데릭은 필리스를 만나본 적도 없으면서 경멸하는 듯했다.

패멀라가 핀칠리에서 어슐라를 찾아왔다.

"널 만나려면 이 방법밖에 없어서. 넌 결혼 생활이 정말 좋은 모양이구나. 아니면 윌스톤이. 엄마 말로는 네가 약속을 취소했다면서." 패멀라가 웃으며 말했다.

어슐라는 결혼 이후 모든 사람과의 약속을 취소했다. 차 한잔 하러

'잠깐 들르겠다'는 휴의 제안도, 일요일 점심에 초대하라고 넌지시 던지는 실비의 암시도 모두 묵살했다. 지미는 학교에 다녔고, 옥스퍼드대학 1학년인 테디는 어슐라에게 길고 사랑스러운 편지를 보내왔다. 모리스는 물론 가족을 방문하는 성향이 아니었다.

"엄마가 방문하지 못해서 크게 마음 쓰는 건 아니야. 월스톤도 그렇고. 차 한잔 못하는 것도 물론이고."

두 사람 다 웃었다. 오랜만이었다. 어슐라는 웃는 게 어떤 느낌인지 거의 잊고 살았다. 어슐라는 눈물이 날 것 같아서 고개를 돌리고 차 끓이는 일에 몰두했다.

"언니를 보니 정말 좋아."

"오고 싶으면 언제든지 핀칠리에 와. 너도 전화를 놓지그래. 그럼 언제든 이야기할 수 있잖아."

데릭은 전화를 값비싼 사치품이라고 여겼지만 어슐라는 자신이 다른 사람과 이야기하는 게 그냥 싫은 거라고 의심했다. 그렇다고 이런 의혹을 내뱉을 수가 없었다. (누구에게 말한단 말인가— 필리스? 우유 배달부?) 그럼 사람들은 어슐라가 미쳤다고 생각할 것이다. 어슐라는 사람들이 휴가를 고대하듯 패멀라의 방문을 고대해왔다. 월요일에 어슐라는 데릭에게 말했다.

"패멀라 언니가 수요일 오후에 와요."

그러자 데릭이 말했다.

"그래?"

데릭은 무관심해 보였지만, 괴팍한 얼굴을 짓지 않아 어슐라는 안도했다.

차를 다 마시자마자 어슐라는 찻잔들을 재빨리 치우고 씻어 말린 뒤 제자리에 다시 놓았다.

"와우, 언제 그렇게 깔끔한 '주부'가 된 거야?" 패멀라가 말했다.

"깔끔한 집에 깔끔한 정신." 어슐라가 말했다.

"깔끔한 게 꼭 좋은 건 아니야. 무슨 일 있니? 아주 침울해 보여." 패멀라가 말했다.

"생리 중이야." 어슐라가 말했다.

"오, 재수 옴 붙었네. 난 몇 달간 그 문제에서 해방이야. 왠지 아니?"

"아기 가졌구나? 정말 잘됐다!"

"그래. 그렇지? 엄마가 다시 할머니가 되는 거야. (모리스가 이미 가장 먼저 토드가의 대를 이어주었다.) 근데 엄마가 좋아하실까?"

"알 게 뭐야? 요즘 엄마는 예측 불가야."

"언니와 좋은 시간 보냈어?" 그날 밤, 데릭이 퇴근하면서 물었다.

"네. 언니가 아기를 가졌대요."

"그래?"

다음 날 어슐라가 만든 수란은 '만족스럽지' 않았다. 어슐라조차 데릭의 아침으로 내놓은 달걀이 비참한 상태라는 걸 인정해야 했다. 토스트 위에서 죽음을 기다리는 병든 해파리 같았다. 데릭 얼굴에 교활한 미소가 어렸는데 잘못을 찾아낸 승리감 같은 표정이었다. 새로운 표정. 그런데 옛 표정보다 더 기분 나빴다.

"날더러 저걸 먹으라는 거야?" 데릭이 물었다.

이 질문에 대한 몇 가지 대답이 어슐라 마음속에 떠올랐지만 모두 도발적이어서 떨쳐버렸다. 대신 이렇게 말했다.

"다시 해줄게요."

"난 내가 경멸하는 직장에서 하루 종일 일해야 해. 단지 당신을 먹여 살리기 위해서. 근데 당신은 조금도 걱정할 일이 없지, 안 그래? 하루 종일 아무것도 안 하니까. 아, 아니지, 미안." 데릭이 비꼬는 투로 덧붙였다. "테니스 치는 걸 깜빡했군. 근데 달걀도 하나 제대로 요리하지 못하다니."

어슐라는 데릭이 자신의 직장을 경멸하는지 몰랐다. 데릭은 저학년 학생들의 행동을 많이 못마땅해했고, 열심히 일하는 자신을 교장이 알아주지 않는다고 쉴 새 없이 말했지만 가르치는 일을 '싫어하는' 줄은 미처 몰랐다. 데릭은 곧 눈물이라도 쏟을 기세였고, 어슐라는 그에게 예기치 못하게 갑자기 미안한 마음이 들었다.

"수란 다시 만들게요."

"그럴 필요 없어."

어슐라는 달걀이 벽에 내동댕이쳐질 거라고 예상했다. 어슐라가 테니스 클럽에 들어간 이후 데릭은 곧잘 음식을 집어던졌다. 그런데 이번에는 음식을 집어던지는 대신 손바닥을 쫙 펴서 어슐라의 머리를 세차게 때렸다. 그 바람에 어슐라는 레인지 쪽으로 휘청하다가 바닥으로 쓰러져 기도하듯 무릎을 꿇게 되었다. 행위보다는 통증에 어슐라는 깜짝 놀랐다.

데릭은 부엌을 가로질러 문제의 달걀이 담긴 접시를 든 채 어슐라를 내려다보았다. 어슐라는 자신에게 접시를 내던질 거라고 잠시 생각했지만, 데릭은 그렇게 하는 대신 접시를 기울여 어슐라 머리 위로 달걀을 쏟았다. 그런 다음 부엌을 나갔고, 잠시 뒤에 현관문이 쾅 닫히는 소리가 들렸다. 어슐라의 머리에서 미끄러진 달걀은 얼굴을 타고 바닥으로 떨어졌고, 나지막한 철벅 소리와 함께 노른자가 터져버렸다. 어슐라는 행주를 가지러 가까스로 일어났다.

그날 아침, 데릭 안의 뭔가가 포문을 연 것 같았다. 어슐라는 존재하는 줄도 몰랐던 규칙을 어겼던 것이다— 벽난로에 석탄을 너무 많이 넣고, 화장실 휴지를 너무 많이 쓰고, 실수로 전등을 켜놓고 등등. 영수증과 고지서는 모두 데릭이 꼼꼼히 검토했고, 동전 하나까지 맞춰보았기 때문에 어슐라는 여윳돈이 전혀 없었다.

데릭은 아무리 사소한 일에도 어마어마하게 고함을 지를 수 있음을 스스로 증명했고, 일단 고함이 시작되면 멈출 수 없는 듯했다. 데릭은 내내 화를 냈다. '어슐라'가 내내 화를 돋우기 때문이었다. 이제 저녁마다 데릭은 어슐라의 하루를 정확히 설명하라고 요구했다. 도서관에서 책을 몇 권 빌렸는지, 정육점 주인이 무슨 말을 했는지, 누가 집에 전화했었는지. 어슐라는 테니스를 그만두었다. 그 편이 훨씬 나았다.

데릭은 다시 어슐라를 때리진 않았지만 그녀가 어쩌다 깨운 휴화산처럼 폭력성은 표면 아래서 끊임없이 들끓고 있었다. 데릭 때문에 내내 노심초사하다 보니 어슐라는 늘 머릿속이 멍했다. 어슐라의 존재 자체가 데릭에게는 짜증스러운 모양이었다. 끊임없는 처벌로 인생을 살아야 하는 걸까? (어슐라에게는 마땅한 일이 아닌지?)

어슐라는 머리에 안개가 자욱한 것처럼 이상한 종류의 불안감 속에서 살기 시작했다. 불행을 자초했으니 이제 그 속에 들어가 살 수밖에 없었다. 닥터 켈렛의 '운명애'의 또 다른 버전인지도 몰랐다. 닥터 켈렛은 어슐라가 현재 처한 곤경에 대해 뭐라고 할까? 어쩌면 더 중요한 것으로, 데릭의 특이한 성격에 대해 뭐라고 할 것인가?

어슐라는 스포츠데이에 참석하기로 했다. 블랙우드 학교의 큰 행사로 교사 부인들도 참석할 예정이었다. 데릭은 새 모자를 살 돈을 주며 말했다.

"멋지게 보이도록 신경 써."

어슐라는 여성복과 아동복을 파는 '아라모드'(실제로는 유행과 거리가 먼 곳이었지만)라는 상점에 갔다. 이곳에서 스타킹과 속옷을 샀다. 결혼식 이후로는 새로 산 옷이 없었다. 데릭에게 돈을 달라고 조를 만큼 외모에 관심을 갖지도 않았다.

밋밋한 상점들—미용실, 생선가게, 채소가게, 우체국—이 늘어선 곳에 자리한, 역시 밋밋한 상점이었다. 어슐라는 화려한 런던 백화점이 있는 시내에는 갈 마음도, 배짱도 (아니면 예산도) 없었다. (그런 짧은 여행을 두고 데릭은 또 뭐라고 말할 것인가?) 결혼이라는 분수령 이전, 런던에서 일할 때 어슐라는 셀프리지와 피터 로빈슨 백화점에서 오랜 시간을 보냈다. 이제 이런 장소들은 외국만큼이나 멀게 느껴졌다.

쇼윈도는 진열 상품들을 햇빛에서 보호하기 위해 노르스름한 주황색 막으로 가려져 있었다. 루코제이드기능성 음료명 병에 붙은 포장지를 연상케 하는 일종의 두꺼운 셀로판 때문에 진열 상품들은 사고 싶은 마음이 싹 달아나게 했다.

최고로 아름다운 모자는 아니었지만 어슐라는 그만하면 됐다고 생각했다. 바닥부터 천장까지 세 폭으로 나눠진 상점 거울을 어슐라는 마지못해 들여다보았다. 세 폭짜리 거울에 비친 어슐라의 모습은 욕실 거울에서보다 세 배나 더 나빠 보였다. (어슐라로서는 피할 길 없는 집 안의 유일한 거울이다.) 어슐라는 이제 자신의 모습이 낯설었다. 잘못된 길을 왔고, 잘못된 문을 열었으며, 돌아가는 길을 찾을 수가 없었다.

갑자기, 끔찍한 울부짖음이 터지는 바람에 어슐라 스스로도 놀랐다. 완전히 절망에 빠진 끔찍한 소리였다. 상점 주인이 카운터 뒤에서 달려나와 말했다.

"저기요, 속상해하지 말아요. 생리 중이신가요?"

주인은 어슐라를 앉힌 뒤 차와 비스킷을 주었고, 어슐라는 그 친절에 고마움을 표시할 수조차 없었다.

학교는 열차로 한 정거장을 간 다음, 조용한 거리를 따라 잠시 걸으면 나왔다. 블랙우드 정문으로 쏟아져 들어가는 학부형 무리에 어슐라도 합류했다. 갑자기 사람들 무리 속에 있는 자신을 보니 흥미롭고 또 약간 무서웠다. 어슐라는 결혼한 지 육 개월도 안 됐지만 사람들 속에 있는 게 어떤 건지 벌써 잊어버렸다.

이 학교에 처음 와본 어슐라는 흔해빠진 빨간 벽돌과 밋밋한 다년초 화단에 놀랐다. 토드네의 남자 가족들이 다녔던 옛 학교와는 사뭇 달랐다. 테디와 지미가 모리스의 뒤를 이어 휴의 옛 학교를 다녔다. 멋진 부드러운 회색 석조 건물은 옥스퍼드 대학만큼이나 아름다웠다. ("안에는 미개인들이 있지." 테디의 말에 따르면 그랬다.) 학교 구내는 특히 아름다웠고, 실비조차 화단의 풍성한 꽃들을 칭찬했다.

"아주 낭만적인 원예야." 실비가 말했다.

데릭의 학교에는 그런 낭만은 없고 운동장만 도드라졌다. 어쨌든 데릭에 따르면 블랙우드 남학생들은 특별히 학구적이지 않았고 번갈아가며 럭비와 크리켓에 열중했다. 건전한 신체에 더 건전한 정신. 데릭은 건전한 정신을 가졌을까?

데릭에게 여동생과 아버지에 관해 묻기에는 이미 늦어버렸다. 크라카타우 화산섬이 폭발하고 말 거라고 어슐라는 생각했다. 왜 그런 거짓말을 꾸며냈을까? 닥터 켈렛이라면 알 텐데.

운동장 한쪽 끝에는 학부형과 직원을 위한 다과가 탁자에 차려져 있었다. 차와 샌드위치, 손가락 크기로 잘라놓은 마른 던디 케이크아몬드로 장식한 과일 케이크 등. 어슐라는 데릭을 찾으며 찻주전자 주변에서 서성거렸다. 데릭은 행사 진행을 도와야 하니까 대화를 많이 나눌 수 없을 거라고 했다. 마침내 운동장 저쪽 끝에서 발견한 데릭은 커다란 후프를 한 아름 열심히 옮기고 있었다. 어슐라로서는 무엇에 쓰는 후프인지 전혀 알 수 없었다.

탁자 주변으로 모여든 사람들은 다들 서로 아는 것 같았다. 특히 교사 아내들은. 블랙우드에는 데릭이 말한 것보다 훨씬 많은 행사가 있었던 게 틀림없었다.

박쥐 같은 가운을 입은 선배 교사 두 명이 탁자에 자리를 잡았고, 어슐라 귀에 '올리펀트'라는 이름이 들렸다. 어슐라는 최대한 눈에 띄지 않게 그들 쪽으로 조금씩 다가갔다. 접시에 담긴 샌드위치의 게살 페이스트를 열심히 먹는 척하면서.

"올리펀트가 다시 문제를 일으켰다던데."

"정말?"

"학생을 때렸다나 봐."

"학생을 때리는 게 뭐가 잘못이야. 난 늘 때리는데."

"이번에는 상황이 안 좋은 게 분명해. 학부모들이 경찰에 신고하겠다고 협박한다더군."

"그 양반은 학급을 전혀 통제하질 못해. 골치 아픈 선생이야."

두 남자는 이제 접시에 케이크를 수북이 담더니 이리저리 움직였고, 어슐라는 이들의 꽁무니를 따라다녔다.

"빚으로 옴짝달싹 못하게 됐대."

"책을 쓰면 돈 좀 벌겠지."

두 사람은 굉장한 농담이라도 한 듯 실컷 웃어댔다.

"부인도 오늘 여기 온대."

"그래? 조심하는 게 좋겠어. 아주 불안정한 여자라고 들었거든."

이 말 역시 굉장한 농담인 모양이었다. 허들 경기의 시작을 알리는 갑작스러운 총소리에 어슐라는 깜짝 놀랐다. 어슐라는 두 교사가 느긋하게 걷도록 내버려두었다. 엿듣고 싶은 마음이 싹 달아났다.

그때 자신을 향해 성큼성큼 걸어오는 데릭이 보였다. 이번에는 후프 대신 거추장스러운 창을 잔뜩 들고 있었다. 데릭이 학생 두 명에게 도와달라고 외치자 학생들은 고분고분하게 뛰어왔다. 그중 한 학생이 어슐라 앞을 지나치면서 낮은 소리로 키득거리며 말했다.

"네, 네, 엘리펀트 씨. 갑니다요, 엘리펀트 씨."

데릭은 크게 쨍그랑 소리가 나게 창을 잔디밭 위로 던지며 두 학생에게 말했다. "이걸 운동장 끝으로 옮겨. 자, 어서." 그러고는 어슐라에게 다가와 뺨에 가볍게 입을 맞추며 말했다. "왔어, 여보."

어슐라는 터져나오는 웃음을 참을 수가 없었다. 몇 주 동안 데릭이 한 말 중에 가장 다정했고 어슐라를 위해서가 아니라 근처에 있던 두 교사의 부인들을 인식해서 한 행동이었다.

"뭐 재미있는 일이라도 있어?"

데릭은 약간 거북할 정도로 어슐라의 얼굴을 한참 살폈다. 데릭의 속이 부글부글 끓고 있음이 분명했다. 어슐라는 대답으로 고개를 저었다. 어슐라는 자신이 큰 소리를 지를까 봐 걱정했고, 이번에는 자신의 화산이 폭발 준비를 하며 부글부글 끓어오르는 게 느껴졌다. 히스테리 상태인 것 같았다. '불안정한.'

"난 상급반 학생들의 높이뛰기를 준비해야 해." 데릭은 어슐라에게 인상을 찌푸리며 말했다. "곧 보자고."

여전히 인상을 찌푸린 채 자리를 떴고, 어슐라는 다시 웃기 시작했다.

"올리펀트 부인? 올리펀트 부인 맞죠?"

두 교사의 부인들이 어슐라를 물고 늘어졌다. 상처 입은 먹잇감을 감지한 암사자들처럼.

데릭은 저녁 수업이 있어서 어슐라 혼자 집으로 왔다. 저녁은 학교에서 먹을 거라고 데릭이 말했다. 구운 청어와 차가운 감자로 대충 저녁을 때우고 나자 어슐라는 갑자기 좋은 레드와인 생각이 났다. 한 병을 다 마시고 또 한 병을 따서 죽을 만큼 취할 때까지 마셨다. 청어 뼈를 쓰레기통에 버렸다. '이제사 나는 나의 숨결 거두기에, 고통 없이 한밤중에'.존 키츠의 시 〈나이팅게일에게 부치는 송시〉 중에서 어떤 것이든 이 터무니없는 인생보다는 나았다.

데릭은 학생과 직원들에게 농담거리였다. '엘리펀트 씨.' 제멋대로 구는 저학년 학생들이 데릭을 펄펄 뛰게 하는 모습이 그려졌다. 그리고 그의 책, 데릭의 책은 어떻게 되었을까?

어슐라는 데릭의 '연구'에 별로 신경 쓰지 않았다. 플랜태저넷왕조나 튜더왕조에 관심을 가진 적이 없었다. 식당을(어슐라는 여전히 식당으로 여기고 싶었다.) 청소하고 닦을 때 데릭의 책이나 서류를 절대 옮기지 말라는 엄격한 지시가 있었지만 어차피 어슐라는 학술 서적의 진행 상태에는 거의 신경을 끄고 눈길도 주지 않았다.

최근 들어 데릭은 미친 듯이 일에 열중했다. 책상에는 종잇조각과 메모지들이 어지럽게 널려 있었다. 문장과 생각 모두 일관성이 없었다. '앙주 왕가의 문장인 플랜타 제니스타(금작화)가 악마의 결과이자 악마에게로 돌아갈 거라는 원시 신앙은 다소 재미있다.' 실제 원고의 흔적은 거의 없었고, 표지에 블랙우드 학교의 문장과 교훈(A posse ad esse—'가능성을 현실로')이 적힌 연습 공책에는 수정과 재수정, 매번 약간의 수정을 거쳐 반복적으로 쓰인 동일한 단락들, 끝없는 연습 글들

뿐이었다. 원고를 타이핑해주겠다는 어슐라의 제안을 거절한 데는 다 이유가 있었다. 그녀는 자신이 커소번 조지 엘리엇의 《미들마치》에 나오는 무능한 학자과 결혼한 것을 비로소 깨달았다.

데릭의 인생 전체가 날조였다. 어슐라에게 건넨 첫마디에서부터(오, 세상에. 가엾어라. 내가 도와줄게요.) 그는 진짜가 아니었다. 어슐라에게서 무엇을 원했을까? 자신보다 약한 누군가를? 아니면 아내, 자신의 아이들의 어머니, 가정을 꾸려줄 사람, 근본적인 혼돈 없이 '일상생활'을 빛내줄 사람을? 어슐라가 데릭과 결혼한 것은 그 혼돈에서 벗어나기 위해서였다. 데릭도 똑같은 이유에서 자신과 결혼했다는 걸 어슐라는 이제야 이해했다. 두 사람은 누군가를 무엇인가에서 벗어나게 해줄 수 있는 지구상에 마지막으로 남은 사람이었다.

어슐라는 찬장 서랍을 뒤져 편지 다발을 찾아냈다. 맨 위에 놓인 '윌리엄 콜린스 앤 선스'라는 회사 이름이 찍힌 편지에서는 책 출간에 관한 데릭의 아이디어를 '유감스럽지만' 거절한다고 적혀 있었다. '이미 역사 교과서 분야에는 지원자가 넘친다'는 게 이유였다. 다른 교육 출판사에서 보내온 유사한 편지들이 있었고, 더 최악인 건 부도어음과 위협적인 최후 독촉장도 있었다. 이 집을 구입하면서 빌린 대출금을 즉각 갚으라고 요구하는 특별히 가혹한 편지도 있었다. 이런 종류의 고약한 편지는 어슐라가 비서학교에 다닐 때 받아쓰기로 타이핑을 했었다. '친애하는 고객님, 이 통지문은……'

현관문이 열리는 소리가 들리자 어슐라의 심장이 뛰었다. 데릭이 식당 문가에 모습을 드러냈다. 고딕소설에 등장하는 불청객처럼.

"여기서 뭐하는 거야?"

어슐라는 윌리엄 콜린스에서 온 편지를 집어들며 말했다.

"당신은 거짓말쟁이예요, 아주 철저하게. 왜 나와 결혼했죠? 왜 우리 둘 다 이렇게 불행하게 만들었죠?"

데릭의 얼굴에 나타난 표정. 그 표정. 어슐라는 그에게 자기를 죽여달라고 애원했다. 그러나 스스로 목숨을 끊는 것이 훨씬 더 쉬운 방법이었을 것이다. 어슐라는 이제 상관하지 않았고, 싸울 마음도 없었다.

구타를 예상하긴 했지만 어슐라의 얼굴을 날려버리기라도 할 것처럼 주먹으로 세게 내려치자 어슐라는 놀라고 말았다.

어슐라는 부엌 바닥에서 잠이 들었다. 아니, 의식을 잃었는지도 모르겠다. 여섯 시도 안 된 시각에 잠을 깼다. 속이 메스껍고 어지럽고 구석구석 쑤시고 아픈 데다 온몸이 납덩이처럼 무거웠다. 물 한 잔이 간절했지만 데릭을 깨울까 봐 무서워서 수도꼭지를 틀 엄두도 내지 못했다. 처음에는 의자, 다음에는 식탁을 짚어가며 간신히 몸을 일으켰다. 어슐라는 신발을 찾아들고, 살금살금 복도를 걸어서 벽에 걸린 코트와 헤어 스카프를 집어들었다. 데릭의 재킷 호주머니에서 10실링짜리 지폐를 한 장 꺼냈다. 기차표와 택시비를 하고도 남을 만큼 충분한 액수였다. 힘겨운 여행을 생각만 해도 어슐라는 지쳤다. 해로 앤 윌스턴 역까지 걸어서 갈 수 있을지도 자신 없었다.

어슐라는 현관 거울을 애써 외면하며 코트를 입고 헤어 스카프를 이마까지 당겨 썼다. 얼마나 끔찍한 모습일까. 현관문을 닫는 소리에 데릭이 깰까 봐 살짝 열어두고 나왔다. 문을 쾅 닫고 나온 입센의 노라가 떠올랐다. 노라도 데릭 올리펀트한테서 도망치는 중이었다면 극적인 행동은 하지 않았을 것이다.

이렇게 오래 걷기는 살면서 처음이었다. 심장이 어찌나 빨리 뛰던지 이러다가 멎어버리는 건 아닌지 걱정이 되었다. 가는 내내 뒤쫓아오는 데릭의 발소리와 어슐라의 이름을 외쳐 부르는 소리가 들릴 것만 같았다. 어슐라는 이가 부러지고 피범벅이 된 입으로 매표소에서 '유스턴'이라고 웅얼거렸다. 매표소 직원이 눈길을 주었다가 어슐라의 상태를 보고는 얼른 고개를 돌렸다. 권투 글러브 없이 시합하다 온 듯한 여성 승객을 처음 대해본 모양이었다.

여성 대기실에서 고통스러운 십 분을 더 기다린 뒤 첫 기차를 탔다. 그래도 물을 마시고 얼굴에 말라붙은 피도 좀 닦아낼 수 있었다.

객차에서는 고개를 숙이고 한 손으로 얼굴을 가린 채 앉아 있었다. 양복과 중산모를 쓴 남자들이 어슐라를 못 본 척 외면했다. 열차가 출발하길 기다리는 동안 위험을 무릅쓰고 승강장을 흘깃 쳐다보았지만 아직은 데릭의 흔적이 보이지 않아 몹시 안도했다. 운이 좋다면 데릭은 아직 어슐라가 없어진 것도 모르고 침실 바닥에서 팔굽혀펴기를 하면서 어슐라가 아래층 부엌에서 아침을 준비하는 줄 알 것이다. 금요일은 훈제청어를 먹는 날이다. 훈제청어는 신문에 싸여 아직도 식품 저장실 선반에 놓여 있었다. 데릭은 화가 나 펄펄 뛰겠지.

유스턴 역에 도착해 기차에서 내린 어슐라는 다리가 당장이라도 부러질 것 같았다. 사람들이 어슐라를 피해 갔다. 어슐라는 택시 운전사가 승차를 거부할까 봐 걱정했지만 돈을 보여주자 태워주었다. 택시는 밤새 비에 젖은 런던을 조용히 달렸다. 이제 석조 건물들이 첫 아침 햇살을 받아 반짝거렸고 흐릿한 새벽하늘은 분홍과 푸른빛을 띤 오팔색이었다. 어슐라는 자신이 런던을 얼마나 좋아했는지 잊고 있었다. 어슐라는 살기로 결심했고 이제는 정말 간절히 살고 싶어졌다.

목적지에 닿자 택시 운전사는 어슐라가 내리는 걸 도와주었다.

"이 집이 확실히 맞는 거죠, 아가씨?"

운전사는 멜버리 로드의 커다란 빨간 벽돌집을 미심쩍은 눈으로 쳐다보며 말했다. 어슐라는 고개를 끄덕였다. 말없이.

이곳으로 올 수밖에 없었다.

어슐라가 초인종을 누르자 현관문이 열렸다. 어슐라의 얼굴을 본 이지는 깜짝 놀라 손으로 입을 막았다.

"오, 세상에. 도대체 무슨 일이야?"

"남편이 날 죽이려 했어요."

"어서 들어와." 이지가 말했다.

멍 자국은 아주 느리게 사라졌다.

"전쟁의 상처야." 이지가 말했다.

치아는 이지의 치과 의사한테서 치료받았고, 오른팔은 한동안 팔걸이 붕대를 하고 다녀야 했다. 코가 깨졌고, 광대뼈와 턱에도 금이 갔다. 어슐라는 이제 '온전'하지 않았고 흠이 생겼다. 그러면서도 깨끗하게 벌 받은 기분이 들기도 했다. 과거는 이제 현재에 무거운 짐이 되지 못했다. 어슐라는 여름 동안 '데릭과 하일랜드로 여행'을 떠난다고 폭스 코너에 편지를 보냈다. 어슐라는 데릭이 폭스 코너에는 연락하지 않을 거라고 장담했다. 어딘가에서 상처를 핥고 있을 것이다. 아마 바넷에서. 다행히 그는 이지가 사는 곳을 모른다.

이지는 놀라우리만큼 동정적이었다.

"있고 싶은 만큼 있어." 이지가 말했다. "우리 집에서 혼자 뒹굴뒹굴하다 보면 기분 전환이 될 거야. 네가 함께 지내도 될 만큼 돈은 충분하니까. 서두르지 마. 급할 거 없어. 넌 이제 겨우 스물세 살이야. 다행히."

어슐라에게는 어느 것이 더 놀라웠을까. 이지의 진심 어린 환대, 아니면 이지가 어슐라의 나이를 안다는 사실이? 이지 역시 벨그레이비어로 인해 변화했는지도 모른다.

어느 저녁, 어슐라가 혼자 있는데 테디가 찾아왔다.

"누나 찾기 힘드네." 테디가 어슐라를 격하게 포옹하며 말했다.

어슐라는 기쁨으로 심장이 요동쳤다. 테디는 늘 어딘지 다른 사람보다 더 실제처럼 느껴졌다. 긴 여름휴가를 홀 농장에서 일하며 보내느라 검게 탔고 튼튼했다. 최근에는 농부가 되고 싶다고 선언했다.

"네 교육에 쓴 돈을 모두 회수할 거야."

실비는 이렇게 말하면서도 얼굴에는 미소를 띠었다. 실비가 가장아끼는 자식이 테디였기 때문이다.

"그건 '내' 돈이었던 것 같은데." 휴가 말했다. (휴에게도 가장 아끼는자식이 있을까? "내 생각에는 너야." 패멀라가 말했다.)

"얼굴이 왜 그래?" 테디가 어슐라에게 물었다.

"사고가 좀 있었어. 그때의 내 얼굴을 봤어야 했는데." 어슐라가 웃으며 말했다.

"하일랜드에 간 게 아니네." 테디가 말했다.

"그런 것 같지?"

"그럼 남편과 헤어진 거야?"

"응."

"잘했어."

휴처럼 테디도 말이 길지 않았다.

"근데 방방 뛰는 우리 고모는 어디 있는 거야?" 테디가 물었다.

"밖에서 방방 뛰고 있어. 엠버시 클럽에 갔을걸."

두 사람은 어슐라의 자유를 축하하며 이지의 샴페인을 마셨다.

"엄마 눈에는 누나가 망신스러울 텐데." 테디가 말했다.

"걱정 마. 난 이미 망신스러우니까."

두 사람은 함께 오믈렛과 토마토 샐러드를 만들어 무릎 위에 올려놓고 먹으면서 라디오로 앰브로즈 오케스트라의 연주를 들었다. 식사를 마치자 테디는 담배에 불을 붙였다.

"요즘 아주 어른이 다 됐구나." 어슐라가 웃으며 말했다.

"근육도 있어."

테디는 서커스 괴력사처럼 자신의 이두박근을 자랑했다. 테디는 옥스퍼드 대학에서 영어를 전공했지만 사색 대신 '땅에서 일할 때' 위안을 받는다고 했다. 또 시도 쓴다고 했다. '감정'이 아닌 땅에 관한 시를. 그의 가슴은 낸시의 죽음으로 산산조각이 났고, 한번 깨진 것은 결코 완벽하게 고쳐지지 않는다고 테디가 말했다.

"상당히 제임스다운 철학이지?" 테디가 유감스러운 듯 말했다. (어슐라는 자기 자신을 생각했다.)

상실감에 빠진 테디는 마음속에 상처를 안고 있었다. 어린 낸시 쇼크로스가 살해당했을 때 테디의 심장에 새겨진 상처였다.

"마치 어떤 방으로 들어가면서 인생이 끝났는데 그래도 계속 살아 있는 기분이야." 테디가 어슐라에게 말했다.

"알 것 같아. 알아." 어슐라가 말했다.

어슐라는 테디의 어깨에 머리를 기댄 채 졸았다. 여전히 몹시 피곤했다. ("잠이 최고의 약이야." 매일 아침 쟁반에 식사를 들고 오며 이지가 말했다.)

마침내 테디가 한숨과 함께 기지개를 켜면서 말했다.

"난 다시 폭스 코너로 돌아가야 해. 어떻게 이야기할까? 누나를 만났다고 해? 아니면 누난 아직 브리가둔에 있는 거야?" 테디는 접시들을 부엌으로 옮기며 말했다. "누나가 대답을 생각하는 동안 내가 설거지할게."

현관 초인종이 울리자 어슐라는 이지라고 생각했다. 어슐라가 멜버리 로드에 머물자 이지는 현관 열쇠를 놓고 다니기 일쑤였다.

"네가 늘 집에 있잖아, 아가."

새벽 세 시에 문을 열어주러 어슐라가 침대에서 기어나오면 이지는 이렇게 말했다.

이지가 아니었다. 데릭이었다. 어슐라는 너무 놀라서 말도 나오지 않았다. 어슐라가 얼마나 단호하게 데릭을 떠나왔던지 이제 데릭이란 사람 자체가 없는 듯 여겨졌다. 데릭은 홀랜드 파크가 아니라 상상 속, 어딘가 어둠에 속한 사람이었다.

데릭은 어슐라의 팔을 등 뒤로 틀어쥐고 복도를 지나 거실 쪽으로 끌고 갔다. 데릭은 커피 탁자를 쳐다보았다. 오리엔탈 스타일로 조각된 묵직한 목제 탁자였다. 탁자에 아직 놓여 있는 빈 샴페인 잔과 테디의 담배꽁초가 담긴 커다란 오닉스 재떨이를 보자 데릭이 씩씩거렸다.

"누구하고 같이 있었어?" 데릭은 분노로 펄펄 뛰었다. "누구랑 간통했냐고!"

"간통?"

그 단어에 깜짝 놀란 어슐라가 되물었다. 엄청난 단어였다. 그때 어깨 위에 무심히 행주를 걸친 테디가 거실로 들어왔다.

"이게 다 무슨 일이야? 누나한테서 손 떼시지." 테디가 말했다.

"이놈이야? 런던을 돌아다니면서 당신이 붙어먹은 자식이?" 데릭이 어슐라에게 물었다.

그러고는 대답도 기다리지 않고 어슐라의 머리를 커피 탁자에 내리찍었다. 어슐라는 바닥에 쓰러졌다. 머리 통증은 끔찍했고, 통증은 잦아들지 않고 점점 심해졌다. 마치 계속 옥죄어오는 바이스에 몸이 끼기라도 한 것 같았다. 데릭은 양탄자 위로 담배꽁초들이 쏟아져내리는 것도 아랑곳하지 않고 묵직한 오닉스 재떨이를 성배인 양 높이 쳐들었다. 어슐라는 겁에 질려 잔뜩 웅크렸다. 머리가 제대로 돌아가지 않았다. 그저 수란 사건 때와 비슷하게 돌아가는 상황에 인생이 참으로 어리석다는 생각밖에 들지 않았다. 테디가 데릭에게 뭐라고 소리치자, 데릭은 재떨이로 어슐라의 머리를 깨부수는 대신 테디에게 집어던졌다. 테디가 재떨이에 맞았는지 아닌지 어슐라는 보지 못했다. 데릭이 어슐라의 머리채를 휘어잡아 탁자에 내리찍었기 때문이었다. 어슐라의 눈앞에 번쩍하고 번갯불이 일었지만 통증은 사라지기 시작했다.

어슐라는 꼼짝 없이 양탄자 위로 쓰러졌다. 앞이 거의 보이지 않을 정도로 눈에 출혈이 상당했다. 탁자에 두 번째로 머리를 찍혔을 때 뭔가 무너져내리는 기분이 들었다. 삶에 대한 본능 같은 것이. 어슐라는 양탄자 위에서 자신을 둘러싸고 들리는 어색한 발걸음과 끙끙대는 소리를 통해 데릭과 테디가 싸우고 있음을 알았다. 적어도 테디는 두 발로 서 있었고, 의식을 잃고 쓰러지진 않았다. 하지만 테디가 싸우는 걸 원치 않았다. 테디가 도망치길, 위험에서 벗어나길 바랐다. 자신은 죽어도 상관없었다. 테디만 무사하다면 자신은 정말 죽어도 괜찮았다. 뭐라고 말하려 했지만 목 뒤에서 알아듣지 못할 소리만 나왔다. 어슐라는 몹시 춥고 피곤했다. 벨그레이비어 이후 병원에서 이런 느낌이 들었던 기억이 났다. 당시에는 휴가 있었다. 휴가 어슐라의 손을 꽉 잡은 채 그녀를 이 인생에서 지켜주었다.

앰브로즈 연주는 여전히 라디오에서 흘러나왔다. 샘 브라운이 〈태양이 모자를 썼네〉를 노래했다. 삶과 작별할 때 듣기에는 즐거운 노래였다. 예상치 못하게.

검은 박쥐가 어슐라를 향해 다가왔다. 어슐라는 가고 싶지 않았다. 사방으로 암흑이 서서히 몰려왔다. '평화로운 죽음.' 몹시 추웠다. 오늘 밤에 눈이 내릴 거야, 어슐라가 생각했다. 아직 겨울은 아니지만. 눈은 이미 내리고 있었다. 어슐라 살갗 위로 차가운 눈송이들이 비누처럼 녹아들었다. 어슐라가 테디를 향해 손을 뻗었지만 이번에는 어슐라가 어두운 밤으로 떨어지는 걸 아무도 막아주지 못했다.

1926년 2월 11일

"아야! 왜 때려?" 하위가 소리쳤다.

어슐라가 전혀 숙녀답지 않게 하위의 뺨을 때렸을 때였다. 하위는 자신의 뺨을 문질렀다.

"넌 어린 여자애치곤 라이트 크로스가 대단해." 하위가 거의 감탄하듯 말했다.

하위가 다시 잡으려 했지만 어슐라는 고양이처럼 잽싸게 빠져나갔다. 그 와중에 테디의 공이 섬개야광나무의 움푹 팬 자리에 깊숙이 박혀 있는 걸 발견했다. 정확히 조준한 발차기가 하위의 정강이를 강타하자, 어슐라는 무성한 덤불 속에서 공을 꺼낼 시간이 충분했다.

"그냥 키스만 하려고 했어." 터무니없이 상처 입은 목소리로 하위가 말했다. "널 강간하려거나, 뭐 그런 건 아니었어."

강간. 잔혹한 단어가 차가운 공기 중에 머물렀다. 어슐라는 그 단어에 얼굴을 붉혔는지도 모른다. 아니, 붉혔을 게 틀림없었다. 그러나 그 단어에서 소유감 같은 걸 느꼈다. 이런 일은 하위 같은 남자아이들이 어슐라 같은 여자아이들에게 하는 짓이라는 걸 감지했다. 모든 여자아이들, 특히 열여섯 번째 생일을 지낸 여자아이들은 어둡고 울창한 숲을 지날 때 조심해야 했다. 아니면 이번 경우처럼 폭스 코너 정원 아래쪽에 있는 관목 숲에서도. 하위의 약간 창피해하는 모습에 어슐라의 마음이 누그러졌다.

"하위!" 모리스가 외치는 소리가 들렸다. "우리 먼저 갈게, 친구!"

"어서 가봐." 어슐라가 말했다.

새로운 여성성을 위한 작은 승리였다.

"네 공을 찾았어." 어슐라가 테디에게 말했다.

"신 난다. 고마워. 누나 생일 케이크 좀 더 먹을까?" 테디가 말했다.

1926년 8월

'그는 두 창문 사이 벽을 가득 채운 긴 거울 앞에 서 있었다. 매우 아름답고 매우 젊으며, 너무 크지도 작지도 않고 지빠귀의 푸른기 도는 깃털 같은 머리칼을 지닌 자신의 이미지를 감상하며.' 콜레트의 〈셰리〉 중에서 어슐라는 눈을 뜨고 있기도 힘들었다. 아름답게 더운 날씨였고, 시간은 별다른 할 일도 없이 매일매일 흘러갔다. 책을 읽고 오래 산책하는 것 말고는— 주로 벤저민 콜, 아니면 까무잡잡하고 잘생긴 청년들로 자란 콜네 아들들을 만날지도 모른다는 헛된 희망 속에서.

"이탈리아 사람이라고 해도 통하겠어." 실비가 말했다.

그들이 왜 자신이 아닌 다른 사람으로 통하길 원한단 말인가?

"있잖아." 실비는 사과나무 아래, 따뜻한 잔디 위에 《셰리》를 팽개친 채 졸고 있는 어슐라를 보자 말했다. "요즘처럼 길고 한가한 날은 네 인생에 다시 오지 않을 거야. 올 것 같지? 근데 오지 않아."

"어마어마한 부자가 되면 얘기가 달라지죠. 그럼 하루 종일 빈둥거릴 수 있어요." 어슐라가 말했다.

"그럴지도 모르지." 실비는 최근에 습관이 된 불쾌한 상태를 버리지 못하고 이렇게 말했다. "하지만 언젠가 여름도 끝나게 되어 있어."

실비는 어슐라 옆으로 잔디밭에 주저앉았다. 정원 일 때문에 피부에 생긴 반점이 많았다. 실비는 늘 해가 뜰 때 일어났다. 어슐라는 하루 종일 잘 수 있다면 행복했을 것이다. 실비는 한가하게 콜레트의 책을 뒤적이며 말했다.

"넌 프랑스어를 더 공부해야 해."

"파리에서 살 수 있다면요."

"'그건' 아니지." 실비가 말했다.

"내가 학교를 마치면 대학에 진학해야 한다고 생각해요?"

"아니, 얘야. 그래서 뭘 할 건데? 대학에서는 아내와 어머니가 되는 법을 가르쳐주지 않아."

"내가 아내와 어머니가 되는 걸 원치 않는다면요?"

실비는 웃었다.

"날 짜증 나게 하려고 허튼소리를 해대는구나." 실비가 어슐라의 뺨을 어루만졌다. "넌 늘 재미있는 아이였어. 잔디밭에 차가 준비되어 있단다." 실비는 마지못해 몸을 일으키며 덧붙였다. "케이크도. 그리고 유감스럽지만 이지도."

"얘야." 잔디를 가로질러오는 어슐라를 보자 이지가 말했다. "지난번에 본 이후로 정말 많이 컸구나. 이제는 여자가 다 됐네, 게다가 이렇게 예쁘기까지!"

"아직 다 자란 건 아니야. 어슐라의 미래를 의논하던 중이었어." 실비가 말했다.

"우리가 그랬나요? 난 또 내 프랑스어에 대해 얘기한 줄 알았지. 난 교육을 더 받아야 해요." 어슐라가 이지에게 말했다.

"참 진지하구나. 열여섯 살이 됐으면 어울리지 않는 남자와 사랑에 빠져 정신을 못 차려야 하는 거야."

그래요, 어슐라가 생각했다. 난 벤저민 콜과 사랑에 빠졌어요. 어슐라는 그가 부적합한 상대라고 생각했다. ("유대인이라고?" 어슐라는 실비가 이렇게 말하는 모습을 상상했다. 아니면 가톨릭 신자나, 아니면 광부〔아니면 외국인〕, 상점 조수, 사무원, 마부, 전차 운전사, 학교 교사. 어울리지 않는 남자는 수없이 많았다.)

"그랬어요?" 어슐라가 이지에게 물었다.

"뭐가 그래?" 이지는 어리둥절해하며 말했다.

"열여섯 살 때 사랑에 빠졌느냐고요?"

"오, 엄청났지."

"엄마는요?" 어슐라가 실비에게 물었다.

"세상에, 난 아냐." 실비가 말했다.

"하지만 열일곱 살 때는 사랑에 빠진 게 틀림없어." 이지가 실비에게 말했다.

"내가 그랬나?"

"그때 휴 오빠를 만났잖아요, 물론."

"물론이지."

이지는 어슐라 쪽으로 몸을 숙이며 공모자처럼 목소리를 낮췄다.

"난 네 나이 때 눈이 맞아 도망쳤어."

"허튼소리. 고모는 그런 짓 안 했어. 아, 저기 브리짓이 차 쟁반을 들고 오네." 실비가 어슐라에게 말하더니 이지를 향해 다시 덧붙였다. "우리 집에 온 특별한 이유라도 있어? 아니면 그냥 골탕 먹이러 온 거야?"

"근처에 차 타고 가다가 잠시 들르기로 했죠. 언니한테 물어보고 싶은 것도 있고."

"오, 맙소사." 실비는 진저리를 내며 말했다.

"내 생각에," 이지가 말했다.

"오, 맙소사."

"그 말 좀 그만해요, 언니."

어슐라는 차를 따르고 케이크를 잘랐다. 전쟁의 기운이 감지되었다. 이지는 한입 가득 케이크를 먹느라 잠시 말을 잇지 못했다. 글로버 부인이 만든 푹신한 스펀지케이크는 아니었다.

"말한 대로," 이지는 힘겹게 삼켰다. "내 생각에…… 아무 말 말아요, 언니.《아우구스투스의 모험》은 여전히 '대성공'이에요. 난 육 개월마다 한 권씩 책을 쓰고 있어요. 아주 대단한 일이죠. 난 홀랜드 파크에 집도 있고 돈도 있지만 물론 남편은 없어요. 아이도 없고."

"그래? 확실해?" 실비가 말했다.

이지는 실비의 말을 무시했다.

"내 재산을 함께 나눠 쓸 사람이 없어요. 그래서 생각한 건데, 내가 지미를 입양하면 어떨까요?"

"뭐라고?"

"뭐 저런 여자가 있어." 실비가 씩씩거리며 휴에게 말했다.

여전히 잔디밭에 있는 이지는 커다란 핸드백에서 꺼낸 미완성 원고를 지미에게 읽어주며 놀고 있었다. 제목이 '해변으로 간 아우구스투스'였다.

"고모는 왜 나를 입양하려 들지 않죠? 어쨌든 아우구스투스는 나잖아요." 테디가 말했다.

"이지 고모한테 입양되고 싶어?" 휴는 어리둥절해서 물었다.

"아니, 아니에요." 테디가 말했다.

"아무도 입양시키지 않을 거야. 가서 이지하고 얘기 좀 해봐요, 여보." 실비가 화가 나서 말했다.

어슐라는 사과를 가지러 부엌에 갔다가 송아지고기 조각을 두드리고 있는 글로버 부인을 발견했다.

"난 이걸 독일놈 머리라고 상상해." 글로버 부인이 말했다.

"정말요?"

"가련한 조지의 폐에 가스를 집어넣어 죽인 놈들 말이야."

"저녁은 뭐예요? 배고파 죽겠어요."

어슐라는 조지 글로버의 폐에 대해서는 거의 관심이 없었다. 그 이야기를 하도 많이 들어서 글로버의 폐는 마치 실비 어머니 폐의 경우처럼, 자신만의 삶이 있는 것처럼 보였다. 폐는 주인보다 개성이 더 많은 기관 같았다.

"송아지고기로 만든 커틀릿 알 라 뤼스야." 글로버 부인은 고기를 홱 뒤집어 다시 두드리며 말했다.

"러시아 사람도 그만큼 나빠요."

어슐라는 글로버 부인이 다른 나라에서 온 사람을 실제로 만난 적이 있는지 궁금했다.

"맨체스터에는 유대인이 많아." 글로버 부인이 말했다.

"만나봤어요?"

"만나봐? 왜 만나야 하지?"

"유대인이라고 다 외국인은 아니에요, 안 그래요? 이웃집 콜 가족도 유대인이에요."

"바보 같은 소리 마. 그 사람들은 너나 나처럼 영국인이야."

글로버 부인은 콜 아들들이 예의 바르다고 좋아했다. 어슐라는 이 말에 논쟁할 가치가 있는지 궁금했다. 어슐라가 사과를 집어들자 글로버 부인은 다시 두드리는 일에 열중했다.

어슐라는 정원의 한적한 구석 벤치에 앉아 사과를 먹었다. 실비가 좋아하는 은둔 장소 중 한 곳이었다. '송아지고기로 만든 커틀릿 알 라 뤼스'라는 단어가 머릿속에 졸린 듯이 맴돌았다. 어슐라는 갑자기 벌떡 일어섰다. 심장이 쿵쾅거렸고, 익숙하지만 오랫동안 잊고 있던 갑작스러운 공포가 몰려왔다. 무슨 이유일까? 평화로운 정원과는 전혀 어울리지 않았다. 어슐라의 얼굴에는 늦은 오후의 온기가 남아 있었고, 햇살 가득한 길에는 고양이 해티가 느긋하게 온몸을 핥고 있었다.

끔찍한 비운의 전조도 없었다. 괜찮지 않다고 말해주는 건 아무것도 없었지만 어슐라는 덤불 속으로 사과 심을 내던지더니 악마한테 쫓기기라도 하듯 정원에서 도망쳐나와 대문을 지나 길에 들어섰다. 볼일을 보던 해티가 흔들리는 문을 무시하듯 쳐다보았다.

열차 사고일지도 모른다. 〈철도 위의 아이들〉에 나오는 여자아이들처럼 기관사에게 알리기 위해 어슐라도 페티코트를 잡아 뜯어야 할지 모른다. 하지만 아니었다. 역에 도착해보니 런던행 다섯 시 삼십 분 기차가 프레드 스미스와 기관사의 안전한 관리하에 승강장을 따라 조용히 들어오고 있었다.

"토드 양?" 프레드 스미스는 철도원 모자의 챙을 젖히며 말했다. "괜찮아요? 불안해 보이는데."

"괜찮아요, 프레드. 물어봐줘서 고마워요."

극도로 두려운 상태였을 뿐, 애태울 일은 없었다. 프레드 스미스는 한 번이라도 극도로 두려운 순간을 겪어본 사람처럼은 보이지 않았다.

어슐라는 여전히 실체를 알 수 없는 두려움에 휩싸인 채 길가를 따라 집으로 왔다. 절반 정도 왔을 때 낸시 쇼크로스가 보여 말을 걸었다.

"안녕, 어디 가는 거야?"

그러자 낸시가 말했다.

"내 자연책에 쓸 만한 게 좀 있나 찾아보려고. 오크 나뭇잎과 조그마한 아기 도토리를 주웠어."

어슐라는 몸에서 공포가 빠져나가기 시작하자 이렇게 말했다.

"그럼 내가 집까지 같이 가줄게."

이들이 낙농 목장에 이르렀을 때, 어떤 남자가 빗장이 다섯 개 달린 문 위를 기어오르더니 카우 파슬리 작은 흰꽃이 많이 피는 유럽산 야생화 사이로 힘차게 내려섰다. 남자는 어슐라 쪽으로 모자를 젖혀 보이며 중얼거렸다.

"안녕, 아가씨."

그러더니 역 방향으로 계속 걸음을 옮겼다. 남자는 다리를 절었고 그 때문에 찰리 채플린처럼 걸음걸이가 좀 우스꽝스러워 보였다. 또 다른 참전 용사인가 보네, 어슐라는 생각했다.

"저 사람 누구야?" 낸시가 물었다.

"나도 몰라. 오, 저기 봐. 길 위에 죽은 왕반날개가 있어. 저런 건 안 필요하니?"

내일은 아름다운 날

1939년 9월 2일

"모리스 말로는 몇 달 후면 끝날 거래."

패멀라는 임신으로 불룩해진 배 위에 접시를 올려놓았다. 딸이길 바랐다.

"딸을 얻을 때까지 계속 낳을 생각이지?" 어슐라가 말했다.

"이 세상 끝날 때까지." 패멀라가 유쾌하게 맞장구쳤다. "우리를 초대했다니, 정말 놀랄 일인데. 서리^{영국 남부에 있는} 카운티에서 일요일 점심이라, 완벽해. 약간 이상한 그 집 아이들, 필립과 헤이즐……"

"난 두 번밖에 못 본 것 같아."

"그보다는 더 많이 봤을 거야. 네가 몰라봐서 그렇지. 모리스 말로는 우리를 초대한 건 '사촌들끼리 더 잘 알고 지내도록' 하기 위해서래. 근데 남자아이들은 서로 전혀 안 좋아해. 필립과 헤이즐은 '노는' 법도 몰라. 그 아이들 엄마는 로스트비프와 애플파이 때문에 죽을 지경이래. 에드위나는 모리스 때문에도 죽을 지경이지. 순교는 에드위나에게 잘 어울려. 영국국교회 신자인 것만 봐도 아주 '열렬한' 기독교인이니까."

"나라면 모리스와 결혼하지 않았을 거야. 에드위나가 어떻게 참고 지내는지 모르겠어."

"모리스에게 감사해할걸. 서리를 안겨주었잖아. 테니스 코트, 내각의 친구들, 무수한 로스트비프. 접대가 상당히 많대. 유명한 사람과 좋은 사람들로부터. 그런 것 때문에 고생을 감수하는 여자들도 있어. 모리스도 그럴걸."

"모리스는 에드위나의 기독교적 인내심을 시험해보는 장일걸."

"헤럴드의 신념을 시험해보는 장이기도 하지. 헤럴드는 복지 문제를 두고 모리스와 싸웠잖아. 에드위나와는 운명예정설로 싸우고."

"에드위나가 그걸 믿는데? 영국국교회 교도가?"

"맞아. 에드위나는 논리성이 없기는 해. 상당히 어리숙하지. 그래서 모리스가 결혼했을걸. 근데 모리스는 왜 전쟁이 몇 달 후면 끝날 거라고 했을까? 그냥 부서의 허풍인가? 모리스 말을 다 믿어야 해? 걔가 하는 말은 뭐든 다?"

"음, 일반적으로 말하면, 아니지. 하지만 모리스는 내무성의 주요 간부야. 그러니까 뭔가 아는 게 있을 거야. 이번 주부터는 새 부서인 보안처로 옮기지만."

"너도?" 패멀라가 물었다.

"응, 나도. 공습경보 부서는 이제 부처로 격상했어. 다들 규모 성장에 적응하는 중이야."

어슐라는 열여덟 살에 학교를 졸업했지만 파리에 가지 않았고, 일부 교사들의 간곡한 권고에도 불구하고 옥스퍼드나 케임브리지 대학에 가서 죽은 언어든, 살아 있는 언어든 언어학으로 학위를 받지도 않았다. 대신 하이위컴의 작은 비서양성대학에 주저앉았다. 어슐라는 다시 학교에 갇혀 지내기보다는 '열심히' 해내서 자신의 독립을 얻길 갈망했기 때문이었다.

"'시간은 날개 달린 전차'라잖아요." 어슐라가 부모에게 말했다.

"누구나 '열심히' 해야지. 이런 식으로든 저런 식으로든. 하지만 결국 우린 똑같은 곳에 이르게 돼. 어떻게 도달하는지는 중요하지 않다고 봐." 실비가 말했다.

어슐라에게는 '어떻게' 도달하는지가 가장 중요한 문제 같았지만 요즘 우울에 빠진 실비와 논쟁해서 얻을 건 아무것도 없었다.

"흥미로운 직업을 얻을 수 있어요." 어슐라는 부모의 반대를 무시하며 말했다. "신문사 사무실이나 출판사에서 일하면서 말이에요."

어슐라는 보헤미안 분위기를 상상했다. 트위드 재킷과 넥타이용 스카프를 맨 남자들과 세련된 태도로 담배를 피우는 여자들을.

"어쨌든 너한텐 잘됐어." 이지가 어슐라에게 말했다.

이지는 도체스터에서 약간 사치스러운 애프터눈티 파티에 어슐라와 패멀라를 초대했다. ("이지 고모가 틀림없이 원하는 게 있어." 패멀라가 말했다.)

"누가 따분한 블루스타킹청탑파. 18세기 영국에서 문학에 취미를 둔 여성을 조롱하던 말로, 후에 지식층 여성을 가리키는 말로 쓰임이 되고 싶겠어?" 이지가 물었다.

"저요." 패멀라가 말했다.

알고 보니 이지에게 속셈이 있었다. 아우구스투스가 큰 성공을 거두자 이지의 출판사는 여자아이들을 위해 '유사한 책'을 써달라고 요청했다.

"하지만 '버릇없는' 여자아이를 주인공으로 하면 안 돼. 그런 책은 잘 팔리지 않을 게 분명해. 출판사에서 원하는 건 열혈적인 하키 주장 같은 캐릭터야. 장난과 싸움도 잘하지만 위협적이지 않고 늘 의무를 다하는 여자." 이지는 패멀라 쪽으로 몸을 돌리며 다정하게 말했다. "그래서 모델로 널 생각했단다."

대학은 카버라는 사람이 운영했는데, 이 사람은 피트먼속기법을 개발한 영국의 교육자과 에스페란토의 대단한 신봉자로 자신의 '여학생들'에게 키보드를 보지 않고 타이프 연습을 시키기 위해 눈가리개를 씌웠다.

학생들의 연습을 감독하는 것 이상의 뭔가가 있다고 의심한 어슐라가 주동해서 카버 씨의 '여학생들'의 저항을 이끌어냈다.

"넌 대단한 반란자야." 학생들 중 한 명―모니카―이 감탄하며 말했다.

"음, 별로 그렇지 않아. 그냥 분별이 있는 거지." 어슐라가 말했다.

그랬다. 어슐라는 분별 있는 사람이 되었다.

비서양성대학을 다니면서 어슐라는 타이프와 속기에 놀랄 만한 소질을 보였다. 내무성의 취업 면접에서 어슐라를 다시 만날 일 없는 면접관들은 서류 캐비닛 서랍을 여닫고, 누런 서류철의 바닷속에서 끝도 없는 검색을 수행하는 일에도 고전에 뛰어난 어슐라의 실력이 도움이 될 거라고 믿었다. 일은 어슐라가 기대했던 것처럼 아주 '흥미로운 직업'은 아니었지만 계속 관심은 끌었고, 그 후 십 년 동안 다른 여자들처럼 속박 속에서 느리게 승진했다. ("언젠가 여자 수상이 나올 거야." 패멀라가 말했다. "우리 시대에 나올지도 모르지.") 이제 어슐라에게는 서류철을 정리해주는 후배 직원이 생겼다. 어슐라는 이 정도도 발전이라고 여겼다. 어슐라는 1936년부터 공습경보 부서에서 일해왔다.

"그럼 소문을 못 들은 거야?" 패멀라가 물었다.

"난 하급 직원이야. 소문 말고는 듣는 게 없어."

"모리스는 자신이 하는 일을 밝힐 수 없대. '신성한 벽' 안에서 무슨 일이 일어나는지 말할 수 없다나. 모리스는 진짜 그런 용어를 썼어. '신성한 벽.' 공직자비밀엄수법에 혈서로 서명하고 영혼을 걸고 맹세라도 했나 봐." 패멀라가 툴툴거렸다.

"아, 그건 다 하는 거야. '드 리괴르'(관습상 필요한), 언니는 몰라. 개인적으로 보면 모리스가 다 '감안'하고 다니는 것 같던데." 어슐라는 케이크를 먹으며 덧붙였다. "그런 자신을 아주 만족스러워해. 모리스는 전쟁을 좋아하게 될 거야. 권력은 많고 개인적인 위험은 없으니."

"감안할 게 아주 많구나."

둘 다 웃었다. 곧 끔찍한 전쟁이 터지기 직전의 사람들치고는 너무 즐거워하는 게 아닌가 싶은 생각이 어슐라에게 퍼뜩 스쳐갔다. 두 사람은 핀칠리의 패멀라 집 정원에 있었다. 토요일 오후, 대나무 탁자에 차려놓은 차와 케이크를 먹었다. 잘게 자른 초콜릿 조각들과 아몬드로 얼룩덜룩한 케이크는 글로버 부인의 오랜 요리법으로, 전수받은 레시피를 적어둔 종이에는 기름투성이 지문이 뒤덮여 있었다. 종이는 더러운 창유리처럼 군데군데 뒤가 비칠 정도였다.

"많이 먹어둬. 이제 케이크 먹기 어려울 거야." 패멀라가 말했다.

패멀라는 배터시에서 구조한 볼품없는 잡종견인 하이디에게 케이크 한 조각을 먹였다.

"사람들이 애완동물을 안락사시키는 거 알아? 수천 마리를?" 패멀라가 말했다.

"끔찍한 일이야."

"마치 애완동물은 '가족'이 아닌 것처럼 말이야." 패멀라는 하이디의 머리를 쓰다듬으며 덧붙였다. "하이디는 우리 아들보다 훨씬 착해. 행실도 더 낫고."

"언니네 피난민들은 어때?"

"지저분하지."

패멀라는 자신의 처지에도 불구하고 시어머니인 올리브가 패멀라의 아이들을 돌보는 동안 일링 브로드웨이에서 피난민 관리로 오전 시간의 대부분을 보냈다.

"전쟁에는 모리스 같은 사람보다는 언니가 더 큰 도움이 될 거야. 내

게 능력만 있다면 언니를 수상으로 만들어줄 텐데. 체임벌린영국 정치가
보다는 언니가 훨씬 더 일을 잘할 거야." 어슐라가 말했다.

"음, 그건 사실이지." 패멀라는 접시를 내려놓더니 분홍색 레이스 뜨
개질감을 집어들며 말했다. "또 아들이면 딸인 척하며 키울 거야."

"떠날 생각은 없어? 아이들을 런던에서 키울 생각은 아니지? 폭스
코너로 가서 지내. 독일군이 귀찮아서 조용한 촌구석까지는 폭격할 것
같지 않은데."

"그래서 엄마하고 지내라고? 맙소사, 싫어. 내게 대학 친구가 있는
데 자넷이라고 목사 딸이야. 그게 중요한 건 아니지만. 그 친구에게 할
머니 소유의 별장이 저 위쪽 요크셔에 있어. 허턴-르-홀이라고 지도
에 점으로 표시되는 곳이야. 그 친구가 두 아들을 데리고 거기 가 있을
건데 나더러 오래. 세 아이를 데리고."

패멀라는 나이절, 앤드루, 크리스토퍼를 연달아 낳았다. 열정적으
로 어머니의 삶에 빠져든 것이다.

"하이디도 좋아할 거야. 아주 외진 곳인가 봐. 전기도, 수도도 없대.
남자아이들한테는 훌륭하지. 야만인들처럼 뛰어다닐 수 있으니까. 핀
칠리에서는 야만인이 되기 어렵거든."

"야만인처럼 사는 사람도 있을걸." 어슐라가 말했다.

"'그 남자'는 어때? 해군성 남자 말이야." 패멀라가 물었다.

"그 사람 이름 불러도 돼. 풀들은 귀가 없어서 못 들으니까." 어슐라
는 치마에 묻은 케이크 부스러기를 털어내며 말했다.

"요즘에는 조심해야 해. '그 남자'가 뭐라고 안 해?"

어슐라는 크라이턴 ─ '해군성 남자' ─ 과 현재 일 년째 사귀고 있었
다. (뮌헨에서의 만남부터 날짜를 센 것이다.) 두 사람은 부서간 회의에서

처음 만났다. 크라이턴은 어슐라보다 열다섯 살 많았는데, 다소 늠름하면서도 약간 늑대 같은 분위기를 풍겼다. 이런 분위기는 부지런한 아내(모이라)와 모두 사립학교에 보낸 세 딸을 둔 결혼 생활에서도 거의 사라지지 않았다.

"어떤 일이 있어도 난 가족을 떠나지 않을 거야."

두 사람이 크라이턴의 '긴급 피난처'인 단출한 숙소에서 처음 사랑을 나눈 뒤, 그가 어슐라에게 한 말이었다.

"그건 나도 원치 않아요." 어슐라가 말했다.

크라이턴의 의도를 확실히 알게 해준 이 말을 관계를 가진 후가 아니라 그 전에 했더라면 더 좋았을 거라고 어슐라는 생각했다.

'피난처'는(크라이턴이 초대한 여자가 자신이 처음은 아닐 거라고 어슐라는 의심했다.) 크라이턴이 워그레이브로 모이라와 딸들을 만나러 가지 않고 도심지에서 밤을 지낼 때 쓰라고 해군성에서 제공한 아파트였다. 피난처는 크라이턴이 단독으로 쓰는 곳이 아니어서, 이곳이 여의치 않을 때는 아가일 로드에 있는 어슐라의 아파트로 '이동'했다. 두 사람은 어슐라의 싱글 침대나(크라이턴은 해군답게 좁은 공간을 실용적으로 이용할 줄 알았다.) 소파에서 크라이턴의 표현대로 하면 '육체의 쾌락'을 추구하며 기나긴 저녁을 보냈다. 그리고 나면 크라이턴은 '묵묵히' 버크셔로 돌아갔다. 육지에서는 어떤 여행도, 심지어 지하철로 몇 정거장 가는 일도 크라이턴에게는 원정이나 다름없었다. 어슐라가 보기에 크라이턴은 뼛속까지 해군이었고, 런던 인근의 여러 주를 육로가 아닌 소형 보트로 항해한다면 훨씬 행복해했을 것이다. 둘이서 한 번 작은 보트를 타고 몽키 아일랜드의 강둑으로 소풍을 갔다.

"보통 연인들처럼." 크라이턴이 사과하듯 말했다.

"그럼 뭐야? 사랑이 아니라면?" 패멀라가 물었다.

"난 그 사람을 '좋아해.'"

"난 식료품 배달부를 좋아해. 그렇다고 그 남자와 같이 침대를 쓰지는 않아." 패멀라가 말했다.

"장담할 수 있는 건, 그 사람은 내게 배달부보다는 훨씬 중요한 사람이라는 거야."

두 사람은 논쟁하다시피 했다.

"그리고 그 사람은 풋내기 청년이 아냐." 어슐라는 계속 그를 변호했다. "그 사람은 딱 적격이야. 전부, 다…… 안성맞춤이야. 알아?"

"가정에 안성맞춤인 사람이겠지." 패멀라는 이제 약간 짜증을 내며 말하더니 조금 놀란 표정으로 덧붙였다. "근데 그 남자를 보면 심장이 더 빨리 뛰기는 하니?"

"약간 그런 것 같아." 어슐라는 논쟁을 피하며 관대하게 인정했다. 패멀라에게 간통의 변론술이 결코 먹혀들 것 같지 않아서였다. "우리 가족 중에 낭만적인 사람이 언니일 거라고 누가 생각이나 했겠어?"

"오, 아냐, 내 생각에 낭만적인 사람은 테디 같아. 난 그저 우리 사회를 지탱해주는 기본이 있다고 믿고 싶을 뿐이야. 특히 지금은 말이야. 그리고 결혼이 사회의 일부라는 것도."

"기본에는 전혀 낭만적인 게 없어."

"난 널 존경해, 정말이야. 독립적인 여자가 되는 거 말이야. 대중을 따르지 않고. 난 그저 네가 상처받지 않았으면 좋겠어."

"내 말을 믿어. 그건 나도 마찬가지야, 언니. 화해하는 거다?"

"화해하자." 패멀라는 선뜻 받아들이고 웃으며 말했다. "최전방에서 네가 전해주는 야한 보고가 없었다면 내 인생이 얼마나 따분했을까. 내가 네 애정 생활에서 얻는 대리 만족이 얼마나 큰지. 네가 뭐라고 부르든 말이야."

몽키 아일랜드의 소풍에서는 외설스러운 일이 전혀 없었다. 타탄 무늬 담요 위에 얌전하게 앉아 차갑게 식은 치킨을 먹고 미지근한 레드와인을 마셨다.

"진홍빛 히포크린." 존 키츠의 시 〈나이팅게일에게 부치는 송시〉 중에서

어슐라의 말에 크라이턴이 웃으며 대꾸했다.

"내겐 문학처럼 미심쩍게 들리는데. 내 안에는 시상이 없어. 알아 둬."

"알겠어요."

크라이턴에게는 늘 보이는 것 이상의 뭔가가 있는 것 같았다. 어슐라는 사무실에서 누군가 그를 두고 '스핑크스'라고 하는 소리를 우연히 들었다. 실제로 크라이턴에게는 탐험되지 않은 심연과 억눌린 비밀을 암시하는 과묵한 분위기가 있었다. 일부는 어린 시절 상처였고, 또다른 일부는 대단한 강박관념이었다. 완숙한 달걀을 까서 작은 종이에 담긴 소금을 살짝 찍는 모습을 보며 어슐라는 수수께끼 같은 크라이턴이라고 생각했다. 이 도시락을 누가 쌌을까? 크라이턴은 아니겠지, 설마? 모이라도 아니겠지. 그럴까 무섭다.

크라이턴은 두 사람의 은밀한 관계를 점점 후회했다. 다소 지루한 인생에 어슐라가 약간의 흥분을 가져다주었다고 크라이턴은 말했다. 그는 젤리코 제독과 함께 유틀란트반도에 갔었고, '많은 것을 보았으며' 이제는 '관료보다 나을 것도 없다'고 했다. 그는 제대로 쉬지 못했다고 했다.

"날 사랑한다고 선언하든지 아니면 이제 끝내자고 말해요." 어슐라가 말했다.

과일도 있었다— 티슈에 싼 복숭아.

"양쪽에 균형이 잘 잡혔군. 어디로 기울지 막 흔들리는데." 크라이턴

이 유감스러운 미소를 지으며 말했다.

어슐라는 웃었다. 크라이턴에게 어울리는 말이 아니었다.

크라이턴은 모이라에 관한 이야기를 시작했다. 마을에서의 생활과 위원회 일에 대한 모이라의 열성에 관해. 어슐라는 깜빡 졸았고, 해군성 어딘가 깊숙한 부엌에서 마술로 빚어낸 듯한 베이크웰 타트를 찾아낸 사실에 더 관심을 보였다. ("우린 잘 대접받고 있소." 크라이턴이 말했다. 모리스처럼 말이군, 어슐라가 생각했다. 권력이 있는 남자들의 특권이었다. 서류철의 바닷속에서 표류하는 사람들은 손에 넣을 수 없는.)

어슐라보다 나이 많은 여자 동료가 불륜 사실을 눈치챘다면, 특히 어슐라와 바람을 피우는 상대가 해군성의 누구인지 안다면(크라이턴이 약간 선배였다.) 난리가 날 건 뻔했다. 어슐라는 비밀을 잘, 아주 잘 지켰다.

"신중하다는 평판이 자자하던데, 토드 양."

크라이턴은 어슐라를 소개받는 자리에서 이렇게 말했다.

"세상에, 그렇게 말하니 내가 아주 따분한 사람 같잖아요." 어슐라가 말했다.

"오히려 흥미롭죠. 훌륭한 스파이가 될 수 있으니까."

"모리스는 어땠어? 여전해?" 어슐라가 물었다.

"모리스는 '여전히' 아주 잘 있어. 여전히 그대로고 결코 바뀌지 않을 거야."

"서리에서의 일요일 점심 초대도 못 가고."

"다행이라고 생각해."

"사실 모리스를 거의 못 만나. 우리가 같은 부처에서 일한다고 생각하면 안 돼. 모리스는 권력의 공허한 복도를 걷고 있고……"

"신성한 벽이지."

"신성한 벽. 근데 난 벙커에서 종종걸음을 치지."

"그래? 벙커에 있어?"

"음, 벙커가 지상에 있긴 해. 사우스 켄징턴에. 지질 박물관 바로 앞에. 모리스는 아냐. 모리스는 우리 작전실보다 화이트홀_{런던의 관공서가 많}_{이 있는 거리} 사무실을 더 선호하니까."

어슐라는 내무성 일을 처음 지원했을 때 모리스가 한마디 거들며 추천해줄 거라고 기대했다. 그런데 모리스는 친인척 인사를 거세게 비판하며 편애를 의심할 만한 행동을 피했다.

"시저의 아내,_{의혹을 살 행동을 하면 안 되는 사람이란 뜻} 알잖아." 모리스가 말했다.

"이 비유에서 모리스는 시저의 아내가 아니라 시저 자신 아냐?" 패멀라가 말했다.

"오, 상상하게 하지 마. 모리스가 여자라니, 상상만 해도." 어슐라가 웃으며 말했다.

"그래, 하지만 '고대 로마' 여자지. 모리스한테는 그게 더 잘 어울릴걸. 코리올라누스_{고대 로마 전설상의 장군. 셰익스피어 희곡의 주인공이기도 함}의 어머니 이름이 뭐였지?"

"볼룸니아."

"아, 너한테 할 말이 있어. 모리스가 점심에 친구를 초대했어. 옥스퍼드 대학 시절의 몸집이 큰 미국인 친구야. 기억나니?" 패멀라가 말했다.

"기억나!" 어슐라는 그 이름을 떠올리려 애썼다. "오, 제기랄, 이름이 뭐였더라…… 미국식이었는데. 내 열여섯 살 생일에 내게 키스하려 들었어."

"그 자식! 너, 그런 말 한 적 없잖아." 패멀라가 웃으며 말했다.

"기대했던 첫 키스와는 거리가 멀었어. 럭비 태클에 더 가까웠지. 좀 망나니 같은 놈이었어. 내가 그 자식 자존심을 건드렸을 거야. 아니면 자존심보다 더한 걸." 어슐라도 웃으며 말했다.

"하위, 이제야 생각나— 하워드 S. 랜스다운 3세가 정식 이름일 거야." 패멀라가 말했다.

"하위, 까마득히 잊고 있었네. 지금은 뭐한대?"

어슐라는 생각에 잠겼다.

"외교 관련 일을 한다던데. 모리스보다 더 비밀스러워. 대사관에서. 케네디를 신처럼 떠받드나 봐. 하위라면 아돌프를 더 찬양할 것 같긴 한데."

"모리스도 그럴걸. 아돌프가 그렇게 '외국인'이지만 않았어도. '검은 셔츠단' 회의에서 한 번 본 적이 있어."

"모리스를? 말도 안 돼! 첩보 활동을 하고 있었겠지. '정부 공작원'으로 말이야. 근데 '너'는 거기서 뭐했어?"

"오, 알잖아, 첩보 활동. 모리스처럼. 아냐, 정말 그냥 우연이었어."

"입질 한 번에 놀라운 폭로들이 줄줄이 엮여나오는구나. 더 나올 폭로가 있니? 입질 한번 더 해봐?"

"아니, 그게 다야." 어슐라는 웃으며 말했다.

"정말 너무해, 안 그래?" 패멀라가 한숨을 지으며 말했다.

"뭐, 헤럴드 얘기야?"

"가련한 사람, 헤럴드는 여기서 지내야 할 것 같아. 사람들이 전화로 의사를 부르지도 못할 거야, 안 그래? 우리가 폭격당하고 가스중독이 되어야만 의사가 오겠지. 우린 폭격당하고 가스중독이 되겠지? 넌 알고 있지, 그렇지?"

"물론 알지." 어슐라는 날씨 이야기를 나누듯 선뜻 대답했다.

"얼마나 끔찍한 생각이니." 패멀라는 다시 한숨을 짓더니 뜨개질감을 내려놓고 두 팔을 머리 위로 뻗었다. "정말 아름다운 날이야. 이런 평범한 일상을 갖는 게 마지막일 수도 있다는 게 믿기지 않아."

어슐라는 월요일에 연례 휴가를 시작하기로 되어 있었다. 느긋하게 당일 여행을 하며 일주일을 보낼 계획이었다. 이스트본과 헤이스팅스, 아니면 멀리 서쪽으로 윈체스터나 바스까지. 하지만 선전포고를 눈앞에 둔 지금 어디론가 떠난다는 생각은 무리인 것 같았다. 앞으로 닥칠 일을 생각하자 갑자기 무기력해졌다. 어슐라는 오전에 켄징턴 하이 스트리트에서 물건을 비축하는 일로 시간을 보냈다. 손전등에 쓸 배터리, 새 보온 고무물통, 초, 성냥, 검은 종이 한 무더기, 구운 콩 통조림, 감자, 진공포장된 커피. 옷도 구입했다. 8파운드짜리 예쁜 모직 드레스, 6파운드짜리 녹색 벨벳 재킷, 스타킹 그리고 평생 떨어질 것 같지 않은 멋진 갈색 생가죽 신발도 샀다. 작은 검정 제비 무늬가 찍힌 노란 비단 크레이프 티드레스를 사고 싶었지만 꾹 참은 자신이 대견했다.

"내 겨울 코트는 이 년밖에 안 됐어. 전쟁 끝날 때까지는 입겠지, 설마?" 어슐라가 패멀라에게 말했다.

"세상에, 그러길 바라야지."

"모든 게 정말 진저리 나."

"알아." 패멀라는 케이크를 좀 더 자르며 덧붙였다. "아주 비열해. 정말 짜증 나. 전쟁은 미친 짓이야. 케이크 좀 더 먹어, 왜 안 먹어? 아이들이 올리브 집에서 지내는 동안은 괜찮을 거야. 아이들은 메뚜기처럼 여기저기 뛰어다닐걸. 배급이 어떻게 될지 누가 알겠어."

"언니는 시골에서 지낼 거잖아. 뭐든 심으면 돼. 닭도 키우고. 돼지도. 언니는 괜찮을 거야."

어슐라는 패멀라가 떠난다는 생각에 우울했다.

"너도 와."

"난 그냥 있어야 할 것 같아."

"오, 잘됐다. 헤럴드가 왔네."

축축한 신문지에 싼 커다란 달리아 다발을 든 헤럴드가 나타났다. 패멀라는 반쯤 몸을 일으켜 헤럴드를 맞이했고, 헤럴드는 패멀라 뺨에 입을 맞추며 말했다.

"일어나지 마." 헤럴드는 어슐라에게도 입을 맞추더니 패멀라에게 달리아를 선물했다. "화이트채플의 거리 모퉁이에서 어떤 소녀가 이 꽃을 팔고 있더군. 《피그말리온》 버나드 쇼의 희곡이며, 영화 〈마이 페어 레이디〉의 원작. 꽃 파는 아가씨에게 음성학자가 언어와 예의범절을 가르쳐 귀부인으로 변신시키는 내용 주인공 같았어. 할아버지 농장에서 딴 꽃이라고 하더군."

한번은 크라이턴이 어슐라에게 장미꽃을 준 적이 있었지만 장미는 곧 시들고 바랬다. 패멀라의 싱싱한 농장 꽃들이 오히려 부러웠다.

"자, 이제 이동이 가능한 환자들은 다 대피시켰어. 내일은 정말 선전 포고가 있을 거야. 오전에. 이제 온 나라가 교회에서 무릎을 꿇고 구해 달라고 기도할 때가 온 모양이야."

"아, 그렇지. 전쟁은 늘 아주 '기독교도적'이지, 안 그래? 특히 영국 인의 경우에 말이야. 난 독일에 친구가 몇 명 있어." 패멀라가 냉소적 으로 말하더니 어슐라에게 덧붙였다. "좋은 사람들이지."

"알아."

"이제 독일인이 적이야?"

"속상해하지 마, 패미. 근데 집이 왜 이렇게 조용해? 아이들은 다 어 떻게 했어?" 헤럴드가 물었다.

"팔아버렸어. 두 사람 가격에 셋 다." 다시 생기를 얻은 패멀라가 말했다.

"여기서 자고 가, 어슐라. 내일은 혼자 지내면 안 돼. 아주 끔찍한 날이 될 거야. 의사 명령이야." 헤럴드가 친절하게 말했다.

"고마워요. 하지만 난 벌써 계획이 있어요." 어슐라가 말했다.

"잘됐네." 패멀라는 다시 뜨개질감을 집어들며 말했다. "곧 세상이 끝날 것처럼 행동해서는 안 돼."

"정말 곧 끝난다고 해도?" 어슐라가 말했다.

어슐라는 비단 크레이프 티드레스를 사지 않은 걸 이제 와서 후회했다.

1940년 11월

어슐라는 얕은 물웅덩이에 등을 댄 채 누워 있었다. 그 사실도 처음에는 별로 신경 쓰이지 않았다. 지독한 냄새가 더 문제였다. 여러 가지가 뒤섞인 냄새였는데, 좋은 냄새라고는 전혀 없었다. 어슐라는 냄새의 성분을 분석해보려 애썼다. 하나는 가스(가정용) 악취였고, 또 하나는 가장 역겨운 냄새인 하수구 악취여서 어슐라는 입을 틀어막아야 했다. 여기에다 눅눅하고 오래된 회반죽과 벽돌 가루의 혼합물이 더해졌는데 벽지, 옷, 책, 음식물 같은 인간 주거의 흔적들과 시큼하고 생경한 폭약 냄새가 모두 뒤섞여 있었다. 한마디로 영안실 냄새였다.

어슐라는 마치 깊은 우물 바닥에 누워 있는 것 같았다. 안개 같은 흐릿한 먼지 막을 통해 어두운 하늘 한 조각과 깎은 손톱 같은 달이 보였다. 어느 초저녁엔가 창밖을 내다보았을 때 본 기억이 나는 장면이었다. 그때가 아주 오래전 일처럼 여겨졌다.

창문 자체, 아니면 최소한 창문틀은 여전히 그곳에 있었다. 저 위로 멀리, 먼 곳에. 원래 있던 자리는 아니었다. 확실히 그녀의 창문이었다. 어슐라는 산들바람에 펄럭이는, 지금은 누더기처럼 새까맣게 탄 커튼을 알아보았다. 원래는 존 루이스 백화점에서 산 두툼한 자카드 양단으로, 실비의 도움을 받아 고른 거였다. 아가일 로드에 있는 아파트는 가구가 비치되어 있었지만 실비가 커튼과 양탄자가 '너무 조잡하다'고 해서 어슐라는 이사 가면서 새로 구입했다.

당시 밀리는 필리모어 가든스에 있는 자기 집으로 들어오라고 제안했다. 밀리는 여전히 순진한 처녀였고, 줄리엣에서 중간에 아무것도 거치지 않고 바로 간호사로 넘어갈 계획이라고 했다.

"재미있을 거야. 같이 지내면." 밀리가 말했다.

하지만 어슐라는 밀리가 생각하는 재미가 자신이 생각하는 것과 일치하는지 확신할 수 없었다. 밀리의 쾌활함에 어슐라는 따분하고 냉랭해질 때가 종종 있었다. 물총새와 친구 하는 바위종다리라고나 할까. 때로 밀리는 너무 밝아서 약간 탈이었다.

이때는 뮌헨 만남 직후여서 어슐라는 이미 크라이턴과 바람을 피우기 시작했다. 그래서 혼자 사는 게 더 편할 것 같았다. 돌이켜보니 어슐라가 크라이턴의 욕구를 충족시킨 것이 그 반대의 경우보다 훨씬 더 많았다는 걸 깨달았다. 모이라와 딸들이 어슐라의 존재를 능가하는 것처럼.

밀리를 생각해, 어슐라가 스스로에게 말했다. 커튼을 생각해, 꼭 그래야겠다면 크라이턴이라도 생각해. 자신이 현재 처한 곤경만 아니라면 아무거라도. 특히 가스. 마음속에서 가스를 몰아내려 애쓰는 게 특히 중요해 보였다.

커튼과 양탄자를 구입한 뒤 실비와 어슐라는 존 루이스 레스토랑에서 살벌하게 효율적인 여종업원의 서빙을 받으며 애프터눈티를 마셨다.

"난 늘 다른 사람으로 변하지 않아도 되는 게 기뻐." 실비가 소곤거렸다.

"엄마는 늘 자신을 잃지 않았어요."

어슐라는 이 말이 꼭 칭찬은 아니라는 걸 알았다.

"음, 몇 년 동안 연습한 결과지."

애프터눈티는 아주 훌륭했다. 더는 백화점에서 구할 수도 없는 종류였다. 그런데 이제 존 루이스 백화점도 파괴되어, 이빨 빠진 시커먼 건물 잔해에 불과했다. ('얼마나 끔찍한 일이니.' 이스트엔드의 끔찍한 공습을 피해 다른 곳으로 옮겼던 실비가 써 보냈다.) 요즘에는 다시 모두가 말하는 '대공습 정신'이 작동 중이었지만 정말 그게 대안일까?

실비는 그날 기분이 좋았고, 두 사람은 체임벌린의 어리석은 지시 사항에 무슨 의미가 있을 거라고 생각하는 바보 같은 대중과 커튼 이야기로 더 가까워졌다.

너무 고요해서 어슐라는 자신의 고막이 찢어졌나 의심했다. 어떻게 이곳에 오게 되었을까? 아가일 로드에서 창밖을—지금은 아주 멀리 있는 창문—내다보고 낫 모양의 달을 바라본 기억이 났다. 그리고 그 전에는 소파에 앉아서 독일단파방송에 맞춰놓은 라디오를 들으며 바느질도 좀 하고 블라우스의 옷깃도 교체했다. 어슐라는 독일어 야간 수업('네 적을 알라')을 들었지만 방송에서 종종 나오는 격렬한 단어('루프트안그리페'〔공습〕, '페어루스테'〔사상자〕) 외에는 해독하기 어려웠다. 부족한 독일어 실력에 절망하며 라디오를 끄고 축음기에 마 레이니 흑인 블루스 여가수를 올려놓았다. 이지는 미국으로 가기 전, 자신이 수집한 미국 여류 블루스 아티스트들의 인상적인 레코드 컬렉션을 어슐라에게 물려주었다.

"난 이제 이런 거 안 들어. 너무 '구닥다리'야. 미래는 좀 더 '우아하게 정성을 들여야' 해." 이지가 말했다.

이제 홀랜드 파크 저택은 굳게 닫혔고, 물건마다 먼지막이 커버가 씌워졌다. 유명 극작가와 결혼한 이지는 여름에 캘리포니아로 서둘러 떠났다. ("비겁한 부부예요." 실비가 말했다. "글쎄. 나도 만약 전쟁이 끝날 때까지 할리우드에 있을 수 있다면 틀림없이 그렇게 하겠어." 휴가 말했다.)

"흥미로운 음악을 듣고 있더군요."

어느 날 계단에서 마주친 애플야드 부인이 어슐라에게 말했다. 두 사람의 아파트 사이에 놓인 벽은 종이처럼 얇았다. 어슐라가 말했다.

"죄송해요. 방해할 생각은 아니었어요."

애플야드 부인의 아기가 밤낮으로 빽빽 울어대는 소리도 '몹시' 방해가 된다고 덧붙일 수 있었지만 그만두었다. 사 개월 된 아기는 마치 애플야드 부인의 생기를 모두 빨아먹기라도 한 듯 나이에 비해 제법 크고 통통하고 혈색이 좋았다.

애플야드 부인은—부인의 어깨에 머리를 기대고 잠든 아기를 안은 채—아니라고 손을 내저으며 말했다.

"걱정 말아요. 방해되지 않으니까."

애플야드 부인은 정확한 영어를 썼지만 애처롭게도 동유럽인, 즉 일종의 난민일 거라는 추측이 들었다. 남편 애플야드 씨는 몇 달 전에 사라졌다. 입대했을 수도 있지만 어슐라는 물어보지 않았다. 결혼 생활이 틀림없이(그리고 들리는 소리로 짐작컨대) 불행했기 때문이다. 애플야드 씨가 떠났을 때 부인은 임신한 상태였지만, 어슐라가 보기에 (또는 듣기에) 남편은 빽빽 우는 아기를 보러 온 적이 없었다.

애플야드 부인은 한때 분명히 아름다웠겠지만 날이 갈수록 점점 마르고 슬퍼져서 부인을 일상에 붙들어놓는 건 (몹시) 단단한 짐인 아기와 아기의 요구밖에 없는 듯 보였다.

일 층의 공동욕실에는 늘 에나멜 양동이가 놓였는데, 그 안에는 악취 나는 아기 기저귀가 물에 담긴 채 애플야드 부인의 2구 레인지 위에서 삶기길 기다리고 있었다. 그 옆에는 주로 양배추가 담긴 냄비가 끓고 있었는데, 두 가지를 늘 함께 삶다 보니 부인한테는 오래된 채소와 눅눅한 빨래 냄새가 흐릿하게 배어 있었다. 어슐라는 이 냄새를 알았다. 가난의 냄새였다.

꼭대기층에 사는 네즈빗 자매는 늙은 하녀들이 흔히 그렇듯 애플야드 부인과 그 아기 때문에 조바심을 쳤다. 자매 라비니아 네즈빗과 루스 네즈빗은 가냘픈 노처녀로 다락방에서 살았다. ('제비처럼 처마 밑에서' 두 사람이 재잘거렸다.) 자매가 얼마나 닮았던지 쌍둥이라고 해도 될 정도였다. 어슐라는 둘을 구별하기 위해 엄청난 노력을 기울여야 했다.

자매는 오래전에 은퇴했다. 둘 다 해러즈 백화점에서 전화교환원으로 일했는데 검소한 자매의 유일한 사치는 재직 당시 점심시간을 이용해 주로 울워스에서 모조 장신구를 구입하는 일이었다. 이들의 아파트에서는 애플야드 부인의 아파트와는 사뭇 다른 냄새가 났다. 라벤더 향수와 '맨션 하우스' 광택제 냄새 — 늙은 부인들한테서 나는 냄새였다. 어슐라는 네즈빗 자매와 애플야드 부인을 위해 가끔 장을 봐주었다. 애플야드 부인은 장을 본 금액을 정확하게 준비해두었다가(부인은 모든 물건의 가격을 알았다.) 언제나 문가에서 건네며 공손하게 "고맙습니다" 인사하는 반면, 네즈빗 자매는 끈질기게 구슬려 집에 들인 뒤 밍밍한 차와 퀴퀴한 비스킷을 대접하려 했다.

이 층에는 벤틀리 씨가('괴상한 물고기'라는 데 모두 의견 일치를 보았다.) 살았는데 이 남자의 아파트에서는 저녁으로 훈제 대구를 우유에 넣어 끓인 냄새가 (별명과 어울리게) 났다. 그 옆집에 사는 무심한 하트넬 양은(이 집에서는 아무 냄새도 나지 않았다.) 하이드파크 호텔에서 객실 청소 담당자로 일했는데 아무리 해도 자신의 눈높이를 충족시킬 수 없는지 오히려 차림새가 수수했다. 어슐라는 그 여자를 보면 결핍감이 들었다.

"사랑에 절망한 게 틀림없어."

루스 네즈빗이 새 뼈처럼 앙상한 손을 가슴 위로 깍지 끼며 소리를 낮춰 어슐라에게 속삭였다. 마치 쇠약해진 심장이 튀어나와 어울리지 않는 누군가에게 들러붙기라도 할까 봐. 네즈빗 자매는 둘 다 사랑의 아픔을 경험한 적이 없어 사랑에는 상당히 감상적이었다. 겉보기에 하트넬 양은 자신이 실망하기보다는 남에게 실망을 안겨주는 쪽인 것 같았다.

"내게도 레코드가 몇 장 있어요." 애플야드 부인이 공모자처럼 진지하게 말했다. "근데, 아아, 축음기가 없어요."

애플야드 부인의 '아아'에는 파괴된 대륙의 모든 비극이 담긴 것 같았다. 그 소리는 들 수도 없을 만큼 무겁게 느껴졌다.

"그럼 언제든 편하게 오셔서 제 축음기로 들으세요."

어슐라는 혹사당하는 애플야드 부인이 이 제안을 받아들이지 않길 바라면서 말했다. 그래도 그녀가 어떤 종류의 음반을 갖고 있는지는 궁금했다. 아주 유쾌한 음악일 리는 없다고 생각했다.

"브람스." 애플야드 부인은 묻지도 않았는데 이렇게 말했다. "말러도 있고요."

아기는 말러라는 말이 마음에 안 드는지 안절부절못하고 뒤척였다. 계단이나 계단참에서 만날 때마다 아기는 자고 있었다. 마치 아기가 둘 있는 것 같았다. 집 안에서 결코 울음을 그치는 법이 없는 한 명과, 집 밖에서 결코 울지 않는 한 명이.

"열쇠를 찾을 동안 에밀을 잠깐만 안아줄래요?"

애플야드 부인은 어슐라의 대답을 기다리지도 않고 크고 무거운 아기를 건넸다.

"에밀." 어슐라는 중얼거렸다.

아기에게 이름이 있으리라고는 생각하지 못했다. 에밀은 평소처럼 겨울의 북극에서나 어울리는 옷차림이었다. 기저귀와 고무 속바지, 롬퍼스워 위아래가 붙은 어린아이 옷 와 온갖 종류의 뜨개질과 리본으로 장식된 옷을 입어 울룩불룩했다. 어슐라는 아기에 대해 잘 알았다. 어슐라와 패멀라는 인형과 새끼 고양이와 토끼들에게 쏟아붓던 것과 똑같은 열정으로 테디와 지미를 보살폈다. 어슐라는 패멀라의 아들들을 애지중지하는 전형적인 이모였다. 하지만 애플야드 부인의 아기는 매력이 좀 덜했다. 토드 아기들한테서는 우유와 가루분 그리고 뽀송뽀송한 옷에서 나는 상쾌한 냄새로 달콤했는데, 에밀한테서는 약간 비릿한 냄새가 났다.

애플야드 부인은 다 낡은 커다란 핸드백을 뒤져 열쇠를 찾았다. 역시 머나먼 나라에서(어슐라가 전혀 아는 게 없는) 유럽을 횡단해온 듯 보이는 핸드백이었다. 부인은 깊은 한숨과 함께 마침내 가방 맨 밑에서 열쇠를 찾았다. 한계에 도달했는지 아기도 당장 옮겨갈 준비를 하듯 어슐라의 품속에서 꼼지락거렸다. 눈을 뜬 아기는 약간 사나워 보였다.

"고마워요, 토드 양. 이야기 즐거웠어요." 애플야드 부인이 아기를 다시 받아안으며 말했다.

"어슐라예요. 어슐라라고 불러주세요." 어슐라가 말했다.

애플야드 부인은 머뭇거리다가 수줍은 듯 말했다.

"에리카예요. 에, 리, 카."

두 사람이 나란히 이웃해 산 지 일 년째였지만 서로 가깝게 이야기한 건 이번이 처음이었다.

부인이 들어가고 현관문이 닫히자마자 아기는 습관적인 울음을 터뜨렸다.

'그 여자가 아기를 바늘로 찌르는 거 아냐?'

패멀라는 이렇게 써 보냈다. 패멀라의 아기들은 얌전했다.

"두 살이 되기 전까지는 순해." 패멀라가 말했다.

패멀라는 지난 크리스마스 직전에 또 아들을 낳았다. 제럴드였다.

"다음에는 운이 따를 거야." 패멀라를 만나자 어슐라가 말했다.

어슐라는 새로 태어난 아기를 보러 북부행 기차를 탔다. 기차에는 훈련소에 들어가는 군인들이 꽉 들어차 있어서 어슐라는 대부분의 시간을 승무원실에서 보내며 길고 힘든 여행을 했다. 어슐라를 향해 성적 농담이 퍼부어졌고, 재미있게 시작된 농담은 결국 따분하게 끝이 났다.

"아주 점잖은 기사들은 아니었어." 마침내 도착한 어슐라가 패멀라에게 말했다.

여행의 마지막 구간은 마치 시간이 다른 시대, 심지어 다른 나라로 옮겨간 듯 당나귀 마차로 이동했다.

가련한 패미는 개전 휴전 상태와 '남학교의 보건교사처럼' 어린 남자아이들 틈새에서 지내는 게 싫증이 났다. '약간 게으름뱅이'(투덜이에 코까지 고는)로 드러난 자넷은 말할 것도 없었다.

'사람들은 목사 딸이라면 기대하는 게 있잖아. 이유는 잘 모르겠지만.' 패멀라는 편지에 이렇게 썼다. 봄에 다시 핀칠리로 서둘러 왔지만 야간 공습이 시작되자 패멀라는 자식들을 데리고 '공습 동안만' 폭스 코너로 피신해왔다. 실비와 함께 지낼 일을 걱정하면서도. 지금은 성 토머스 병원에 있는 헤럴드도 최전선에서 일했다. 그곳 간호사들의 집이 몇 주 전에 폭격을 당했고, 간호사 다섯 명이 목숨을 잃었다.

"매일 밤이 지옥이야." 헤럴드가 전해주었다.

랠프가 폭격지에서 전해주는 내용도 똑같았다.

랠프! 그래, 랠프가 있었지. 어슐라는 랠프를 거의 잊고 있었다. 랠프 역시 아가일 로드에서 살았다. 폭탄이 터졌을 때 그도 거기 있었던가? 어슐라는 잔해 속에서 랠프를 찾기라도 하듯 고개를 들어 사방을 둘러보려 애썼다. 아무도 없었다. 어슐라 혼자였다. 부서진 목제 기둥과 들쭉날쭉한 서까래 더미에 혼자 갇혀 있었다. 사방에 먼지가 내려앉았다. 입에, 코에, 눈에. 아니었다, 사이렌이 울렸을 때 랠프는 이미 떠나고 없었다.

어슐라는 이제 해군성의 애인과 잠자리를 하지 않았다. 선전포고는 그녀의 애인에게 갑작스럽게 죄책감을 안겨다 주었다. 관계를 끝내야 한다고 크라이턴이 말했다. 육체의 유혹보다 전쟁 추구가 더 우선인 게 틀림없었다. 어슐라가 마치 사랑을 위해 안토니우스를 파괴하려는 클레오파트라라도 되는 양. 이제 굳이 '정부를 두는' 위험을 감수하지 않더라도 이 세상은 충분히 흥미로워 보였다.

"내가 정부예요?" 어슐라가 물었다.

어슐라는 자신에게 주홍글씨가 찍혀 있다고 보지 않았다. 주홍글씨란 좀 더 화끈한 여자에게나 어울리는 거 아닐까?

균형이 깨졌다. 크라이턴은 흔들렸다. 휘청거리는 게 분명했다.

"알았어요. 그게 당신이 원하는 거라면." 어슐라는 차분하게 말했다.

그때쯤 어슐라는 수수께끼 같은 표면 아래 또 다른 크라이턴, 더 흥미로운 크라이턴이 숨겨진 게 아니라는 의심이 들기 시작했다. 그는 헤아리기 어려운 사람이 결코 아니었다. 크라이턴은 크라이턴일 뿐이었다. 모이라, 딸들, 유틀란트반도, 꼭 이 순서대로여야 할 필요는 없지만.

불륜의 끝을 자신이 주도해놓고도 크라이턴은 소란을 피웠다. 어슐라는 소란을 피우지 않았을까?

"당신은 아주 침착하군." 크라이턴이 말했다.

하지만 어슐라는 그와 '사랑에 빠진' 적이 결코 없었다고 말했다.

"우린 여전히 친구로 남을 수 있어요."

"미안하지만 난 친구가 될 수 없다고 생각해." 이제는 역사가 된 일을 벌써 아쉬워하면서 크라이턴이 말했다.

그럼에도 불구하고 어슐라는 그 이튿날을 자신의 상실에 안타까워하며 울면서 보냈다. 크라이턴을 '좋아하는' 것이 패멀라의 생각처럼 아주 편안한 감정은 아니었다. 어슐라는 눈물을 닦고, 머리를 감은 뒤, 보브릴을 얹은 토스트 한 접시와 1929년산 샤토 오브리옹 한 병을 들고 침대로 갔다. 멜버리 로드에 남겨진 이지의 훌륭한 와인 저장실에서 어슐라가 슬쩍해온 와인이었다. 어슐라에게는 이지의 집 열쇠가 있었다.

이지는 "원하는 건 마음대로 꺼내 써"라고 말했었다. 그래서 어슐라는 그렇게 했다.

이제 크라이턴과 밀회를 나눌 수 없는 게 조금 아쉬웠다. 전쟁으로 무분별한 행동이 더 쉬워졌다. 등화관제는 부정행위를 위한 완벽한 차단막이었고, 폭격으로 인한 혼란은—마침내 폭격이 시작되었을 때—크라이턴이 모이라와 딸들과 함께 워그레이브에 있어주지 못하는 충분한 핑곗거리가 되었다.

크라이턴을 대신해서, 어슐라는 독일어 수업에서 알게 된 동료 학생과 아주 공정한 관계를 갖게 되었다. 첫 수업 이후 ('구텐 탁. 마인 나메 이스트 랠프. 이히 빈 드라이씨히 야레 알트'—안녕하세요. 내 이름은 랠프예요. 서른 살입니다.) 두 사람은 사우샘프턴 로에 있는 카도마 카페로 자리를 옮겼다. 지금은 모래주머니들로 둘러싸여서 카페가 거의 보이지 않았다. 알고 보니 랠프는 폭격 피해 지역에서 어슐라와 같은 건물에서 일했다.

블룸즈베리의 답답한 삼 층 교실에서 수업을 끝내고 나올 때에야 어슐라는 랠프가 다리를 절뚝거리는 걸 알아차렸다. 랠프는 됭케르크에서 부상을 입었다고 어슐라가 묻기도 전에 말했다. 해안과 대형 군함 사이를 오가는 소형 보트에 올라타려고 바닷속에서 대기하다가 다리에 총상을 입었다고 했다. 포크스턴 출신의 어부가 랠프를 배 위로 끌어올렸지만 어부 자신은 몇 분 뒤 목에 총상을 입었다.

"지금 이 이야기를 다시 할 필요는 없잖아요." 랠프가 어슐라에게 말했다.

"네, 저도 그렇게 생각해요. 근데 정말 끔찍하네요." 어슐라가 말했다. 물론 어슐라는 뉴스를 봐서 알았다.

"우리가 나쁜 수를 뒀어." 크라이턴이 말했다.

군대가 철수한 뒤 얼마 지나지 않아 어슐라는 화이트홀에서 크라이턴을 우연히 만났다. 그는 어슐라가 그리웠다고 말했다. (또다시 흔들리는구나, 어슐라는 생각했다.) 어슐라는 흔들림 없이 차분했고, 전시 내각 사무실로 가져가야 할 보고서가 있다고 누런 서류철을 갑옷처럼 가슴에 꽉 끌어안은 채 말했다. 어슐라도 그가 그리웠다. 크라이턴이 이를 알아채지 못하도록 하는 게 중요한 것 같았다.

"전시 내각에 협력하는 거야?" 크라이턴은 약간 감명을 받은 듯 말했다.

"그냥 차관의 조수하고 연락하는 거예요. 실은 조수까지도 아니고, 나처럼 그냥 '여자'예요."

대화는 이만하면 충분하다고 어슐라는 생각했다. 크라이턴은 어슐라가 와락 품에 안기고 싶게 만드는 눈길로 바라보았다.

"가봐야겠어요. 알다시피, 전쟁이잖아요." 어슐라가 쾌활하게 말했다.

랠프는 벡스힐 출신으로 약간 냉소적이고 좌익에다 유토피아적이었다. ("사회주의자는 모두 유토피아적이지 않아?" 패멀라가 말했다.) 랠프는 크라이턴과 전혀 달랐다. 지나고 보니까 크라이턴이 너무 강력했던 것 같다.

"공산주의자와 연애 중이라며?" 신성한 벽 안에서 우연히 마주친 모리스가 물었다.

어슐라는 모리스가 일부러 자신을 찾아다녔다고 느꼈다.

"누가 알기라도 하면 너한테 안 좋을걸."

"그 사람을 정식 공산주의자라고 보긴 어려워."

"그래도. 적어도 잠자리에서 전함 위치를 넘겨주지는 않겠지." 모리스가 말했다.

이건 무슨 말일까? 모리스가 크라이턴에 대해 아는 걸까?

"네 사생활은 사적인 게 아냐. 전쟁이 벌어지고 있는 동안에는." 모리스는 불쾌한 표정으로 말했다. "그건 그렇고, 독일어는 왜 배우는 거야? 독일 침공이라도 기다리는 거야? 적을 환영할 준비를 하는 거냐고?"

"오빠가 날 공산주의자라고 비난하는 줄 알았는데. 파시스트가 아니라." 어슐라는 뿌루퉁하게 말했다. ("진짜 나빠. 자신에게 나쁜 영향을 끼칠 만한 일은 뭐든 겁낸다니까. 오빠를 두둔하는 거 아니야. 그건 당치도 않아." 패멀라가 말했다.)

우물 바닥에서 올려다보니 어슐라와 애플야드 부인의 아파트 사이에 있던 대단찮은 벽은 대부분 사라지고 없었다. 갈라진 마룻장과 산산조각 난 기둥 사이로 픽처 레일액자 걸이용 레일에 걸린 옷걸이에 드레스가 축 늘어져 있었다. 일 층의 밀러네 휴게실에 있던 픽처 레일이었고, 어슐라는 그 누르께한 커다란 장미꽃 벽지를 알아보았다. 이날 밤에만 이 드레스를 입은 라비니아 네즈빗이 계단에 앉아 있는 걸 보았다. 그때는 드레스가 완두 수프 색깔이었다. (또 수프처럼 매끄러웠다.) 그런데 이제는 잿빛 폭탄 먼지를 뒤집어쓴 채 바닥까지 내려와 있었다. 어슐라의 머리에서 몇 야드 떨어진 곳에 주전자가 보였다. 폭스 코너에 남아돌아서 가져온 커다란 갈색 주전자였다. 예전에 글로버 부인이 손잡이에 감아둔 두꺼운 노끈을 보고 어슐라는 그 주전자라는 걸 알았다. 모든 것이 잘못 놓여 있었다. 어슐라 자신을 포함해서.

랠프는 아가일 로드에 있었다. 두 사람은 빵과 치즈를 먹고 맥주를 한 병 마셨다. 그런 다음 어슐라는 어제판《텔레그래프》에서 십자말풀이를 했다. 최근에 어슐라는 돋보기안경을 구입해야 했다. 좀 보기 싫게 생긴 안경이었다. 집에 오고 나서야 네즈빗 자매가 쓰는 안경과 거의 똑같다는 걸 깨달았다. 벽난로 위 거울로 안경 쓴 모습을 비춰보는 것이 나의 운명인 건가, 어슐라는 생각했다. 그렇다면 나도 노처녀로 인생을 마치게 될까? '소년과 소녀의 건전한 재미' 제인 오스틴의 《엠마》 중에서 주홍글

씨가 지워지면 노처녀가 될 수 있는 걸까? 어슐라가 어제 세인트 제임스 공원에서 점심으로 샌드위치를 먹는 동안 책상 위에 봉투 하나가 남몰래 놓였다. 크라이턴이 직접 쓴 어슐라의 이름을 보자(크라이턴은 아주 멋진 이탤릭체 글씨를 쓸 줄 알았다.) 읽지도 않고 봉투를 찢어 쓰레기통에 던져버렸다. 나중에 사무 보조들이 간식 주변으로 비둘기처럼 모여들자 어슐라는 조각들을 다시 꺼내 맞춰보았다.

내 금색 담배 케이스가 어디로 갔는지 모르겠소. 당신도 그 케이스 알잖소. 유틀란트에 다녀온 후 아버지가 준 거 말이오. 혹시 우연히 본 적 없소?
당신의 C.

크라이턴이 한 번이라도 어슐라의 것인 적이 있었던가? 정반대로 그는 모이라의 것이었다. (아니면 해군성의 것일지도.) 어슐라는 종잇조각들을 다시 쓰레기통에 던져버렸다. 담배 케이스는 어슐라 핸드백 속에 있었다. 크라이턴이 떠나고 며칠 뒤에 침대 밑에서 발견했다.
"무슨 생각을 그렇게 해?" 랠프가 물었다.
"아무것도 아니야, 진짜."
어슐라 옆으로 몸을 뻗은 랠프는 양말을 신은 발을 어슐라 무릎 위에 올려놓고 소파 팔걸이에 머리를 기댔다. 잠이 든 것처럼 보였지만 어슐라가 힌트를 던질 때마다 중얼중얼 대답했다.
"'올리버를 위한 롤랑은?' 답은 '성기사'인가? 어떻게 생각해?" 어슐라가 물었다.
어제 어슐라에게 이상한 일이 일어났다. 어슐라는 지하철을 타고 있었다. 지하철을 좋아하지 않아서 폭격 전에는 어딘든 자전거를 타고 다녔지만 지금은 사방에 널린 유리 조각과 돌무더기 때문에 자전거를 타기가 힘들었다. 어슐라는 지하에 있다는 걸 애써 외면하며《텔레그래프》십자말풀이를 하고 있었다. 대부분의 사람들은 지하가 더 안전하다고 느꼈지만 어슐라는 갇혀 있는 느낌이 싫었다. 불과 며칠 전에 지하철 입구에 폭탄이 떨어진 사건이 있었다. 폭발은 지하로 번져 터널까지 이어졌고, 결과는 아주 참혹했다. 신문에 기사가 났는지는 확실하지 않았다. 이런 사건은 사기를 꺾기 십상이니까. 지하철에서 어슐라 옆에 앉은 남자가 갑자기 몸을 기울이더니―어슐라는 뒤로 몸을 뺐다―어슐라가 반쯤 채워 넣은 십자말풀이를 보고는 고개를 끄덕이며 말했다.

"아주 잘하는데요. 내 명함 드릴까요? 괜찮으면 내 사무실에 들러요. 똑똑한 여자들을 뽑고 있으니까."

그러시겠지, 어슐라는 생각했다. 남자는 어슐라를 향해 모자를 살짝 젖혀 보이며 그린파크에서 내렸다. 명함에는 화이트홀 주소가 적혀 있었지만 어슐라는 그냥 버렸다.

랠프는 담뱃갑에서 담배 두 개비를 꺼내 불을 붙였다. 그중 하나를 어슐라에게 건네며 말했다.

"당신은 똑똑한 여자야, 안 그래?"

"아주 똑똑하지. 그러니까 난 정보국에서 일하는 거고, 당신은 지도 보관실에서 일하는 거야." 어슐라가 말했다.

"하하, 똑똑한 데다 재미있기까지."

두 사람 사이에는 편안한 동지애가 있었다. 연인이라기보다는 친구에 가까운. 두 사람은 서로의 성격을 존중했고, 별로 요구하지 않았다. 두 사람 다 작전실에서 근무하는 게 도움이 되었다. 굳이 설명하지 않아도 되는 일들이 많았으니까.

랠프는 자신의 손등으로 어슐라의 손등을 비비며 말했다.

"잘 지내?"

"아주 잘 지내, 고마워." 어슐라가 말했다.

전쟁 전에 건축가였던 랠프의 손은 여전했다. 전쟁으로 망가지지 않은 채. 랠프는 전투에서 멀리 안전하게 떨어져 있었다. 지도와 사진들을 세세히 살피는 영국군 공병대 측량사였기 때문에, 더럽고 기름과 피로 얼룩진 바다를 건너다가 사방에서 빗발쳐오는 총알에 맞으리라고는 상상도 못했다. (결국 랠프는 이 이야기를 더 들려주고 말았다.)

참혹한 폭격이었지만 랠프는 그 속에서도 뭔가 좋은 걸 찾아낼 수 있었다고 했다. 랠프는 미래에 대해 희망적이었다. (휴나 크라이턴과는 달리.)

"그 가축우리 같던 집들이란." 랠프가 말했다.

울리치, 실버타운, 램버스, 라임하우스는 파괴되었고 전쟁이 끝나면 재건되어야 했다. 랠프는 모든 시설을 갖춘 깔끔하고 현대적인 집들을 지을 수 있는 기회라고 했다. 빅토리아풍의 슬럼가 대신에 유리와 철강으로 우뚝 솟은 지역사회를 만들고 싶어했다.

"미래에 산 지미냐노'아름다운 탑의 도시'로 알려진 이탈리아의 도시 같은 곳으로 기억될 수 있게."

어슐라는 이런 현대적인 타워의 비전에 확신을 갖지 못했고, 만약 자신의 재량대로 할 수 있다면 미래를 정원 도시, 작은 마당이 딸린 편안한 작은 주택들로 재건하고 싶었다.

"당신도 참 늙은 토리당원 같군." 랠프가 애정을 담아 말했다.

하지만 랠프도 오래된 런던을 사랑했다("어떤 건축가가 사랑하지 않겠어?")―렌이 건축한 교회들, 웅장한 저택과 우아한 공공건물들―'런던의 석조 건물들'이라고 랠프가 말했다. 일주일에 한두 번, 랠프는 세인트 폴 성당에서 야간 순찰을 돌았는데 순찰원들은 웅장한 교회를 방화에서 안전하게 지키기 위해 '필요하면' 서까래에도 올라갈 태세가 되어 있었다. 이 성당은 화재 시 탈출하기 힘든 건물이라고 랠프가 말했다. 낡은 목재, 사방에 쓰인 납, 평지붕, 무수한 계단과 어둡고 잊힌 장소들. 랠프는 영국왕립건축가협회 저널에 실린 광고를 보고 연락했다. 건축가들이 '설계도를 잘 이해하고' 있으니 화재 감시인으로 자원해달라고 호소하는 광고였다.

"우리는 행동이 아주 재빨라야 해."

랠프의 말에 어슐라는 절뚝거리는 다리로 어떻게 그 일을 해내는지 의아했다. 랠프가 그 많은 계단과 어둡고 잊힌 장소에서 화염에 휩싸이는 장면이 머릿속에 그려졌다. 화재 감시인들은 사이가 좋아 보였다. 함께 체스를 하고 철학과 종교에 관해 긴 대화를 나누었다. 어슐라는 화재 감시인이 랠프에게 썩 잘 어울린다고 생각했다.

불과 몇 주 전에 두 사람은 멍하니 서서 홀랜드 하우스가 불타는 모습을 지켜보았다. 이들은 와인 창고를 뒤지느라 멜버리 로드에 있었다.

"우리 집에 들어와 살지그래." 이지는 미국으로 떠나기 전에 아무렇지도 않은 듯 말했다. "관리인 하면 되잖아. 이 집에서는 안전할 거야. 독일인들이 홀랜드 파크를 폭격할 생각은 못 할 테니까."

이지는 독일 공군의 폭격 실력이 굉장히 정확할 거라고 과대평가하는 듯했다. 이곳이 그렇게 안전하다면 왜 이지는 꽁무니를 빼고 달아난 걸까?

"고맙지만 사양할게요." 어슐라가 말했다.

집은 너무 크고 텅 비어 있었다. 그래도 열쇠는 받았고, 쓸 만한 물건을 찾아 가끔씩 집 안을 뒤졌다. 찬장에는 아직도 통조림 식품이 있었고, 어슐라는 마지막 긴급 상황에 대비해 이를 잘 보관하고 있었다. 물론 와인이 가득 들어찬 와인 저장실도 있었다.

두 사람은 와인 선반을 손전등으로 훑어보았다. 이지가 떠났을 때 전기도 끊겼다. 어슐라는 좀 좋아 보이는 샤토 페트루스를 꺼내며 랠프에게 말했다.

"이 와인이 감자 가리비와 스팸에 잘 어울릴까?"

바로 그때 끔찍한 폭발이 있었고, 이 집이 폭격을 맞았다고 생각한 두 사람은 머리를 감싼 채 지하실의 딱딱한 돌바닥 위로 몸을 숙였다. 최근에 폭스 코너에 방문했을 때 휴는 귀가 따갑도록 일러주었다.

"항상 네 머리를 보호해야 해."

휴는 전쟁에 참가한 적이 있었다. 어슐라는 종종 그 사실을 잊었다. 선반에 놓인 와인병들이 흔들리고 떨렸다. 샤토 라투르와 샤토 디켐 병들이 두 사람 위로 쏟아져내렸다면 얼마나 위험했을지 지나고 보니 아찔했다. 깨진 유리가 파편처럼 튀었다면.

두 사람은 밖으로 뛰어나와 홀랜드 하우스가 모닥불로 변하는 모습을 지켜보았다. 화염은 모든 것을 집어삼켰고, 어슐라는 불타 죽지 않게 해달라고 기도했다. 하느님 제발.

어슐라는 랠프를 무척 좋아했다. 일부 여자들처럼 사랑의 괴로움을 겪지 않으면서. 크라이턴과는 사랑이라는 '관념'에 끝없이 시달렸지만 랠프와는 좀 더 단순했다. 이번에도 사랑은 아니었고, 애지중지 아끼는 개에게 가질 법한 느낌에 더 가까웠다. (랠프에게 이런 말은 절대 하지 않을 것이다. 일부 사람들, 아니 많은 사람들에게 개가 얼마나 소중할 수 있는지 이해하지 못하니까.)

랠프가 다시 담뱃불을 붙이자 어슐라가 말했다.

"헤럴드 말로는 담배가 아주 나쁘대. 수술대에서 청소 안 한 굴뚝같이 생긴 폐를 많이 봤다나 봐."

"당연히 안 좋지." 랠프는 어슐라에게도 한 개비 불을 붙여주며 말했다. "하지만 독일놈들한테 폭격당하고 총에 맞는 것 역시 안 좋긴 마찬가지야."

"이런 생각 해본 적 없어?" 어슐라는 말을 이어나갔다. "작은 일 하나가 바뀌었다면, 그러니까 과거에 말이야. 히틀러가 태어나면서 죽었거나, 아니면 어린 히틀러를 누군가 납치해서—글쎄, 예를 들어 퀘이커파 집안에서—키웠다면 모든 게 분명히 달라졌을 거야."

"퀘이커파 교도들이 아기를 납치할 것 같아?" 랠프가 가볍게 물었다.

"무슨 일이 벌어질지 안다면 납치할 수도 있지."

"하지만 무슨 일이 벌어질지는 아무도 몰라. 그리고 히틀러도 결국 똑같은 히틀러가 될 수도 있어. 퀘이커파 교도든 아니든 상관없이. 납치 대신 죽이는 게 나을지도 모르지. 그렇게 할 수 있어? 아기를 죽일 수 있느냐고, 권총으로? 근데 권총이 없으면? 맨손으로 죽일 수 있어? 잔인하게 말이야."

테디를 구할 수만 있다면, 어슐라는 생각했다. 물론 테디만이 아니라 전 세계도. 테디는 전쟁이 선포된 다음 날, 영국 공군에 지원했다. 테디는 서펵의 작은 농장에서 일하고 있었다. 옥스퍼드를 졸업한 뒤 농업 대학에서 일 년을 더 공부한 다음 전국을 다니며 이런저런 농장과 소규모 농지에서 일했다. 테디는 모든 걸 다 배우고 싶어했다. 자신의 자리를 찾기 전에. ("농부 말이니?" 실비는 여전히 그렇게 말했다.) 테디는 무릎까지 푹푹 파이는 진흙 마당에서 병든 소와 죽은 양, 수확할 가치도 없는 곡식들로 최후를 맞는, 이상만 높은 귀농인이 되길 원한 건 아니었다. (이런 농장에서도 일한 게 분명했다.)

테디가 여전히 시를 쓰자 휴가 말했다.

"시를 쓰는 농부다, 이건가? 베르길리우스 고대 로마의 시인처럼 말이지.

너에게서 새로운 〈농경시〉를 기대해보마."

어슐라는 낸시가 농부의 아내가 되는 걸 어떻게 느낄지 궁금했다. 낸시는 아주 영리했고 케임브리지 대학에서 불가사의하고 놀라운 수학 연구에 몰두했다. ("내게는 모두 헛소리지." 테디가 말했다.) 그런데 조종사가 되고 싶다던 테디의 어린 시절의 꿈이 갑자기, 뜻밖에 실현 가능하게 되었다. 지금 캐나다의 제국훈련학교에서 안전하게 지내면서 비행하는 법을 배우며 그곳 음식은 어떤지, 날씨가 얼마나 좋은지 편지로 알려와 어슐라의 질투심에 불을 붙였다. 어슐라는 테디가 그곳에 오래 머물 수 있기를 바랐다. 위험이 없는 안전한 곳에.

"어쩌다가 잔인하게 아기를 살해하는 이야기까지 나왔지?" 어슐라가 랠프에게 말했다. "들어봐."

어슐라는 사이렌처럼 커졌다 작아졌다 하는 에밀의 울음소리가 들리는 벽 쪽으로 고개를 까닥했다.

랠프는 웃었다.

"오늘 밤에는 별로 심하지 않은데. 내 아이들이 저렇게 시끄럽게 굴면 난 미쳐버릴 거야."

어슐라는 랠프가 '우리 아이들'이라고 하지 않고 '내 아이들'이라고 말한 게 흥미로웠다. 미래가 과연 존재할지 의심스러운 마당에 아이들을 갖는 생각을 한다는 게 이상했다. 어슐라가 불쑥 일어서며 말했다.

"공습이 곧 시작될 거야."

처음에 대공습이 시작될 때는 '매일' 밤 공습하지는 못할 거라고 생각했지만 이제는 그럴 수 있다는 걸 알았다. ('이런 삶이 영원히 지속될까? 쉴 새 없이 폭격으로 괴로움을 당하는 삶이?' 어슐라는 테디에게 이렇게 써 보냈다.) 벌써 오십육 일째 연달아 폭격을 당하다 보니 정말 끝이 없을지도 모른다는 생각이 가능하게 여겨졌다.

"당신은 개와 비슷해. 공습을 알아내는 육감이 있어." 랠프가 말했다.

"나를 믿고 가는 게 좋을 거야. 안 그러면 캘커타의 시커먼 구멍에 내려가서야 별로 마음에 안 든다는 걸 알게 될지도 몰라."

어슐라가 보기에 적어도 네 세대로 이루어진 문어발식 밀러 가족은 아가일 로드의 주택 일 층과 반지하에서 살았다. 이들은 더 한 층 아래에 있는 지하실 출입도 가능했는데, 이 주택의 거주자들이 방공호로 이용하는 지하실이었다. 지하실은 거미와 딱정벌레들로 가득하고 곰팡이가 핀 불쾌한 미로 같은 장소였다. 거주자들이 모두 그곳에 모이면 숨이 막힐 정도로 붐볐다. 한번은 형태도 알 수 없을 정도로 털이 잔뜩 뭉쳐진 밀러네 강아지 빌리까지 마지못해 계단을 질질 끌려내려온 적도 있었다. 게다가 에밀의 눈물과 한탄까지 견뎌내야 했다. 지하실에 피신해온 거주자들은 울음을 달래려고 에밀을 원치 않는 소포처럼 서로 이리저리 주고받았지만 소용없었다.

밀러 씨는 지하실을 '집처럼'(결코 집이 될 수 없는데도) 꾸미기 위해 자칭 '위대한 영국 미술'의 복제품 몇 점을 모래주머니를 쌓아둔 벽에 테이프로 붙여놓았다. 이 그림들은―〈건초마차〉, 게인즈버러의 〈앤드루 부부〉(얼마나 의기양양해 보이는 부부인가.) 그리고 〈물방울〉(어슐라가 보기에는 가장 역겨운 밀레 작품인)―값비싼 미술책에서 오려낸 것처럼 미심쩍게 보였다.

"문화."

밀러 씨는 이렇게 말하며 점잖게 고개를 끄덕였다. 어슐라는 자신이라면 '위대한 영국 미술'로 어떤 작품을 뽑았을까 생각해보았다. 터너_{영국 화가}가 어떨까. 후기 작품인 얼룩지고 색 바랜 그림들. 물론 밀러 씨의 취향은 전혀 아닐 것이다.

어슐라는 블라우스에 옷깃을 꿰매 달았다. 라디오 프로그램 〈질풍노도〉를 꺼버리고 마 레이니가 노래하는 〈욘더 컴 더 블루스〉를 들었다. 라디오에서 쏟아져나오기 시작한 싸구려 정서를 완화해주는 해독제 같은 음악이었다. 어슐라는 랠프와 함께 빵과 치즈를 먹고, 십자말풀이를 좀 하다가 얼른 키스를 해서 보내버렸다. 그런 다음 소등했지만 아가일 로드를 내려가는 랠프를 잠시 보기 위해 암막 커튼을 옆으로 걷었다. 랠프가 다리를 저는데도(아니면 오히려 그 때문에) 길을 건너는 발걸음이 뭔가 흥미로운 일을 기대하듯 깐닥거렸다. 그 모습을 보자 테디 생각이 났다.

랠프도 어슐라가 지켜보는 걸 알았지만 뒤돌아보지 않은 채 팔만 조용히 흔들며 어둠 속으로 사라졌다. 그래도 약간의 빛은 있었다. 밝은 초승달 조각과 누군가 어둠 속에 다이아몬드 가루를 한 움큼 뿌려놓은 듯 사방에 희미한 별빛이 흩어져 있었다. '뭇별 요정들'에 둘러싸인 '달님 여왕'.존 키츠의 시 〈나이팅게일에게 부치는 송시〉 중에서 물론 키츠의 시는 보름달에 관한 것이고, 아가일 로드를 비추는 달은 아직 완성되지 않은 달에 더 가까웠다. 어슐라는—다소 빈약한—시적 분위기에 젖어들었다. 이런저런 생각을 하게 만드는 건 전쟁의 무모함이었다.

브리짓은 늘 유리창을 통해 달을 바라보면 불운하다는 말을 했었다. 어슐라는 블라인드를 내리고 커튼을 쳤다.

랠프는 자신의 안전에 무심했다. 됭케르크 이후, 비명횡사에서 보호받는 느낌이 든다고 말했다. 어슐라가 보기에는 비명횡사가 만연한 이런 전시 상황에서는 승산도 많이 바뀌는 데다가 무엇에선가 보호받는다는 게 불가능했다.

어슐라의 추측대로 날카로운 소리와 함께 하이드파크에서 총격이 시작되었고 소리로 보아 다시 부두 위에서 첫 번째 폭격이 뒤따랐다. 화들짝 놀란 어슐라는 원래 성물 같은 것을 두는 현관문 옆에 걸린 손전등을 집어들고, 역시 문 옆에 보관해둔 책을 들고 행동을 개시했다. 어슐라의 '대피용 책'—《스완네 집 쪽으로》마르셀 프루스트의《잃어버린 시간을 찾아서》1권였다. 전쟁이 오래 지속될 것 같아 어슐라는 이제 프루스트를 시작해도 괜찮겠다 싶었다.

비행기들이 하늘 높이 윙윙 날았고, 폭탄이 떨어지는 무시무시한 쌩 소리가 들리는가 싶더니 근처 어딘가로 '쿵!' 떨어졌다. 때로 폭탄은 실제 떨어진 곳보다 훨씬 더 가까이 들렸다. (전혀 상관없던 분야에서 얼마나 빨리 새 지식을 습득할 수 있는지.) 어슐라는 대피용 옷을 찾았다. 계절을 감안해서 약간 얇은 옷을 입고 있었지만 지하실은 몹시 춥고 눅눅했다. 대피용 옷은 폭격이 시작되기 얼마 전, 실비가 시내에서 구입했다. 두 사람이 함께 피커딜리를 산책하던 중에 심슨 윈도에서 '대피용 맞춤옷'이라는 광고를 발견한 실비가 들어가서 입어보자고 우겼다. 어슐라는 대피용 옷을 입은 건 말할 것도 없고 대피소에 들어가 있는 어머니 모습을 상상조차 할 수 없었지만, 대피용 옷도 분명 옷이었고 심지어 실비의 마음까지 사로잡았다.

"암탉들을 청소할 때 좋겠는데." 실비는 이렇게 말하며 각자 한 벌씩 구입했다.

그다음 들려온 육중한 탕 소리는 다급함을 알렸고, 어슐라는 빌어먹을 옷은 그만 찾기로 하고 브리짓이 뜨개질한 사각형 털실 담요를 그러쥐었다. ('이 담요는 소포로 꾸려서 적십자에 보낼 생각이었어. 그러다가 네가 더 필요하겠다 싶었지.' 브리짓이 동글동글한 여학생다운 글씨로 이렇게 써 보냈다. '봤지? 난 우리 집에서조차 난민 취급이야.' 어슐라가 패멀라에게 써 보냈다.)

어슐라는 계단에서 네즈빗 자매와 마주쳤다.

"오, 계단에서 마주치다니. 이건 불운을 의미하는데, 토드 양." 라비니아가 킥킥 웃으며 말했다.

어슐라는 내려가던 길이었고, 자매는 올라오던 길이었다.

"반대 방향으로 가고 있는데요." 어슐라는 아무 소용 없는 말을 했다.

"뜨개질감을 잊고 가져오지 않았거든." 라비니아가 말했다.

라비니아는 검은 고양이처럼 생긴 에나멜 브로치를 달고 있었다. 작은 라인석 눈은 한쪽이 찡긋 감겨 있었다.

"애플야드 부인의 아기에게 줄 바지를 뜨고 있어. 그 집이 아주 춥더라고." 루스가 말했다.

어슐라는 그 가련한 아기가 양처럼 보이려면 뜨개질한 옷을 얼마나 더 많이 입어야 할지 궁금했다. 새끼 양은 아니었다. 애플야드 부인 아기는 새끼 양과 닮은 점이 하나도 없었다. 에밀, 어슐라는 생각해냈다.

"자, 얼른 서두르세요." 어슐라가 말했다.

"만세, 만세, 갱단이 모두 모였구나." 한 사람씩 지하실로 향해가는 동안 밀러 씨가 말했다.

여기저기서 끌어다 놓은 의자와 임시 침구들이 눅눅한 공간에 가득 들어찼다. 밀러 씨가 어딘가에서 얻어온 낡은 군용 야전침대가 두 개 있었는데, 네즈빗 자매의 노쇠한 몸을 누이기로 했다. 그러나 지금 자매가 없는 틈을 타서 강아지 빌리가 그중 한 침대를 점령했다. 작은 알코올 난로와 알라딘 파라핀 난로도 있었는데, 폭격을 당할지도 모를 때 이렇게 가까이 두기에는 둘 다 상당히 위험한 물건이었다. (밀러 씨는 위험에 직면해서도 아주 쉽게 낙관적이었다.)

점호는 거의 완벽했다— 애플야드 부인과 에밀, 괴상한 물고기 벤틀리 씨, 하트넬 양, 밀러 씨 가족 전부. 밀러 부인은 네즈빗 자매의 행방을 걱정했고, 밀러 씨는 자매를 재촉하러("골치 아픈 뜨개질감 때문에") 자진해서 올라갔다. 하지만 그때 강력한 폭발이 지하실을 흔들었다. 폭발이 어슐라 발밑으로 땅속을 타고 들어오면서 건물 기반이 흔들리는 게 느껴졌다. 휴의 지시에 따라 어슐라는 두 손으로 머리를 감싸며 바닥으로 몸을 숙였는데, 그 와중에도 가장 가까이 있는 밀러 씨의 작은 아들을 붙잡았다. ("저기요, 손 치워요!") 어슐라가 어설프게 아이 위로 몸을 숙였지만 아이는 몸부림치며 빠져나갔다.

모든 것이 조용해졌다.

"우리 집이 폭격 맞은 게 아니잖아." 아이는 구겨진 남자 체면을 회복하려고 조금 으스대며 무시하듯 말했다.

애플야드 부인 역시 아기를 부드럽게 감싼 채 바닥으로 몸을 숙였다. 밀러 부인이 붙잡은 것은 자식이 아니라 저금한 돈과 보험증권이 들어 있는 낡은 파라스 해로게이트 토피 깡통이었다.

벤틀리 씨는 평소보다 더 떨리는 고음으로 물었다.

"우리 집이었어요?"

어슐라는 아니라고 생각했다. 우리 집에 떨어졌다면 다들 죽었을 것이다. 어슐라는 밀러 씨가 마련한, 흰 목재로 만든 다 쓰러져가는 의자에 다시 앉았다. 심장 소리가 아주 크게 들렸다. 어슐라는 몸이 떨려오자 브리짓이 뜨개질한 담요로 몸을 감쌌다.

"음, 우리 아들 말이 맞아. 소리를 들어보니 에섹스 빌라 같군." 밀러 씨가 말했다.

밀러 씨는 늘 폭탄이 어디 떨어졌는지 안다고 주장했다. 놀랍게도 종종 맞히기도 했다. 밀러 씨 가족은 다들 전시 정신은 물론, 전시 언어에도 능숙했다. 이들은 전쟁을 감내했다. ('우리도 그렇게 말할 수 있지 않을까? 넌 우리가 손에 피를 묻히지 않았다고 생각하겠지.' 패멀라가 이렇게 써 보냈다.)

"순수 영국인이야, 틀림없어." 처음(그리고 마지막으로) 밀러 씨 가족과 인사했을 때 실비가 말했다.

밀러 부인이 차 한잔 하자고 아래층으로 실비를 초대했지만 어슐라의 커튼과 양탄자 상태에 아직도 화가 난 실비는 밀러 부인 탓으로 돌렸다. 부인이 단순한 세입자가 아니라 집주인이라는 이유로. (실비는 어슐라의 설명에는 완전히 귀를 닫았다.) 실비는 소작인의 오두막을 방문하는 공작부인이라도 되는 양 굴었다. 어슐라는 밀러 부인이 나중에 남편에게 이렇게 말할 거라고 상상했다.

"어찌나 거들먹거리던지, 그 여자 말이야."

이제 위에서는 지속적인 폭격 소리가 한창이었고 팀파니 소리 같은 대형 폭탄, 휘파람 소리 같은 포탄, 가까운 기동포병 부대가 지나가는 천둥소리도 들렸다. 폭탄이 전속력으로 도시에 떨어지면서 우지끈, 쿵, 탁 소리와 함께 때때로 지하실 기반이 흔들렸다. 에밀이 자지러지게 울었고, 강아지 빌리도 밀러 가족 중 어린아이 몇 명도 따라 울었다. 다들 서로 불협화음을 이루면서 독일 공군의 '천둥 번개'와 달갑지 않은 대조를 이루었다. 끝도 없는 끔찍한 폭풍우. '절망은 뒤에서, 그리고 죽음은 앞에서.' 존 던의 《거룩한 시편》 중에서

"이크, 늙은 프리츠가 오늘 밤에는 정말 우리를 겁줄 모양이군."

밀러 씨는 캠핑 여행을 온 것처럼 조용히 램프를 조절했다. 밀러 씨는 지하실에서 사기를 북돋우는 일을 떠맡았다. 휴처럼 그도 참호 속에서 살아남았고 제리의 위협에 전혀 휘둘리지 않았다고 주장했다. 크라이턴, 랠프, 밀러 씨, 심지어 휴까지 다들 불, 진흙, 물로 인한 고통을 겪었으며 이를 일생일대에 한 번 있는 경험이라고 여겼다.

"도대체 늙은 프리츠가 무슨 꿍꿍일까? 내가 충분히 수면을 취하지 못하게 할 수작인가?" 밀러 씨가 겁먹은 어린 자식을 진정시키며 말했다.

그는 독일인을 특이하게도 늘 프리츠, 제리, 오토, 헤르만, 한스라는 이름으로 불렀다. 때로는 아돌프가 4마일 위에서 고성능 폭약을 떨어뜨리기도 했다.

희망보다 경험이 승리함을(남편과는 달리) 몸소 구현하는 밀러 부인(돌리)은 차, 코코아, 비스킷, 빵, 마가린 등 '간식'을 나눠주고 있었다. 마음이 넉넉한 밀러 가족은 장녀 러네이 덕분에 배급이 부족한 적이 없었다. 러네이에게 '줄'이 있었기 때문이다. 열여덟 살인 러네이는 모든 면에서 발육이 남달랐고 몸가짐이 헤픈 여자 같았다. 하트넬 양은 러네이가 집으로 가져오는 음식물을 기꺼이 나눠주는데도 매우 안 좋게 보았다. 어슐라는 밀러 씨의 어린 자식 중 한 명이 실은 밀러 부인의 아이가 아니라 러네이 아이이며 편의상 그냥 가족으로 받아들여졌다는 인상을 받았다.

러네이의 '줄'은 모호했지만 몇 주 전, 어슐라는 채링 크로스 호텔의 일 층 커피 라운지에서 약간 돈이 많아 보이고 미끈하게 생겼지만 온몸에 '협잡꾼'이라고 적힌 남자와 우아하게 진을 마시는 러네이를 보았다.

"딱 봐도 추잡한 놈이군." 지미가 웃으며 말했다.

모든 전쟁을 종식시키기 위한 전쟁이 끝나고 평화를 축하하기 위해 태어난 아이인 지미는 또 다른 전쟁에 나가 싸우려 했다. 지미는 군대 훈련에서 며칠 휴가를 받았고, 스트랜드가에서 불발탄이 처리되는 동안 이들은 채링 크로스 호텔에 피난을 와 있었다. 박스홀과 워털루 사이에 주둔한 함포 소리가 들렸다―쿵, 쿵, 쿵―그러나 폭격기는 다른 목표물을 찾아 이동한 것 같았다.

"멈추는 법이 없어?" 지미가 물었다.

"그런 것 같아."

"군대가 더 안전하군." 지미가 웃으며 말했다.

지미는 군대에서 장교직을 제안받았지만 이등병으로 들어갔다. 지미는 사병이 되고 싶어했다. ("하지만 누군가는 장교가 되어야 하는 거 아냐?" 휴는 어리둥절해했다. "좀 지적인 사람이 장교가 되면 더 좋겠지.")

지미는 경험을 원했다. 작가가 되고 싶어했다. 지미에게 인간 조건의 높낮이를 보여주려면 전쟁만큼 좋은 게 있을까?

"작가라고? 나쁜 요정의 손이 지미의 요람을 흔들어놓았나 봐." 실비가 말했다.

이지를 두고 한 말인 듯했다.

지미와 시간을 보내니 정말 좋았다. 지미는 전투복 차림으로 돌아다녔고 원하는 곳은 다 입장이 가능했다. 딘 스트리트와 아처 스트리트의 음란한 장소들, 실은 아주 외설적인(완전히 위험하지는 않더라도) 오렌지 스트리트의 카바레 '지붕 위의 황소' 모두 어슐라가 지미에 대해 궁금해했던 장소들이었다. 모두 인간 조건을 추구하기 위한 일이라고 지미는 말했다. 이들은 술에 흠뻑 취했고 약간 바보 같은 기분이 들었지만 밀러네 지하실에서 몸을 웅크리지 않아도 되어 안도했다.

"죽지 않겠다고 약속해." 어슐라는 지미에게 말했다.

폭격으로 흔적도 없이 사라져가는 런던의 일부에 귀를 곤두세우며 맹인 부부처럼 더듬더듬 헤이마켓을 따라 걷고 있을 때였다.

"최선을 다할게." 지미가 말했다.

어슐라는 추웠다. 그녀가 들어가 누워 있는 물 때문에 더 추웠다. 어슐라는 몸을 움직여야 했다. 움직일 수 있을까? 가능하지 않은 게 분명했다. 이곳에 얼마나 누워 있었을까? 십 분? 십 년? 시간은 멈추었다. 모든 것이 멈춘 것 같았다. 뒤죽박죽 뒤섞인 역겨운 냄새만 남아 있었다. 어슐라는 지하실에 와 있었다. 〈물방울〉을 보니 그랬다. 〈물방울〉은 어슐라의 머리 가까이 놓인 모래주머니에 기적적으로 테이프에 붙여져 있었다. 이 따분한 그림을 보며 죽어가는 걸까? 귀신 같은 형상이 느닷없이 옆에 나타나는 바람에 따분함이 갑자기 반갑게 느껴질 정도였다. 잿빛 얼굴에 눈이 시커멓고 머리도 헝클어진 소름 끼치는 유령이 어슐라에게 허우적대고 있었다.

"내 아기 봤어요?" 유령이 말했다.

실은 유령이 아니라는 사실을 깨닫기까지 잠시 시간이 걸렸다. 애플야드 부인이었다. 얼굴은 먼지와 폭탄 가루를 뒤집어썼고 피와 눈물로 얼룩져 있었다.

"내 아기 봤어요?" 부인이 다시 물었다.

"아뇨." 어슐라는 나지막이 말했다.

입에는 온갖 먼지가 바짝 달라붙어 있었다. 어슐라는 눈을 감았고, 다시 떠보니 애플야드 부인은 사라지고 없었다. 상상인지도 몰랐다. 어슐라의 의식이 혼미해졌을 수도 있었다. 아니면 정말 애플야드 부인의 유령이었고, 둘 다 적막한 림보에 갇혀 있는지도 모를 일이었다.

어슐라의 관심은 다시 밀러네 픽처 레일에 걸린 라비니아 네즈빗의 드레스에 꽂혔다. 그런데 이건 라비니아 네즈빗의 드레스가 아니었다. 드레스에는 팔이 없었다. 소매가 없는 게 아니라 '팔'이 없었다. '손'도 함께. 드레스에 있는 뭔가가 어슐라를 향해 눈을 찡긋했다. 초승달에 비친 모습은 작은 고양이 눈이었다. 머리도 없고, 다리도 없는 라비니아 네즈빗의 몸이 밀러네 픽처 레일에 걸려 있었다. 그 모습이 얼마나 우스꽝스럽던지 어슐라의 마음속에 웃음이 끓어오르기 시작했다. 하지만 웃음은 결코 터져나오지 못했다. 뭔가가—들보나 벽의 일부—움직였고, 어슐라는 가루분 같은 먼지를 뒤집어썼기 때문이었다. 심장은 통제할 수 없을 정도로 쿵쾅거렸다. 시한폭탄이 터지길 기다리는 건 고통스러웠다.

처음으로 어슐라는 공포를 느꼈다. 아무도 그녀를 도와주러 오지 않았다. 정신착란 같은 애플야드 부인의 유령도 보이지 않았다. 어슐라는 아가일 로드의 지하실에서 홀로 죽어갈 것이다. 〈물방울〉과 머리 없는 라비니아 네즈빗 외에는 아무것도 동반하지 못한 채. 휴가 이곳에 있다면, 테디나 지미, 아니면 패멀라라도, 그들은 어슐라를 이곳에서 꺼내기 위해, 그녀를 '구하기' 위해 싸울 것이다. 신경을 써줄 것이다. 하지만 이곳에는 신경을 써줄 사람이 아무도 없었다. 어슐라는 상처 입은 고양이처럼 우는 자신의 소리를 들었다. 자신이 마치 다른 사람인 양, 몹시도 가련하게 느껴졌다.

"맛있는 코코아 한잔 마시는 거 어때요?" 밀러 부인이 말했다.

밀러 씨가 다시 네즈빗 자매 걱정에 안달하자, 지하실의 폐소공포증에 진저리가 난 어슐라가 말했다.

"내가 가서 찾아볼게요."

고성능 폭약이 터질 거라고 '휙', '쌩' 소리가 알리는 가운데, 어슐라는 곧 부서질 듯한 식탁 의자에서 일어섰다. 거대한 천둥소리, 거대하게 갈라지는 소리와 함께 갑자기 지옥의 문이 열리면서 악마들이 모두 튀어나와 힘껏 빨아들이고 짓눌렀다. 마치 어슐라의 내장이 폐, 심장과 위, 심지어 눈알까지 몸에서 빨려나가는 듯했다. '마지막이자 영원한 날에 경의를 표하라.' 존 던의 〈거룩한 시편〉 중에서 이거야, 어슐라는 생각했다. 이렇게 죽는 거야.

침묵을 깨는 음성이 들려왔다. 남자 목소리가 어슐라 귓가에 바싹 대고 이렇게 말했다.

"자, 아가씨. 한번 꺼내보자고요."

어슐라에게 다가오기 위해 남자는 굴이라도 판 것처럼 얼굴이 지저 분하고 땀투성이였다. (어슐라는 굴을 팠을 거라고 추측했다.) 어슐라는 남자를 알아보고 놀랐다. 마을 공습 경비원으로 신참이었다.

"이름이 뭐죠, 아가씨? 말할 수 있겠어요?"

어슐라는 자신의 이름을 중얼거렸지만 제대로 나오지 않았다.

"우르? 뭐라고 한 거죠? 메리? 수지?" 남자가 물었다.

어슐라는 수지로 죽고 싶지 않았다. 하지만 그게 무슨 상관이람?

"아기." 어슐라가 공습 경비원에게 웅얼거렸다.

"아기? 아기가 있어요?" 남자가 큰 소리로 물었다.

남자는 약간 뒤로 물러나 보이지 않는 누군가에게 소리쳤다. 다른 목소리들이 들리는 걸로 보아 사람들이 많은 모양이었다. 이를 증명하기라도 하듯 공습 경비원이 말했다.

"아가씨를 구하려고 모두 모였어요. 가스 담당자가 가스를 차단했으니 아가씨를 곧 옮길 수 있어요. 걱정 말아요. 이제 아기에 대해 말해봐요, 수지. 아기를 안고 있었어요? 작은 아기예요?"

어슐라는 에밀을 생각했다. 폭탄처럼 무거운 아기를. (음악이 멈추고 집이 폭발하는 순간, 힘겹게 이 아기를 안고 있던 사람은 누구였을까?) 어슐라는 말을 하려 했지만 다시 고양이 우는 소리만 났다.

머리 위에서 뭔가 삐걱거리는 소리가 나자 공습 경비원이 어슐라의 손을 잡으며 말했다.

"괜찮아요. 내가 여기 있으니까."

어슐라는 자신을 꺼내주려고 고생하는 사람들이 무척 고마웠다. 그러다가 휴도 얼마나 고마워할까 생각했다. 아버지 생각에 울기 시작하자 공습 경비원이 말했다.

"저기, 저기요, 수지, 다 괜찮아요. 고둥 껍데기에서 고둥을 꺼내듯이 곧 꺼내줄게요. 맛있는 차도 가져다줄게요. 그 말 들으니 어때요? 좋죠?"

눈이 오는 것 같았다. 어슐라의 살갗에 얼음 같은 작은 바늘이 콕콕 쑤셨다.

"너무 추워." 어슐라가 중얼거렸다.

"걱정 말아요. 얼른 꺼내줄 테니까." 공습 경비원이 말했다.

남자는 입고 있던 외투를 가까스로 벗어 어슐라에게 덮어주었다. 장소가 너무 좁아 외투를 벗는 것도 힘들었고, 뭘 건드렸는지 두 사람 위로 쓰레기 잔해가 쏟아졌다.

"아."

어슐라는 갑자기 심한 메스꺼움을 느꼈지만 곧 잦아들었고 이제 평온해졌다. 이제는 나뭇잎들이 먼지, 재, 낙엽 조각과 뒤섞여 떨어졌고, 갑자기 어슐라는 얇은 너도밤나무 잎사귀 더미를 덮게 되었다. 잎에서는 버섯과 모닥불과 뭔가 달콤한 냄새가 났다. 글로버 부인이 만든 생강쿠키 냄새가. 하수 오물과 가스 냄새보다는 훨씬 좋았다.

"자, 아가씨." 공습 경비원이 말했다. "자, 수지, 지금 잠들면 안 돼요."

남자가 어슐라의 손을 꽉 잡았지만 어슐라는 햇빛을 받아 반짝거리며 빙빙 도는 뭔가를 바라보고 있었다. 토끼인가? 아니, 산토끼였다. 은색 산토끼가 눈앞에서 천천히 빙빙 돌았다. 어슐라는 완전히 마음을 빼앗겼다. 지금까지 본 것 중에 가장 예뻤다.

어슐라는 지붕을 뚫고 밤 속으로 날아올랐다. 햇볕이 쨍쨍 내리쬐
는 옥수수밭에 와 있었다. 길가에서 라즈베리를 땄다. 테디와 숨바꼭
질을 하는데, 누군가 '재미있는 여자야' 하고 말했다. 공습 경비원은
아니겠지? 그때 눈이 내리기 시작했다. 밤하늘은 이제 저 위 높은 곳
에 있지 않고, 따뜻한 검은 바다처럼 주위를 에워쌌다.

어슐라는 의식불명 상태로 빠져들었다. 공습 경비원에게 뭔가 말하
려 했다. '고마워요.' 하지만 이제는 상관없었다. 아무것도 상관없었
다. 어둠이 내려앉았다.

내일은 아름다운 날

1939년 9월 2일

"속상해하지 마, 패미. 근데 집이 왜 이렇게 조용해? 아이들은 다 어떻게 했어?" 해럴드가 물었다.

"팔아버렸어. 두 사람 가격에 셋 다." 다시 생기를 얻은 패멀라가 말했다.

"여기서 자고 가, 어슐라. 내일은 혼자 지내면 안 돼. 아주 끔찍한 날이 될 거야. 의사 명령이야." 해럴드가 친절하게 말했다.

"고마워요. 하지만 난 벌써 계획이 있어요." 어슐라가 말했다.

어슐라는 전쟁이 나기 전날, 켄징턴 하이스트리트에서 이것저것 쇼핑하다가 구입한 노란 비단 크레이프 티드레스를 입어보았다. 조그마한 검은 제비들이 날아다니는 무늬였다. 어슐라는 이 드레스에 감탄했다. 아니, 자신에게 감탄했다는 편이 옳겠다. 침대 위에 올라서야만 볼 수 있는 화장대 거울 속에 비친 자신의 하반신 모습에.

애플야드 부인이 남자와 영어로 말다툼하는 소리가 아가일 로드의 얇은 벽을 통해 들렸다. 수수께끼 같은 애플야드 씨로 추정되는 남자는 들락거리는 게 늘 대중없었다. 계단을 지나다가 딱 한 번 마주친 남자는 침울하게 어슐라를 노려보더니 인사도 없이 서둘러 지나갔다. 남자는 몸집이 크고 혈색이 좋아 약간 돼지처럼 보였다. 그가 정육점 판매대 뒤에 서 있거나 양조장 자루를 끄는 모습이 상상되었다. 네즈빗 자매에 따르면 보험 직원이라고 했지만.

그와는 반대로 애플야드 부인은 마르고 혈색이 나빴고, 남편이 집에 없을 때면 혼자 애절하게 노래를 불렀다. 어슐라가 모르는 언어로 노래했지만 소리로 보아 동유럽 언어 같았다. 카버 씨의 에스페란토가 얼마나 쓸모 있을까, 어슐라는 생각했다. (물론 모든 사람이 이 언어를 사용하기만 한다면.) 특히나 수많은 피난민이 런던으로 밀려들어오는 요즘에는 더욱 그랬다. ("체코 여자야." 네즈빗 자매가 마침내 알려주었다. "우린 체코슬로바키아가 어디 있는지도 몰랐잖아, 안 그래? 여전히 모르고 지낼 수 있으면 좋으련만.") 애플야드 부인이 따뜻한 영국 신사의 품을 찾았지만 대신 호전적인 애플야드 씨를 만났으니 부인 역시 일종의 피난민 같았다. 애플야드 씨가 정말 아내 때리는 소리라도 들리면 어슐라는 그 집 문을 두드려서 어떻게든 말려볼 생각이었다. 어떻게 말릴 수 있을지는 모르겠지만.

옆집 말싸움이 점점 더 커지더니 단호하게 쾅 닫히는 현관문 소리를 마지막으로 조용해졌다. 시끄럽게 들락거리는 데 일가견이 있는 애플야드 씨가 계단을 쿵쾅거리며 내려갔다. 그가 지나간 자리에는 여성과 외국인을 비하하는 기운이 감돌았고, 억압당한 애플야드 부인은 그 두 가지 경우에 모두 해당했다.

별로 구미가 당기지 않는 삶은 양배추 냄새와 함께 벽을 통해 스며오는 시큰둥한 불만족의 기운은 몹시도 우울했다. 어슐라는 난민들이 감정이 풍부하고 낭만적인 사람이길—문화생활을 위해 도망친—바랐다. 학대받는 보험 직원의 아내가 아니라. 애플야드 부인에게는 얼마나 불공평한 일인가.

어슐라는 침대에서 내려와 거울을 보며 약간 빙그르르 돌아보았다. 드레스는 썩 잘 어울렸다. 서른이 다 되어가는 나이에도 몸매는 여전히 살아 있었다. 언젠가 실비처럼 아줌마 허리를 갖게 될까? 이제는 자신의 아이를 갖는다는 게 점점 가능성이 없어 보였다. 패멀라의 아기들을 품에 안았던 일이 떠올랐다. 테디와 지미를 안았을 때도. 사랑과 두려움, 그리고 보호해야 한다는 애절한 마음이 얼마나 강렬했던가. 어슐라 자신의 아이라면 그 감정이 얼마나 더 강렬하겠는가? 어쩌면 견디기 힘들 정도로 강렬할지도 모른다.

존 루이스 백화점에서 애프터눈티를 마시면서 실비가 물었다.

"아기를 갖고 싶은 생각은 없니?"

"엄마가 키우는 암탉들처럼 말이에요?"

"'커리어 우먼'이 되겠다는 말이니?" 실비는 이 두 단어가 한 문장에 들어올 수 없다는 듯 발음했다. "노처녀지."

실비는 말뜻을 곰곰이 생각하며 덧붙였다. 어슐라는 어머니가 왜 그렇게 자신을 짜증 나게 하려는지 의아했다.

"넌 결혼 못할지도 몰라." 마치 결론을 내리듯, 어슐라의 인생이 끝난 것이나 다름없다는 듯 실비가 말했다.

"그게 그렇게 나쁜 거예요? '결혼하지 않은 딸'이?" 어슐라는 아이싱을 입힌 팬시 케이크를 먹으며 덧붙였다. "제인 오스틴은 괜찮았잖아요."

어슐라는 드레스를 머리 위로 뒤집어 벗은 뒤 페티코트와 스타킹 차림으로 작은 부엌방에 갔다. 그러고는 수도꼭지에서 물을 한 잔 받은 뒤 크림크래커가 있는지 뒤졌다. 감방 식사, 어슐라는 생각했다. 앞으로 닥칠 일을 위해 좋은 훈련이었다. 아침으로 먹은 토스트 이후 먹은 거라고는 패멀라의 케이크가 전부였다. 오늘 밤엔 적어도 크라이턴한테 훌륭한 저녁을 대접받길 기대했다. 크라이턴은 사보이 호텔에서 만나자고 했다. 두 사람은 이런 공개적인 밀회를 한 적이 없었기 때문에 어슐라는 극적인 일이 벌어질지 궁금했다. 아니면 전쟁의 그림자가 충분히 극적이어서 크라이턴이 그 얘기를 하고 싶은 건지도 모르겠다.

어슐라는 내일 전쟁이 선포될 거라는 걸 알았다. 패미에게는 아무 말도 하지 않았지만. 크라이턴은 하면 안 되는 온갖 이야기를 어슐라에게 해주었다. 두 사람 다 '공직자비밀엄수법'에 서명했다. (반대로 어슐라는 크라이턴에게 거의 아무것도 알려주지 않았다.) 크라이턴은 최근에 다시 흔들렸고, 어슐라는 그가 어느 쪽으로 기울어질지, 또 자신은 그가 어느 쪽으로 기울어지길 원하는지 확신이 없었다.

어슐라가 잠깐 사무실을 비운 사이에 수상쩍게 배달된 해군성 메모지를 통해 크라이턴은 만나서 술 한잔 하자고 제안했다. 마치 요정이 책상에 갖다 둔 것처럼 보이는 이 쪽지들은 도대체 누구 짓인지 매번 의아하기만 했다. '귀하의 부서가 회계감사를 받을 것 같습니다.' 이렇게 적혀 있었다. 크라이턴은 암호를 좋아했다. 어슐라는 해군의 암호 체계가 크라이턴의 암호만큼 초보적이지 않길 바랐다.

어슐라의 사무 보조원인 포셋 양이 바로 앞에서 이 쪽지를 발견하더니 공포에 휩싸인 표정으로 변했다.

"어머나, 정말이에요? 감사를 받는 거예요?"

"누가 장난한 거야."

어슐라는 자신의 얼굴이 붉어진 걸 알고는 당황했다. 추잡하지만(완전히 더러운 건 아니라고 해도) 결백해 보이는 이들 메시지에는 크라이턴답지 않은 뭔가가 있었다. '연필이 다 떨어졌어요.' 아니면 '잉크를 충분히 채워뒀습니까?' 어슐라는 크라이턴이 피트먼 속기법을 배웠으면 싶었다. 아니면 좀 더 신중해지든가. 아니면 더 좋게는 완전히 끝을 내든가.

어슐라가 도어맨의 안내를 받아 사보이 호텔 안으로 들어가자, 확 트인 로비에서 크라이턴이 기다리고 있었다. 크라이턴은 어슐라를 '아 메리카 바'로 안내하는 대신 이 층의 스위트룸을 향해 계단으로 이끌 었다. 침대가 방을 전부 차지한 듯 널찍하고 푹신해 보였다. 아, 여기 온 이유가 이거구나, 어슐라가 생각했다.

비단 크레이프 드레스는 이 경우에 어울리지 않을 것 같아서 감청 색 새틴을—멋진 이브닝드레스 세 벌 중 하나—입었는데 이제 와서 후회했다. 분위기로 보아 크라이턴이 거하게 식사를 대접하기보다는 당장 그녀의 옷을 벗기려 들 테니 말이다.

크라이턴은 어슐라의 옷을 벗기는 걸 좋아했고, 그녀의 몸을 보길 좋아했다.

"르누아르 그림처럼." 미술에 대해 잘 모르면서 그는 이렇게 말했다.

루벤스보다는 르누아르가 낫지, 어슐라는 생각했다. 그런 점에서는 피카소도 괜찮았다. 크라이턴 덕분에 어슐라는 자신의 나체를 자연스 럽게 받아들이게 되었다. 모이라는 바닥까지 끄는 면플란넬 잠옷을 입 고 꼭 불을 꺼야 하는 타입인 모양이었다. 크라이턴이 아내의 강인한 성격을 때로 과장한 건 아닐까 어슐라는 궁금했다. 한두 번은 정말 워 그레이브에 가서 부당한 대접을 받는 그의 아내를 슬쩍 훔쳐보고 진짜 촌뜨기 같은 여자인지 확인해보고 싶기도 했다. 물론 어슐라가 모이라 의 몸(르누아르가 아니라 루벤스다울 거라고 어슐라는 상상했다.)을 직접 확 인할 경우, 그것은 상상 속의 사람이 아닌 실제 인물을 배신하는 것이 어서 더 힘들 것이다.

("하지만 그 여자는 실제 인물이야. 그건 허울뿐인 주장이야." 패멀라는 의 아해했다. "그래, 나도 잘 알고 있어." 그것은 나중에 휴의 예순 번째 생일을

맞이한 봄에 다소 짜증 나는 사건이 되었다.)

스위트룸에서 보는 워털루 다리부터 국회의사당과 빅벤까지의 강은 전망이 아주 멋졌다. 이제 황혼이 밀려오면서 사방이 어둑어둑했다. ("보랏빛 시간.") 하늘을 찌르는 시커먼 손가락인 클레오파트라의 바늘만 겨우 알아볼 수 있었다. 평소 런던 불빛의 광휘와 광채는 없었다. 등화관제가 이미 시작되었다.

"그럼 피난처는 이제 못 쓰는 거예요? 밖에 나앉게 된 건가요?" 크라이턴이 물방울이 맺힌 은색 양동이에 든 샴페인 병을 따는 동안 어슐라가 물었다. "축하할 일이라도 있어요?"

"작별 인사를 하는 거요." 크라이턴이 창가의 어슐라 옆에 다가가 잔을 건네며 말했다.

"우리의 작별 말인가요?" 어슐라는 어리둥절해서 말했다. "특급 호텔로 데려와서 관계를 끝내자고 샴페인을 권한단 말이에요?"

"평화와의 작별이지." 크라이턴이 말했다. "우리가 알던 세상과 작별하는 거요."

크라이턴은 창가 쪽으로 잔을 들었다. 어스름한 영광에 휩싸인 런던을 향해.

"종말의 시작을 위하여." 크라이턴이 험악하게 말했다. "모이라와 헤어졌소."

마치 뒤늦게 생각난 것처럼, 아무 일도 아니라는 듯 덧붙였다. 어슐라는 충격에 휩싸였다.

"딸들은?" (그냥 확인해보는 거야, 어슐라는 생각했다.)

"딸들도 다. 불행하게 살기에는 인생이 아주 소중하니까."

런던 전역에서 얼마나 많은 사람들이 그날 밤 똑같은 말을 하고 있을까, 어슐라는 궁금했다. 이보다 더 좋지 않은 환경에서. 물론 이미

가진 것을 충동적으로 버리기 위해서가 아니라 오히려 고수하기 위해 똑같은 말을 하는 사람들도 있을 것이다.

갑자기, 예상치 못한 공포를 느낀 어슐라가 말했다.

"난 당신과 결혼하고 싶지 않아요."

이 말이 입 밖으로 나오기까지 스스로 얼마나 강하게 느껴졌는지 어슐라는 깨닫지 못했다.

"그건 나도 원치 않소."

크라이턴의 말에 심술궂게도 어슐라는 실망하고 말았다.

"에거튼 가든스에 아파트를 얻어놨소. 당신이 와서 함께 살아도 좋겠다고 생각했지." 크라이턴이 말했다.

"동거하자고요? 나이츠브리지에서 함께 살자고요?"

"당신만 좋다면."

"세상에, 대담하군요. 당신 경력은 어쩌고요?" 어슐라가 말했다.

크라이턴은 경멸조의 소리를 냈다. 그러니까 전쟁이 아니라 어슐라가 그의 새로운 유틀란트가 되는 거였다.

"그렇게 하겠소, 어슐라?"

어슐라는 창문을 통해 템스 강을 바라보았다. 이제 강물은 거의 보이지 않았다.

"건배해요. 해군에서는 뭐라고 건배하죠— '연인과 아내가 절대 만나는 일이 없도록', 맞아요?" 어슐라는 크라이턴의 잔에 자신의 잔을 부딪치며 말했다. "배고파 죽겠어요. 이제 얼른 먹죠?"

1940년 4월

아래 거리에서 들리는 자동차 경적이 나이츠브리지의 조용한 일요일 아침을 깨웠다. 어슐라는 교회 종소리가 그리웠다. 전쟁 전에는 당연하게만 받아들였던 소박한 일들이 얼마나 많은지. 어슐라는 그때로 돌아가서 모든 것에 걸맞게 고마워할 수 있기를 바랐다.

"왜 경적을 울리지? 초인종이 멀쩡하게 있는데?" 크라이턴이 창밖을 내다보며 말했다. "왔나 보군. 크리스마스 울새처럼 불룩하게 스리피스 슈트를 차려입은 젊은이가 맞다면 말이오."

"맞는 것 같은데요."

모리스를 '젊다'고 생각하진 않았지만. 어슐라는 모리스를 한 번도 젊다고 생각해본 적이 없었지만 크라이턴이 보기에는 그럴 수도 있겠다 싶었다.

휴의 예순 번째 생일이었고, 모리스는 생일 파티를 위해 폭스 코너까지 태워다 주겠다고 마지못해 제안했다. 모리스와 차 안에 격리되어 시간을 보내는 건 색다른 경험은 되겠지만, 그렇다고 꼭 좋은 쪽은 아니었다. 두 사람이 단둘만 있는 경우는 드물었다.

"휘발유가 있나?"

크라이턴이 눈썹을 치켜세우며 물었지만 실은 질문이 아니라 혼잣말에 가까웠다.

"'운전사'도 있어요. 전쟁에서 가장 이득을 본 사람이 모리스 오빠일

걸요." 어슐라가 말했다.

"무슨 전쟁?" 패멀라라면 그렇게 말했을 것이다. 패멀라는 사내아이 여섯과 자넷과 함께 요크셔에 '고립되어' 있었다. 자넷은 투덜이일 뿐만 아니라 상당한 '게으름뱅이'로 밝혀졌다.

"난 목사 딸이라고 해서 기대를 좀 했어. 근데 너무 게을러. 난 온종일 쫓아다니면서 자넷 아이들도 내 아이들처럼 돌봐. 난 이제 이 피난 짓거리에 지쳤어. 곧 집에 가야 할 것 같아."

"모리스 오빠는 나를 데려가지 '않으면' 절대 차를 몰고 가지 않을 거예요. 나쁜 모습을 보여주기 싫어하거든요. 자기 가족한테도. 오빠한테는 지켜야 할 '명성'이 있으니까요. 게다가 가족이 집에 와 있으니 오늘 밤에 다시 런던으로 데려다 줄 거예요."

모리스는 에드위나와 아이들을 부활절 휴가 동안 폭스 코너에서 지내게 했다. 일반인이 모르는 어떤 정보를 모리스가 알고 있을지 어슐라는 궁금했다. 부활절이 특히 위험한 때가 될 것인가? 다른 사람은 몰라도 모리스만큼은 많은 걸 아는 게 틀림없었다. 하지만 부활절은 사고 없이 조용히 지나갔고, 어슐라는 그저 손주들이 할머니 할아버지 집을 방문한 모양이라고 생각했다. 필립과 헤이즐은 별로 창의적이지 못한 아이들이라 다루기 힘든 실비의 피난민들과 어떻게 지내는지 궁금했다.

"런던으로 돌아올 때는 자리가 엄청 붐빌 거야. 에드위나와 아이들까지 있으니. '운전사'는 말할 것도 없고. 그래도 어쩔 수 없는 일이지만."

자동차 경적이 다시 울렸다. 어슐라는 이 소리를 그냥 무시했다. 모든 면에서 모리스보다 지위가 높고, 해군복을 완벽하게 갖춰 입은(훈장과 금색 장식용 수술까지 주렁주렁 단 채) 크라이턴을 대동하고 나타나면 얼마나 뿌듯할까, 어슐라는 생각했다.

"같이 가도 괜찮은데. 모이라 얘기만 안 하면 되잖아요. 딸들 얘기하고." 어슐라가 크라이턴에게 말했다.

"당신 집이오?"

"뭐라고요?"

"아까 거기를 '집'이라고 했잖소. 그렇냐고? 당신 집이냔 말이오." 크라이턴이 말했다.

"네, 물론이죠." 어슐라가 말했다.

모리스가 조바심하며 인도를 왔다 갔다 하자 어슐라는 창유리를 탕탕 두드려 그의 주의를 끈 뒤 집게손가락을 치켜들고 '일 분만' 하고 입모양으로 말했다. 모리스는 얼굴을 찌푸렸다.

"비유적인 표현이에요. 다들 부모님 계신 곳을 '집'이라고 부르잖아요." 어슐라가 크라이턴 쪽으로 몸을 돌리며 말했다.

"그런가? 난 아닌데."

그래요, 당신은 아니에요, 어슐라는 생각했다. 크라이턴에게는 워그레이브가 '집'이었다. 비록 생각 속에서만 그렇긴 하지만. 물론 그의 말이 옳았다. 어슐라는 에거튼 가든스의 아파트를 자신의 집이라고 여기지 않았다. 전쟁이 훼방을 놓은 또 다른 여정에서 현재 지내는 곳, 임시로 머무는 장소일 뿐이었다.

"당신이 원한다면 그 문제는 얼마든지 논쟁해도 좋아요." 어슐라가 상냥하게 말했다. "근데…… 저 밖에서 모리스가 작은 양철 병정처럼 왔다 갔다 행진하고 있잖아요."

크라이턴이 웃었다. 그 역시 한 번도 논쟁을 바란 적이 없었다.

"나도 당신하고 가서 당신 가족을 만나고 싶소. 하지만 난 시타델에 가봐야 해." 크라이턴이 말했다.

해군성은 호스 가즈 퍼레이드에 지하 요새인 시타델을 건설 중에 있었고, 크라이턴은 사무실을 옮기느라 바쁜 때였다.

"그럼 나중에 봐요. 마차가 기다리는 데다 모리스는 땅을 긁어대고 있으니까요." 어슐라가 말했다.

"반지."

크라이턴이 상기시키자 어슐라가 말했다.

"아, 네, 물론이죠. 잊을 뻔했네."

어슐라는 직장에 가지 않을 때는 결혼반지를 끼기 시작했다. 순전히 남에게 보여주기 위해서였다.

"배달원 같은 사람들 때문에."

어슐라는 우유 배달원이나 매주 두 번 청소하러 오는 아줌마에게 불륜 관계로 보이는 걸 원치 않았다. (어슐라는 이렇게 숫기가 없는 자신에게 놀랐다.)

"식구들이 '이걸' 보면 얼마나 질문들을 퍼부어댈지 상상이 가죠." 어슐라는 반지를 빼서 복도 테이블에 올려놓으며 말했다.

크라이턴은 어슐라의 빰에 가볍게 입을 맞추며 말했다.

"재미있게 지내다 와."

"그건 장담 못해요." 어슐라가 말했다.

"아직 남자를 못 잡았어?" 이지가 어슐라에게 물었다. "그럼 그렇지." 이지는 이번엔 기분 좋게 실비 쪽으로 몸을 돌리며 물었다. "그럼 이제 손주가 몇 명이에요, 일곱, 여덟?"

"여섯 명. 아가씨도 할머니가 됐을지 모르지, 이지."

"뭐라고요? 어떻게 그럴 수 있죠?" 모리스가 물었다.

"어쨌든 어슐라에게 하나 낳으라고 압박하지 않아도 되겠네." 이지는 대수롭지 않다는 듯 말했다.

"낳으라고요?" 어슐라는 연어 아스픽을 찍은 포크를 입으로 가져가다 멈칫하며 물었다.

"혼기를 놓친 거 아냐?" 모리스가 말했다.

"뭐라고?"

포크가 다시 접시에 내려졌다.

"늘 신부 들러리나……"

"한 번이야. 신부 들러리는 딱 한 번 했어, 패멀라 결혼식 때."

"누나가 안 먹으면 내가 먹을게." 지미가 연어를 슬쩍 가져가며 말했다.

"진짜야."

"그럼 상황이 더 나쁜데. 네 언니 말고는 아무도 널 신부 들러리로도 원하질 않으니."

모리스는 남자라기보다는 남학생처럼 낄낄 웃어댔다. 짜증 나게도 어슐라가 식탁 아래로 걷어차기에는 모리스가 너무 멀리 앉아 있었다.

"예의 지켜요, 모리스." 에드위나가 소곤거렸다.

모리스와 결혼하면 하루에 몇 번이나 실망하게 될까, 어슐라는 궁금했다. 결혼에 반대하는 논쟁점으로 모리스만큼 좋은 예도 없을 것 같았다. 에드위나는 '운전사' 때문에 지금 심기가 몹시 불편했는데, 알고 보니 운전사가 정복 차림의 다소 매력적인 여자 국방군이었기 때문이다. 실비가 여자 운전사에게 같이 식사하자고 고집하는 바람에 운전사는 당황해했다. (그녀의 이름은 페니였지만 다들 금방 잊어버렸다.) 틀림없이 차에서 시간을 보내거나 브리짓과 부엌에 있는 편이 훨씬 마음 편했을 것이다. 운전사는 피난민들로 북적이는 비좁은 식탁 끝에 끼어 앉아서 에드위나의 서릿발 같은 눈총을 끊임없이 받아야 했다. 반면에 모리스는 의도적으로 페니를 무시했다. 어슐라는 그 의미를 읽으려 애썼다. 패멀라가 여기 있었더라면. 패멀라는 이지만큼은 아니지만 사람의 마음을 해독하는 능력이 뛰어났다. ("모리스는 버릇없는 아이였어. 근데 그 여자는 매력이 있어. 정복을 입은 여자를 어떤 남자가 마다하겠어?")

필립과 헤이즐은 부모 사이에 얌전하게 앉아 있었다. 실비는 모리스의 아이들을 특별히 좋아한 적이 없었다. 반면 자신의 피난민인 배리와 바비("분주한 내 두 마리 벌")는 무척 예뻐하는 것 같았다. 이 아이들은 리전시 리바이벌 양식의 식탁 아래를 기어다니면서 정신 사납게 낄낄거리고 있었다.

"장난기가 얼마나 많은지." 실비가 너그럽게 말했다.

마치 신분이 자신을 규정짓기라도 하듯 피난민이라고 불리는 이들은 브리짓과 실비가 닦고 문질러서 겉으로는 멀쩡해 보였지만, 버릇없는 천성은 어떤 걸로도 감춰지지 않았다. ("정말 골치 아픈 애들이야." 이지가 몸서리치며 말했다.) 어슐라는 이 아이들이 밀러네 아이들을 떠올리게 해서 조금 좋아했다. 이 아이들이 강아지였다면 계속해서 꼬리를 살랑살랑 흔들었을 것이다.

이제 실비에게는 진짜 강아지도 두 마리 있었는데 역시 형제지간인 검은 래브라도로 잘 흥분했다. 이름은 헥터와 해미시였지만, 서로 구별이 어려워 집합적으로 그냥 '개들' 취급을 받는 것 같았다. 개들과 피난민들은 폭스 코너를 추레하게 만드는 데 일조하는 듯했다. 실비 자신은 1차 세계대전에 비해 이번 전쟁을 더 잘 감수하는 듯 보였다. 반대로 휴는 힘들어했다. 휴는 국토방위군 훈련에 '강제로' 투입되었고 일요일 예배가 끝난 오늘 오전에는 지역 교회의 '부인들'에게 소화용 소형 수동 펌프의 사용 방법을 가르쳤다.

"안식일에 해도 되는 일이에요?" 에드위나가 물었다. "하느님이 우리 편이라는 건 알지만……"

에드위나는 '독실한 크리스천'인데도 신학적 입장을 계속 견지할 수가 없자 말꼬리를 흐렸다. '독실한 크리스천'이란 말은 패멀라에 따르면 아이들을 세게 때리고 아이들에게 전날 먹고 남은 음식을 아침으로 먹게 한다는 의미였다.

"물론 해도 되지. 민방위를 조직하는 내 역할로 볼 때……" 모리스가 말했다.

"난 오빠가 멋지게 표현한 대로 스스로 '혼기를 놓쳤다'고 보지 않아."

짜증이 난 어슐라는 모리스 말에 끼어들었다. 훈장과 금색 장식용 수술을 단 크라이턴이 이 자리에 있었으면 얼마나 좋았을까, 다시 그런 생각이 스쳐갔다. 에드위나가 에거튼 가든스를 알게 되면 얼마나 충격을 받을까. ("해군 대장은 어떻게 지내?" 나중에 정원에서 이지가 공모자처럼 나지막하게 물었다. 물론 이지는 알고 있었다. 이지는 모든 걸 알았고, 혹시 몰랐다고 해도 손쉽게 알아낼 수 있었다. 어슐라처럼 이지도 첩보에 능했다. "그 사람은 해군 대장이 아니에요." 어슐라가 말했다. "하지만 잘 지내고 있어요, 고마워요.")

"누나는 혼자서도 잘해나가지." 테디가 어슐라에게 말했다. "'그대는 빛나는 자신의 눈과 약혼하고', 뭐 그런 거군."

테디는 셰익스피어를 인용하기만 하면 상황이 누그러지기라도 하듯 시를 맹신했다. 어슐라는 테디가 인용하는 이 소네트가 이기적인 사람을 일컫는 거라고 생각했지만, 테디가 좋은 뜻으로 한 말이어서 그냥 넘어갔다. 다들 어슐라가 미혼인 사실에 집착하는 듯 보였지만 테디는 사뭇 달랐다.

"어슐라는 이제 겨우 서른이야, 세상에." 이지가 이번에도 쓸데없이 참견했다. (다들 제발 좀 조용히 해줬으면, 어슐라는 생각했다.) "어쨌든 난 마흔이 넘어서 결혼했어." 이지가 우겼다.

"근데 남편은 어디 있지?" 실비는 리전시 리바이벌 양식의 식탁을 둘러보며 물었다.

식탁의 양 날개는 손님들이 다 앉을 수 있게 펼쳐져 있었다. 실비는 당황한 척했다. (이런 건 실비에게 어울리지 않았다.)

"여기에는 없는 것 같은데."

이지는 휴의 환갑을("역사적인 일이야.") 축하하기 위해 참석을 결정했다. ("늘 그렇듯 초대도 안 했는데 말이야." 실비가 말했다.) 휴의 다른 남매들은 폭스 코너까지 오는 여정을 '너무 힘들다'고 여겼다.

"다들 정말 나쁜 년들이야." 나중에 이지가 어슐라에게 말했다. 이지는 막내였지만 가장 사랑받던 아이는 결코 아니었다. "휴 오빠가 언니들한테 얼마나 잘해줬는데."

"아빠는 늘 모든 사람에게 잘해줘요."

어슐라는 아버지의 건실한 성격을 생각하자 눈물이 나오려고 하는 바람에 놀라고 당황했다.

"아, 울지 마." 이지는 손수건으로 쓰이는 게 틀림없는 레이스 뭉치를 어슐라에게 건네며 말했다. "나도 울고 싶잖아."

그럴 것 같지는 않았다. 그런 일은 지금까지 한 번도 없었다.

이지는 사람들을 둘러보며 곧 캘리포니아로 떠난다고 선언했다. 유명 극작가인 이지의 남편은 할리우드에서 시나리오를 쓸 기회를 얻었다.

"유럽인들이 모두 거기로 가고 있어." 이지가 말했다.

"넌 이제 유럽인이구나?" 휴가 말했다.

"우리 다 유럽인 아냐?"

패멀라만 빼고 모든 식구들이 다 모였다. 패멀라에게 여행은 정말 너무 힘들었다. 지미는 용케 며칠 휴가를 냈고, 테디는 낸시를 데려왔다. 집에 도착하자 낸시는 휴를 다정하게 안으며 말했다.

"생신 축하해요, 토드 씨."

그러고는 쇼크로스 집에서 찾아낸 오래된 벽지로 예쁘게 포장한 선물 꾸러미를 내밀었다. 《관리인》이라는 제목의 책이었다.

"초판본이에요." 낸시가 말했다. "테드 말로는 트롤럽을 좋아하신다고요."

(이 사실을 다른 식구들은 아무도 모르는 것 같았다.)

"착한 테드." 휴가 낸시의 뺨에 입을 맞추며 말했다. 그러고는 테디에게 말했다. "정말 어여쁜 애인을 데려왔구나. 언제 청혼할 생각이니?"

"오, 아직 시간이 충분해요." 얼굴이 발개진 낸시가 웃으며 말했다.

"내 생각도 그래." 침울한 실비가 말했다.

테디는 이제 양성훈련학교를 졸업했고("이 사람은 날개가 있어요! 천사처럼 말이에요!" 낸시가 말했다.) 조종사 훈련을 받기 위해 캐나다로 떠날 배를 기다리는 중이었다. 자격증을 취득하면 이곳으로 돌아와 작전훈련부대에 자리를 얻게 될 것이다.

테디는 '실제 폭격 비행'보다는 작전훈련부대에서 죽을 확률이 더 많다고 했다. 사실이었다. 어슐라는 항공성에 아는 여자가 있었다. (어슐라는 사방에 아는 여자들이 많았다.) 이들은 세인트 제임스 공원에서 함께 샌드위치를 먹으며 침울하게 통계를 교환했다. 공직자비밀엄수법의 압박에도 불구하고.

"음, 아주 위안이 되는 말이구나." 실비가 말했다.

"아야!" 피난민 중 하나가 식탁 아래서 꺅 소리를 질렀다. "어떤 녀석이 날 찼어요."

모두들 본능적으로 모리스를 쳐다보았다. 차갑고 축축한 뭔가가 어슐라 스커트에다 코를 처박았다. 어슐라는 그 코가 피난민의 것이 아니라 강아지 코이길 몹시 바랐다. 지미가 어슐라의 팔을 (약간 세게) 꼬집으며 말했다.

"둘이 잘돼가는 거 같지 않아?"

가련한 여군은—피난민과 개들처럼 신분으로 자신이 규정되는—금방이라도 울음을 터뜨릴 것처럼 보였다.

"괜찮아요?" 늘 배려심이 많은 낸시가 물었다.

"저 여군은 외동딸이야. 대가족의 즐거움을 이해하지 못해." 모리스가 사무적으로 말했다.

여군의 가정환경을 알고 있다는 사실에 에드위나는 특히 화가 났는지 누군가를 공격할 것처럼 버터나이프를 손에 단단히 그러잡았다. 모리스나 여군, 아니면 손에 닿을 만한 사람은 누구라도 찌를 기세였다. 어슐라는 버터나이프가 얼마나 위협적일지 궁금했다. 충분히 위험할 것 같았다.

낸시가 식탁에서 벌떡 일어서더니 여군에게 말했다.

"우리 산책 가요. 날씨가 정말 좋잖아요. 좀 걸어가면 숲에 블루벨이 피어 있을 거예요."

낸시가 여군을 팔로 감싸더니 거의 끌어내다시피 했다. 어슐라는 두 사람을 뒤쫓아갈까 생각했다.

"'구애와 결혼의 관계는 아주 재치 있는 프롤로그와 아주 따분한 연극의 관계와 같다.' 누가 그렇게 말했지." 이지는 아무 일 없다는 듯 말했다.

"윌리엄 콩그리브영국의 극작가 근데 그 말이 여기서 왜 나오지?" 실비가 말했다.

"그냥 한 말이에요." 이지가 말했다.

"그렇겠지. 극작가와 결혼했다, 이건가? 우리가 한 번도 만나보지 못한 사람과." 실비가 말했다.

"여정은 사람마다 다 다르니까." 이지가 말했다.

"오, 그만. 엉터리 철학 강의는 안 해도 돼."

"내게 결혼은 자유를 의미해요. 언니에게 결혼은 늘 짜증 나는 구속을 의미하겠지만."

"도대체 무슨 말을 하는 거야? 말도 안 되는 소리." 실비가 말했다. (식탁의 나머지 사람들에게 당혹감이 전달되었다.)

"그게 아니라면 언니는 어떤 인생을 살았다는 거죠?" 이지는 분별없이(어떻게 보느냐에 따라서는 가차 없이) 계속해나갔다. "내 기억에 언니는 열일곱 살이었고, 가난한 데다 고인이 된 파산한 예술가의 딸이었죠. 휴 오빠가 책임지고 언니를 구해주지 않으면 어떻게 됐을지 알게 뭐람."

"아가씨는 아무것도 기억 못해. 그땐 아직 어린아이였어."

"그럴 리가 없어요. 게다가 난 물론……"

"오, 그만해." 휴가 진력이 나서 말했다.

브리짓이 긴장감을 깨며(글로버 부인이 그만둔 지금 폭스 코너에서 종종 주연 역할을 하며) 구운 오리를 높이 쳐들고 식당으로 들어왔다.

"오리네. 아 라 쉬르프리즈."(놀라워라.) 지미가 말했다.

당연히 닭이 나올 거라고 생각했기 때문이다.

낸시와 여군은("페니." 낸시가 모두에게 상기시켜주었다.) 식사 시간에 딱 맞춰 돌아왔다.

"운 좋게 오리가 아직 남아 있을 때 왔네." 테디가 낸시에게 접시를 건네며 말했다. "불쌍한 오리가 깨끗이 발렸어."

"오리는 먹을 게 별로 없어." 이지가 담뱃불을 붙이며 말했다. "두 사람이 먹기에도 빠듯해. 도무지 무슨 생각으로 오리를 준비했는지 이해가 안 가."

"전쟁 중이라는 생각으로 한 거지." 실비가 말했다.

"언니가 '오리'를 계획한 줄 알았더라면 내가 좀 더 넉넉하게 음식을 준비해올걸. 아는 사람 중에 뭐든 구해오는 사람이 있거든요." 이지가 말했다.

"물론 그러시겠지." 실비가 말했다.

지미는 어슐라에게 위시본을 주었고, 두 사람은 소원으로 휴의 생일 축하를 큰 소리로 말했다.

화해 분위기가 무르익을 무렵 케이크가 등장했는데, 물론 달걀을 주로 이용한 독창적인 케이크였다. 브리짓이 케이크를 식탁으로 가져왔다. 브리짓은 분위기를 띄우는 재간이 없어서 특별한 의식 없이 케이크를 휴 앞에 털썩 내려놓았다. 휴의 강요에 못 이겨 브리짓도 식탁에 자리를 잡고 앉았다.

"나라면 안 앉을 텐데."

여군이 조용히 중얼거리는 소리를 어슐라는 들었다.

"너도 한 식구야, 브리짓." 휴가 말했다.

식구 중 누구도 브리짓처럼 해가 뜰 때부터 질 때까지 노예처럼 일하진 않는다고 어슐라는 생각했다. 글로버 부인은 은퇴해서 자매와 함께 지내기 위해 떠났다. 갑작스럽긴 했지만 이미 짐작은 했던 조지의 죽음 때문이었다.

케이크에는 꺼야 할 촛불이 하나뿐이었지만 휴가 약간 과장해서 숨을 잔뜩 부풀리는 순간, 복도에서 왁자지껄한 소리가 들렸다. 피난민

중 한 명이 밖을 살피러 나갔다가 이런 소식을 안고 뛰어들어왔다.

"여자 한 명과 아이들이 잔뜩 왔어요!"

"어땠소?" 마침내 어슐라가 집에 들어서자 크라이턴이 물었다.

"패미 언니가 돌아왔어요. 아주 있기로 한 모양이에요. 몹시 지쳐 보였어요. 기차로 왔는데, 어린 아들 셋에다 팔에는 갓난아이까지 안고서. 상상이 돼요? 몇 시간이 걸렸대요."

"악몽이군." 크라이턴이 감정을 실어 말했다.

(패미!" 휴가 말했다. 휴는 몹시 즐거워 보였다. "생일 축하해요, 아빠. 죄송하지만 선물은 없어요. 우리뿐이에요." 패미가 말했다. "그거면 충분하고도 남지." 휴가 활짝 웃으며 말했다.)

"그 많은 여행 가방에다 개도 있었어요. 패미 언니는 얼마나 씩씩하던지. 그건 그렇고, 집으로 돌아오는 길은 또 다른 악몽이었어요. 모리스, 에드위나, 따분한 아이들 그리고 '운전사'. 알고 보니 운전사가 예쁜 여군이더라고요."

"세상에. 당신 오빠는 어떻게 해냈지? 난 여자 부대원을 손에 넣으려고 몇 달을 작업했었는데."

크라이턴의 말에 어슐라는 웃어버렸다. 크라이턴이 두 사람이 마실 코코아를 만드는 동안 어슐라는 부엌에서 서성거렸다. 침대에서 코코아를 마시면서 어슐라는 그날 있었던 이야기를 약간 부풀려가며(어슐라는 그를 즐겁게 해주는 게 자신의 의무라고 느꼈다.) 크라이턴을 기쁘게 해주었다. 결국 우리를 결혼한 부부와 구별해주는 게 뭘까, 어슐라는 생각했다. 전쟁일 수도 있고, 아닐 수도 있었다.

"나도 입대할까 생각 중이에요." 어슐라는 여자 국방군을 염두에 두고 말했다. "그들은 '의무를 다하라'고 말하죠. 내 손을 더럽히라고. 난 용감한 일을 하는 사람들의 보고서를 매일 읽어요. 근데 내 손은 아주 깨끗하죠."

"당신도 이미 의무를 다하고 있소." 크라이턴이 말했다.

"어떤 거요? 해군에 지원하는 거?"

크라이턴이 웃으면서 몸을 굴려 어슐라를 끌어안았다. 크라이턴은 어슐라의 목에 코를 비벼댔고, 거기 누워 있는 동안 어슐라는 행복하다는 생각이 들었다. 아니면 어쨌든 이 인생에는 이만큼 행복해질 수 있겠다는 생각이 들었다.

런던으로 돌아오는 고행길 같던 귀향길에서 든 생각은 어슐라의 '집'이 에거튼 가든스가 아니라는 사실이었다. 폭스 코너도 아니었다. 집은 관념에 불과했다. 목가적 이상향처럼 과거에 잃어버린.

어슐라는 이미 그날을 '휴의 예순 번째 생일'로 기억 속에 기록해두었다. 가족 행사에 출석했다는 정도로만 이해했다. 나중에 이때가 마지막 가족 모임이었다는 걸 알았을 때, 어슐라는 좀 더 관심을 기울일 걸 하고 후회했다.

아침에 크라이턴이 차와 토스트가 든 쟁반을 갖고 들어오자 어슐라는 잠을 깼다. 그가 가정적인 것은 워그레이브가 아니라 해군에 감사할 일이었다.

"고마워요." 아직도 여독을 풀지 못한 어슐라가 일어나려 애쓰며 말했다.

"나쁜 뉴스야." 크라이턴이 커튼을 젖히며 말했다.

어슐라는 테디와 지미를 떠올렸다. 이날 아침만큼은 테디와 지미가 폭스 코너에서 한때 모리스 방이었고 어릴 때 함께 지냈던 침실에 안전하게 누워 있다는 걸 알면서도.

"무슨 일이죠?" 어슐라가 물었다.

"노르웨이가 함락됐대."

"가련한 노르웨이." 어슐라는 뜨거운 차를 마시며 말했다.

1940년 11월

제럴드가 크면서 못 입게 된 아기 옷들을 패멀라가 한 보따리 싸서 보내오자, 어슐라는 애플야드 부인을 생각했다. 어슐라가 에거튼 가든스로 떠난 이후에는 아가일 로드의 주민들과 서로 연락을 주고받지 않아 꼭 애플야드 부인을 떠올린 건 아닐지도 모른다. 어슐라가 네즈빗 자매를 좋아했고, 끊임없는 폭격 속에서 어떻게 지내는지 가끔 궁금한 터라 좀 아쉬웠다. 그러다가 몇 주 전에 러네이 밀러를 우연히 만났다.

어슐라는 지미의 표현대로 '시내에' 있었다. 며칠 휴가를 얻어 런던에 온 지미와 함께했다. 불발탄 때문에 채링 크로스 호텔에 발이 묶인―어슐라는 터진 폭탄보다 불발탄이 더 성가시다는 생각을 종종 했다―두 사람은 일 층 커피 라운지로 피신했다.

"저기 립스틱 진한 매춘부 같은 여자 있잖아. 누나를 아는 모양인데." 지미가 말했다.

"맙소사! 러네이 밀러잖아." 어슐라는 자신을 향해 열심히 손을 흔드는 러네이를 보았다. "근데 같이 있는 남자는 누구지? 깡패처럼 보이는데."

러네이는 예전에 어슐라와 아주 친한 친구였던 것처럼 유별나게 반가워하면서("활달한 여잔데." 이들이 가고 나자 지미가 말했다.) '니키'와 함께 한잔하자고 우겼다. 니키 자신은 이 제안을 별로 마뜩잖게 생각하면서도 손짓으로 종업원을 불렀다.

러네이한테 전해 들은 아가일 로드의 '소식'에 따르면 어슐라가 일 년 전에 애거튼 가든스로 떠난 이후 별다른 변화가 없는 듯했다. 이제 애플야드 씨는 군에 입대했고, 그의 아내는 아기를 낳았다는 것만 제외하면.

"아들이야. 못생긴 아기야." 러네이가 말했다.

지미는 큰 소리로 웃으면서 말했다.

"난 직설적으로 말하는 여자가 좋아."

니키는 지미의 매력적인 외모에 약간 기분이 상했다. 특히 연한 진을 한 잔 더 마신 러네이가 지미와 시시덕거리기(거의 선수처럼 보일 정도로) 시작하자 분노는 더했다.

어슐라는 불발탄이 제거되었다는 소리를 언뜻 들은 데다 "한 잔 더 시켜줘, 니키"라고 말하는 러네이를 니키가 노려보자 그만 일어서는 게 좋을 것 같았다. 니키는 당연하다는 듯 자신이 계산하겠다고 나섰다. 어슐라는 니키처럼 수상쩍은 남자에게 신세를 져도 되는지 확신이 서지 않았다. 러네이는 어슐라와 포옹하고 입을 맞추며 말했다.

"옛 친구들 한번 만나러 와. 다들 좋아할 거야."

어슐라는 그렇게 하겠다고 약속했다.

"맙소사, 저 여자가 날 잡아먹는 줄 알았다니까." 헨리에타 스트리트의 돌무더기 주변을 조심조심 걸으며 지미가 말했다.

어슐라는 제럴드의 낡은 옷 꾸러미를 받은 즉시 러네이와의 약속을 지켰다. 이번만은 좀 일찍 퇴근해서 여섯 시 조금 넘어 아가일 로드에 도착했다. 업무와 폭탄 틈에서 먹고 숨 쉴 시간조차 없어서 정복 차림은 하지 않았다.

"전쟁 업무가 당신 일이야." 크라이턴이 지적했다. "당신 업무가 많을 것 같은데. 요즘 그 모호한 부서는 어떻소?"

"오, 알잖아요. 바빠요."

기록되어야 할 정보가 무척 많았다. 각각의 개별 사건들이—폭탄의 종류, 폭탄의 피해, 사상자 수(총계는 무서울 정도로 늘어났다.)—책상 위로 넘쳐났다.

어슐라는 종종 서류철에서 '기본 자료'—타이핑했거나 심지어 초안이 된 손으로 쓴 공습경보 보고서들—를 찾아보면서 전투 한가운데 있으면 어떤 기분일지 궁금했다. 어슐라는 가끔 폭격 피해 지도를 보았다. 언젠가는 랠프가 그린 지도도 본 적이 있었다. 랠프는 지도 뒷면에다 연필로 거의 알아보기 어렵게 흐리게 서명했다. 두 사람은 친구였고, 어슐라는 독일어 수업에서 그를 만났다. 물론 랠프는 둘의 관계가 서로에게 더 큰 의미가 되길 바란다고 분명히 해두었지만.

"당신의 또 다른 남자." 크라이턴은 즐거워하며 이렇게 랠프를 불렀다.

"고마우셔라." 어슐라가 옷 꾸러미를 들고 현관에 나타나자 애플야드 부인이 말했다. "들어오세요."

어슐라는 머뭇거리며 문지방을 넘었다. 예전의 그 삶은 양배추 냄새는 이제 갓난아이한테서 날 법한 좀 더 밥맛 떨어지는 냄새와 뒤섞여 있었다. 슬프게도 아기의 외모에 대한 러네이의 말이 옳은 것으로 드러났다. '못생긴 아기'였다.

"에밀이에요." 애플야드 부인은 안아보라고 어슐라에게 아기를 건네면서 말했다.

아기의 고무 바지를 통해 축축함이 전해져왔다. 어슐라는 곧장 아기를 돌려줄 뻔했다.

"에밀?"

어슐라는 얼굴을 찌푸리면서도 짐짓 유쾌한 척 아기에게 웃어 보였다. 아기도 아비를 쏙 빼닮았는지 어슐라를 약간 공격적으로 쳐다보았다.

애플야드 부인이 차를 대접하려 했지만 어슐라는 사과의 말을 남기며 네즈빗 자매의 다락방 쪽으로 허둥지둥 계단을 올라갔다.

네즈빗 자매는 평소처럼 상냥했다. 자매끼리 사는 건 아주 좋을 것 같다는 생각이 들었다. 패멀라와 함께 살아도 괜찮을 텐데.

루스는 나뭇가지처럼 앙상한 손가락으로 어슐라의 손가락 하나를 움켜잡았다.

"결혼했구나! 정말 멋져!"

오, 맙소사. 결혼반지 빼놓는 걸 깜빡한 어슐라가 뭐라고 둘러대려 했지만, 그럴싸한 변명거리가 떠오르지 않아 결국 조신하게 인정했다.

"네, 그렇게 됐네요."

어슐라가 대단한 일을 해내기라도 한 것처럼 자매는 떠들썩하게 축하해주었다.

"약혼반지가 없으니 얼마나 창피한 일이야." 라비니아가 말했다.

어슐라는 네즈빗 자매가 모조 장신구를 좋아한다는 사실을 깜빡 잊고 있었다. 이지가 준 낡은 모조 다이아몬드 버클과 핀이 든 작은 상자가 있었는데, 자매가 보면 좋아했을 게 틀림없었다.

라비니아는 검은 고양이 모양의 에나멜 브로치를 달고 있었다. 한

쪽 눈을 찡긋하는 작은 라인석이었다. 루스가 새가슴에 자랑스럽게 꽂은 묵직한 토파즈에 빈약한 몸매는 앞으로 쓰러질 것 같았다.

"우린 까치와 비슷해. 조그맣고 반짝이는 것들을 좋아하지."

자매는 주전자를 불에 올린 뒤 어슐라에게 뭘 먹일지—토스트에 마마이트맥주의 부산물인 이스트 추출물로 빵 등에 발라 먹음를 바를지, 잼을 바를지—유쾌하게 법석을 떨었다. 그때 지긋지긋한 사이렌이 울리기 시작했다. 어슐라는 창밖을 내다보았다. 탐조등이 이미 어두운 하늘을 이리저리 훑고 있었지만 공습기는 보이지 않았다. 아름다운 초승달이 칠흑 같은 어둠 속에서 빛났다.

"밀러네 지하실로 내려가자." 라비니아가 놀라울 정도로 쾌활하게 말했다.

"매일 밤이 모험이야." 루스는 덧붙여 말했다.

두 사람은 상당히 많은 물건을 챙겼다. 숄, 컵, 책, 바느질감.

"손전등, 손전등, 손전등 잊지 마!" 라비니아가 명랑하게 말했다.

이들이 일 층에 이르렀을 때 몇 거리 떨어진 곳에 폭탄이 떨어졌다.

"오, 안 돼! 뜨개질감을 잊고 안 가져왔어." 라비니아가 말했다.

"그럼 돌아가야지."

루스의 말에 어슐라가 말했다.

"안 돼요. 피신해야 해요."

"애플야드 부인 아기에게 줄 바지를 뜨고 있단 말이야." 자신의 목숨을 걸 만한 이유라도 되듯 라비니아가 말했다.

"우리 걱정은 마. 눈 깜짝할 새에 돌아올 테니까." 루스가 말했다.

"세상에, 꼭 가져와야 한다면 내가 갈게요." 어슐라가 말했다.

하지만 자매는 이미 늙은 관절을 삐걱거리며 계단을 올라갔고, 밀러 씨는 어슐라를 재촉해 지하실로 내려보냈다.

"러네이, 돌리, 여러분— 옛 친구들을 찾아 누가 왔는지 보십시오!"
밀러 씨는 무대 인사를 하듯 어슐라를 소개했다.

어슐라는 밀러네 가족이 얼마나 많은지, 하트넬 양이 얼마나 뻣뻣한지, 벤틀리 씨가 얼마나 괴상한지 잊고 있었다. 그리고 러네이는 지난번의 열정적인 만남은 아주 잊어버린 듯 이렇게만 말했다.

"오, 이 불쾌한 소굴에 한 명이 더 끼어들어 공기를 축내네."

러네이는 짜증 내는 에밀을—마지못해—까불렀다. 러네이 말마따나 불쾌한 소굴이었다. 애거튼 가든스에는 상태가 괜찮은 지하실이 있었지만 어슐라는(크라이턴이 있을 경우에는 그 역시) 종종 위험을 무릅쓰고 자신의 침대에서 지냈다.

어슐라는 결혼반지를 떠올리고는 만약 공습으로 사망할 경우 휴와 실비가 시신에서 반지를 발견하고 얼마나 당황할지 생각해보았다. 크라이턴이 어슐라의 장례식에 와서 설명해줄까? 러네이가 갑자기 에밀을 어슐라에게 떠안기는 바람에 반지를 빼지 못했다. 그러자마자 곧거대한 폭발이 건물을 뒤흔들었다.

"이크, 늙은 프리츠가 오늘 밤에는 정말 우리를 겁줄 모양이군." 밀러 씨가 쾌활하게 말했다.

보아하니 여자의 이름은 수지였다. 여자는 아무것도 몰랐고, 아무것도 기억하지 못했다. 한 남자가 어둠 속에서 계속 여자를 불러댔다.

"자, 수지, 지금 잠들면 안 돼요." 그리고 "여기서 나가게 되면 맛있는 차 한잔 어때요, 수지?" 하는 소리.

여자의 목이 재와 먼지로 꽉 막혔다. 몸속에서 뭔가 치유할 수 없을 정도로 찢기는 느낌이 들었다. 금이 쫙 갈라졌다. 금색 사발처럼.

"상당히 제임스답군."

여자는 테디가 이렇게 말하는 소리를 들었다. (테디가 그렇게 말했던가?) 여자는 큰 나무였다. (얼마나 이상한 일인가.) 여자는 몹시 추웠다. 남자는 여자의 손을 꽉 쥐며 말했다.

"자, 수지, 이제 깨어나 봐요."

하지만 여자는 그럴 수 없었다. 부드러운 어둠이 잠을, 끝없는 잠을 약속하며 여자에게 오라고 손짓했다. 그러고는 여자를 완전히 뒤덮을 때까지 부드럽게 눈이 내리기 시작했고, 사방은 어두워졌다.

내일은 아름다운 날

1940년 9월

어슐라는 크라이턴이 그리웠다. 크라이턴이나 패멀라에게 털어놓은 것보다 더. 크라이턴은 전쟁 선포 전날 밤, 사보이 호텔에 방을 하나 잡아놓았고, 어슐라는 멋진 감청색 새틴 드레스를 차려입었다. 그만 끝내자고('우리의 작별을 고하기 위해') 선언하려는 크라이턴을 위해.

"아주 끔찍해질 거요."

크라이턴이 말했지만 전쟁을 두고 한 말인지, 아니면 자신들을 두고 한 말인지 확실치 않았다.

작별에도 불구하고, 아니 어쩌면 작별 때문에 함께 침대로 갔다. 크라이턴은 '이 육체'가, '당신 몸의 윤곽'이, '이 예쁜 얼굴' 등등이 얼마나 그리웠는지 말하느라 오랜 시간을 보냈다. 마침내 약간 지겨워진 어슐라가 말했다.

"끝내길 원하는 쪽은 당신이에요, 내가 아니라."

어슐라는 그가 모이라와도 같은 방식으로 사랑을 나누는지 궁금했다. 똑같이 무심하면서도 열정적으로. 하지만 이런 건 사실을 듣게 될까 봐 두려워서 묻지 못하는 질문에 속한다. 이제 와서 그게 무슨 상관일까. 모이라가 다시 그를 차지하게 된 마당에. 흠집이 나긴 했지만 그래도 그 여자의 것이었다.

다음 날 아침, 두 사람은 객실에서 아침을 먹은 뒤 체임벌린의 연설을 들었다. 스위트룸에는 라디오가 있었다. 그리고 얼마 지나지 않아 사이렌이 울렸지만 이상하게도 두 사람 다 겁을 먹지 않았다. 모든 것이 아주 비현실적으로 보였다.

"연습 상황이면 좋겠군." 크라이턴이 말했다.

어슐라는 이제부터는 모든 것이 연습 상황이 될지도 모른다고 생각했다.

두 사람은 호텔을 나와 템스 강둑길을 따라 웨스트민스터 브리지까지 걸었다. 이곳에서는 공습 경비원들이 호루라기를 불면서 경보가 끝났다고 외쳤다. '경보 해제' 표지판을 몸에 걸친 또 다른 공습 경비원들이 자전거를 타고 돌아다니자 크라이턴이 말했다.

"야단났군. 공습에서 이 정도밖에 동원될 수 없다면 걱정인데."

다리를 따라 모래주머니들이 쌓였고, 사방에도 쌓였다. 어슐라는 세상에 모래도 참 많다는 생각을 했다. 〈해마와 목수〉루이스 캐럴의 시에 나오는 시구를 애써 기억해보았다. '만약 일곱 개의 걸레를 가진 일곱 명의 하녀들이' ― 그때 이들은 화이트홀에 이르렀고, 크라이턴이 어슐라의 두 손을 움켜잡는 바람에 생각이 끊겼다.

"이제 그만 가봐야 해, 자기야." 순간 크라이턴은 약간 천박하고 감상적인 영화배우처럼 말했다.

어슐라는 수녀가 되어 전쟁을 견뎌내기로 마음먹었다. 그럼 훨씬 쉬울 것이다.

어슐라는 크라이턴이 화이트홀을 따라 걷는 걸 지켜보다가 갑자기 지독한 외로움을 느꼈다. 어쩌면 결국 핀칠리로 돌아갈지도 몰랐다.

1940년 11월

벽 너머에서 에밀의 칭얼대는 소리와 애플야드 부인의 달래는 소리가 들렸다. 부인은 자신이 쓰는 언어인 모국어로 자장가를 부르기 시작했다. 가락이 아주 슬픈 노래여서, 어슐라는 아기가 생긴다면(수녀로 살겠다고 결심한 사람에게는 어려운 일이다.) 흥겨운 춤곡과 즐거운 노래만 불러주기로 맹세했다.

어슐라는 외로웠다. 위안을 줄 따뜻한 몸이 그리웠다. 이런 밤에는 혼자 있는 것보다 개라도 있었으면 싶었다. 살아 있는, 숨 쉬는 존재가.

어슐라는 암막 커튼을 젖혔다. 아직 폭격기의 징후는 없었고, 기다란 탐조등 하나만 홀로 어둠을 가로질렀다. 하늘에는 초승달이 걸려 있었다. 셸리의 표현에 따르면 '너 파리한 것은'이지만, 벤 존슨에게는 '순결하고 아름다운 여왕, 사냥의 여신'이다. 무심함을 그대로 드러낸 달이 어슐라를 갑작스레 전율케 했다.

사이렌이 울리기 전에는 늘 잠깐 멈칫하는 순간이 있는데, 들리지 않는 이 순간을 어슐라는 정확히 인식했다. 메아리처럼, 아니 메아리의 정반대라는 편이 낫겠다. 메아리는 나중에 오는 거니까. 먼저 앞서서 오는 것을 표현하는 단어가 있을까?

머리 위로 비행기의 윙 하는 소리와 첫 번째 폭탄들이 쌩-쌩-쌩-쌩-쌩 떨어지는 소리가 들렸다. 암막 커튼을 다시 치고 지하실로 대피하려는 순간 길 건너편 문 앞에 웅크린 개를 발견했다. 마치 어슐라가 개

의 존재를 원하기라도 한 것처럼. 개의 공포감이 어슐라에게까지 전해
질 정도였다. 어슐라는 잠시 머뭇거리다가 오, 맙소사, 생각하며 계단
을 뛰어내려갔다.

어슐라는 네즈빗 자매와 마주쳤다.

"오, 계단에서 마주치다니. 이건 불운을 의미하는데, 토드 양." 라비
니아가 킥킥 웃으며 말했다.

어슐라는 내려가던 길이었고, 자매는 올라오던 길이었다.

"반대 방향으로 가고 있는데요." 어슐라는 아무 소용 없는 말을 했다.

"뜨개질감을 잊고 가져오지 않았거든." 라비니아가 말했다.

라비니아는 검은 고양이처럼 생긴 에나멜 브로치를 달고 있었다.
작은 라인석 눈은 한쪽이 찡긋 감겨 있었다.

"애플야드 부인 아기에게 줄 바지를 뜨고 있어. 그 집이 아주 춥더라
고." 루스가 말했다.

거리는 말할 수 없이 소란스러웠다. 근처 지붕 위로 소이탄이 와르
르 떨어지는 소리가 들렸는데 흡사 커다란 석탄통을 비우는 소리 같았
다. 하늘은 불타고 있었다. 샹들리에 같은 불길이 불꽃놀이를 하듯 우
아하게 떨어지며 아래를 환하게 비추었다.

머리 위로 폭격기 무리가 굉음을 내며 질주하는 동안 어슐라는 개
가 있는 곳으로 서둘러 길을 건넜다. 개는 별다른 특징 없는 테리어
로 온몸을 떨며 낑낑거렸다. 어슐라가 개를 붙잡는 순간, 무시무시한
쌩 소리가 들리면서 어슐라는 자신과 개 모두 폭격당할 거라는 걸 깨
달았다. 엄청난 굉음과 함께 지금까지 대공습에서 들어본 것 중에 가
장 커다란 쾅 소리가 났다. 이거구나, 어슐라는 생각했다. 이렇게 죽
는구나.

어슐라는 이마를 강타당했다. 벽돌 같은 것에 맞았지만 의식을 잃지는 않았다. 허리케인처럼 한바탕 부는 바람에 어슐라는 쓰러졌다. 귀에 끔찍한 통증이 느껴지면서, 들리는 거라고는 고음의 휘파람 소리와 노랫소리뿐이었다. 어슐라는 고막이 찢어진 것을 알았다. 위에서 쏟아져내리는 건물의 잔해가 온몸에 박히면서 쓰러졌다. 폭발은 연속적으로 일어나는 듯했고, 발밑이 우르릉거리면서 끊임없이 흔들렸다.

폭발은 멀리서 보면 금방 잦아들 것처럼 보이지만 그 한가운데 있어보면 결코 끝나지 않을 것 같고, 폭발의 특성도 바뀌며 발전해간다. 따라서 폭발의 결과가 어떨지, 또 그 속에 있는 자신은 어떤 결말을 맞이할지 전혀 알 수가 없다. 어슐라는 반은 앉고, 반은 바닥에 누운 상태로 뭔가 붙잡으려 애썼다. 손에서 개를 놓을 수가 없었다. (어떤 이유에서인지 마음속에는 이 생각이 가장 중요했다.) 어슐라는 바닥을 따라 천천히 떠밀려가는 느낌이 들었다.

강도는 약간 줄어들기 시작했지만 먼지와 흙은 여전히 쏟아져내렸고, 폭발은 아직도 진행 중이었다. 그때 뭔가가 어슐라의 머리를 쳤고, 모든 것이 깜깜해졌다.

어슐라는 개가 얼굴을 핥아대는 바람에 정신이 들었다. 무슨 일인지 전혀 알 수 없었지만, 잠시 후 개가 앉아 있던 문이 없다는 사실을 깨달았다. 문 안쪽이 폭발했고, 어슐라와 개는 이제 이 집 복도의 잔해더미 속에 누워 있었다. 뒤쪽의 이 집 계단은 부서진 벽돌과 쪼개진 나무토막으로 막혀 있었고, 위층 역시 사라진 탓에 어디로도 연결되지 않았다.

여전히 어리벙벙한 가운데 어슐라는 앉아보려 애썼다. 머리는 묵직하고 멍했지만 부러진 데는 없는 듯했다. 출혈도 눈에 띄지 않았다. 그래도 온몸이 상처와 멍투성이일 거라고 짐작했다. 개도 마찬가지여서, 아주 조용하긴 했지만 크게 다친 데는 없는 것 같았다.

"네 이름이 럭키임이 틀림없어."

어슐라가 개에게 말했지만 목소리는 나오지 않았다. 공기 중에 먼지가 너무 많아 목이 메었다. 조심스럽게 일어난 어슐라는 거리로 나갔다.

어슐라의 집도 사라졌다. 눈길이 머무는 곳마다 연기 나는 커다란 돌무더기와 골격만 남은 벽들뿐이었다. 손톱을 잘라놓은 듯한 달은 충분히 밝아 먼지 안개를 뚫고서 참상을 그대로 비춰주었다. 개를 구하려고 달려나가지 않았다면 어슐라는 지금쯤 밀러네 지하실에서 재로 변했을 것이다. 다들 죽은 걸까? 네즈빗 자매, 애플야드 부인과 에밀? 벤틀리 씨도? 밀러네 가족 모두?

어슐라는 소방관 두 명이 호스를 풀고 있는 거리로 비틀거리며 나갔다. 호스를 소화전에 끼우던 소방관이 어슐라와 개를 발견하고는 소리쳤다.

"괜찮아요, 아가씨?"

웃기는 일이지만 남자는 프레드 스미스와 똑같이 생겼다. 그러자 다른 소방관도 소리쳤다.

"조심해요, 벽이 무너지고 있으니까!"

사실이었다. 천천히, 믿을 수 없을 정도로 천천히, 마치 꿈속에서처럼, 벽 전체가 보이지 않는 축을 중심으로 기우뚱하더니 벽돌 하나 빠지지 않은 상태로 그대로 그들 쪽으로 기울었다. 마치 우아하게 절하듯, 통째로 쓰러지면서 짙은 어둠이 함께 찾아왔다.

1926년 8월

'알스 에어 다스 짐머 페어라쎈 하테 부스트, 바스 지 아우스 디저 에어샤이눙 마헨 졸레……'(그는 방을 나가면서 그녀가 이 현상을 어떻게 해야 하는지 알았다……)

벌들이 여름 오후의 자장가를 노래하는 가운데, 어슐라는 사과나무 그늘 아래서 《O 후작부인》을 읽다가 꾸벅꾸벅 졸았다. 반쯤 뜬눈으로 몇 야드 떨어진 곳에서 작은 토끼가 맛있게 풀을 뜯어 먹는 걸 보았다. 어슐라를 못 본 게 아니라면 아주 대담한 토끼였다. 모리스였다면 지금쯤 토끼를 총으로 쏘았을 것이다. 모리스는 학교를 졸업한 후 법조계에서 교육을 받기 전에 잠시 집에 와 있었다. 방학 내내 완전히, 요란스럽게 따분해했다. ("여름 일자리라도 얻으면 좋잖아. 혈기왕성한 젊은 이가 일하는 건 당연해." 휴가 말했다.)

모리스는 너무 따분해서 어슐라에게 사격을 가르치기로 했다. 과녁으로 야생동물이 아닌 낡은 병과 깡통을 사용하는 것도 동의했다. 모리스는 늘 야생동물에 무차별 사격을 해댔다. 토끼, 여우, 오소리, 비둘기, 꿩. 한번은 새끼 노루까지 쏜 적이 있었는데 이 일을 두고 패멀라와 어슐라는 절대 용서하지 않았다. 살아 있는 생물체를 쏘는 것만 아니라면 어슐라는 사격이 약간 마음에 들었다. 어슐라는 휴의 낡은 엽총을 사용했지만 모리스에게는 멋진 퍼디 엽총이 있었다. 스물한살 생일 때 할머니한테 받은 선물이었다. 애들레이드는 지금 몇 년째 곧 죽을 거라고 위협하고 있지만 실비 말에 따르면 할머니는 '약속을 지키지 않았다'. 애들레이드는 햄프스테드에서 버텼고, 이지는 "거대한 거미 같아"라고 표현했다. 송아지고기로 만든 커틀릿 알 라 뤼스를 앞에 둔 이지는 이 말을 하며 몸을 떨었는데, 그 이유가 커틀릿 때문인지도 몰랐다. 글로버 부인의 레퍼토리에 포함된 맛있는 요리는 아니었다.

실비와 이지의 몇 안 되는, 어쩌면 유일한 공통점이 바로 휴의 어머니에 대한 반감이었다.

"네 어머니이기도 해."

휴가 이지에게 지적하자 이지가 말했다.

"오, 아냐. 난 다리 밑에서 주워왔대. 엄마가 종종 그렇게 말했어. 집시들조차 날 원하지 않을 만큼 말을 안 들었나 봐."

모리스와 어슐라의 사격을 보러 온 휴가 말했다.

"와우, 우리 아가 곰. 넌 제2의 애니 오클리미국의 여성 사수구나."

"있잖아." 실비가 느닷없이 나타나서 말하는 바람에 어슐라는 깜빡 졸다가 놀라서 깼다. "요즘처럼 길고 한가한 날은 네 인생에 다시 오지 않을 거야. 올 것 같지? 근데 오지 않아."

"어마어마한 부자가 되면 얘기가 달라지죠. 그럼 하루 종일 빈둥거릴 수 있어요." 어슐라가 말했다.

"그럴지도 모르지. 하지만 언젠가 여름도 끝나게 되어 있어."

실비는 어슐라 옆으로 잔디밭에 주저앉더니 클라이스트독일의 극작가이며 소설가의 책을 집어들었다.

"위험한 몽상가야." 실비가 경멸적으로 말했다. "너 정말 현대어영국에서 특히 프랑스어, 에스파냐어 등의 유럽어를 말함를 공부할 생각이니? 네 아버지 말로는 라틴어가 더 쓸모 있을 거라던데."

"그게 어떻게 쓸모가 있죠? 아무도 라틴어를 쓰지 않는데." 어슐라가 논리적으로 말했다.

여름 내내 질질 끌던 논쟁이었다. 어슐라는 머리 위로 팔을 뻗었다.

"일 년 동안 파리에서 살면서 프랑스어만 쓸 거예요. 프랑스어는 거기서 아주 '쓸모' 있겠죠."

"오, 파리. 파리는 약간 과대평가받고 있어."

"그럼 베를린."

"독일은 지금 난리야."

"비엔나."

"숨 막히는 곳이야."

"브뤼셀. 브뤼셀은 아무도 반대할 수 없죠." 어슐라가 말했다.

사실이었다. 실비도 브뤼셀에 대해서는 반대할 말이 떠오르지 않았고, 유럽 도시들을 차례대로 들먹이던 것도 그냥 끝냈다.

"어쨌든 대학을 마친 뒤의 일이에요. 아직 몇 년 남았으니까 걱정하지 않으셔도 돼요." 어슐라가 말했다.

"대학에서는 아내와 어머니가 되는 법을 가르쳐주지 않아." 실비가 말했다.

"내가 아내와 어머니가 되길 원치 않으면요?"

실비는 웃었다.

"날 짜증 나게 하려고 허튼소리를 해대는구나. 잔디밭에 차가 준비되어 있단다." 실비는 마지못해 몸을 일으키며 덧붙였다. "케이크도. 그리고 불행하게도 이지까지."

저녁 먹기 전, 어슐라는 길을 따라 산책을 나섰는데 작이 신 나게 앞장서서 걸었다. (작은 놀랍도록 쾌활한 개였다. 이지가 개를 아주 잘 골랐다는 게 믿기지 않을 정도였다.) 어슐라로서는 혼자 있고 싶어지는 그런 여름 저녁이었다.

"오, 네 나이 때 여자들은 숭고함이 그냥 흘러넘치지." 이지가 말했다.

어슐라는 말뜻을 알아듣지 못했지만("이지 말은 아무도 이해 못해." 실비가 말했다.) 조금 이해할 것도 같았다. 흐릿하게 빛나는 공기 중에는 이상한 기운, '절박감' 같은 게 있어서 어슐라는 마치 심장이 커지기라도 하듯 가슴이 부풀어오르는 느낌이었다. 일종의 고결한 신성함이었다. 어슐라로서는 달리 표현할 길이 없었다. 어쩌면 내내 가까이 다가오고 있는 미래일지도 모른다.

열여섯 살인 어슐라는 활짝 꽃피우기 직전이었다. 열여섯 살 생일에는 약간 두려운 모리스의 미국 친구한테 키스까지 받았다.

"그냥 키스만 해."

남자가 대담하게 나오자 어슐라는 이렇게 말하며 밀쳐냈다. 남자는 재수 없게 발을 헛디뎌 섬개야광나무로 넘어졌는데 그 모습이 약간 불편하고 채신없어 보였다. 어슐라한테 이 말을 들은 밀리는 배를 움켜잡고 웃었다. 그래도 밀리 말대로 키스는 키스였다.

산책하다 보니 역에 이르렀고, 어슐라가 프레드 스미스에게 인사하자 그는 어른에게 하듯 철도원 모자를 살짝 벗어 들어올렸다.

그가 탄 열차가 칙칙 소리를 내며 런던으로 떠나는 걸 지켜보는 동안 절박감은 다소 약해지긴 했지만 여전히 남아 있었다. 다시 돌아간 어슐라는 자연 수집품을 위해 이것저것 모으고 있는 낸시를 만났다. 두 사람이 함께 다정하게 걷고 있는데 자전거를 탄 벤저민 콜이 이들을 앞지르다가 자전거에서 내리며 말했다.

"집까지 바래다줄까, 숙녀분들?"

약간 휴의 말투 같아서 낸시가 낄낄거렸다.

어슐라는 이미 오후 더위에 뺨이 발갛게 물들어 있어서 다행이라고 생각했다. 얼굴이 빨개져오는 게 느껴졌기 때문이다. 어슐라는 산울타리에서 딴 카우 파슬리로 부채질을 했다. (별 도움이 되지 않았다.) 결국 절박감에 대한 생각이 아주 틀린 건 아니었다.

벤저민은("오, 그냥 벤이라고 불러." 그가 말했다. "요즘엔 우리 부모님만 벤저민으로 부르지.") 이들과 함께 걷다가 쇼크로스네 대문이 나오자 말했다.

"그럼, 잘 가."

그러고는 집까지 얼마 되지 않는 거리를 다시 자전거로 갔다.

"오, 널 집까지 바래다줄 줄 알았는데. 단둘이서만." 어슐라를 대신해 실망한 낸시가 속삭였다.

"티가 많이 났니?" 풀이 죽은 어슐라가 물었다.

"좀 많이 났어. 신경 쓰지 마." 낸시는 어슐라보다 네 살 많은 언니라도 되는 듯 팔을 툭툭 두드리며 덧붙였다. "늦었어. 이러다가 저녁 못 먹겠다."

그러고는 수집한 보물을 그러쥔 채 랄랄라 노래 부르며 깡충깡충 집으로 뛰어갔다. 낸시는 정말 랄랄라 하고 노래 부르는 아이였다. 어슐라는 자신도 저런 아이였으면 좋겠다고 생각했다. 저녁식사에 늦을 것 같아 서둘러 집에 가려는데 미친 듯이 울리는 자전거 벨소리에 벤저민(벤!)이 다가오는 걸 알아차렸다.

"할 말을 깜빡했어. 다음 주에—토요일 오후—파티를 해. 어머니가 너한테 물어보래. 댄의 생일인데, 여자아이들을 좀 불러서 남자들을 '중화'시키길 원해서. 어머니 표현이 그래. 너와 밀리가 왔으면 하시고. 낸시는 아직 좀 어리잖아, 그치?" 벤저민이 말했다.

"응, 어리지." 어슐라가 재빨리 동의했다. "근데 난 참석하고 싶어. 밀리도 가기 원할 거야. 고마워."

절박감이 다시 모습을 드러냈다.

어슐라는 휘파람을 불면서 자전거를 타고 가는 벤저민을 지켜보았다. 뒤돌아서다가 한 남자와 거의 부딪힐 뻔했다. 어디선가 느닷없이 나타난 남자가 서성이며 어슐라를 기다렸다. 남자는 모자를 살짝 들어 올리며 중얼거렸다.

"안녕, 아가씨."

남자는 인상이 거칠어 보였고, 어슐라는 뒷걸음쳤다.

"역으로 가는 길 좀 가르쳐줄래요, 아가씨?"

남자의 말에 어슐라는 길을 가리켜 보이며 말했다.

"저쪽이요."

"길을 좀 안내해주면 안 될까, 아가씨?" 남자는 더 가까이 다가오며 말했다.

"네, 그건 곤란해요." 어슐라가 말했다.

그러자 갑자기 뻗은 남자의 손이 어슐라의 팔뚝을 붙잡았다. 가까스로 팔을 빼낸 어슐라는 뒤도 한 번 돌아보지 않고 그대로 집까지 내달렸다.

"괜찮니, 우리 아가 곰? 숨 차 보이는데." 어슐라가 현관으로 뛰어들어오자 휴가 물었다.

"네, 괜찮아요. 정말이에요." 어슐라가 말했다.

괜히 그 남자 이야기를 꺼냈다가는 휴의 걱정만 살 뿐이었다.

"송아지고기 커틀릿 알 라 뤼스예요." 글로버 부인은 커다란 흰색 도자기 접시를 식탁에 놓으며 말했다. "이름을 알리는 이유는 지난번에 이 요리를 했을 때 누군가 무슨 요리인지 도무지 모르겠다고 말해서예요."

"콜네 가족이 파티를 연대요. 밀리와 내가 초대받았어요." 어슐라가 실비에게 말했다.

"잘됐구나." 실비는 하얀 도자기 접시에 든 음식에 마음을 빼앗긴 채 말했다.

음식의 대부분은 나중에 분별력이 좀 떨어지는(아니면 글로버 부인의 표현대로 하면 '좀 덜 까다로운') 웨스트 하일랜드 테리어가 먹게 될 것이다.

파티는 실망스러웠다. 끝도 없이 이어지는 제스처 게임에(밀리는 두말할 나위도 없이 이 게임에 능했다.) 조금 지쳤고, 퀴즈 게임에서는 어슐라도 대개 정답을 알았지만 콜네 아들들과 그 친구들의 엄청난 속도에 밀려 입도 벙긋하지 못했다. 어슐라는 꿔다 놓은 보릿자루처럼 느껴졌고, 벤저민이(이제 그는 벤처럼 느껴지지 않았다.) 어슐라에게 베푼 친밀함은 프루트 컵을 먹겠는지 물어놓고는 깜빡 잊고 갖다주지 않은 게 전부였다. 댄스는 없었지만 음식은 산더미처럼 많았고, 어슐라는 맛있는 디저트를 이것저것 골라먹는 일로 위안을 삼았다. 음식을 살피러 다니던 콜 부인이 어슐라에게 말했다.

"세상에, 이렇게 작은 아이가 그 많은 음식을 다 어디다 쑤셔넣은 거니?"

이렇게 작은 아이라, 어슐라는 아무도 자신의 존재를 모르는 모양이라고 생각하며 터벅터벅 맥없이 집으로 걸어왔다.

"케이크 가져왔어?" 어슐라가 문 안으로 들어서자 테디가 애처롭게 물었다.

"잔뜩 가져왔어." 어슐라가 말했다.

헤어질 때 콜 부인이 싸준 커다란 생일 케이크 조각을 테라스에 앉아 나눠 먹었다. 작도 공평하게 자기 몫을 받았다. 큰 개만 한 여우가 땅거미가 진 잔디밭을 빠른 걸음으로 다가오는 걸 보고 어슐라가 케이크를 한 조각 던져주었지만, 여우는 육식동물답게 케이크를 경멸하듯 쳐다보았다.

다시 시작하는 땅

1933년 8월

"에어 콤트! 에어 콤트!"(그가 온다!) 한 소녀가 외쳤다.

"그가 온다고? 드디어?" 어슐라가 클라라를 쳐다보며 말했다.

"그런가 봐. 얼마나 다행이니. 배고프고 지루해서 죽을 것 같았는데." 클라라가 말했다.

둘은 소녀들의 익살스러운 영웅 숭배에 어리벙벙하면서도 유쾌했다. 이들은 더운 오후, 길가에 앉아 최고의 순간을 기다리고 있었다. 먹을 것도 없고, 마실 거라고는 두 소녀가 근처 농장에서 가져온 우유 들통 하나가 전부였다. 일부 소녀들은 총통이 오늘 산장에 온다는 소문을 들었고, 그래서 지금 몇 시간째 끈기 있게 기다리는 중이었다. 몇몇 소녀들은 풀이 난 길가에서 낮잠을 잤지만, 총통의 모습을 보지 않고 포기할 사람은 아무도 없었다.

베르히테스가덴으로 향하는 가파르고 구불구불한 도로 아래쪽에서 환호 소리가 들리자 모두들 벌떡 일어섰다. 커다란 검은 승용차가 미끄러지듯 지나갔고, 일부 소녀들은 흥분으로 소리를 질렀지만 '그'는 차 안에 없었다. 그때 또 다른 승용차가 눈에 들어왔는데 훌륭한 검은 메르세데스 무개차로 보닛에는 만자 모양의 나치 문장이 그려진 삼각기가 펄럭거렸다. 앞선 차량보다 더 천천히 움직이는 이 차에는 정말 독일제국의 새 총리가 타고 있었다.

총통은 나치식 거수경례를 손을 뒤로 살짝 젖히듯 약식으로 했고,

그 바람에 자신을 연호하는 소리를 더 잘 들으려고 귀에다 손을 갖다 대는 것처럼 보였다. 총통을 보는 순간 어슐라 옆에 서 있던 힐데는 그냥 "오" 소리만 냈다. 간단한 음절이지만 종교적 황홀감이 담겨 있었다. 그러더니 순식간에 모든 것이 끝났다. 하네는 약간 변비에 걸린 성인 같은 모습으로 가슴 앞으로 두 손을 교차시켰다.

"내 인생은 충만해졌어." 하네가 웃으며 말했다.

"사진이 더 나은 것 같아." 클라라가 중얼거렸다.

소녀들은 말할 수 없이 기분이 들떴고, 하루 종일 그런 기분이 지속되었다. 그룹 리더의(아델하이트라는 금발의 여장부로 감탄이 나올 만큼 유능한 열여덟 살 소녀였다.) 명령에 따라 이제 재빨리 대열을 이뤄 유스호스텔까지 돌아가는 긴 행진을 노래 부르며 유쾌하게 시작했다. ('소녀들은 내내 노래를 불렀어.' 어슐라는 밀리에게 편지를 써 보냈다. '내 취향으로 보면 조금은 우스꽝스러웠어. 아주 유쾌한 민속 오페라의 합창단이 된 기분이 들었다니까.')

소녀들의 레퍼토리는 다양했다— 민요, 예스러운 사랑 노래, 또 피에 적신 깃발에 관한 열렬하면서도 다소 살벌한 애국 노래들, 캠프파이어 앞에서 부르는 노래들까지. 이들은 특히 서로 팔을 낀 채 리듬에 맞춰 몸 흔들기를 좋아했다. 어슐라가 노래 정할 순서가 되자 〈올드 랭 사인〉을 제안했다. 리듬에 맞춰 몸 흔들기에 딱 좋은 노래였다.

힐데와 하네는 클라라의 여동생들로, 독일소녀연맹(BDM)의 열혈 회원들이었다. 이는 히틀러유겐트에 버금가는 소녀단원 조직이었다. ("우린 소년단원들을 '하 요트'라고 부르지." 힐데가 말했다. 힐데와 하네는 단복을 입은 멋진 소년들 생각에 키득키득 웃었다.)

어슐라는 브레너가에 오기 전까지는 히틀러유겐트나 독일소녀연맹을 들어본 적이 없었지만 이 집에 사는 이 주 동안 힐데와 하네로부터 귀에 딱지가 앉을 정도로 이 이야기만 들었다.

"건강한 취미야." 이들의 어머니인 브레너 부인이 말했다. "젊은이들 간에 이해와 평화 의식을 높여주지. 전쟁은 이제 안 돼. 그리고 남자들하고 거리도 둘 수 있고."

어슐라처럼 학교를 갓 졸업한 클라라는 '아카데미'에서 미술을 공부하는 학생이었다. 여동생들의 맹목적 집착에는 무관심했지만 이들의 '산행'에 보호자 역할을 하기로 했다. 한 유스호스텔에서 바이에른 산악에 있는 다음 유스호스텔까지 하이킹을 하는 여름 캠핑 여행이었다.

"너도 갈 거지?" 클라라가 어슐라에게 물었다. "재미있을 거야. 시골 풍경도 구경하고. 안 가면 넌 우리 부모님과 꼼짝없이 마을에 갇혀 있어야 해."

'걸가이드 같은 거야.' 어슐라가 패멀라에게 써 보냈다.

'그거와는 좀 다르지.' 패멀라가 답장했다.

어슐라는 뮌헨에 오래 머물 계획이 아니었다. 독일은 어슐라의 인생에서 우회로에 불과했고, 유럽에서 보내는 흥미진진한 시간의 일부일 뿐이었다.

"나만의 멋진 여행이 될 거야. 아쉽게도 '아주 멋진 여행'은 아니고 약간 '이류 여행'일 것 같긴 하지만." 어슐라가 밀리에게 말했다.

여행에는 로마나 플로렌스보다는 볼로냐, 베를린보다는 뮌헨, 파리 대신 낭시가 포함될 예정이었다. (낸시 쇼크로스는 낭시 선택에 아주 유쾌해했다.) 대학에서 알게 된 지도 교수들이 어슐라에게 묵을 만한 좋은 집을 소개해주었다. 어슐라는 여행 경비를 벌기 위해 개인 교습을 할 예정이었다. 휴가 얼마 안 되지만 정기적으로 우편환을 어슐라에게 보내주긴 했다. 휴는 어슐라가 '사람들이 전반적으로 더 잘 처신하는 지방'에서 지낼 거라는 데 안도했다. ("아빠 말은 더 지루한 사람들이란 뜻이지." 어슐라가 밀리에게 말했다.) 휴는 파리를 완강히 거부하면서 특별한 반감을 보였고, 타협의 여지없이 '프랑스'인 낭시도 마뜩잖아했다. ("낭시도 프랑스에 있으니까." 어슐라가 지적했다.) 휴는 1차 세계대전 동안 유럽을 볼 만큼 보았는데, 왜들 다 그 난리인지 모르겠다고 했다.

어슐라는 실비가 마뜩잖아했는데도 현대어에서 프랑스어, 독일어, 초급 수준의 이탈리아어(아주 초급) 학위를 받기 위해 공부했다. 최근에 졸업해서는 다른 생각은 할 겨를도 없이 교사 양성 코스에 지원해 자리를 얻었다. 어슐라는 일생을 칠판 앞에서 '정착'하기 전에 세상을 보고 싶다는 말로 일 년을 연기했다. 어쨌든 이것이 어슐라의 표면적인 이유였고, 부모에게 허락을 받기 위한 수단이었지만 진짜 소원은 외국에 체류하는 동안 뭔가 일이 벌어져서 교사직을 수행할 필요가 없길 바랐다. 그 '뭔가'가 뭔지는 자신도 몰랐다. ("사랑일지도 모르지." 밀리가 애석해하며 말했다.) 여자 중학교에서 외국어 동사 활용이나 하고, 옷에서 비듬 같은 분필 가루나 날리면서 비참한 독신녀로 끝내지 않게 할 뭔가를. (이런 초상화는 어슐라 학교의 여자 교장에 기초한 것이다.) 어슐라의 열정을 불러일으키는 직업도 아니었다.

"'교사'가 되는 게 꿈이니?" 실비가 물었다.

"엄마가 얼마나 눈썹을 치켜세우던지 대기권 밖으로 퉁겨져나갈 기세였다니까." 어슐라가 밀리에게 말했다.

"근데 너는 진심이야? 정말 가르치고 싶어?" 밀리가 물었다.

"왜 내가 아는 사람들은 다들 하나같이 똑같은 말투로 그렇게 묻는 거지?" 어슐라가 조금 언짢게 말했다. "내가 교사라는 직업에 그렇게 안 어울리니?"

"응."

밀리 자신은 런던의 연극 아카데미에서 코스를 마쳤고, 지금은 윈저에서 레퍼토리식 공연을 하고 있었다. 이류급 공연자와 멜로드라마를 하면서.

"뜨기를 기다리는 거지." 밀리는 과장된 포즈를 취하며 말했다.

누구나 뭔가를 기다리나 봐, 어슐라는 생각했다.

"기다리는 게 최선이 아니야. '행동하는' 게 최선이지." 이지가 말했다.

이지다운 말이었다.

폭스 코너의 잔디밭 위, 고리버들로 짠 의자에 앉은 밀리와 어슐라는 여우들이 와서 잔디밭에서 놀아주길 기대했다. 종종 암여우와 새끼들이 정원을 찾아왔었다. 실비가 남은 음식들을 내주자, 이제 반쯤 길들여진 암여우는 잔디밭 한가운데에 아주 대담하게 앉아 있었다. 저녁밥을 기다리는 개처럼. 그동안 새끼들은—유월쯤에는 벌써 팔다리가 길어진—옥신각신하며 어미 주변에서 재주넘기를 했다.

"그럼 난 무얼 해야 하지?" 어슐라가 속절없이(희망 없이) 말했다.

차와 케이크가 담긴 쟁반을 들고 나타난 브리짓이 두 사람 사이에 놓인 탁자에 내려놓았다.

"속기와 타이프를 배워 공무원으로 일한다고? 그 말도 아주 울적하게 들리긴 마찬가지야. 내 말은, 부모 그늘에서 살다가 곧장 결혼해서 가정을 꾸리길 원치 않는 여자가 달리 뭘 할 수 있느냔 말이지."

"교양 있는 여자." 밀리가 제안했다.

"교양 있는 여자." 어슐라도 맞장구쳤다.

브리짓이 알아들을 수 없는 소리로 뭐라고 중얼거리자 어슐라가 말했다.

"고마워, 브리짓."

("'엄마'도 유럽에 갔잖아요, 어렸을 때." 어슐라는 약간 따지듯 실비에게 말했다. "난 혼자 간 게 아니야. 우리 아버지와 함께 간 거지." 실비가 말했다. 하지만 놀랍게도 논쟁은 효과가 좀 있었는지, 결국 휴의 반대에 맞서 여행을 옹호해준 건 실비였다.)

어슐라가 독일로 떠나기 전, 이지는 어슐라를 데려가서 실크 속옷과 스카프, 예쁜 레이스가 달린 손수건, '정말 좋은 구두 한 켤레', 모자 두 개와 새 핸드백을 사주었다.

"네 엄마한테는 말하지 마." 이지가 말했다.

뮌헨에서 어슐라는 브레너 가족과 함께 지낼 예정이었다. 어머니, 아버지, 세 딸(클라라, 힐데가르트, 하넬로레) 그리고 아들 헬무트는 학교에 다니느라 집을 떠나 있었다. 이들은 엘리자베스스트라세의 한 아파트에 살고 있었다. 휴는 브레너 씨가 호스트로서 적격한지 알아보기 위해 이미 여러 번 연락을 취했다.

"그 사람들이 날 보면 무척 실망할 거야." 어슐라가 밀리에게 말했다. "준비 상황으로 보면 브레너 씨는 그리스도 재림이라도 이루어지는 줄 알았을 테니까."

브레너 씨 자신이 독일 아카데미의 교사였기 때문에 어슐라에게 초보자를 위한 영어 수업을 맡게 주선해주었다. 또 영어 개인 교습을 원하는 사람들도 소개해주었다. 기차에서 내리는 어슐라에게 이런 사실을 알려주었다. 어슐라는 조금 풀이 죽었다. 아직은 일하겠다고 마음먹은 것도 아니었고, 길고도 고된 기차 여행으로 지쳐 있었다. 파리 동역에서 탄 급행열차는 전혀 빠르지 않았고, 어슐라와 같은 객실에 탄

승객은 유별나게도 시가를 피우거나 가는 내내 살라미를 먹어대는 남자였는데 이 두 가지 행동은 어슐라를 당혹스럽게 했다. ('내가 본 파리는 기차역 승강장이 전부야.' 어슐라는 밀리에게 이렇게 써 보냈다.)

살라미를 먹는 남자는 어슐라가 여자 화장실을 찾아 객실 밖으로 나오자 뒤따라 나왔다. 어슐라는 남자가 식당차로 가는 줄 알았지만 화장실에 이르자 남자는 놀랍게도 화장실 안으로 따라 들어오려고 했다. 남자는 뭐라 뭐라 말했고, 알아듣지는 못했지만 외설적인 말 같았다. (담배와 살라미가 이상한 전주곡이었던 모양이다.) '라쓰 미히 인 루에', 이러지 마세요, 어슐라가 완강히 말했지만 남자는 계속 밀어댔고, 어슐라도 계속 떠밀었다. 두 사람의 몸싸움이 격렬하지 않고 다소 점잖아서 구경꾼이 보면 상당히 재미있겠다는 생각이 들었다. 통로에 도움을 청할 만한 사람이 있었으면 하고 바랐다. 어슐라는 남자가 그 작은 화장실에 자신을 가둬놓고 어쩔 심산인지 상상이 가지 않았다. (나중에 생각해보니 왜 그냥 소리치지 않았는지 이해가 되지 않았다. 자신이 얼마나 멍청했던가.)

어슐라는 두 경찰관에 의해 '구출'되었다. 은색 휘장과 검은 제복을 말쑥하게 차려입은 경찰관이 느닷없이 나타나더니 남자를 꽉 붙잡았다. 경찰관은 남자를 엄중하게 꾸짖었다. 어슐라는 절반밖에 알아듣지 못했지만. 그러더니 경찰관은 아주 늠름하게 여자만 있는 다른 객실을 찾아주었다. 어슐라는 그런 객실이 있는 줄도 몰랐다. 경찰관들이 가고 나자 여성 승객들이 친위대 경찰들이 얼마나 잘생겼는지 끝도 없이 떠들어댔다. ("나치스 친위대야." 그중 한 여자가 감탄하며 중얼거렸다. "갈색 제복 차림의 막돼먹은 놈들나치스 돌격대과는 완전히 다르지.")

기차는 뮌헨 역에 연착했다. 일종의 사고가 있었다고 브레너 씨가 말했다. 어떤 남자가 열차에서 떨어졌다는 것이다.

"정말 끔찍한 일이에요." 어슐라가 말했다.

여름이지만 날씨가 춥고 비도 심하게 내렸다. 어둑어둑한 분위기는 브레너 씨의 널찍한 아파트에 도착했을 때도 나아지지 않았다. 저녁인데도 아파트에는 전등 하나 켜져 있지 않았고, 빗물은 레이스 커튼이 처진 창문을 뚫고 들어올 것처럼 거세게 들이닥쳤다.

어슐라와 브레너 씨 둘이서만 계단을 오르며 무거운 트렁크를 옮겼는데 약간 우스꽝스러웠다. 누가 도와줄 만한 사람이 있지 않을까? 짜증이 난 어슐라가 생각했다. 휴였다면 '일꾼'을 한두 명 고용했을 테고, 어슐라가 직접 옮기길 바라지 않았을 것이다. 어슐라는 기차에서 만난 나치스 친위대 경찰관을 떠올렸다. 얼마나 효율적이고 공손하게 트렁크를 처리해주었던가.

여자 식구들은 집에 없었다.

"오, 아직 안 돌아왔어." 브레너 씨가 무심하게 말했다. "쇼핑하러 나간 모양이야."

아파트는 무거운 가구와 다 낡은 양탄자, 그리고 정글처럼 잎이 무성한 식물들로 가득했다. 계절에 맞지 않게 한기가 느껴져 어슐라는 몸을 떨었다.

두 사람은 어슐라가 쓰게 될 방으로 트렁크를 옮겼다.

"우리 어머니가 쓰시던 방이란다. 이건 어머니 가구고. 안타깝게도 작년에 돌아가셨지." 브레너 씨가 말했다.

커다란 고딕 침대는 악몽을 유도하려고 특별 제작된 것처럼 보였다. 브레너 씨가 침대를 바라보는 눈길을 보니 어머니의 죽음이 이 푹신한 이불 아래서 이루어졌음이 분명했다. 침대가 방을 다 차지하는 듯했고, 어슐라는 갑자기 두려워졌다. 기차에서 살라미 먹는 남자에게 당했던 일이 아직도 당혹스러울 만큼 생생한데, 이제 낯선 나라에서 생판 처음 보는 사람과 다시 혼자 있게 되었다. 브리깃한테서 들은 백인 매춘부 매매의 충격적인 이야기가 떠올랐다.

그때 현관문이 열리면서 복도에서 큰 소란이 일어 한시름 놓았다.

"아, 다들 돌아왔군!" 브레너 씨가 환하게 웃으며 말했다.

비에 젖은 여자아이들이 꾸러미를 든 채 웃으면서 아파트 안으로 뛰어들어왔다.

"누가 왔는지 보렴."

브레너 씨의 말에 둘째와 셋째 딸이 몹시 흥분했다. (나중에 알고 보니 힐데와 하네는 어슐라가 본 사람 중에서 가장 흥분을 잘하는 여자들이었다.)

"왔구나!" 클라라가 말하며 자신의 차갑고 축축한 손으로 어슐라의 두 손을 움켜잡았다. "헤르츠리히 빌콤멘 인 도이치란트."(독일에 온 거 진심으로 환영해.)

어린 두 소녀가 잠시도 쉬지 않고 수다를 떠는 동안 클라라가 잽싸게 집 안을 돌며 전등을 켜자, 집 안이 순식간에 달라졌다. 양탄자는 낡았지만 장식이 화려했고, 오래된 가구는 반짝반짝 윤이 났으며, 차갑던 정글은 예쁜 양치식물 그늘로 바뀌었다. 브레너 씨는 거실에 놓인 자기로 만든 커다란 타일 난로에 불을 붙이면서('마치 방 안에 커다랗고 따뜻한 동물이 있는 것 같았어.' 어슐라가 패멀라에게 써 보냈다.) 내일은 틀림없이 날씨가 정상으로 돌아와 덥고 햇살이 비칠 거라고 장담했다.

수놓은 식탁보가 잽싸게 탁자에 깔리더니 저녁이 차려졌다. 치즈, 살라미, 조각낸 소시지, 샐러드, 글로버 부인의 캐러웨이 씨앗이 박힌 케이크 맛이 나는 검은 빵, 그리고 어슐라로 하여금 외국에 와 있음을 확인시켜주는 맛있는 과일 수프였다. ('차가운 과일 수프야!' 어슐라는 패

멀라에게 이렇게 썼다. '이걸 보면 글로버 부인은 뭐라고 할까!')

이제 브레너 씨의 죽은 어머니 방조차 마음에 들 정도였다. 침대는 부드럽고 포근했으며, 이불 가장자리에는 코바늘 뜨개질이 수작업되어 있었고, 침대 옆 램프의 예쁜 분홍색 갓에서는 따뜻한 불빛이 흘러나왔다. 누군가—어슐라는 클라라일 거라고 짐작했다—화장대 위의 작은 꽃병에 마거릿 꽃다발을 꽂아두었다. 어슐라는 침대에 기어오르자마자 피로로 쓰러졌고(침대가 얼마나 높은지 작은 발 받침대가 필요했다.) 꿈도 꾸지 않고 깊은 잠에 기꺼이 빠져들었다. 침대의 이전 주인의 유령에 방해받지 않은 채.

"물론 휴가를 즐길 시간은 있을 거야." 다음 날 아침때 브레너 부인이 말했다. (이상하게도 전날 먹은 저녁과 비슷한 식사였다.)

클라라는 '약간 빈둥거리는 상태'였다. 미술 과정을 끝낸 다음이라 앞으로 뭘 해야 할지 몰랐다. 그녀는 어서 집을 떠나 '예술가가 되고' 싶었지만 '독일에서 예술할 만한 돈을 마련하지 못했다'고 투덜거렸다. 클라라는 자신의 방에서 작품을 몇 개 그렸는데, 커다랗고 눈에 거슬리는 캔버스들은 그녀의 친절하고 차분한 성격과는 어울리지 않아 보였다. 어슐라는 이 그림들로 클라라가 벌어먹고 살 수 있을지 걱정이었다.

"학생들을 가르쳐야 할지도 몰라." 클라라가 가련하게 말했다.

"죽음보다 더 비참한 운명이구나." 어슐라도 맞장구쳤다.

클라라는 셸링스트라세에 있는 사진관에서 가끔씩 액자 작업을 했다. 브레너 부인의 지인이 이곳에 근무하는 딸에게 클라라를 좋게 말해주었다. 클라라와 지인의 딸—에파—은 함께 유치원을 다녔다.

"근데 액자 작업은 예술이 아니잖아, 안 그래?" 클라라가 말했다.

사진사—호프만—는 새 수상의 '개인 사진사'였고, 그래서 '수상의 생김새를 속속들이 알고 있다'고 클라라는 말했다.

브레너 가족도 돈이 별로 없었고(그래서 어슐라에게 방을 빌려준 것 같았다.) 클라라가 아는 사람들도 모두 가난했다. 하지만 1933년 당시에는 어디서나 다들 가난했다.

주머니는 궁핍했지만 클라라는 남은 여름을 최대한 잘 활용하자고 했다. 두 사람은 칼튼 티하우스나 호프가르텐 옆 카페 '헥'에 가서 속이 메스꺼워질 때까지 판쿠헨(독일식 팬케이크로, 속에 잼이 든 도넛을 먹고 쇼콜라데를 마셨다. 뮌헨 영국 정원을 몇 시간 걷고 나서 아이스크림을 먹거나 맥주를 마시거나 했는데 그러자니 얼굴은 햇볕에 발갛게 탔다. 또 클라라 오빠인 헬무트 친구들—발터, 베르너, 쿠르트, 하인츠, 게르하르트가 한 번씩 돌아가면서—과 보트를 타거나 수영을 하며 시간을 보냈다. 헬무트는 총통이 설립한 새 군사학교에서 '소년병'인 사관후보생으로 포츠담에 가 있었다.

"오빠는 그 '파티'에 아주 관심이 많아." 클라라는 영어로 이렇게 말했다.

클라라의 영어 실력은 상당히 좋았고 어슐라와 영어로 말하길 즐겼다.

"'파티들'이라고 복수로 말해야지. 우리는 그렇게 말해." 어슐라가 고쳐주었다.

그 말에 클라라는 웃으며 고개를 저었다.

"아니, 아니. '그 파티'. 나치 정당 말이야. 지난달부터 허가받은 유일한 정당이란 거 몰랐어?"

'히틀러가 집권하면서 '전권위임법'을 통과시켰지. 독일에서는 이를 '게제츠 추어 베헤붕 데어 노트 폰 폴크 운트 라이히'라고 부르는데 번

역하면 '민족과 국가의 위난을 제거하기 위한 법률'이야. 민주주의 타도를 위한 멋진 이름이지.' 패멀라가 설교하듯 써 보냈다.

어슐라도 유쾌하게 답장을 보냈다.

'하지만 민주주의는 늘 그렇듯 다시 일어날 거야. 이 법도 없어지게 될 거고.'

'도움 없이는 힘들걸.' 패멀라가 답장했다.

패멀라는 독일에 대해 불평이 많았지만 길고 더운 오후에 발터, 베르너, 쿠르트, 하인츠, 게르하르트와 일광욕을 하고, 마을 수영장이나 강가에서 나른하게 빈둥거리며 시간을 보내다 보면 그 정도쯤은 쉽게 무시할 수 있었다. 어슐라는 이 남자들이 반바지나 당황스러울 만큼 조그마한 수영 팬티를 걸친 거의 나체나 다름없는 모습에 깜짝 놀랐다. 독일인은 일반적으로 남 앞에서 옷을 벗는 데에 반감이 없는 모양이었다.

클라라가 아는 사람들 중에는 좀 남다르고 지적인 사람들도 있었다. 예술학교에서 사귄 친구들이었다. 이들은 어둡고 담배 연기 자욱한 카페 안이나 지저분한 자신의 아파트를 선호하는 경향이 있었다. 술과 담배도 상당했고, 예술과 정치에 대해서도 많이 떠들었다. ('그러니까 두 무리의 사람들 틈에서 내가 전반적인 교육을 받고 있는 셈이지!' 어슐라가 밀리에게 써 보냈다.) 클라라의 예술학교 친구들은 거친 반체제 무리들로 모두 뮌헨을 싫어하는 것 같았다. 보아하니 뮌헨이 '프티부르주아 편견'의 중심지인 모양이었고, 이들은 내내 베를린으로 옮기는 문제를 이야기했다. 뭔가 하자는 말은 많이 했지만 실제로 실행에 옮기는 건 거의 없었다.

클라라는 좀 다른 종류의 타성에 젖어 있었다. 클라라의 인생은 '지지부진했고', 예술학교 교수인 조각가와 몰래 사랑에 빠졌지만, 그는 슈바르츠발트로 가족 휴가를 떠나고 없었다. (클라라는 그가 말하는 '가족'이 아내와 두 아이임을 마지못해 인정했다.) 클라라는 인생이 저절로 풀리길 기다린다고 했다. 어슐라가 보기에는 변명에 불과했지만 그렇다고 말할 사람은 아니었다.

당연히 어슐라는 아직 처녀였다. 실비의 표현대로 하자면 '온전'했다. 도덕적인 이유 때문이 아니라 어슐라가 충분히 좋아할 상대를 아직 못 만났기 때문이었다.

"꼭 '좋아할' 필요는 없어." 클라라가 웃으며 말했다.

"그래, 하지만 난 그러고 싶어."

어슐라는 비도덕적인 남자—열차에서 본 남자, 길에서 만난 남자—를 끌어당기는 스타일인 모양이었다. 자신의 내면에 스스로는 읽을 수 없지만 그들은 읽어낼 수 있는 뭔가가 있는 건 아닌지 걱정스러웠다. 클라라와 그녀의 예술가 친구들 또는 헬무트의 친구들(이들은 정말 아주 예의바르게 행동했다.)과 비교해볼 때 자신이 약간 뻣뻣하고 전형적인 영국인 같았다.

하네와 힐데는 클라라와 어슐라에게 지역 경기장에서 열리는 행사에 함께 가자고 설득했다. 콘서트인 줄 알았는데 알고 보니 히틀러 소년단 집회였다. 브레너 부인의 낙관적인 견해에도 불구하고 독일소녀연맹은 힐데와 하네의 남자에 대한 관심을 전혀 막지 못했다.

어슐라에게는 이 쾌활하고 건강한 남자들이 다 똑같아 보였지만 힐데와 하네는 많은 시간을 헬무트 친구들을 언급하는 데 열을 올리며 보냈다. 수영장 옆에서 아무것도 안 하고 빈둥거리던 발터, 베르너, 쿠르트, 하인츠, 게르하르트를. 이제 깔끔한 제복(또 짧은 반바지)을 입은 이들의 모습은 아주 사납고 강직한 보이스카우트 같았다.

브라스밴드에 맞춰 노래하고 행진했고, 몇몇 연사들은 총통과 똑같은 웅변조의 연설을 시도했고(실패했지만) 다들 자리에서 일어서 〈독일인의 노래〉를 불렀다. 어슐라는 가사를 몰라 하이든의 아름다운 선율에 맞춰 조용히 〈시온 성과 같은 교회〉를 따라 불렀다. 학교 조회 시간에 자주 불렀던 찬송가였다. 노래가 끝나자 모두 '지그 하일!'(만세)을 외치며 나치식 경례를 했고, 어슐라는 따라 하는 자신에 경악할 뻔했다. 그 모습을 본 클라라가 배를 잡고 웃었지만 어쨌든 어슐라는 죽 뻗은 자신의 팔을 보았다.

"어쩔 수 없었어. 집에 가다가 습격당하고 싶진 않았거든." 어슐라가 태연스레 말했다.

고맙지만 사양할게, 어슐라는 덥고 칙칙한 뮌헨에서 브레너 부부와 집에 남고 싶지 않았다. 클라라가 옷장을 뒤져 복장 규정에 맞는 감청색 스커트와 하얀 블라우스를 찾아냈다. 그룹 리더인 아델하이트는 여분의 카키 전투복 재킷을 빌려주었다. 터번 모양으로 가죽을 꼬아 만든 장식 매듭에 삼각 모양의 스카프를 끼우면 복장이 완성되었다. 어슐라는 자신의 모습이 약간 늠름해 보였다. 지금까지 걸가이드에 들지 않았던 게 후회스러울 정도였다. 물론 여기에는 제복 이상의 뭔가가 있는 것 같긴 했지만.

독일소녀연맹은 가입 연령이 열여덟 살로 제한되어 있어서 어슐라나 클라라는 자격이 없었다. 하네에 따르면 이들은 '알테 다멘', 바로 '나이 든 숙녀들'이었다. 아델하이트가 소녀 단원들을 양치기 개만큼이나 잘 돌보기 때문에 어슐라와 클라라의 호위는 전혀 필요 없어 보였다. 아델하이트의 당당한 풍채와 북유럽인처럼 금발 머리를 땋은 모습은 '폴크방'(싸움의 평야)에서 걸어나온 젊은 프레이야^{북유럽신화에 나오}는 여신로 착각할 정도였다. 아델하이트는 선전 도구로써 완벽했다. 곧 열여덟 살이 되면 독일소녀연맹 단원의 나이 제한에 걸리는데 그럼 어떻게 하지?

"아, 물론 '나치 여성당'에 들어갈 거야." 아델하이트가 말했다.

그녀는 소속을 나타내는 룬문자 상징인 조그마한 은색 나치 문장을 봉긋한 가슴에 이미 꽂고 다녔다. 열차에 오르자 배낭을 짐칸 선반에 넣었다. 저녁 무렵에 오스트리아 국경 근처의 작은 알프스 마을에 도착했다. 역에서부터는 '유겐트헤어베르게'(유스호스텔)까지 대열을 이루어(물론 노래를 부르면서) 행진했다. 사람들이 걸음을 멈추고 이들을 구경했고, 일부는 고맙다고 박수를 쳤다.

이들에게 배당된 공동 침실에는 이층침대가 가득했지만, 이미 다른 여학생들이 다 차지해서 비집고 들어갈 수밖에 없었다. 클라라와 어슐라는 바닥에 깐 매트리스를 함께 쓰기로 했다.

식당에서는 기다란 가대식 탁자에 앉아서 저녁을 먹었는데, 알고 보니 표준가격으로 나오는 수프와 치즈를 바른 '크넥케브로트'라는 싸구려 빵이었다. 아침에는 검은 빵, 치즈, 잼에 홍차나 커피를 마셨다. 깨끗한 산 공기가 식욕을 돋우었는지 이들은 보이는 대로 먹어치웠다.

마을과 주변 환경은 목가적이었고, 작은 성까지 있었는데 안에 들어가도 좋다는 허락을 받았다. 성안은 춥고, 눅눅했고, 갑옷과 깃발, 문장이 새겨진 방패들이 가득 들어차 있었다. 살기에 아주 불편한 장소 같았다.

이들은 호수 주변과 숲을 한참 산책한 뒤에, 농장 트럭과 건초 운반기를 얻어 타고 유스호스텔로 돌아왔다. 하루는 장대한 폭포가 있는 곳까지 강을 따라 내내 차를 얻어 타고 갔다. 스케치북을 가져온 클라라는 잽싸게 생동감 넘치는 목탄 드로잉을 그렸는데, 물감으로 그린 그림보다 훨씬 멋졌다.

"아, '게뮈트리히'.(아늑해) 작고 아늑한 스케치들이야. 내 친구들이 보고 웃을 거야."

마을 자체는 조그맣고 조용했고 집집마다 창문에는 제라늄이 가득했다. 강가에 술집이 있어서 이곳에서 맥주를 마시고 배가 터질 때까지 송아지고기와 국수를 먹었다. 어슐라는 실비에게 보내는 편지에서 맥주 이야기는 한 줄도 쓰지 않았다. 이곳 독일에서는 맥주가 얼마나 흔한지 실비는 이해하지 못할 테니까. 설사 이해한다 하더라도 허락하지 않을 게 분명했다.

일행은 다음 날 이동할 계획이었고, 며칠 동안 커다란 여성용 야영지인 '텐트 속에서' 지낼 예정이었다. 어슐라는 마을을 떠나는 게 아쉬웠다.

이곳에서 보내는 마지막 날 밤에 장이 열렸다. 농산물 품평회와 추수감사제를 합친 행사로 어슐라로서는 이해할 수 없는 게 많았다. ("나도 마찬가지야. 알다시피 나도 도시 여자거든." 클라라가 말했다.) 여자들은 모두 지역 민속 의상을 입었고, 여러 가지 화환으로 장식된 가축들이 들판을 돌며 행진한 다음, 시상식이 열렸다. 이번에도 나치 문장이 그려진 깃발들이 들판을 장식했다. 맥주도 넉넉했고, 브라스밴드도 연주했다. 들판 한가운데 세워진 커다란 목제 무대에서는 '레더호젠'(가죽 바지)을 입은 몇몇 소년이 아코디언 반주에 따라 박자에 맞춰 손뼉을 치고 발을 구르며 허벅지와 발꿈치를 치는 '슈플라틀러'를 추었다.

클라라는 이들을 조롱했지만 어슐라가 보기에는 상당히 기발했다. 알프스 마을에서 살고 싶다는 생각까지 들었다. ('하이디처럼 말이야.' 어슐라가 패멀라에게 써 보냈다. 패멀라가 새 독일을 몹시 못마땅하게 여겨서 자주 편지를 보내지는 않았다. 패멀라는 먼 곳에서조차 양심의 목소리를 냈다. 하긴 먼 곳에서 양심을 갖기란 아주 쉬운 일이었다.)

아코디언 연주자가 밴드와 합류하자 사람들은 춤을 추기 시작했다. 어슐라는 수줍음이 많은 농장 일꾼들에 이끌려 무대에 올랐고, 이들은 특이하고 퉁명스럽게 무대를 돌았다. 약간 서툴게 4분의 3박자의 슈플라틀러를 추는 중이었다. 맥주와 댄스를 교대로 오가다 보니 어슐라는 머리가 몹시 어지러웠고, 그래서 클라라가 마을 사람이 아닌 게 분명한 미남의 손을 끌고 나타나 이렇게 말하자 혼란스러웠다.

"내가 누구를 찾아냈는지 봐!"

"누군데?" 어슐라가 물었다.

"내 사촌의 이복 사촌의 오촌이야. 뭐 그 정도 될 거야. 위르겐 푹스를 소개할게." 클라라가 신이 나서 말했다.

"그냥 이복 사촌이야." 남자가 웃으며 말했다.

"만나서 반가워." 어슐라가 말했다.

남자는 구두의 양 뒤꿈치를 딱 소리 나게 붙이며 어슐라의 손에 입을 맞췄다. 《신데렐라》에 나오는 '백마 탄 왕자님'이 떠올랐다.

"내 몸에 프로이센 피가 흘러서 그래." 남자는 브레너 가족처럼 웃으며 말했다.

"나한테는 프로이센 피가 전혀 없어." 클라라가 말했다.

그는 즐거워하면서도 사려 깊은, 사랑스러운 미소를 지녔고 눈은 무척이나 파랬다. 의심의 여지없이 미남이었다. 벤저민 콜과 비슷했다. 벤저민이 위르겐 푹스와는 완전히 정반대로 피부가 어두운 톤이라는 점만 제외하면. 위르겐을 긍정적이라고 한다면 벤저민은 부정적이라고나 할까.

토드와 푹스― 한 쌍의 여우. 운명이 어슐라의 인생에 끼어든 걸까? 닥터 켈렛이라면 우연의 일치라고 평가했을 것이다.

'그 남자, 아주 잘생겼어.' 그 만남 이후에 어슐라가 밀리에게 써 보냈다.

저질 연애소설에나 나올 법한 끔찍한 표현들이 떠올랐다—'심장이 멎을 듯한, 숨이 막힐 듯한.' 한가한 궂은 오후에 많이 읽었던 브리짓의 소설에 나오는 표현이었다.

'첫눈에 반했어.' 어슐라는 들떠서 밀리에게 이렇게 써 보냈다.

이런 감정은 물론 '참된' 사랑은 아니었고(언젠가 자식에게 느낄 법한 게 참된 사랑이다.) 격렬한 감정의 가짜 포장일 뿐이었다.

'감응성 정신병 가족이나 밀접한 사람끼리 함께 앓는 정신병이네. 정말 기분 좋은데.' 밀리가 답장을 보냈다.

'너한테는 잘된 일이야.' 패멀라도 이렇게 썼다.

'결혼은 좀 더 지속적인 사랑에 바탕을 두는 거란다.' 실비는 경고했다.

'언제나 널 생각한단다, 아가 곰. 이렇게 멀리 떨어져 있다니.' 휴는 이렇게 썼다.

어둠이 내리자 마을을 지나는 횃불 행렬이 이어졌고, 그다음에는 작은 성의 총안이 있는 흉벽에서 불꽃놀이가 있었다. 아주 황홀한 광경이었다.

"분더셴, 니히트 바?"(정말 아름답지 않니?) 횃불 불빛 때문에 환해진 얼굴로 아델하이트가 말했다.

그래, 어슐라도 동의했다. 정말 아름다워.

1939년 8월

자우버베르크. 마의 산.

"지 이스트 조 니드리히."(정말 귀여워.)

찰칵찰칵. 에파에파 아나 파울라 브라운Eva Anna Paula Braun, 히틀러의 연인는 자신의 롤라이플렉스를 사랑했다. 프리다도 사랑했다. 프리다가 정말 '귀엽다'고 에파가 말했다. 이들은 알프스 햇살로 환한 베르크호프의 널찍한 테라스에서 점심이 나오길 기다리고 있었다. 크고 암울한 식당보다는 커다란 창문이 온통 산으로 채워진 이곳 '야외에서' 먹는 게 훨씬 좋았다. 독재자들은 무엇이든 웅장한 규모를 사랑했다. 풍경조차도.

"비테 레헬른!"(크게 웃어.) 프리다는 시키는 대로 했다. 말을 잘 듣는 아이였다.

에파는 프리다를 설득해서 손으로 잔주름을 잡은 실용적인 영국제 드레스를(실비가 본 앤드 홀링스워스에서 구입해 프리다의 생일 때 보내준 옷이다.) 벗긴 뒤 바이에른 민속 의상을 대신 입혔다— 던들알프스 산간 지방의 여성용 민속 의상 그리고 에이프런, 무릎 높이의 흰 양말. 영국인인 어슐라 눈에는(날마다 더 영국적으로 되어가는 기분이었다.) 여전히 변장 놀이용품이나 학교 연극 의상처럼 보이긴 했다. 한번은 학교에서(지금은 얼마나 오래전 일로 느껴지는지) 〈하멜른의 피리 부는 사나이〉 공연을 했는데, 마을 소녀 역을 맡은 어슐라는 프리다가 지금 입은 것과 똑같은 복장을 했었다.

밀리는 고도의 예술적 기교가 필요한 '쥐의 왕' 역을 맡았다. 실비가 말했다.

"쇼크로스네 딸들은 주목받는 걸 즐기는 것 같지 않니?"

에파에게는 밀리와 닮은 점이 있었다. 불안하고 공허한 들뜬 기분을 끊임없이 채워야 한다는 점에서. 하긴 에파도 인생의 가장 멋진 부분을 연기하는 여배우였다. 사실 에파의 인생은 그녀의 일부였고, 차이점은 없었다.

프리다, 사랑스러운 어린 프리다는 이제 다섯 살이었고, 뭉툭하게 땋은 금발 머리에 눈은 파랬다. 프리다가 처음 이곳에 왔을 때는 안색이 너무 창백하고 파리했는데, 이제는 알프스 햇살을 받아 분홍과 금빛으로 물들었다. 프리다를 본 총통의 파란 눈에서, 저 아래 쾨니히 호수만큼이나 차가운 눈에서 어슐라는 광신자의 번득임을 보았고, 총통이 자신 앞에 펼쳐지는 '타우젠트예리게스 라이히'(천년 제국)의 미래를 보고 있음을 알았다. ("프리다는 널 안 닮았지?" 에파가 악의 없이 물었다. 에파는 악의가 없었다.)

어슐라는 어렸을 때―자신도 모르게 어느새 돌아가 있는 인생의 한 시기―학대받는 공주들이 아름다운 얼굴에 호두즙을 문지르고 머리에 재를 발라 집시, 국외자, 기피자로 변장해서 탐욕스러운 아버지와 질투심 많은 계모에게서 목숨을 구하는 동화를 읽었다. 어슐라는 호두즙을 어떻게 구했을지 궁금했다. 그냥 가게에서 살 수 있는 물건은 아닌 것 같았다. 게다가 호두즙을 바른 것처럼 갈색 국외자로 지내는 건 이제 안전하지 않았다. 살아남길 원한다면 이곳, 오버잘츠베르크―마의 산―에 있는 게 훨씬 나았다. 선택받은 이들이 친밀감을 나타내며 칭하는 환상의 왕국인 '베르크'에서.

도대체 여기서 뭘 하는 걸까, 어슐라는 의아했다. 언제 떠날 수 있을까? 프리다는 이제 상당히 좋아졌고, 요양도 끝나가고 있었다. 어슐라는 오늘 에파에게 말하기로 결심했다. 어쨌든 자신은 죄수가 아니었고, 원할 때면 언제든 떠날 수 있었다.

에파는 담뱃불을 붙였다. 총통이 출타 중이라, 에파는 제멋대로 행동했다. 총통은 에파가 담배를 피우고 술을 마시고, 화장하는 걸 좋아하지 않았다. 어슐라는 에파의 사소한 반항 행위에 조금 감탄했다. 이 주 전, 어슐라가 프리다를 데리고 처음 베르크호프에 온 이후로 총통은 두 번 다녀갔는데, 그의 도착과 출발은 에파와 이곳 사람 모두에게 최고의 극적인 순간이었다. 제국은 무언극과 구경거리로 이루어졌다는 게 어슐라가 오래전에 내린 결론이었다.

'인생은 바보가 해주는 이야기, 소리와 열정으로 가득하지만, 아무런 의미도 없지.' 셰익스피어의 《맥베스》 중에서 어슐라는 패멀라에게 이렇게 써 보냈다.

에파의 채근에 프리다는 웃으면서 빙빙 돌았다. 어슐라의 심장 한가운데를 차지한 건 프리다였다. 어슐라가 행하고 생각하는 것은 모두 프리다를 위해서였다. 프리다를 보호할 수 있다면 남은 인생 동안 칼날 위를 걸을 각오도 되어 있었다. 프리다를 구하기 위해서라면 지옥의 불구덩이에 뛰어들 수도 있었다. 프리다를 건져올릴 수 있다면 바다 가장 깊은 곳에도 뛰어들 것이다. (어슐라는 수많은 극단적인 시나리오들을 연구했다. 준비가 최선이니까.) 어슐라는 모성애가 육체적으로도 애간장이 끓고 고통스럽다는 걸 몰랐다. (실비는 별로 가르쳐준 게 없었다.)

"오, 그래." 아무 일도 아니라는 듯 패멀라가 말했다. "너도 보통의 암늑대가 되는 거지."

어슐라는 자신을 암늑대라고 생각하지 않았다. 자신은 어쨌든 곰이었으니까.

베르크에는 진짜 암늑대들이 사방에 돌아다녔다—마그다, 에미, 마가레테, 게르다—당 간부들의 교배용 아내들은 제국을 위하여, 총통을 위하여 다산의 음부에서 끝도 없이 아기들을 생산해내면서 자신만의 작은 권력을 서로 차지하겠다고 다투었다. 약탈하는 위험한 동물들인 이 암늑대들은 '멍청한 암소'—'디 블뢰데 쿠'—에파를 증오했다. 에파는 어떻게 해서든지 다른 여자들을 능가했기 때문이다.

이 암늑대들은 시답잖은 에파를 제치고 영광스러운 지도자의 배우자만 될 수 있다면 무엇이든 했을 게 틀림없었다. 그의 위업에는 브륀힐트 같은 여자가 어울리지 않을까— 아니면 적어도 마그다나 레니 같은 여자가? 아니면 에파가 '다스 프로일라인 미트포드', 즉 '미트포드 여인'이라 불렀던 발키리 자신이? 총통은 영국을 존경했고, 특히 귀족적이고 제국적인 영국을 존경했다. 이런 총통의 존경심이 때가 되었을 때 영국을 파괴하려는 시도를 막아줄지 어슐라는 의심스러웠다.

에파는 총통의 관심을 끄는 데 있어 경쟁자가 될 만한 여자들은 모두 싫어했고, 그녀의 가장 강한 감정은 두려움 속에 감춰져 있었다. 에파의 가장 큰 반감은 베르크의 '심복'인 보어만에게 돌아갔다. 돈줄을 쥔 사람이 그였고, 총통이 에파에게 주는 선물을 직접 구입하는 것도 그였으며, 모피 코트와 페라가모 구두를 사라고 돈을 주는 것도 그였다. 그는 미묘한 방식으로 에파가 한낱 창녀에 불과하다고 수없이 상기시켰다. 어슐라는 모피 코트들이 다 어디서 오는지 궁금했다. 베를린에서 본 모피 상인들은 대부분 유대인이었는데 말이다.

총통의 배우자가 점원이었다는 사실에 집단적으로 암늑대들은 얼마나 화가 났을까. 에파의 말에 따르면 처음 총통을 만난 건 호프만의 사진관에서 일할 때로, 총통을 '혜어 볼프'(볼프 씨)라고 불렀다고 했다.

"아돌프는 독일어로 고귀한 늑대라는 뜻이야." 에파가 말했다.

총통은 이 이름이 얼마나 마음에 들었을까, 어슐라는 생각했다. 그를 아돌프라고 부르는 소리는 한 번도 듣지 못했다. (에파는 침대에서조차 그를 '총통님'이라고 부를까? 무척 그럴 법해 보였다.)

"그의 애창곡이 뭔지 아니? 〈누가 크고 못된 늑대를 두려워하랴?〉." 에파가 웃으며 말했다.

"디즈니 영화 〈아기 돼지 삼형제〉에 나오는 그 노래 말이야?" 어슐라가 못 믿겠다는 듯 물었다.

"맞아!"

오, '이 사실'을 얼른 패멀라에게 알려줘야지, 어슐라는 생각했다.

"자, 이제 '무티'(엄마)와 찍자. 안아봐. '제어 센.'(아주 좋아.) 스마일!"

에파가 이번에는 카메라를 들고 유쾌하게 총통 쪽으로 다가갔다. 총통을 찍기 위해서였는데, 총통은 카메라 렌즈를 피하지도, 어설프게 변장한 스파이처럼 모자를 우습게 푹 눌러쓰지도 않았다. 총통은 에파한테 사진 찍히는 걸 싫어했다. 에파의 스냅사진보다는 자신을 더 돋보이게 해주는 사진관 조명이나 영웅적인 포즈를 더 선호했다. 반면에 에파는 사진 찍히는 걸 즐겼다. 그러나 사진 찍히는 걸로 만족하지 않고 영화에 나오고 싶어했다.

"영화 한 편."

에파는 할리우드에 가서 (언젠가) '내 인생 이야기'를 연기할 계획이라고 했다. (왠지 카메라는 에파에게 모든 걸 현실로 만들어준 것 같았다.) 보아하니 총통이 약속한 모양이었다. 물론 총통은 많은 것을 약속했다. 그 덕분에 오늘날의 그가 가능했다.

에파는 롤라이플렉스의 초점을 다시 맞추었다. 어슐라는 낡은 코닥 카메라를 가져오지 않은 게 다행이었다. 비교하기 무색할 정도였으니까.

"사진 인화해줄게. 영국에 계신 부모님께 보내. 배경이 산이어서 아주 예쁘게 나올 거야. 자, 크게 웃어봐. '예츠트 라흐 도흐 말 리히티히!'(이번엔 제대로 웃어봐!)"

사진마다 산 전경이 배경이 되어주었다. 어슐라는 처음에는 아름다운 산이라고 생각했지만 이제는 그 장엄함이 위압적으로 느껴지기 시작했다. 거대한 얼음 바위와 쏟아져내리는 폭포, 끝도 없이 펼쳐진 소나무들— 자연과 신화가 융합되어 게르만의 승화된 정신을 만들어냈다. 어슐라에게 독일 낭만주의는 명료하고도 신비스럽게 보였고, 그에 비하면 영국 호수들은 길들여진 듯 보였다. 영국 정신이 어디에나 있다면 그다지 영웅적이지 않은 뒷마당에 있을 게 분명했다. 잔디밭, 장미꽃밭, 깍지콩이 죽 늘어선 곳에.

어슐라는 집에 가야 한다. 베를린이 아니라, 사비니플라츠가 아니라, 영국으로. 폭스 코너로.

에파가 프리다를 난간에 앉히자 어슐라가 얼른 도로 내렸다.

"프리다는 높은 곳을 무서워해." 어슐라가 말했다.

에파는 이 난간에 오랫동안 위태롭게 기대앉거나 강아지나 어린아이가 난간을 따라 걷게 했다. 저 아래는 아찔했고, 베르히테스가덴을 지나 쾨니히 호수까지 이어졌다. 창문마다 유쾌하게 걸린 제라늄 화분들과 호수까지 초원이 경사져 있는 작은 베르히테스가덴을 보자 어슐라는 약간 안쓰러움을 느꼈다. 1933년에 클라라와 함께 이곳에 온 이래 긴 시간이 흐른 것 같았다. 클라라가 사귀었던 교수는 아내와 이혼했고, 클라라는 이제 그와 재혼해서 자식을 둘 두었다.

"니벨룽겐고대 독일의 전설적 왕조 니벨룽을 시조로 하는 난쟁이족이 저 위에 살고 있어." 에파가 주변을 둘러싼 산봉우리들을 가리키며 프리다에게 말했다. "악마와 마녀와 사악한 개도."

"사악한 개?" 프리다는 머뭇거리며 되물었다.

굳이 난쟁이나 악마 이야기를 듣지 않아도 프리다는 이미 네구스와 슈타시 때문에 충분히 겁에 질려 있었다. 이 성가신 개들은 에파의 스코티시 테리어였다.

어슐라가 들은 바로는 샤를마뉴가 운터스베르크에 몸을 숨긴 채 선과 악 사이의 마지막 결투를 기다리며 동굴에서 자고 있다고 했다. 마지막 결투는 언제가 될까, 어슐라는 궁금했다. 곧 다가올지도 모른다.

"한 번 더. 빅 스마일!" 에파가 말했다.

롤라이플렉스는 햇빛을 받아 사정없이 반짝거렸다. 에파에게는 영화 촬영기도 있었는데, 그녀의 볼프 씨가 준 값비싼 선물이었다. 어슐라는 후대를 위해 생생한 컬러사진으로 찍지 않은 게 다행이라고 여겼다. 미래에 누군가 에파의 (수많은) 앨범들을 뒤적이다가 어슐라의 사진을 보고 누구일까 궁금해하는 모습을 상상했다. 어쩌면 자신을 에파의 동생 그레틀이나 친구 헤르타로 오해해서 역사에 각주를 붙일지도 모른다.

물론 언젠가 이 모든 것이 동일한 역사에 편입될 것이다. 심지어 산도─ 결국 바위의 앞날은 모래니까. 대부분의 사람은 여러 가지 일들 속에서 혼란스러워하다가, 나중에 돌이켜봐야만 그것들의 중요성을 깨닫는다. 그러나 총통은 달랐다. 그는 미래를 위한 역사를 의식적으로 '만들어'갔다. 진정한 나르시시스트만이 그렇게 할 수 있다. 슈페어는 베를린을 위한 빌딩을 설계하고 있었는데, 지금으로부터 천 년

후에 폐허가 되더라도 멋지게 보일 만한 건물은 그가 총통에게 주는 선물이었다. (생각하는 규모가 벌써 남다르다! 어슐라는 그날그날 닥치는 대로 사는데. 이 역시 어머니가 된 결과로, 미래는 과거만큼이나 알 수 없는 신비였다.)

슈페어가 유일하게 에파에게 친절한 사람이어서 어슐라는 그에게 후한 점수를 주었지만 그럴 만한 사람이 아니었는지도 몰랐다. 그는 게르만족 특유의 기사가 되길 꿈꾸는 사람 중에서 유일하게 잘생긴 얼굴이었다. 절름발이도, 땅딸보도, 뚱뚱한 돼지도 아니었고 또는—어쩌면 더 안 좋을 수도 있지만—하급 관료를 닮았다. ('게다가 모두 제복 차림이야!' 어슐라가 패미에게 써 보냈다. '근데 모두 가짜야. 〈풍운의 젠다성〉을 읽는 기분이랄까. 시시한 이야기도 정말 재미있게 쓴 작품이지.' 어슐라는 패미가 이곳, 자신의 곁에 있기를 얼마나 바랐던가. 패미는 총통과 그의 심복들의 성격을 신이 나게 분석했을 것이다. 그러고는 모두 위선적인 말을 뿜어내는 사기꾼들이라고 결론지었을 것이다.)

위르겐은 남이 없는 데서는 이들이 모두 '엄청나게' 문제가 있다고 말하면서도 사람들 앞에서는 제국의 충직한 하인처럼 행동했다. '립펜베켄트니스'라고 그가 말했다. 립 서비스라는 뜻이다. (필요하면 싫어도 해야지, 실비라면 이렇게 말했을 것이다.) 이게 세상 사는 요령이야, 위르겐이 말했다. 이런 면에서 보면 그는 약간 모리스 같았다. 경력을 쌓아나가려면 바보 멍청이들과 일해야 한다고 모리스는 말했다. 모리스도 물론 변호사였다. 요즘에는 내무성에서 상당한 고위직이었다. 전쟁이 시작된다면 이게 문제가 될까? 독일 시민이라는 갑옷이—아주 주저하며 입은—어슐라를 충분히 보호해줄까? (전쟁이 시작된다면! 어슐라는 정말 자신이 영국해협의 건너편에 있는 걸 동의할 수 있을까?)

위르겐은 변호사였다. 변호사를 업으로 하길 원한다면 나치 정당에 가입해야 했다. 선택의 여지가 없었다. '립펜베켄트니스.' 위르겐은 베를린의 법무부에서 일했다. 어슐라에게 청혼할 당시('약간 돌풍 같은 연애였어요.' 어슐라가 실비에게 써 보냈다.) 위르겐은 공산당원을 가까스로 포기했다.

이제 위르겐은 자신의 좌파 정책을 포기하고 나라가 이룩한 성과를 옹호하는 데 열을 올렸다— 완전 고용, 음식, 건강, 자존감. 나라는 다시 정상적으로 돌아갔다. 새로운 직업, 새로운 도로, 새로운 공장, 새로운 희망— 어떻게 이런 성과가 가능했겠는가? 위르겐이 말했다. 하지만 이와 함께 열광적인 사이비 종교와 진노한 가짜 메시아도 덩달아 왔다.

"모든 건 대가가 따르는 법이야." 위르겐이 말했다.

하지만 대가는 그 어느 때보다 컸다. (어떻게 이런 성과를 냈을까, 어슐라는 종종 궁금해졌다. 주로 불안과 연출 기법을 이용했겠지. 하지만 이 모든 자금과 일자리는 어디서 나왔을까? 깃발과 제복을 만드는 일에서 나왔을지도 모른다. 경제를 살리기 위해 주변에 널리고 널린 게 이 일이었다. '어쨌든 경제는 회복하고 있어. 경제 회복을 주장할 수 있는 건 나치로서는 행복한 우연의 일치지.' 패멀라는 이렇게 썼다.) 맞아, 위르겐이 말했다. 처음에는 폭력으로 시작했지만 곧 발작이 되고, 파장이 되고, 증기를 내뿜는 돌격대가 되었다. 모든 것, 모든 사람이 이제 더 이성적이었다.

이들은 사월에 베를린에서 열리는 총통의 오십 번째 생일 축하 퍼레이드에 참가했다. 위르겐에게는 그랜드스탠드의 게스트 좌석이 할당되었다.

"경의를 표한 거지." 위르겐이 말했다.

위르겐이 이 '경의'에 마땅한 어떤 행동을 했을까, 어슐라는 궁금했다. (그래서 위르겐이 기뻐한 것 같았는지? 때로 알아내기가 어려웠다.) 지금 제국의 귀빈들과 어깨를 나란히 하고 앉은 이곳에서 1936년에 열린 베를린 올림픽 티켓은 위르겐도 구할 수가 없었다. 위르겐은 요즘 늘 바빴다.

"변호사는 잠도 못 자." 위르겐이 말했다. (하지만 어슐라가 보기에 변호사들은 천년 내내 잘 준비가 되어 있었다.)

행진은 끝도 없이 이어졌는데, 괴벨스의 쇼맨십이 가장 위대하게 표현된 퍼레이드였다. 군악이 한참 연주된 다음, 독일 공군이 제공하는 서곡이 시작되었다. 편대를 이룬 비행 중대가 동서 축을 따라, 브란덴부르크 문 위로 물결을 이루면서 소음과 함께 인상적인 공중 분열식을 수행했다. 소리는 더 크고 맹렬했다.

"하인켈과 메서슈미트야." 위르겐이 말했다.

어떻게 알았을까? 남자아이들이라면 모두 이들이 만든 비행기를 알지, 위르겐이 말했다.

그런 다음 연대의 분열식이 뒤따랐다. 길을 따라 다리를 곧게 뻗으며 행진하는 군인들의 행진이 끝도 없이 이어졌다. 이 모습을 보자 어슐라는 줄을 맞춰 서서 발을 높이 차올리는 춤을 추는 '틸러 걸스'가 떠올랐다.

"다리를 곧게 뻗는 걸음걸이는 도대체 누가 만들어냈을까?" 어슐라가 말했다.

"프로이센 사람들이지, 물론." 위르겐이 웃으며 말했다.

어슐라는 초콜릿을 꺼내 조각을 내서 위르겐에게 건넸다. 위르겐은 얼굴을 찌푸리며 고개를 내저었다. 마치 어슐라가 집결된 군사력에 제대로 존경심을 나타내지 않은 듯이 말이다. 어슐라는 초콜릿을 한 조각 더 먹었다. 사소한 반항 행위였다.

위르겐이 가까이 몸을 숙여야만 말소리가 들렸다. 군중이 가공할 만한 소음을 만들어내고 있었기 때문이다.

"적어도 저들의 정밀함은 감탄할 만하잖아."

그랬다, 어슐라는 감탄했다. 정말 대단했다. 줄지어 나오는 연대마다 동일한 사람들인 것처럼, 공장에서 생산된 것처럼 완벽함이 로봇 같았다. 정말 '인간'처럼 보이지 않았는데, 인간처럼 보여야 하는 게 군대의 임무는 아니지 않는가? ('다들 얼마나 남자답던지.' 어슐라가 패멀라에게 보고했다.) 영국 군대는 이 정도의 대규모로 이렇게 기계적인 훈련을 수행할 능력이 있을까? 소련이라면 몰라도 영국 군대는 어딘지 덜 '열정적'이었다.

어슐라의 무릎에 앉아 있던 프리다는 어느새 잠이 들었고 행사는 아직 제대로 시작도 하지 않았다. 행사 내내 히틀러는 계속 팔을 앞으로 뻣뻣이 뻗어 경례를 했다. (어슐라가 앉은 자리에서는 히틀러가 언뜻 보였다. 부지깽이처럼 툭 튀어나온 팔밖에 보이지 않았지만.) 권력은 특유한 스태미나를 제공하는 게 틀림없었다. 내 오십 번째 생일은 템스 강가나 브레이나 헨리, 그 부근에서 소풍을 하며 보내고 싶어, 어슐라가 생각했다. 아주 영국적인 소풍으로— 차가 담긴 보온병, 소시지 롤, 달걀과 물냉이를 넣은 샌드위치, 케이크와 스콘. 어슐라의 가족 모두 이 그림 속에 들어 있었다. 그런데 위르겐도 전원생활의 일부가 될 수 있을까? 위르겐도 잘 어울릴 것 같았다. 보트용 플란넬 바지 차림으로 잔디밭에 빈둥거리며 휴와 크리켓 이야기를 나누면서. 위르겐은 어슐라 가족과 만나 잘 어울려 지냈다. 이들은 1935년에 영국 폭스 코너로 가서 가족을 방문했다.

"좋은 녀석 같더구나." 휴가 말했다.

사실 휴는 어슐라가 독일 시민권을 땄다는 사실을 썩 달가워하지 않았다. 독일 시민권을 딴 건 끔찍한 실수였다. 어슐라는 이제야 그걸 알았다.

"뒤늦게라도 깨닫는 건 훌륭한 거야. 모두가 다 그렇게 한다면 기록할 역사란 것도 없을걸." 클라라가 말했다.

어슐라는 영국에 머물렀어야 했다. 초원과 잡목림과 블루벨 숲을 가로지르는 개울이 있는 폭스 코너에 머물러 있었어야 했다.

전쟁 기계들이 나오기 시작했다.

"저기 탱크가 오네." 대형 화물차에 실린 '판처'(탱크)들이 모습을 드러내자 위르겐이 영어로 말했다.

위르겐은 옥스퍼드 대학에서 일 년을 보냈기 때문에(크리켓 지식은 그때 얻었다.) 영어를 곧잘 했다. 그다음에 나타난 탱크들은 자력으로 왔고, 사이드카를 대동한 오토바이, 장갑차, 빠르게 걷는 기병들(특별히 관중에게 즐거움을 안겨주었다 — 어슐라는 말들을 보라고 프리다를 깨웠다.) 그리고 그 뒤로 포병대가 등장했다. 가벼운 야전포부터 육중한 대공포와 거대한 기관포에 이르기까지.

"K-3야." 위르겐이 감탄하며 말했다.

그래봐야 어슐라는 알아듣지도 못했다.

행진에서는 어슐라가 이해할 수 없는 질서와 기하학에 대한 사랑이 드러났다. 이런 점은 다른 행진과 집회에서도 다를 바 없지만—다 보여주기 위한 연출이다—이 행진은 좀 호전적인 듯했다. 엄청나게 많은 무기는 충격적이었다. 독일은 뼛속까지 무장되었다! 어슐라는 아무것도 몰랐다. 모두에게 일자리가 있다는 게 놀랄 일도 아니었다.

'모리스 말로는 경제를 살리려면 전쟁이 필요하대.' 패멀라가 써 보냈다.

전쟁이 아니라면 무기가 어디에 필요하겠는가?

"군대를 재정비하는 건 우리의 정신을 구하는 데 도움이 돼. 조국에 대한 자부심을 되찾게 해주지. 1918년에 장군들이 항복했을 때……"

어슐라는 위르겐의 말을 더는 듣지 않았다. 수도 없이 많이 들었던 논쟁이었다.

'그들은 최후의 전쟁을 시작했어.' 어슐라는 뿌루퉁해서 패멀라에게 이렇게 써 보냈다. '그리고 솔직히 나중에 싸움터에 나간 사람들은 그들뿐이고, 가난하고 굶주리고 죽은 사람들은 없었다고 생각해도 좋을 지경이야.'

다시 잠을 깬 프리다는 짜증을 냈다. 어슐라는 프리다에게 초콜릿을 먹였다. 어슐라도 짜증이 났고, 둘이서 초콜릿을 다 먹어치웠다.

피날레는 사실 약간 감동적이었다. 연대가 든 국기들이 히틀러의 연단 바로 앞에서 여러 개의 대열을 이루며 긴 줄을 만들어냈다. 대형이 얼마나 정교했던지 가장자리를 면도칼로 도려낸 것 같았다. 연대는 히틀러에게 경의를 표하며 국기를 아래로 내렸다. 군중은 열광했다.

"어때?" 그랜드스탠드에서 빠져나오며 위르겐이 물었다.

그는 어깨에 프리다를 올려놓았다.

"멋져. 정말 장관이야." 어슐라가 말했다.

두통이 시작되면서 관자놀이로 꿈틀거리며 올라오는 게 느껴졌다.

프리다의 병은 몇 주 전 어느 아침, 체온이 올라가며 시작되었다.

"토할 것 같아요." 프리다가 말했다.

어슐라가 이마를 짚어보니 축축했다.

"유치원에 안 가도 돼. 오늘은 나와 함께 집에 있자."

"여름 감기야." 퇴근해서 돌아온 위르겐이 말했다.

프리다는 늘 기관지가 약한 아이였다. ("우리 엄마를 닮아서 그래." 실비가 침울하게 말했다.) 코감기와 인후염에 익숙했지만 감기는 아주 빠르게 악화되었고, 프리다는 열이 나면서 무기력해졌다. 피부는 금방이라도 불이 붙을 것만 같았다.

"시원하게 해주세요."

의사의 지시에 따라 어슐라는 프리다 이마에 찬물을 적신 수건을 올려놓고 책을 읽어주었다. 프리다도 들으려고 애를 썼지만 이야기에 흥미를 붙이지는 못했다. 프리다의 의식이 혼미해졌고, 의사는 프리다의 그르렁거리는 허파에 귀를 기울이며 말했다.

"기관지염이에요. 낫기를 기다려야 해요."

그날 밤 늦게 프리다의 상태가 갑자기 악화되었고, 거의 죽은 듯 보이는 작은 몸뚱이를 담요에 싸서 택시를 타고 가장 가까운 병원으로 가야 했다. 가톨릭 병원이었다. 폐렴 진단을 받았다.

"아이가 몹시 아파요." 의사는 왠지 이들의 책임인 양 말했다.

어슐라는 이틀 밤낮 동안 프리다의 병상을 지키며 프리다를 이 세상에 붙잡아두기 위해 그 작은 손을 붙잡고 있었다.

"내가 대신 아파줄 수만 있다면." 위르겐이 풀을 먹인 하얀 시트 너머에서 속삭였다.

이 시트도 프리다를 이 세상에 붙잡아두는 데 도움이 되었다. 수녀들은 갤리언선처럼 커다랗고 복잡한 머리 가리개를 쓴 채 병동을 돌아다녔다. 어슐라는 프리다에게 관심을 집중하지 못하는 멍한 순간에 느닷없이 수녀들이 아침마다 이 장비를 걸치는 데 얼마나 시간이 걸릴까 궁금해졌다. 자신은 저렇게 제대로 쓰지 못할 게 분명했다. 머리에 쓰는 가리개 하나만으로도 수녀가 되고 싶지 않은 이유가 차고 넘쳤다.

이들은 프리다를 살리려고 애썼고, 프리다도 살아났다. '트리움프 데스 빌렌스.'(의지의 승리) 위기는 지나갔고, 프리다는 회복을 위한 긴 여정을 시작했다. 창백하고 약해진 프리다는 요양이 필요했고, 어슐라는 병원에서 집으로 돌아오는 날 저녁, 누군가 문 앞에 직접 놓고 간 봉투를 발견했다.

"에파한테서 온 거야."

어슐라는 퇴근하고 집에 온 위르겐에게 편지를 보여주며 말했다.

"에파가 누군데?" 위르겐이 물었다.

"스마일!"

찰칵찰칵.

에파가 즐겁기만 하다면, 어슐라는 생각했다. 자신은 상관없었다. 고맙게도 에파가 초대해준 덕분에 프리다는 좋은 산 공기를 마시고, 베르크호프 아래 경사지에 있는 표본 농장인 대농장에서 가져온 신선한 채소와 달걀과 우유를 먹을 수 있었다.

"어명인가? 당신, 거절할 수 있어? 거절하고 싶어? 난 아냐. 당신 두통도 좋아질 테고."

위르겐이 부처에서 승진하면 할수록 두 사람 간의 대화는 점점 더 일방적이 되어갔다. 위르겐은 진술하고, 질문하고, 대답하면서 어슐라를 대화에 끌어들일 필요도 못 느끼고 결론을 냈다. (변호사 스타일인지도 모른다.) 그는 자신이 그렇게 하고 있는 것도 모르는 모양이었다.

"그 늙은 호색한이 어쨌든 여자가 있다는 거네? 누가 상상이나 했겠어? 당신은 알았어? 아니지, 알았더라면 얘기했겠지. 당신이 그 여자를 안다니. 우리한테는 잘된 일이야, 안 그래? 왕좌에 가까이 있다는 거 말이야. 내 경력에는 도움이 되지. 내 경력에 좋다는 건 결국 우리한테 좋은 일이니까. '리블링'.(여보)" 위르겐은 약간 형식적으로 이렇게 덧붙였다.

어슐라는 왕좌에 가까이 있는 건 다소 위험하다고 생각했다.

"난 에파를 몰라. 한 번도 만난 적이 없어. 에파를 아는 건 브레너 부인이야. 브레너 부인이 에파의 어머니 브라운 부인을 알거든. 클라라는 호프만 사진관에서 가끔 에파와 일했었대. 유치원도 함께 다녔고." 어슐라가 말했다.

"인상적이군. '카페클라취'(다과 모임)에서 권력의 자리로 이렇게 쉽게 이동하다니. 에파 브라운 양은 오랜 유치원 친구 클라라가 유대인과 결혼한 거 알아?"

어슐라를 놀라게 한 건 위르겐이 말하는 방식이었다. '유대인.' 위르겐이 그런 식으로—조롱하고 경멸적으로—말하는 건 처음 들었다. 이는 어슐라 가슴에 대못을 박았다.

"나도 몰라. 난 당신이 말하는 그 '카페클라취'의 일원이 아니거든."

총통이 에파의 인생에 얼마나 큰 비중을 차지했던지 그가 부재중일 때 에파는 빈 그릇이나 다름없었다. 연인이 출타 중이면 에파는 밤새 전화기를 지키고 앉아서 마치 개처럼 매일 밤 한쪽 귀를 쫑긋 세운 채 주인님의 목소리가 나오는 전화만을 안달하며 기다렸다.

게다가 이곳에서는 할 일도 딱히 없었다. 숲길을 따라 터벅터벅 걷고 (얼음처럼 차가운) 쾨니히 호수에서 수영을 하고 나면 기운이 나는 게 아니라 오히려 기력이 떨어졌다. 약간 미쳐버릴 것 같으면 그 많은 야생화를 꺾거나, 테라스의 긴 의자에 누워 실컷 일광욕이나 하는 수밖에 없었다. 베르크에는 아이 보는 여자와 유모가 한 부대나 되었다. 서로 프리다를 돌보겠다고 나섰고, 어슐라 역시 에파처럼 할 일 없이 보내는 시간이 많았다. 바보같이 책을 한 권만 챙겨왔지만, 다행히 두꺼운 토마스 만의 《마의 산》이었다. 그녀는 이 책이 금서 목록에 오른 줄도 몰랐다. 어슐라가 이 책을 읽는 걸 본 독일군 장교가 말했다.

"아주 용감하시군요. 그들이 금서로 지정한 책 중 하나입니다."

그가 '그들'이라고 지칭한 것은 자신은 '그들'에 속하지 않음을 넌지시 알리기 위해서였다. 그들이 할 수 있는 최악은 무엇일까? 어슐라한테서 그 책을 빼앗아 부엌 난로에 집어던지는 것?

그 남자는 상냥했다. 독일군 장교. 남자는 할머니가 스코틀랜드 사람이어서 하일랜드에서 행복한 휴가를 많이 보냈다고 했다.

'임 그룬데 핫 에스 아이네 메르크뷔르디게 베반트니스 밋 디젬 지히아인레벤 안 프렘뎀 오르테, 디저-자이 에스 아우흐-뮈젤리겐 안 파숭 운트 운게뵈눙.'

어슐라는 힘겹게 번역해보았지만 다소 형편없었다.

'새로운 장소에 정착하는 일에는 특이한 점이 있다. 힘겨운 적응과 익숙해짐은……'

정말 맞는 말이야, 어슐라는 생각했다. 토마스 만은 읽기 어려운 작가였다. 브리짓의 고딕소설을 가져왔어야 했는데. 이런 책들은 '페어보텐'(금지)되지 않았을 게 틀림없었다.

산 공기도 어슐라의 두통에 전혀 도움이 되지 못했다. (토마스 만도 마찬가지고.) 오히려 악화시켰다. '코프쉬메르첸'(두통)이라는 말만 들어도 어슐라는 머리가 콕콕 쑤셨다.

"뭐가 문제인지 알 수가 없습니다. 신경 문제가 틀림없어요."

병원에서 의사가 말했다. 그는 베로날을 처방해주었다.

에파 자신은 어슐라를 감당할 만큼의 지적 능력이 없었고, 당시 베르크는 지식인들의 궁전이라 할 수는 없었다. 유일하게 사상가라고 부를 만한 사람이 슈페어였다. 에파가 검증받지 않은 건 아니었다. 오히려 그 반대였을 것이다. '레벤스루스트'(삶의 애착) 아래 감춰진 우울증과 신경증을 감지할 수 있었지만 불안감은 한 남자가 정부에게서 기대할 만한 건 아니었다.

어슐라는 성공적인 정부가 되려면(자신은 성공적이든 아니든 정부로 지내본 적이 없었지만) 편안하고 위안을 주며, 지친 머리를 쉴 수 있는 베개 같은 여자여야 할 것 같았다. '게뮈트리히카이트.'(안락함) 에파는 쾌활했고, 하찮은 일에 수다를 잘 떨었고, 영리하거나 영악하게 구는 것과는 거리가 멀었다. 권력 있는 남자는 자신의 여자로 좀 쉬운 타입을 원하며, 집이 지적 토론의 장이 되는 걸 원치 않는다.

'남편이 내게 한 말이니까 틀림없이 사실일 거야!' 어슐라가 패멀라에게 써 보냈다.

위르겐은 이 말을 자신을 염두에 두고 한 건 아니었다. 자신은 권력 있는 남자가 아니니까.

"어쨌든 아직은 아니지." 위르겐이 웃었다.

에파는 헌신의 대상을 빼앗길 때에만 정치 세계에 관심을 보였다. 그녀는 철저하게 대중의 눈 밖에 머물렀고, 공식적인 지위도 허락되지 않았다. 지위라고는 전혀 없었고, 개만큼 충성스러웠지만 개보다 더 인정받지는 못했다. 블론디 히틀러의 애견 가 에파보다 더 위상이 높았다. 에파는 윈저 공작 부부가 베르크호프를 방문했을 때 공작 부인을 영접할 허락을 받지 못한 일이 가장 원망스럽다고 했다.

어슐라는 이 말에 얼굴을 찌푸렸다.

"근데 그 여자는 나치잖아." 어슐라는 경솔하게 말했다. ('앞으로는 좀 더 말조심해야겠어!' 패멀라에게 이렇게 써 보냈다.) 에파는 이렇게만 대답했다.

"그래, 물론 그렇지. 맞아."

한때 영국의 왕이었지만 다시는 왕이 될 수 없는 사람의 배우자가
히틀러 지지자인 게 전혀 아무 일도 아닌 양.

총통은 고상하고 외로운 정조의 길을 걷는 모습을 보여주어야 했
다. 그는 독일과 혼인했기 때문에 결혼할 수가 없었다. 그는 국가의 운
명에 자신을 희생했다. 적어도 이게 골자였고, 이런 관점에 어슐라는
신중하게 인정할 수밖에 없었다. (총통은 식사가 끝나면 이런 독백을 끝도
없이 이어갔다.) 우리나라의 처녀 여왕처럼 말이지, 어슐라가 생각했지
만 입 밖에 내지는 않았다. 총통 자신이 여자와 비교당하는 걸 좋아하
지 않을 것 같아서였다. 왕의 가슴과 마음을 가진 영국 귀족 여성이라
도. 학교에서 어슐라를 가르쳤던 역사 선생님은 엘리자베스 1세를 특
히 즐겨 인용했다. '신뢰와 침묵이 검증되지 않은 사람에게는 그대의
비밀을 털어놓지 마라.'

에파가 뮌헨에 돌아와 총통이 사준 그 작은 부르주아 집에서 살면
평범한 사회생활이 가능하니 더 행복할지도 모르겠다. 금박을 입힌 새
장 같은 이곳에서 에파는 잡지나 뒤적이고, 최신 헤어스타일과 영화
배우들의 연애담이나(어슐라가 이런 주제에 좀 알기라도 하듯) 토론하고,
변검술사처럼 옷을 차례로 입어보며 즐기는 수밖에 없었다. 어슐라는
몇 번 에파의 침실에 들어가보았다. 차분하게 장식된 베르크호프의 다
른 방들과는 사뭇 다르게 예쁘고 여성스러운 내실로, 유일하게 어울리
지 않는 게 있다면 제일 잘 보이는 곳에 걸린 총통의 초상화였다. 에파
의 영웅. 하지만 총통은 자신의 방에 정부의 초상화를 걸어두지 않았
다. 총통은 벽에 걸린 웃음 짓는 에파 얼굴보다는 자신이 사랑하는 영
웅인 프리드리히대왕의 근엄한 얼굴에서 더 도전의식을 느꼈다. '프리
드리히 데어 그로세.'(프리드리히대왕)

'난 늘 '그로세'(대왕)를 '그로서'(식료품상)로 알아들었다니까.' 어슐라가 패멀라에게 써 보냈다.

일반적으로 말하자면 '그로서'는 전쟁광이나 정복자가 아니었다. 총통은 이런 거물이 되기 위해 어떤 견습 기간을 거쳤을까? 에파는 모르겠다며 어깨를 으쓱해 보였다.

"그는 늘 정치가였어. 태어나면서부터 정치가였지."

아니, 어슐라가 생각했다. 그도 다른 사람들처럼 아기로 태어났다. 그리고 지금의 그는 자신의 선택으로 이루어졌다.

에파의 욕실과 맞붙은 총통의 침실은 출입 금지 구역이었다. 그래도 어슐라는 그의 자는 모습을 본 적이 있었다. 그 신성불가침의 침실에서가 아닌, 베르크호프 테라스의 따스한 식후 햇살 속에서. 위대한 전사의 입은 불경스럽게도 약간 벌어져 있었다. 총통은 무방비 상태였지만 베르크에는 암살자가 없었다. 그 많은 총들, 어슐라는 생각했다. 루거를 손에 넣어 그의 심장이나 머리에 쏘는 건 식은 죽 먹기였다. 하지만 그럴 경우 어슐라에게 무슨 일이 일어날까? 더 나쁜 건, 프리다에게 무슨 일이 벌어질까?

에파는 총통 옆에 앉아 아기를 쳐다보듯 애정 가득한 눈으로 바라보았다. 자는 동안의 그는 오롯이 에파의 것이었다.

에파는 기본적으로 착한 젊은 여성에 불과했다. 한 여자를 함께 잠자리하는 남자로 판단할 수는 없는 일이다. (아니면 할 수 있는 일일까?)

에파는 어슐라가 상당히 질투할 만한 멋지고 탄탄한 몸매를 지녔다. 그녀는 건강하고, 운동—수영, 스키, 스케이트, 댄스, 체조—에 뛰어나며, 야외를 좋아하고, '움직임'을 좋아했다. 그런데 지금 게으른 중년 남자에게 거머리처럼 착 달라붙어 있었다. 정오 전에는 침대에서 일어나는 법이 없는(그런데도 여전히 오후 낮잠을 잘 수 있는), 글자 그대로 야행성동물인 남자에게. 그는 담배를 피우지도, 술을 마시지도, 춤을 추지도, 기분 내키는 대로 행동하는 일도 없었다. 한마디로 스파르타식이었지만 활력이 넘친다는 의미가 아니라 습관에서 엄격했다. 총통은 레더호제(바이에른 이외의 사람들 눈에는 우습기만 하고 멋져 보이지 않는)까지만 벗은 모습을 보여주었다. 어슐라와의 첫 대면에서 그는 입 냄새로 역겨움을 안겨주었고, '가스 문제' 때문에 알약을 사탕처럼 삼켜댔다. ("그가 방귀를 잘 뀐다고 들었어. 조심해. 틀림없이 그가 먹는 채소가 원인일 거야." 위르겐이 말했다.) 총통은 자신의 위엄에 신경 썼지만 그렇다고 자만심이 강한 건 아니었다.

'과대망상 환자일 뿐이야.' 어슐라는 패멀라에게 이렇게 썼다.

이들을 태우기 위해 자동차와 운전사가 왔고, 베르크호프에 도착하자 총통이 직접 이들을 맞이했다. 고관들을 맞이하고, 작년에 체임벌린을 영접했던 그 위대한 계단에서. 영국으로 돌아온 체임벌린은 '이제 히틀러의 생각을 안다'고 했다. 과연 그걸 아는 사람이 있을지 어슐라는 의문이 들었다. 에파도 모를 텐데. 특히 에파가 더 몰랐다.

"이곳에 오신 걸 환영합니다. '리베 클라이네'(사랑스러운 아기)가 나을 때까지 이곳에서 지내십시오."

총통이 말했다.

'총통은 여자, 어린이, 개를 좋아하는구나. 정말 나무랄 데가 없는데?' 패멀라는 이렇게 썼다. '그런 그가 법과 공통된 인간성을 존중하지 않는 독재자라니 얼마나 유감이니.'

패멀라는 대학 시절에 독일 친구를 많이 사귀었는데, 대부분이 유대인이었다. 패멀라의 집은 시끌벅적한(아마도 세 명의) 남자아이들로 가득 찼고(조용하고 어린 프리다는 핀칠리에서 아주 주눅이 들 것이다.) 또 다시 임신했다고 편지에 알려왔다.

'딸이길 빌어줘.'

어슐라는 패미가 그리웠다.

패멀라는 이 정권에서 잘 견디지 못할 것이다. 도덕적 분노가 너무 강하다 보니 침묵하기가 힘들 것이다. 어슐라처럼 혀를 물고 있지는 못할 것이다('수다쟁이 여자의 재갈'). '오직 참고 기다리는 자만이 보상을 받는다.' 밀턴의 〈소네트〉 중에서 이 말이 한 사람의 도덕원리에 적용될 수 있을까? 이 말이 나를 옹호해줄 수 있을까, 어슐라는 궁금했다. 밀턴보다는 에드먼드 버크를 약간 고쳐 인용하는 게 나을지도 모르겠다. '세상에서 악의 승리를 위해 필요한 것은 선한 여자들이 아무런 행동도 하지 않는 일이다.'

이들이 도착한 다음 날, 한 어린아이의 생일 파티가 있었다. 괴벨스인지 보어만인지는 잘 모르겠다. 이와 비슷한 이름이 상당히 많았고, 다들 비슷했다. 어슐라는 총통의 생일 축하 퍼레이드에서 본 군인들의 대열을 떠올렸다. 때 빼고 광을 낸 아이들은 '엉클 울프'한테서 각자 특별한 말을 듣고 나서야 긴 탁자에 마련된 케이크를 실컷 먹을 수 있었다. 단것을 좋아하는 가련한 프리다는(이런 점에서는 의심의 여지없이 엄마를 빼닮았다.) 피곤으로 눈꺼풀이 내려앉아 한 조각도 먹지 못했다. 베르크호프에는 늘 케이크가 있었다. 양귀비 씨가 들어간 슈트로이젤, 계피와 자두 토르테, 크림으로 속을 채운 퍼프 페이스트리, 초콜릿 케이크—커다란 반구형의 슈바르츠발더 키르슈토르테—어슐라는 이 케이크를 누가 다 먹는지 궁금했다. 어슐라 자신은 최선을 다해 케이크를 먹어치웠다.

에파와 보낸 낮이 아무리 지루해도 총통이 자리한 저녁에 비하면 아무것도 아니었다. 저녁식사가 끝나고 한없이 이어지는 시간은 주로 그레이트 홀에서 이루어졌다. 축음기를 듣거나 영화를 보는(때로는 이두 가지를 함께 하면서) 넓적하면서 멋대가리 없는 방이었다. 결정은 물론 총통의 몫이었다. 음악으로는 〈박쥐〉요한 슈트라우스가 작곡한 오페레타와 〈유쾌한 미망인〉프란츠 레하르가 작곡한 희가극을 가장 좋아했다. 첫날 저녁, 〈유쾌한 미망인〉을 듣는 동안 보어만, 힘러, 괴벨스는(그리고 이들의 미개한 배우자들) 모두 뱀처럼 가느다란 입술에 미소를('립 서비스'라는 편이 더 맞을지도 모르겠다.) 짓고 있었다. 어슐라는 대학 때 학생들이 연출한 〈유쾌한 미망인〉을 본 적이 있었다. 주인공인 하나 역을 맡은 여학생과는 친하게 지냈다. 당시에는 〈빌랴, 오 빌랴! 숲의 정령〉이라는 노래를 독일어로 다시 듣게 될 줄은 몰랐다. 그것도 난생처음 보는 사람들과 함께. 그 공연을 본 건 1931년이었다. 당시 어슐라는 유럽의 미래는 물론, 자신의 미래가 어떻게 될지 전혀 몰랐다.

영화는 그레이트 홀에서 거의 매일 밤마다 상영되었다. 영사기사가오고, 한쪽 벽면에 걸려 있던 멋진 고블랭 태피스트리가 블라인드처럼 자동으로 올라가면 그 뒤에 스크린이 나왔다. 끔찍하게 감상적인 로맨스 영화나 미국의 모험 영화, 아니면 더 재미없는 산악 영화를 끝까지 앉아서 보았다. 이런 식으로 어슐라가 본 영화만 해도 〈킹콩〉, 〈어느 벵골 기병의 삶〉, 〈산이 부른다〉였다. 첫날 저녁에 본 영화는 〈홀리 마운틴〉이었다. (산도 많이 나오고 영화 주인공 레니도 많이 등장했다.) 총통이 가장 좋아하는 영화는 〈백설공주〉라고 에파가 털어놓았다. 어슐라는 총통이 어떤 캐릭터와 자신을 동일시했을지 궁금했다. 사악한 마녀, 아니면 난쟁이들? 확실히 백설공주는 아니겠지? 왕자와 동일시했음이 틀림없다고 어슐라는 결론 내렸다. (왕자에게 이름이 있던가? 이들에게 이름이 있던 적이 있나? 그냥 역할만으로 충분했던 것 같은데?) 잠자는 공주를 깨우는 왕자, 바로 총통이 잠자는 독일을 깨운 것처럼. 하지만 키스로 깨운 건 아니었다.

프리다가 태어났을 때 클라라는 프란츠 위트너가 그린 예쁜 〈백설 공주와 일곱 난쟁이〉를 선물했다. 클라라의 남편은 교수인데 일찌감치 미술학교의 교수직을 박탈당했다. 이들은 1935년에 떠날 계획을 세웠다가 다시 1936년으로 연기했다. 크리스탈나흐트'수정의 밤'이란 뜻으로 1938년, 나치가 유대인 가게를 약탈하고 유대교회당인 시너고그를 방화한 사건 이후 패멀라는 일면식도 없던 클라라에게 직접 편지를 보내 핀칠리에 와서 지내라고 제안했다. 하지만 그 무력감, 끝도 없이 '기다려야'만 하는 듯 보이는 빌어먹을 상황들…… 그때 클라라의 남편이 일제 검거에 포함되어 동쪽으로 이송되었다. 당국에 따르면 공장에서 일한다고 했다.

"그 아름다운 조각가의 손으로." 클라라가 슬프게 말했다.

('그건 진짜 '공장'이 아니야.' 패멀라가 썼다.)

어슐라는 어릴 때 동화를 열심히 읽었다. 해피엔드보다는 세상에 정의를 구현하는 일을 더 신뢰했다. 자신이 그림 형제에게 속은 건지도 몰랐다. '슈피글라인, 슈피글라인, 안 데어 반트 베어 이스트 디 셴스테 임 간젠 란트?'(거울아, 거울아, 이 세상에서 누가 가장 아름답니?) 이 사람들은 아니야, 그건 틀림없어. 어슐라는 베르크에서 보낸 지루한 첫날 밤, 그레이트 홀을 둘러보며 생각했다.

총통은 오페라보다는 오페레타를, 수준 높은 문화보다는 만화를 더 좋아했다. 총통이 에파의 손을 꼭 잡고 프란츠 레하르의 음악에 맞춰 콧노래를 부르는 모습을 지켜보면서 어슐라는 그가 얼마나 '평범한지'(심지어 어리석은지) 충격을 받았다. 지크프리트독일 중세 서사시 〈니벨룽겐의 노래〉 주인공보다는 미키마우스에 더 가까웠다. 실비라면 그를 재빨리 해치웠을 텐데. 이지라면 그를 잘근잘근 씹어 뱉어냈을 텐데. 글로버 부인, 글로버 부인이라면 어떻게 했을까, 어슐라는 궁금했다. 이제 이것은 어슐라가 가장 좋아하는 게임이 되었다. 자기가 아는 사람들이 나치 과두정치의 집권층들을 어떻게 할지 상상해보는 일이. 글로버 부인은 아마 고기 두드리는 망치로 제대로 패주었을 것이다. (브리짓이라면 어떻게 했을까? 총통을 완전히 무시할지도 모르겠다.)

영화가 끝나자 총통은 자리를 잡고 앉아 좋아하는 주제에 대해 장황하게 (몇 시간이고) 설명을 늘어놓았다. 독일 예술과 건축(자신을 건축가가 되려다가 만 사람으로 인식했다.), '블루트 운트 보덴'(피와 대지)(대지, 늘 대지였다.) 그리고 혼자만의 고고한 길(다시 늘대로). 총통은 독일의 구원자이며, 그의 '백설공주'인 가련한 독일은 원하든, 원치 않든 총통에 의해 구원될 것이다. 총통은 건전한 독일 예술과 음악에 대해 계속 떠들어댔다. 바그너의 〈마이스터징거〉, 가장 좋아하는 오페라 리브레토가극의 대본이나 가사에 대해 — '바흐트 아우프, 에스 나에트 겐덴 탁'('일어나라, 이제 날이 밝기 시작했다.') (총통이 계속 저렇게 떠들어대다간 정말 날이 밝아올 것 같았다.) 다시 운명 이야기로 돌아갔고, 총통의 운명은 '폴크'(민족)의 운명과 상당히 관계가 밀접했다. '하이마트'(고향), '보덴'(대지), 승리인가 몰락인가. (무엇이 승리일까? 어슐라는 궁금했다. 누구와 맞선 승리란 말인가?) 어슐라가 잘 알아듣지 못한 프리드리히대왕, 로마식 건축, 그다음에는 조국에 관한 이야기도 있었다. (러시아에서는 '모국'이라고 하는데, 어슐라는 이런 표현의 근거가 궁금했다. 영어로는 어떤가? 그냥 '영국'이라고 하는 것 같았다. 여차하면 블레이크의 표현대로 '예루살렘'이라고 하든지.)

그런 다음 다시 운명과 '타우젠트예리게스'(천년 제국)로 되돌아갔다. 이야기는 끝도 없이 이어져서 저녁식사 전에 무지근한 통증으로 시작한 두통이 이제는 가시면류관이 되었다. 어슐라는 휴가 이렇게 말하는 모습을 상상했다.

"오, 그만 입 다무시지, 히틀러 양반."

그러자 갑자기 향수병이 몰려오면서 눈물이 터질 것 같았다.

어슐라는 집에 가고 싶었다. 폭스 코너로 돌아가고 싶었다.

왕과 조신들이 함께 자리했으니 해산하기 전까지, 군주 자신이 침상에 오르기로 결정하기 전까지는 아무도 자리를 뜰 수 없었다. 어슐라는 어느 시점에서 에파가 총통을 향해 극적으로 하품을 해 보이는 모습을 목격했다. 마치 이렇게 말하려는 듯했다. '이제 그만하면 됐어요, 볼피.' (어슐라의 상상은 약간 충격적으로 변해갔지만 상황을 고려할 때 넘어가줄 만했다.) 그때 마침내, 드디어, 다행히 총통이 자리를 떴고, 녹초가 된 일행은 시끄러운 소리를 내며 자리에서 일어섰다.

여자들이 특히 총통을 사랑하는 것 같았다. 여자들은 총통에게 수천 통의 편지를 보냈고, 케이크를 구워 바쳤고, 총통을 위해 쿠션과 베개에 나치 문장을 수놓았다. 힐데와 하네의 독일소녀연맹 단원들처럼 검은 메르세데스에 탄 총통을 흐릿하게나마 보려고 오버잘츠베르크로 향하는 가파른 길을 줄지어 올라갔다. 수많은 여자들이 그의 아기를 갖고 싶다고 총통에게 외쳐댔다.

"그의 어떤 점에 열광하는 걸까?" 실비는 의아해했다.

어슐라는 실비를 베를린에서 열린 퍼레이드에 데려간 적이 있었다. 계속 현수막을 들고 깃발을 흔드는 퍼레이드로, 실비가 '도대체 왜들 그 호들갑인지 직접 확인하고' 싶어했기 때문이다. (제3제국을 '호들갑'으로 평가절하하다니 실비는 얼마나 영국 사람다운가.)

거리는 온통 빨강, 검정, 하양 물결이었다.

"너무 눈에 거슬리는 색깔들이야."

마치 나치에게 자신의 거실을 꾸며달라고 부탁하는 사람처럼 실비가 말했다.

총통이 가까이 접근해오자 군중의 흥분은 '승리 만세', '히틀러 만세'를 외치며 과격한 광란으로 변해갔다.

"나만 감동을 안 하는 건가? 이게 뭐라고 생각해? 일종의 집단 히스테리인가?" 실비가 말했다.

"이건 황제의 새 옷 같은 거예요. 우리 눈에만 벌거벗은 사람이 보이는 거죠." 어슐라가 말했다.

"저 사람은 광대야." 실비가 경멸하듯 말했다.

"쉿." 어슐라가 주의를 주었다.

이 말은 영어와 독일어가 똑같은 단어였고, 어슐라는 주변 사람들의 적대감을 도발하고 싶지 않았다.

"팔 올려요." 어슐라가 말했다.

"나 말이야?" 실비가 영국 여성의 분노를 담아 되물었다.

"네, 엄마 말이에요."

실비는 주저하며 팔을 들었다. 어슐라는 나치식 인사를 하는 어머니의 모습을 죽을 때까지 잊지 못할 것이다. 물론 나중에 스스로에게 말했다. 1934년 때의 일이었다고. 당시에는 사람의 양심이 공포로 쪼그라들거나 혼란을 겪지 않았고, 무슨 일이 벌어지는지 모를 때였다고. 사랑이나 아둔함으로 눈이 멀었던 때라고. (패멀라는 무엇에도 눈 한 번 깜빡이지 않고 똑바로 보았다.)

실비가 독일에 온 것은 어슐라의 느닷없는 남편을 검사하기 위해서였다. 만약 실비가 위르겐을 적합하지 않다고 판단 내릴 경우 어쩔 셈인지 어슐라는 궁금했다. 자신에게 약을 먹여 납치해서 '급행열차'에 태울 생각인가? 당시 이들은 뮌헨에 있었다. 위르겐이 베를린의 법무부에서 일을 시작하기 전이었고, 사비니플라츠로 이사하기 전, 프리다를 낳기도 전이었다. 물론 임신으로 어슐라의 배가 부르긴 했지만.

"네가 엄마가 된다니." 실비는 전혀 예상치 못한 일이라는 듯 말했다. "독일인의 엄마가."

"한 아기의 엄마죠." 어슐라가 말했다.

"벗어나니 좋네." 실비가 말했다.

무엇에서 벗어났다는 걸까, 어슐라는 궁금했다.

하루는 클라라와 만나 점심을 먹었는데, 나중에 이렇게 말했다.

"어머니가 좀 세련되셨더라."

어슐라는 실비를 멋있다고 생각한 적이 없었지만, 감자빵처럼 부드럽고 늘큰한 클라라 어머니인 브레너 부인과 비교해보면 실비는 상당히 유행을 따르는 편이었다.

점심을 먹고 돌아가는 길에 실비는 오버폴링어 백화점에 들러 휴에게 줄 선물을 사고 싶어했다. 백화점 창문마다 반유대 슬로건으로 뒤덮인 걸 본 실비가 말했다.

"세상에, 난리도 아니구나."

상점은 문을 열고 영업 중이었지만 나치 돌격대 군복 차림의 군인 두 명이 씩 웃으면서 정문 앞을 어슬렁거리는 바람에 사람들은 안으로 들어갈 생각을 하지 못했다. 그러나 실비는 달랐다. 그녀는 갈색 군복 차림의 군인 앞을 지나갔고, 어슐라도 머뭇거리며 백화점 안으로 따라 들어가 두툼한 카펫이 깔린 계단을 올라갔다. 어슐라는 군인들을 향해 어쩔 수 없다는 듯 어깨를 으쓱해 보이며 약간 창피한 얼굴로 중얼거렸다.

"영국 사람이에요."

실비는 독일에서 사는 게 어떤 건지 이해하지 못했다. 하지만 돌이켜보니 어쩌면 실비야말로 독일을 아주 잘 이해한 게 아닌가 하는 생각이 들었다.

"아, 점심 먹자." 에파는 카메라를 내려놓고 프리다의 손을 잡으며 말했다.

프리다를 식탁으로 데려가 쿠션 위에 앉히고는 접시에 음식을 가득 담아주었다. 닭고기, 구운 감자, 샐러드 모두 대농장에서 거둔 것들이었다. 이곳에서는 다들 얼마나 잘 먹는지. 프리다가 먹는 푸딩의 재료가 된 찰기 있는 쌀, 그날 아침 대농장의 젖소에서 짠 신선한 우유. (어슐라는 좀 덜 유치한 케제쿠헨, 에파는 담배.) 어슐라는 글로버 부인의 쌀 푸딩을 떠올렸다. 바삭바삭한 갈색 더껑이 아래 크림이 많이 든 끈적끈적하고 노란 속살. 프리다 접시에 육두구가 없는데도 육두구 냄새가 나는 것 같았다. 어슐라는 육두구를 독일어로 뭐라고 하는지 몰랐고, 에파에게 설명하기도 너무 어려웠다. 베르크호프에서 유일하게 그리운 게 음식이었고, 어슐라는 가능한 한 이를 즐기기로 해서 케제쿠헨을 좀 더 먹었다.

점심은 베르크호프에서 복무하는 소규모 분견대에서 준비했다. 베르크는 알프스의 휴가용 오두막과 군사 훈련소가 기묘하게 합쳐져 있었다. 이 작은 마을에는 학교, 우체국, 극장, 대형 나치 친위대 막사, 소총 사격장, 볼링장, 독일군 병원 등이 있었고, 정말 교회만 빼고 모든 게 다 있었다. 또 에파의 구혼자로 잘 어울릴 법한 젊고 잘생긴 독일군 장교들도 아주 많았다.

점심 후에 이들은 모스라너코프에 있는 찻집에 올라갔다. 사납게 짖어대는 에파의 날렵한 개들도 옆에서 함께 뛰어다녔다. (그중 한 마리가 난간이나 전망대에서 떨어지면 좋으련만.) 어슐라의 두통이 시작되었고 눈에 거슬리는 녹색 꽃무늬 리넨 커버가 씌워진 팔걸이의자에 기꺼이 몸을 파묻었다. 주방에서 차를—물론 케이크와 함께—내왔다. 어슐라는 코데인 아편알칼로이드로, 진통제로 쓰임 몇 알을 차와 함께 삼키며 말했다.

"이제 프리다가 집에 가도 될 정도로 좋아진 것 같아."

어슐라는 가능한 한 빨리 잠자리에 들었다. 프리다와 함께 쓰는 손님방 침대의 차가운 흰 시트 속으로 미끄러져 들어갔다. 너무 피곤해서 잠이 오지 않았고, 새벽 두 시에도 여전히 잠들지 못하자 침대 옆 전등을 켰다. 프리다는 어린아이답게 깊은 잠에 빠졌고, 아플 때만 잠을 깼다. 어슐라는 펜과 종이를 꺼내 패멀라에게 편지를 썼다.

물론 패멀라에게 쓴 편지들을 부친 적은 없었다. 누군가 이 편지들을 훔쳐보지 않는다고 장담할 수가 없었다. 그냥 모른다는 사실이 끔찍했다. (다른 사람들의 경우에는 얼마나 더 끔찍할까.) 손님방에 있는 타일 난로가 꺼져 있는 이런 삼복더위만 아니었어도 편지들을 안전하게 태울 수 있었을 텐데. 편지를 전혀 안 썼더라면 더 안전했겠지만. 이제는 자신의 진심을 표현할 수가 없게 되었다. '심판이 끝나도 진실은 진실이다.' 어디서 나온 말이지? 〈눈에는 눈, 이에는 이〉셰익스피어의 희곡 제목인가? 하지만 진실은 심판이 끝날 때까지 잠들어 있는지도 모른다. 때가 되면 무시무시한 심판이 '잔뜩' 열릴 것이다.

어슐라는 집에 가고 싶었다. 폭스 코너로 돌아가고 싶었다. 오월에 돌아갈 예정이었지만 프리다가 아팠다. 어슐라는 돌아갈 계획을 다 세워두었고, 가방까지 꾸려서 침대 밑에 두었다. 보통은 가방이 비어 있어서 위르겐이 안을 열어볼 일이 없었다. 어슐라는 기차표와 그 뒤의 선박-열차 티켓을 구해놓았지만 아무에게도 말하지 않았다. 클라라에게조차. 어슐라는 여권을—프리다의 여권은 다행히 1935년 영국 방문 때 받은 게 아직 유효했다—모든 서류를 보관한 호저 털로 된 커다란 상자에서 굳이 꺼낼 생각은 하지 않았다. 여권이 거기 잘 있는지 거의 날마다 확인했지만 떠나기 바로 전날, 상자를 열었을 때 여권이 보이지 않았다. 뭔가 착각했다고 생각한 어슐라는 출생신고서, 사망신고서, 결혼신고서까지 샅샅이 뒤졌다. 보험과 보증서, 위르겐의 유언장(변호사답게), 온갖 종류의 서류가 다 있었지만 찾는 것만 없었다. 극심한 공포에 휩싸인 어슐라는 내용물을 카펫 위에다 쏟아 붓고 하나씩 모든 걸 반복해서 살폈다. 여권이 없었다. 위르겐의 여권만 있었다. 어슐라는 필사적으로 집 안의 모든 서랍을 뒤지고, 구두 상자를 전부 열어보고, 찬장을 살피고, 소파 쿠션과 매트리스 밑까지 뒤졌다. 없었다.

평소처럼 저녁을 먹었다. 어슐라는 음식을 거의 삼키지 못했다.

"어디 아파?" 위르겐이 걱정스럽게 물었다.

"아니." 어슐라가 말했다.

목소리가 끼익 하고 나왔다. 무슨 말을 할 수 있을까? 위르겐은 알았다, 물론 알고 있었다.

"휴가나 가는 게 어때. 쥘트로." 위르겐이 말했다.

"쥘트?"

"쥘트. 거긴 여권이 필요 없어." 위르겐이 말했다.

그가 웃었던가? 그랬던가? 그러다가 프리다가 아팠고, 아무 상관이 없어졌다.

"에어 콤트!"

다음 날 아침식사 시간에 에파가 들떠서 말했다. 총통이 온다고 했다.

"언제? 지금?"

"아니, 오늘 오후에."

"아쉽다. 그때쯤이면 우린 가고 없는데." 어슐라가 말했다.

다행히, 생각은 이랬다.

"총통에게 고마웠다고 전해줘."

이들은 플라터호프 주차장에 진열된 검은 메르세데스 차량 중 하나를 타고 집에 왔다. 베르크호프까지 태워준 운전사가 이번에도 운전을 해주었다.

다음 날 독일이 폴란드를 침공했다.

1945년 4월

어슐라는 몇 달 동안 지하실에서 지냈다. 생쥐처럼. 낮에는 영국이 폭격하고, 밤에는 미국이 해대니 어찌할 도리가 없었다. 사비니플라츠의 아파트 지하실은 눅눅하고 역겨웠다. 전등으로 쓰는 작은 등유 램프, 화장실로 쓰이는 양동이 하나가 전부였지만 지하실이 마을 벙커보다는 나았다. 대낮 공습 당시 동물원 근처에 있다가 발견된 프리다와 어슐라는 동물원 역 대공포탑으로 대피했다. 대공포탑에는 수천 명의 사람들이 대피해 있었고, 공기 공급은 촛불로 측정되었다. (이들이 카나리아라도 되는 양.) 촛불이 꺼지면 누군가 모두 나가라고, 공습이 진행 중일 때도 밖으로 나가라고 소리쳤다. 사람들이 벽에 찌부러질 정도가 되자 남녀 한 쌍이 서로 부둥켜안고 있었고(이들의 행동을 공손하게 표현한 말이다.) 밖으로 나갈 때는 공습 때 죽은 노인을 타넘어야 했다. 거대한 콘크리트 요새는 대피소로 쓰일 뿐만 아니라 어마어마한 대공 부대이기도 해서 지붕에서 거대 총포가 맹공격을 해댔다. 그 반동으로 대피소가 내내 흔들린 건 정말 최악이었다. 어슐라가 어서 왔으면 하고 바라던 지옥의 문턱이나 다름없었다.

거대한 폭발에 구조물이 흔들렸고 폭탄이 동물원 옆에 떨어졌다. 어슐라는 압력파가 자신의 몸을 훑고 지나가는 걸 느끼고는 프리다의 허파가 터져버리지 않을까 겁이 났다. 폭발은 지나갔다. 몇몇 사람들이 구토를 했다. 불행하게도 자신의 발 외에는 구토할 곳이 없는데도. 다른 사람의 발에 했다면 상황이 더 나빴겠지만. 어슐라는 다시는 대공포탑으로 들어가지 않겠다고 다짐했다. 차라리 프리다와 함께 거리에서 빨리 죽는 게 나았다. 요즘 어슐라가 내내 생각하는 문제가 이것이다. 빠르고 깔끔한 죽음, 프리다를 안은 채.

어쩌면 저 하늘 위에서 테디가 폭탄을 투하하는지도 몰랐다. 어슐라는 그러길 바랐다. 그럼 적어도 테디가 살아 있다는 뜻이니까. 하루는 문을 두드리는 소리가 들렸다. 영국이 1943년 십일월에 가차 없는 폭격을 시작하기 전에는 이들에게도 문이 있었다. 어슐라가 문을 열자 열다섯이나 열여섯 살 정도 되어 보이는 비쩍 마른 젊은이가 서 있었다. 젊은이는 숨을 헐떡였고, 어디 숨을 데를 찾는 줄 알았더니 어슐라 손에 봉투를 쥐여주고는 말을 걸기도 전에 달아나버렸다.

봉투는 구겨지고 더러웠다. 봉투에 적힌 어슐라의 이름과 주소가 패멀라의 친필임을 알아본 순간 울음이 터졌다. 몇 주 전에 쓴 얇은 파란 종이에는 가족 소식이 자세히 적혀 있었다. 군대에 간 지미 소식,

가정 전선에서 훌륭히 싸우고 있는 실비("새 무기는—닭이야!"). 패멀라는 폭스 코너에서 잘 지내고 있으며 이제 아들이 넷이라고 썼다. 영국 공군에 있는 테디는 공군수훈십자훈장을 받은 비행 중대장이 되었다. 사랑스럽고 긴 편지였지만 말미 부분에 거의 추신처럼 이렇게 적혀 있었다.

'슬픈 소식은 마지막에 하려고 남겨두었어.'

휴가 죽었다.

'1940년 가을에, 평화롭게, 심장 발작으로 돌아가셨어.'

이 편지를 받지 않았더라면 얼마나 좋을까. 휴가 여전히 살아 있다고 믿을 수 있다면, 테디와 지미가 전쟁 지역이 아닌 탄광이나 민방위에서 비전투원 복무를 한다고 생각할 수 있다면 얼마나 좋을까.

'항상 네 생각을 해.' 패멀라는 이렇게 썼다.

어떤 비난의 말도 없었다. '내가 경고했었지', '올 수 있을 때 왜 집에 오지 않았어?' 같은. 어슐라는 가려고 했다. 물론 너무 늦었지만. 독일이 폴란드에 선전포고를 한 다음 날 어슐라는 전쟁이 임박했을 때할 일들을 의무적으로 하면서 마을을 돌아다녔다. 배터리와 손전등과 양초를 사들이고, 통조림과 암전 재료를 구입하고, 베르트하임 백화점에서 프리다 옷을 샀다. 전쟁이 오래 지속될 경우에 대비해서 한두 사이즈 큰 옷으로. 어슐라는 자신을 위해서는 아무것도 사지 않았다. 따뜻한 코트와 부츠, 스타킹, 말쑥한 드레스 같은 건 모두 그냥 지나쳤다. 그렇게 한 게 지금은 몹시 후회스러웠다.

어슐라는 BBC에서 체임벌린이 "우리는 이제 독일과 전쟁 중입니다"라고 한 운명적인 연설을 들었고, 몇 시간 동안 이상하게 기분이 멍했다. 패멀라에게 전화해보았지만 계속 통화중이었다. 그러다가 저녁이 다가오면서(위르겐은 하루 종일 법무부에서 일했다.) 어슐라는 갑자기

백설공주가 잠에서 깨듯 정신을 차렸다. 떠나야 했다, 영국으로 돌아가야만 했다. 여권이 있든 없든. 어슐라는 급하게 가방을 꾸려 프리다를 다그쳐 역으로 가는 전차를 탔다. 기차만 탈 수 있다면 어떻게든 잘 될 것 같았다. 기차가 없다고 역무원이 말했다. 국경이 폐쇄되었다.

"지금 전쟁 중입니다. 몰랐어요?" 역무원이 말했다.

어슐라는 가련한 프리다의 손을 잡아끌고 빌헬름스트라세에 있는 영국 대사관으로 달려갔다. 어슐라와 딸은 독일 시민권자였지만 대사관 직원에게 매달려볼 생각이었다. 틀림없이 어떻게든 해줄 것이다. 어쨌든 자신은 영국 여자였다. 날은 점점 어두워졌고, 대사관 문은 꽁꽁 잠긴 채 건물에는 불빛 하나 없었다.

"떠났어요. 한발 늦었네요." 지나가던 사람이 어슐라에게 말했다.

"떠났다고요?"

"영국으로 철수했어요."

어슐라는 마음 깊은 곳에서 올라오는 통곡을 틀어막기 위해 손으로 입을 막아야 했다. 어떻게 이렇게 어리석을 수 있을까? 무슨 일이 벌어지고 있는지 왜 몰랐을까? '어리석은 사람은 모든 위험이 지나가고 나서야 너무 늦게 알아차린다.' 엘리자베스 1세가 했던 말이다.

어슐라는 패멀라 편지를 받고 나서 이틀 동안 울다 말다 했다. 위르겐은 측은한 생각이 들었는지 어슐라를 위해 진짜 커피를 들고 왔고, 어슐라는 어디서 났는지 묻지 않았다. 좋은 커피 한 잔이(그 자체로 기적이긴 했지만) 아버지, 프리다 그리고 자신에 대한 슬픔을 달래주지는 못했다. 모든 이에 대한 슬픔까지도. 위르겐은 1944년 미국 공습 때 사망했다. 어슐라는 이 소식을 듣고 안도감을 느낀 자신에 수치심을 느꼈다. 프리다가 속상해할 때는 특히 더. 프리다는 아빠를 사랑했고 아빠도 프리다를 사랑했는데, 이는 전반적으로 유감스러웠던 어슐라의 결혼 생활에서 지켜낸 은총의 선물이었다.

프리다는 병약했다. 당시 거리를 다니던 대부분의 사람들처럼 얼굴은 수척하고 안색은 창백했으며, 허파는 가래로 가득 차 있었고 끔찍한 기침 발작은 결코 끝날 것 같지 않았다. 프리다의 가슴에 귀를 대보면 바다에 떠 있는 대형 범선이 파도에 들썩이고 삐걱이는 듯한 소리가 났다. 커다랗고 따뜻한 벽난로 옆에 프리다를 눕혀서 뜨거운 코코아, 소고기 스튜, 만두, 당근을 먹일 수 있다면 좋으련만. 베르크에서는 여전히 잘 먹고 있을까, 어슐라는 궁금했다. 베르크에는 아직도 사람들이 있을까?

아파트 건물은 그대로 있었지만 앞쪽 벽은 폭격으로 대부분 날아가버리고 없었다. 두 사람은 쓸 만한 물건을 찾아 아파트 위로 올라갔다. 돌무더기로 가득한 계단은 오르기가 힘들어 무사히 사람들의 약탈을 피했다. 어슐라와 프리다는 쿠션 조각을 무릎에 대고 양탄자로 묶어서 위르겐이 쓰던 두툼한 가죽 장갑을 낀 채 서투른 원숭이처럼 돌과 벽돌 위를 기어올라갔다.

아파트에 없는 한 가지가 바로 이들이 유일하게 찾으려는 것— 음식이었다. 어제는 빵 한 덩어리를 위해 세 시간 줄을 섰다. 빵을 먹어보니 진짜 밀가루가 아닌 것 같았다. 뭔지는 모르겠지만— 시멘트 가루와 석고? 아무튼 그런 맛이 났다. 어슐라는 고향 마을에 있는 로저슨 빵집을 떠올렸다. 빵 굽는 냄새가 거리에 퍼지고 빵집 유리 진열장에는 끈적끈적한 글레이즈를 바른 부드러운 흰 빵이 그득했다. 글로버 부인이 빵을 굽던 폭스 코너의 부엌도. 실비가 '몸에 좋다'며 억지로라도 먹이려 했던 커다란 갈색 빵, 그리고 스펀지케이크와 타르트와 번도. 어슐라는 따뜻한 갈색 빵 한 조각을 먹는 모습을 상상했다. 버터를 듬뿍 바르고, 폭스 코너에서 딴 딸기와 레드커런트로 만든 잼을 발라서. (어슐라는 내내 음식 기억으로 자신을 괴롭혔다.) 앞으로 우유도 없을 거라고 빵 배급 줄에 있던 누군가가 말했다.

이날 아침, 다락방에서 함께 살았지만 이제는 좀처럼 지하실을 벗어나지 않는 파버 양과 그녀의 언니 마이어 부인이 프리다를 위해 감자 두 알과 삶은 소시지 한 조각을 주었다. "아우스 안스탄트." 이들이 말했다. "사람 사는 정이죠." 역시 지하실에 거주하는 리히터 씨에 따르면 이 자매는 곡기를 끊기로 결심했다고 한다. (먹을 게 없을 때는 가장 손쉬운 방법이라고 어슐라는 생각했다.) 이만하면 충분하다는 거였다. 러시아 군대가 들어오면 무슨 일이 벌어질지 직면하고 싶지 않았던 모양이다.

동부에서는 사람들이 풀까지 먹는 지경에 이르렀다는 소문이 들렸다. 운이 좋은 사람들이네, 어슐라가 생각했다. 베를린에는 풀도 없고, 아름답고 자랑스러운 도시의 시커먼 골격 잔해밖에 없었다. 런던도 이럴까? 그럴 것 같지는 않았지만 모를 일이었다. 슈페어는 천 년 먼저 자신이 지은 건물의 고상한 폐허를 경험하게 되었다.

어제 먹은 식용 불가능한 빵, 그저께 먹은 반만 익힌 감자 두 알이 지금 어슐라 배 속에 들어 있는 전부였다. 어린 자식에게 먹일 만한 건 무엇이든 프리다에게 주었다. 하지만 어슐라가 죽으면 프리다에게 무슨 소용이겠는가? 이 끔찍한 세상에 프리다를 혼자 두고 갈 수는 없었다.

영국이 동물원을 공습한 이후 어슐라가 잡아먹을 만한 동물이 있는지 보러 갔더니 벌써 수많은 사람들이 몰려와 있었다. (영국에서도 '이런' 일이 벌어질 수 있을까? 리전트 파크 동물원에서 죽은 고기를 먹는 런던 사람들?)

베를린 토종이 아닌 게 분명한, 고난에서 살아남은 새들이 이따금 보였다. 어느 날, 겁에 질린 지저분한 짐승을 보고 개인 줄 알았는데 늑대였다. 프리다는 늑대를 지하실로 데려가 애완동물로 삼겠다고 떼를 썼다. 이웃 노인인 얘거 부인이 어떻게 나올지는 상상조차 되지 않았다.

이들이 살던 아파트는 인형의 집처럼 드러나 있었다. 집안 살림의 은밀한 부분까지 모두 노출되었다. 침대, 소파, 벽에 걸린 그림들, 심지어 폭발에서 기적적으로 살아남은 장식품 한두 개까지. 진짜 쓸모 있는 것들은 모두 폭격당했지만 그래도 옷가지들과 책 몇 권이 아직 남아 있었고, 어제는 깨진 그릇 더미 아래서 양초 한 상자를 발견했다. 어슐라는 양초를 프리다의 약과 교환할 수 있기를 기대했다. 변기는 아직 욕실에 남아 있었고, 어찌 된 영문인지 가끔 물도 나왔다. 볼일을 보는 동안 다른 사람이 낡은 이불로 가려주었다. 그 정도로 예의가 중요했을까?

어슐라는 다시 안으로 들어가기로 결정했다. 아파트는 추웠지만 악취는 풍기지 않았고, 모든 점을 고려할 때 이게 프리다에게 더 좋다고 판단했다. 아직은 몸을 감쌀 수 있는 담요와 이불이 있었고, 식탁과 의자로 바리케이드를 쳐서 그 뒤쪽 바닥에 놓인 매트리스에서 잤다. 어슐라의 머릿속은 자꾸만 그 식탁에서 먹었던 음식들 생각으로 가득했다. 온통 고기 생각뿐이었다. 돼지고기와 소고기, 굽고, 익히고, 튀긴 고기 조각들.

어슐라의 아파트는 이 층에 있었고, 부분적으로 계단을 막아두었으니 러시아 군인을 따돌리기 충분할 것 같았다. 두 사람은 마치 인형의 집에 전시된 인형 같았다. 데려가주길 기다리는 여자와 소녀처럼. 프리다는 곧 열한 살이 될 텐데 동부에서 들려오는 소문 중 10분의 1만 사실이라 해도 프리다는 러시아 군인에게서 자신을 지키기 힘든 나이였다. 얘거 부인은 소련군이 베를린으로 가는 도중에 어떻게 강간과 살인을 저질렀는지 쉬지도 않고 떠들어댔다. 이제 라디오는 없었고, 엉성하게 만든 한 장짜리 신문과 소문만 가끔 있었다. 얘거 부인은 넴머스도르프라는 이름을 입에 달고 살았다. ("대학살이야!")

"오, 그 입 좀 닥쳐요." 한번은 어슐라가 이렇게 말하고 말았다.

물론 부인이 알아듣지 못하는 영어로 말했지만 무례한 말투는 틀림없이 알아챘을 것이다. 적군의 언어로 말을 건 것에 얘거 부인은 눈에 띄게 경악했고, 그저 겁에 질린 노부인일 뿐이라고 생각하자 어슐라는 미안한 마음이 들었다.

동부전선은 날마다 가까워졌다. 서부전선은 이미 오래전에 관심을 잃었고, 동부전선만이 관심의 대상이었다. 멀리서 들려오던 우레 같은 총포 소리는 이제 지속적인 꽝음으로 바뀌었다. 이들을 구해줄 사람은 아무도 없었다. 백오십만 명에 달하는 소련군에 맞서 이들을 지켜줄 독일 군대는 팔만 명에 불과했고, 게다가 독일군 대부분이 소년 아니면 노인 같아 보였다. 가련한 얘거 노부인이 빗자루 손잡이로 적을 때려눕히라는 명령을 받게 될지도 모를 일이었다. 이제 러시아 군인을 맞닥뜨리기까지 며칠, 아니 몇 시간도 걸리지 않을 것 같았다.

히틀러가 죽었다는 소문이 돌았다.

"이제야." 리히터 씨가 말했다.

어슐라는 베르크 테라스에서 일광욕 의자에 누워 잠든 히틀러의 모습을 떠올렸다. 히틀러는 무대 위에 나와서 거들먹거리고 안달하며 시간을 보내다 사라졌다. 다 무슨 소용이 있는가? 일종의 아마겟돈이다. 유럽의 죽음이다.

셰익스피어가 거들먹거리고 안달했던 건 인생 자체가 아니었던가, 어슐라 스스로 정정했다. '인생은 단지 걸어다니는 그림자, 무대 위에 나와서 거들먹거리고 안달하며 시간을 보내다 사라지는 서툰 배우.' 셰익스피어의 《맥베스》 중에서 모두들 베를린을 걸어다니는 그림자들이었다. 인생은 한때 아주 소중했지만, 지금은 가장 싼값에 살 수 있는 게 인생이었다. 어슐라는 한가로이 에파를 떠올렸다. 에파는 늘 자살을 심드렁하게 여겼는데 자신의 지도자를 따라 지옥까지 동반했을까?

프리다는 상태가 아주 좋지 않았다. 오한과 열이 났고, 계속해서 두통을 호소했다. 프리다가 아프지만 않았어도 러시아 군인을 피해 서쪽으로 향하는 피난 무리에 합류했을 것이다. 하지만 프리다는 그런 여정을 견뎌낼 기력이 없었다.

"이제 그만 먹을래, 엄마." 프리다가 속삭였다.

다락방 자매와 똑같은 소리를 하다니.

어슐라는 프리다를 혼자 남겨둔 채 거리의 잔해 더미 위를 허우적거리면서 서둘러 약국으로 갔다. 때로는 시체를 타넘기도 했지만 이제는 시체가 아무렇지 않게 느껴졌다. 총격이 너무 가까이서 들리는 것 같으면 문에 웅크리고 있다가 다음 거리 모퉁이로 서둘러 갔다. 약국은 열려 있었지만 약이 없었다. 약사는 어슐라의 소중한 양초나 돈을 원하지도 않았다. 어슐라는 풀이 죽어 돌아왔다.

어슐라는 자신이 없을 때 프리다에게 무슨 일이라도 일어날까 봐 내내 노심초사했다. 다시는 프리다 곁을 떠나지 않겠다고 다짐했다. 두 거리 떨어진 곳에 러시아 탱크가 보였다. 그 모습에 자신도 겁을 먹었는데, 프리다는 얼마나 더 무서웠을까? 포병 사격의 소음은 계속되었다. 어슐라는 세상이 끝난다는 생각에 사로잡혔다. 그렇다면 프리다는 자신의 품속에서 죽어야 한다. 혼자서가 아니라. 그런데 자신은 누구의 품속에서 죽게 될까? 어슐라는 아버지의 안전한 품이 그리웠고, 휴 생각에 눈물이 흐르기 시작했다.

돌무더기 계단을 오를 때쯤, 어슐라는 뼛속까지 노곤하게 지쳐버렸다. 바닥에 놓인 매트리스 위, 헛소리하는 프리다 옆으로 몸을 누였다. 축축한 프리다의 머리를 어루만지며 나지막한 목소리로 다른 세상에 대해 들려주었다. 폭스 코너 근처 숲 속에 봄이면 피는 블루벨에 대해, 잡목림 너머 초원에서 자라는 꽃들에 대해— 아마와 참제비고깔, 미나리아재비, 개양귀비, 붉은 동자꽃, 옥스아이데이지. 영국 여름 잔디의 금방 깎은 풀 냄새도, 실비의 장미 향기도, 과수원 사과의 달곰새금한 맛에 대해서도 들려주었다. 길가의 오크, 묘지의 주목과 폭스 코너 정원의 너도밤나무. 여우, 토끼, 꿩, 산토끼, 소, 커다란 농마. 초목과 곡식이 자라는 들판에 따사로운 햇살을 비추는 태양에 대해서도. 검은 새의 경쾌한 노랫소리, 서정적인 종달새, 산비둘기의 부드러운 구구 소리, 어둠 속 부엉이의 부엉부엉 소리.

"이거 먹어. 약국에서 가져왔어. 잠이 잘 올 거야." 어슐라는 프리다의 입속에 알약을 넣어주며 말했다.

어슐라는 프리다를 보호할 수 있다면 칼날 위를 걸을 수 있다고, 프리다를 구하기 위해서라면 지옥의 불구덩이에 뛰어들 수도 있다고, 프리다를 건져올릴 수 있다면 바다 가장 깊은 곳이라도 뛰어들 수 있다고, 그리고 프리다를 위한 마지막 일, 무엇보다 가장 힘든 이 일을 할 수 있다고 말해주었다.

어슐라는 딸을 감싸 안은 채 입을 맞추며 귀에 소곤거렸다. 어릴 때의 테디, 테디의 깜짝 생일 파티, 패멀라가 얼마나 영리했는지, 모리스는 얼마나 짜증스러웠는지, 그리고 어렸을 때 지미는 얼마나 재미있었는지. 복도 시계가 재깍거렸고, 굴뚝 통풍관으로 바람이 덜컹거리며 들어왔고, 크리스마스이브에는 커다란 장작불을 피웠으며, 맨틀피스에는 양말을 걸어두었고, 크리스마스에는 구운 거위고기와 건포도를 넣은 푸딩을 먹었던 일을. 다음 크리스마스에는 우리도 이렇게 할 거라고, 모두 모여서 이렇게 지낼 거라는 이야기도.

"이제 다 괜찮아질 거야." 어슐라가 프리다에게 말했다.

프리다가 잠든 걸 확인한 어슐라는 약사가 준 작은 유리 캡슐을 꺼내 프리다의 입에 가만히 넣은 뒤 부드러운 턱을 양쪽에서 눌렀다. 캡슐은 조그맣게 으드득 소리를 내며 깨졌다. 어슐라는 자신의 몫인 작은 유리병을 깨물며 존 던의 〈거룩한 시편〉 중 한 구절을 떠올렸다. '나는 죽음을 향해 달려가고, 죽음도 나를 급히 만나려 한다. 내 모든 쾌락은 마치 어제와 같다.' 어슐라는 프리다를 꽉 껴안았고, 두 사람은 곧 검은 박쥐의 벨벳 날개에 휩싸였다. 이 인생은 이미 현실이 아니었고 사라져버렸다.

어슐라는 예전에는 삶이 아닌 죽음을 택한 적이 없었지만, 이제 막상 떠나려 하자 뭔가 금이 가고, 깨지고, 순서가 바뀌었다는 걸 알았다. 그때 어둠이 모든 생각을 지워버렸다.

기나긴 힘겨운 전쟁

1940년 9월

"예수님의 피가 창공을 가로질러 어디로 흘러가는지 보라." 가까운 곳에서 목소리가 들려왔다.

'창공을 가로질러'가 아니라 '창공에서'지, 어슐라가 생각했다. 거짓 새벽의 붉은빛은 동쪽에서 거대한 불길이 있음을 알려주었다. 하이드 파크의 탄막 포화는 날카로운 소리와 함께 불길을 일으켰고, 점점 정확해지는 고사포는 위에서 불꽃놀이처럼 픽픽 터지고 쾅쾅 울려대며 그들만의 불협화음을 잘 유지해갔다. 그 아래는 폭격기의 비동기 엔진이 끔찍하게 울려대는 웅웅 소리뿐이었고, 어슐라는 이 소리에 늘 메스꺼움을 느꼈다.

파라슈트 폭탄이 우아하게 내려오고 소이탄 다발이 내용물을 도로로 쏟아내며 불꽃이 일었다. 어슐라가 미처 알아보지 못한 공습 경비원이 소화용 소형 수동 펌프를 들고 소이탄 쪽으로 달려갔다. 소음만 없었다면 아름다운 야경처럼 보일 만한 장면이었지만 소음은 또렷했다. 누군가 지옥의 문을 활짝 열어놓아서 지옥에 떨어진 사람들의 울부짖음이 새어나오기라도 하듯 야수 같은 불협화음이었다.

"이거야말로 지옥이군. 나도 지옥에 갇혀 있고." 목소리는 어슐라의 생각을 읽기라도 한 듯 다시 이어졌다.

너무 어두워서 목소리의 주인을 확인할 수 없었지만 공습 경비원인 더킨 씨 목소리라고 어슐라는 확신했다. 더킨 씨는 은퇴한 영어 교사로 인용을 즐겼다. 때로는 잘못 인용하기도 하지만. 목소리가—아니면 더킨 씨가—뭐라고 말했고,《파우스트》에 나오는 구절 같았지만 몇 거리 떨어진 곳에 투하된 폭탄의 어마어마한 '쿵' 소리에 묻혀서 들리지 않았다.

땅이 흔들렸고, 흙더미에서 작업하던 누군가의 또 다른 목소리가 외쳤다.

"조심해!"

뭔가 이동하는 소리와 무너진 자갈 비탈이 덜컹거리며 굴러내리는 듯한 소음이 들렸다. 산사태 조짐이었다. 자갈 비탈이 아니라 돌무더기, 산이 아니라 돌무더기 언덕이란 점만 달랐다. 언덕을 이룬 돌무더기는 어느 집, 아니 지금은 서로 뒤엉켜 잿더미로 변해버린 여러 주택의 잔해들이었다. 반시간 전까지만 해도 돌무더기가 아닌 주택이었지만 지금은 벽돌, 부서진 들보, 마룻바닥, 가구, 그림, 양탄자, 침구류, 책, 그릇, 리놀륨, 유리와 엉망으로 뒤섞여 있었다. 사람들. 갈가리 찢긴 사람들의 몸은 결코 다시는 온전해질 수 없었다.

돌무더기는 속도를 줄이며 조금씩 흘러내리더니 마침내 멈췄고, 산사태가 중단되자 아까 그 목소리가 다시 외쳤다.

"됐어! 계속해!"

달도 뜨지 않은 밤이었고, 중장비 구조반의 덮개를 씌운 손전등 불빛만이 유일하게 돌무더기 위를 도깨비불처럼 이리저리 비추었다. 이렇게 위험한 칠흑 같은 어둠에는 불쾌한 거미줄 커튼처럼 허공에 걸린 짙은 먼지와 연기 구름도 한몫했다. 단순히 석탄가스와 고성능 폭약 냄새가 아니라 건물이 산산조각으로 폭발했을 때 나는 독특한 냄새가 났다. 결코 사라질 것 같지 않은 냄새였다. 어슐라는 산적처럼 실크 스카프를 입과 코에 둘렀지만 먼지와 악취가 계속 허파로 파고들어오는 것만큼은 막지 못했다. 죽음과 부패는 어슐라의 살갗에, 머리에, 콧구멍에, 허파에, 손톱 밑에 내내 들러붙어 있었다. 그래서 이제는 어슐라의 일부가 되었다.

최근에야 작업복이 지급되었는데 짙은 감색이었고 예쁘지는 않았다. 지금까지 어슐라는 자신의 대피용 옷을 입고 있었다. 전쟁이 선포된 직후 심슨에서 실비가 색다른 용품이라고 사준 옷이었다. 어슐라는 휴의 낡은 가죽 벨트에 '액세서리들' ― 손전등, 방독면, 응급용품, 메모지를 주렁주렁 매달았다. 호주머니에는 주머니칼과 손수건을, 다른 주머니에는 두꺼운 가죽 장갑과 립스틱을 넣어두었다.

"오, 아주 좋은 생각이네요." 주머니칼을 본 울프 양이 말했다.

헤쳐나가자, 어슐라는 생각했다. 많은 규제에도 불구하고 이들은 잘해내고 있었다.

침울한 짙은 연기 속에서 모습을 드러낸 건 정말 더킨 씨였다. 손전등으로 공책을 비춰보았지만 흐릿한 불빛에 보이는 게 거의 없었다.

"이 거리에는 사람들이 많이 살아요."

더킨 씨가 사람들 이름과 번지수가 적힌 목록을 들여다보며 말했지만 폐허가 된 주변과는 이제 아무런 인과관계도 없어 보였다.

"윌슨네는 1번지군요." 더킨 씨는 1번지부터 시작하는 게 무슨 도움이라도 되는 양 말했다.

"1번지는 없어요. 이젠 번지수가 없다고요." 어슐라가 말했다.

거리는 전혀 알아볼 수 없는 지경이 되었다. 낯익은 모든 것이 전멸되었다. 환한 대낮에조차 알아볼 수 없을 정도였다. 이젠 거리가 아니라 그냥 '돌무더기'였다. 20피트 정도, 또는 그보다 더 높은 돌무더기 옆으로 중장비 구조반이 기어올라갈 수 있게 널빤지와 사다리들이 놓여 있었다. 구조반이 형성한 인간 띠는 다소 원시적이었다. 잔해를 바구니에 담아 손에서 손으로 옮기고, 돌무더기 꼭대기부터 아래까지 옮겼다. 그 모습이 피라미드를 건설하는, 아니 이 경우에는 피라미드를 발굴하는 노예 쪽에 가까웠다. 어슐라는 리전트 파크 동물원에서 보았던 잎꾼이개미가 갑자기 떠올랐다. 이 개미들은 각자 의무적으로 작은 짐을 하나씩 옮겼다. 이 개미들도 다른 동물들과 함께 대피시켰을까, 아니면 그냥 공원에 풀어놓았을까? 이 개미들은 열대 곤충이어서 리전트 파크의 가혹한 기후에 살아남을 수 없을지도 모른다. 어슐라는 리전트 파크에서 1938년 여름에 열린 〈한여름 밤의 꿈〉 야외 공연에서 밀리를 만났다.

"토드 양?"

"네, 죄송해요. 더킨 씨. 딴생각을 좀 했어요."

당시 많은 일이 일어났다. 어슐라는 끔찍한 상황 한가운데 있었지만 자신도 모르게 과거의 유쾌한 순간들로 돌아가 현실을 잊곤 했다.

이들은 조심스럽게 돌무더기로 향했다. 더킨 씨는 도로 거주자 명단을 어슐라에게 건넨 뒤 바구니 옮기는 일을 돕기 시작했다. 아무도 돌무더기를 파내지 않았다. 대신 조심스러운 고고학자들처럼 손으로 잔해를 걷어내고 있었다.

"저 위는 작업이 약간 까다로워요." 인간 띠의 맨 아랫부분에 있던 구조반이 어슐라에게 말했다.

수직 통로가 무너지면서 돌무더기 한가운데가 주저앉았다. (그 모습이 돌무더기가 아니라 화산 같았다.) 중장비 구조반 남자들은 대부분 건축 분야 종사자들—벽돌공, 노동자 등—이었다. 어슐라는 이렇게 해체된 건물 위로 올라가는 기분이 어떨지 궁금했다. 마치 시간이 거꾸로 돌아간 것 같지 않을까. 하지만 이들은 실용적이고 현명한 사람들이라 이따위 기이한 생각은 하지 않았다.

가끔씩 조용히 하라고 외치는 목소리가 들렸다—머리 위로 공습이 계속될 때는 불가능했지만—그래도 돌무더기 꼭대기에 올라간 남자들은 그 속에 살아 있는 생명체가 있는지 온 신경을 기울였다. 상황은 절망적으로 보였지만 이들이 대공습을 통해 배운 한 가지는, 사람들은 아주 생각지도 못한 상황에서 살아남는다는(또 죽기도 한다) 사실이었다.

어슐라는 어둠 속에서 재해대책본부를 나타내는 흐릿한 푸른 불빛을 찾아보았지만 그 대신 발견한 건 부서진 벽돌 위를 비틀거리면서도 과감하게 걸어오고 있는 울프 양이었다.

"상황이 안 좋아요. 날씬한 사람이 필요하대요." 어슐라에게 다가온 울프 양이 사무적으로 말했다.

"날씬한?" 어슐라가 되물었다.

그 말은 어떤 이유에서인지 의미가 없었다.

1939년 삼월에 체코슬로바키아의 침공 이후, 유럽이 파멸할 수밖에 없다는 사실이 갑자기 확실해지면서 어슐라는 공습 경비원에 합류했다. ("넌 정말 트로이 성의 함락을 예언한 우울한 카산드라 같구나." 실비는 어슐라가 미래를 보는 것처럼 말했지만 사실 어슐라는 내무성의 공습경보 부서에서 일했다.) 개전 휴전 상태의 이상한 분위기 속에서는 공습 경비원이 좀 우습게 보였지만 지금은 이들이 '런던 수비의 중추'였다— 모리스의 표현대로 하자면.

어슐라의 동료 공습 경비원들은 경력이 다양했다. 퇴직한 병원 수간호사인 울프 양은 고참 경비원이었다. 부지깽이처럼 마르고 꼿꼿한 몸매에 진회색 머리를 말끔하게 쪽을 쪄서 틀어올린 울프 양은 타고난 위엄이 있었다. 그다음으로는 울프 양의 보좌인 앞서 말한 더킨 씨, 군수성에서 일하는 심스 씨, 은행 지점장인 파머 씨가 있었다. 심스 씨와 파머 씨는 1차 세계대전에는 참가했지만 이번 전쟁에는 나이가 너무 많아 참전하지 않았다. (더킨 씨는 '건강상 면제'를 받았다고 방어하듯 말했다.) 그다음에는 오페라 가수인 아미티지 씨가 있었는데, 이제는 공연할 오페라가 없는 관계로 〈여자의 마음〉베르디의 오페라 〈리골레토〉에 나오는 아리아, 〈나는 이 거리의 만물박사〉로시니의 가극 〈세비야의 이발사〉에 나오는 아리아를 불러 사람들을 즐겁게 해주었다.

"인기 있는 아리아만 부르죠. 대부분의 사람들은 도전적인 걸 좋아하지 않거든요."

아미티지 씨가 어슐라에게 털어놓았다.

"아무 때라도 '알 보울리'1930년대 영국에서 활동했던 남아공 출신 재즈 가수 노래 한번 불러주시오." 불럭 씨가 말했다.

이름이 썩 잘 어울리는 불럭 씨(존)는 울프 양의 표현대로 하자면 '약간 미심쩍었다'. 그는 마을 체육관에서 레슬링 시합을 하거나 역기를 드는 등 확실히 건장했지만, 좀 덜 건전한 나이트클럽에서 죽치고 있기도 했다. 매력적인 '댄서'들과 알고 지내기도 했다. 그중 한두 명이 그를 찾아 대피소에 '잠깐 들르기'도 했지만 울프 양이 닭 쫓듯 휘휘 내쫓았다. ("댄서라니, 세상에." 울프 양이 말했다.)

마지막으로, 그러나 중요도에서는 뒤지지 않는 헤어 치머만은 ("가비라고 불러주세요." 그가 말했지만 아무도 그렇게 불러주지 않았다.) 베를린 출신의 오케스트라 바이올리니스트였다. 사람들은 그를 '우리 난민'이라고 불렀다. (실비 집에도 비슷한 상황에 처한 피난민들이 있었다.) 치머만은 1935년 오케스트라 연주 여행 중에 '무단으로 배에서' 이탈했다. 난민위원회를 통해 그를 알게 된 울프 양은 치머만과 그의 바이올린이 억류되지 않도록, 또는 위험한 대서양을 건너는 배에 태워지지 않도록 최선을 다했다. 모두들 울프 양의 뜻에 따라 그를 늘 '치머만

씨'가 아니라 '헤어 치머만'이라고 독일어로 불러주었다. 이렇게 불러 줌으로써 그를 마음 편하게 해주려는 거였다. 하지만 결과적으로는 더 이방인처럼 만들 뿐이었다.

울프 양은 '독일 유대인을 위한 영국기금중앙회'("발음하기 길고 복잡하죠.")에서 일하다가 헤어 치머만을 알게 되었다. 울프 양이 그렇게 영향력 있는 여자인지, 아니면 안 된다고 하는데도 그냥 고집을 부린 건지 알 수 없었다. 아마 둘 다인지도 몰랐다.

"우린 다들 교양 있는 사람들이에요. 안 그래요? 전쟁에서 싸우는 대신 공연이나 하는 게 어때요."

불럭 씨가 빈정대듯 말했다. ("불럭 씨는 감정이 격한 사람이에요." 울프 양이 어슐라에게 말했다. 술도 격하게 마시지, 어슐라가 생각했다. 사실 모든 일에 다 격했다.)

감리교파 소속의 작은 강당이 울프 양(스스로 감리교도였다.) 덕분에 이들의 초소로 징발되었다. 초소는 간이침대 몇 개, 차를 끓일 수 있는 장비가 딸린 작은 난로, 딱딱한 의자와 푹신한 의자들 몇 개로 꾸며졌다. 대부분의 다른 초소들과 비교해볼 때 이 정도면 고급이었다.

어느 날 밤, 불럭 씨가 녹색 모직을 깐 카드용 탁자를 들고 나타나자 울프 양은 브리지 게임을 좋아한다고 밝혔다. 프랑스 함락과 구월 초의 첫 공습 사이의 소강상태를 이용해 불럭 씨가 포커를 가르쳤다.

"카드 솜씨가 상당히 날카롭군." 심스 씨가 말했다.

심스 씨와 파머 씨 모두 불럭 씨에게 몇 실링 잃었다. 반면에 울프 양은 대공습이 시작할 때쯤 2파운드를 땄다. 흥이 난 불럭 씨는 감리교도들이 도박을 한다는 사실에 놀라움을 나타냈다. 울프 양은 딴 돈으로 다트보드를 구입했으니 이제 불럭 씨는 불평할 게 없다고 말했다. 어느 날 강당 모퉁이에 쌓인 상자 더미를 치우다가 피아노 한 대를 발견했고, 울프 양은—재능이 많은 여자로 밝혀진—피아노를 제법 잘 쳤다. 자신의 취향은 쇼팽과 리스트였지만 투지만만하게 '몇 곡을 후딱후딱 생각해내서'—불럭 씨의 표현대로 하자면—모두들 따라 부를 수 있게 했다.

이들은 모래주머니를 쌓아 초소를 요새로 만들었다. 그래봐야 공습에는 아무 소용 없다는 걸 알면서도. 예방 조치가 상당히 중요하다고 보는 어슐라와는 달리 다들 '마음먹고 달려들면 당할 도리밖에'라는데 동의했다. 이런 불교식 무심함은 닥터 켈렛이 좋아할 만했다. 여름에 《타임스》에 부고가 났다. 어슐라는 닥터 켈렛이 또 다른 전쟁을 놓친 게 오히려 다행으로 여겨졌다. 또 다른 전쟁은 아라스에서 모든 것을 잃은 사내의 허무함만 상기시켜줄 뿐이었다.

울프 양을 제외한 나머지 사람들 모두 시간제 자원봉사자였다. 울프 양은 전일제로 일하면서 월급을 받았고, 자신의 임무를 아주 진지하게 받아들였다. 울프 양은 이들에게 엄격한 훈련을 실시했으며, 방독 순서와 소이탄 끄는 법, 불타는 건물에 진입하고, 들것을 운반하고, 부목을 대고, 팔다리에 붕대를 감는 법을 교육시켰다. 또 반드시 숙지해야 할 매뉴얼 내용을 질문하고, 부상자와 사망자에 표식하는 법을 열성적으로 가르쳤다. 그래야 표식에 적힌 올바른 정보대로 병원이든 영안실이든 소포처럼 제대로 보낼 수 있기 때문이다. 이들은 모의 공습을 연습했던 야외에서 몇 가지 훈련도 실시했다. ("연기를 다 하다니." 훈련의 정신을 이해하지 못한 불럭 씨가 비웃었다.) 어슐라는 부상자를 두 번 연기했는데, 한 번은 다리가 부러진 척했고, 또 한 번은 완전히 의식불명이 된 상태를 연기했다. 그다음에는 '역할을 바꾸어' 공습 경비원이 되어 히스테리 충격에 빠진 사람을 연기하는 아미티지 씨를 처리해야 했다. 아미티지 씨가 당황스러울 만큼 감쪽같은 연기를 펼치는 것도 다 무대에서의 경험 덕분인 것 같았다. 연습이 끝날 무렵 역할에서 벗어나도록 설득하는 것도 무척 힘들었다.

공습 경비원들은 자신의 구역에 있는 모든 건물의 거주자들을 알아야 했다. 집에 대피소가 있는지, 아니면 공공 대피소로 대피했는지, 아니면 운명론자여서 전혀 상관을 안 하는지. 또 누가 이곳을 떠났거나 이사를 했는지, 결혼했는지, 아기가 있는지, 죽었는지 알아야 했다. 소화전은 어디 있는지, 막다른 골목, 좁은 골목, 지하실, 휴식 센터의 위치도 알고 있어야 했다.

'순찰과 감시', 이것이 울프 양의 모토였다. 소강상태일 때는 보통 자정까지 둘씩 짝을 지어 거리를 순찰했고, 그러다가 자신이 맡은 구역에 폭격이 없으면 누가 간이침대를 차지할 건지를 두고 정중하게 논쟁했다. 물론 '자신이 맡은 거리'에 공습이 있을 경우 울프 양의 표현대로 '모두 와서 거들었다'. 때로는 울프 양의 이 층 아파트에서 '감시' 활동을 하기도 했는데, 커다란 모퉁이 창문에서 보는 전망이 아주 뛰어났다.

울프 양은 특별 응급처치 훈련도 했다. 병원 수간호사였을 뿐만 아니라 1차 세계대전 동안 야전병원을 운영하기도 했던 울프 양은 전쟁 부상자는 평화 시에 보는 일상적인 사고 환자들과는 무척 다르다고 설명했다. ("끔찍한 전쟁에서 현역으로 복무한 신사분들은 잘 아시겠지만.")

"훨씬 끔찍하죠. 고통스러운 광경에 잘 대비해야만 합니다." 울프 양이 말했다.

물론 울프 양조차도 자신들이 대하는 상대가 전투 군인이 아닌 민간인일 때, 또 식별도 안 되는 시체 덩어리를 퍼올리거나 가슴 쓰리도록 작은 어린아이의 팔다리를 돌무더기에서 끄집어낼 때 그 광경이 얼마나 끔찍할는지는 상상하지 못했다.

"우린 외면해서는 안 돼요. 임무를 충실히 해내고 목격자의 역할을 감당해야 해요." 울프 양이 어슐라에게 말했다.

그게 무슨 말일까, 어슐라는 궁금했다.

"그 말은 우리가 앞으로 안전하게 되면 이 사람들을 기억해야 한다는 의미죠."

"근데 만약 '우리'가 죽게 되면 어쩌죠?"

"그럼 다른 사람들이 '우리'를 기억해야 하죠."

이들이 참여한 첫 번째 심각한 사고는 직격탄을 맞은 대저택의 테라스 한가운데였다. 테라스의 나머지 부분은 멀쩡했는데, 마치 독일 공군이 거주자를 직접 겨냥하기라도 한 것 같았다. 이 집에는 조부모를 포함한 두 가족이 살았고, 아이들도 몇 명 있으며, 강보에 싸인 아기도 둘이나 있었다. 이들은 모두 지하실에 대피해서 폭격은 피했지만 저택의 수도관과 커다란 하수관이 터져버렸고, 이 관을 차단하기도 전에 지하실에 대피했던 사람들 모두 더러운 진창에서 익사했다.

여자 한 명이 가까스로 기어올라와 지하실 벽에 매달려 있는 모습이 틈새로 보였다. 어슐라가 남은 지하실 잔해의 가장자리 위로 달랑거리며 매달린 동안 울프 양과 아미티지 씨는 휴의 가죽 벨트를 꽉 붙잡았다. 어슐라는 손을 내밀었고 정말 여자를 붙잡았다고 생각하는 순간, 여자는 지하실을 가득 채운 탁한 물속으로 다시 모습을 감추었다.

마침내 도착한 소방대가 지하실 물을 빼내자 시체가 열다섯 구나 나왔고, 그중 일곱 구가 어린아이였다. 소방대는 마치 시신들을 말리기라도 하듯 집 앞쪽에 눕혀놓았다. 울프 양은 가능한 한 빨리 시신들을 덮어 벽 뒤로 치워놓으라고 지시했고, 그동안 다들 영안실 차량이 도착하기만을 기다렸다.

"저런 모습을 보면 사기에 안 좋아요." 울프 양이 말했다.

어슐라는 이미 저녁 먹은 걸 토해냈다. 사건이 날 때마다 거의 구토했다. 아미티지 씨와 파머 씨도 마찬가지였고, 심스 씨는 그 전에 구토했다. 울프 양과 불럭 씨만 시체에 비위가 강한 듯했다.

그 일이 있은 뒤, 어슐라는 손을 놓치고 만 그 가련한 여자의 얼굴에 나타난 공포와 아기들을 떠올리지 않으려 애썼다. (이런 일이 일어날 수도 있다는 불신감 같은 것도 함께.)

"지금은 평안을 누리고 있을 그들을 생각하세요. 이런 상황에서 벗어났으니까요. 약간 일찍 간 것뿐입니다." 울프 양이 펄펄 끓는 뜨겁고 달짝지근한 차를 나눠주며 결연하게 충고했다.

그러자 더킨 씨가 말했다.

"그들은 모두 빛의 세계로 들어갔습니다."

어슐라의 생각은 달랐다. 〈그들은 모두 빛의 세계에 있습니다〉.헨리본의 시 제목 망자가 어디론가 갔다는 게 납득이 되지 않았다. 어둡고 무한한 공허로 갔다면 또 모를까.

"음, 난 오물에 빠져 죽고 싶지 않아요." 불럭 씨가 단조롭게 말했다.

어슐라는 처음 겪은 이 끔찍한 사고를 결코 극복하지 못할 것 같았지만, 이제는 이미 다른 무수한 사건에 덮여 거의 생각나지도 않았다.

"상황이 안 좋아요. 날씬한 사람이 필요하대요." 울프 양이 사무적으로 말했다.

"날씬한?" 어슐라가 되물었다.

"날씬한." 울프 양이 참을성 있게 말했다.

"저기 들어가려면 말이에요?" 어슐라는 화산 꼭대기를 불안하게 올려다보며 말했다.

지옥의 구렁텅이에 내려갈 정도로 스스로 진취적인지는 자신이 없었다.

"아뇨, 아뇨, 저기 말고. 나랑 같이 가요." 울프 양이 말했다.

비가 상당히 세차게 내리기 시작했고, 어슐라는 온갖 장애물이 널린 들쭉날쭉하고 깨진 바닥을 더듬거리며 힘겹게 울프 양을 따라갔다. 손전등도 거의 소용이 없었다. 어슐라의 발이 자전거 바퀴에 걸렸다. 누군가 자전거를 타고 가다 폭격을 맞은 모양이었다.

"여기예요." 울프 양이 말했다.

또 다른 돌무더기가 있었고, 지난번 돌무더기만큼 컸다. 다른 거리인가, 아니면 같은 거리인가? 어슐라는 방향감각을 잃어버렸다. 이곳에 돌무더기가 얼마나 많은 걸까? 어슐라의 마음속에 악몽 같은 시나리오가 스쳐갔다. 런던 전체가 하나의 거대한 돌무더기로 변한 모습.

이번 돌무더기는 화산은 아니었다. 구조반이 옆에 난 수평 통로로 들어가고 있었다. 이번에는 좀 더 활기 있게 곡괭이와 삽으로 잔해를 마구 캐내고 있었다.

"여기에 구멍 같은 게 있어요."

울프 양은 어슐라가 쭈뼛거리는 어린아이인 양, 손을 꽉 잡고 앞으로 데려갔다. 어슐라는 구멍의 흔적을 찾을 수가 없었다.

"안전하니까 꿈틀거리면서 가면 돼요."

"터널이에요?"

"아뇨, 그냥 구멍이에요. 건너편 쪽에 약간 경사가 있는데 거기 사람이 누워 있는 모양이에요. 경사가 깊지는 않아요." 울프 양이 격려하며 덧붙였다. "터널은 아니에요. 앞장서서 가요."

구조반은 돌무더기 캐내는 작업을 잠시 중단한 채 약간 안달하며 어슐라를 기다렸다.

어슐라는 구멍 속에서 꿈틀대기 위해 헬멧을 벗었고, 손전등을 어설프게 앞에 들었다. 울프 양의 말에도 불구하고 어슐라는 터널을 기대했지만 곧 휑뎅그렁한 공간이 나왔다. 동굴 탐험을 하는 기분이었다. 휴의 낡은 가죽 벨트를 붙들고 있는 보이지 않는 손이 느껴지자 안심이 되었다. 어슐라는 뭔가, 아무거라도 찾기 위해 손전등을 이리저리 움직였다.

"거기 누구 있어요?" 어슐라는 손전등으로 경사면을 비추며 소리쳤다.

경사면은 성냥개비처럼 쪼개진 목재와 뒤틀린 가스관이 마구잡이로 얽힌 바람에 가려져 있었다. 정신없이 혼란스러운 와중에도 틈새에 집중하며 저 건너 어둠 속에 뭐가 있는지 알아내려 애썼다. 거꾸로 뒤집힌 얼굴, 창백하고 유령 같은 남자 얼굴이 환상처럼, 지하의 비밀 감옥에 있는 죄수처럼 어둠 속에서 떠오르는 듯했다. 얼굴에 몸이 붙어 있어야 했지만, 그런지는 알 수 없었다.

"이봐요?" 어슐라는 남자의 대답을 기다리듯 불렀다.

이제는 남자의 머리 일부가 없는 게 눈에 보였다.

"누가 있던가요?" 다시 구멍 밖으로 기어나가자 울프 양이 희망적으로 물었다.

"사망자 한 명이요."

"수습하기 쉬워요?"

"아뇨."

비가 내리자 젖은 벽돌 먼지가 끈기 있는 모래 같은 걸로 바뀌면서 사방이 더 지저분해졌다. 더 지저분해지는 게 가능한지 모르겠지만. 이런 조건에서 몇 시간 힘들게 일하다 보니 다들 머리부터 발끝까지 끈적끈적한 모래투성이였다. 너무 역겨워서 아무 생각도 나지 않았다.

구급차가 부족한 데다 크롬웰 로드에서 난 사고 때문에 교통이 막혔고, 여기 와 있어야 할 의사와 간호사 역시 도로에 갇히는 바람에 울프 양의 특별 응급치료 훈련이 빛을 발했다. 어슐라는 부러진 팔에 부목을 대고, 부상당한 머리에 붕대를 감고, 눈에는 안대를 대고, 심스씨의 발목에는 붕대를 감았다. 심스 씨가 울퉁불퉁한 바닥에서 발목을 접질렀기 때문이다. 어슐라는 의식이 없는 두 생존자에게 표식을 했고 (머리 부상, 부러진 대퇴골, 부러진 쇄골, 부러진 갈비뼈, 추정컨대 부서진 골반), 몇몇 사망자에도 표식을 했다. (이들의 경우 표식은 더 쉬웠다. 그냥 사망이라고 하면 되니까.) 그런 다음에는 잘못 표식해서 사망자를 병원에, 산 자를 영안실에 후송하지 않게끔 재차 확인했다. 또 수많은 생존자들을 휴식 센터로 보내고, 걸을 수 있는 부상자는 울프 양이 담당하는 응급치료 초소로 보냈다.

"앤서니가 어디 있는지 찾아봐요." 울프 양은 어슐라를 보자 이렇게 말했다.

"이동 식당은 이쪽으로 오라고 해." 어슐라는 토니를 보내 이렇게 전하게 했다.

울프 양만 토니를 앤서니라고 불렀다. 앤서니는 열세 살로 보이스카우트였고, 이들의 민방위 연락책으로 활동하면서 돌무더기와 유리 조각이 깔린 거리를 자전거로 돌아다녔다. 토니가 내 자식이라면, 어슐라가 생각했다. 악몽 속에 깊이 처박히게 하지 않고 멀리 벗어나도록 보내버릴 텐데. 토니는 말할 것도 없이 이 모든 걸 사랑했다.

토니와 이야기가 끝나자 어슐라는 다시 구멍 속으로 들어갔다. 누군가 무슨 소리를 들은 것 같다고 했기 때문이다. 하지만 창백한, 죽은 남자는 이전처럼 조용했다.

"이봐요, 또 왔어요." 어슐라가 남자에게 말했다.

이웃 거리에 사는 매콜 씨일지도 모른다고 생각했다. 어쩌면 누굴 만나러 온 건지도 몰랐다. 재수 없게도. 어슐라는 얼마나 기진맥진했던지 망자의 영원한 안식이 부러울 정도였다.

어슐라가 다시 구멍에서 나와보니 이동 식당이 도착해 있었다. 어슐라는 차로 입을 헹궈내고 벽돌 먼지를 뱉었다.

"진정한 숙녀인 줄 알았더니만." 파머 씨가 웃으며 말했다.

"이거 아주 모욕스러운데요." 어슐라도 웃으며 대꾸했다. "난 아주 숙녀답게 뱉었다고 생각했는데."

돌무더기의 구조 작업은 아무런 성과 없이 계속되다가 날이 저물었고, 울프 양은 초소로 돌아가서 쉬라고 말했다. 돌무더기 위에서 밧줄이 필요하다는 요청을 해오자 어슐라는 누군가를 내리거나 올리기 위해, 아니면 그 두 경우 다일지도 모르겠다고 생각했다. ("여자인가 봐요." 더킨 씨가 말했다.)

어슐라는 녹초가 되었고, 걸음을 떼는 것조차 힘들었다. 최선을 다해 잔해를 피해가며 불과 한 10야드쯤 갔을 때 누군가 어슐라의 팔을 얼마나 세게 뒤로 잡아당겼던지 넘어질 뻔했다. 바로 그 손이 어슐라를 꽉 잡는 바람에 넘어지는 것만큼은 피했다.

"조심해요, 토드 양." 목소리가 나지막이 말했다.

"불럭 씨?"

초소의 제한된 공간 내에서 불럭 씨는 난공불락처럼 보여서 어슐라를 약간 놀라게 했고, 이상하게도 초소 밖에서는 부드럽게 보였다.

"무슨 일이죠? 난 너무 피곤해요." 어슐라가 말했다.

불럭 씨는 자신의 손전등으로 앞을 비추며 물었다.

"보여요?"

"아무것도 안 보이는데요."

"아무것도 없으니까."

그 말에 어슐라는 열심히 들여다보았다. 커다란 구멍, 밑바닥이 보이지 않는 어마어마한 구덩이였다.

"6미터 아님 9미터 정도 되죠. 그 속에 빠질 뻔했어요." 불럭 씨가 말했다.

그는 어슐라를 초소까지 데려다 주었다.

"너무 지쳤군요." 불럭 씨가 말했다.

가는 내내 어슐라의 팔을 잡고 있었는데 그 손에서 근육의 힘이 느껴졌다.

초소에 돌아와 간이침대에 쓰러진 어슐라는 잠들었다기보다는 거의 의식을 잃은 모습이었다. 여섯 시에 경보 해제 신호가 울리자 어슐라는 잠에서 깼다. 며칠을 잔 것 같았지만 실제로는 고작 세 시간밖에 자지 못했다.

파머 씨도 나와서 한가하게 차를 끓였다. 어슐라는 그가 집에서 지내는 모습을 그려보았다. 슬리퍼와 파이프에, 신문을 읽는 모습을. 그가 이곳에 있는 게 터무니없는 것 같았다.

"자, 마시고 집에 가봐요. 비가 그쳤어요." 파머 씨가 머그잔을 건네며 말했다.

마치 어슐라의 밤을 망친 게 독일 공군이 아니라 비라도 되는 양.

어슐라는 곧장 집으로 가지 않고 구조 작업의 진행 상황을 살피기 위해 돌무더기로 갔다. 날이 밝아서 보니 어딘지 좀 달라 보였다. 무더기의 형태가 이상하게 낯익었다. 뭔가 떠올랐지만 그게 뭔지는 알아낼 수 없었다.

거리 하나가 통째로 사라져버린 엄청난 파괴 현장이었지만 돌무더기, 원래의 돌무더기는 여전히 북새통이었다. 전쟁 아티스트에게 좋은 소재가 될 것 같았다. '돌무더기를 파는 사람들', 괜찮은 제목 같았다. 비어트리스 쇼크로스는 미술학교에 다니다가 전쟁이 시작될 무렵 졸업했다. 전쟁 그림으로 갈아탔는지, 아니면 전쟁을 초월하려고 애쓰고 있는지 궁금했다.

어슐라는 아주 조심스럽게 돌무더기를 올라갔다. 구조반 사람이 어슐라의 손을 잡고 올려주었다. 교대 시간이 지났지만, 보아하니 앞 팀이 계속 작업하고 있었다. 어슐라는 이해했다. 어딘지 '자기 것'이라는 느낌이 들 때는 사고 현장을 떠나기가 어려웠다.

간밤의 까다롭고 힘든 작업 성과가 마침내 모습을 드러내자 분화구 주변이 갑작스럽게 소란스러워졌다. 겨드랑이 아래로 밧줄을 묶은(이 단계는 전혀 까다롭지 않았다.) 여자를 좁은 구멍 밖으로 끌어당기자 여자가 빠져나왔다. 누군가 여자를 안아들고 돌무더기를 내려왔다.

여자는 먼지를 뒤집어써서 온통 새카맸고, 의식이 왔다 갔다 했다. 골절을 입었지만 살아 있었다, 바라건대. 여자는 돌무더기 아래에서 참을성 있게 대기하던 구급차에 실렸다.

어슐라는 아래로 내려왔다. 바닥에는 천으로 덮인 시신 한 구가 영안실 차량을 기다리고 있었다. 덮개를 들춰보니 지난밤의 그 창백한 남자 얼굴이 보였다. 환한 대낮에 보니 10번지에 사는 매콜 씨가 틀림없었다.

"안녕하세요." 어슐라가 말했다.

매콜 씨는 이제 옛 친구로 남을 것이다. 울프 양이 표식을 해두라고 할 것 같아서 메모지를 찾아보았지만 어디로 갔는지 없었고, 필기류도 없었다. 호주머니를 이리저리 뒤지니 립스틱이 나왔다. '꼭 필요하면 어쩔 수 없지.' 이렇게 말하는 실비의 목소리가 들렸다.

어슐라는 매콜 씨의 이마에 표식을 할까 생각하다가 좀 채신없는 것 같아서(죽음보다 더 채신없는 게 있을까, 어슐라는 생각했다.) 대신 그의 팔을 덮은 덮개를 걷어 손수건에 침을 묻혀 어린아이에게 하듯 팔에 묻은 먼지를 닦아냈다. 그러고는 립스틱으로 그의 팔에다 이름과 주소를 적었다. 피처럼 붉은색이 제격인 듯 잘 어울렸다.

"그럼, 잘 가요. 우리가 다시 만날 일은 없겠네요." 어슐라가 말했다.

지난밤의 그 위험한 구멍을 빙 둘러가던 어슐라는 잔해 더미 속에서 건진 식탁 뒤에 앉아 있는 울프 양을 발견했다. 마치 사무실인 듯 울프 양은 사람들에게 할 일을 설명하는 중이었다. 음식과 대피소는 어디에 있고, 옷과 배급표는 어디서 구하는지 등등. 울프 양은 여전히 활달했다. 마지막으로 눈을 붙인 게 언제인지는 아무도 몰랐다. 정신이 강철처럼 단단한 여자임에 틀림없었다. 어슐라는 울프 양이 점점 좋아지기 시작했고, 휴를 제외하면 자신이 아는 그 누구보다 울프 양이 존경스러웠다.

널찍한 대피소의 거주자들로 줄이 길게 이어졌다. 여전히 줄에 합류하는 거주자도 많았는데, 그들은 환한 불빛에 야행성동물처럼 눈을 깜빡이며 이제는 갈 집이 없다는 사실을 알아차렸다. 어슐라가 보기에는 대피소가 잘못된 장소, 잘못된 거리에 놓인 것 같았다. 잠시 후 어슐라의 머리가 제대로 돌아가면서 밤새 다른 거리로 착각했다는 걸 깨달았다.

"여자를 꺼냈대요." 어슐라가 울프 양에게 말했다.

"산 채로?"

"뭐 그런가 봐요."

마침내 필리모어 가든스로 돌아와보니 밀리는 벌써 일어나 옷도 갖춰 입었다.

"잘 지냈어? 차를 좀 끓여놨어." 밀리는 어슐라에게 차를 따라주며 말했다.

"오, 알잖아." 어슐라가 찻잔을 받아들며 말했다.

차는 미지근했다. 어슐라는 어깨를 으쓱하며 말했다.

"정말 끔찍해. 벌써 시간이 이렇게 됐어? 난 출근해야 해."

다음 날 어슐라는 깔끔한 수간호사 손으로 기입한 울프 양의 일지를 보고 놀랐다. 때로 서류철이 미심쩍은 잡동사니로 밝혀지기도 했지만 어떻게 자신의 책상에 놓이게 되었는지는 결코 알아내지 못했다. '05:00 중간 사건 보고. 상황 보고. 부상자 55명 병원 우송, 사망자 30명, 행방불명 3명. 주택 일곱 채 완전 붕괴, 노숙자 약 120명 발생, 소방관 2명, AMB 2명, HRPs 2명, LRP 2명, 개 한 마리 수술 중. 작업 계속 진행.'

어슐라는 개를 보지 못했다. 그날 밤 런던 전역에서 일어난 수많은 사고 중 하나였다. 어슐라는 일지 묶음을 집어들며 말했다.

"포셋 양, 이것 좀 기록해줘요."

어슐라는 오전 열한 시 간식 시간을 더는 기다릴 수가 없었다.

야외 테라스에서 점심을 먹었다. 감자와 달걀 샐러드, 무, 상추, 토마토, 오이까지.

"다 어머니가 고운 손으로 직접 키운 거야." 패멀라가 말했다.

한동안 어슐라가 먹은 것 중에 정말 최고의 식사였다.

"애플 샬럿이 뒤이어 나올걸, 아마." 패멀라가 말했다.

식탁에는 두 사람뿐이었다. 실비는 초인종 소리에 문을 열러 나갔고, 휴는 마을 반대편 들판에 떨어진 불발탄을 조사하러 나가서 아직 돌아오지 않았다.

남자아이들도 '야외에서' 식사했다─ 잔디밭에 퍼질러 앉아서 버펄로 스튜와 서코태시옥수수와 콩을 섞어 같이 끓인 것를 먹었다. (실제로는 소금 절임 소고기 샌드위치와 완숙 달걀이었지만.) 아이들은 창고에서 찾아낸 케케묵은 낡은 원형 천막을 설치한 뒤, 취사 마차가(쟁반을 든 브리짓이) 도착할 때까지 카우보이와 인디언의 무법자놀이를 했다.

패멀라의 아들들은 카우보이였고, 피난민들은 아파치족으로 만족했다.

"그게 자신들의 본성에 더 잘 어울리는 모양이야." 패멀라가 말했다.

패멀라는 아이들을 위해 판지에 닭털을 붙여 머리띠를 만들어주었다. 카우보이들은 휴의 손수건을 목에 두르는 걸로 만족해야 했다. 래브라도 두 마리는 완전히 흥분해서는 광란의 상태로 사방을 뛰어다녔고, 반면 이제 겨우 열 달 된 제럴드는 조용한 패멀라의 개 하이디 옆에서 정신없이 자고 있었다.

"아무래도 얘는 홍일점 인디언 여자 역을 맡은 것 같아. 그래도 덕분에 애들을 조용히 시키니 다행이야. 기적 같은 일이지. 올해 찾아온 인디언 서머가을에 한동안 비가 내리지 않고 따뜻한 기간처럼 잘 어울려." 패멀라가 말했다. "한 집에 남자아이가 여섯이야. 학기가 시작돼서 얼마나 다행이니. 남자아이들은 지치는 법이 없어. 내내 정신없이 내돌려야 해. 넌 잠깐 있다가 가는 거지?"

"응."

어슐라가 패미와 그 아들들을 보기 위해 희생한 소중한 토요일이었다. 패멀라는 진이 다 빠졌지만, 실비는 전쟁으로 생기를 얻은 듯 보였다. 실비는 뜻밖에 여성 의용대의 충실한 일꾼이 되어 있었다.

"놀랐어. 엄마는 다른 여자들을 별로 좋아하지 않잖아." 패멀라가 말했다.

실비는 요즘 대규모로 닭을 키웠고 달걀 생산을 전시 수준으로 높였다.

"저 가엾은 닭들은 밤낮으로 알을 낳아야 해. 엄마가 무기 공장이라도 운영하는 것 같다니까." 패멀라가 말했다.

어떻게 닭에게 야근을 시킬 수 있는지 어슐라는 궁금했다.

"엄마가 그렇게 하라고 닭들에게 이르거든. 완전 닭 치는 아낙네가 됐다니까."

어슐라는 자신이 참가한 사고 현장에 대해 언급하지 않았다. 폭격을 당한 집이었는데 주인이 뒷마당에서 임시로 닭을 키웠다. 공습 경비원들이 도착했을 때 닭들은 거의 살아남은 상태였다. 털이 다 타버린 채로.

"털이 다 뽑혔으니 그냥 요리하면 되겠군." 불럭 씨가 태연하게 웃으며 말했다.

어슐라는 옷이 다 타버린 사람들과 잎이 다 떨어져나간 한여름의 나무들도 보았지만 이 역시 말하지 않았다. 파열된 파이프에서 나온 폐수를 헤치며 걸었던 일도, 그 폐수에 빠졌던 일도 말하지 않았다. 남자의 가슴에 손을 갖다 댔더니 그 손이 가슴 '속으로' 쑥 들어갔던 섬뜩한 느낌도. (죽어 있었던 게 오히려 감사할 정도였다.)

헤럴드는 패멀라에게 자신이 본 것들을 이야기했을까? 어슐라는 물어보지 않았다. 그런 주제를 꺼내는 것만으로도 이렇게 행복한 날을 망치는 잘못된 선택 같았다. 1차 세계대전에 참전했지만 집에 돌아와서는 참호에서 목격한 일들을 결코 입 밖에 꺼내지 않는 군인들을 생각해보았다. 심스 씨, 파머 씨 그리고 물론 자신의 아버지도.

실비의 달걀 생산은 일종의 시골 암시장의 중심으로 자리 잡았다. 마을 사람 누구도 딱히 부족한 물건은 없었다.

"이 근방은 다 교환경제야. 물물교환을 하거든. 요즘 엄마가 현관에서 하는 게 그거야." 패멀라가 말했다.

"어쨌든 여기는 아주 안전하잖아." 어슐라가 말했다.

그런가? 어슐라는 휴가 조사를 나간 불발탄을 떠올렸다. 또 지난주에 홀 농장에 폭탄이 떨어져 들판에 있던 소들을 모두 날려버린 일도.

"이 근방 사람들은 조용히 소고기를 먹고 있었지. 다행히 우리 역시." 패멀라가 말했다.

실비는 이 '끔찍한 에피소드'를 런던의 고난과 동격으로 생각하는 듯했다. 다시 식탁으로 돌아온 실비는 음식을 마저 먹는 대신 담뱃불을 붙였다. 어슐라가 남은 음식을 먹는 동안 패멀라는 실비의 담배를 뽑아 불을 붙였다.

브리짓이 나와 접시를 치우기 시작하자, 어슐라가 벌떡 일어서며 말했다.

"오, 아냐, 내가 할게."

패멀라와 실비는 식탁에 그대로 남아 말없이 담배를 피우면서, 피난민의 기습조에서 원형 천막을 지키는 모습을 구경했다. 어슐라는 약간 냉대받는 기분이었다. 실비와 패멀라는 자신들의 생활이 힘든 것처럼 말했다. 어슐라는 하루 종일 일하는 데다 거의 날마다 야간 순찰을 돌며 가장 끔찍한 광경을 목격하는데도. 어제만 해도 사고 현장에서 구조 작업을 하다가 시체에서 흐른 피가 일행의 머리 위로 뚝뚝 떨어진 일이 있었다. 이 층 침실에 시체가 있었지만 커다란 채광창에서 깨진 유리 조각이 계단에 무릎 높이까지 쌓여 있어서 올라갈 수가 없었다.

"난 아일랜드로 돌아갈까 생각 중이야." 함께 설거지를 하는 동안 브리짓이 말했다. "이 나라에서는 마음 편한 적이 없어."

"나도 그래." 어슐라가 말했다.

애플 샬럿은 그냥 사과를 뭉근히 끓여놓은 거였다. 오래된 소중한 빵은 닭에게 먹이는 게 더 유용하다는 이유로 푸딩에 넣는 걸 실비가 반대했기 때문이다. 폭스 코너에서는 낭비되는 게 없었다. 음식 찌꺼기는 닭들에게 갔고("돼지로 만들 생각인가 봐." 자포자기한 휴가 말했다.), 뼈들은 모이면 폐품 처리되었다. 잼이나 처트니, 콩, 토마토가 들어있지 않은 빈 깡통과 유리병들이 모두 폐품으로 보내지듯이. 집 안에 있던 책들은 모두 상자에 담겨 군대에 보내기 위해 우체국으로 가져갔다.

"이미 다 읽은 책인데 갖고 있을 필요가 없잖아." 실비가 말했다.

휴가 돌아오자, 브리짓은 투덜거리며 휴를 위해 다시 상을 차렸다.

"오, 이 집에 사세요? 우리와 합석하실래요?" 실비가 휴에게 정중하게 말했다.

"제발, 실비. 정말 어린아이처럼 구는군." 휴는 평소보다 더 까칠하게 말했다.

"결혼 생활이 날 이렇게 만든 거예요." 실비가 말했다.

"여자에게 결혼보다 더 고상한 소명은 없다고 당신 스스로 말한 기억이 나는데." 휴가 말했다.

"내가요? 풋내기 시절에 한 말이겠죠."

패멀라는 어슐라를 향해 눈썹을 치켰고, 어슐라는 언제부터 부모님이 이렇게 공공연히 다투게 되었는지 궁금했다. 어슐라가 폭탄에 대해

막 물으려는 순간, 패멀라가 화제를 돌리려 "밀리는 어때?" 하고 쾌활하게 물었다.

"잘 지내. 같이 방을 쓰기에는 아주 편한 성격이야. 필리모어 가든스에서 밀리를 보기는 어렵지만. 밀리는 위문봉사회에 가입했어. 공장에 다니면서 점심시간에 근로자들을 즐겁게 해주는 극단 같은 곳이야."

"가련한 녀석들." 휴가 웃었다.

"셰익스피어 작품이야?" 실비가 미심쩍다는 듯 물었다.

"요즘에는 닥치는 대로 하나 봐요. 노래도 부르고 코미디도 하고요, 아시잖아요."

실비는 아는 것 같지가 않았다.

"남자가 있어요."

어슐라가 불쑥 내뱉은 말에 자신은 물론 모두들 놀랐다. 가벼운 대화를 나누기에 이보다 좋은 주제도 없었다. 어슐라는 제대로 알고 있었다.

남자 이름은 랠프였다. 홀번에 살았고, 독일어 수업에서 만난 어슐라의 새 친구였다. 전쟁 전에는 건축가였는데, 전쟁이 끝나도 건축가로 남을 것이다. 물론 여전히 살아 있다면. (런던도 크노소스나 폼페이처럼 없어질 수 있을까? 크레타 섬사람과 로마 사람들은 재난 속에서 이렇게 말하고 다녔겠지. "받아들일 수 있어.") 랠프는 빈민가를 현대식 타워로 재건하는 데 필요한 아이디어가 풍부했다.

"사람들을 위한 도시지." 랠프는 말했다.

'불사조처럼 낡은 건물의 잿더미 위에 세워진, 속속들이 현대식' 도시가 될 거라고 했다.

"우상파괴자처럼 들리는구나." 패멀라가 말했다.

"우리처럼 향수에 젖지는 않아."

"우리가? 향수에 젖는다고?"

"그래, 향수는 존재하지 않는 것에 근거해. 우린 아르카디아를 과거에, 있다고 상상하지만, 랠프는 미래에서 찾지. 물론 둘 다 비현실적이긴 마찬가지지만."

"구름에 솟아난 궁전 말이야?"

"비슷하지."

"근데 넌 그 사람 좋아하잖아?"

"응."

"그럼 너…… 했어?"

"진짜! 무슨 질문이 그래?" 어슐라가 웃었다. (실비는 다시 현관문으로 갔고, 휴는 인디언처럼 잔디밭에 다리를 꼬고 앉아 있었다.)

"아주 훌륭한 질문이지." 패멀라가 말했다.

어쩌다 보니 두 사람은 하지 않았다. 그가 좀 더 열정적이었더라면 어땠을까. 어슐라는 크라이턴을 떠올렸다.

"어쨌든 그럴 시간이 별로 없어서……"

"섹스 말이야?" 패멀라가 말했다.

"음, 내 말은 연애했느냐는 거였는데, 아냐, 맞아, 섹스 말이야."

다시 돌아온 실비는 잔디밭에서 전쟁 중인 두 파를 애써 떼어놓았다. 피난민들은 아주 정정당당하지 못한 적이었다. 휴를 낡은 빨랫줄로 꽁꽁 묶어두었다. 휴는 어슐라에게 입 모양으로 '살려줘!' 했지만 얼굴은 소년처럼 씨익 웃고 있었다. 휴가 행복한 모습을 보니 좋았다.

전쟁 전이었다면 랠프가 어슐라에게 구애할 때(어쩌면 어슐라가 랠프에게 구애할 때) 댄스, 영화, 둘만의 안락한 저녁식사의 형태를 취했겠지만 지금은 고대 유적을 관람하는 관광객처럼 대부분 폭격 현장에서 만났다. 데이트하기에는 11번 버스 이 층에서 바라보는 풍경이 더할 나위 없이 좋았다.

어쩌면 전쟁 자체가 문제라기보다는 각자의 모난 성격 탓이 더 큰지도 몰랐다. 어쨌든 다른 연인들은 의례적인 데이트를 제법 잘해나가는 걸 보면 말이다.

두 사람은 대영박물관에 있는 듀빈갤러리, 내셔널갤러리 옆의 해먼즈, 뱅크 역의 커다란 분화구를 '관람'했다. 구멍이 얼마나 컸던지 임시 다리를 놓아야 할 정도였다. 이들이 도착했을 때 아직도 불길에 휩싸인 존 루이스 백화점 윈도의 시커멓게 탄 마네킹들은 옷이 다 찢어진 채 인도 위에 흩어져 있었다.

"우리가 좀 엽기적인가?"

랠프의 질문에 어슐라가 대답했다.

"아냐, 우린 목격자야."

어슐라는 결국 랠프와 잠자리를 하게 될 거라고 생각했다. 이를 반대할 그럴싸한 논점은 찾지 못했다.

브리짓이 차와 케이크를 내오자 패멀라가 말했다.

"아빠를 풀어주자."

"마셔." 휴는 은신처에 보관해둔 커트 글라스 디캔터에서 맥아 위스키를 한 잔 따라주며 말했다. "요즘에는 은신처에서 보내는 시간이 점점 많아져. 내가 평화를 얻는 유일한 장소야. 개와 피난민들은 엄격히 출입 금지지. 네 걱정을 많이 한다."

"나도 내가 걱정돼요."

"비참하니?"

"굉장히요. 하지만 이게 정의라고 믿어요. 우리가 옳은 일을 한다고 생각해요."

"공정한 전쟁이라는 말이니? 콜 가족이 아직 유럽에 있는 건 너도 알지. 콜 씨한테서 유대인들에게 일어난 끔찍한 일들을 들었어. 여기 사람들은 정말 알고 싶지도 않은 이야기지. 어쨌든, 건배. 마지막을 위하여."

어두워지자 어슐라는 떠날 준비를 했고, 휴가 역까지 함께 걸어가 주었다.

"아쉽게도 휘발유가 없어. 더 일찍 집을 나섰어야 했는데." 휴는 후회하듯이 말했다.

휴에게는 튼튼한 손전등이 있었고, 전등을 끄라고 소리칠 사람은 없었다.

"내 불빛이 하잉켈독일 비행기을 유도할 것 같지는 않아." 휴가 말했다.

어슐라는 구조반이 불빛에 얼마나 미신과도 같은 불안감을 갖는지 설명했다. 불타는 건물과 소이탄과 신호탄에 둘러싸이고 공습이 한창 진행 중일 때조차 말이다. 작은 손전등 불빛에 상황이 역전되기라도 하듯.

"참호에서 알게 된 녀석인데 성냥불을 켰어. 독일군 저격수가 녀석의 머리를 날려버렸지. 식은 죽 먹기였어. 좋은 녀석이었는데. 이름이 로저슨이었어. 마을 빵집 주인과 이름이 같았지. 친척은 아니지만." 휴가 말했다.

"그런 이야기는 하지 않으셨잖아요." 어슐라가 말했다.

"지금 하고 있잖니. 이 말을 교훈으로 삼거라. '위험을 무릅쓰지 말고, 능력은 숨겨라.'"

"진심 아닌 거 알아요."

"진심이야. 난 네가 죽는 것보다는 겁쟁이가 되었으면 한다, 우리 아가 곰. 테디와 지미도 마찬가지고."

"그 말도 진심이 아니잖아요."

"진심이라니까. 자, 다 왔어. 너무 어두워서 역이 코앞인데도 몰랐구나. 기차가 정각에 올지 모르겠네. 운행하는 기차가 있다면 말이지. 오, 저기 봐, 프레드잖아. 안녕, 프레드."

"토드 씨, 토드 양. 이게 오늘 밤 마지막 기차예요." 프레드 스미스가 말했다.

프레드는 오래전에 화부를 그만두고 기관사가 되었다.

"진짜 기차가 아니잖아요." 어슐라는 어리벙벙해서 말했다.

기관차는 있었지만 객차가 없었다.

프레드는 객차가 없다는 걸 잊은 사람처럼, 객차가 달려 있어야 할 자리를 뒤돌아보았다.

"아, 네, 마지막으로 객차가 목격된 건 워털루 다리에서 떨어지고 있을 때였죠. 이야기하자면 길어요." 프레드는 자세한 설명을 꺼리며 덧붙였다.

어슐라는 왜 기관차가 객차도 없이 여기 있는지 어리둥절했지만 프레드는 약간 단호해 보였다.

"그럼 오늘은 집에 안 갈래요." 어슐라가 말했다.

"난 기관차를 다시 시내로 옮겨놓아야 하고, 열의가 넘치는 데다 화부인 늙은 윌리도 있어요. 그러니까 발판에 올라타기만 하면, 토드 양, 집에 갈 수 있어요."

"정말이에요?" 어슐라가 말했다.

"쿠션에 앉아 갈 때처럼 편하지는 않겠지만, 자신 있죠?"

"물론이죠."

기관차가 빨리 가려고 안달하자, 어슐라는 휴를 얼른 포옹하며 말했다.

"곧 다시 만나요."

그러고는 발판에 올라가서 화부 자리에 걸터앉았다.

"조심해, 아가 곰. 런던에서도, 알았지?" 씩씩대는 증기 소리 때문에 휴는 목소리를 높여야 했다. "약속하지?"

"약속해요. 나중에 봬요!"

기차가 칙칙폭폭 소리를 내며 나아가자 어슐라는 어두운 승강장에 있는 휴를 보려고 몸을 비틀었다. 갑자기 죄책감이 들었다. 저녁식사 후에 남자아이들과 떠들썩하게 숨바꼭질을 했었다. 놀지 말고 휴의 말마따나 아직 훤할 때 출발했어야 했다. 이제 휴는 어둠 속을 혼자 걸어서 돌아가야 했다. (어슐라는 느닷없이 오래전의 그 가련한 어린아이 앤절라를 떠올렸다.) 휴는 눈 깜짝할 새 어둠과 연기 속으로 사라졌다.

"이거 재미있는데요." 어슐라가 프레드에게 말했다.

다시 아버지를 볼 수 없다는 건 생각도 못한 채.

사실 재미는 있었지만 약간 무섭기도 했다. 기관차의 원초적인 힘이 살아나면서 어둠 속을 포효하는 거대한 금속 야수가 되었다. 어슐라를 그 자리에서 내동댕이치려는 듯 기관차는 흔들리고 요동쳤다. 기관차 운전석에서 벌어지는 일을 생각해본 적이 없었다. 만약 조금이라도 상상해보았다고 해도 비교적 차분한 곳으로만 생각했다— 기관사는 전방의 선로를 주시하고, 화부는 신 나게 석탄을 퍼넣는 모습으로. 그런데 상상과는 달리 몹시 분주했다. 화부와 기관사는 경사도와 압력에 관해 끊임없이 의논했고, 미친 듯이 석탄을 퍼넣다가도 갑자기 중단했으며, 소란스러운 소리는 계속 이어졌고, 용광로의 열기는 참을 수 없을 정도였다. 그리고 운전석에서 불빛이 빠져나가지 못하게 덧댄 금속판도 터널의 더러운 그을음이 들어오는 걸 막지 못했다. 정말 뜨거웠다!

"지옥보다 더 뜨겁죠." 프레드가 말했다.

전시의 속도 제한에도 불구하고 객차를 타고 갈 때보다 최소 두 배는 빠르게 달리는 것 같았다. ('쿠션에 앉아 갈 때보다', 어슐라가 생각했다. 지금은 조종사가 됐지만 기관사가 되고 싶다던 어린 시절의 꿈을 여전히 간직하고 있는 테디가 떠올랐다.)

런던이 가까워지자 동부 지역에서 불길이 보였고 멀리서 크게 울리는 총소리가 들렸다. 그러나 조차장과 기관차고에 가까이 다가가자 으스스할 정도로 조용했다. 기관차는 서서히 멈춰 섰고, 모든 게 갑자기, 다행히 평화로웠다.

프레드는 운전석에서 내리는 어슐라를 도와주었다.

"다 왔습니다, 즐거운 집에. 그렇게 즐겁진 않겠지만요. 집까지 바래다주고 싶지만 마무리 작업을 해야 해요. 여기서부터 잘 갈 수 있겠어요?" 프레드가 말했다.

선로와 전철기와 기관차의 어렴풋한 그림자뿐, 여기가 어딘지 전혀 감이 오지 않았다.

"메릴르번에 폭격이 있었어요. 여긴 킹스 크로스 뒤편이고요. 생각만큼 상황이 나쁘진 않아요." 어슐라의 마음을 읽었는지 프레드가 말했다.

프레드가 손전등을 가장 약하게 맞추자 바로 눈앞만 간신히 보였다.

"조심해요. 여기선 우리가 일차 목표물이에요." 프레드가 말했다.

"난 정말 괜찮아요." 어슐라는 기분보다 약간 더 씩씩하게 말했다. "내 걱정은 조금도 말아요. 고마웠어요. 잘 가요, 프레드."

어슐라는 씩씩하게 길을 나섰지만 금방 선로에 넘어졌고 선로의 예리한 돌에 무릎이 세게 부딪힌 바람에 작게 비명을 질렀다.

"토드 양. 어두워서 길을 못 찾을 거예요. 자, 내가 입구까지 바래다 줄게요." 프레드가 어슐라를 일으켜 세우며 말했다.

프레드는 어슐라의 팔을 잡고 출발했고, 마치 템스 강둑길을 따라 일요일 산책을 하듯 어슐라를 이끌었다. 어슐라는 어렸을 때 프레드에게 약간 마음이 끌렸던 게 떠올랐다. 어쩌면 아주 쉽게 다시 그에게 마음이 끌릴지도 모르겠다는 생각이 들었다.

두 개의 커다란 목제 문에 이르렀고, 프레드가 그 문에 달린 조그마한 문을 열었다.

"어딘지 알 것 같아요." 어슐라가 말했다.

실은 어딘지 전혀 몰랐지만 프레드에게 더 폐를 끼치고 싶지 않았다. "자, 정말 고마워요. 다음에 폭스 코너에 가면 만날지도 모르겠네요."

"그건 힘들 거예요. 내일 군대 소방대에 들어가거든요. 윌리 같은 늙은 영감탱이가 많으니 열차는 계속 운행될 거예요." 프레드가 말했다.

"잘됐네요." 어슐라는 소방대가 얼마나 위험할까 생각하면서도 이렇게 말했다.

지금까지 본 것 중에 가장 깜깜한 등화관제였다. 어슐라는 앞으로 손을 뻗은 채 걸었고, 갑자기 어떤 여자와 부딪히는 바람에 여자가 있다는 걸 알았을 정도였다. 두 사람은 함께 반 마일 정도를 걸었다. 잠시 후 다시 혼자가 되었을 때 뒤에서 발소리가 들리자 어슐라도 자신의 위치를 알렸다. 덕분에 발소리 주인과 부딪치지 않았다. 어둠 속에서 형체에 불과한 이 남자와 하이드파크까지 동행했다. 전쟁 전에는 생판 모르는 사람과 팔짱을 낀다는 건 꿈도 꾸지 못했다. 특히 남자와. 하지만 지금은 이상한 친밀함이 끼칠 수 있는 위험보다 하늘에서 오는 위험이 훨씬 더 컸다.

필리모어 가든스로 돌아온 어슐라는 이제 곧 동이 트겠거니 생각했지만 알고 보니 이제 겨우 자정이었다. 밀리는 밤 외출에서 막 돌아온 터라 옷도 그대로였다.

"오, 세상에." 어슐라를 보자 밀리가 말했다. "무슨 일이 있었어? 폭격이라도 당했니?"

거울 속에 비친 어슐라는 온통 검댕과 석탄가루로 얼룩져 있었다.

"어머나, 이게 뭐야!" 어슐라가 말했다.

"꼴이 광부 같아." 밀리가 말했다.

"기관사 같겠지."

어슐라는 그날 밤의 모험을 빠르게 들려주었다.

"오, 프레드 스미스. 그 정육점 소년 말이지. 약간 섹시했지." 밀리가 말했다.

"여전히 섹시해. 폭스 코너에서 달걀을 좀 가져왔어."

어슐라는 실비가 준 판지 상자를 가방에서 꺼냈다. 달걀은 짚으로 잘 싸여 있었지만 덜컹거리던 열차 때문인지 아니면 기관차고에서 넘어질 때 그랬는지 지금은 다 깨지고 터져 있었다.

다음 날, 겨우 건져낸 달걀 잔해로 간신히 오믈렛을 만들었다.

"좋은데. 너 집에 좀 더 자주 다녀와야겠다." 밀리가 말했다.

1940년 10월

"오늘 밤은 좀 바쁠 겁니다." 울프 양이 말했다.

대단히 절제된 표현이었다. 대규모 공습이 한창이었고, 머리 위로 낮게 웅웅거리는 폭격기는 가끔씩 탐조등을 받아 번쩍거렸다. HE 폭탄이 번쩍거리며 큰 소리로 터졌고, 평소처럼 대규모 포대들도 쾅쾅거렸다. 포탄이 쌩쌩 시끄러운 소리를 내며 초당 1마일의 속도로 날아갔다가 별처럼 반짝 빛을 내며 터졌다. 파편들이 와르르 떨어졌다. (며칠 전에는 심스 씨의 사촌이 하이드파크의 대공 포화에서 떨어진 파편에 맞아 숨졌다. "아군한테 목숨을 잃었으니 얼마나 수치스럽겠어. 무의미하다 할 수 있지." 파머 씨가 말했다.) 홀번 하늘의 붉은 불빛은 유지 소이탄이 터졌다는 의미였다. 홀번에는 랠프가 살았지만 이런 밤에는 세인트 폴 대성당에 피신해 있을 것이다.

"꼭 한 폭의 그림 같아요, 그렇죠?" 울프 양이 말했다.

"그림 〈세상의 종말〉 같네요." 어슐라가 말했다.

불길은 깜깜한 밤을 배경으로 아주 다양한 색상으로 타올랐다— 자주색, 금색, 주황색, 남색, 창백한 레몬색까지. 가끔 불길에 화학물질이 닿을 때는 선명한 초록과 파란색 불길이 치솟기도 했다. 창고에서는 시커먼 연기와 주황색 불길이 넘실거렸다.

"참 다른 관점으로도 볼 수 있다니." 울프 양이 생각에 잠긴 채 말했다.

사실이었다. 이들의 작은 수고에 비하면 웅장하면서도 무시무시한 장면이었다.

"뿌듯하네요. 이런 식으로 투쟁하는 우리가. 혼자 힘으로." 심스 씨가 조용히 말했다.

"모든 역경에 맞서서 말이죠." 울프 양은 한숨을 지으며 말했다.

템스 강변길이 한눈에 보였다. 방공기구들이 여기저기 고개를 깐닥거리는 눈먼 고래처럼 하늘을 점점이 수놓았다. 이들이 와 있는 곳은 셸멕스 하우스 지붕 위였다. 지금 군수성이 점령한 이곳에서 일하는 심스 씨는 어슐라와 울프 양을 초대해서 '지붕 꼭대기 장관'을 보여주었다.

"정말 장관이죠? 기막히게 멋지면서도 묘하게 웅장해요."

심스 씨는 이곳이 한창 공습 중인 스트랜드가의 건물이 아니라 레이크랜드 언덕 정상이라도 되는 양 감탄했다.

"음, 난 정확히 '웅장한' 게 뭔지 모르겠어요." 울프 양이 말했다.

"얼마 전 밤에 처칠이 이곳에 올라왔어요. 그만큼 좋은 위치죠. 처칠이 매혹됐어요." 심스 씨가 말했다.

잠시 후 어슐라와 단둘이 있게 되자 울프 양이 말했다.

"난 심스 씨가 군수성 하급 직원인 줄 알았어요. 아주 유순해서. 근데 처칠과 함께 지붕까지 올라간 걸 보면 상당한 고위직임이 틀림없어요."

(지붕 위에서 근무 중이던 화재 감시인이 심스 씨에게 인사했는데, 사람들이 모리스에게 의무적으로 보이던 존경심 같은 게 담겨 있었다. 물론 심스 씨에게 보낸 존경심의 경우, 마지못한 느낌이 덜했지만.)

"겸손한 사람이에요. 난 겸손한 사람이 좋아요." 울프 양이 말했다.

난 거만한 사람이 더 좋은데, 어슐라는 생각했다.

"정말 제대로 쇼를 펼치네요." 울프 양이 말했다.

"정말 그렇죠?" 심스 씨가 한껏 들떠 말했다.

지상의 상황을 너무나 잘 인식하면서도 이 '쇼'를 감탄하고 있는 자신들이 얼마나 이상한지 물론 잘 알았다.

"신들이 아주 요란한 파티를 벌이는 것 같아요." 심스 씨가 말했다.

"난 초대받고 싶지 않은 파티예요." 울프 양이 말했다.

귀에 익은 무시무시한 쌩 소리가 나서 모두 몸을 숙였지만 폭탄은 좀 떨어진 곳에서 폭발했다. 팡팡 터지는 폭발음은 들렸지만 어디에 떨어졌는지는 알 수 없었다. 어슐라는 하늘 위에서 기본적으로는 테디 같은 젊은이가 독일 폭격기를 몰고 있을 걸 생각하자 기분이 묘해졌다. 이들은 악한 사람이 아니었다. 조국의 명령에 따라 임무를 다할 뿐이었다. 악한 건 전쟁 자체이지 사람이 아니었다. 그렇긴 해도 히틀러만큼은 예외로 하고 싶었다.

"오, 맞아. 그놈은 아주 단단히 미쳤어요." 울프 양이 말했다.

바로 그 순간 소이탄 다발이 쏟아지는 바람에 모두 깜짝 놀랐다. 소이탄은 군수성 지붕 바로 위에서 시끄럽게 터지며 불꽃을 일으켰고, 화재 감시인 두 명이 소화용 소형 수동 펌프를 들고 그쪽으로 뛰어갔다. 울프 양은 모래 양동이를 집어들어 불길에 내리쳤다. ("노련한 사람답게 동작이 빠르던데요." 비상 상황의 울프 양을 두고 불럭 씨가 내린 평가였다.)

"'이것이 세상의 마지막 밤이라면?'" 귀에 익은 목소리가 말했다.

"아, 더킨 씨. 우리와 합류하는 데 성공했군요. 문 앞 경비원과는 문제가 없었나요?" 심스 씨가 싹싹하게 말했다.

"아뇨, 내가 온다는 걸 알고 있더라고요." 더킨 씨는 자신이 중요한 사람이라도 되는 양 이렇게 말했다.

"초소를 이탈한 사람이 있나요?" 울프 양이 누구에게랄 것도 없이 중얼거렸다.

어슐라는 갑자기 더킨 씨의 말을 정정하고 싶은 충동을 느꼈다.

"원래는 '현재가 세상의 마지막 밤이라면' 존 던의 〈거룩한 시편〉 중에서 이죠. '현재'라는 단어가 상당한 차이를 만들어내요, 안 그래요? 뭔가 열심히 하던 중이라는 느낌을 주죠, 우리처럼 말이에요. 그냥 이론적인 관념으로서가 아니라. 지금 당장 종말이니 미적거리지 말라는 의미죠."

"세상에, 단어 하나를 갖고 이 야단이라니. 하지만 정정된 말에는 찬성이요." 더킨 씨가 말했다.

어슐라는 단어 하나가 얼마나 많은 의미를 담을 수 있는지 생각했다. 단어에 신중한 시인이 있다면 당연히 존 던이었다. 한때 세인트 폴 대성당의 주임 사제였던 존 던은 죽어서 대성당 지하실에 매장되었다. 이 무덤은 런던 대화재에서 살아남았으니 이 전쟁에서도 살아남을 수 있을까? 웰링턴 장군의 무덤은 너무 크고 무거워 옮길 수가 없자 그냥 벽돌로 둘러놓았다. 한번은 랠프가 어슐라에게 이곳을 구경시켜 주었다. 여기서 야간 경비를 설 때였다. 랠프는 대성당에 대해 모든 걸 알았다. 패멀라의 생각처럼 그렇게 우상파괴자는 아니었다.

환한 오후에 만나자 그가 말했다.

"어디 가서 차나 마실까?"

어슐라가 대답했다.

"아니, 홀번의 당신 집에 가서 같이 자자."

그들은 그렇게 했고, 어슐라는 랠프가 정중하게 몸을 내맡기는 동안 크라이턴이 떠올라서 기분이 찝찝했다. 일을 끝내자 랠프는 어슐라와 어떻게 해야 할지 모르는 사람처럼 겸연쩍은 듯 보였다. 어슐라가 말했다.

"난 관계하기 전과 조금도 달라지지 않았어."

그러자 랠프가 대답했다.

"나도 그런지는 잘 모르겠어."

그 말에 어슐라는 생각했다. 오, 맙소사, 숫총각이었구나. 하지만 랠프는 웃으며 그건 아니라고 했다. 숫총각은 아니었지만 어슐라를 무척 사랑하기 때문에 "뭐랄까…… 승화된 기분"이라고 했다.

"승화된 기분?" 밀리가 말했다. "내게는 감상적인 헛소리처럼 들리는데. 그 사람이 널 떠받들었는데 네게도 숨겨진 약점이 있는 걸 알면 그 사람만 불쌍하게 되네."

"고맙구나."

"그건 은유야? 아니면 이미지 관리하는 거야?"

물론 밀리는 늘……

"토드 양?"

"미안해요. 딴생각을 했어요."

"그만 돌아갑시다. 이상한 말이지만 지붕 위에 있으니 어쩐지 더 안전한 느낌이 들어요." 울프 양이 말했다.

"절대 안전하지 않아요." 어슐라는 말했고, 그 말이 옳았다.

며칠 후, 셸멕스 하우스는 심하게 폭격당했다.

어슐라는 울프 양의 아파트에서 망을 보았다. 커다란 모퉁이 창가에 앉아 차를 마시고 비스킷을 먹었다. 탄막 포화가 요란하게 퍼붓지 않았으면 두 여자가 함께 밤을 보내는 일은 없었을 것이다. 어슐라는 울프 양의 이름이 도르카(울프 양은 이 이름을 결코 좋아하지 않았다.)이며, 그녀의 약혼자(리처드)가 '그레이트 워'^{1차 세계대전} 때 사망했다는 걸 알게 되었다.

"난 아직도 '그레이트 워'라고 불러요. 근데 이번 전쟁이 더 '그레이트' 하네요. 적이도 이번에는 우리 편이 옳기를 바라요." 울프 양은 전쟁을 믿었지만 폭격이 시작된 이후 종교적 신념이 '무너지기' 시작했다. "선과 진실은 잘 지켜내야 해요. 근데 모든 게 마구잡이식 같아요. 신성한 계획 같은 게 있는지 모르겠어요."

"계획이 아니라 아수라장에 더 가깝죠." 어슐라도 동의했다.

"그리고 가련한 독일인들. 정말 독일인들이 전쟁을 좋아하는지 의심스러워요. 물론 불럭 씨 같은 사람이 듣는 데서는 이런 말을 하면 안 되지만. 그런데 만약 '그레이트 워'에 패배하고, 세계경제의 붕괴와 함께 많은 빚을 떠안은 게 '우리'였다면, 우리 역시 불붙기만을 기다리는 불씨가 되었을지도 몰라요. 모즐리나 뭐 그런 끔찍한 사람들처럼 말이죠. 차 좀 더 들래요?"

"나도 알아요. 근데 그들이 우릴 '죽이려' 들잖아요." 어슐라가 말했다.

이 말을 증명이라도 하듯 이들을 향해 다가오는 쌩 하는 폭탄 소리에 두 사람은 잽싸게 소파 뒤로 몸을 숨겼다. 그래봐야 목숨을 구하는 데 도움이 될까 싶겠지만 불과 이틀 전, 산산이 부서진 집의 뒤집힌 소파 밑에서 거의 다친 데 없이 멀쩡한 여자를 끌어낸 일이 있었다.

찬장에 놓인 소 모양의 크림 단지가 폭격으로 흔들렸지만 이들의 구역 바깥으로 폭탄이 떨어졌다는 데 의견이 일치했다. 요즘에는 둘 다 폭격 위치를 잘 간파해냈다.

사고 처리를 하던 도중에 시한폭탄이 터져 은행 지점장인 파머 씨가 사망하자 어슐라와 울프 양은 몹시 낙담했다. 시한폭탄은 약간 떨어진 곳에서 터졌고, 파머 씨는 철제 침대틀 아래에서 반쯤 묻힌 채로 발견되었다. 안경은 잃어버렸지만 시신은 비교적 손상이 없었다.

"맥박 좀 짚어봐요." 울프 양이 말했다.

자신보다 맥박을 더 잘 짚는 울프 양이 자신에게 부탁하자 어슐라는 의아했지만 곧 울프 양이 몹시 혼란한 상태라는 걸 알아챘다.

"아는 사람일 때는 경우가 달라요." 울프 양은 파머 씨 이마를 부드럽게 어루만지며 덧붙였다. "안경이 어디 있는지 모르겠네. 안경을 벗으니 딴사람 같죠?"

맥박이 없었다.

"옮길까요?" 어슐라가 말했다.

어슐라가 파머 씨의 어깨를, 울프 양이 발목을 잡는 순간, 시신은 크리스마스 크래커처럼 부서졌다.

"뜨거운 물을 더 끓일게요." 울프 양이 제안했다.

어슐라는 울프 양의 기운을 북돋우기 위해 지미와 테디의 어린 시절 이야기를 들려주었다. 모리스 이야기는 하지 않았다. 울프 양은 어린아이들을 무척 좋아했고, 인생에서 유일하게 후회하는 것은 자식을 갖지 않은 일이었다.

"리처드가 살아 있었다면, 어쩌면…… 하지만 뒤돌아보면 안 돼요. 앞만 봐야지. 지나간 일은 영원히 지나간 거니까. 헤라클레이토스가 뭐라고 했죠? 같은 강물에 두 번 들어갈 수 없다고 했나?"

"그럴걸요. 더 정확하게는 '같은 강물에 들어갈 수는 있지만 늘 새로운 강물이다'일 거예요."

"정말 똑똑한 아가씨야. 인생을 낭비하지 말아요, 알았죠? 무사히 살아남는다면."

어슐라는 몇 주 전에 지미를 만났다. 런던으로 이틀 휴가를 낸 지미는 켄징턴의 밀리 집 소파에서 잤다.

"네 남동생 아주 멋지게 자랐더라." 밀리가 말했다.

밀리는 모든 남자를 멋지다고 보는 경향이 있었다. 이렇게 멋지든 저렇게 멋지든. 하룻밤 시내에서 놀자는 밀리의 제안에 지미는 기다렸다는 듯 찬성했다. 한참을 집 안에서 꼼짝도 않던 지미가 말했다.

"슬슬 즐길 때가 됐군."

지미는 늘 즐길 줄 알았다. 밤이 아직 시작되지도 않았는데 스트랜드가에서 불발탄이 발견되어 채링 크로스 호텔로 몸을 피했다.

"뭐야?" 자리를 잡고 앉자 밀리가 어슐라에게 말했다.

"뭐가 뭐야?"

"넌 뭔가 떠오르려 할 때 항상 짓는 그 우스운 표정을 방금 지었잖아."

"아니면 뭔가 잊어버릴 때든가." 지미가 거들었다.

"난 아무 생각도 안 했는데." 어슐라가 말했다.

아무것도 아니었다. 그냥 기억 속에서 뭔가 펄럭거리고 끌어당겼다. 늘 그렇듯 어리석은 것이. 식품 저장실 선반에 있던 훈제청어, 초록 리놀륨이 깔린 방, 조용히 굴러가는 구식 굴렁쇠. 붙잡기 힘든 아련한 순간들.

여자 화장실로 간 어슐라는 그곳에서 요란하면서도 약간 지저분하게 우는 소녀를 발견했다. 화장을 떡칠한 얼굴에는 시커먼 마스카라가 줄줄 흘러내렸다. 좀 전에 이 소녀가 중년 남자와 술을 마시는 걸 보았다. '좀 기분 나쁜' 남자라는 게 밀리의 판단이었다. 가까이서 보니 소녀는 훨씬 어려 보였다. 어슐라는 소녀를 도와 화장을 고쳐주고 눈물을 닦아주었지만 왜 우는지 묻고 싶지는 않았다.

"니키 때문이에요." 소녀가 자발적으로 털어놓았다. "개자식이에요. '당신'과 함께 있는 젊은 남자 멋있던데, 나도 끼면 안 될까요? 내가 리츠 호텔의 리볼리 바에 데려갈게요. 현관 안내인을 알거든요."

"글쎄, 그 젊은 남자는 실은 내 동생이에요. 그리고 별로……" 어슐라가 자신 없게 말했다.

소녀는 어슐라의 옆구리를 약간 세게 찌르며 웃었다.

"농담이에요. 당신네 두 여자가 무척 아끼는 남자죠?"

소녀가 담배를 권했지만 어슐라는 거절했다. 값비싸 보이는 금색 담배 케이스를 지니고 있었다.

"선물로 받은 거예요."

어슐라의 눈길이 담배 케이스에 머문 걸 본 소녀가 말했다. 담배 케이스를 탁 닫더니 구경하라고 내밀었다. 앞면에는 정교한 전함이 새겨져 있고, 그 아래에 '유틀란트'라는 글자가 있었다. 케이스를 열어보면 덮개 안쪽에 '알렉산더'와 '크라이턴'을 뜻하는 이니셜 'A'와 'C'가 나올 것이다. 어슐라가 본능적으로 담배 케이스에 손을 뻗었지만 소녀는 다시 낚아채며 말했다.

"아무튼 그만 가봐야겠어요. 난 이제 아주 멀쩡하니까. 당신은 좋은 사람 같군요." 어슐라가 어떤 사람인지 누가 묻기라도 한 것처럼 덧붙이며 손을 내밀었다. "그건 그렇고 내 이름은 러네이예요. 혹시 또 만날지 모르니까. 물론 흔히 말하듯 우리가 노는 '앙드루아'(장소)가 다른 것 같지만 말이죠."

소녀의 프랑스어 발음은 상당히 정확했다. 참 이상한 일이라고 어슐라는 생각했다. 어슐라는 내민 손을 잡으며—소녀의 손은 열나는 사람처럼 딱딱하고 따뜻했다—말했다.

"만나서 반가웠어요. 나는 어슐라라고 해요."

소녀는—러네이는—거울로 자신의 모습을 한 번 더 확인하더니 '오 르브와'(잘 가요)라는 인사말과 함께 나갔다.

어슐라가 커피 라운지로 돌아왔지만 러네이는 철저히 모른 척했다.

"정말 이상한 여자야." 어슐라가 밀리에게 말했다.

"저녁 내내 날 쳐다보고 있더군." 지미가 말했다.

"완전히 헛발 짚은 기지, 안 그래?" 밀리는 우스꽝스러울 정도로 과장되게 속눈썹을 깜빡이며 말했다.

"헛다리. 헛다리 짚었다고 하는 거야." 어슐라가 말했다.

지미가 궁금해하는 낯선 술집들을 돌며 세 사람은 유쾌하게 술을 마셨다. 노련한 나이트클럽 죽순이인 밀리조차 몇몇 장소에는 놀라움을 나타냈다.

"세상에, 아주 색다른 곳인데." 오렌지 스트리트에 있는 클럽을 나와 집을 향해 비틀비틀 걸으며 밀리가 말했다.

"이상한 '앙드루아'야." 어슐라도 웃으며 말했다.

어슐라는 약간 취했다. 이 말은 이지가 버릇처럼 하는 말이어서 러네이의 입에서 나오니 이상하게 들릴 정도였다.

"죽지 않겠다고 약속해." 무작정 더듬거리며 집으로 가는 동안 어슐라는 지미에게 말했다.

"최선을 다할게." 지미가 말했다.

1940년 10월

'여자로 태어난 남자, 짧은 생애를 살다 가네. 고통으로 가득한 인생을. 싹이 트고 꽃처럼 스러지는 자. 그림자인 양 달아나 결코 한곳에 머물지 못하리.' 헨리 퍼셀이 작곡한 〈메리 여왕을 위한 장송곡〉 중에서 가랑비가 내렸다. 어슐라는 손수건을 꺼내 젖은 관 뚜껑을 닦고 싶은 충동을 느꼈다. 열린 무덤의 건너편에는 패멀라와 브리짓이 실비를 기둥처럼 붙잡고 서 있었다. 실비는 혼자 서 있기도 힘들 만큼 슬픔에 잠겨 있었다. 어머니가 가슴에서 흐느낌을 토해낼 때마다 어슐라의 심장이 굳고 쪼그라드는 느낌이었다. 실비는 지금의 이런 슬픔이 쇼처럼 보일 만큼 마지막 몇 달간 휴에게 공연히 모질게 굴었다.

"넌 너무 엄격해. 결혼 생활은 아무도 모르는 법이야. 부부마다 다 다르니까." 패멀라가 말했다.

지난주에 북아프리카로 수송된 지미는 특별위로 휴가를 못 받았지만 테디는 마지막 순간에 모습을 드러냈다. 테디는 제복을 갖춰 입고 눈부시게 멋진 모습으로 자신의 '날개'를 가지고("천사처럼 말이지." 브리짓이 말했다.) 캐나다에서 돌아와 링컨셔에 주둔했다. 관을 묻을 때 테디와 낸시는 서로 부둥켜안았다. 낸시는 자신의 일을 애매하게 둘러댔는데('그냥 사무직') 공직자비밀엄수법을 지키느라 에둘러 말한 거였다.

교회는 사람들로 가득했고, 휴를 배웅하기 위해 마을 사람들 대부분이 참석했지만 장례식은 마치 주인공이 빠진 듯 이상했다. 물론 장례식 주인공이 나타날 수는 없지만. 휴는 야단법석 떠는 걸 원치 않았다. 한번은 실비에게 이렇게 말했다.

"내가 죽으면 그냥 쓰레기통에 버려도 돼. 상관없으니까."

장례식은 평소와 다름없었다. 회상과 상투적인 말에 장황한 영국국교회 교리까지 곁들여서. 그래도 교구 목사가 휴를 제법 잘 아는 투로 말하는 바람에 어슐라는 놀랐다. 쇼크로스 소령은 약간 감동적으로 팔복 구절을 읽었고, 낸시는 '토드 씨가 좋아하는 시 중 하나'를 낭독했다. 그 바람에 휴가 시를 좋아하는지도 몰랐던 가족 모두 놀라고 말았다. 낸시는 낭독하기에 좋은 목소리를 지녔다. (사실 너무 연기자 같은 밀리 목소리보다 나았다.)

"로버트 루이스 스티븐슨 시예요." 낸시가 말했다. "이런 시련의 시간에 잘 어울릴 만한 시죠."

폭풍우에 시달리고 고통을 당하고, 죄로 더럽혀지고 걱정에 억눌린 자여.

내게 오라, 수고하는 자들이여. 오라, 내가 안식을 주노니.

더는 두려움이 없어라, 불안한 가슴에. 이제 눈물도 없어라, 눈물에 젖은 눈에!

보라, 네 구세주의 목소리를. 보라, 아름다운 아침이 다가오리니.

이곳에서 덧없는 세월 동안 수고하고 싸우며, 죄 짓고 고통받으며, 피 흘리고 죽어가네.

곧 내 아버지의 고요한 집에 너의 짐을 내려놓으리니.

조금만 참기를, 무거운 짐, 지친 손, 눈물에 젖은 눈이여.

보라, 네 구원자의 발을. 보라, 여기 해방의 시간을.

("진짜 헛소리야. 근데 어쩐지 위안이 되는 헛소리인데." 패멀라가 속삭였다.)

무덤가에서 이지가 중얼거렸다.

"조만간 끔찍한 일이 벌어질 것 같더니만 벌써 벌어졌구나."

이지는 휴가 죽기 며칠 전에 캘리포니아에서 돌아왔다. 이지는 놀랍게도 팬암을 타고 뉴욕에서 리스본까지 와서 거기서부터는 BOAC영국해외항공회사로 브리스톨까지 날아왔다.

"창문으로 독일군 전투기를 두 대 봤어. 정말 우리를 공격하는 줄 알왔다니까." 이지가 말했다.

이지는 영국 여자로서 오렌지 과수원 한가운데서 전쟁이 끝나기만을 기다리는 건 잘못이라고 결론 내렸다. 안일을 일삼는 생활은 자신의 것이 아니라고 했다. ('그거'야말로 이지다운 일이라고 어슐라는 말하고 싶었지만.) 이지는 유명 극작가인 남편처럼 자신도 영화 산업을 위한 시나리오를 써달라는 요청을 받길 희망했지만 유일하게 들어온 제안은 '유치한' 시대극이었고, 이는 완성하기도 전에 폐기되었다. 어슐라는 이지의 원고가 수준 미달이라는(너무 재기 발랄해서) 인상을 받았다. 이지는 아우구스투스 시리즈를 계속해나갔다―《전쟁에 나간 아우구스투스》,《아우구스투스와 인양 수색》 등등. 유명 극작가인 남편은 할리우드 신진 여배우들에게 둘러싸여 지내는 데다 이들에게 넘어갈 정도로 사람이 얄팍해서 도움이 안 된다고 했다.

"실은 그냥 서로 지겨워지고 있었어. 결국 모든 부부가 다 그렇잖아. 어쩔 수 없어." 이지가 말했다.

휴를 발견한 사람은 이지였다.

"오빠는 잔디밭 접의자에 있었어."

고리버들 가구는 이미 썩은 지 오래돼서 일반 접의자로 바꾸었다. 휴는 접이식 목재와 캔버스 의자를 못마땅하게 여겼다. 그는 상여로 기다란 고리버들 의자를 더 좋아했을 것이다. 어슐라는 이런 하찮은 생각으로 가득했다. 휴의 죽음을 액면 그대로 받아들이기보다는 이렇게 하는 편이 더 견디기 쉬웠다.

"난 그이가 정원에서 잠든 줄 알았어. 그래서 일부러 깨우지 않았지. 의사 말로는 심장마비라던데." 실비가 말했다.

"오빠는 평화로워 보였어. 떠나는 걸 전혀 개의치 않는 사람처럼." 이지가 어슐라에게 말했다.

어슐라는 휴가 상당히 많이 개의했을 거라고 생각했지만 그런 말을 해봤자 두 사람에게 아무 위안이 되지 못했다.

어슐라는 어머니와 거의 대화를 나누지 못했다. 실비는 늘 당장이라도 방을 뛰쳐나갈 사람처럼 굴었다.

"한자리에 있을 수가 없어." 실비가 말했다.

실비는 늘 휴의 낡은 카디건을 걸치고 있었다.

"추워. 너무 추워." 실비가 충격에 빠진 사람처럼 말했다.

울프 양이라면 실비를 어떻게 해야 할지 알고 있을 텐데. 뜨거운 차와 다정한 말 같은 거. 하지만 어슐라나 이지나 그중 어떤 것도 제안할 기분이 아니었다. 두 사람 다 약간 복수심에 차 있었고, 치료해야 할 자신만의 고통이 있다는 걸 감지했다.

"잠시 실비와 함께 지낼게." 이지가 말했다.

어슐라가 보기에는 끔찍한 생각 같았고, 이지가 폭격을 피하려는 건 아닌지 궁금했다.

"그럼 가서 배급 통장을 받아오세요. 우리 몫까지 다 먹어버리잖아요." 브리짓이 말했다.

브리짓은 휴의 죽음에 큰 충격을 받았다. 식품 저장실에서 울고 있는 브리짓을 발견한 어슐라가 말했다.

"정말 유감이야."

마치 가족을 잃은 사람이 자신이 아니라 브리짓인 것처럼. 브리짓은 앞치마로 쓱쓱하게 눈물을 닦으며 말했다.

"차를 만들어야 해."

어슐라 자신은 이틀만 더 머물렀고 대부분의 시간을 브리짓을 도와 휴의 유품을 정리하는 일로 보냈다. ("난 못하겠어. 정말 못하겠어." 실비가 말했다. "나도 못하겠어." 이지가 말했다. "그럼 너하고 내가 같이 해야겠다." 브리짓이 어슐라에게 말했다.) 휴의 옷가지들이 너무 생생해서 옷의 주인이 없어졌다는 게 터무니없어 보였다. 어슐라는 옷장에서 양복을 꺼내 몸에 대보았다. 브리짓이 옷을 뺏어가지 않았더라면 어슐라는 옷장 안으로 기어들어가 삶을 포기했을지도 몰랐다.

"훌륭한 양복이야. 누군가 좋아하며 입을 거야." 브리짓이 말했다.

다행히 브리짓의 감정은 이제 단단히 여물었다. 비극에 직면해서 불굴의 용기를 불어넣어줄 만한 말은 많았다. 분명 어슐라 아버지도 동의했을 것이다.

이들은 휴의 옷가지를 갈색 종이에 싸서 끈으로 묶었고, 우유 배달부가 수레에 실어 여성 의용대에 갖다주었다.

슬픔은 이지의 마음을 완전히 열리게 했다. 이지는 어슐라를 따라 집 안을 돌아다니며 기억에서 휴를 떠올리려 애썼다. 다들 휴가 영원히 떠났음을 이해하지 못하는 듯 난데없이 휴를 복원시키려 했다. 특히 이지가.

"오빠가 내게 마지막으로 한 말이 생각나지 않아. 아니면 내가 오빠에게 했던 말이."

"그래봤자 아무것도 달라지지 않아요." 진력이 난 어슐라가 말했다.

결국 상을 당해서 더 슬픈 사람이 누굴까? 딸일까, 여동생일까? 그러자 테디가 떠올랐다.

어슐라는 아버지에게 한 마지막 말을 떠올리려 애썼다. 무심한 "나중에 봬요"라는 인사말이었던 것 같았다. 마지막 아이러니다.

"마지막이 언제인지는 결코 알 수 없어요." 어슐라가 이지에게 진부한 말을 했다.

자기 귀에조차 진부하게 들렸다. 어슐라는 다른 사람의 고통을 너무 많이 보아서인지 이젠 둔감해졌다. 휴의 양복을 만졌을 때의 그 순간을 제외하면(어슐라는 이를—우스꽝스럽게도—'옷장 순간'으로 기억했다.), 휴의 죽음을 나중에 꺼내볼 수 있게 조용한 장소로 밀어두었다. 다들 이 이야기를 하지 않게 될 때쯤으로.

"그리고 문제는," 이지가 말했다.

"제발요. 두통이 너무 심하다고요." 어슐라가 말했다.

이지가 닭장으로 어정거리고 들어올 때 어슐라는 둥지에서 달걀을 꺼내는 중이었다. 닭들은 쉴 새 없이 꼬꼬댁거렸고, '어미 닭'인 실비의 관심을 그리워하는 듯 보였다.

"문제는, 네게 하고 싶은 말이 있다는 거야." 이지가 말했다.

"그래요?" 어슐라는 알을 품고 있는 닭에게 정신이 팔린 채 말했다.

"내게 아이가 있어."

"뭐라고요?"

"내가 엄마라고." 이지는 극적으로 들려도 할 수 없다는 투로 말했다.

"캘리포니아에서 아이를 낳았어요?"

"아니, 아니. 오래전에. 그때는 나 자신도 아이였지. 열여섯 살이었거든. 독일에서 낳았어. 망신스럽다고 난 외국으로 보내졌지. 남자아이야."

"독일로요? 아이는 입양되었어요?"

"응. 그냥 줘버렸다는 편이 맞겠지. 오빠가 다 알아서 했으니까 아주 좋은 가정을 찾아주었을 거야. 근데 그 아이가 장차 문제의 빌미가 될 수도 있잖아, 안 그래? 가련한 오빠, 그때 오빠가 얼마나 든든했는지. 어머니는 그 일에 전혀 관여하지 않았어. 그러니까 틀림없이 오빠가 그 사람들 이름을 알았을 거야. 어디에 사는지도."

닭들이 이제 끔찍한 소음을 내자 어슐라가 말했다.

"일단 여기서 나가요."

"난 늘 생각했어. 언젠가는 오빠에게 아기에 대해 물어보고 그 아이를 찾아봐야겠다고. 내 아들 말이야." 이지는 어슐라의 팔을 잡고 잔디밭으로 데려가며 말했다.

그러고는 아들이라는 소리를 마치 처음 해보는 말처럼 내뱉었다.

"그런데 이제 오빠가 가고 없으니 아이를 찾을 수 없게 됐어. 물론 이젠 아이가 아니지만. 너와 동갑이니까."

"나랑?" 어슐라는 상황을 이해하려 애쓰며 말했다.

"그래. 하지만 그 아이는 '적'이야. 저 하늘 위에서 폭격기를 몰지도 모르지."

두 사람은 무심결에 푸른 가을 하늘을 올려다보았다. 하늘에는 아군도, 적군도 없었다.

"아니면 군대에서 전투 중이거나. 죽었을지도 모르고. 이 비참한 전쟁이 계속된다면 앞으로 죽을지도 모르지." 이지는 이제 대놓고 흐느껴 울었다. "그 아이는 '유대인'으로 자랐을지도 몰라. 맙소사. 오빠는 반유대주의자가 아니었고, 오히려 그 반대였어. 오빠는 네 이웃하고도 잘 지냈지. 그 사람 이름이 뭐지?"

"콜 씨."

"넌 독일에서 유대인에게 어떤 일이 벌어졌는지 알지?"

"오, 세상에. 도대체 무슨 일로 이렇게 호들갑이야?" 나쁜 요정처럼 갑자기 나타난 실비가 말했다.

"나랑 같이 런던으로 돌아가요." 어슐라가 이지에게 말했다.

이지에게는 실비보다 독일 공군의 폭격이 감당하기에 더 수월할 것 같았다.

1940년 11월

울프 양이 작은 피아노 연주회를 열었다.

"베토벤 곡이에요. 내가 마이라 헤스는 아니지만 들을 만할 거예요."

울프 양 말이 옳았다. 오페라 가수인 아미티지 씨가 《피가로의 결혼》 중 〈이제는 날지 못하리〉 부분을 반주할 수 있는지 물었고, 그날 밤 특히 투지만만했던 울프 양은 한번 해보기로 했다. 열렬한 공연이었고("예상치 못하게 정열적이었어요." 울프 양의 의견이었다.) 불럭 씨와 (놀랍지 않았다.) 심스 씨가(상당히 놀라웠다.) 약간 외설적인 버전으로 합류했을 때 누구도 반대하지 않았다.

"이 노래 알아요!"

스텔라가 말했지만 가사는 몰라서 "둠-디-둠, 둠-디-둠, 둠-디-둠-둠" 선율만 열심히 따라 불렀다.

최근에 이들 초소에 공습 경비원이 두 명 늘었다. 그중 다른 초소에서 온 엠슬리 씨는 식품 가게 주인으로 그의 집과 가게는 물론, 초소 구역까지 모두 폭격당했다. 심스 씨와 파머 씨처럼 그 역시 1차 세계대전 참전 용사였다. 다른 한 명은 좀 더 이국적인 배경의 소유자였다. 불럭 씨의 '코러스 걸' 중 한 명인 스텔라가 스트립쇼 예술가였다고 (선뜻) 털어놓자, 오페라 가수 아미티지 씨가 말했다.

"이곳에서는 모두가 예술가예요, 아가씨."

"호모 같은 자식. 저런 놈은 군대에 처넣어 제대로 본때를 보여줘야 하는데." 불럭 씨가 투덜거렸다.

"과연 그럴까요." 울프 양이 말했다. (이 말은 건장한 불럭 씨 자신은 왜 현역에 가지 않았는지 묻는 질문에 더 가까웠다.)

"자, 이제 여기엔 유대인, 동성애자, 매춘부가 있군. 싸구려 쇼 극장 레퍼토리처럼 들리는데." 불럭 씨의 결론이었다.

"편협함이 우릴 이곳으로 내몬 거예요, 불럭 씨." 울프 양이 부드럽게 그를 나무랐다.

확실히 파머 씨의 죽음 이후 다들—울프 양조차도—걸핏하면 화를 냈다. 어슐라는 평화 시를 위해 유감을 아껴두는 편이 좋겠다고 생각했다. 물론 꼭 파머 씨의 죽음 때문만은 아니었고, 수면 부족과 지속적인 야간 공습 탓도 있었다. 독일군은 얼마나 더 지속할까? 영원히?

"나도 잘 모르겠어요." 울프 양이 홍차를 만들면서 조용히 말했다. "그냥 '불결함' 같은 거죠. 다시는 깨끗해지지 못할 것 같은, 가련한 런던 역시 다시는 깨끗해지지 못할 것 같은 기분이랄까. 모든 게 정말 너무 '추레'해요, 그렇죠?"

이들의 작은 즉흥연주 파티는 유쾌하게 흘러갔고, 다들 기분이 한결 나아진 듯 보여 다행이었다.

아미티지 씨는 피가로에 이어 무반주로 〈오 사랑하는 나의 아버지〉를 열정적으로 불렀다. ("참 다재다능한 사람이에요." 울프 양이 말했다. "난 저 곡이 여성 아리아인 줄 알았는데.")

다들 열광적으로 박수를 보냈다. 그러고 나자 난민인 헤어 치머만이 여러분을 위해 연주할 영광을 달라고 청했다.

"그러고 나면 스트립쇼 차례인가, 아가씨?"

불럭 씨의 말에 스텔라가 대꾸했다.

"원하신다면."

그러고는 동조를 구하듯 어슐라에게 눈을 깜빡여 보였다. ("까다로운 여자들 틈에 치여 지낸다니까." 불럭 씨가 불평했다. 자주.)

울프 양은 걱정스러운 눈길로 헤어 치머만에게 말했다.

"바이올린이 '이곳'에 있어요? 이곳이 '안전'한가요?"

헤어 치머만은 악기를 초소에 가져온 적이 없었다. 울프 양에 따르면 상당히 귀한 바이올린으로, 단지 금전적인 관점에서만 그런 건 아니었다. 독일에 가족을 모두 두고 오는 상황에서도 유일하게 바이올린은 챙겨왔다. 울프 양은 어젯밤 헤어 치머만과 독일 상황에 대해 '참담한 대화'를 나누었다고 했다.

"그곳 상황이 굉장히 심각한가 봐요."

"알아요." 어슐라가 말했다.

"알아요? 독일에 친구들이 있어요?" 울프 양이 흥미를 보이며 물었다.

"아뇨. 전혀 없어요. 근데 그냥 아는 것도 있잖아요?" 어슐라가 말했다.

헤어 치머만이 바이올린을 꺼내며 말했다.

"양해를 구하자면, 전 솔로이스트가 아닙니다." 그러더니 거의 사과하듯 덧붙였다. "바흐. 〈G단조 소나타〉."

"재미있지 않아요? 우리가 독일 음악을 얼마나 많이 듣는지. 위대한 아름다움은 모든 걸 초월하나 봐요. 전쟁이 끝난 후에도 음악이 모든 걸 치유해줄 거예요. 〈합창교향곡〉을 생각해봐요—'알레 멘셴 베르덴 브뤼더'.(모든 사람이 형제가 되리라)" 울프 양이 어슐라 귀에다 속삭였다.

헤어 치머만이 활을 치켜들고 연주 자세를 취하자, 어슐라는 울프 양의 말에 대꾸하지 않았다. 허름한 초소가 아니라 연주회장에 온 것처럼 깊은 고요가 감돌았다. 침묵의 일부는 수준 높은 연주 때문이었고("숭고했어요." 나중에 울프 양이 이렇게 평했다. "정말 아름다웠어요." 스텔라가 말했다.) 또 한편으로는 헤어 치머만의 난민 신분에 대한 존경심 때문인 듯했다. 음악은 여유를 안겨다 주어 깊은 생각에 잠기게끔 해주었다. 어슐라는 휴의 죽음을 생각했다. 아니, 죽음이라기보다는 그의 부재를. 휴가 죽은 지 이 주일밖에 지나지 않았고 어슐라는 여전히 그를 다시 만날 거라고 기대했다. 이런 생각은 미래의 일이라고 한쪽에 치워두었는데 그 미래가 갑자기 현실이 되어버렸다. 어슐라는 눈물이 나는 바람에 당황하는 일은 없어서 안도했지만 대신 지독한 우울감에 빠져들었다. 어슐라의 감정을 눈치챘는지 울프 양이 그녀의 손을 꽉 잡았다. 울프 양 자신도 격한 감정에 떨고 있는 게 느껴졌다.

음악이 끝나자 마치 온 세상이 호흡을 멈춘 듯, 완전하면서도 심오한 침묵의 순간이 흘렀다. 그 평화를 깬 건 찬사와 박수 소리가 아니라 자주색 경고 발령이었다— '이십 분 내 폭격기 출현.' 이 경고가 어슐라의 직장인 작전실에서 텔레타이프라이터 담당 여직원들이 보냈다고 생각하니 기분이 이상했다.

"자 그럼, 밖으로 나가봅시다." 심스 씨가 자리에서 일어서며 무거운 한숨과 함께 말했다.

이들이 밖으로 나왔을 때는 빨간색 경고로 바뀌어 있었다. 운이 따라준다면 사람들을 대피소로 피신시킬 수 있는 시간이 십이 분 정도 있었다. 사이렌이 등 뒤에서 울렸다.

어슐라는 공공 대피소를 이용한 적이 없었다. 사람들이 꽉 들어찬 그곳의 밀실공포증은 어슐라를 소름 돋게 했다. 담당 구역의 한 대피소가 파라슈트 폭탄에 직격탄을 맞아 끔찍하게 변해버렸고 그 사고 현장을 처리하러 나선 적이 있었다. 어슐라는 여우처럼 굴에 갇히느니 차라리 바깥에서 죽겠다고 생각했다.

아름다운 저녁이었다. 초승달과 별무리들이 깜깜한 밤의 장막 사이로 빛을 냈다. 어슐라는 로미오가 줄리엣에게 보낸 찬사가 떠올랐다. '마치 그녀는 에티오피아인의 귀에 걸린 화려한 보석처럼 밤의 볼에 걸려 있는 듯하구나.' 어슐라는 시적 분위기에 휩싸였고, 누군가는, 자신을 포함해서, 애도의 기분에 젖어 있다 보니 지나치게 시적이 되었다고 말할지도 모르겠다. 잘못된 인용을 즐기는 더킨 씨는 이제 없었다. 더킨 씨는 사고 동안 심근경색을 앓았다. '다행히' 회복 중이라고 울프 양은 말했다. 울프 양은 시간을 내서 병문안을 갔지만, 어슐라는 가지 않았고, 죄책감도 느끼지 않았다. 휴는 죽었지만 더킨 씨는 죽지 않았다. 어슐라의 가슴속에는 동정할 여유가 별로 없었다. 울프 양의 대리인인 더킨 씨 자리는 심스 씨가 떠맡았다.

사나운 전쟁 소음이 시작되었다. 탄막의 핑음, 머리 위로 단조롭지만 고르지 않은 전투기 엔진 고동에 어슐라는 욕지기가 났다. 총격, 하늘을 찌르는 탐조등, 소리 없는 두려움의 예보 — 이로 인해 시적인 생각이 방해를 받았다.

사고 현장에 도착해보니 다들 와 있었다. 가스와 물, 폭탄 처리반, 중장비 구조반, 경장비 구조반, 들것 구조대, 영안실 승합차(낮에는 제과점 승합차). 도로는 군대 소방대의 뒤엉킨 소방 호스들로 뒤덮였고, 거리 한쪽에는 불길에 휩싸인 건물이 잔불과 불똥을 뱉어냈다. 프레드 스미스가 언뜻 보인 것 같았다. 불꽃에 그의 얼굴이 잠깐 드러난 것 같기도 했지만 어슐라는 상상이라고 결론 내렸다.

구조반은 등 뒤로 불길이 사나운데도 손전등과 램프를 들고 어느 때보다 조심스럽게 구조했다. 그런데 한 명도 예외 없이 다들 입가에 담배를 물고 있었다. 아직은 가스공의 점검도 없었고, 폭탄 처리반이 있다는 건 언제 폭탄이 터질지 모른다는 의미임에 두말할 필요도 없었다. 다들 손으로는 일을 하면서도(필요하면 하기 싫어도 해야 하니까), 앞으로 일어날지도 모르는 재난에는 무신경했다. 아니면 이제 일부 사람들은(요즘에는 어슐라 자신도 이런 사람 중 하나가 아닌지 의심했다.) 별로 개의치 않았다.

어슐라는 불편한 감정이 들었다. 오늘 밤에 뭔가 잘 풀리지 않을 거라는 예감 같은 거였다.

"바흐 때문이에요. 영혼이 불안해진 건." 울프 양이 위로했다.

보아하니 두 구역 사이를 거리가 갈라놓은 모양이었고, 사고 담당 경찰관은 서로 권리를 주장하는 감시원들과 언쟁을 벌였다. 나중에 안 사실이지만 울프 양은 자기 구역이 아니어서 이 사소한 싸움에 끼어들지 않았다. 하지만 사고 규모는 상당히 커서 울프 양은 사고 처리와 작업 진행을 지시하며 누가 뭐라고 해도 그냥 무시하라고 일렀다.

"무법자군요." 불럭 씨가 감탄하며 말했다.

"그건 아니죠." 울프 양이 말했다.

불타지 않은 거리의 절반은 심하게 폭격당했고, 가루가 된 벽돌과 코르다이트 폭약의 시큼한 냄새가 즉시 폐를 파고들었다. 어슐라는 폭스 코너의 잡목림 뒤편 초원을 떠올렸다. 아마, 미나리아재비, 개양귀비, 붉은 동자꽃, 옥스아이데이지. 새로 깎은 잔디 냄새와 여름비의 상쾌함을 떠올렸다. 주의를 딴 데로 돌려 지독한 폭발 냄새를 잊는 게 새 전술이었다. ("효과가 있어요?" 호기심이 많은 엠슬리 씨가 물었다. "별로요." 어슐라가 대답했다.)

"난 우리 어머니의 향수 냄새를 떠올리곤 했어요. 에이프릴 바이올렛 향수죠. 근데 불행하게도 지금은 어머니를 떠올릴 때마다 생각나는 건 폭탄뿐이에요." 울프 양이 말했다.

어슐라는 엠슬리 씨에게 페퍼민트차를 권하며 말했다.

"좀 도움이 돼요."

사고 현장에 가까이 다가갈수록 사태는 더 심각한 것으로 드러났다. (어슐라의 경험으로 볼 때 반대 경우는 드물었다.)

이들을 가장 먼저 맞이한 건 소름 끼치는 광경이었다— 심하게 훼손된 시신들이 사방에 흩어져 있었는데, 그중에는 양복점 마네킹처럼 팔다리가 없이 몸통만 남은 시신이 많았고, 옷도 다 타버리고 없었다. 어슐라는 존 루이스 백화점 폭격 당시 옥스퍼드 스트리트에서 랠프와 보았던 마네킹을 떠올렸다. 아직은 살아 있는 부상자가 나오지 않아 들것 운반자는 팔다리를 거둬들이고 있었다. 잔해 더미 속에서 튀어나온 팔다리들을. 들것 운반자는 나중에 다시 시신을 조각 맞추려는 모양이었다. 근데 그 일은 누가 할까, 어슐라는 궁금했다. 영안실에서 섬뜩한 조각 맞추기 퍼즐처럼 사람들을 이리저리 짜맞춰보는 걸까? 물론 재구성이 불가능한 사람들도 있었다. 구조반 남자 두 명이 살덩어리들을 갈퀴로 긁고 삽으로 퍼서 바구니에 담았고, 또 다른 남자는 마당 빗자루로 벽에서 뭔가 긁어내고 있었다.

어슐라는 희생자 중에서 아는 사람이 있는지 궁금했다. 필리모어 가든스의 아파트는 이곳에서 불과 몇 거리 떨어진 곳에 있었다. 어쩌면 아침 출근길에 사망자 중 일부와 마주쳤거나, 아니면 식품 가게나 정육점에서 대화를 나누었는지도 모를 일이다.

"보아하니 행방불명된 사람들이 상당히 많아요." 울프 양이 말했다.

이 말을 들은 사고 담당 경찰관은 상식이 풍부한 공습 경비원과의 대화가 고마운 모양이었다.

"우린 무법자가 아니에요. 이제 안심이 되나요?" 울프 양이 말했다.

마당용 빗자루를 든 남자가 있는 곳에서 한 층 위에(이제 층은 무너져서 없지만) 픽처 레일을 이용한 외투 행거에 드레스가 걸려 있었다. 종종 이런 사소한 살림살이들이—스토브 위에 놓인 주전자, 먹지 못한 저녁이 차려진 식탁—주변에 널린 비참함과 파괴보다 더 어슐라의 마음을 움직일 때가 많았다. 지금 드레스를 보니 여자가 아직 그 옷을 입은 상태였다. 여자의 머리와 다리는 날아가버렸지만 팔은 그대로 붙어 있었다. 고르지 못한 고성능 폭발물의 여력이 놀랍기만 했다. 여자는 어떻게 보면 벽과 하나가 된 것 같았다. 불길이 아주 환하게 타고 있어서 드레스에 아직 꽂혀 있는 작은 브로치까지 다 보였다. 눈이 라인스톤인조 다이아몬드으로 된 검은 고양이였다.

이 집의 뒤편으로 향하는 동안 어슐라의 발밑으로 돌무더기들이 이리저리 움직였다. 한 여자가 봉제 인형처럼 팔다리를 쫙 벌린 채 돌무더기 한가운데 얹혀 있었다. 마치 공중으로 내동댕이쳐졌다가 아무렇게나 내려앉은 듯 보였다. 어슐라는 들것 운반자에게 신호를 보내려 했지만 폭격기 무리가 머리 위로 지나가는 바람에 목소리가 묻혀버렸다.

여자는 뿌연 먼지를 뒤집어써서 나이를 전혀 가늠할 수가 없었다. 손에는 끔찍하게 보이는 화상이 있었다. 어슐라는 구급약 꾸러미에서 화상 연고를 찾아내서 손에다 좀 발라주었다. 어쩐지 여자는 화상 연고로 치료하기에는 너무 멀리 간 것 같았다. 어슐라는 물이 있었으면 했다. 여자의 입술이 얼마나 바싹 말랐던지 보기 안쓰러웠다. 그때 예기치 못하게 여자가 검은 눈을 떴는데 속눈썹에 먼지가 묻어 삐죽삐죽하고 희끄무레했다. 여자는 뭐라고 말하려 했지만 먼지에 막혀 목소리가 쉬었는지 제대로 나오지 않았다. 외국인인가?

"뭐라고요?" 어슐라가 물었다.

여자는 지금 죽음의 문턱에 있는 듯했다.

"아기, 내 아기는 어디 있죠?" 여자가 갑자기 쇳소리로 말했다.

"아기?" 어슐라는 주변을 두리번거리며 되물었다.

아기의 흔적은 어디에도 없었다. 돌무더기 어딘가에 있는 모양이었다.

"아기 이름은……" 여자는 목 뒤쪽에서 나는 흐릿한 목소리로 말했다. 의식을 차리려고 갖은 애를 쓰며 덧붙였다. "에밀."

"에밀?"

여자는 이제 말할 힘이 없는지 고개를 아주 살짝 끄덕였다. 어슐라는 다시 아기를 찾아 주변을 두리번거렸다. 다시 여자를 향해 아기의 크기를 물었지만 여자의 머리는 힘없이 축 늘어졌고, 어슐라가 맥박을 짚어보았지만 맥박이 없었다.

어슐라는 여자를 남겨둔 채 생존자를 찾아나섰다.

"엠슬리 씨에게 모르핀 알약 좀 가져다줄래요?" 울프 양이 부탁했다.

한 여자가 비명을 지르고 인부처럼 쌍욕을 퍼붓는 소리가 들리자 울프 양이 덧붙였다.

"저 시끄러운 숙녀분한테 주라고 말이죠."

경험상 볼 때 시끄럽게 구는 사람일수록 죽는 경우가 드물었다. 이 특별한 부상자는 혼자 힘으로 잔해 더미를 헤쳐나가 켄징턴 가든스를 돌아다닐 기세로 소리를 질러댔다.

엠슬리 씨는 주택 지하실에 있었는데, 구조대 남자들에 의해 강제로 몸을 낮춰야 했던 어슐라는 들보와 벽돌로 된 장애물 사이로 비집고 나갔다. 집 전체가 이런 장애물 위로 위태롭게 얹혀 있었다. 여자 옆으로 거의 수평으로 몸을 뻗은 엠슬리 씨가 보였다. 여자의 허리 아래쪽이 주택 잔해에 완전히 깔려 있었지만 의식은 있었고 자신이 처한 곤경을 잘도 떠들어댔다.

"곧 여기서 꺼내줄게요. 그리고 차도 한잔 줄 거고요. 어때요, 듣기만 해도 좋죠? 그리고 여기 토드 양이 진통제를 가져왔어요."

엠슬리 씨는 계속해서 여자를 진정시켰다. 어슐라는 작은 모르핀 알약을 건넸다. 엠슬리 씨는 이런 일에 아주 능숙해 보였다. 식품 가게에서 앞치마를 두른 채 설탕 무게를 재고 버터를 자르는 그의 모습을 상상하기 어려웠다.

지하실 한쪽 벽면에 쌓여 있던 모래주머니는 폭발로 인해 모래가 거의 터져나온 채였다. 순간 환상에 빠진 어슐라는 해변에 와 있었지만 어딘지는 알 수 없었다. 상쾌한 산들바람에 굴렁쇠가 굴러가고 머리 위로 갈매기가 깍깍 울더니, 다시 느닷없이 지하실로 돌아와 있었다. 수면 부족이야, 어슐라는 생각했다. 정말 그게 문제였다.

"빌어먹을, 이제야." 여자가 게걸스럽게 모르핀 알약을 삼키며 말했다. "빌어먹을 티 파티에나 온 줄 아시나 보네."

여자는 젊고 어딘지 낯이 익었다. 여자는 커다란 검정 가방을 단단히 잡고 있었다. 마치 목재들로 이루어진 바다에서 빠지지 않게 붙들어주는 물건이기라도 하듯.

"누구 담배 있어요?"

불편한 자세로 있던 엠슬리 씨는 호주머니에서 다 찌그러진 플레이어스 담뱃갑을 몹시 힘겹게 꺼냈고, 그런 다음 더 힘겹게 성냥갑을 꺼냈다. 여자의 손가락은 쉬지 않고 가죽 가방을 두드려댔다.

"천천히 해요." 여자가 빈정거리듯 말했다. "미안해요." 여자는 담배를 한 모금 깊이 들이마신 뒤 말했다. "이런 '앙드루아'에서는 신경이 날카로워지는 거 알잖아요."

"러네이?" 놀란 어슐라가 말했다.

"알 거 없잖아요?"

여자는 좀 전의 무례한 모습으로 다시 돌아가 있었다.

"몇 주 전에 채링 크로스 호텔 화장실에서 만났죠."

"사람 잘못 봤어요. 흔히 하는 실수죠. 내 얼굴이 흔하게 생겼나 봐요." 여자는 또 한 번 길게 담배를 빨더니 아주 맛있게 음미하며 천천히 내뿜었다. "이 작은 알약 또 있어요? 암시장에서 꽤 비싸게 팔릴 텐데." 여자가 몽롱해져서 말했다.

모르핀 효과가 나타나는 모양이었다. 그러더니 여자의 손에서 담배가 툭 떨어지면서 눈동자도 돌아갔다. 여자는 경련을 일으키기 시작했다. 엠슬리 씨가 여자의 손을 꽉 붙들었다.

엠슬리 씨를 쳐다보던 어슐라의 눈길이 그 뒤쪽 모래주머니에 테이프로 붙인 밀레이의 〈물방울〉 복사본에 머물렀다. 어슐라가 싫어하는 그림이었다. 축 늘어지고 마약을 복용한 듯한 여자들이 나오는 라파엘 전파 그림은 다 싫었다. 미술비평을 하기에는 시간도, 장소도 적합하지 않았다. 어슐라는 죽음에 거의 무심해져버렸다. 어슐라의 연약했던 정신이 단단해졌다. (오히려 다행이야, 어슐라는 생각했다.) 어슐라는 불속에 담금질한 검이었다. 그러다가도 눈 깜짝할 새에 다시 어딘가 다른 곳에 가 있었다. 어슐라는 계단을 내려오는 중이었고, 등나무가 꽃을 피웠고, 어슐라는 창밖으로 날아갔다.

엠슬리 씨는 러네이에게 용기를 북돋우는 말을 계속했다.

"자, 수지. 이제 와서 포기하면 안 돼요. 당장 여기서 꺼내줄게요. 남자들이 다들 애쓰고 있어요. 여자들도 마찬가지고." 엠슬리 씨는 어슐라를 생각하며 이렇게 덧붙였다. 러네이는 경련을 멈췄지만 이제는 심하게 떨기 시작했고, 더 다급해진 엠슬리 씨가 말했다. "자, 수지, 자, 아가씨. 정신 차려요, 착하지."

"이름이 러네이예요. 본인은 아니라고 하지만." 어슐라가 말했다.

"난 누구든 수지라고 불러요. 수지라는 이름의 어린 딸이 있었어요. 어렸을 때 디프테리아로 잃었죠."

러네이는 마지막으로 크게 한 번 몸을 떨더니 반쯤 감긴 눈에서 생명이 꺼져갔다.

"갔어요. 내상을 입은 모양이에요." 엠슬리 씨가 슬프게 말했다.

말끔한 식품 가게 주인의 손으로 '아가일 로드'라고 표식을 적어 여자의 손가락에 묶었다. 어슐라는 러네이의 약간 주저하는 손아귀에서 핸드백을 빼내 내용물을 쏟았다.

"여기 신분증이 있네요."

어슐라는 엠슬리 씨가 볼 수 있게 신분증을 들었다. '러네이 밀러.' 반론의 여지없이 확실했다. 엠슬리 씨가 표식에 이름을 추가했다.

엠슬리 씨가 다시 힘겹게 지하실을 돌아나오려고 애쓰는 동안 어슐라는 콤팩트, 립스틱, 프랑스어로 된 편지, 그 밖에 러네이 핸드백에 들어 있던 다른 내용물과 함께 떨어진 금색 담배 케이스를 집어들었다. 선물로 받은 게 아니라 훔친 물건이 틀림없었다. 어슐라의 상상력으로는 러네이와 크라이턴을 같은 침대는 물론이고, 서로 같은 방에 대입하는 것도 어려웠다. 사실 전쟁은 사람들을 뜻밖에 연관시켜주기도 했다. 크라이턴이 호텔 또는 좀 덜 쾌적한 '앙드루아'에서 러네이와 관계를 가졌을지도 모른다. 러네이는 프랑스어를 어디서 배웠을까? 어쩌면 단어만 몇 개 아는지도 모른다. 어쨌든 크라이턴한테 배운 건 아니었다. 크라이턴은 세상을 지배하는 데 영어면 충분하다고 생각하는 사람이었으니까.

어슐라는 담배 케이스와 신분증을 호주머니에 슬쩍 넣었다.

지하실에서 빠져나오려고 애쓰는 동안(돌아나올 생각은 일찌감치 접었다.) 잔해가 심하게 움직이는 바람에 심장이 멎을 것 같았다. 고양이처럼 웅크린 채 영원같이 길게 느껴지는 시간 동안 꼼짝도 않고 호흡도 참았다. 이제 움직여도 괜찮겠다 싶은 순간, 잔해들이 넘을 수 없는 장애물임을 깨달았고 그래서 다른 길을 찾아야 했다. 산산조각 난 건물 지하실을 네 발로 기어 힘겹게 빠져나왔다.

"허리가 다 나갔어요." 엠슬리 씨가 어슐라 뒤에서 투덜거렸다.

"난 무릎이 다 나갔어요." 어슐라가 말했다.

몹시 지쳤지만 집요하게 앞으로 나아갔다. 어슐라는 버터 바른 토스트를 떠올리며 기운을 냈다. 물론 필리모어 가든스에는 버터가 다 떨어졌고 밀리가 나가서 줄을 서지 않는 한(그럴 것 같지 않았지만), 빵도 전혀 없었다.

지하실은 끝없는 미로 같았고, 그제야 어슐라는 행방불명된 사람들이 왜 그렇게 많은지 서서히 깨달았다. 다들 이 아래 숨어 있었다. 이 주택의 거주자들은 지하실을 대피소로 사용한 게 분명했다. 이곳에서 죽은 사람들은—남자, 여자, 아이들, 개까지—모두 앉은자리에서 매몰된 것 같았다. 완전히 먼지를 뒤집어쓴 모습이 조각상이나 화석 같았다. 어슐라는 폼페이나 헤르쿨라네움을 떠올렸다. 어슐라는 이름도 그럴싸한 '유럽 대여행' 동안 이 두 곳을 모두 방문했었다. 볼로냐에서 지내는 동안 미국 여성—캐시라는 아주 열성적인 타입—과 친구가 되었고, 둘은 베니스, 피렌체, 로마, 나폴리를 잠깐 여행했다. 그 뒤 어슐라는 외국 체류의 마지막 목적지인 프랑스로 떠났다.

나폴리에서는 솔직히 겁이 나서 말 많은 개인 가이드를 고용했고, 가차 없이 내리쬐는 남부 태양 아래서 로마제국의 잃어버린 도시들의 건조하고 먼지 많은 유적지를 결연하게 돌아다니며 인생에서 가장 긴 하루를 보냈다.

"오, 세상에." 황량한 헤르쿨라네움 주변을 둘러보는 동안 캐시가 말했다. "수고스럽게 이걸 발굴하지 않았더라면 얼마나 좋았을까."

두 사람의 우정은 짧은 시간 불타올랐다가 어슐라가 낭시로 떠나자 확 꺼져버렸다.

'난 날개를 펴고 나는 법을 배웠어. 난 세상을 훤히 아는 여자야.' 뮌헨과 브레너 가족을 떠나면서 어슐라는 패멀라에게 이렇게 써 보냈다.

아직은 신출내기에 불과하면서도. 그동안 어슐라가 배운 게 있다면 잇따라 개인 교습을 경험한 후 절대 가르치는 일만큼은 하지 않겠다는 거였다.

그 대신, 돌아오는 길에—공무원이 될 생각으로—하이위컴에서 속성 속기와 타이핑 코스를 밟았다. 나중에 공공장소에서 신체 부위를 노출한 죄로 체포된 카버 씨가 운영하는 학교였다. ("노출증 환자야?" 모리스가 역겹다고 입술을 비죽거리며 말하자 휴는 당장 나가라고, 자신의 집에서는 두 번 다시 그런 말을 쓰지 말라고 소리쳤다. "유치한 놈." 모리스가 문을 탁 닫고 정원으로 나가자 휴가 말했다. "저래서야 결혼이나 할 수 있겠어?" 모리스는 교구 주교의 맏딸인 에드위나와의 약혼을 발표하려고 집에 와 있었다. "세상에, 그럼 우리도 무릎을 꿇어야 하는 거야?" 실비가 말했다. "웃기는 소리 하지도 말아요." 모리스의 말에 휴가 나무랐다. "어떻게 감히 네 어머니한테 그런 식으로 말하니?" 어느 모로 보나 기분 잡치는 방문이었다.)

카버 씨는 그렇게까지 나쁜 사람은 아니었다. 에스페란토를 썩 잘했는데, 당시에는 터무니없고 별난 행동 같았지만 지금 생각해보니 한때 라틴어가 그랬듯 세계 공통어를 할 줄 알면 좋을 것 같았다. 오, 그래요, 울프 양이 말했다. 공통어란 생각은 훌륭하지만 순전히 유토피아적이에요. 모든 좋은 생각들이 다 그렇지만요, 울프 양이 우울하게 말했다.

어슐라는 처녀의 몸으로 유럽 여행을 떠났지만 돌아올 때는 아니었다. 순전히 이탈리아 덕이었다. ("이탈리아에서 애인을 못 구하면 어디서 구하겠어?" 밀리가 말했다.) 그 남자, 잔니는 볼로냐 대학에서 철학 박사 과정에 있었고, 어슐라가 예상한 이탈리아인보다는 훨씬 더 심각하고 진지했다. (브리짓의 로맨스 소설에 나오는 이탈리아인들은 늘 근사하지만 믿을 만하지 않았다.) 잔니는 의식을 치를 때도 학구적인 근엄함이 있었고 어슐라가 염려했던 것보다는 통과의례를 덜 당혹스럽고 어색하게 했다.

"세상에, 너 대담하구나." 캐시가 말했다.

캐시를 보면 패멀라가 떠올랐다. 어떤 면에서는 그랬고, 어떤 면에서는 또 그렇지 않았다. 예를 들어 다윈을 점잖게 부정할 때는. 침례교도인 캐시는 결혼 전까지 자신의 몸을 지켰지만 시카고로 돌아간 지 몇 달 만에 캐시 어머니가 편지를 보내 딸이 보트 사고로 사망했음을 알렸다. 딸의 주소록을 뒤져서 한 사람 한 사람에게 편지를 쓴 게 틀림없었다. 얼마나 고통스러운 일이었을까. 휴의 경우, 그냥 《타임스》에 부고를 냈다. 가련한 캐시는 무엇을 위해 몸을 지켰을까. '무덤은 훌륭하고 은밀한 곳이지만, 아무도, 내 생각엔, 그곳에서 포옹하지 않지 요.' 앤드루 마블의 시 〈수줍은 여인에게〉 중에서

"토드 양?"

"미안해요, 엠슬리 씨. 지하 묘지에 와 있는 것 같죠? 오래된 시신들로 가득한."

"네, 나도 저렇게 되기 전에 어서 나가고 싶군요."

조심조심 앞으로 기어가던 중 무릎에 뭔가 부드럽고 탄력 있는 것

이 부딪혔고, 무너진 서까래에 머리를 부딪치면서 먼지가 쏟아져내렸다. 어슐라는 움찔했다.

"괜찮아요?" 엠슬리 씨가 물었다.

"네." 어슐라가 대답했다.

"길이 막혔어요?"

"잠깐만요."

어슐라는 한번은 시체를 밟은 적이 있었는데 고기처럼 물컹한 느낌 때문에 알았다. 내키지 않았지만 그래도 살펴보아야 했다. 손전등으로 먼지에 파묻힌 더미를 비추어보니 천 조각이 나왔고—뜨개질감과 리본, 털실—그래서 느낌이 푹신했던 모양이었다. 바느질 바구니 안에 든 내용물 같았지만, 당연히 아니었다. 어슐라는 털실로 짠 덮개를 벗겨낸 뒤 한 꺼풀을 다시 더 벗겨냈다. 마치 엉망으로 포장한 소포나 거추장스럽게 큰 양배추를 벗겨내듯이. 마침내 전혀 다치지 않은 조그마한 손 하나가 나왔다. 많은 무리 속에서 자체적으로 빛나는 작은 별처럼. 어슐라는 에밀을 찾았다고 생각했다. 에밀의 죽음보다는 차라리 에밀 어머니의 사망 소식이 더 견디기 쉬웠다.

"여기 조심하세요, 엠슬리 씨. 아기가 있어요. 잘 피해서 오세요." 어슐라가 뒤돌아보며 말했다.

"괜찮아요?" 두 사람이 마침내 두더지처럼 모습을 드러내자 울프 양이 물었다.

거리 건너편 불길은 이제 거의 잡혔고, 거리는 어둠과 그을음과 쓰레기로 시커멨다.

"몇 명이나 있죠?" 울프 양이 물었다.

"상당히 많아요."

"찾기는 쉬웠어요?"

"말하기 어려워요. 아래에 아기가 있어요. 상황이 엉망이에요." 어슐라는 러네이의 신분증을 건네며 말했다.

"차가 준비되어 있으니 가서 좀 마셔요." 울프 양이 말했다.

엠슬리 씨와 함께 이동 식당으로 가던 중, 어슐라는 거리 저 위쪽 현관 앞에 웅크린 개를 보고 놀랐다.

"곧 뒤따라갈게요. 홍차 좀 타줄래요? 설탕은 두 스푼이에요." 어슐라가 엠슬리 씨에게 말했다.

개는 별 특징 없는 작은 테리어로 두려움 때문에 낑낑대며 몸을 떨었다. 문 뒤의 집은 대부분 사라지고 없었지만 이 집 개인지 궁금했다. 개는 안전과 보호가 필요했지만 달리 갈 곳이 없었다. 어슐라가 접근하자 거리로 달아났고, 어슐라는 괘씸한 개라고 생각하며 뒤쫓아갔다. 마침내 개를 따라잡았고, 다시 도망치기 전에 얼른 잡아챘다. 개는 온몸으로 떨었고 어슐라는 개를 가까이 당겨 엠슬리 씨가 러네이에게 했듯 안심시키는 말투로 말을 걸었다. 어슐라는 개의 털에 얼굴을 갖다 댔다. (역겨울 정도로 더러웠지만 더럽기는 어슐라 역시 마찬가지였다.) 개는 아주 작고 무력했다.

"무고한 사람들을 대량 학살한 거예요." 일전에 이스트엔드의 학교가 직격탄을 맞았다는 소식이 들리자 울프 양이 말했다.

하지만 모두가 무고한 건 아니지 않을까? (아니면 모두 죄가 있을까?)

"그 어릿광대 히틀러는 분명히 무고하지 않아." 휴와 마지막으로 대화했을 때 이렇게 말했다. "모두 히틀러 책임이야. 이 전쟁 전체가."

어슐라는 정말 다시는 아버지를 못 보게 되는 걸까? 흐느낌이 터져 나왔고, 두려움 때문인지 아니면 동정인지 개도 낑낑거렸다. (사람의 감정을 개와 연관시키지 않는 사람은 토드 가족 중에는—모리스를 제외하면—아무도 없었다.)

바로 그때 뒤에서 엄청나게 큰 소리가 들리면서 개가 다시 달아나려 하자 어슐라가 꽉 붙잡았다. 돌아오는 길에 보니 건물의 박공벽이 불에 타서 거의 통째로 무너져내렸고, 여성 의용대 구내식당까지 벽돌들이 마구잡이로 떨어져 있었다.

여성 의용대 소속인 두 명의 여자가 죽었고, 엠슬리 씨 역시 사망했다. 자전거로 잽싸게 다니던 연락책 토니 역시 안타깝게도 충분히 잽싸지 못했는지 사고를 당했다. 울프 양은 삐죽삐죽하게 부서진 벽돌 위에 아픈지도 모르고 무릎을 꿇은 채 토니의 손을 꽉 쥐고 있었다. 어슐라가 그 옆에 쭈그리고 앉았다.

"오, 앤서니." 울프 양은 다른 말은 나오지 않아 이름만 불러댔다.

평소의 그 말끔한 쪽 찐 머리가 흐트러져서 비극 속 인물처럼 아주 황망해 보였다. 토니는 의식이 없었다. 붕괴된 벽 아래서 거칠게 끌어낸 토니는 머리 부상이 심각했다. 어슐라는 기운을 북돋는 말을 해주었고, 자신들의 상심을 토니가 알아채게 해서는 안 될 것 같았다. 토니가 스카우트였던 걸 기억한 어슐라는 야외 생활의 즐거움에 대해 말하기 시작했다. 야외에 텐트를 치고, 근처에 흐르는 시냇물 소리를 듣고, 모닥불에 쓸 나무토막을 줍고, 야외에서 아침을 준비하면서 아침 안개가 피어오르는 모습을 지켜보는 등등.

"전쟁이 끝나면 다시 이렇게 즐겁게 지낼 거야." 어슐라가 말했다.

"오늘 밤에 네가 집에 가면 어머니가 얼마나 기뻐하시겠니." 울프 양도 연극에 가담했다.

울프 양은 흐느낌을 손으로 틀어막았다. 토니는 이들의 말을 듣는 기색이 없었고, 연한 우윳빛인 사색으로 서서히 변해갔다. 그러고는 마침내 세상을 떠났다.

"오, 하느님. 견딜 수가 없어." 울프 양이 울음을 터뜨렸다.

"하지만 견뎌내야 해요."

어슐라는 얼굴에 묻은 눈물 콧물과 얼룩을 손등으로 닦아내면서 서로 대사가 뒤바뀐 걸 알아챘다.

"멍청한 놈들 같으니라고. 그 빌어먹을 구내식당을 왜 거기 설치했대요? 박공벽 바로 옆에다?" 프레드 스미스가 화가 나서 말했다.

"그들도 몰랐어요." 어슐라가 말했다.

"그런 건 알았어야죠."

"그럼 누군가 말을 해줬어야죠. 예를 들면 빌어먹을 소방관 같은 사람이." 어슐라가 갑자기 화를 내며 말했다.

이제 동이 텄고 경보 해제 사이렌이 울렸다.

"아까 전에 당신을 본 것 같았는데 상상인 줄 알았어요." 어슐라가 화해를 청하며 말했다.

프레드 스미스가 화를 낸 건 사람들이 멍청해서가 아니라 죽었기 때문이었다.

어슐라는 현실에서 멀어져 꿈속에 있는 기분이었다.

"나도 시체나 다를 바 없어요. 머리가 돌아버리기 전에 좀 자야겠어요. 모퉁이만 돌면 내가 사는 곳인데, 무너진 게 우리 집이 아니니 정말 다행이에요. 내가 이 개를 쫓아간 것도 천만다행이었고요." 어슐라가 말했다.

구조반 대원이 개를 묶으라고 밧줄을 주자 어슐라는 새까맣게 탄기둥에 밧줄을 맸다. 들것 운반인이 거둬들인 팔다리들이 떠올랐다.

"개 이름을 럭키라고 해야겠어요. 약간 상투적이긴 하지만 상황에 딱 맞는 이름이에요. 이 개 덕분에 내가 살았으니까. 개를 쫓아가지 않았더라면 식당으로 차를 마시러 갔을 텐데."

"멍청한 놈들 같으니라고." 프레드 스미스가 다시 말했다. 그러더니 덧붙였다. "내가 집까지 바래다줄까요?"

"그럼 고맙죠."

어슐라는 '모퉁이를 돌아' 필리모어 가든스로 그를 이끄는 대신 어린아이처럼 서로 손을 잡고 켄징턴 하이스트리트를 따라 나른하게 걸었다. 개도 그 옆을 졸졸 따라왔다. 아침 시간이라 거의 한적했고, 불길에 휩싸인 가스 본관만이 약간 색다른 모습을 더했다.

어슐라는 이들이 향하는 곳을 알았고, 어쩐지 불가피한 일 같았다.

이지의 침실에는 침대 맞은편 벽에 그림이 걸려 있었다. 첫 번째 시리즈인 《아우구스투스의 모험》의 원화로 볼이 빵빵한 소년과 그의 개가 그려진 선화였다. 그림은 만화에 가까웠다— 학생 모자, 아우구스투스의 빵빵한 볼, 현실 세계의 작과는 닮은 점이 전혀 없는 약간 맹해 보이는 웨스티까지.

어슐라의 기억에 침실과 그림은 전혀 어울리지 않았다. 여성미 넘치는 안방은 아이보리 실크와 연한 새틴, 값비싼 커트 글라스 병과 에나멜 빗으로 가득했다. 아름다운 오뷔송 카펫은 두꺼운 끈에 묶여 벽에 기대져 있었다. 다른 벽에는 좀 덜 인상파적인 그림이 있었는데, 화가를 좋아해서가 아니라 장식과 잘 어울려서 걸어둔 느낌이 더 강했다. 아우구스투스 그림은 이지에게 성공을 상기시키려고 걸어둔 것 같았다. 인상파 그림들은 잘 포장되어 어디 안전한 곳에 보관되어 있었지만, 아직 걸려 있는 이 그림은 잊었거나 아니면 이지한테 별 관심을 못 받은 듯했다. 이유가 어떻든 간에 액자 유리에 대각선으로 금이 쫙 나 있었다. 어슐라는 랠프와 와인 저장실에 들어왔던 밤을 떠올렸다. 홀랜드 하우스가 폭격당한 그날 밤, 액자가 깨졌는지도 모르겠다.

이지는 자신의 표현대로 하자면 '슬픔에 잠긴 미망인'인 실비와 함께 폭스 코너에 머물지 않겠다고 현명한 결정을 내렸다. 이유는 '서로 으르렁거리며 싸울 게' 분명했기 때문이었다. 대신 이지는 콘월의 절벽 위에 있는 집으로("맨덜리 저택처럼 아주 거칠면서도 낭만적이지. 다행히 댄버스 부인은 없지만.") 서둘러 떠난 뒤 인기 일간지에 《아우구스투스의 모험》 만화를 '대량으로 찍어내기' 시작했다. 이지가 아우구스투스의 성장을 허락한다면, 테디가 그랬듯, 얼마나 더 재미있을까, 어슐라는 생각했다.

계절에 맞지 않는 찐득한 태양이 두툼한 벨벳 커튼 사이로 뚫고 들어오려 안간힘을 썼다. '어찌하여 그대는 이렇게,/ 창문을 통해서, 커튼을 통해서 우리를 찾아오는가?'존 던의 시 〈떠오르는 태양〉 중에서 어슐라가 시간을 거슬러 과거로 돌아가서 연인 삼고 싶은 사람이 있다면 바로 존 던이었다. 키츠는 아니었다. 키츠가 요절한다는 사실을 미리 알고 있는 어슐라로서는 모든 걸 아주 엉망으로 만들어버릴 것 같았다. 이것이 시간 여행의 문제점이다. 물론(불가능한 일이긴 하지만), 언제나 예지력으로 비운을 퍼뜨리는 카산드라가 되고 말 것이다. 아주 지치고 냉정한 일이지만 그래도 사람은 앞으로 나아갈 수밖에 없다.

지금은 십일월인데도 창밖에서 새 우는 소리가 들렸다. 대공습에 새들도 사람만큼이나 어리둥절한 모양이었다. 폭발이 새들에게 무슨 짓을 한 걸까? 얼마나 많은 새가 죽었을까. 그 가련한 심장은 충격으로 정지하고, 그 작은 허파는 압력파에 터졌을 것이다. 무중력 돌처럼 하늘에서 뚝뚝 떨어졌을 게 틀림없다.

"무슨 생각을 그렇게 해." 프레드 스미스가 물었다.

프레드는 한쪽 팔로 머리를 받친 채 누워 담배를 피웠다.

"집에 오니 당신이 낯설어 보여." 어슐라가 말했다.

"맞아."

프레드는 활짝 웃으며 앞으로 몸을 기울이더니 어슐라의 허리에 팔을 두르고 목 뒤에 입을 맞추었다. 밤새 탄광에서 일한 사람들처럼 둘 다 몹시 지저분했다. 그날 밤 기관차 발판에 올라타고 왔을 때도 얼마나 지저분했던가. 살아 있는 휴를 마지막으로 보던 날이었다.

멜버리 로드에는 온수가 없었다. 물도 전기도 내내 끊긴 채 전혀 나오지 않았다. 둘은 어둠 속에서 이지의 매트리스 커버 아래로 기어들어가 죽음 같은 잠에 빠져들었다. 몇 시간 뒤 동시에 눈을 뜬 두 사람은 사랑을 나누었다. 재난에서 살아남은— 또는 재난을 예상하는 사람들이 나눌 법한 그런 사랑이었다. (솔직히 말하면 욕정이었다.) 모든 구속에서 벗어나, 때로는 강렬하면서도 이상하게 다정하고 애정이 넘치는. 그 사이에는 비애의 중압감도 있었다. 이는 헤어 치머만의 바흐 소나타처럼 어슐라의 영혼을 불안하게 하고, 뇌와 몸뚱이를 해체시켰다. 어슐라는 마벌의 또 다른 시를 떠올리려 애썼다. 〈영혼과 육체의 대화〉에 나오는 '뼈의 탈골'이니 족쇄니 수갑이니 하는 내용이었지만 잘 떠오르지 않았다. 이 버려진(모든 점에서) 침대에 이렇게 부드러운 살갗과 육체가 있다니 가혹해 보였다.

"존 던을 생각하고 있었어. 이 시 알지? '부지런한 늙은 바보, 제멋대로인 태양이여.'"

어슐라는 프레드가 모를지도 모른다고 생각했다.

"아!" 프레드는 무심하게 말했다.

실은 무심한 것보다 더 최악이었다.

어슐라는 느닷없이 지하실의 납빛 유령들과 아기 위에 꿇어앉았던 기억에 사로잡혔다. 잠시 어슐라는 딴 곳에 있었다. 아가일 로드 지하실도 아니고, 홀랜드 파크의 이지 침실도 아닌, 약간 이상한 림보에. 떨어지고, 떨어지면서……

"담배?" 프레드 스미스가 권했다.

프레드는 아까 피웠던 담배꽁초에 다시 불을 붙여 어슐라에게 건넸다. 어슐라는 이를 받아들며 말했다.

"난 사실 담배 안 피워."

"나도 사실 낯선 여자를 데려다가 호화로운 집에서 씹은 하지 않아."

"아주 로런스다운 표현인데. 하지만 난 낯선 여자가 아니야. 우린 어렸을 때부터 서로 알고 지냈잖아."

"이런 식은 아니었지."

"아니길 바라야지."

어슐라는 벌써 프레드가 싫어지기 시작했다.

"지금 몇 시인지 모르겠네. 아침으로 아주 훌륭한 와인이 있어. 다 무사히 있어야 할 텐데." 어슐라가 말했다.

프레드는 손목시계를 보며 말했다.

"아침은 이미 놓쳤어. 지금 오후 세 시야."

개가 문을 밀고 들어오자 아무것도 깔지 않은 나무 바닥에서 탁탁탁탁 발톱 소리가 났다. 침대 위로 뛰어오른 개가 어슐라를 빤히 쳐다보았다.

"가엾은 것. 얼마나 배가 고플까." 어슐라가 말했다.

"프레드 스미스? 어떤 사람이야? 말해봐!"

"실망이야."

"왜? 잠자리에서?"

"세상에, 아냐. 그런 게 아니야. 난 절대…… 그런 식으로는, 너도 알잖아. 낭만적일 거라고 생각했던 모양이야. 아냐, 이건 틀린 단어야. 어리석은 단어지. '영혼이 깃든'이라고나 할까."

"초월적인?" 밀리가 거들었다.

"그래, 그거야. 내가 추구한 건 초월성이었어."

"네가 초월성을 추구한 게 아니라 초월성이 널 추구한 것 같은데. 가련한 프레드에게는 무리한 주문이야."

"난 그가 '어떤' 사람인지 알고 있었어. 근데 그 생각이 틀렸어. 난 사랑에 빠지길 원했나 봐." 어슐라가 말했다.

"근데 사랑 대신 아주 제대로 섹스를 했구나. 가엾은 것!"

"맞아, 그런 기대를 한 게 부당하지. 오, 세상에, 프레드에게 아주 잘난 척한 것 같아. 존 던을 인용했거든. 내가 속물이라고 생각해?"

"끔찍해라. 너한테서 지독한 악취가 풍겨. 담배, 섹스, 폭탄, 뭐가 더 있는지 알 게 뭐람. 내가 목욕물 받아줄까?" 밀리가 유쾌하게 말했다.

"오, 그래, 부탁해. 그럼 좋지."

"그리고 저 골치 아픈 개도 욕조에 좀 데려가. 악취가 진동을 하니까. 근데 귀엽긴 해." 밀리가 미국식 영어 발음을 흉내 내며 말했다. (약간 형편없이.)

어슐라는 한숨을 내쉬며 기지개를 폈다.

"난 폭격이라면 정말, 정말 지긋지긋해."

"아무래도 전쟁은 금방 끝날 것 같지 않아." 밀리가 말했다.

1941년 5월

밀리 말이 옳았다. 전쟁은 계속 이어졌다. 몹시 추운 겨울까지 이어지더니 연말에는 런던에 엄청난 공습이 있었다. 랠프는 세인트 폴 성당을 화마에서 구하는 데 한몫 거들었다. 렌의 작품인 아름다운 성당들, 어슐라는 생각했다. 예전 런던 대화재 때문에 지어졌는데 지금은 사라지고 없었다.

남은 시간은 여느 사람들처럼 보냈다. 극장에 가고, 춤추러 가고, 내셔널 갤러리에서 열리는 런치타임 콘서트에 갔다. 먹고 마시고 사랑을 나누었다. '쎕'이 아니라. 그건 전혀 랠프다운 표현이 아니었다.

"아주 로런스다운 표현인데." 어슐라가 프레드 스미스에게 쌀쌀맞게 말했다.

프레드는 어슐라의 말뜻을 못 알아들었겠지만, 그 원색적인 단어에 어슐라는 몹시 충격을 받았다. 사고 현장에서는 이 표현이 비일비재했고, 중장비 구조단이 일상적으로 쓰는 단어였지만 '어슐라'를 염두에 두고 한 말은 아니었다. 어슐라는 욕실 거울을 보며 그 말을 해보려 했지만 수치심만 느꼈다.

"도대체 이건 어디서 났소?"

어슐라는 크라이턴이 이렇게 어안이 벙벙해하는 모습은 처음 보았다. 크라이턴의 손에 금색 담배 케이스가 들려 있었다.

"영영 잃어버린 줄 알았는데."

"정말 알고 싶어요?"

"물론 알고 싶소. 왜, 비밀인가?" 크라이턴이 말했다.

"러네이 밀러라는 이름을 알아요?"

크라이턴은 얼굴을 찌푸리며 생각에 잠겼지만 고개를 저으며 말했다.

"모르겠는데. 내가 알아야 하나?"

"그 여자와 돈을 주고 섹스했을 거예요. 아니면 근사한 저녁을 샀던가. 아니면 그냥 좋은 시간을 보냈던가."

"오, '그' 러네이 밀러." 크라이턴은 웃었다. 잠깐 침묵하더니 덧붙였다. "아니, 정말이오. 전혀 모르는 이름이야. 그건 그렇고, 난 한 번도 돈을 주고 섹스를 산 적이 없소."

"당신은 해군에 있었잖아요." 어슐라가 지적했다.

"음, 그렇게 오래 있지는 않았지. 하지만 고맙소. 당신도 알다시피 이 담배 케이스는 내게 아주 소중해. 우리 아버지가……"

"유틀란트에 다녀온 후에 당신에게 주었죠, 알아요."

"지루한 이야기인가?"

"아뇨. 어디 나갈까요? 은신처에? 하러 갈래요?"

크라이턴이 웃음을 터뜨렸다.

"당신이 원한다면."

크라이턴은 요즘 '자잘한 일'에 덜 신경 쓴다고 말했다. 자잘한 일에는 모이라와 딸들이 포함된 듯했고, 이들은 곧 은밀한 관계를 재개했다. 요즘은 덜 은밀하지만. 크라이턴은 랠프와는 아주 달라서 어슐라를 배신한 것처럼 보이지는 않았다. ("오, 수수께끼 같은 논쟁이야! 밀러가 말했다.) 어쨌든 어슐라는 요즘 랠프를 거의 만나지 않았고 서로 시들해진 것 같았다.

테디는 전사자 기념비에 있는 글을 읽었다.

"'영예로운 전사자'. 그렇다고 생각해? 영예롭다고?" 테디가 물었다.

"글쎄, 전사한 건 분명하지만, '영예로운'이란 문구는 '우리' 기분을 맞추려는 것 같은데."

"난 죽은 자들은 별로 개의치 않을 것 같아. 죽은 건 죽은 거지. 그 뒤에 뭐가 있을 것 같지는 않아. 누나는 어때?"

"전쟁 전에는 아마 나도 그렇게 생각했을 거야. 죽은 시체들을 많이 보기 전에는. 근데 시체들은 그냥 내버린 쓰레기와 다를 바 없어 보였어."

(어슐라는 이렇게 말하는 휴를 생각했다. "날 그냥 쓰레기통에 버려도 돼.")

"영혼이 빠져나간 것처럼 보이진 않았어."

"난 영국을 위해 죽을 수도 있어. 누나에게도 그럴 기회가 있잖아. 그 정도면 훌륭한 명분 아냐?"

"내 생각도 그래. 아빠는 우리가 죽어서 영웅이 되기보다는 살아서 겁쟁이가 되는 게 낫다고 했어. 아빠가 진심으로 한 말은 아닐 거야. 책임을 회피하는 게 아빠 스타일은 아니니까. 마을 전쟁기념관에 뭐라고 적혀 있지? '당신의 미래를 위해 우리의 오늘을 바쳤다.' 그게 바로 너희가 하는 짓이야, 모든 걸 포기하는 거. 어쩐지 옳게 보이지 않아."

어슐라는 '영국'보다는 폭스 코너를 위해서라면 죽을 수 있겠다 싶었다. 초원과 잡목림과 블루벨 숲을 가로지르는 시냇물을 위해. 근데 그게 영국이 아닐까? 축복받은 땅.

"난 애국자야. 이유는 모르겠지만 그런 나 자신에게 놀랐어. 세인트 마틴 성당 옆의 에디스 카벨 동상에 뭐라고 적혀 있지?" 어슐라가 물었다.

"'애국주의는 충분하지 않다.'" 테디가 대답했다.

"그 말이 옳다고 생각해? 난 개인적으로 충분한 것 이상이라고 생각해."

어슐라는 웃었고, 두 사람은 팔짱을 끼고 화이트홀을 걸어갔다. 폭격의 피해가 상당했다. 어슐라는 전쟁내각실을 가리켰다.

"저기서 일하는 여자를 알아. 벽장 같은 데서 잔대. 난 벙커와 지하실이 싫어." 어슐라가 말했다.

"누나가 많이 걱정돼." 테디가 말했다.

"나는 '네'가 걱정이야. 그렇게 걱정해봐야 우리 둘 다에게 좋을 게 없어." 어슐라는 울프 양처럼 말했다.

테디('토드 공군 소위')는 링컨셔의 작전훈련부대에서 휘틀리를 몰았다. 그리고 일주일 정도 후면 요크셔에 합류해서 새 핼리팩스의 조종법을 배운 뒤 첫 임무비행을 시작할 예정이었다.

폭격기 조종사들 중 절반 정도만 첫 임무비행에서 살아남는다고 항공성에서 근무하는 여자가 말했다.

(출격 때마다 사고 확률은 늘 똑같지 않나요? 그런 게 확률이잖아요?" 어슐라가 물었다. "폭격기 조종사의 경우는 달라요." 항공성 여직원이 말했다.)

테디는 점심식사 후에 어슐라를 사무실까지 바래다주었다. 어슐라는 점심시간을 길게 썼는데 일이 예전처럼 아주 바쁘지는 않았다.

처음에는 고급 식당을 계획했다가 결국 영국식 레스토랑에 가서 로스트비프, 자두파이와 커스터드를 먹었다. 물론 통조림에 든 자두였다. 그래도 아주 맛있게 먹었다.

"이 이름들." 테디는 기념비에 적힌 이름들을 응시하며 덧붙였다. "이 생명들. 그런데 또 전쟁이라니. 난 인류에 문제가 있다고 생각해. 신뢰하고 싶은 것들을 모두 훼손해버려, 그렇게 생각 안 해?"

"이건 생각할 문제가 아니야. 그냥 살아나갈 뿐이지." 어슐라가 씩씩하게 말했다. (어슐라는 정말 울프 양처럼 되어가고 있었다.) "결국 인생은 한 번뿐이니까 우린 노력하고 최선을 다해야 해. 결코 '옳게' 살 수는 없겠지만 '노력'은 해야 하지." (완벽한 변신이었다.)

"계속 반복할 수 있는 기회가 있다면 어떨까? 결국 옳게 해낼 때까지 말이야. 그럼 멋지지 않을까?" 테디가 물었다.

"그럼 피곤할 것 같아. 네게 니체의 말을 인용해주고 싶지만 날 한 대 칠지도 모르겠는데."

"그럴지도 모르지. 니체도 나치야, 맞지?" 테디가 장난스럽게 말했다.

"꼭 그런 건 아냐. 여전히 시를 쓰니, 테디?"

"이젠 단어가 떠오르지 않아. 내가 추구하는 게 승화처럼 느껴져. 전쟁에서 좋은 이미지들을 만들어내는. 시의 심장을 찾을 수 없다고나 할까."

"시커멓고, 고동치는, 피비린내 나는 심장 말이야?"

"시는 누나가 써야겠는걸." 테디가 웃었다.

테디가 와 있는 동안 어슐라는 순찰을 나가지 않았다. 울프 양이 명단에서 빼주었다. 공습은 이제 좀 더 산발적으로 이루어졌다. 삼월과 사월에 심한 공습이 있었지만, 폭격이 약간 뜸해지자 사람들은 더 힘들어하는 듯했다.

"웃기지. 공습이 끊이지 않을 때는 긴장의 끈도 단단히 붙들고 있어서 대처가 훨씬 쉽거든." 울프 양이 말했다.

어슐라의 초소는 확실히 소강상태였다.

"히틀러가 발칸반도에 더 관심을 보이는 모양이에요." 울프 양이 말했다.

"그는 러시아를 공격할 거요." 크라이턴이 권위 있게 말했다.

밀리는 또 다른 위문봉사회에 들어가 순회 중이어서 켄징턴 아파트는 오롯이 어슐라와 크라이턴 차지였다.

"미친 짓이에요."

"히틀러 자신이 미쳤는데, 뭘 더 기대하겠소?" 크라이턴은 한숨을 지으며 덧붙였다. "전쟁 이야기는 그만둡시다."

두 사람은 해군성 위스키를 마시며 오래 결혼 생활을 한 부부처럼 카드게임을 했다.

테디는 엑시비션 로드의 어슐라 사무실까지 바래다주며 말했다.

"누나가 일하는 '작전실'이 좀 웅장한 곳일 줄 알았어. 기둥과 주랑 현관도 있고 말이야. 벙커가 아니라."

"모리스가 일하는 데는 주랑현관이 있어."

어슐라는 사무실로 돌아오자마자 텔레타이프라이터 교환원인 아이비 존스한테 붙들렸다.

"당신이 다크호스예요, 토드 양. 저렇게 멋진 남자를 비밀로 하다니."

어슐라는 직원과 너무 친하게 지내면 이런 꼴이 난다고 생각했다.

"서둘러요. 난 '일간 상황 보고'에 목매다는 스타일이니까." 어슐라가 말했다.

어슐라의 '여직원들', 포셋 양과 그 부류들이 서류를 보관, 분석해서 서류철을 갖다주면 어슐라는 일간, 주간, 때로는 시간별로 요약본을 만들었다. 일간 기록, 피해 기록, 상황 보고서, 끝도 없었다. 그러고 나면 이 내용들은 모두 타이프로 입력되어 서류철로 만들어져서 어슐라의 서명을 받은 뒤 모리스 같은 담당자에게 보내진다.

"우린 정말 기계의 톱니바퀴일 뿐이에요, 안 그래요?"

포셋 양의 말에 어슐라가 대꾸했다.

"하지만 명심해요, 톱니바퀴가 없으면 기계도 없다는 걸."

테디는 어슐라를 데리고 한잔하러 나갔다. 따뜻한 저녁이었고, 나무마다 꽃이 활짝 피어 순간적으로 전쟁이 끝난 줄 착각했다.

테디는 비행에 대해 말하고 싶지 않았고, 전쟁에 대해서도 말하고 싶지 않았다. 낸시에 대해서는 더더구나 말하고 싶지 않았다. 낸시는 어디에 있는 걸까? 낸시는 밝힐 수 없는 어떤 일을 맡은 듯했다. 이제는 누구도 무엇에 관해서든 말하고 싶지 않은 듯했다.

"아빠 얘기나 하자."

테디의 말에 아버지 이야기를 하다 보니 휴도 마지막으로 많은 흔적을 남기고 떠난 것 같았다.

테디는 다음 날 아침 폭스 코너로 가는 기차를 탔고, 그곳에서 며칠 지낼 생각이었다. 어슐라가 럭키를 건네며 말했다.

"난민 하나 데려갈래?"

럭키는 어슐라가 직장에 간 동안 하루 종일 아파트에서 지냈지만 당번일 때 이따금씩 초소에 데려가면 다들 마스코트처럼 예뻐해주었다. 애견인 같지 않던 불럭 씨조차 럭키에게 먹다 남은 음식과 뼈다귀들을 챙겨주었다. 어슐라보다 개가 더 잘 먹는 것처럼 보인 때도 있었다. 그렇긴 해도 전시 중의 런던은 개가 있을 만한 곳이 아니라고 테디에게 말했다.

"개들이 내는 소리가 너무 위험하거든."

"이 개 마음에 드는데. 아주 충직한 녀석이야."

어슐라는 메릴르번 역으로 이들을 배웅하러 갔다. 테디는 작은 개를 한 팔로 끌어안은 채, 그녀에게 동시에 다정하면서도 아이러니한 거수경례를 하며 열차에 올랐다. 어슐라는 테디가 떠나는 것만큼이나 개가 떠나는 것이 슬펐다.

그동안 너무 낙관적이었다. 오월에 끔찍한 공습이 있었다.

필리모어 가든스의 아파트가 폭격을 당했다. 다행히 어슐라도, 밀리도 집에 없었지만 지붕과 위층이 파괴되었다. 어슐라는 이곳에 돌아와 잠시 야영 생활을 했다. 날씨도 나쁘지 않았고 이상하게도 이 생활을 즐겼다. 전기는 없었지만 물은 있었고, 직장 동료가 낡은 텐트를 빌려주어 그 속에서 잤다. 어슐라가 마지막으로 야영을 한 때는 바이에른에서 브레너가의 딸들과 독일소녀연맹의 여름 산악 탐험에 참가했을 때로, 맏딸인 클라라와 함께 텐트를 썼다. 두 사람은 서로 친하게 지냈지만 선전포고 후로는 클라라 소식을 듣지 못했다.

크라이턴은 어슐라의 '야외 생활'을 낙천적으로 보았다. '인도양에서 별을 보며 갑판에서 자는 것처럼.' 파리에도 못 가본 어슐라는 갑자기 부러움을 느꼈다. 어슐라에게 뮌헨-볼로냐-낭시 축은 미지 세계의 경계선이었다. 어슐라와 친구 힐러리는―전쟁내각실 벽장에서 자는 여자―프랑스 전역을 자전거로 도는 휴가를 계획했지만 전쟁이 망쳐놓았다. 모두 이 작은 왕국에 갇혀 있었다. 이 생각을 너무 많이 하다 보면 밀실공포증을 느낄 수도 있다.

위문봉사회에서 돌아온 밀리는 어슐라에게 아주 정신이 나갔다면서 다른 곳을 알아보라고 성화를 하는 바람에 어슐라와 크라이턴은 렉스험 가든스의 허름한 집으로 옮겼다. 결코 정들 것 같지 않은 집이었다. ("당신이 원한다면 같이 살 수도 있소." 크라이턴이 말했다. "나이츠브리지의 작은 아파트에서요?" 어슐라가 이의를 제기했다.)

물론 그게 최악은 아니었다. 같은 공습에 초소 역시 직격탄을 입어 헤어 치머만과 심스 씨가 사망했다.

헤어 치머만의 장례식에서는 피난민으로 구성된 현악사중주단이 베토벤을 연주했다. 울프 양과는 달리 어슐라는 이들의 상처를 치유하기 위해서는 위대한 작곡가의 작품만으로는 부족하다고 생각했다.

"전쟁 전에 이들이 위그모어 홀에서 연주하는 걸 봤는데 정말 잘하더라고요." 울프 양이 속삭였다.

장례식이 끝나자 어슐라는 소방서로 프레드 스미스를 만나러 갔고 이들은 패딩턴 역 근처의 지저분한 작은 호텔에 방을 빌렸다. 예전처럼 강렬했던 섹스가 끝나자, 두 사람은 기차가 오가는 소리를 자장가삼아 잠이 들었고, 어슐라는 프레드가 기차 소리를 틀림없이 그리워할거라고 생각했다.

잠이 깨자 프레드 스미스가 말했다.

"마지막 만났을 때 내가 너무 바보같이 굴어 미안해."

프레드는 나가더니 차 두 잔을 가져왔다. 호텔 직원이라도 홀린 모양이었다. 룸서비스는 고사하고 주방도 없을 법한 호텔이었다. 프레드에게는 자연스러운 매력이 있었다, 테디처럼. 곧은 성격에서 나오는 매력이었다. 지미는 그와 달리 정직하지 않은 게 오히려 매력이었다.

두 사람은 침대에 앉아 차를 마시고 담배를 피웠다. 어슐라는 존 던의 시 중에서 가장 좋아하는 〈유물〉을— '유골을 묶은 한 타래의 고운 머리칼을 보면서'—떠올렸지만 인용하지는 않았다. 지난번에 안 좋게 끝난 걸 감안했다. 만약 호텔이 폭격을 당해서 이들이 누구인지, 여기서 뭘 했는지 아무도 모른다면 얼마나 재미있을까. 무덤이 되어버린 침대에서 함께. 어슐라는 아가일 로드 사고 이후 몹시 병적으로 되어갔다. 이 사고는 여느 사고들과는 다른 방식으로 영향을 끼쳤다. 어슐라는 자신의 묘비에 적혔으면 싶은 글귀를 한가로이 생각해보았다.
'어슐라 베리스퍼드 토드, 마지막까지 충실하다.'

"당신 문제가 뭔지 알아, 토드 양?" 프레드 스미스가 담배를 비벼 끄며 말했다.

프레드가 어슐라의 손을 잡아 손바닥에 입을 맞추자 어슐라는 달콤한 순간을 즐기며 대답했다.

"아니, 내 문제가 뭐지?"

하지만 문제가 뭔지 결국 알아내지 못했다. 사이렌이 울리자 프레드가 말했다.

"젠장, 젠장, 젠장, 근무하러 가야 해."

그러고는 옷을 걸쳐 입고 어슐라에게 급하게 입을 맞춘 뒤 방에서 뛰쳐나갔다. 어슐라는 다시는 그를 만나지 못했다.

어슐라는 오월 십일 일의 끔찍한 새벽 시간을 기록한 국가안보진중일지를 꼼꼼히 살펴보았다.

'기록 시각-0045. 기록 형식-텔레타이프라이터. 내부 또는 외부-내부. 주제-고성능 폭약으로 사우스 웨스트 인디아 선창 사무실 파괴.'

그리고 웨스트민스터 수도원, 국회, 드골 본부, 조폐국, 왕립 재판소. 스트랜드가에서 어마어마한 굴뚝 화재처럼 맹렬하게 타오르던 세인트 클레멘트 데인스는 어슐라가 직접 목격했다. 버먼지, 이즐링턴, 서더크에서 소중하고 일상적인 삶을 살던 평범한 사람들도. 목록은 계속 이어졌다. 포셋 양이 어슐라를 방해했다.

"편지 왔어요, 토드 양." 포셋 양은 종이 한 장을 건네며 말했다.

군대 소방서의 여직원과 친분이 있는 어슐라의 지인이 군대 소방대

보고서 사본 한 장을 보내왔다. 짤막한 쪽지도 첨부되어 있었다.

"그 사람, 당신 친구였죠? 유감스럽게도……"

'프레더릭 스미스, 소방관, 얼스 코트의 화재 진압 도중 벽이 붕괴하면서 깔려 사망.'

바보같이, 어슐라가 생각했다. 바보, 진짜 바보같이.

1943년 11월

어슐라에게 소식을 전해온 건 모리스였다. 우연하게도 모리스는 간단한 식사가 담긴 트롤리가 들어올 때 함께 들어왔다.

"이야기 좀 할 수 있을까?" 모리스가 말했다.

"홍차 마실래?" 어슐라가 책상에서 일어서며 말했다. "같이 마실 양은 될 거야. 질은 별로 안 좋아. 오빠는 오렌지 페코나 다즐링 같은 걸 마시겠지만. 우리가 먹는 비스킷도 오빠네 비스킷과는 비교도 안 되겠지."

차 시중을 드는 여자는 느닷없이 들이닥친 고위직 인사와 나누는 대화에 시큰둥하게 서성거렸다.

"아니, 차는 됐어. 고마워." 모리스는 놀랄 만큼 정중하고 차분하게 말했다.

모리스는 거의 언제나 억압된 분노로 부글부글 끓었고(얼마나 살아가기 힘든 조건인지), 어떤 면에서는 히틀러를 떠올리게 했다. (어슐라는 모리스가 비서들에게 야단치는 소리를 들었다. "오, 그건 정말 부당해! 근데 그 말을 들으니 웃음이 나." 패멀라가 말했다.)

모리스는 한 번도 자신의 손을 더럽힌 적이 없었다. 사고 현장에 간 적도, 사람을 크래커처럼 부서뜨린 적도, 또 한때 아기였던 천과 살로 뒤엉킨 꾸러미 위에 무릎 꿇고 앉은 적도 없었다.

여기는 왜 왔을까, 또다시 어슐라의 연애 생활에 대해 이러쿵저러쿵 들먹이려고 온 걸까? 그가 하게 될 말을 어슐라로서는 상상도 못했다.

"이런 소식을 전하게 되어 유감이야. (마치 공식 발표라도 하듯이.) 근데 테드가 당했어."

"뭐라고?" 어슐라는 의미를 이해하지 못했다. 뭘 당했다는 걸까? "무슨 말인지 모르겠어, 오빠."

"테드 말이야. 테드 비행기가 추락했어." 모리스가 말했다.

테디는 멀쩡했었다. '복무 기간을 만료했고', 작전훈련부대에서 가르쳤다. 공군수훈십자훈장을 받은 비행 중대장이었다. (어슐라, 낸시, 실비 모두 자부심으로 벅찬 가슴을 안고 궁전에 갔었다.) 테디는 다시 작전에 투입시켜달라고 요청했다. ("그냥 그래야 할 것 같았어.") 항공성에 근무하는 어슐라의 지인―앤―은 두 번째 임무비행에서 살아남은 조종사는 사십 명 중 한 명이라고 했다.

"어슐라! 내가 하는 말, 알아들었어? 우린 테디를 잃었다고." 모리스가 말했다.

"그럼 찾으면 되잖아."

"아니. 공식적으로 테디는 '작전 중 실종'이야."

"그럼 '사망'은 아니잖아. 어디였어?" 어슐라가 물었다.

"베를린, 며칠 전에."

"테디는 탈출했고, 포로로 잡혔을 거야." 어슐라는 사실을 진술하듯 말했다.

"아니, 그건 아냐. 화염에 휩싸여 추락했어. 아무도 빠져나오지 못했어." 모리스가 말했다.

"오빠가 그걸 어떻게 알아?"

"목격자가 있어. 동료 조종사가."

"누군데? 테디를 봤다는 사람이 누구야?"

"나도 몰라." 모리스의 짜증이 커지기 시작했다.

"아냐." 어슐라는 다시 말했다.

그러더니 또다시 말했다. 아니야. 어슐라의 심장이 빠르게 뛰기 시작했고, 입이 바싹바싹 말랐다. 시야가 흐릿해지더니 눈에 반점이 어렸다. 점묘 화가의 그림처럼. 곧 실신할 것 같았다.

"괜찮아?"

모리스의 말이 들렸다. 괜찮으냐고? 어슐라는 생각했다, 괜찮으냐고? 어떻게 괜찮을 수가 있단 말인가?

모리스의 목소리는 멀어져갔다. 모리스가 큰 소리로 여자를 부르는 소리가 들렸다. 의자를 가져오고 물컵이 준비되었다. 여자가 말했다.

"자, 토드 양. 머리를 무릎 사이로 집어넣으세요."

포셋 양이었다. 착한 사람.

"고마워요, 포셋 양." 어슐라는 중얼거렸다.

"어머니도 매우 마음 아파하셔." 모리스가 말했다.

큰 슬픔에 어리벙벙해진 것처럼. 모리스는 다른 식구들처럼 테디를 신경 쓴 적이 없었다.

"자."

모리스가 어슐라의 어깨를 두드리며 말하자, 어슐라는 움찔하지 않으려 애썼다.

"난 그만 사무실로 가봐야 해. 폭스 코너에서 만나자."

아주 무심하게, 가장 힘겨운 용건이 끝났으니 무난한 잡담은 해도 된다는 듯이.

"왜?"

"뭐가 왜야?"

어슐라는 몸을 똑바로 세우고 앉았다. 컵에 든 물이 가볍게 흔들렸다.

"왜 폭스 코너에서 만나자는 거야?"

어슐라는 포셋 양이 여전히 걱정스럽게 서성이는 걸 알았다.

"음, 이런 경우에는 가족이 모이니까. 어쨌든 장례식은 없을 거지만." 모리스가 말했다.

"장례식이 없다고?"

"없어. 물론 없지. 시신이 없으니까." 모리스가 말했다.

모리스가 어깨를 으쓱했던가? 그랬나? 어슐라는 몸을 떨면서 결국 실신하고 말 거라고 생각했다. 누군가 자신을 붙들어주길 바랐다. 모리스는 아니었다. 포셋 양이 어슐라의 손에서 컵을 치웠다. 모리스가 말했다.

"당연히 내가 태워다 줄게. 어머니는 아주 상심한 목소리였어."

모리스는 전화로 이 사실을 알렸을까? 얼마나 잔인한가, 어슐라는 망연자실했다. 소식을 전해 듣는 방식은 전혀 중요하지 않다고 생각했다. 하지만 세로줄무늬 양복을 조끼까지 차려입고 어슐라 책상에 기댄 채 자신의 손톱을 들여다보면서 어슐라한테서 괜찮으니 그만 가도 좋다는 말이 나오길 기다리는 모리스한테 듣는 것은……

"난 괜찮아. 그만 가봐."

포셋 양이 어슐라에게 따뜻하고 달콤한 차를 가져다주며 말했다.

"정말 유감이에요, 토드 양. 내가 집까지 바래다줄까요?"

"고마워요. 난 괜찮아요. 내 외투 좀 갖다줄래요?" 어슐라가 말했다.

남자는 손에 든 군모를 잡아 비틀었다. 이들을 만나는 것만으로도 무척 불안해하는 모습이었다. 로이 홀트는 커다란 유리 맥주잔에 담긴 맥주를 마셨다. 무척 갈증 난다는 듯 벌컥벌컥 들이켰다. 남자는 테디의 친구이자 사망 목격자였다. '동료 조종사.' 어슐라가 테디를 만나러 마지막으로 이곳에 온 때가 1942년 여름이었고, 노천 맥줏집에서 햄 샌드위치와 달걀절임을 먹었다.

로이 홀트는 셰필드 출신으로 그곳의 공기는 요크셔에 속하지만 요크셔만큼 좋지는 않았다. 그의 어머니와 누이가 1940년 십이월에 발생한 끔찍한 공습으로 사망하자 히틀러 머리에 직접 폭탄을 투하하지 않고서는 절대 눈을 감지 않겠다고 말했다.

"좋아요!" 이지가 말했다.

이지에게는 젊은 남자를 대하는 독특한 방식이 있었다. 모성애를 보이면서 동시에 추파를 던지는 듯했다. (한번은 완전히 추파만 던진 때도 있었다.) 이런 모습은 보기 약간 민망했다.

소식을 들자마자 이지는 당장 콘월을 떠나 런던으로 향했고, 정부의 '지인'을 통해 휘발유 쿠폰 한 움큼과 자동차를 빌려왔다. 어슐라와 함께 폭스 코너도 가고, 또 테디의 비행장에도 가보기 위해서였다. ("기차는 못 탈 거야. 너무 힘들어서.") '지인'은 일반적으로 이지의 옛 연인을 일컫는 완곡한 표현이었다. ("도대체 어떻게 해서 이걸 손에 넣은 거요?" 북부 도로에서 기름을 넣었을 때 주유소 주인으로 보이는 남자가 물었다. "거물과 잠자리를 했죠." 이지가 상냥하게 대답했다.)

어슐라는 휴의 장례식 이후, 이지에게 아이가 있다는 충격적인 고백을 들은 후에 이지를 처음 만나는 자리였다. 그래서 요크셔로 가는 동안 이지가 그 문제를 다시 꺼내야 한다고(어색하겠지만) 어슐라는 생각했다. 이지가 너무 혼란스러운 데다 딱히 의논할 사람도 없을 테니까. 그래서 물었다.

"아이에 대해 더 말하고 싶어요?"

그러자 이지가 사소한 일이라는 듯이 대답했다.

"아, 그거. 내가 한 말은 다 잊어버려. 내가 너무 예민해져 있었어. 우리 어디 가서 차나 마실까? 스콘을 좀 먹고 싶은데."

그랬다. 모두 폭스 코너에 모였지만 '시신'은 없었다. 그 무렵 테디와 동료의 신분이 '작전 중 실종'에서 '실종, 사망 추정'으로 바뀌어 있었다. 희망이 없다고 모리스가 말했다. 희망이 있다는 생각을 버려야 한다고.

"희망은 늘 있어." 실비가 말했다.

"아뇨, 때로는 희망이 진짜 없기도 해요." 어슐라는 아기를 떠올리며 말했다. 에밀을.

테디는 어떤 모습이었을까? 오래된 나무토막처럼 새까맣게 타서 쪼그라들었을까? 어쩌면 남은 게 전혀 없을지도, '시신'이 없을지도 모른다. 그만해, 그만해, 그만해. 어슐라는 숨을 내쉬었다. 어린아이의 모습을 한 테디를 떠올리자. 비행기와 기차를 갖고 노는— 아니다, 그건 상황이 더 안 좋았다. 훨씬 안 좋았다.

"놀랄 일도 아니죠." 낸시가 침울하게 말했다.

이들은 바깥 테라스에 앉아 있었다. 휴의 고급 맥아 위스키를 약간 많이 마셨다. 휴는 가고 없는데 그의 위스키를 마시자니 기분이 이상했다. 위스키는 은신처 책상 위에 놓인 커트 글라스 디캔터에 보관되어 있었고, 휴가 직접 따라주지 않은 위스키를 마시기는 이번이 처음이었다. ("좋은 술 좀 마셔볼래, 우리 아가 곰?")

"테디는 임무비행을 많이 했잖아요. 그만큼 테디에게 불리했겠죠." 낸시가 말했다.

"알아."

"테디는 그걸 예상했어요. 심지어 받아들였죠. 그래야 했어요. 군인들은 다 그렇게 하니까. 이런 내 모습이 낙천적으로 보일 거라는 거 알아요. 하지만 내 심장은 갈가리 찢어졌어요. 테디를 얼마나 사랑했는데요. 아직도 무척 사랑해요. 왜 과거형으로 말했는지 모르겠네요. 사랑하는 사람이 죽는다고 사랑도 함께 죽는 건 아닌데. 테디를 지금 '더' 많이 사랑하는 건 그 사람에게 정말 미안하기 때문이에요. 테디는 마땅히 누려야 할 결혼도, 아이도, 멋진 인생도 살지 못하게 됐어요. 이 모든 걸 다 누리지도 못하고." 낸시는 조용히 말을 이으면서 일반 영국 중산층 가정인 폭스 코너를 손을 들어 가리켰다. "하지만 테디는 정말 '좋은' 사람이었어요. 건전하고 진실한 사람이었죠." 낸시는 웃으며 덧붙였다. "내가 바보같이 구는 거 알아요. 그래도 날 이해해줄 사람은 당신들뿐이에요. 난 울 수도 없어요. 울고 싶지도 않고요. 내가 운다고 이 상실감이 정당해지는 건 결코 아니니까요."

낸시는 말이 별로 없다고 테디가 말한 적이 있었다. 그런데 지금의 낸시는 줄줄 말을 이어나갔다. 어슐라 자신도 거의 말없이 계속 울기만 했다. 한 시간도 눈물 없이 지나는 법이 없었다. 어슐라의 눈은 여전히 퉁퉁 붓고 따끔거렸다. 크라이턴은 어슐라를 안아주고 달래주며 끝없이 차도 끓여주면서 잘해주었다. 해군성에서 몰래 가져온 차 같았다. 크라이턴은 상투적인 말도, 모든 게 잘될 거라는 말도, 시간이 약이라는 말도, 테디가 좋은 곳에 갔을 거라는 말도 하지 않았다. 그런 시시한 소리는 한마디도 하지 않았다. 대단하기는 울프 양도 마찬가지였다. 울프 양이 찾아와 크라이턴과 함께 있었지만 테디가 어떤 사람이었는지 전혀 묻지 않은 채 어슐라의 손을 잡고 머리를 어루만지며 어슐라가 슬픔에 겨운 어린아이가 되게끔 내버려두었다.

어슐라는 위스키 잔을 비우며 이제 다 끝났다고 생각했다. 이제는 아무것도 없었다. 마음의 지평선이 닿는 곳까지 '무'라는 특색 없는 풍경이 방대하게 펼쳐졌다. '절망은 뒤에서 그리고 죽음은 앞에서.' 존 던의
〈거룩한 시편〉 중에서

"내 부탁 좀 들어줄래요?" 낸시가 물었다.

"물론이지. 뭐든 말해봐."

"테디가 살아 있다는 희망의 부스러기라도 있는지 찾아봐줄래요? 아주 희박하지만 포로로 잡혀 있을 가능성이 분명히 있어요. 공군성에 아는 사람이 있다고 들었는데……"

"아는 여자가 있긴 한데……"

"아니면 모리스에게 아는 사람이 있을 텐데, 결정적인…… 도움을 줄 만한." 낸시가 위스키 때문에 약간 비틀비틀 자리에서 일어서며 말했다. "그만 가봐야겠어요."

"전에 만난 적이 있죠." 로이 홀트가 어슐라에게 말했다.

"네, 작년에 방문했어요. 이곳에서 묵었죠. '화이트 하트'에 방이 있어요. 당신도 아실 텐데. '당신들' 술집이죠? 비행 조종사들 말이에요."

"모두들 술집에서 마셨죠, 기억해요." 로이 홀트가 말했다.

"네, 정말 유쾌한 저녁이었어요."

모리스는 도움이 되지 못했다, 당연히. 하지만 크라이턴은 애를 썼다. 늘 같은 이야기였다. 테디는 화염에 휩싸여 추락했고, 아무도 탈출

하지 못했다.

"당신이 테디를 마지막으로 본 사람이죠." 어슐라가 말했다.

"난 그 일은 생각하지 않으려고 해요. 정말 좋은 녀석이었는데, 테드 말이에요. 하지만 늘 일어나는 사고죠. 돌아오지 못한다니. 차 마실 때 까지만 해도 있었는데 아침때는 없다니. 잠시 애도하다가 곧 생각하지 않게 돼요. 통계는 들었어요?"

"네, 들었어요."

로이 홀트는 어깨를 으쓱하며 말했다.

"혹시 전쟁이 끝나면 생각하게 될지도 모르죠. 내게서 무슨 말을 듣 길 원하는지 모르겠어요."

"우린 그냥 알고 싶어요. 테디가 탈출하지 못했는지. 테디가 정말 죽 었는지. 당신은 공격이라는 극한 상황에서 이 슬픈 드라마의 최후를 놓쳤을 수도 있잖아요." 이지가 부드럽게 말했다.

"테디는 죽었어요, 내 말을 믿으세요. 탑승자들 전부 다 죽었다고요. 비행기가 머리부터 꼬리까지 온통 불길에 휩싸였어요. 그들 중 대부 분은 이미 죽은 상태였을 거예요. 난 테디를 볼 수 있었죠. 비행기들이 아주 가까이 편대를 이루고 있었거든요. 테디가 고개를 돌려 나를 보 더라고요."

"당신을 봤다고요?" 어슐라가 물었다.

인생의 마지막 순간, 곧 죽을 걸 직감한 테디. 테디는 무슨 생각을 했을까—초원과 잡목림과 블루벨 숲을 가로지르던 시냇물? 아니면 곧 자신을 집어삼킬 화염—영국을 위한 또 다른 순교?

이지는 팔을 뻗어 어슐라의 손을 잡았다.

"진정해."

"난 온통 편대에서 벗어날 생각뿐이었어요. 테디의 비행기가 통제를 잃어서 우리와 부딪힐까 겁이 났죠."

로이 홀트는 어깨를 으쓱했다. 그는 믿을 수 없이 젊어 보이는 동시에 늙어 보이기도 했다.

"누구나 자신의 목숨은 소중하니까요." 그는 약간 거칠게 말하더니 다소 누그러진 목소리로 덧붙였다. "개를 데려왔어요. 돌려드려야 할 것 같아서요."

럭키는 어슐라의 발 옆에 잠들어 있었다. 어슐라를 보자 럭키가 얼마나 미친 듯이 기뻐했던지. 테디는 럭키를 폭스 코너에 남겨두지 않고 북부 기지로 데려갔다.

'럭키라는 이름과 명성이 있는데 어쩔 수가 없잖아?' 테디는 이렇게 써 보냈다.

테디는 동료들이 낡은 팔걸이의자에서 한가로이 빈둥거리는 사진을 보내왔다. 테디의 무릎에는 자랑스럽게 차렷 자세를 한 럭키가 있었다.

"럭키는 당신의 행운의 마스코트예요. 불운이 생기지 않을까요? 내 말은, 럭키를 줘버리면." 어슐라가 반대했다.

"테디가 떠난 이후로는 불운밖에 없었어요." 로이 홀트가 침울하게 말했다. "럭키는 테디 개예요. 마지막까지 충직했다고 들었어요." 그는 좀 더 친절하게 덧붙였다. "럭키가 울적해하니 데려가는 게 좋겠어요. 테디를 기다리며 비행장 주변을 서성이는 럭키를 동료들이 보기가 힘든가 봐요. 다음은 자기 차례일지도 모른다는 생각이 들어서요."

"도저히 견딜 수가 없어요." 차를 타고 가는 동안 어슐라가 이지에게 말했다.

토니가 죽었을 때 울프 양이 이렇게 말한 기억이 났다. 사람은 얼마

만큼 견뎌낼 수 있는 걸까? 럭키는 만족해서 어슐라 무릎에 앉아 있었다. 어슐라한테서 테디의 뭔가를 느낀 걸까. 그냥 어슐라의 착각일지도 모르겠다.

"안 견디면 어떡할 건데?" 이지가 물었다.

스스로 목숨을 끊을 수도 있겠지. 어슐라도 그렇게 할 수 있었겠지만 어떻게 개를 남겨두고 갈 수 있겠는가?

"웃기는 소리야?" 어슐라가 패멀라에게 물었다.

"아니, 웃기는 소리는 아냐. 개는 테디가 남긴 전부니까." 패멀라가 말했다.

"가끔 럭키가 테디처럼 느껴져."

"그건 웃기는 소리 맞아."

이들은 폭스 코너의 잔디밭에 앉아 있었다. 유럽 전승 기념일이 이주 정도 지난 시점이었다. ("이제 힘든 시기가 시작되는구나." 패멀라가 말했다.) 이들은 축하하지 않았다. 실비는 수면제를 과잉 복용해서 전승 기념일을 기렸다.

"정말 이기적이야. 어쨌든 우리도 엄마 자식이잖아." 패멀라가 말했다.

자신만의 독특한 방식으로 진실을 포용했던 실비는 테디의 어릴 적 침대에 누워 수면제 한 통을 모두 털어넣고 마지막 남은 휴의 위스키로 넘겨버렸다. 지미도 함께 쓰는 방이었지만 지미는 전혀 안중에도 없었다. 지금은 패멀라의 두 아들이 이 방을 썼는데, 테디의 낡은 기차 세트를 글로버 부인의 낡은 다락방에 펼쳐놓고 놀았다.

아들들, 패멀라, 헤럴드가 폭스 코너에서 지냈다. 놀랍게도 브리짓은 아일랜드로 돌아가겠다던 협박을 충실히 이행했다. 끝까지 수수께끼 같던 실비는 자기 방식대로 시한폭탄을 남기고 떠났다. 실비의 유언장이 공개되었고, 유산으로 얼마간의 돈과 주식이 남겨졌다. 휴는 괜히 은행가가 아니었다. 유산은 공평하게 나누되, 폭스 코너는 패멀라에게 상속한다고 되어 있었다.

"근데 왜 나한테 상속했지? 다른 형제보다 날 더 사랑하지도 않았으면서." 패멀라는 의아해했다.

"우리 중 아무도 더 사랑받지 않았어. 테디만 사랑받았지. 테디가 살아 있었다면 엄마는 테디한테 집을 상속했을 거야." 어슐라가 말했다. "테디가 살아 있었다면 엄마는 죽지 않았겠지."

모리스는 길길이 날뛰었고, 지미는 전쟁에서 돌아오지 않았지만 정작 돌아왔을 때도 이러든 저러든 크게 개의치 않았다. 어슐라는 무시당했다는(심한 배신감을 좀 점잖게 표현해서) 생각이 전혀 없진 않았지만 폭스 코너에는 패멀라가 적임자라고 생각했고 그녀의 관리하에 들어가서 기뻤다. 패멀라는 이 집을 팔아 수익금을 나누려 했지만 헤럴드가 설득해서 말렸다는 얘기에 어슐라는 놀랐다. (패멀라는 설득해서 말리기 어려운 사람이었다.) 헤럴드는 늘 모리스를 싫어했다. 그의 인간성만큼이나 정치사상도 싫어했는데 헤럴드가 이렇게 결정 내려 모리스를 벌준 것 같기도 했다. 원한을 키워나가긴 쉽지만 어슐라는 그렇게 하지 않기로 했다.

유품은 형제들끼리 나눠 갖기로 했고, 지미는 아무것도 원치 않았다. 이미 뉴욕으로 가는 배편을 예약했고 광고 회사에 일자리도 확보해두었다. 전쟁 동안 만난 사람들 덕을 보았다.

"지인이야." 지미도 이지처럼 말했다.

반면에, 유언장에 이의를 제기하지 않기로 한 모리스는("물론 내가 승소하겠지만.") 이삿짐 트럭을 보내 말 그대로 집 안을 탈탈 털어갔다. 트럭에 실려간 물건들이 모리스 집에 하나도 없는 걸 보니 다 처분한 모양이었다. 무엇보다 악의에서 한 행동이었다. 패멀라는 실비의 훌륭한 양탄자와 장신구, 리전시 리바이벌 양식의 식탁, 몹시 아름다운 앤 여왕의 의자, 복도에 걸린 대형 괘종시계를 아까워했다.

"우리가 자랄 때 함께했던 물건들이야."

하지만 덕분에 모리스는 좀 진정한 듯했고, 전면전의 발발만큼은 막을 수 있었다.

어슐라는 실비의 작은 휴대용 시계를 가져왔다.

"다른 건 원치 않아. 오면 늘 반갑게 맞아주기만 하면 돼." 어슐라가 말했다.

"언제든 환영이야. 알잖아."

1947년 2월

'멋져! 적십자 구호 상자처럼.'

어슐라는 이렇게 적어 브라이튼 파빌리온이 그려진 낡은 엽서를 맨틀피스 위쪽, 실비의 마차 시계와 테디의 사진 옆에 세워놓았다. 내일 오후 우편으로 이 엽서를 부칠 생각이었다. 물론 폭스 코너에 도착하기까지 한참 걸릴 것이다.

어슐라에게 보낸 생일 카드는 마침내 도착하긴 했다. 날씨 때문에 폭스 코너에서 하던 일상적인 생일 축하는 접었고, 대신 크라이턴이 도체스터로 어슐라를 데려가서 저녁을 먹었다. 식사 도중에 전기가 나가서 촛불을 켜두었다.

"아주 낭만적이군. 옛날처럼." 크라이턴이 말했다.

"내 기억에 우린 특별히 낭만적이진 않았는데." 어슐라가 말했다.

이들의 관계는 전쟁과 함께 끝이 났지만 크라이턴이 어슐라의 생일을 기억했고, 이는 생각보다 어슐라를 훨씬 깊이 감동시켰다. 선물로 밀크 트레이 초콜릿 상자를 건넸다. ("별거 아니야.")

"해군성 군수품이에요?"

어슐라의 말에 둘 다 웃었다. 집에 돌아온 어슐라는 초콜릿 한 상자를 한번에 다 먹어치웠다.

다섯 시. 어슐라는 접시를 설거지감이 쌓인 싱크대로 가져갔다. 눈보라는 이제 어두운 하늘에서 회색 재처럼 날렸고, 어슐라는 이 모습이 보이지 않게 얇은 면 커튼을 쳐버렸다. 커튼 위가 걸렸는지 꼼짝도 하지 않자, 무너지기 전에 잡아당기는 걸 그만두었다. 창문은 낡고 아귀가 잘 맞지 않아 차가운 외풍이 그대로 들어왔다.

전기가 나가자 어슐라는 맨틀피스 위의 양초를 더듬거리며 찾았다. 이보다 더 상황이 나빠질 수 있을까? 어슐라는 양초와 위스키병을 들고 침대로 가서 외투를 입은 채 이불 속으로 기어들어갔다.

몹시 피곤했다. 굶주림과 추위는 가장 끔찍한 무기력을 만들어냈다.

작은 난로에 피워둔 불길이 무섭게 흔들렸다. 상황이 그렇게 좋지 않은 걸까? '이제야 나는 숨결 거두니, 고통 없이 한밤중에.' 존 키츠의 시 〈나이팅게일에게 부치는 송시〉 중에서 더 좋지 않은 상황도 있었다. 아우슈비츠, 트레블링카. 화염에 휩싸여 추락하는 테디의 핼리팩스. 눈물을 멈추게 하려면 위스키를 계속 마시는 수밖에 없었다. 착한 패미. 난로 불꽃이 펄럭이다가 잦아들었다. 표시등도 꺼졌다. 가스가 언제 다시 들어올지 어슐라는 궁금했다. 가스 냄새에 잠이 깬다면, 일어나서 다시 불을 붙인다면. 어슐라는 굴속에서 얼어 죽는 여우처럼 죽고 싶지는 않았다. 패미가 엽서를 보면 자신에게 얼마나 고마워하는지 알 것이다. 어슐라는 눈을 감았다. 백 년 이상을 깨어 있는 듯한 기분이었다. 어슐라는 정말이지 아주, 몹시 피곤했다.

어둠이 내려앉기 시작했다.

어슐라는 깜짝 놀라서 잠을 깼다. 한낮인가? 불이 켜져 있었지만 어두웠다. 지하실에 갇혀 있는 꿈을 꾸던 중이었다. 어슐라는 침대에서 내려왔고, 여전히 몹시 취한 기분이었다. 자신을 깨운 건 라디오였음을 깨달았다. 해상 기상통보에 맞춰 전기가 다시 들어왔다.

계량기에 밥을 주자 작은 난로에 다시 불꽃이 일었다. 결국 어슐라는 가스중독이 되지는 않았다.

1967년 6월

오늘 아침 요르단이 텔아비브에 공격을 시작했으며 현재 예루살렘을 폭격 중이라고 BBC 기자가 보도했다. 기자는 예루살렘으로 추정되는 거리에 서 있었고, 어슐라는 별로 주의를 기울이지 않았다. 배경으로 포화 소리가 요란했고 거리가 상당히 멀어서 기자를 위협하지는 못했지만 모조 전투복과 보도 스타일은—흥분했지만 근엄한—과장이 아니라고 은근히 암시했다.

벤저민 콜은 현재 이스라엘 국회의원이었다. 전쟁이 끝날 무렵, 유대인 여단에서 투쟁했고, 그 뒤 팔레스타인의 '스턴 갱'에 들어가 조국을 위해 싸웠다. 그는 강직한 아이였기 때문에 테러리스트로서의 그는 좀 낯설게 느껴졌다.

전쟁 중에 만나 술 한잔 했지만 만남은 어색했다. 어슐라의 소녀 시절의 낭만적인 충동은 오래전에 사라진 반면, 여성으로서의 어슐라에 대한 그의 상대적인 무관심은 완전히 뒤바뀌어 있었다. 어슐라가 (약한) 진과 레몬을 다 비우지도 않았는데 그가 '자리를 옮기자'고 제안했다.

어슐라는 분개했다.

"내가 그렇게 쉬운 여자로 보여?" 나중에 어슐라가 밀리에게 물었다.

"왜 안 된다는 거야? 내일 폭격으로 죽을 수도 있어. '카르페 디엠', 이런 말도 있잖아." 밀리가 어깨를 으쓱하며 말했다.

"잘못된 행동을 변명하는 소리로밖에 안 들려." 어슐라는 투덜거렸다. "사람들이 영원한 지옥살이를 믿는다면 하루를 이렇게 보내진 않을 텐데."

어슐라는 사무실에서 불쾌한 하루를 보냈다. 문서 담당 직원이 남자친구가 탄 배가 침몰했다는 소식을 접하고는 히스테리 발작을 일으켰고, 그 바람에 중요한 서류를 서류철 속에서 잃어버려 더 큰 괴로움을 야기했다. 그래서 벤저민 콜이 다급하게 어슐라에게 구애해오는데도 불구하고 그와 하루를 즐기지 않았다.

"난 항상 우리 사이에 뭔가 있다고 느꼈어, 당신은 안 그래?" 그가 말했다.

"미안하지만 너무 늦었어요." 어슐라는 핸드백과 외투를 집어들며 말했다. "다음번에 날 잡아요."

어슐라는 닥터 켈렛과 그의 환생 이론을 생각하며 다음에는 무엇으로 태어날지 궁금했다. 나무, 어슐라는 생각했다. 멋지고 큰 나무, 산들바람에 춤추는.

BBC는 다우닝 스트리트로 주의를 돌렸다. 누군가 사임했다. 어슐라는 사무실에서 잡담하는 소리를 들었지만 굳이 귀 기울이진 않았다.

어슐라는 무릎에 쟁반을 올려놓고 저녁—치즈 토스트—을 먹고 있었다. 저녁에는 주로 이렇게 먹었다. 혼자 먹는데 식탁을 차리고 채소 접시들을 펼쳐놓고 식탁보와 그릇들을 꺼내놓는 게 우스꽝스러워 보였다. 그러고는? 말없이 먹거나 책을 보며 먹었다. 텔레비전을 보며 밥을 먹는 사람을 문명 종말의 시작으로 여기는 사람들이 있다. (어슐라도 이들을 활달히 변호하는 걸 보니 아마도 같은 생각인 걸까?) 이들의 경우, 분명 혼자 사는 사람들이 아니었다. 진짜 문명 종말의 시작은 오래전에 시작되었다. 어쩌면 사라예보, 최근에는 스탈린그라드가. 종말을 말할 사람들이 시작을 말하기 시작했다.

그런데 텔레비전을 보는 게 뭐가 그렇게 잘못일까? 밤마다 연극이나 영화를 보러(아니면 술집에) 갈 수는 없지 않은가. 그리고 혼자 사는 사람의 유일한 대화 상대는 고양이로, 이 역시 일방적인 대화가 되기 십상이다. 물론 개는 좀 다르지만, 어슐라는 럭키 이후 개를 기르지 않았다. 럭키는 1949년 여름에 죽었고, 수의사 말로는 고령으로 죽었다고 했다. 어슐라의 기억에 럭키는 늘 어린 강아지였는데. 럭키는 폭스 코너에 묻혔고, 패멀라는 럭키의 묘비 삼아 아주 새빨간 장미를 심었다. 폭스 코너의 정원은 진정한 개들의 무덤이었다. 가는 곳마다 장미 덤불이 있고, 그 밑에는 개가 묻혀 있었다. 패멀라만이 어떤 개가 어디 묻혔는지 기억했다.

그런데 텔레비전은 무엇으로 대체될 수 있을까? (어슐라는 이 논쟁을 포기하지 않았다. 혼자만의 논쟁이지만.) 조각 그림 맞추기? 정말? 물론 독서도 있겠지만 직장에서 서류, 메모, 회의록에 시달리며 힘든 하루를 보낸 뒤 집에까지 와서 글자로 빽빽한 책으로 피곤한 눈을 혹사하고 싶은 사람은 별로 없다. 라디오, 레코드도 물론 좋지만 여전히 어떤 면에서는 '자기중심적'이다. (물론 어슐라의 항의가 좀 심하긴 하다.) 적어도 텔레비전을 보면서는 '생각'할 필요가 없다. 그것도 나쁘지 않다.

어슐라의 저녁이 평소보다 늦은 건 은퇴식을 치르고 왔기 때문이다. 식이 끝난 뒤 제 발로 걸어나갈 수 있다는 점만 빼면 자신의 장례식에 참석하는 것과 별반 다르지 않았다. 마을 술집에서 한잔하는 정도의 소박한 파티였지만 다행히 일찍 끝나서 어슐라는 안도했다. (다른 사람들은 이런 경우 냉대받았다고 느끼겠지만.) 어슐라는 공식적으로 금요일이 은퇴일이지만 주중에 행사를 치르는 게 직원들에 대한 예의 같았다. 금요일 저녁 스케줄을 포기해야 하면 분하게 여길 테니까.

그 전에 이미 직원들은 사무실에서 '어슐라 토드에게, 장기간 성실한 근무에 감사를 전하며'라고 새긴 마차 시계를 선물했다. 오, 세상에, 어슐라는 생각했다. 얼마나 따분한 문구인가. 일종의 전통적인 선물이었고, 어슐라는 이미 이런 시계, 이보다 훨씬 좋은 시계가 있다고 말할 용기가 없었다. 직원들은 프롬스 콘서트^{런던에서 매년 여름에 열리는 음악 축제} 티켓도(좋은 좌석으로) 두 장 선물했다. 베토벤의 〈합창〉 공연으로 사려 깊은 선물이었다. 비서인 재클린 로버츠가 의견을 낸 듯했다.

"당신은 공무원 세계에서 여성이 고위직에 오를 수 있는 발판을 마련해주었어요."

재클린이 듀보네 와인을 건네며 조용히 말했다. 어슐라가 요즘 즐겨 마시는 술이었다. 안타깝게도 자신은 '그렇게' 고위직이 아니라고 생각했다. '책임'을 질 만한 위치도 아니었고. 그런 건 아직 이 세계의 모리스 같은 사람들 몫이었다.

"자, 건배." 어슐라는 재클린의 포트와인과 레몬에 자신의 잔을 짤랑 부딪치며 말했다.

많이 마시지는 않았다. 가끔씩 듀보네를 마시고 주말에는 좋은 부르고뉴를 마셨다. 그래도 이지만큼은 아니었다. 여전히 멜버리 로드의 집에 거주하는 이지는 알코올중독자인 '미스 해비셤'처럼 이 방 저 방 돌아다녔다. 어슐라는 매주 토요일 오전, 장바구니를 들고 이지를 방문했지만 음식 대부분이 그냥 내버려지는 것 같았다. 이제는 아무도 《아우구스투스의 모험》을 읽지 않았다. 테디가 안도했겠지만 어슐라는 테디의 또 다른 일부가 이 세상에서 잊히는 듯해서 마음이 아팠다.

"너도 훈장 받을지 몰라. 이제 은퇴했으니. 대영제국훈작사 같은 거 말이야." 모리스가 말했다.

모리스는 지난 훈장 임명에서 기사 작위를 받았다. ("세상에, 도대체 나라가 어떻게 되려는 거야?" 패멀라가 말했다.) 모리스는 자신의 사진을 액자에 담아 식구들에게 하나씩 보냈다. 궁전의 무도회장에 놓인 여왕의 검 아래 허리를 굽혀 인사하는 사진이었다.

"오, 거만 떠는 것 좀 봐." 헤럴드가 웃었다.

앨버트 홀에서 열리는 합창 공연에 가장 완벽한 동행자는 울프 양이었을 것이다. 마지막으로 그녀를 본 건 1944년의 헨리 우드 75회 생일 기념 콘서트에서였다. 그로부터 몇 달 후, 울프 양은 알드위치 로켓 공격으로 사망했다. 같은 공격으로 항공성에서 일하던 앤도 목숨을 잃었다. 앤은 여직원들과 함께 어울리면서 항공성 지붕 위에서 일광욕을 하고 도시락도 먹었다. 오래전 일이지만 마치 어제 일처럼 느껴졌다.

그날 어슐라는 점심시간에 세인트 제임스 파크에서 약속이 있었다. 항공성 여직원—앤—이 할 말이 있다고 했다. 테디에 관한 정보일지도 모른다고 생각했다. 어쩌면 비행기 잔해나 시신을 찾았는지도 모른다. 어슐라는 테디가 영원히 떠났다고 이미 오래전에 받아들였지만 어쩌면 테디가 전쟁 포로라거나 스웨덴으로 탈출했다는 소식을 듣게 될지도 몰랐다.

마지막 찰나에 운명은 불럭 씨의 모습을 하고 나타나 어슐라 인생에 끼어들었다. 불럭 씨가 전날 저녁에 느닷없이 집에 찾아와 법정에서 자신이 선량한 사람임을 보증해달라고 부탁했다. 불럭 씨는 일종의 암시장 사기에 연루되어 재판 중이었는데 놀랄 일도 아니었다. 불럭 씨에게 어슐라는 울프 양 다음 순위로 밀렸지만 지역 관리 소장이 된 울프 양은 이십오만 명의 목숨을 책임지고 있었다. 울프 양의 기준으로는 이들이 불럭 씨보다 더 서열이 높았다. 불럭 씨의 암시장 '장난'에 결국 울프 양도 등을 돌렸다. 어슐라가 초소에서 알게 된 감시인 중에서 1944년까지 남아 있는 이는 하나도 없었다.

불럭 씨가 런던 중앙형사법원에 출석해서 어슐라는 약간 놀랐다. 치안판사 법정에나 갈 만한 사소한 경범죄라고 추측했기 때문이었다. 어슐라는 아침 내내 소환되길 기다렸지만 헛수고였고, 점심시간에 법정이 휴회했을 때 둔탁한 폭발 소리가 들렸지만 알드위치에 대학살을 초래한 로켓인지는 몰랐다. 불럭 씨는 모든 기소에 말할 것도 없이 무죄인 채 죽어갔다.

크라이턴은 어슐라와 함께 울프 양의 장례식에 갔다. 크라이턴은 꿈쩍도 않더니 결국 워그레이브에 머물렀다.

"그들의 몸은 평화롭게 묻히고 그들의 이름은 대대로 살아 있다." 사제는 신자들의 귀가 어둡기라도 한 듯 소리 높여 말했다. "집회서 44장 14절 말씀입니다."

어슐라는 전혀 사실이 아니라고 생각했다. 누가 에밀이나 러네이를 기억해주겠는가? 아니면 가련한 어린 토니, 프레드 스미스를. 울프 양도. 어슐라는 이미 죽은 자의 이름은 대부분 잊어버렸다. 그리고 젊은 목숨을 잃어버린 이 항공병들도. 사망 당시 테디는 비행중대의 지휘관이었고 스물아홉 살에 불과했다. 가장 어린 지휘관은 스물두 살이었다. 이 젊은이들을 위해 시간은 속도를 높였다. 키츠에게 그랬듯.

이들은 〈전진하라, 그리스도인 군인들이여〉 성가를 불렀는데, 어슐라는 크라이턴의 멋진 바리톤 목소리를 처음 들었다. 울프 양은 틀림없이 씩씩한 교회 군가보다는 베토벤을 더 듣고 싶어했을 것이다.

울프 양은 베토벤이 전후 세상을 치유하리라고 희망했지만 예루살렘을 겨냥한 곡사포를 보면 그녀의 낙관론도 결국 무용지물이 된 듯했다. 이제 어슐라는 지난 전쟁이 발발하던 때의 울프 양과 같은 나이가 되었다. 어슐라의 기억에는 늙은 울프 양만 있었다.

"이제 '우리도' 늙었어." 어슐라가 패멀라에게 말했다.

"난 아직 아니야. 그리고 너도 아직 육십도 안 됐잖아. 그건 늙은 게 아냐."

"그래도 기분은 늙은 것 같아."

아이들이 다 커서 지속적으로 돌볼 필요가 없자 패멀라는 좋은 일에 앞장섰다. (어슐라는 비판하려는 게 아니었고, 오히려 정반대였다.) 패멀라는 치안판사, 결국에는 치안판사장까지 되어 자선위원회에서 활발하게 활동했고, 지난해에는 지방의회에서 무소속 의원이 되었다. 돌보아야 할 집과(물론 '집안일을 해주는 여자'가 있었지만) 아주 규모가 큰 정원도 있었다. 1948년에 국민건강보험이 생겨나자 헤럴드는 닥터 펠로스의 오래된 병원을 인수했다. 주택이 많이 들어서면서 마을도 커졌다. 초원은 사라지고, 잡목림도 마찬가지였다. 에트링햄 홀 자작농장의 밭들은 개발업자에게 팔려나갔다. 홀 자체는 텅 비었고 다소 방치되었다. (호텔이 들어선다는 소문이 돌았다.) 작은 기차역은 리처드 비칭철도청장이 사형선고를 내려 두 달 전에 폐쇄되었다. 패멀라가 앞장서서 역을 살리자는 영웅적인 캠페인을 실시했지만 소용이 없었다.

"그래도 이곳은 여전히 아름다워. 오 분만 걸으면 탁 트인 전원이 나와. 숲도 온전해, 아직은." 패멀라가 말했다.

세라. 어슐라는 프롬스 콘서트에 세라를 데려가도 되었다. 패멀라가 참고 기다린 끝에 1949년에 얻은 딸이었다. 세라는 여름이 지나면 케임브리지에서 과학을 전공할 계획이었다. 엄마처럼 똑똑하고 모든 일에 만능이었다. 어슐라는 세라를 무척 사랑했다. 이모가 되니, 테디를 잃고 나서 뻥 뚫린 가슴을 막는 데 조금이나마 도움이 되었다. 어슐라는 요즘 종종 생각했다. 자신에게 아이가 있다면 얼마나 좋을까…… 오랫동안 연애는 했었다. 비록 아주 황홀한 연애는 아니었지만. (물론 주로 어슐라 쪽의 '헌신' 부족이 문제였다.) 하지만 임신은 한 적이 없었고, 어머니가 되거나 아내가 되어보지는 못했다. 이를 깨달았을 때는 이미 때가 늦었고, 이제는 어머니가 될 수 없으며 자신이 놓친 게 무엇인지 이해하게 되었다. 패멀라의 인생은 죽은 후에도 계속 이어질 것이다. 삼각주의 바닷물처럼 세상 속으로 퍼져나가는 자손들을 통해서. 하지만 어슐라는 죽으면 그냥 끝이었다. 말라버린 시냇물이었다.

꽃다발도 받았다. 역시 재클린의 배려라고 어슐라는 짐작했다. 다행히 술집에서도 싱싱하게 살아남은 예쁜 분홍 백합은 이제 찬장 위에서 온 방에 향기를 뿜어내고 있었다. 거실은 서향이어서 저녁 햇살이 흠뻑 들어왔다. 밖은 여전히 환했고, 공동 정원의 나무들은 예쁜 새 잎을 내고 있었다. 어슐라가 사는 곳은 브롬프턴 오라토리 부근의 아주 좋은 아파트로 실비가 남겨준 유산을 이 집에 다 쏟아부었다. 현대적인 작은 부엌과 욕실이 있었지만 어슐라는 장식만큼은 현대적인 걸 기피했다. 전쟁이 끝나자 어슐라는 단순하면서도 멋스러운 앤티크 가구들을 구입했다. 아무도 그런 가구를 원하지 않는 때에. 연한 버드나무 초록색의 딱 맞는 양탄자도 있었고 커튼은 이불 커버와 같은 천이었다. 세심한 모리스영국의 화가이자 공예가이며 시인 프린트였다. 벽은 연한 레몬색 유화 도료로 칠해져 있어서 비 오는 날에도 밝고 바람이 잘 통하는 듯 보였다. 마이센과 우스터 도자기도 몇 점 있었다. 사탕 접시와 장식품 세트로, 이 역시 전쟁 후에 싸게 사들였고, 재클린은 어슐라 집에 늘 꽃이 있는 걸 알았다.

유일하게 조잡한 장식품이라면 요란한 오렌지색의 스태퍼드셔 여우 한 쌍으로 각각 죽은 토끼를 하나씩 물고 있었다. 몇 년 전에 포르토벨로 로드에서 거의 공짜로 손에 넣었다. 어슐라는 이걸 보면 폭스 코너가 떠올랐다.

"난 여기가 좋아요. 멋진 물건도 많고 우리 집과는 딴판으로 늘 깨끗하게 정돈돼 있어요." 세라가 말했다.

"너도 혼자 살게 되면 깨끗이 청소하고 정돈하면 돼." 어슐라는 이렇게 말하면서도 칭찬에 으쓱해졌다. 어슐라는 유언장을 작성해야 할 것 같았다. 자신의 재산을 누군가에게는 남겨야 한다. 이 아파트를 세라에게 남기고 싶었지만 실비가 죽은 후 폭스 코너를 둘러싼 싸움이 생각나서 주저했다. 꼭 그렇게 노골적으로 편애해야 할까? 그럼 안 될 것 같았다. 일곱 명의 조카와 질녀들에게 공평하게 나눠주어야 한다. 좋아하지 않거나 한 번도 본 적 없는 조카라도. 물론 지미는 결혼하지 않아서 자식이 없었다. 지금은 캘리포니아에서 살았다.

"지미는 동성애자야, 너도 알고 있지? 지미에게는 늘 그런 성향이 있었어." 패멀라가 말했다.

이 말은 사실을 알려주는 정보일 뿐 비난은 아니었지만 패멀라의 말에는 희미한 열망과 자부심이 슬쩍 묻어났다. 자신은 더 자유로운 견해를 가졌다는 듯이. 어슐라는 제럴드와 '그'의 성향에 대해서도 패멀라가 아는지 궁금했다.

"지미는 그냥 지미일 뿐이야." 어슐라가 말했다.

지난주, 점심을 먹고 돌아와보니 책상에 《타임스》 한 부가 놓여 있었다. 사망 기사만 보이게끔 말끔히 접혀 있었다. 제복 차림의 크라이턴으로, 어슐라를 만나기 전에 찍은 사진이었다. 어슐라는 그가 얼마나 미남인지 잊고 있었다. 물론 유틀란트가 언급된, 비교적 큰 기사였다. 그의 아내 모이라가 크라이턴보다 '먼저 사망'했으며, 손자를 여럿 두었고, 열렬한 골퍼였다는 사실을 알게 되었다. 크라이턴은 늘 골프를 혐오했는데 언제 이렇게까지 변했는지 궁금했다. 그런데 도대체 누가 어슐라 책상에 《타임스》를 갖다 놓았을까? 세월이 이렇게 지난 지금, 누가 어슐라에게 알려줄 생각을 했을까? 전혀 감이 오지 않았고, 이제는 알아낼 방법도 없었다. 이들이 불륜 관계에 있을 때는 크라이턴이 어슐라 책상에 쪽지를 놓고 가던 버릇이 있었다. 다소 외설적인 연서가 마술처럼 느닷없이 놓이곤 했다. 세월이 지난 지금, 그때의 그 보이지 않는 손이 《타임스》를 놓고 갔는지도 모르겠다.

"해군성 남자가 죽었어. 물론, 결국 누구나 죽지만." 어슐라가 패멀라에게 말했다.

"음, 진부한 말이야." 패멀라가 웃었다.

"아니, 내 말은, 알고 지냈던 사람들, 자신을 포함해서 언젠가는 모두 죽는다고."

"역시 진부한 말이야."

"'아모르파티', 니체는 내내 이에 대해 썼지. 난 뭔지도 몰랐어. '어모어 패티'인 줄 알았다니까. 내가 정신과 의사한테 치료받으러 다녔던 거 기억해? 닥터 켈렛이라고. 겉은 의사지만 속은 철학자야."

"'운명애'라는 뜻이지?"

"받아들이라는 의미야. 당신에게 무슨 일이 일어나든 수용하라. 좋은 일이든 나쁜 일이든 상관없이. 죽음은 수용하는 것 이상의 일인 것 같아."

"불교도처럼 보이네. 크리스가 인도 갈 거라고 내가 말했나? 수도원 같은 곳에. 수련이라고 부르던데. 옥스퍼드를 졸업한 뒤로는 어디에도 정착하기 힘든 모양이야. 보아하니 크리스는 '히피' 같아."

패멀라는 셋째 아들에게는 원하는 대로 다 하게 해주는 듯했다. 어슐라가 보기에 크리스토퍼는 좀 특이했다. 다른 말, 좀 더 후한 표현을 생각해보려 했지만 찾지 못했다. 크리스토퍼는 지적으로나 정신적으로 약간 우월한 듯 얼굴에 그럴듯한 미소를 띠고 있지만 실은 그냥 사회적으로 미숙아에 속했다.

백합 향기는 처음에 물에 들어가면 향기롭지만 어슐라는 약간 메스꺼움을 느끼기 시작했다. 방이 답답해서 창문을 열어야 했다. 접시를 부엌에 갖다 놓으려고 일어섰다가 갑자기 오른쪽 관자놀이에 말할 수 없는 통증을 느꼈다. 다시 주저앉아 고통이 지나가길 기다렸다. 이런 통증은 요즘 몇 주째 지속되었다. 극심한 통증과 함께 머리가 묵직하고 윙윙거렸다. 때로는 그냥 지끈거리는 통증만 심하게 왔다. 어슐라는 고혈압을 의심했지만 여러 검사를 실시한 결과 병원에서는 신경통일지도 모른다고 진단했다. 강한 진통제를 처방해주면서 은퇴하면 마음 편히 지내라고 했다.

"이제 쉴 수 있는 시간이 날 거예요. 마음 편히 가져요." 의사는 특별히 나이 든 사람을 위한 목소리 톤으로 이렇게 말했다.

통증이 사라지자 어슐라는 조심스럽게 자리에서 일어섰다.

시간이 나면 무엇을 해볼까? 시골로 이사할까 생각해보았다. 작은 오두막으로, 마을 생활에 참여하면서. 패멀라와 가까운 곳으로. 세인트 메리 미드나 미스 리드의 페어에이커작가 '미스 리드'의 시리즈 소설 제목를 떠올렸다. 어쩌면 '어슐라'도 소설을 쓸 수 있지 않을까? 그럼 시간 때우기에 틀림없이 좋을 텐데. 그리고 개, 이제 다른 개를 키울 수 있게 되었다. 패멀라는 골든 리트리버만 계속 바꿔가며 키우는 바람에 어슐라 눈에는 다 똑같아 보였다.

어슐라는 얼마 안 되는 그릇들을 씻었다. 일찍 잠자리에 들기로, 초콜릿 음료를 한 잔 타서 침대에서 책이나 읽어야겠다고 생각했다. 어슐라는 그린의《코미디언》을 읽었다. 좀 더 휴식을 취해야 했지만 요즘 자는 게 두려웠다. 꿈이 얼마나 생생한지 때로는 현실이 아니란 걸 받아들이기 힘들 정도였다. 논리적으로 보면 분명 있을 수 없는 아주 기이한 일이 실제로 자신에게 일어났다고 믿을 만한 일이 최근에 몇 번 있었다. 그리고 떨어지는 일도. 꿈에서 늘 떨어졌다. 계단에서, 절벽에서. 아주 불쾌한 느낌이었다. 치매의 첫 징후일까? 종말의 시작. 시작의 종말.

침실 창문으로 통통한 달이 떠오르는 게 보였다. 키츠의 〈달의 여왕〉, 어슐라는 생각했다. '밤은 그윽하고.' 존 키츠의 시 〈나이팅게일에게 부치는 송시〉 중에서 머릿속 통증이 다시 찾아왔다. 어슐라는 수돗물을 한 잔 받아 진통제 몇 알을 삼켰다.

"만약 히틀러가 수상이 되기 전에 살해되었다면, 아랍과 이스라엘 전쟁은 막을 수 있었을 거 아니야?"

사람들이 육일전쟁이라 불렀던 전쟁은 끝이 났고, 이스라엘이 결정적인 승리를 거두었다.

"내 말은, 유대인이 왜 독립국을 만들고 싶어했고 열렬히 수호했는지 이해한다는 거야. 시오니즘 대의에도 늘 공감했어. 전쟁 전에도 말이야. 그러면서도 한편으로는 아랍 국가들이 왜 그렇게 분개하는지도 이해해. 하지만 히틀러가 홀로코스트를 감행하지 못했더라면……"

"히틀러가 죽어서?"

"응, 그가 죽어서. 그럼 유대인의 조국을 위한 지원이 약해질 것이고……"

"온통 '만약'에 관한 게 역사죠."

패멀라의 장남이자 어슐라가 가장 아끼는 조카인 나이절은 휴가 다녔던 브래즈노즈 대학의 역사학과 조교였다. 어슐라가 포트넘에서 그와 점심을 함께했다.

"누군가와 지적인 대화를 나누니 좋은데. 내 친구 밀리 쇼크로스와 프랑스 남부 지역으로 휴가를 갔었어. 밀리를 만난 적 있었나? 없어? 지금은 쇼크로스가 아니지. 남편을 몇 명 거쳐갔는데 매번 더 부유한 남편을 만났어."

전쟁 신부인 밀리는 기회가 닿는 대로 부리나케 미국에서 돌아왔고, 새 가족은 '카우보이'라고 알려왔다. 밀리는 다시 '무대에 섰고', 탈세를 위해 이주한 석유 재벌가 자손의 모습으로 노다지를 캐기 전에는 일부 형편없는 관계도 맺었다.

"밀리는 지금 모나코에서 살아. '믿을 수 없을 만큼' 작은 나라야. 밀리는 요즘 아주 바보 같다니까. 내가 너무 주절대지?"

"전혀 아니에요. 물 좀 더 따라드릴까요?"

"혼자 사는 사람들은 주절거리는 경향이 있어. 통제가 없잖아. 어쨌든 말할 때는 말이야."

나이절이 웃었다. 진지해 보이는 안경을 쓴 나이절은 헤럴드의 멋진 미소를 빼닮았다. 냅킨으로 닦으려고 안경을 벗으면 훨씬 젊어 보였다.

"너 아주 젊어 보이는구나. 물론 젊긴 하지. 내가 약간 모자라는 늙은이처럼 말하지?" 어슐라가 말했다.

"세상에, 아니에요. 이모는 내가 아는 사람 중에 가장 똑똑해요." 나이절이 말했다.

롤빵에 버터를 바르던 어슐라는 칭찬에 좀 으쓱해졌다.

"뒤늦게 깨닫는 건 훌륭한 거라고, 그렇지 않다면 역사도 없을 거라고 누가 그러더라."

"그 말이 맞을지도 몰라요."

"하지만 얼마나 달라졌을지 생각해보렴. 어쩌면 철의 장막은 무너지지 않았고 러시아도 동유럽을 집어삼키지 못했을 거야." 어슐라가 우겼다.

"집어삼켰다고요?"

"그건 그냥 욕심이었어. 전시경제가 없었다면 미국이 그렇게 빨리 불황에서 회복하지 못했을 테고 그 결과 전후 세계에 그렇게 많은 영향을 끼치지 못했겠지……"

"엄청나게 많은 사람들도 아직 살아 있고요."

"아, 그래, 물론이지. 유대인 때문에 유럽의 전반적인 문화 모습이 달라졌을 거야. 이 나라 저 나라를 떠돌아다니는 난민들도 생각해봐. 영국도 아직 제국을 유지하고 있거나 적어도 그렇게 갑작스레 제국을 잃진 않았겠지…… 물론 황제 권력이 좋다는 뜻은 아니야. 우리도 파산하지 않았을 테고 재정적으로나 심리적으로 회복하느라 힘든 시간을 보내지 않아도 됐겠지. 또 유럽경제공동체도……"

"어쨌든 우리 나라는 포함시키지 않았을 거예요."

"유럽이 얼마나 강해질지 생각해보렴. 하지만 괴링이나 힘러가 전면에 나섰겠지. 그럼 모든 건 똑같이 진행되었을 거야."

"그럴지도 모르죠. 하지만 나치는 권력을 잡기 전까지는 거의 주변 정당에 불과했어요. 다들 광신적인 사이코패스들이었죠. 히틀러 같은 카리스마를 가진 사람도 전혀 없었고요."

"오, 알아. 히틀러는 카리스마가 엄청났지. 사람들은 카리스마가 대단한 것인 양 말하지만 실은 일종의 매력 같은 거야— 옛 말뜻은 매료시킨다는 의미야, 알고 있었어? 내 생각에는 눈 때문인 것 같아. 히틀러는 '최고로' 강렬한 눈을 지녔어. 그 눈을 바라보기만 해도 어떤 위험에도 몸을 내던지게 되는……"

"히틀러를 만났어요?" 나이절이 놀라서 물었다.

"음, 꼭 그런 건 아니고. 디저트 먹을래?" 어슐라가 말했다.

피커딜리를 따라 포트넘에서 걸어오는 동안 칠월이었지만 지옥처럼 펄펄 끓었다. 색상마저 몹시 뜨거워 보였다. 요즘에는 모든 것이 밝았다— 밝고 젊었다. 어슐라의 사무실에는 커튼레일 덮개 같은 미니스커트를 입고 다니는 여자들이 있었다. 요즘 젊은이들은 마치 자신들이 미래를 만들어내기라도 한 듯 자신에 대한 '열정'이 넘쳐났다. 이 세대를 위해 전쟁을 치렀는데 이제 '평화'라는 단어를 마치 광고 문구라도 되는 양 번지르르하게 입에 달고 다녔다. 이들은 전쟁을 경험하지 못했다. ("그건 좋은 일이야. 얼마나 못마땅한 건데." 실비가 이렇게 말하는 소리가 들렸다.) 처칠의 표현대로 이들은 자유라는 증서를 넘겨받았다. 이 증서로 무엇을 하든 이젠 그들의 일이 되었다고 어슐라는 생각했다. (얼마나 고루한 사람처럼 들리는 말인가. 어슐라가 결코 되지 말자던 바로 그런 사람이 되어갔다.)

어슐라는 공원들을 지나 길을 건너서 그린파크로 갈 생각이었다. 일요일에는 늘 공원을 산책했지만 퇴직한 지금은 매일이 일요일 같았다. 어슐라는 궁전을 지나 계속 걸어서 하이드파크로 들어가 서펀타인 호수 옆 매점에서 아이스크림을 사면서 갑판 의자를 대여하기로 했다. 몹시 피곤했고, 점심을 먹은 뒤라 나른해진 것 같았다.

어슐라는 깜빡 존 게 틀림없었다― 다 음식 때문이었다. 보트들이 호수에 떠 있었고, 사람들은 페달을 밟으며 웃고 떠들었다. 오, 젠장, 어슐라는 생각했다. 두통이 찾아온 게 느껴졌고, 가방에는 진통제가 없었다. 캐리지 드라이브에서 택시를 부르면 될 것 같았다. 이런 무더위에서, 이런 두통 속에서 집까지 걸어갈 수는 없었다. 그러다가 통증이 더 심해지는 게 아니라 잦아들었는데, 이는 어슐라의 두통이 평소 보이는 진행 과정이 아니었다. 어슐라는 다시 눈을 감았고, 태양은 여전히 뜨겁고 눈부셨다. 어슐라는 몹시 나른함을 느꼈다.

사람들에 둘러싸여 잠을 자니 기분이 이상했다. 취약해진 느낌이 들어야 맞지만 오히려 편안했다. 테네시 윌리엄스가 쓴 대사가 뭐였더라? '낯선 사람들의 친절' 〈욕망이라는 이름의 전차〉에서 블랑시 두보이의 마지막 대사

"나는 늘 낯선 사람들의 친절에 의지해서 살아왔어요" 중에서 이었나? 밀리의 가장 멋졌던 마지막 무대는 1955년 바스에서 공연한 블랑시 두보이 역이었다.

어슐라는 공원의 웅웅거리고 윙윙거리는 소리를 자장가 삼아 잠들었다. 인생은 '되어감'에 관한 것이 아니다. 인생은 '됨'에 관한 것이다. 닥터 켈렛은 이런 생각을 인정했을 것이다. 모든 것이 덧없지만 모든 것이 영원하다고 어슐라는 잠들면서 생각했다. 어딘가에서 개가 짖었다. 어린아이가 울었다. 어린아이는 어슐라의 아이였고, 팔에 안은 아이의 연약한 무게가 느껴졌다. 아름다운 느낌이었다. 어슐라는 꿈을 꾸었다. 초원에 있었다— 아마와 참제비고깔, 미나리아재비, 개양귀비, 붉은 동자꽃, 옥스아이데이지 — 그리고 계절에 맞지 않는 스노드롭. 이상한 꿈이라고 생각했는데 실비의 작은 마차 시계가 자정을 알리는 소리가 들렸다. 누군가 노래를 불렀다. 아이가 고음의 작은 목소리로 '내게는 작은 개암나무가 있고 아무것도 열리지 않았네'라는 자장가를 불렀다. '무스카트누스', 어슐라가 생각했다. '육두구'를 뜻하는 독일어다. 어슐라는 그 단어를 떠올리려 오랫동안 애썼는데 이제야 느닷없이 생각이 났다.

이제 어슐라는 정원에 있었다. 찻잔이 받침에 놓이는 섬세한 짤랑 소리, 잔디 깎는 기계의 삐걱거리고 덜컥거리는 소리도 들렸다. 패랭이꽃의 매큼하고 달콤한 향내도 났다. 한 남자가 어슐라를 번쩍 안아 공중으로 던지자 각설탕들이 잔디밭 위로 흩어졌다. 또 다른 세상이 있었는데 이게 바로 그 세상이었다. 어슐라는 약간 싱긋 웃었다. 사람들 앞에서 혼자 웃으면 미친 사람처럼 보일 거라고 생각하면서도.

여름 더위에도 불구하고 눈이 내리기 시작했는데, 꿈속에서나 일어날 법한 일이었다. 눈이 어슐라의 얼굴을 뒤덮기 시작했고, 이런 무더위에 상쾌하고 시원했다. 그리고 어슐라는 떨어졌다. 어둠 속으로 떨어졌다. 시커멓고 깊은……

그런데 이곳에 다시 눈이 있었다. 새하얗고 반가운 눈이. 햇빛은 날카로운 칼처럼 묵직한 커튼을 뚫고 들어왔고, 부드러운 팔이 어슐라를 들어올리더니 안고 흔들었다.

"이 아기는 어슐라라고 부를래요. 어때요?" 실비가 말했다.

"마음에 들어." 휴가 말했다.

휴의 얼굴이 어렴풋이 보였다. 잘 손질된 콧수염과 구레나룻과 다정한 초록빛 눈.

"환영한다, 아가 곰아." 휴가 말했다.

시작의
종말

"환영한다, 아가 곰아."

어슐라의 아버지였다. 어슐라는 아버지의 눈을 빼닮았다.

휴는 관습에 따라 내실 안에 들어가지 못하고 이 층 복도의 '보이지' 양탄자를 따라 서성거렸다. 문 뒤에서 벌어지는 일을 자세히는 몰랐지만 출산의 역학에 익숙해지지 않아도 되는 게 고마울 따름이었다. 실비의 비명은 노골적인 학살까지는 아니더라도 고문을 당하는 사람에 가까웠다. 여자들은 정말 용감하다고 휴는 생각했다. 남자답지 못한 메스꺼움을 떨쳐내기 위해 줄담배를 피웠다.

닥터 펠로스의 차분하고 낮은 목소리는 휴에게 위안을 주었지만 불행히도 부엌일하는 하녀가 켈트어로 발작적인 횡설수설한 것과 대조를 이루었다. 글로버 부인은 어디 있을까? 이럴 때는 요리사도 가끔은 큰 도움이 되는데. 휴가 어릴 때 살던 햄프스테드 집에서는 요리사가 위기 상황에서도 전혀 동요하지 않았다.

어느 순간, 상당한 소란이 벌어지면서 침실 문 뒤편 싸움터에서 위대한 승리 또는 위대한 패배가 일어났음을 암시했다. 휴는 들어오라는 말이 있기 전에는 들어갈 수 없었고, 들어오라는 말도 없었다. 마침내 닥터 펠로스가 출산이 이루어진 방문을 벌컥 열며 선언했다.

"예쁘고 활달한 여자아이입니다. 거의 죽을 뻔했어요." 의사는 나중에 생각난 듯 덧붙였다.

폭설로 도로가 막히기 전에 가까스로 폭스 코너로 돌아올 수 있어서 천만다행이라고 휴는 생각했다. 휴는 밤늦게까지 싸돌아다니는 고양이 같은 여동생을 끌고 영국해협을 건너왔다. 휴는 손에 심하게 깨물린 자국을 쳐다보며 여동생의 이런 흉포한 기질은 어디서 생겼을까 의아해했다. 밀스 유모와 햄프스테드 놀이방에서는 아니었다.

이지는 모조 결혼반지를 여전히 끼고 있었다. 어느 파리 호텔에서 연인과 수치스러운 일주일을 보내고 나서 받은 선물이었다. 부도덕한 프랑스 남자가 이런 세세한 것까지 신경 썼다는 게 휴로서는 믿기지 않았다. 이지는 짧은 스커트와 작은 밀짚모자를 쓰고 대륙으로 떠났지만(어머니는 이지가 범죄자인 양 자세한 인상착의를 휴에게 알려주었다.) 돌아올 때는 워스에서 구입한 드레스 차림이었다. (이 사실이 휴에게 중요하기라도 하듯 이지는 자주 이를 언급했다.) 둘이 도망치기 전에 그 나쁜 자식이 한동안 이지를 이용하고 있었던 게 분명했다. 워스에서 샀는지 어쨌는지 드레스 솔기가 벌써 미어지고 있었기 때문이다.

휴는 퇴폐적인 '앙드루아'(장소)로 보이는 생제르맹의 달사스 호텔에서 도주 중인 여동생을 빼냈다. 이곳은 오스카 와일드가 죽기 전에 마지막으로 머문 호텔로도 유명한 곳이었다.

이지하고만 꼴사나운 몸싸움을 벌인 게 아니었다. 휴는 망나니의 팔에서 빼낸 이지를 발로 차고 소리 지르면서 간신히 끌어냈다. 그러고는 호텔 밖에서 비용을 지불하고 대기시킨 멋진 르노 택시에 억지로 쳐넣었다. 휴는 자동차를 소유하는 것보다 택시를 타는 편이 낫다고 생각했다. 월급으로 차를 구입할 수 있을까? 운전을 배울 수 있을까? 운전은 얼마나 어려울까?

이들은 배 위에서 약간 품위 있는 분홍빛 프랑스 양고기를 먹었고, 이지는 샴페인을 요구했다. 휴는 이지를 빼오느라 너무 녹초가 된 나머지 다시 싸울 기력이 없어 샴페인을 마시도록 허락했다. 이지를 선박 난간 너머, 영국해협의 시커먼 바닷속으로 처넣고 싶은 마음이 굴뚝같았다.

휴는 칼레에서 어머니 애들레이드에게 전보로 이지의 불운에 대해 알렸다. 어머니가 막내딸을 직접 보기 전에 마음의 준비를 하는 편이 나을 것 같았다. 이지의 상태는 겉으로도 고스란히 드러났다.

배 위에서 함께 식사하던 사람들은 이들을 부부로 추측했고, 이지의 임박한 출산에 대한 축하가 가는 곳마다 이어졌다. 휴는 사람들이 그렇게 생각하도록 내버려두었다. 이 역시 소름 끼치는 생각이지만 그래도 낯선 사람들에게 진실을 알리는 것보다는 나았다. 그래서 해협을 건너는 동안 휴는 진짜 아내와 자식들은 애써 잊은 채, 이지가 자신의 어린 아내인 양 터무니없는 가식적 행동에 동참하고 말았다. 휴는 이제 겨우 어린이를 면한 소녀를 유혹한 아주 몹쓸 놈이 되어갔다. (자신의 아내가 겨우 열일곱 살이었을 때 청혼했다는 사실은 벌써 잊은 모양이었다.)

이 거짓놀음에 당연히 신이 난 이지는 휴를 가능한 한 불편하게 만들었고, '나의 친애하는 남편'이나 아주 짜증 나는 다른 애칭으로 부르며 휴에게 복수했다.

"정말 사랑스러운 젊은 아내를 얻으셨군요." 휴가 갑판 위에서 바람을 쐬며 식후 담배를 즐기고 있을 때 벨기에 남자가 낄낄거리며 말했다. "요람을 벗어나기가 무섭게 어머니가 되다니. 젊은 아내를 얻는 게 최고죠. 그럼 입맛에 딱 맞게 만들 수 있으니까."

"영어를 썩 잘하시는군요."

휴는 담배꽁초를 바다에 내던지고 그 자리를 떴다. 좀 못난 사람이었다면 난투극으로 번졌을 것이다. 휴는 절박한 상황에서 조국의 명예를 위해서는 싸울 수 있겠지만 무책임한 여동생의 더럽혀진 명예를 위해 싸운다면 욕만 먹을 거라고 생각했다. (여자를 자신의 입맛에 딱 맞게 맞출 수 있다면 더할 나위 없이 좋겠다. 저민 스트리트의 양복점에서 맞춘 양복처럼.)

휴는 어머니에게 보내는 전보에 글자를 딱 맞추는 게 힘들었지만 마침내 완성했다. '정오까지 햄프스테드 도착 마침표 이저벨도 같이 마침표 임신했음 마침표' 약간 뻔뻔한 메시지였지만 완화하는 부사를 좀 쓰려면 돈을 더 지불해야 했다. '불행하게도' 같은 단어 말이다. 전보는(불행하게도) 바라던 것과 정반대의 효과를 냈고, 도버에 내리자 답장이 휴를 기다리고 있었다. '어떤 경우에도 그녀를 내 집에 들이지 말 것 마침표' 마지막 마침표는 감히 대들 수 없는 무거운 단호함을 내포했다. 휴는 이지를 어떻게 해야 할지 난감했다. 외모는 어른 같았지만 아직 열여섯 살짜리 어린아이였고, 거리에 버려둘 수는 없었다. 가능한 한 빨리 폭스 코너로 돌아가야 한다는 생각에 이지를 데려갈 수밖에 없었다.

눈사람처럼 꽁꽁 얼어붙은 채 마침내 도착했고, 자정에 문을 연 건 흥분한 브리짓이었다.

"오, 난 또 의사 선생님이 오신 줄 알았어요."

휴의 셋째 아이가 나오는 중이었다. 휴는 쭈글쭈글한 작은 형체를 사랑스럽게 내려다보았다. 그는 아이들을 좋아했다.

"이지를 어쩌자는 거죠? 내 집에서 출산시킬 수는 없어요." 실비가 안달했다.

"우리 집이지."

"아기를 입양 보내야 해요."

"그 아기는 우리 가족의 일부야. 아기 몸속에는 내 자식들과 똑같은 피가 흐르고 있어." 휴가 말했다.

"우리 자식들이죠."

"입양한 아이라고 하면 돼. 고아가 된 친척이라고. 아무도 안 물어봐. 왜 물어보겠어?"

결국 아기는 폭스 코너에서 태어났다. 남자아이였고, 일단 아기를 보자 실비는 쉽게 버릴 수가 없었다.

"정말 마음에 쏙 드는 아기예요." 실비가 말했다.

실비는 모든 아기들을 마음에 들어했다.

이지는 임신 기간 동안 정원 밖으로 나오지 못했다. 죄인처럼 갇혀 지냈다.

"몬테크리스토 백작처럼." 이지가 말했다.

이지는 아기를 출산하자마자 넘겨주고는 관심을 보이지 않았다. 마치 이 일 전체—임신, 출산—가 억지로 떠맡은 성가신 임무처럼 굴었다. 이제 협상대로 자신의 임무를 다했으니 자유롭게 나다닐 수 있었다. 못마땅해하는 브리짓한테 이 주일간 침대에서 시중을 받으며 지내다가 결국 햄프스테드로 가는 기차를 탔다. 그곳에서 로잔에 있는 예비신부학교로 보내졌다.

휴의 말이 옳았다. 갑자기 생긴 아이의 출현을 두고 아무도 질문하지 않았다. 글로버 부인과 브리짓은 비밀을 지키기로 맹세했다. 실비 몰래 현금을 찔러주어 받아낸 맹세였다. 휴는 돈의 가치를 알았고, 괜히 은행가가 아니었다. 닥터 펠로스의 경우에는 의사로서의 신중함을 기대할 뿐이었다.

"롤런드Roland. 난 늘 이 이름이 마음에 들었어요. 《롤랑의 노래》La Chanson de Roland— 프랑스 기사였죠." 실비가 말했다.

"전투 중에 죽었을걸?" 휴가 말했다.

"대부분의 기사가 다 그렇죠."

어슐라의 눈앞에서 은색 토끼가 빙빙 돌며 반짝거리고 어른거렸다. 너도밤나무 나뭇잎들이 살랑거렸고, 정원은 싹을 틔우고, 꽃을 피우고, 열매를 맺었다. 누구의 도움도 받지 않은 채. "잘 자라, 아가야. 아기도, 요람도 모두 떨어질 거야." 실비는 자장가를 불렀다. 어슐라는 자장가 노랫말의 협박에도 아랑곳 않고 친구 롤런드와 함께 소박하지만 씩씩한 삶을 살아나갔다.

롤런드는 착한 아이였지만 얼마간의 시간이 흐르자 롤런드가 '계속 여기 있어야 할 아이'가 아닌 걸 깨달은 실비는 어느 날 저녁, 은행에서 힘든 하루를 보내고 돌아온 휴에게 그 사실을 알렸다. 휴는 은행 업무를 실비에게 말해봐야 소용없다는 걸 알면서도 가끔은 퇴근해서 집에 돌아오면 원장과 대차대조표, 찻값 상승, 불안정한 양모 시장에 흥미를 보이는 아내가 맞아주는 모습을 상상했다. 아름다운 아내 대신, 똑똑하며 자신이 결혼한 여자와는 약간 반대인 입맛에 '딱 맞는' 아내를.

휴는 은신처에 틀어박혀 커다란 맥아 위스키와 작은 시가가 놓인 책상에서 평화를 누리기 원했다. 하지만 소용이 없었다. 실비가 밀고 들어오더니 대출받으러 온 고객처럼 맞은편에 자리를 잡고 말했다.

"내 생각에, 이지 아이는 바보 같아요."

지금까지 늘 롤런드였던 아이는 이제 결함이 드러나자 다시 이지의 아이로 돌아갔다.

휴는 실비의 의견을 묵살했지만 시간이 흐르면서 롤런드가 다른 아이들과는 성장이 다르다는 걸 부인할 수 없었다. 배우는 게 느린 데다 세상에 대한 어린아이다운 자연스러운 호기심도 없는 듯했다. 천으로 만든 책이나 나무벽돌 세트를 주고 롤런드를 벽난로 앞 양탄자 위에 앉혀두면 삼십 분이 지나도 그 자세 그대로 벽난로 불길(아이가 다치지 않게 잘 막아둔)을 만족스럽게 쳐다보거나 배변통(잘 막아두진 않았지만 훨씬 더 안 좋을 수도 있는)에 들어간 고양이 퀴니를 지켜보았다. 롤런드는 간단한 일은 뭐든 잘해냈고, 브리짓을 포함해서 여자들의 부탁에 따라 물건을 이리저리 가져오고 옮기는 일로 대부분의 시간을 보냈다. 글로버 부인조차 식품 저장실에서 설탕 봉지나 나무 주걱을 가져오라는 간단한 심부름을 시켰다. 롤런드가 휴가 다녔던 학교나 대학에 들어갈 것 같지 않았고, 그래서인지 휴는 롤런드가 점점 좋아졌다.

"롤런드에게 개를 사줄까 봐. 개가 있으면 남자아이들은 달라지는 법이거든." 휴가 제안했다.

그래서 보우선을 집에 들였다. 짐승을 몰거나 지키는 성향을 지닌 다정한 커다란 개였고, 자신이 뭔가 중요한 일에 투입되었음을 즉각 알아차렸다.

롤런드는 적어도 차분하군, 휴가 생각했다. 쾌씸한 롤런드 어머니나 끊임없이 싸워대는 자신의 두 아이와는 달랐다. 물론 어슐라는 다른 아이들과는 달랐다. 휴와 아내의 눈을 반반씩 닮은 그 작은 푸른 눈으로 온 세상을 빨아들일 것처럼 경계심이 강했다. 어슐라는 약간 불안해했다.

❄

원턴 씨의 이젤이 바다를 향해 세워졌다. 지금까지 그린 콘월 바다 풍경은 상당히 만족스러웠다. 파랗고 푸르고 하얀색 그리고 탁한 갈색. 모래밭을 걷던 몇몇 사람이 발걸음을 멈추고 그림을 구경했다. 원턴 씨는 칭찬을 기대했지만 허사였다.

흰 돛대를 단 요트 무리가 수평선을 스쳐 지나갔고, 원턴 씨는 경기라도 하는 모양이라고 생각했다. 자신이 그려놓은 수평선에 아연백을 약간 번지게 덧칠하고는 한발 물러서서 결과를 감상했다. 윈턴 씨에게는 요트로 보였지만 다른 사람들 눈에는 하얀 물감이 방울방울 찍힌 모습일 뿐이었다. 해안의 일부 형체들과 제법 대조를 잘 이룬다고 윈턴 씨는 생각했다. 열심히 모래성을 쌓는 두 여자아이까지 더하면 완벽해질 것이다. 윈턴 씨는 브러시 끝을 입에 물며 캔버스를 응시했다. 어떻게 그리는 게 가장 좋을까?

모래성은 어슐라의 제안이었다. 가장 멋진 모래성을 쌓는 거야, 어슐라가 패멀라에게 말했다. 어슐라가 모래 요새의 이미지를 얼마나 생생하게 그렸던지—해자와 작은 탑과 총안이 있는 흉벽—패멀라는 도개교(이 용도에 맞는 나무토막을 구해야 했다.) 위를 달가닥거리며 지나는 말 탄 기사들을 향해 머리 가리개를 쓴 중세 여인들이 손 흔드는 모습이 눈앞에 선했다. 아직도 힘겹게 땅을 파는 단계였지만 모래성 쌓기에 온 힘을 다했다. 머리 가리개를 쓴 여인들을 심한 공격으로부터(모리스 같은 사람으로부터) 지켜주기 위해 조수가 바뀌면 바닷물로 채워질 이중 해자를 파들어갔다. 늘 복종을 잘하는 부하 롤런드는 장식으로 쓸 자갈과 가장 중요한 도개교 재료를 찾아오라고 해변으로 보냈다.

아이들이 있는 곳은 실비와 브리짓이 있는 곳에서 멀리 떨어진 해변이었다. 실비와 브리짓은 책에 몰두했고, 새로 태어난 아기 에드워드—테디—는 모래 위, 담요에 누워 파라솔 아래에서 자고 있었다. 모리스는 해변 저 끝의 바위 웅덩이 속에서 놀고 있었다. 새 친구들을 사귄 모리스는 거친 마을 소년들과 함께 수영하고 절벽도 기어올랐다. 모리스에게 소년은 그냥 소년일 뿐이었다. 아직은 억양과 사회적

지위로 사람을 평가하는 법을 배우지 못했다.

모리스는 엔간해서는 끄떡도 않는 성격이어서 아무도 그를 염려하지 않았다. 특히나 그의 어머니가.

보우선은 불행하게도 콜네 가족과 함께 집에 남겨졌다.

으레 그렇듯 해자에서 파낸 모래는 중앙에 쌓여 요새를 짓는 재료로 쓰였다. 열심히 모래성을 쌓느라 이제 몸도 덥고 끈적끈적해진 두 여자아이는 잠시 뒤로 물러나 형태도 없는 흙무더기를 감상했다. 이제 패멀라는 작은 탑과 총안이 있는 흉벽이 좀 마뜩잖았고, 머리 가리개를 한 여인들도 비사실적으로 느껴졌다. 흙무더기를 보자 어슐라에게 뭔가 떠올랐지만 뭔지는 알 수 없었다. 익숙하지만 모호하며 정의 내리기 어렵고, 머릿속에 형태로만 남았다. 마치 기억이 숨은 장소에서 마지못해 끌려나오듯 어슐라는 이런 감각에 취약했다. 어슐라는 다른 사람도 다 그런 줄 알았다.

그때 이 감정이 두려움으로 바뀌었다. 뇌우가 몰려오거나 바다 안개가 해안 쪽으로 스멀스멀 기어올 때 동반되는 공포의 그림자 같은 거였다. 위험은 어디에나 있었다. 구름에, 파도에, 수평선의 작은 요트에, 이젤 앞에서 그림을 그리는 남자에게. 어슐라는 두려움을 진정시켜주길 기대하며 실비에게로 걸음을 옮겼다.

실비가 보기에 어슐라는 골치 아픈 생각들로 가득한 특이한 아이였다. 실비는 어슐라의 불안한 질문들에 끊임없이 답해야 했다— "우리 집에 불이 나면 어떡해요? 우리가 탄 기차가 사고 나면? 강물이 불어나면?" 그런 일은 일어나지 않는다고 묵살하기보다는 실질적인 충고를 해주는 게 두려움을 누그러뜨리는 가장 좋은 방법이었다. ("아가야, 짐을 챙겨 지붕으로 올라가서 물이 빠질 때까지 기다리면 돼.")

그동안 패멀라는 다시 태연히 해자를 팠다. 윈턴 씨는 패멀라의 햇빛 차단용 모자를 그리느라 꼼꼼한 붓질 작업에 몰두했다. 두 여자아이가 윈턴 씨의 구성 한가운데서 모래성을 쌓다니 얼마나 행복한 우연의 일치인가. 윈턴 씨는 그림 제목으로 '땅 파는 사람들'을 염두에 두었다. 아니면 '모래 파는 사람들'.

《비밀 요원》을 읽다가 깜빡 잠이 든 실비는 누가 깨우는 바람에 화가 났다.

"무슨 일이야?" 실비가 말했다.

해변으로 눈길을 돌리자 열심히 모래를 파는 패멀라가 보였다. 멀리서 들리는 고함 소리와 시끄러운 함성은 모리스 목소리였다.

"롤런드는 어디 있어?" 실비가 물었다.

"롤런드?"

어슐라는 복종을 잘하는 부하를 찾아 두리번거렸지만 어디에도 보이지 않았다.

"롤런드는 도개교를 찾고 있어요."

실비는 불안하게 해변을 훑으며 자리에서 벌떡 일어났다.

"뭘 찾고 있다고?"

"도개교." 어슐라가 반복했다.

바다에서 나무토막을 발견한 롤런드가 이를 집으러 물속에 들어간 게 틀림없다고 결론지었다. 롤런드는 위험을 제대로 인식하지 못했고, 물론 수영도 할 줄 몰랐다. 보우선이 해변에서 보초를 섰더라면 위험에 아랑곳하지 않고 개헤엄으로 바다에 들어가 롤런드를 데리고 나올 수 있었을 텐데. 보우선이 없는 가운데, 지역신문의 기사에 따르면 '아치볼드 윈턴, 버밍엄 출신의 아마추어 수채화가'가 아이를(가족과 휴가를 온 롤런드 토드, 4세) 구하려고 시도했다. 윈턴 씨는 붓을 집어던지고 바다로 헤엄쳐 들어가 아이를 꺼냈으나 '안타깝게도 허사로 돌아갔다'. 이 기사는 조심스럽게 오려져서 잘 볼 수 있게 버밍엄에 보관되었다. 3인치짜리 칼럼 덕분에 윈턴 씨는 화가인 동시에 영웅이 되었다. 윈턴 씨는 겸손하게 이렇게 말하는 자신을 상상했다.

"뭘요, 아무것도 아닙니다." 그리고 당연히 — '진짜' 아무것도 아니었다. 아무도 살리지 못했으니까.

어슐라는 윈턴 씨가 축 늘어진 롤런드의 작은 몸뚱이를 팔에 안고 물결을 헤치고 돌아오는 모습을 지켜보았다. 패멀라와 어슐라는 조수가 빠져나가는 줄 알았지만 실은 들어오고 있었고, 이미 해자에 물이 들어차고 모래언덕을 뒤덮어서 모래성은 곧 영원히 사라질 형편이었다. 주인 잃은 굴렁쇠가 산들바람에 실려 옆으로 굴러갔다. 어슐라가 바다를 바라보는 동안 해변에서는 수많은 낯선 사람들이 롤런드를 살리려 안간힘을 썼다. 패멀라가 어슐라 곁으로 왔고, 두 아이는 손을 잡았다. 파도가 밀려오기 시작하면서 이들의 발을 적셨다. 모래성을 쌓는 데 그렇게 정신을 팔지만 않았더라면, 어슐라는 생각했다. 그리고 이건 정말 '좋은' 생각 같았다.

❄

"당신 아이는 정말 안됐어요, 토드 부인." 조지 글로버가 중얼거렸다.

조지는 쓰지도 않은 모자를 만지는 시늉을 했다. 실비는 수확 장면을 보려고 길을 나섰다. 무기력한 슬픔에서 벗어나 기운을 차려야 한다고 실비는 말했다. 롤런드의 익사 이후 여름은 당연히 차분하게 지나갔다. 롤런드는 존재했을 때보다 빈자리가 더 크게 느껴졌다.

"'당신' 아이라니?" 다시 작업을 시작한 조지 글로버를 떠나오면서 이지가 투덜거렸다.

멋진 검은 상복 차림으로 롤런드의 장례식에 맞춰 도착한 이지는 롤런드의 작은 관 위로 울며 말했다.

"내 아들, 내 아들."

"롤런드는 '내' 아들이었어. 감히 아가씨 아들이라고 말하지 말아요."

물론 실비는 롤런드를 위한 애도가 친자식을 잃었을 때만큼은 아니라는 걸 알고 죄의식을 느꼈다. 하지만 그건 당연한 일 아닐까? 롤런드가 가고 없는 지금, 다들 그를 자기 자식으로 삼으려고 안달이었다. (들어주는 사람만 있었다면 글로버 부인과 브리짓도 롤런드에게 조금 권리가 있다고 주장했을지도 모른다.)

휴도 '어린 녀석'의 상실에 크게 영향을 받았지만 가족을 위해 평소처럼 해나가야 한다는 걸 알았다.

실비는 빈둥거리는 이지 때문에 짜증이 났다. 스무 살이나 먹었는데도 애들레이드의 '발톱'에서 자신을 구해줄 미지의 남편을 기다리며 집에 '처박혀' 지냈다. 롤런드라는 이름은 햄프스테드에서는 금기시되었고, 애들레이드는 그의 죽음을 '축복'이라고 선언했다. 휴는 여동생이 안쓰러웠지만 실비는 이지를 참아줄 만큼 아둔한 인내심을 지닌 적당한 지주를 찾아 시골 지역을 돌아다니는 일로 시간을 보냈다.

숨이 턱턱 막히는 더위 속에서 이들은 터덜터덜 들판을 지나고 디딤대를 오르내리며 시냇물을 첨벙거리고 건넜다. 실비는 아기를 숄로 자신의 몸에 묶었다. 아기는 무거운 짐이었다. 그래도 브리짓이 들고 온 피크닉 바구니만큼 무겁지는 않았다. 보우선은 이들 옆을 충실히 따라 걸었는데, 앞서서 달리기보다는 후방을 지키려는 성향이 더 강한 개였다. 보우선은 롤런드가 없어져서 여전히 어리둥절했지만 더는 사라지는 사람이 없도록 꽤나 신경을 쓰는 눈치였다. 이지는 뒤로 처졌다. 애초의 소풍에 대한 열정은 이미 오래전에 시들해졌다. 보우선은 이지가 걸음을 서두르도록 최선을 다했다.

기분 언짢은 여행이었고, 브리짓이 샌드위치를 깜빡 잊고 가져오지 않은 바람에 마지막까지 유쾌하지 못했다.

"어떻게 그걸 잊을 수가 있지?" 실비가 심사가 나서 말했다.

할 수 없이 글로버 부인이 조지에게 주라고 한 포크 파이를 먹어야 했다. ("글로버 부인에게는 말하지 마." 실비가 말했다.) 패멀라는 검은딸기나무 덤불에 몸이 긁혔고, 어슐라는 쐐기풀밭에서 넘어졌다. 늘 유쾌한 테디마저 흥분하고 조바심을 냈다.

조지가 아이들에게 보여주려고 작은 새끼 토끼 두 마리를 데려왔다.

"집에 가져갈래?"

그러자 실비가 톡 쏘며 말했다.

"고맙지만 사양해요, 조지. 토끼들은 죽거나 아니면 번식해서 수나 늘리겠죠. 어느 쪽이 됐든 행복한 결과는 아니에요."

패멀라는 흥분해서 제정신이 아니었고 토끼 대신 새끼 고양이로 약속을 받아냈다. (놀랍게도 이 약속은 지켜졌고, 새끼 고양이는 홀 농장에서 정당하게 얻어왔다. 하지만 일주일 뒤, 새끼 고양이는 발작을 일으키고 죽고 말았다. 제대로 장례식이 거행되었다. "난 저주받았어." 패멀라가 평소답지 않은 과장된 말투로 선언했다.)

"그 남자 아주 미남이던데요. 쟁기질하던 남자 말이에요."

이지의 말에 실비가 대꾸했다.

"안 돼. 어떤 경우에도 절대 안 돼요."

그러자 이지가 말했다.

"무슨 말인지 도통 모르겠네."

오후가 되어도 전혀 시원해지지 않았고, 결국은 갈 때와 똑같은 무더위 속에서 집으로 돌아올 수밖에 없었다. 토끼들 때문에 우울해진 패멀라는 가시나무를 밟았고, 어슐라는 나뭇가지에 얼굴을 긁혔다. 테디는 울어댔고, 이지는 욕을 퍼부었으며, 실비는 불같이 화를 냈다. 그리고 브리짓은 대죄만 아니라면 가까운 강물에 몸을 내던지고 싶은 심정이라고 말했다.

"꼴들 좀 봐. 다들 햇볕에 타서 금빛이군."

비틀거리며 집으로 돌아온 이들을 휴는 미소 띤 얼굴로 반겼다.

"오, 제발요. 난 이 층에 가서 좀 누워야겠어요." 실비가 휴를 밀치며 말했다.

"오늘밤에 천둥이 칠 것 같아." 휴가 말했다.

사실이었다. 잠귀가 밝은 어슐라가 잠을 깼다. 침대에서 살며시 빠져나와 다락방 창문으로 후다닥 달려가서는 밖을 잘 볼 수 있게 의자 위에 올라섰다.

천둥은 멀리서 총격 소리처럼 우르릉거렸다. 자주색으로 부풀어오른 하늘이 갑자기 날카로운 번개로 쫙 갈라졌다. 잔디밭에서 조그마한 먹잇감을 발견한 여우가 살금살금 다가가던 중 사진사의 플래시를 받은 듯이 잠깐 환하게 빛났다.

어슐라는 숫자 세는 것도 잊었고, 거의 머리 위에서 폭발물이 터지는 듯한 천둥소리에 깜짝 놀라고 말았다.

전쟁 소리가 이랬어, 어슐라는 생각했다.

어슐라는 바로 본론으로 들어갔다. 식탁에서 양파를 썰고 있던 브리짓은 이미 눈물 흘릴 준비가 되어 있었다. 어슐라는 브리짓 옆에 앉으며 말했다.

"마을에 다녀왔어."

"아."

브리짓은 어슐라의 말에 조금도 관심을 보이지 않았다.

"사탕을 사고 왔어. 사탕 가게에서." 어슐라가 말했다.

"정말? 사탕 가게에서 사탕을 샀다고? 누가 그런 생각을 다 했대?" 브리짓이 말했다.

가게에는 사탕만 빼고 다른 것들을 많이 팔았는데, 그 다른 것들 중에는 폭스 코너의 아이들이 흥미를 느낄 만한 게 없었다.

"클래런스가 왔었어."

"클래런스?" 브리짓이 말했다.

그녀는 연인의 이름을 듣자 양파 써는 걸 멈추었다.

"사탕을 사던데. 박하사탕." 어슐라는 진짜라는 걸 입증하려고 이렇게 말한 뒤 덧붙였다. "몰리 레스터 알아?"

"알아. 상점에서 일하는 여자잖아." 브리짓이 조심스럽게 말했다.

"클래런스가 그 여자한테 키스했어."

브리짓은 의자에서 일어섰다. 손에는 여전히 칼을 든 채.

"키스? 클래런스가 왜 몰리 레스터한테 키스를 해?"

"몰리 레스터도 그렇게 말했어! '왜 내게 키스하는 거죠, 클래런스 도즈? 당신이 폭스 코너에서 일하는 하녀와 약혼한 건 모두가 아는 사실인데요.'"

브리짓은 멜로드라마와 통속적인 싸구려 소설에 익숙해 있었다. 이런 일에는 폭로가 반드시 뒤따른다는 걸 알고 기다렸다.

폭로는 어슐라가 제공했다.

"그러자 클래런스가 말했어. '오, 브리짓 말이군요. 그 여자는 내게 아무것도 아니에요. 아주 못생긴 여자죠. 그냥 나한테 속고 있는 거예요'."

조숙한 독서가인 어슐라는 브리짓의 소설도 많이 읽어서 로맨스 화법을 익힌 터였다.

칼이 날카로운 소리를 내며 바닥에 떨어졌다. 아일랜드 욕설이 그대로 쏟아져나왔다.

"개자식." 브리짓이 말했다.

"비열한 악당이야." 어슐라도 맞장구쳤다.

브리짓은 작은 집시 반지('값싼 장신구'인 약혼반지를 실비에게 되돌려주었다. 결백하다는 클래런스의 주장은 무시되고 말았다.

"글로버 부인하고 같이 런던으로 가. 휴전 축제가 열리는 거 알지. 늦게 출발하는 기차가 있을 거야." 실비가 브리짓에게 말했다.

글로버 부인이 유행성감기 때문에 수도 근처에는 얼씬도 않을 생각이라고 말하자, 브리짓은 클래런스도 가급적이면 몰리 레스터와 같이 런던에 가서 둘 다 스페인 독감에나 걸려 죽었으면 좋겠다고 말했다.

클래런스에게 아무 죄 없는 '어서 오세요, 뭘 찾으시죠?'라는 말 외에는 결코 한 적이 없는 몰리 레스터는 마을에서 열리는 작은 거리 파티에 참석했지만, 클래런스는 친구 몇 명과 함께 정말 런던에 갔고 정말 죽고 말았다.

"적어도 아무도 계단에서 떠밀리지는 않았어요." 어슐라가 말했다.

"그게 무슨 말이니?" 실비가 물었다.

"나도 몰라요." 어슐라가 말했다.

어슐라는 정말 몰랐다.

어슐라를 괴롭히는 건 자기 자신이었다. 늘 날아다니고 떨어지는 꿈을 꾸었다. 가끔씩 침실 창밖을 내다보려고 의자 위에 올라서면 창문으로 기어나가 몸을 던지고 싶은 충동을 느꼈다. 어슐라는 아주 잘 익은 사과처럼 쿵 소리를 내며 바닥으로 떨어져도 산산조각이 나지는 않을 것이다. 대신 누군가가 붙잡아줄 거라고 확신했다. (그렇긴 해도 그게 누구인지는 자신도 의아했다.) 어슐라는 패멀라의 가련한 크리놀린 귀부인과는 달리 이 이론을 시험해보고 싶었지만 참았다. 어느 겨울, 몸서리나게 따분했던 모리스는 바로 이 침실 창밖으로 귀부인 인형을 던져버렸다.

모리스가 복도를 따라 다가오는 소리가 들리자―시끄러운 인디언 함성을 질러가며―어슐라는 가장 아끼는 뜨개 인형인 솔랑주 여왕을 얼른 베개 밑으로 숨겼고, 여왕이 이곳에서 안전하게 피신한 사이, 불운한 크리놀린 귀부인은 창밖으로 내던져져 슬레이트 지붕 위에서 산산조각이 났다.

"어떻게 되는지 그냥 보고 싶었다고요." 나중에 모리스는 실비에게 우는소리를 했다.

"그럼 이제 잘 알았겠네." 실비가 말했다.

이 일에 대한 패멀라의 발작적인 반응은 그냥 앙탈을 부리는 것 이상이었다.

"지금 전쟁 중이야. 깨진 장식품보다 훨씬 비참한 일들이 벌어지고 있어." 실비가 패멀라에게 말했다.

패멀라에게는 이보다 더 비참한 일은 없었다.

만약 어슐라가 깨지지 않는 작은 목제 뜨개 인형을 모리스에게 허락했더라면 크리놀린 귀부인은 깨지지 않았을 것이다.

얼마 안 있어 디스템퍼로 죽게 될 보우선은 그날 밤 방 안으로 들어와 위로하듯 패멀라의 이불에 그 무거운 발을 올려놓더니 두 침대 사이의 깔개 위에서 잠이 들었다.

다음 날, 아이들에 대한 자신의 무정함을 스스로 탓하며 실비가 홀 농장에서 새끼 고양이를 데려왔다. 농장에는 새끼 고양이들이 끊임없이 넘쳐났는데, 이 근방에는 일종의 새끼 고양이 쿠폰 같은 게 있어서 인형을 잃어버렸거나 시험에 합격하는 등 부모가 정서적 위로나 보상을 해야 할 때 물물교환이 이루어졌다.

보우선이 눈에 불을 켜고 새끼 고양이를 지키려 애썼지만 불과 일주일 만에 콜네 남자아이들과 격렬한 군인놀이를 하던 모리스가 고양이를 밟아버렸다. 실비는 그 작은 몸뚱이를 잽싸게 주워 브리짓에게 주면서 새끼 고양이가 눈에 안 띄는 곳에서 최후의 몸부림을 치도록 치워놓게 했다.

"그냥 사고였어요! 그 바보 같은 놈이 거기 있는 줄 몰랐다고요!" 모리스가 소리쳤다.

실비가 뺨을 때리자 모리스는 울음을 터뜨렸다. 그건 정말 사고였고, 어슐라는 속상해하는 모리스를 보고 있기가 힘들었다. 그래서 모리스를 위로하려 했지만 이는 그를 더 분노케 했고, 당연히 교양 따위는 내던진 패멀라는 모리스의 머리카락을 뽑아버리려 했다. 콜네 아이들은 정서적 평화가 깃든 자신의 집으로 일찌감치 달아나버렸다.

때로는 미래를 바꾸는 것보다 과거를 바꾸는 게 더 힘들었다.

❄

"두통이 있대요." 실비가 말했다.

"난 정신과 의사예요. 신경과 의사가 아니라." 닥터 켈렛이 실비에게 말했다.

"꿈과 악몽을 많이 꾼대요." 실비가 유도했다.

어슐라는 이 방에 있으면 왠지 마음이 편해졌다. 오크 패널, 벽난로 불길, 빨강과 파랑 무늬가 있는 두툼한 양탄자, 가죽 의자, 기이하게 생긴 차 탕관까지. 모든 게 익숙하게 느껴졌다.

"꿈이라고요?" 예상대로 유도당한 닥터 켈렛이 물었다.

"네. 몽유병도 있고요." 실비가 말했다.

"제가요?" 어슐라가 깜짝 놀라 말했다.

"게다가 내내 '데자뷔' 같은 걸 겪어요." 실비는 약간 못마땅하게 그 단어를 발음하며 말했다.

"정말이에요?"

닥터 켈렛이 정교한 해포석 담배 파이프를 집어들더니 난로망에다 톡톡 재를 털었다. 파이프의 둥근 통은 터번 모양이었는데 어딘지 오래된 애완동물만큼이나 친숙했다.

"오, 전에 여기 와본 적 있어요!" 어슐라가 말했다.

"보셨죠!" 실비가 의기양양하게 말했다.

"흠……"

닥터 켈렛은 생각에 잠겼다. 어슐라 쪽으로 몸을 돌리며 곧장 물었다.

"환생이라는 말 들어봤니?"

"아, 네, 물론이죠." 어슐라가 열의를 보이며 말했다.

"분명히 못 들어봤을 거예요. 가톨릭 교리인가요? 이건 또 뭐죠?"

실비는 기이하게 생긴 차 탕관에 주의를 빼앗긴 채 물었다.

"사모바르예요. 러시아에서 온 거죠. 물론 난 러시아인은 아니에요. 그것과는 거리가 멀죠. 난 메이드스톤 출신이니까. 혁명 전에 상트페테르부르크에 다녀왔어요." 어슐라를 향해서는 이렇게 말했다. "뭘 좀 그려볼래?" 그러고는 연필과 종이를 어슐라 쪽으로 밀었다. "차 좀 드시겠어요?" 닥터 켈렛은 여전히 사모바르에서 눈을 떼지 못하는 실비에게 물었다.

실비는 사기 주전자에 담기지 않은 차는 어떤 것도 믿지 못해 거절했다.

그림을 다 그린 어슐라는 평가해달라고 내밀었다.

"이게 뭐니?" 실비가 어슐라 어깨 너머로 들여다보며 물었다. "고리 같은데, 아니면 화관인가? 왕관이니?"

"아니에요. 이건 꼬리를 입에 문 뱀입니다." 닥터 켈렛이 말했다.

그는 알겠다는 듯 고개를 끄덕이며 실비에게 말했다.

"우주의 순환성을 나타내는 상징이죠. 시간은 구성체지만 실제로는 모든 게 흘러갈 뿐 과거도 현재도 없어요. 오직 지금만 있을 뿐이죠."

"멋진 격언이군요." 실비가 뻣뻣하게 말했다.

닥터 켈렛은 두 손을 뾰족하게 모아 그 위로 턱을 받쳤다.

"한번 잘 지내보자. 비스킷 좋아하니?"

한 가지 점이 어슐라를 어리둥절하게 했다. 하얀 크리켓 복장을 한 '아라스에서 잃은 남자' 사진이 협탁에서 사라졌다. 별 뜻 없이—수많은 다른 질문들을 야기한 질문이었다—어슐라는 닥터 켈렛에게 물었다.

"그 남자 사진은 어디 있죠?"

닥터 켈렛이 물었다.

"그 남자가 누군데?"

시간의 불안정함조차 의존할 만한 건 아닌 듯했다.

❄

"그냥 오스틴이야. 오픈로드 자동차— 물론 문은 네 개지만. 벤틀리 만큼 비싼 차가 또 있을까. '오빠'의 사치에 비하면 이건 아무리 좋게 봐도 일반인이 타는 차일 뿐이야." 이지가 말했다.

"외상으로 샀겠지, 틀림없이." 휴가 말했다.

"무슨 소리. 다 지불했어, 그것도 현금으로. 내겐 '출판사'가 있어, '돈'도 있고. 이제 내 걱정 하지 않아도 돼, 오빠."

다들 선홍색 차량에 감탄하고 있을 때 밀리가 말했다.

"이제 가야겠어요. 오늘 밤에 댄스 발표회가 있어요. 식사 맛있게 잘 했어요, 토드 부인."

"가자, 내가 데려다 줄게." 어슐라가 말했다.

집으로 돌아오는 길, 어슐라는 정원 아래쪽의 사람들이 많이 다니는 지름길을 피해 먼 길을 빙 돌아오다가 급하게 출발하는 이지의 차를 재빨리 피했다. 이지는 잘 있으라고 무심하게 인사를 보냈다.

"누구야?"

오스틴을 피하느라 자전거로 생울타리를 들이받은 벤저민 콜이 물었다. 그를 본 어슐라의 심장이 두근거리며 쿵쾅쿵쾅 뛰었다. 어슐라가 연모하는 바로 그 상대였다! 먼 거리를 빙 돌아온 이유도 벤저민 콜과의 '우연한' 만남을 이끌지도 모를 희박한 가능성 때문이었다. 그런데 그가 여기 있다니! 얼마나 운이 좋은가.

"내 공을 잃어버렸대." 어슐라가 식당으로 들어서자 테디가 실망스럽게 말했다.

"알아. 나중에 찾아줄게." 어슐라가 말했다.

"누나 얼굴이 온통 발갛게 달아올랐어. 무슨 일 있었어?" 테디가 물었다.

무슨 일이 있었던 걸까, 어슐라는 생각했다. 무슨 '일'이 있었던가? 이 세상에서 가장 잘생긴 남자가 내게 입을 맞춘 것뿐이야. '그것도 내 열여섯 번째 생일에. 자전거에서 내린 벤저민은 함께 걸으며 어슐라를 바래다주었는데, 어느 순간 두 사람의 손이 서로 부딪치면서 얼굴이 붉어졌고(얼마나 시적인가) 벤저민이 말했다.

"내가 좋아하는 거 알지, 어슐라."

그러더니 바로 그곳에서, 어슐라의 집 정문 앞에서(모두가 다 볼 수 있는 곳에서) 벤저민은 자전거를 벽에 세우고는 어슐라를 끌어당겼다. 그러고는 키스! 달콤하면서도 오래 여운이 남는, 기대보다 훨씬 황홀한 키스였다. 비록 어슐라의 감정을— 그러니까…… '상기되게' 하긴 했지만. 그건 벤저민도 마찬가지였고, 두 사람은 약간 얼떨떨해서 서로 거리를 두고 서 있었다.

"세상에, 키스는 처음이야. 키스가 이렇게…… 흥분되는 줄 미처 몰랐어."

벤저민은 부족한 어휘 실력에 스스로 놀랐다는 듯 강아지처럼 고개를 흔들었다.

어슐라는 무슨 일이 일어나든 지금이 인생 최고의 순간으로 남을 거라고 생각했다. 키스를 더 할 수도 있었는데, 넝마장수 손수레가 요란한 소리를 내며 길모퉁이를 돌아나오는 바람에 로맨스를 망쳤다.

"아니, 아무 일도 없었어. 이지 고모에게 작별 인사를 했지. 너, 고모 차 못 봤지? 네가 보면 좋아했을 텐데." 어슐라가 테디에게 말했다.

테디는 어깨를 으쓱하더니 테이블에 놓인《아우구스투스의 모험》을 밀어 바닥으로 떨어뜨렸다.

"죄다 헛소리야." 테디가 말했다.

어슐라는 가장자리에 빨간 립스틱이 묻은, 반쯤 남은 샴페인 잔에서 다시 절반을 플라스틱 잔에다 따라 테디에게 건넸다.

"건배."

어슐라의 말에 둘은 잔을 부딪친 뒤 남은 샴페인을 죽 들이켰다.

"생일 축하해." 테디가 말했다.

❅

내가 누리는 이 생활은 얼마나 경이로운가!
무르익은 사과들이 내 머리 주위로 떨어지고
달콤한 포도송이들이
내 입속에서 와인으로 터지면서⋯⋯앤드루 마벌의 시〈정원〉중에서

"뭘 읽고 있니?" 실비가 미심쩍게 물었다.

"마벌."

실비는 어슐라한테서 책을 빼앗아 시를 살펴보았다.

"미사여구가 좀 많구나." 실비가 결론지었다.

"'미사여구가 많다'니─ 무슨 비평이 그래요?"

어슐라는 웃으며 사과를 베어 물었다.

"조숙해지려 하지 마. 소녀한테는 유쾌한 일이 아니야. 방학이 끝나

고 학교로 돌아가면 뭘 공부할 생각이니? 라틴어? 그리스어? 영문학은
안 할 거지? 의미 없다고 생각해." 실비가 한숨을 지으며 말했다.

"영문학이 의미 없다고요?"

"영문학을 '공부'하는 게 의미 없다고. 그냥 '읽으면' 되는 거 아냐?"

실비는 다시 한숨을 지었다. 두 딸 모두 자신과 닮은 점이 없었다.
잠시 실비는 과거로 돌아갔다. 쾌청한 런던 하늘 아래로. 비가 내려 새
로이 싱싱해진 봄꽃들 향기가 나고, 마음을 편안하게 해주는 티핀의
마구가 쩔렁거리는 소리가 들렸다.

"난 현대어를 공부할까 해요. 모르겠어요. 확실한 건 아니고, 별로
계획을 세우진 않았어요."

"계획?"

사방이 조용해졌다. 여우는 고요함 속으로 느긋하게 걸었다. 태평
하게. 모리스는 틈만 나면 여우를 쏘려고 했다. 모리스가 스스로 생각
하는 만큼 훌륭한 사격수가 아니거나 암여우가 모리스보다 더 똑똑한
모양이었다. 어슐라와 실비의 견해는 후자 쪽으로 기울었다.

"정말 예쁜 여우야. 꼬리도 얼마나 멋진지." 실비가 말했다.

여우는 저녁밥을 기다리는 개처럼 실비한테서 눈도 떼지 않고 앉아
있었다.

"내겐 아무것도 없어."

실비는 이 말을 증명하려고 빈손을 뒤집어 보였다. 어슐라는 여우
가 놀라지 않도록 팔을 내려서 조심스럽게 사과 심 부분을 던져주었
다. 암여우는 사과 심을 향해 잽싸게 달려가 서툴게 입에 물더니 꽁무
니를 빼고 사라졌다.

"아무거나 먹는구나, 지미처럼." 실비가 말했다.

모리스가 나타나는 바람에 둘 다 깜짝 놀랐다. 새 퍼디 엽총을 둘러 멘 모리스가 안달난 목소리로 말했다.

"그 빌어먹을 여우였어요?"

"말조심해, 모리스." 실비가 나무랐다.

졸업 후 모리스는 법조계의 교육이 시작되기 전에 잠시 집에서 지 내느라 몸서리치게 따분해했다. 홀 농장에서 일하라고 실비가 제안했 다. 일손이 한창 바쁠 때는 일꾼들이 늘 필요했다.

"들판에서 농부처럼 일하라고요? 그러라고 제게 비싼 교육을 시킨 거예요?" ("우리가 왜 저 애에게 비싼 교육을 시켰지?" 휴가 말했다.)

"그럼 총 쏘는 거나 좀 가르쳐줘. 어, 난 아빠의 낡은 엽총을 사용 하면 돼." 자리에서 벌떡 일어선 어슐라가 치마를 탁탁 털며 말했다.

모리스는 어깨를 으쓱하며 말했다.

"그러면 좋겠지만, 여자들은 총 쏘는 거 아니야. 잘 알잖아."

"여자들은 아무짝에도 쓸모가 없어. '아무것도' 할 수가 없다고." 어 슐라가 맞장구쳤다.

"빈정대는 거니?"

"내가?"

"초보치고는 꽤 잘했어."

모리스가 마지못해 말했다. 잡목림과 가까운 벽에 병을 세워두고 총을 쏘았는데, 어슐라는 모리스보다 과녁을 더 많이 맞혔다.

"사격 처음 해보는 거 확실해?"

"뭐랄까, 난 뭐든 좀 빨리 배우거든." 어슐라가 말했다.

모리스는 벽에 세워둔 자신의 엽총을 흔들며 잡목림 가장자리로 다 가갔다. 모리스가 뭘 겨누는지 어슐라가 채 확인하기도 전에 방아쇠가 당겨지면서 뭔가 총에 맞아 죽었다.

"드디어 그 빌어먹을 놈을 해치웠군." 모리스가 의기양양하게 말했다.

어슐라가 얼른 달려갔지만 멀리서도 불그스름한 빛을 띤 갈색 털 뭉치가 눈에 들어왔다. 아름다운 하얀 꼬리 끝부분이 약간 실룩거렸지만 실비의 여우는 이제 가고 없었다.

어슐라는 테라스에서 잡지를 뒤적이는 실비를 보았다.

"모리스 오빠가 여우를 쐈어요." 어슐라가 말했다.

고리버들로 짠 긴 의자에 머리를 기대고 누워 있던 실비는 체념한 듯 눈을 감았다.

"언제라도 일어날 일이었어."

실비는 이렇게 말하며 눈을 떴는데 눈에 눈물이 맺혀 있었다. 어슐라는 어머니가 우는 걸 본 적이 없었다.

"언젠가는 모리스의 상속권을 박탈하고 말 거야."

냉혹한 복수를 생각하는 것만으로 이미 실비의 눈물은 말라버렸다.

테라스에 나타난 패멀라가 무슨 일이냐고 눈살을 찌푸리자 어슐라가 말했다.

"모리스 오빠가 여우를 쐈어."

"난 네가 '그놈'을 쏴버리면 좋겠어." 패멀라가 말했고, 진심이었다.

"난 기차역으로 아빠 마중 나갈 거야." 패멀라가 다시 집 안으로 들어가자 어슐라가 말했다.

어슐라가 정말 휴를 만나러 간 건 아니었다. 생일 이후부터 벤저민 콜을 몰래 만났다. 벤은 이제 어슐라와 붙어 지냈다. 초원에서, 숲에서, 길에서. (집 밖이라면 어디라도 상관없는 듯했다. "다행히 서로 애무하기에는 날씨가 아주 좋아." 밀리가 능글맞게 웃으며 눈썹을 아래위로 움직였다.)

어슐라는 자신이 거짓말에 꽤 능숙하다는 걸 깨달았다. (늘 알고 있지 않았었나?) '가게에 뭐 살 거 없어?' 아니면 '길가에 라즈베리나 따러 가야겠다'. 사람들이 알면 정말 안 되는 걸까?

"네 엄마가 날 죽이려 들걸." 벤이 말했다. ("유대인을?" 어슐라는 이렇게 말하는 실비를 상상했다.)

"그것도 그렇고. 우린 너무 어려." 벤이 말했다.

"로미오와 줄리엣처럼. 불행한 연인이네." 어슐라가 말했다.

"사랑을 위해 죽지 않는 것만 빼면." 벤이 말했다.

"사랑을 위해 죽는 게 그렇게 나쁜 걸까?"

어슐라는 생각에 잠겼다.

"그럼."

두 사람 사이가 몹시 '뜨거워'지기 시작했다. 손가락으로 더듬거리는 일과 신음 소리도(벤에게서) 많아졌다. 벤은 더 오래 '망설일' 수 있을지 모르겠다고 했지만 어슐라는 정확히 무엇에서 망설인다는 건지 몰랐다. 사랑이란 게 어떤 것도 망설이면 안 되는 거 아닐까? 어슐라는 그와의 결혼을 기대했다. 그럼 개종해야 하는 걸까? 어슐라가 '유대인'이 되어야 하는 걸까?

초원으로 간 두 사람은 서로 부둥켜안고 누웠다. 어슐라는 아주 낭만적이라고 생각했다. 몸을 간질이는 티모시 풀과 재채기를 일으키는 옥스아이데이지만 없었다면. 벤이 갑작스럽게 자세를 바꿔 어슐라 위에 올라탄 건 말할 것도 없고. 어슐라는 흙으로 채워진 관 속에 들어 있는 기분이었다. 벤이 발작 같은 걸 시작하자 어슐라는 뇌졸중으로 사망하기 직전의 전주라고 여겼고, 벤이 환자라도 되는 양 머리를 어루만지며 걱정스럽게 물었다.

"괜찮아?" 벤은 조금 뜸을 들였다가 말했다. "미안해. 그럴 의도는 아니었어." (뭘 어쨌기에?)

"난 가봐야 해."

어슐라의 말에 둘은 일어나서 서로의 옷에 묻은 풀과 꽃들을 털어준 뒤 집으로 향했다.

어슐라는 휴가 탄 기차를 놓친 건 아닐까 걱정했다. 벤은 시계를 들여다보며 말했다.

"오, 벌써 도착했겠는데." (휴와 콜 씨는 같은 기차를 타고 왔다.) 이들은 초원을 벗어나 낙농 가축들의 들판을 향해 디딤 계단을 올라갔다. 소들은 젖 짜는 곳에서 아직 돌아오지 않았다.

벤은 디딤 계단을 내려오는 어슐라의 손을 잡아주었고, 둘은 다시 입을 맞추었다. 서로 몸을 뗐을 때 한 남자가 잡목림과 이어진 맞은편에서 나와 들판을 가로질러 가는 게 보였다. 남자는 길에 들어섰고—추레한 차림을 보니 부랑자 같았다—다리를 절룩이며 가능한 한 빨리 걸었다. 뒤돌아보던 남자는 두 사람을 발견하자 다리를 절룩이며 더 빠르게 걸었다. 남자는 풀이 더부룩한 곳에서 넘어졌지만 잽싸게 몸을 수습해서 다시 일어나더니 목장 문을 향해 성큼성큼 달려갔다.

"아주 수상해 보이는 놈인데. 여긴 무슨 일로 왔을까?" 벤이 웃으며 말했다.

"저녁은 식탁에 차려놨어. 아주 늦었구나. 어디 갔었니? 글로버 부인이 또 그 맛없는 알 라 뤼스를 만들었지 뭐니." 실비가 말했다.

"모리스 형이 여우를 쐈다고?" 테디의 얼굴에 실망감이 어렸다.

저녁 식탁에서 벌어진 가족 간의 불쾌한 논쟁은 죽은 여우 때문에 시작되었다. 휴는 여우가 해로운 야생동물이라고 말하고 싶었지만 이미 격분해 달아오른 감정에 기름을 붓고 싶지는 않았다. 그래서 대신 이렇게 말했다.

"자, 이 이야기는 저녁 먹는 동안에는 그만하자. 이 음식을 소화시키는 것만으로도 힘든데."

하지만 이야기는 계속되었다. 휴는 이야기를 무시하려 애쓰면서 송아지고기로 만든 커틀릿과 씨름했다. (글로버 부인은 간을 보는 한 건가, 휴는 궁금했다.) 현관문을 두드리는 노크 소리에 이야기가 중단되자 휴는 안도했다.

"아, 쇼크로스 소령이군요. 들어오세요." 휴가 말했다.

"오, 맙소사. 식사를 방해해서 미안해요. 테디가 우리 낸시를 봤는지 그냥 궁금해서요." 쇼크로스 소령은 곤란한 표정으로 물었다.

"낸시요?" 테디가 물었다.

"그래, 아무리 찾아봐도 없구나." 쇼크로스 소령이 말했다.

어슐라와 벤저민은 이제 잡목림에서도, 길에서도, 초원에서도 만나지 않았다. 낸시의 시신이 발견된 뒤 휴는 엄격한 통행금지령을 내렸고, 어쨌든 어슐라와 벤은 착잡한 죄책감에 사로잡혔다. 제시간에 집에 왔더라면, 꾸물거리지 말고 오 분만 일찍 그 들판을 건넜더라면 낸시를 구할 수 있었을 텐데. 이들이 아무것도 모르고 거닐었을 때, 낸시는 이미 죽은 채 들판 맨 위쪽 모퉁이의 쇠여물통에 누워 있었다. 그래서 진짜 로미오와 줄리엣처럼 죽음으로 끝이 났다. 낸시가, 이들의 사랑에 희생된 채.

"끔찍한 일이야. 하지만 네 책임은 아니야. 왜 네 책임인 것처럼 구니?" 패멀라가 말했다.

어슐라 책임이니까. 그걸 이제는 알았다.

뭔가 찢기고 깨졌다. 부풀어오른 하늘을 쫙 갈라놓는 번갯불처럼.

시월의 짧은 방학을 이용해 어슐라는 며칠간 이지의 집에서 지냈다. 이들은 사우스 켄징턴의 러시아 티룸에 앉아 있었다.

"이곳 손님들은 엄청 우파들이야. 그래도 팬케이크만큼은 최고지." 이지가 말했다.

사모바르도 있었다. (어슐라를 흥분시킨 건 닥터 켈렛의 그림자를 지닌 사모바르였을까? 그렇다면 터무니없는 일 같았다.) 차를 다 마시자 이지가 말했다.

"잠깐만 기다려, 화장실 좀 다녀올게. 계산서 좀 받아놓을래?"

어슐라는 이지가 돌아오길 얌전히 기다리고 있는데 갑자기 공포가 사나운 매처럼 빠르게 엄습했다. 알지 못할 공포감이었지만 무척이나 위협적이었다. 공포는 찻잔에 티스푼이 공손하게 쩔렁거리는 가운데 어슐라를 향해 다가왔다. 어슐라가 일어서면서 의자가 넘어졌다. 현기증을 느꼈고 눈앞에 안개 장막이 펼쳐졌다. 폭탄 가루처럼, 어슐라는 생각했다. 폭격을 맞은 것도 아닌데.

어슐라는 안개 장막을 뚫고 러시아 티룸에서 해링턴 로드로 나왔다. 어슐라는 달리기 시작했고 브롬프톤 로드까지 간 뒤 맹목적으로 에거턴 가든스까지 갔다.

전에 와본 곳이었다. 전에 와본 곳이 아니었다.

늘 뭔가 보이지 않는 것이 있었다. 바로 모퉁이 너머에, 어슐라가 결코 쫓아갈 수 없는 뭔가. 어슐라를 쫓아오는 뭔가. 어슐라는 쫓는 자이면서 동시에 쫓기는 자였다. 여우처럼. 계속 가다가 뭔가에 발이 걸려 얼굴부터 넘어졌다. 말할 수 없이 아팠다. 사방에서 피가 났다.

어슐라는 너무 아파서 도보에 앉아 울었다. 거리에 누가 있는 줄도 몰랐는데 뒤에서 이렇게 말하는 남자의 목소리가 들렸다.

"오, 세상에, 이런 딱한 일이 있나. 내가 도와드리리다. 그 예쁜 터키석색 스카프에 온통 피가 묻었어요. 터키석색이 맞나요, 아니면 아쿠아마린색인가요? 내 이름은 데릭입니다. 데릭 올리펀트."

어슐라는 그 목소리를 알았다. 아니, 어슐라는 그 목소리를 몰랐다. 과거가 현재 속으로 '스며들어'오는 것 같았다. 마치 어딘가 고장이 난 것처럼. 아니면 미래가 과거로 쏟아져 들어오는 걸까? 어느 쪽이든 악몽 같았다. 마치 어슐라의 내적 어두운 풍경이 드러나는 것처럼. 내부가 외부가 되었다. 시간이 뒤죽박죽이었고, 그것만큼은 확실했다.

어슐라는 비틀거리고 일어났지만 주변을 돌아볼 엄두가 나지 않았다. 끔찍한 통증은 무시한 채 계속 내달렸다. 완전히 뻗어버리기 전에 벨그레이비어에 이르렀다. 이곳도, 어슐라는 생각했다. 전에 와본 곳이었다. 전에 와본 곳이 아니었다. 항복이야, 어슐라는 생각했다. 그게 뭐가 됐든 난 이겼어. 어슐라는 딱딱한 인도에 무릎을 꿇고 앉아 공처럼 몸을 웅크렸다. 굴이 없는 여우처럼.

어슐라는 의식을 잃었던 모양이었다. 눈을 떴을 때 하얗게 칠해진 방의 침대에 누워 있는 걸 보니. 커다란 창문이 있고, 창밖에는 아직 잎을 떨구지 않은 마로니에가 보였다. 고개를 돌리자 닥터 켈렛이 보였다.

"코가 깨졌어. 누구한테 습격당한 줄 알았어." 닥터 켈렛이 말했다.

"아니에요. 넘어졌어요." 어슐라가 말했다.

"교구 목사가 널 발견해서 택시에 태워 세인트 조지 병원으로 데려왔어."

"근데 박사님은 여기서 뭐 하세요?"

"네 아버지가 나한테 연락했어. 달리 연락할 사람이 없으니까." 닥터 켈렛이 말했다.

"무슨 말인지 모르겠어요."

"세인트 조지 병원에 도착했을 때 넌 계속 비명을 질렀어. 뭔가 끔찍한 일이 너한테 일어났다고들 생각했지."

"여긴 세인트 조지 병원이 아니죠?"

"아니야. 여긴 개인 병원이야. 휴식과 좋은 음식이 있지. 아름다운 정원도 있고. 아름다운 정원은 늘 도움이 되지, 안 그래?"

"시간은 순환하지 않아요. 시간은…… 팰림프세스트palimpsest, 썼던 글자를 지우고 그 위에 다시 쓸 수 있게 만들어 거듭 덧쓴 양피지 같은 거죠." 어슐라가 닥터 켈렛에게 말했다.

"오, 세상에. 아주 골치 아픈 말이군." 닥터 켈렛이 말했다.

"기억은 때로 미래에 있어요."

"넌 환생한 사람이야. 쉽지 않겠지. 하지만 인생은 여전히 네 앞에 펼쳐져 있어. 그 인생을 살아야 해."

닥터 켈렛은 어슐라의 의사가 아니었다. 그는 은퇴했으며 '병문안'을 온 것뿐이라고 했다.

요양원에 오니 어슐라는 자신이 경증 폐결핵 환자인 양 느껴졌다. 낮 동안에는 햇볕이 내리쬐는 테라스에 앉아 수많은 책을 읽었고, 직원들이 음식과 음료수를 가져다주었다. 어슐라는 정원을 거닐었고 의사와 정신과 의사들과 공손한 대화를 나누었으며 동료 환자들과도 이야기했다. (같은 층에 있는 환자들과. 로체스터 부인처럼 진짜 미친 사람들은 다락방에 있었다.) 어슐라의 방에는 싱싱한 꽃과 사과가 담긴 그릇까지 있었다. 이런 곳에서 지내려면 상당한 돈이 들 게 틀림없었다.

"아주 비싼 요양원이 틀림없어요." 휴가 방문했을 때 어슐라가 말했다.

휴는 종종 찾아왔다.

"이지가 지불하는 거야. 꼭 자기가 내고 싶대." 휴가 말했다.

닥터 켈렛은 생각에 잠긴 채 해포석 파이프에 불을 붙였다. 이들은 테라스에 앉아 있었다. 어슐라는 남은 인생을 이곳에서 보낸다면 아주 행복할 거라고 생각했다. 아주 살기 편한 곳이었다.

"'내가 예언하는 능력이 있고 모든 신비와 모든 지식을 깨닫고……'" 닥터 켈렛이 말했다.

"'…… 산을 옮길 수 있는 큰 믿음이 있다 하여도 나에게 사랑이 없으면 나는 아무것도 아닙니다.'" 어슐라가 응답했다.

"'카리타스'는 물론 사랑이지. 너도 알겠지만."

"'사랑 없이는 나는 아무것도 아닙니다.'" 어슐라가 말하더니 덧붙였다. "근데 왜 고린도서를 인용하죠? 난 박사님이 불교도인 줄 알았는데."

"난 종교가 없어. 물론, 모든 종교를 다 믿기도 하지." 닥터 켈렛은 어슐라의 의견에 약간 애매하게 덧붙였다. "문제는, 넌 충분한가 하는 거야."

"뭐가 말이죠?"

이제 대화는 어슐라에게서 상당히 멀리 갔지만 닥터 켈렛은 해포석 파이프를 채우느라 바빠서 대답을 하지 않았다. 차가 들어와 이들을 방해했다.

"여기 초콜릿 케이크가 참 맛있어." 닥터 켈렛이 말했다.

※

"좀 나아졌니, 우리 아기 곰?" 휴가 조심스럽게 어슐라를 차에 태우
며 물었다.

그는 어슐라를 태우려고 벤틀리를 몰고 왔다.

"네. 아주 좋아요." 어슐라가 대답했다.

"좋아. 집으로 가자. 네가 없으니 집이 예전 같지가 않아."

※

어슐라는 소중한 시간을 많이 낭비했지만 폭스 코너의 침대에서 어
둠 속에 깨어 있는 동안 계획을 세웠다. 계획은 틀림없이 눈과 관련이
있을 것이다. 은색 토끼, 춤을 추는 푸른 잎사귀들 등등. 고전어가 아
닌 독일어. 그 후에는 속기와 타자 과정을 밟고 여분으로 에스페란토
를 공부할까 생각했다. 혹시 유토피아가 다가올 경우를 대비해서. 지
역 사격 클럽 회원이 되고 어디라도 사무직을 구할 생각이었다. 한동
안 일해서 돈을 모으고— 별다른 건 없었다. 어슐라는 주목을 끌고 싶
지 않았고, 아버지의 충고를 따를 생각이었다. 아버지가 아직은 충고
를 하지 않았지만 어슐라는 그 충고대로 위험을 무릅쓰지 않고 능력은
숨길 것이다. 그래서 준비가 되면, 야수 같은 놈들 가운데로 깊숙이 침
투할 수 있게 되면, 그곳에서 날마다 커져가는 검은 종양을 도려낼 것
이다.

그리고 언젠가 아말리엔스트라세를 걷다가 호프만 사진관 밖에서
걸음을 멈추고 윈도에 진열된 코닥과 라이카와 포크틀렌더를 구경하
며 상점 문을 열고 들어가면 작은 종이 쩔랑거리면서 카운터에서 일

하는 여직원에게 자신이 온 걸 알릴 것이다. 그러면 여직원은 '구텐 타크, 그네디게스 프로일라인'이라고 인사하거나 아니면 '그뤼스 고트'라고 인사할지도 모른다. 왜냐하면 아직은 끝없는 '하일 히틀러'와 우스꽝스러운 호전적 경례 대신 '그뤼스 고트'와 '츄스'라고 인사하는 1930년이기 때문이다.

어슐라는 낡은 브라우니 카메라를 꺼내 이렇게 말할 것이다.

"필름을 감을 줄 몰라서요."

그러면 활기찬 열일곱 살짜리 에파 브라운은 이렇게 말할 것이다.

"내가 한번 살펴볼게요."

어슐라의 심장은 최고의 신성함으로 부풀어올랐다. 절박함이 사방에 있었다. 어슐라는 전사이면서 빛나는 창이었다. 깊은 밤에 반짝이는 검이자 어둠을 꿰뚫는 기다란 빛으로 된 창이었다. 이번에는 어떤 실수도 없을 것이다.

모두가 잠들고 집이 고요해졌을 때 어슐라는 침대에서 나와 작은 다락방 침실의 열린 창 앞에 의자를 놓고 올라갔다.

때가 됐어, 어슐라는 생각했다. 어딘가에서 공감하듯 시계종이 울렸다. 어슐라는 테디와 울프 양, 롤런드와 어린 앤절라, 낸시와 실비를 생각했다. 닥터 켈렛과 핀다로스를 생각했다. '먼저 너 자신이 누군지 알아내서, 그런 사람이 되어라.' 어슐라는 이제야 자신이 누군지 알았다. 자신은 어슐라 베리스퍼드 토드이며 목격자였다.

어슐라는 검은 박쥐를 향해 팔을 펼쳤고, 둘은 서로에게 날아가 오랫동안 만나지 못한 친구처럼 공중에서 얼싸안았다. 이게 사랑이야, 어슐라는 생각했다. 그리고 연습은 완벽하게 만든다.

용사가 되라

1930년 12월

어슐라는 에파를 잘 알았다. 패션과 화장과 수다를 얼마나 좋아하는지도. 스케이트와 스키를 탈 줄 알고 춤추는 걸 즐긴다는 것도 알았다. 그래서 에파와 함께 오버폴링어 백화점에 가서 고급 드레스를 기웃거리며 구경한 다음, 카페에 가서 커피와 케이크를 먹거나 뮌헨 영국 정원에서 회전목마를 타는 아이들을 지켜보며 아이스크림을 먹었다. 또 에파와 여동생 그레틀과 함께 스케이트장에도 갔다. 에파 부모님 집에서 저녁 초대도 받았다.

"네 영국인 친구는 아주 좋은 아이더구나." 에파 어머니가 에파에게 말했다.

어슐라는 독일어를 더 배워서 영국에 정착하면 독일어를 가르치고 싶다고 했다. 에파는 따분한 생각에 한숨을 지었다.

사진 찍히는 걸 좋아하는 에파를 위해 어슐라는 브라우니 카메라로 잔뜩 사진을 찍어 밤마다 앨범에 끼워넣었다. 어슐라는 에파의 다양한 포즈에 감탄했다.

"넌 영화배우가 되어야 해."

어슐라의 말에 에파는 우스꽝스러울 정도로 우쭐했다. 어슐라는 연예인들을 벼락치기로 익혔다. 할리우드와 영국, 독일 연예인들과 최신 노래와 춤들을 익혔다. 마치 신출내기에 관심 있는 중년 여자처럼. 어슐라는 에파를 잘 보살폈고, 에파는 새로 사귄 지적인 친구가 그저 놀라울 따름이었다.

어슐라도 '중년 남자'를 향한 에파의 열병을 알았다. 그에게 추파를 던지며 쫓아다녔고, 그가 레스토랑과 카페에서 정치에 관해 끝없는 대담을 이어나가는 동안 에파는 눈에 띄지도 않는 한쪽 구석에 앉아 있었다. 에파는 이런 모임에 어슐라를 데려가기 시작했다. 어쨌든 어슐라는 에파의 가장 친한 친구였다. 에파가 원하는 건 히틀러에게 가까이 다가가는 일이었다. 어슐라가 원하는 일이기도 했다.

어슐라는 베르크와 벙커에 대해 알았다. 어슐라가 경박한 에파의 인생에 끼어든 건 커다란 호의였다.

그들은 에파가 주변을 맴도는 데에 익숙해졌고, 어슐라도 에파의 영국인 친구로 인식하게 되었다. 어슐라는 상냥했고, 소녀였고, 아무것도 아니었다. 어슐라가 아주 낯이 익다 보니 이제 어슐라가 혼자 나타나 장차 거물이 될 히틀러를 우러러보며 히죽 웃는다 해도 아무도 놀라지 않을 것이다. 히틀러는 흠모를 편하게 즐겼다. 자기 회의가 저렇게 부족하다니, 어슐라는 생각했다. 잘된 일이긴 했다.

하지만, 맙소사, 따분했다. 카페 헤크나 오스테리아 바바리아의 테이블 위는 오븐에서 연기가 나듯 열기가 엄청났다. 히틀러가 향후 몇 년 안에 세상을 쑥대밭으로 만들 거라는 사실이 믿기지 않는 광경이었다.

계절의 이맘때치고는 약간 추웠다. 지난밤에 내린 가벼운 눈발이 마치 글로버 부인의 민스파이에 얹힌 설탕처럼 뮌헨을 덮었다. 마리엔플라츠뮌헨 시청 앞 광장에는 커다란 크리스마스트리가 세워졌고, 향긋한 솔잎과 군밤 냄새가 사방에 퍼졌다. 축제를 맞은 사람들의 화려한 옷차림은 영국에서 기대할 수 있는 것보다 훨씬 더 뮌헨을 동화의 나라처럼 보이게 했다.

차가운 공기는 활기를 북돋웠고, 어슐라는 거품이 잔뜩 낀 뜨거운 쇼콜라데 한잔을 기대하며 씩씩한 걸음걸이로 카페로 향했다.

카페 안은 담배 연기가 자욱한 데다 몹시 추운 바깥에 있다 들어오니 약간 불쾌했다. 여자 손님들은 모피 차림이었고 어슐라는 어머니의 밍크를 가져올걸, 하고 생각했다. 실비는 밍크코트를 한 번도 입지 않았고 요즘에도 내내 옷장에 처박아두었다.

남자는 카페 저 안쪽 테이블에 평소처럼 신봉자들에게 둘러싸여 있었다. 어슐라는 추잡한 무리라고 생각하며 혼자 웃었다.

"아. 운저레 엥글리셰 프로인딘."(영국에서 온 친구군.) 어슐라를 본 남자가 말하더니 이내 덧붙였다. "구텐 타크, 그네디게스 프로일라인." (안녕하시오, 아가씨.)

남자가 손가락을 까닥하자 맞은편에 앉아 있던 풋내기처럼 보이는 남자가 일어섰고, 어슐라는 그 자리에 앉았다. 풋내기 남자는 짜증이 난 것 같았다.

"에스 슈나이트."(눈이 와요.) 어슐라가 말했다.

남자는 날씨를 몰랐다는 듯 창밖을 쳐다보았다. 남자는 '팔라트셩켄'을 먹고 있었다. 맛있어 보였지만 종업원이 서둘러 다가오자 어슐라는 따뜻한 쇼콜라데와 슈바르츠발더 키르슈토르테를 주문했다. 맛있었다.

"엔트슐디궁."(실례할게요.)

어슐라는 중얼거리며 핸드백으로 손을 뻗어 손수건을 찾았다. 가장자리에 레이스가 달리고 어슐라의 이니셜인 'UBT', 어슐라 베리스퍼드 토드가 새겨진 손수건은 패미한테 받은 생일 선물이었다. 어슐라는 입가에 묻은 부스러기를 얌전하게 닦은 뒤 다시 몸을 굽혀 손수건을 핸드백에 넣고는 묵직한 물건을 꺼냈다. 어슐라의 아버지가 1차 세계 대전 때 사용한 낡은 웨블리 마크5 권총이었다. 어슐라는 여장부답게 얼른 마음을 다잡았다.

"바흐트 아우프."(조심해.) 어슐라가 조용히 말했다.

이 말이 총통의 주의를 끌자 어슐라가 덧붙였다.

"에스 나에트 겐 뎀 타크."(드디어 때가 왔어.)

수백 번 연습한 동작이었다. 한 번의 발사. 모든 게 잽쌌지만 어슐라 가 권총을 꺼내 남자의 가슴에 겨누자 모든 게 멈춘 듯 공백의 순간이 있었다.

"퓌러."(총통.) 여자가 마법을 깨뜨리며 말했다. "퓌어 지."(당신 거야.)

테이블 주변으로 권총을 뽑아든 남자들이 일제히 어슐라를 겨누었 다. 한 번의 호흡. 한 번의 발사.

어슐라는 방아쇠를 잡아당겼다.

어둠이 내려앉았다.

눈

1910년 2월 11일

쾅, 쾅, 쾅. 한창 꿈을 꾸던 브리짓의 꿈과 침실 문을 두드리는 소리가 뒤섞였다. 꿈속에서 브리짓은 킬케니 주에 있는 집에 있었고, 죽은 아버지의 가련한 유령은 다시 가족에게 돌아오려고 문을 두드리고 있었다. 쾅, 쾅, 쾅! 브리짓은 눈물을 글썽이며 깨어났다. 쾅, 쾅, 쾅. 정말 문 앞에 누군가 와 있었다.

"브리짓, 브리짓?" 문 뒤에서 토드 부인의 다급한 속삭임이 들렸다.

브리짓은 십자성호를 그었다. 한밤중에 전하는 소식은 불길하기 마련이다. 토드 씨가 파리에서 사고를 당한 걸까? 아니면 모리스나 패멀라가 아픈 걸까? 얼른 침대에서 나오자 작은 다락방의 한기가 느껴졌다. 공기 중에 눈 냄새가 느껴졌다. 침실 문을 열자 금방이라도 터질 듯 꼬투리처럼 배가 부른 실비가 잔뜩 웅크리고 있었다.

"아기가 예정일보다 일찍 나오려고 해. 좀 도와줄래?" 실비가 말했다.

"제가요?" 브리짓이 놀라서 외쳤다.

이제 겨우 열네 살인 브리짓은 아기에 대한 건 많이 알았지만 출산은 잘 몰랐다. 브리짓은 자신의 어머니가 출산 중에 죽는 걸 지켜보았지만 토드 부인에게는 이런 사실을 알리지 않았다. 지금은 그런 말을 할 때가 아닌 게 분명했다. 브리짓은 실비를 부축해 계단을 내려가 안방으로 갔다.

"닥터 펠로스에게 알려봤자 소용없어. 이런 폭설을 뚫고 올 수는 없으니까." 실비가 말했다.

"성모마리아님."

실비가 짐승처럼 네 발로 기며 끙끙 앓는 소리를 하자 브리짓은 비명을 질렀다.

"아기가 지금 나오는 것 같아. 당장." 실비가 말했다.

브리짓은 실비를 설득해 침대에 눕혔고, 이들의 길고 외로운 밤의 산고가 시작되었다.

"오, 마님." 브리짓이 갑자기 소리쳤다. "아기가 온통 파래요."

"딸이야?"

"탯줄이 목에 감겼어요. 오, 예수님과 모든 성인들이시여. 아기가 질식하겠어요. 조그만 게 가련하기도 하지. 탯줄이 목을 졸라요."

"무슨 수를 써야 해, 브리짓. 어떻게 하지?"

"오, 토드 부인. 아기가 숨을 거뒀어요. 한번 살아보지도 못하고 죽었어요."

"아냐, 그럴 리가 없어." 실비가 말했다.

실비는 몸을 일으켜 전쟁터처럼 빨갛게 피로 얼룩진 하얀 이불 위에 앉았다. 아기는 아직 생명선에 매달려 있었다. 브리짓이 애통해하는 동안 실비는 침대 옆 탁자 서랍을 열더니 미친 듯이 안을 뒤졌다.

"오, 토드 부인." 브리짓이 울부짖었다. "누워 계세요. 어떻게 해볼도리가 없어요. 토드 씨가 집에 계시면 얼마나 좋을까요."

"쉿."

실비는 전리품을 높이 쳐들었다. 수술용 가위가 램프 불빛에 반짝거렸다.

"준비를 해두었지. 아기가 잘 보이게 램프 가까이 들어봐. 어서, 브리짓. 꾸물거릴 시간이 없어." 실비가 중얼거렸다.

싹둑, 싹둑.

연습은 완벽하게 만든다.

햇살이 눈부신 드넓은 고원

1945년 5월

　이들은 글래스하우스 스트리트에 자리한 술집 한구석 탁자에 앉아 있었다. 도버 외곽 도로변에서 차를 얻어 타려는 이들을 보고 미군 병장이 피커딜리까지 태워주었다. 이들은 이틀을 기다려야 하는 비행기 대신 프랑스의 르아브르에서 미군 수송선에 올라탔다. 이들이 무단 이탈자였기 때문에 기술적으로는 가능했지만 아무도 신경 쓰지 않았다.

　피커딜리에 도착한 이래, 이곳에 벌써 세 번째 술집이었고 그중 두 사람은 몹시 취했지만 아직 더 마실 수 있다는 데 동의했다. 토요일 밤이었고, 술집은 사람들로 붐볐다. 군복 차림이어서 밤새 돈 한 푼 내지 않고 술을 마셨다. 희열까지는 아니더라도 여전히 승리의 안도감이 감돌았다.

　"자, 돌아온 걸 축하하며." 빅이 잔을 들며 말했다.

　"건배. 미래를 위하여." 테디가 말했다.

　테디는 1943년 십일월에 격추당한 뒤 동부의 스탈락 루프트 VI에 인도되었다. 상황이 더 나쁠 수 있었지만 그나마 괜찮았다. 러시아인들은 짐승 취급을 받았지만 테디는 다행히 러시아인이 아니었다. 이월 초순경, 한밤중에 귀에 익숙한 '라우스! 라우스!'(나와! 나와!) 소리가 들려 침대에서 일어났고 진군하는 러시아 군대를 피해 서쪽으로 행군을 시작했다. 하루 이틀 정도 더 행군하면 해방될 것 같았고, 특히나 잔인한 운명의 장난이었다. 기아 배급품에 의지하면서 내내 영하

20도의 살을 에는 추위 속에서 몇 주 더 행군했다.

빅은 약간 건방진 공군 상사로 루르 강 위로 격추당한 랭커스터의 조종사였다. 전쟁은 뜻밖의 동료를 만들어준다. 이들은 행군 중에 서로 친해졌다. 이들의 목숨을 구해준 건 동지애와 간간이 지급되는 적십자 구호품이었다.

테디는 베를린 부근에서 격추당했는데 마지막 순간에 조종석에서 겨우 탈출했다. 그는 사병이 탈출할 기회를 주기 위해 비행기를 수평으로 유지하려 애썼다. 선장은 선원이 모두 탈출할 때까지는 배를 버리지 않는 법이다. 폭격기에도 똑같은 무언의 규칙이 적용되었다.

핼리팩스는 완전히 불길에 휩싸였고, 테디는 이제 끝장이란 걸 받아들였다. 어쩐지 기분이 가벼워지기 시작했고 가슴이 부풀어올랐다. 자신은 괜찮을 것 같은, 죽음이 찾아오더라도 어쩐지 자신을 돌봐줄 것 같은 생각이 갑자기 들었다. 하지만 죽음은 찾아오지 않았다. 호주인 통신병이 조종석으로 기어들어와 테디의 낙하산을 등에 고정시키며 말했다.

"탈출해, 이 바보 같은 자식아."

테디는 두 번 다시 그를 보지 못했고, 다른 사병도 아무도 보지 못했다. 이들이 살았는지 죽었는지도 몰랐다. 테디는 마지막 순간에 뛰어내렸고, 땅에 떨어지기 직전에 낙하산이 펴지면서 운 좋게도 발목과 손목만 부러졌다. 테디는 병원으로 옮겨졌고 지역 게슈타포가 와서 병상에 있는 테디를 체포하며 불멸의 말을 남겼다.

"당신에게는 이제 전쟁이 끝났소."

거의 모든 항공병들이 체포될 때 들은 인사말이었다.

테디는 포로 기록 카드를 성실히 작성한 뒤 집에서 편지가 오길 기다렸지만 오지 않았다. 테디는 자신의 이름이 적십자 포로자 명단에 있는지, 자신이 살아 있는 걸 가족이 아는지조차 모른 채 이 년을 보냈다.

전쟁이 끝났을 때 이들은 함부르크 외곽 어느 도로에 있었다. 빅은 몹시 기뻐하며 간수에게 이렇게 말했다.

"'아흐 조, 마인 프로인트, 퓌어 지 데어 크리크 이스트 추 엔데.'"(어이, 친구, 당신에게는 이제 전쟁이 끝났소.)

"테드, 애인한테는 연락이 됐어?" 술집 전화를 좀 쓰게 해달라고 바뒤의 여주인에게 아첨하고 돌아온 테디에게 빅이 물었다.

"했어. 날 이미 죽은 사람이라고 체념했던 모양이야. 진짜 나라고 믿는 것 같지가 않았어." 테디가 웃으며 말했다.

삼십 분 정도 술을 더 마신 뒤 빅이 말했다.

"저기 봐, 테드. 얼굴에 띤 미소를 보니 방금 들어온 저 여자가 자네 애인 같은데."

"낸시." 테디가 조용히 혼잣말을 했다.

'사랑해.' 낸시는 소음 속에서 조용히 테드에게 입 모양으로 말했다.

"오, 날 위해 친구까지 데려왔는데. 아주 사려 깊군."

빅의 말에 테디가 웃으며 말했다.

"조심해, 자네가 말한 여자는 우리 누나야."

낸시가 어슐라의 손을 얼마나 꽉 잡았던지 쓰라릴 정도였지만 통증은 아무것도 아니었다. 테디가 거기 있었다. 런던 술집에서 영국 맥주를 마시면서 정말 떡하니 앉아 있었다. 낸시는 목이 메는지 웃기는 소리가 났고, 어슐라는 비명을 지르지 않으려고 애썼다. 둘 다 예수의 부활을 맞닥뜨려 할 말을 잃은 마리아 같은 모습이었다.

테디가 이들을 발견하고는 얼굴에 함박웃음을 지었다. 테디가 자리에서 벌떡 일어서는 바람에 테이블에 놓인 유리잔이 쓰러질 뻔했다. 낸시는 사람들 사이를 비집고 들어가 테디를 껴안았지만 어슐라는 그 자리에 그대로 서 있었다. 움직이면 이 모든 게 사라질까 봐, 온전한 행복의 장면이 눈앞에서 산산조각 나버릴까 봐 겁이 덜컥 났다. 하지만 그때 어슐라는 생각했다. 아냐, 이건 실제야. 이건 진짜야. 그러고는 테디가 낸시를 실컷 껴안은 뒤 어슐라에게 멋진 경례를 하는 동안 어슐라는 벅찬 기쁨으로 웃었다.

테디가 사람들 너머로 어슐라에게 뭐라고 소리쳤지만 왁자지껄한 소리에 묻혀 들리지 않았다. 어슐라는 '고마워'라는 말일 거라고 생각했다. 그러나 어슐라의 생각이 틀렸을지도 모른다.

눈

1910년 2월 11일

해덕 부인은 귀부인처럼 보이길 바라며 따뜻한 럼주 한 잔을 홀짝거렸다. 석 잔째였고 부인은 속에서부터 불이 나기 시작했다. 해덕 부인은 출산을 도우러 가다가 폭설을 만나 챌폰트 세인트 피터 외곽의 블루라이언 선술집으로 몸을 피했다. 부득이한 경우를 제외하면 결코 들어가지 않았음 직한 곳이었다. 하지만 선술집에는 활활 타오르는 난로가 있고 사람들은 놀랄 만큼 유쾌했다. 놋쇠 장식과 구리 단지들이 번쩍거리고 빛이 났다. 음주가 특히 자유롭게 이루어지는 것처럼 보이는 일반석은 전체적으로 더 소란스러운 장소였다. 이제 다들 함께 노래를 불렀고 해덕 부인은 발로 리듬을 맞추는 자신을 발견하고는 깜짝 놀랐다.

"눈 내리는 거 한번 보시오." 반짝반짝 광택이 나는 거대한 놋쇠 카운터 위로 선술집 주인이 몸을 숙이며 말했다. "며칠 동안 갇혀 있게 될지도 모르오."

"며칠씩이나?"

"럼주나 한잔 더 마시구려. 오늘 밤에는 급히 갈 데도 없을 테니."

향수의 렌즈를 통해 들여다본 목가적 유토피아

내가 태어난 해는 1951년 말이다. 덕분에 엄청나고 끔찍한 일이 벌어진 제2차 세계대전을 놓쳤으며, 이는 결코 내가 알지 못할 부분으로 남을 거라고 생각하며 자랐다. 돌이켜보면, 이런 생각을 했다는 게 특이하게 느껴진다. 내가 어렸을 때 주변에는 전쟁 이야기를 하는 사람이 없었기 때문이다. 우리 가족은 전쟁을 겪었지만 좀처럼 그 이야기를 꺼내는 법이 없어서 마치 전쟁 자체가 아예 없었던 것 같았다. 전쟁이 끝나고 평화라는 암울한 현실과 마주했을 때 사람들이 원한 게 망각이었음을 난 최근에야 깨닫고 이해하게 되었다. 사람들이 잊길 원하는 건 우리가 입은 피해가 아니라, 영국이 유럽에 끼친 심각한 파괴라는 사실을 말이다. 영국이 독일을 쑥대밭으로 만들었다고 자랑할 것도 없고, 전쟁에 뒤따르는 끝없는 도의적 타협도 뿌듯해할 필요가 없었다. 사람들은 전진하고, 역사는 남는다.

내 고향 요크도 대규모 산업도시들에 비하면 미비하다 할 수 있겠지만 폭격을 당했다. 요크는 수많은 요크셔 비행장 직원들을 위한 활발한 사회적 요충지였다. 내게는 육해공군에서 각각 복무하던 삼촌들이 있었고, 내가 가장 좋아하는 고모는 전쟁 신부로서 캐나다의 이름 모를 고장을 향해 배를 타고 떠났다. 2차 세계대전에서 큰 부상 없이 살아남은 할아버지는 1941년 빗나간 폭탄에 맞아 돌아가셨다. (또 다른 할아버지는 1931년 벤틀리 탄광 붕괴 참사로 돌아가셨다. 나의 첫 작품 《Behind the Scenes at the

Museum》에서 루비는 자신도 폭파로 사망할 운명적 대물림이 있을지 모른다는 두려움을 드러내는데, 이는 내 마음을 스친 생각이기도 하다.)

우리 아버지는 전쟁 발발 전날, 할머니의 설득으로(할머니의 많지 않던 친절한 행위 중 하나) 상선을 떠나 광산으로 돌아왔고, 할아버지가 목숨을 잃은 바로 그 탄광에서 전쟁이 진행되던 육 년간을 일했다. 아버지가 1940년 십이월 어느 새벽에 채탄 막장에서 2교대 일을 마치고 돌아오면서 벌겋게 달아오른 하늘을 보며 "셰필드가 불타는구나."라고 했던 말이 늘 떠오른다.

그 후 전쟁은 끝이 났고, 공개적으로는 아니지만 개인적으로는 역사의 뒤안길로 사라져갔다. 십 대, 이십 대, 삼십 대를 지나오는 동안 날 단련시킨 건 미래, 즉 핵전쟁의 위협이었다. 미국 군사기지에 항의하는 평화운동에도 참여했고, 어퍼 헤이포드에서 시민 불복종으로 체포되기도 했던 나는, 세상이 한 방에 끝날 것이라고 굳게 확신했다. 하지만 이런 두려움은 옳건 그르건 점차 사라졌고, 《Behind the Scenes at the Museum》을 쓰고 우리 가족의 역사를 들여다보기 시작하면서 2차 세계대전에 대한 내 관심도 다시 불붙었다.

우리 모두는 '만약'이라는 시나리오에 이끌린다. 그중 가장 강력하고 친숙한 것이 '만약 히틀러가 권력을 잡지 못했다면 어떻게 되었을까?'라는 것이리라. 나는 이 주제와 관련된 글을 쓰고 싶다는 열망을 오래도록 품어왔다. 물론 지나치게 친숙한 것이 늘 그렇듯 단순히 상투적인 내용이 되고 말 것이라는 염려도 있었다. 원래의 내 기획 의도는 만약 히틀러가 아기였을 때 유괴되었더라면 어떻게 되었을까, 하는 거였다. 이 소설에서 어슐라가 언급하기도 했던 아이디어다. 하지만 가능성을 타진해보니 장편보다는 단편에 더 어울릴 법한 주제 같았다. 내가 원한 건 그보다 좀 더 복잡한 내용이었다. 완전히 '까다롭고', 다층적이며, 약간 프랙

탈fractal.작은 구조가 전체 구조와 비슷한 형태로 끝없이 되풀이되는 구조한 뭔가를. (뭔가를 '약간' 프랙탈하다고 여길 수 있다면.)

영국 대공습이 소설에 박진감을 더해주는 암울한 중심은 될 수 있겠지만, 이것이 전쟁의 전부는 아니다. 나는 포스터영국의 소설가이자 비평가의 망령을 등에 업고 이야기를—계속 반복적으로—1910년에서 시작한다. 1차 세계대전이 일어나기 전, 지금 우리 눈에는 (아주 잘못된 것이지만) 타락 이전의 시기 같은 그 시절로의 끝없는, 또 가차 없는 회귀에는 최면에 걸린 듯, 꿈결 같은 뭔가가 있다. 기계화된 학살이 세상을 덮치기 전, 향수(그리고 머천트 아이보리 영화사 영화들)의 렌즈를 통해 들여다본 목가적 이상향 같다고나 할까. (물론 가장 중요한 '만약'은 사라예보에서 프린십이 권총을 겨눈 일이다.)보스니아와 헤르체고비나를 합병한 오스트리아 황태자가 사라예보를 방문했을 때 비밀단체 '검은손' 소속의 청년 프린치프카 슬라브족의 통일을 부르짖으며 황태자를 암살한 사건으로 제1차 세계대전을 촉발시켰다

어슐라 역시 적의 심장부인 베르크로 가서 반복되는 여러 인생 중 한 번의 삶을 독일에서 보낸다. 독일인의 고통은 영국인의 고통보다 훨씬 커서 어슐라 자신의 이해(그리고 동기)를 구하기 위해서는 한 가지 이상의 방법으로 대재앙을 경험하는 게 필요해 보였다.

사람들은 늘 작품이 무엇에 '관한' 것인지 묻는데, 그럴 때면 난 대개 적당히 말을 지어낸다. 작품이 무엇에 관한 것인지 나도 모르기 때문이다. (작품은 그 자체에 '관한' 것이다.) 그러나 굳이 밝히라고 한다면, 《라이프 애프터 라이프》는 영국인이 되는 것에 관한 작품이라고 말하고 싶다. (생각해보니 내 작품 모두 그런 주제를 담고 있는 듯하다.) 실제 영국인으로서만이 아니라 상상 속에서 우리가 누구인가 하는 것까지.

전쟁 내내 우리는 잘 견뎌냈다. 전쟁에 관한 글을 읽을수록 더 많이 생각하게 되는 사실이 있는데—굳이 선전 문구가 아니더라도. 그런 선전

은 많았고 우리는 여전히 선전의 지배를 받는다—당시가 우리에게는 정말 좋은 때였다는 것이다. 나는 그 사실을 사람들이 알았으면 좋겠다. 멀리서 셰필드가 불타는 장면을 지켜본 아버지는 목격자의 역할을 짊어진 채 그 후의 인생을 살아온 것이다. 공습 이야기에서 도덕적 중심인물인 울프 양은 어슐라에게 "우리가 앞으로 안전해지면 그때는 목격자의 역할을 감당해야 한다."고 말한다.

과거 어딘가, 허구라는 영묘한 세상에서는 1910년 이월의 눈 오는 밤이 늘 되풀이되고, 해덕 부인은 언제나 럼주를 석 잔째 들이켜고 있으리라.

이 작품을 쓰기 위해 사전 조사를 할 때는 이것저것 가능한 한 많이 읽었지만, 일에 착수하면서는 많이 잊어버리고 그냥 쓰려고만 노력했다. 독자로서의 나는 과도한 역사적 사실에 계속 가로막히는 역사소설을 좋아하지 않는다. 많은 시간을 들여 조사한 흥미로운 내용을 모두 담고 싶은 충동은 충분히 이해한다. 그러나 독자들에게는 작가가 병적으로 연구한 어려운 사실에 계속 가로막히는 것만큼 불편한 것도 없다. (우리 가족은 에파 브라운에 대한 나의—제법 장황한—집착에 문제를 제기했다.)

지속적으로 제한이 가해질 경우 난 정확한 분위기나 서술적 신뢰성을 이끌어내기가 힘들다. 허구는 허구일 뿐이다. 그렇다고 해서 후에 사실 관계를 확인하지 않는다는 의미는 아니다. (두말할 것도 없이 모든 실수는 내 탓이다.) 그러나 때로 작품의 핵심에서 진실을 찾으려면 어느 정도의 현실감은 포기할 수밖에 없다. 예를 들어 나는 실제 아가일 로드에 투하된 폭탄에 대해 아는 바가 없다. 그리고 내가 스테인드글라스의 갤리언선 그림을 그럴듯하게 묘사해놓은 윌스톤 현관문도 실제로 들어가본 적이 없다. 전쟁이 있기 전, 런던 동물원에 잎걷이개미가 있었는지도 난 모른다(없었던 것 같다). 전쟁 동안 어슐라의 정보국 근무는 그 작업의 여러

가지 측면을 규합하고 수정한 결과물이다. (지어내는 건 힘들지 않다— 시간이 흐를수록 혼돈의 시대에 사람들이 무엇을 했는지 정확하게 알기가 어렵기 때문이다.)

유용하거나 영감을 주고, 또 독자들이 관심을 가질 만한 자료 목록이 꽤 있는데, 가장 귀중하게 생각하는 목록에는 전쟁이 끝난 직후, 또는 전쟁 동안 발간된 보고서나 회고록들이 포함된다. 그중 일부는 (윌리엄 샘섬2차 세계대전 후에 작가 생활을 시작한 영국 작가과 약간 허구가 가미된 스트레이치영국의 전기 작가이자 문예비평가) 영국 대공습 당시 최전선 근무자들이 보여준 우아하고 감동적인 묘사의 훌륭한 모델이 되었다. 어슐라가 흙무더기 속에서 작업하는 부분은 스트레이치의 〈Post D〉에 나오는 흙무더기 부분을 직접 참고했고, 아가일 로드 인도에 서 있던 어슐라가 폭발에 당하는 부분은 1942년 정부가 발간한 〈전선 1940-1〉에 나오는 익명의 보고서('런던 시민')에 근거한다.

스탠리 로스웰의 〈전쟁에서의 램베스〉는 구조 요원의 생활을 담은 생생한 보고서이며, 당시의 〈매스 옵저베이션〉 일지는 사회 각계각층의 사고방식을 직접 들여다볼 수 있게 해주었다. 나는 로즈메리 호스트만의 〈Half a Life Story〉에도 찬사를 보내고 싶다. 로즈메리는 우리 어머니가 에든버러에 살 때의 이웃으로, 그분이 1939년 독일에서 벙커파괴탄 부대와 함께 씩씩하게 하이킹했던 경험을 토대로 난 이보다 약간 앞선 시점으로 어슐라의 독일 체류를 묘사했다.

시공을 초월하여 우주를 열어 보여주는 소설
―케이트 앳킨슨을 세계적인 작가로 발돋움시킨 화제작

김성곤(서울대 명예교수, 한국문학번역원장)

영국에서 가장 권위 있는 문학상의 하나로 인정받는 '코스타 북 어워드'. 케이트 앳킨슨의 《라이프 애프터 라이프》(Life After Life, 2013)는 코스타 북 어워드 수상의 영예를 안고 2년간 영국의 베스트셀러로서 주목을 받으며 영화화 작업까지 진행 중에 있다. 이 작품은 마치 H.G. 웰스의 《타임머신》(The Time Machine, 1895)처럼 시공을 초월해 독자들을 미래로 데려가는 소설이다. 그러나 이 소설은 단순히 미래로만 가는 것이 아니라, 현재와 미래를 부단히 오가며 각기 다른 버전의 현재 및 미래의 모습을 보여주고 있다는 점에서 매우 특이하다.

《라이프 애프터 라이프》는 주인공 어슐라 토드가 태어나는 1910년에 시작해 20세기 전반과 중반, 그리고 양차 세계대전에 휩싸인 영국과 독일을 종횡으로 오가며 매 시대 그녀가 겪는 삶을 통해 당대의 정치적·사회적 격변을 비판적으로 성찰하고 있다.

주인공 어슐라 또한 특이한 여자다. 그녀는 태어나자마자 탯줄이 목에 감겨 질식사하지만, 뒷장에 가면 살아 있어 독자들을 놀라게 한다. 이후 어슐라는 작품 속에서 여러 번 죽었다가, 부단히 다시 살아나곤 한다. 예컨대 그녀는 한 번은 익사하고, 그다음에는 추락사하며, 그 후에는 독감에 걸려 죽기도 하고, 자살도 하며 심지어는 살해당하기도 하지만, 계속 다시 살아나 20세기를 살고 있다. 그리고 그때마다 그녀의 각기 다른 버전의 삶이 펼쳐진다. 그런 의미에서 이 소설은 지하철을 탔을 때와 타지 않았을 때, 각기 다른 버전의 삶이 펼쳐지는 〈슬라이딩 도어즈〉(1998)라는 영화를 연상시킨다.

현재와 과거를 오가며 각기 다른 시대를 살아가는 주인공 어슐라

이 소설은 현재와 과거의 경계를 초월해 각기 20세기의 다른 시대를 살아가는 여성의 삶을 보여준다는 점에서 비슷한 구성의 소설인 버지니아 울프의 《올랜도》(Orlando, 1928)나 존 파울스의 《프랑스 중위의 여자》(The French Lieutenant's Woman, 1969)를 연상하게도 한다. 과연 《라이프 애프터 라이프》에서도 어슐라는 각 시대를 대변하는 각기 다른 타입의 남자들과 관계를 갖는다. 예컨대 폭력적이고 가부장적인 남자 데릭, 자신을 성폭행하는 미국인 하위(또 다른 장에서는 성폭행이 아니고 키스로 처리되지만), 사랑하는 여인보다 조국과 전쟁을 우선시하는 크라이턴, 그리고 좌파 유토피아주의자인 랠프 등은 각기 다른 형태로 어슐라의 삶을 속박한다. 그런 맥락에서 이 소설은 최인호의 사회비판 소설 《별들의 고향》에서 주인공 경아가 만나는 각기 다른 타입의 남자들을 생각나게도 한다.

그중 강박적이고 폭력적인 남편 데릭은 신혼여행이 끝나자마자 괴팍한 독재자로 변신해 어슐라의 악몽이 된다. 그는 첫날밤에 자신의 성경험을 신부에게 자랑하는가 하면, 한밤중에 자고 있는 어슐라를 자신의 성적 욕구 분출의 대상으로 삼기도 하는 등 강박적인 군사문화에 젖어 있다.

가정의 질서에 대한 데릭의 무조건적인 신념에 맞서 싸우기보다는 복종하는 편이 더 수월했다. ("모든 것에는 자기 자리가 있어.") 그릇은 얼룩 없이 깨끗이 닦아야 하고, 날붙이는 광을 내서 서랍에 똑바로 정돈해야 했다. 나이프들은 행군하는 군인들처럼 맞춰놓아야 하고, 스푼들은 서로 말끔히 포개놓아야 했다. 주부는 가정의 수호신들을 모신 제단에서 가장 복종적인 숭배자가 되어야 한다고 데릭은 말했다.   (본문 252쪽)

그는 또 까다롭기 이를 데 없어 매번 각기 다른 다양한 음식을 요리해 식탁에 올리는 것이 여성의 의무라고 주장한다.

그러나 결혼 생활은 훨씬 더 까다로웠다. 아침식사는 제대로 요리되어야 했고, 아침마다 정확한 시간에 식탁이 차려져야 했다. (……) 달걀은 주중에는 스크램블 하고, 굽고, 삶고, 데치는 식으로 매일 바꿔가며 했고, 금요일에는 훈제청어로 특별식을 준비해야 했다. (……) 달걀은 근처 가게가 아니라 3마일 떨어진 소규모 농지에서 직접 구입한 것으로 어슐라는 매주 농지까지 걸어가야 했다. (……)

어슐라는 내내 새 요리를 생각해내야 했고, 그래서 식사는 또 다른 종류의 악몽이었다. 인생은 갈빗살, 스테이크, 파이, 스튜, 구이의 끝없는 반복이었다. 날마다, 그것도 아주 다양하게 준비되어야 하는 푸딩은 말할 것도 없었다.
(본문 253쪽)

그런 의미에서 보면 《라이프 애프터 라이프》의 첫 장이 뮌헨의 한 카페에서 어슐라가 독재자의 상징인 히틀러에게 총을 쏘는 것으로 되어 있는 것도 가부장적인 가정과 사회에 대한 여주인공의 상징적 저항처럼 보인다.

SF 기법과 추리소설 기법이 절묘하게 결합된 무게 있는 문학작품

《라이프 애프터 라이프》는 단순한 페미니즘 소설은 아니다. 이 소설은 SF 기법과 추리소설 기법으로 어슐라를 20세기의 각기 다른 시대로 보내고, 그런 다음 그녀의 각기 다른 삶을 통해 당대의 사회상을 예리하게 비판하는, 재미있으면서도 무게 있는 문학작품이다. 예컨대 제1차 세계대전과 제2차 세계대전을 다루고 있는 이 소설에서 전쟁이라는 사회적 폭력은 곧 가정의 폭력으로 이어진다. 왜냐하면 전쟁에서 폭력을 목격하거나 자행하고 돌아온 남자들은 아무렇지도 않게 가정에서 아내나 자녀에게도 폭력을 행사하기 때문이다. 또 전쟁은 아버지와 남편을 빼앗아가며, 결국은 가정을 파괴하는 주범이다. 그런 의미에서 《라이프 애프터 라이프》는 중요한 사회비판 소설이라고 할 수 있으며, 그런 면에서 여성의 삶을 통해 당대 미국 사회의 문제점을 비판한 미국 여성작가 메릴린 로빈슨의 소설 《하우스키핑》(Housekeeping, 1980)이나 《길리아드》(Gilead, 2004)와도 비슷하다.

《라이프 애프터 라이프》는 우리가 살고 있는 이 세상이 선형적이고 필연적인 것이 아니라, 비선형적이고 무작위적이며, 따라서 언제나 또 다른 버전의 삶과 또 다른 시각이 있을 수 있다는 것을 은유적으로 보여주고 있는 흥미 있는 포스트모던 소설이다. 즉 우리의 인생은 윤회적이고 비확정적이어서 언제든지 다른 길을 선택해 또 다른 가능성을 추구할 수도 있다는 것이다. 과연 이 소설의 구성은 마치 DVD에서 앞뒤로 장면 뛰어넘기 버튼을 누르는 것과 비슷하고, 전자책에서 아이콘을 클릭해 다른 페이지로 넘어가는 것과도 같다. 예컨대 첫 장의 배경은 1930년이고 둘째 장은 1910년이지만, 후반부로 가면 1930년대와 1940년대가 나왔다가 마지막에는 다시 1920년대와 1910년으로 되돌아간다.

1910년에 태어난 어슐라는 20세기의 산물이라고 할 수 있다. 작가는 정치적으로 파란만장했던 20세기를 한 여인의 삶을 통해 조감하면서, 다양한 측면에서 시대의 변화를 관찰하고 있다. 예컨대《라이프 애프터 라이프》는 20세기 들어서 흔들리기 시작하는 영국의 전통적 계급사회, 변화하는 여성의 인식과 사회적 위치, 그리고 붕괴해가는 가정과 가족제도를 양차 대전을 배경으로 훌륭하게 묘사하고 있다. 그런 의미에서《라이프 애프터 라이프》는 비슷한 주제를 다룬 가즈오 이시구로의《남아 있는 나날》(The Remains of the Day, 1989)을 연상시키는데, 이 두 작품은 현대 영국문학의 전통을 잘 반영해주고 있다고 할 수 있다.

온갖 상을 휩쓸며 영국 정상의 작가로 자리매김한 케이트 앳킨슨

《라이프 애프터 라이프》에는 많은 상징적 장치가 있다. 그중 하나가 곰과 여우로, 예컨대 어슐라라는 이름은 곰을 의미하고, 어슐라가 사는 집은 '폭스(여우) 코너'다. 곰은 둔하고 우직하지만, 여우는 교활하고 영민하다고 알려져 있어 두 짐승은 서로 대조된다. 곰은 매해 겨울마다 동면을 하고 봄에 다시 태어난다는 점에서 죽은 후에도 계속 새롭게 태어나는 어슐라를 닮았다. 동시에 여우는 어슐라가 살아남기 위해서는 필수적으로 갖추어야 하는 여성적인 영민함의 상징인 것처럼 보인다.

케이트 앳킨슨은 추리소설 기법을 활용하는 순수문학 작가이자 베스트셀러 작가로서 휫브레드 상, 브리티시 북 어워드, 크라임 스릴러 어워드 등 다수의 문학상을 수상했다. 그녀가 창조한 잭슨 브로디 탐정은 그녀의 작품이 각색됨에 따라 영국 TV드라마에 출연하기도 했으며, 그녀의 소설들은 참신한 구성과 놀라운 반전으로 독자들의 인기를 끌고 있다.

이 책을 읽으면서 독자들은 20세기 영국 여성들의 삶과 사회적 위치, 영국인의 의식구조, 그리고 영국을 비롯한 유럽의 변화를 배울 수 있을 것이다. 그러나 그보다 더 중요한 것은 이 소설을 통해 우리가 사는 세상은 끊임없이 변화한다는 것, 현실은 우연의 연속이라는 것, 그리고 우리의 삶은 우리의 선택에 따라 얼마든지 바뀔 수 있다는 것을 깨닫게 된다는 사실이다. 현재가 불만스럽고 현실에 좌절하는 우리에게 또 다른 형태의 삶이 가능하고, 또 다른 가능성이 있으며, 또 다른 시각으로 사물을 볼 수 있다는 것은 분명 고무적이다. 그러한 가능성은 로버트 덩컨의 유명한 시 〈초원의 열림〉(Opening of the Field)처럼 우리의 마음과 시야를 넓혀주고, 우리에게 또 다른 우주를 열어 보여주기 때문이다. 《라이프 애프터 라이프》가 우리에게 주는 즐거움도 바로 거기에 있다.

몇 번이고 다시 살 수 있는 기회가 있다면
당신은 어떤 인생을 살 것인가
—이 책은 당신에게 여러 가지 삶의 길을 말해줄 것이다

역사에 '만약'이란 없다.

과거는 이미 흘러갔으니 '만약'이란 무의미하다. 지나간 역사에 '만약'을 가정해보는 건 공허한 메아리에 불과할지도 모른다. 우리는 과거로 회귀할 수 없고 우리 인생과 역사는 흐르는 강물처럼 '같은 강물에 두 번 들어갈 수는 있지만 그것은 늘 새로운 강물이다'. 지나간 일은 영원히 지나간 것이고, 과거는 되돌릴 수가 없다.

그러나 역사에 '만약'이 없다면 역사에서 배우는 것도 없지 않을까. 과거를 이미 지나간 일로만 치부한다면 역사의 교훈을 어떻게 얻을 수 있을까. 역사가 가치 있는 것은 그저 지나가버린 일회적인 일로 그치지 않고 언제라도 다시 반복, 재생될 수 있기 때문일 것이다. 철저한 역사 반성과 고찰이 필요한 이유가 여기에 있다. 같은 실수라도 되풀이하지 말자는 의미다. 우리는 '만약'이라는 가정을 통해 역사적 '사실'에 상상을 더함으로써 풍요로운 현재와 소중한 미래를 만들 수도 있다. 현재의 문제를 해결할 실마리를 얻고 더 나은 미래로 나아갈 수 있다.

역사에 '만약'이 가능하다면 어떨까.

'만약'은 과거에 대한 불필요한 상상이 아니다. 진지하고 깊이 있는

'만약'은 현재를 사는 우리에게 발전적인 명제가 될 수 있다. 《라이프 애프터 라이프》에서 케이트 앳킨슨은 이런 시도를 한다. 우리 인생이 끝도 없이 계속 반복된다면. 죽은 뒤에 다시 환생한다면. 그것도 같은 시대, 같은 공간, 같은 부모형제 밑에서. 이 작품에서 주인공 어슐라는 끊임없이 환생하며 과거의 사건들을 '데자뷔'처럼 아련하게 기억해낸다. 어슐라는 비극적인 일과 사건을 감지해서 미리 막거나 과오를 수정해가며 자신과 인류의 행복을 실현하고자 한다. 수많은 '만약'을 통해 지나간 생의 잘못된 선택을 정정하고 불행은 예방하면서. 그렇게 함으로써 사랑하는 사람들을 지키고, 자신의 인생을 절망의 구렁텅이에서 구하고, 인류를 최악의 재앙에서 지켜낸다. 우리가 흔히 넋두리처럼 늘어놓는 '그때 만약……'을 주인공은 몸소 실현하고 현실로 만드는 것이다.

"인생을 몇 번이고 다시 살 수 있다면 어떨까? 마침내 제대로 살아낼 때까지."

저자가 이 책을 통해 던지는 화두다. 제대로 인생을 살 수 있을 때까지 몇 번이고 기회가 주어진다면. 그럼 사람들은 행복해질까, 아니면 오히려 불행해질까. 인생이 소중한 이유는 단 한 번 살 수 있기 때문인지도 모른다. '제대로 살아낸다'는 의미 역시 곱씹어봐야 할 것 같다. 제대로 산다는 게 과연 무엇일까. 주인공 어슐라는 '연습은 완벽하게 만든다'는 기치 아래 연습을 거듭해 지난 생의 과오를 수정해나간다. 그러나 우리 인생은 수없이 연습해서 '마침내 제대로 살아낼 때까지' 기다려주지 않는다.

엄밀히 말하면 시간상으로 과거도, 현재도, 미래도 없다고 한다. 오직 '지금'만 있을 뿐이다. 흐르는 강물처럼. 몇 번이고 다시 살 수 있는 기회가 있다면 당신은 어떤 인생을 살 것인가? '지금' 말이다.

임정희

• 앳킨슨은 소설가가 매 페이지마다 무수한 선택과 결정을 내리며, 인생과 마찬가지로 이들 선택의 결과로 무엇을 얻고 잃든지 기회는 단 한 번이란 사실을 독자들이 깨닫게 한다. 프랜신 프로즈Francine Prose(소설가)

• 진정 뛰어난 작품. 오드리 니페네거의 《시간 여행자의 아내》나 데이비드 니콜스의 《원 데이》, 또는 맨부커 상 최종 후보에 올랐던 홀러코스트를 거꾸로 되돌린 마틴 에이미스의 《시간의 화살》을 연상시킨다. 《라이프 애프터 라이프》는 이미 대중의 총애를 받는 작가가 한 단계 뛰어넘어 다음 레벨로 진입했을 때 느끼는 전율을 불러일으킨다. 마치 어슐라같이 책장을 덮자마자 다시 처음부터 읽어보고 싶게 만드는 희귀한 소설이다.
헬렌 럼빌로Helen Rumbelow(칼럼니스트)

• 엄청나게 독창적이며 선명한 상상력으로 궁극의 감동을 준다. 앳킨슨은 부분의 합을 뛰어넘는 무언가를 써냈다. 마치 생사의 본질, 시간의 흐름, 운명과 가능성에 대해 새롭고 신비로운 사실을 암시하는 것으로 보일 정도다. 장대하면서도 인간미가 넘치는 소설이다.
줄리 마이어슨Julie Myerson(작가, 비평가)

• 이 작품을 단숨에 읽어내린 뒤 기진맥진해졌다. 매우 흥미진진하고 훌륭한 문체에 아름답게 짜여진 소설이다. 정말로 흠을 잡을 수 없다. 올해 최고의 책 중 하나다. 발 맥더미드Val McDermid(소설가)

• 케이트 앳킨슨의 작품 중 가장 심오하고 독창적인 소설.
《스타일리스트Stylist》

• 거장의 책, 앳킨슨은 오늘 최고의 작품을 선사했다.
《텔레그래프The Telegraph》

• 하나의 존재가 다른 존재에 가하는 영향에 대한 좋은 소설 이상의 작품이다. 앳킨슨은 기술과 스타일에 있어서 어떠한 라이벌이라도 가볍게 누를

수 있다. 이 책의 백미는 런던 공습에 대한 묘사다. 책을 내려놓을 수 없을 정도다. 《이브닝 스탠더드Evening Standard》

• 세계사의 대사건, 재구성된 인물들과 두 번째 기회에 대해 따뜻하고 재치 있게 최고의 솜씨로 써내려간 소설. 《우먼앤홈Woman & Home》

• 《라이프 애프터 라이프》는 그 독창성과 전쟁의 잔혹함과 허무함 속에서 흔 적 없이 사라진 생명들을 상기시킨 공로로 박수를 받아 마땅하다. 《리터러리 리뷰Literary Review》

• 앳킨슨의 강점은 온기와 유머와 인간애적 관점으로 인생의 정교한 태피스 트리를 짜는 데 있다. 《요크셔 포스트Yorkshire Post》

• 최근에 나온 어떠한 소설보다도 독창적이고 빠르게 진행되는 플롯을 가졌다. 《사이컬러지 매거진Psychologies Magazine》

• 자유분방하고 지적이며 매혹적이고 놀라울 정도로 완성도가 있다. 《마리 클레르Marie Claire》

• 가장 어두운 시간 안에서도 빛을 찾게 해주는 심오한 작품. 《글래머 매거진Glamour Magazine》

• 만약 《시간 여행자의 아내》를 즐겁게 읽었다면 잭슨 브로디 시리즈 작가의 독창적인 판타지에 반할 것이다. 흡인력 있는 상상력을 펼치는 앳킨슨의 솜씨에 경의를 표한다. 《선데이 미러Sunday Mirror》

• 힐러리 맨틀이 언젠가 말했듯이 "앳킨슨은 디킨스처럼 인생의 희극과 비극 을 능숙하게 대중에게 전해주되 더욱 정교한 플롯을 사용한다". 이 책은 앳 킨슨 최고의 역작이며, 맨부커 상 2회 수상자인 맨틀과 마찬가지로 상을 받 을 충분한 자격이 있다. 《데일리 텔레그래프The Daily Telegraph》